Les trois cartes

STEPHEN KING

STEPHEN KING

La tour sombre
**

Les trois cartes

TRADUIT DE L'ANGLAIS
PAR GÉRARD LEBEC

ÉDITIONS J'AI LU

*À Don Grant, qui a misé sur
ces romans, un par un*

Cet ouvrage a paru sous le titre original :

THE DARK TOWER
THE DRAWING OF THE THREE
Published by agreement with the author
and the author's agents, Ralph M. Vicinanza, Ltd.

Copyright © 1987 by Stephen King
First edition
Donald M. Grant, Publisher, Inc.
West Kingston, Rhode Island

Pour la traduction française :
© Éditions J'ai lu, 1991

Sommaire

ARGUMENT

Les trois cartes sont le second tome d'un long récit, *La Tour sombre*, qui puise ses racines dans un poème narratif de Robert Browning intitulé « Childe Roland to the Dark Tower Came » (lui-même inspiré du *Roi Lear*).

Le premier volume, *Le pistolero*, raconte comment Roland, le dernier pistolero d'un monde qui a « changé », finit par rattraper l'homme en noir... un sorcier qu'il a poursuivi pendant très longtemps – *combien* de temps, nous ne le savons pas encore. Nous découvrirons par la suite que l'homme en noir est un certain Walter qui se prétendait l'ami du père de Roland, en ces jours où le monde n'avait pas encore changé.

Ce qui pousse Roland dans sa quête, ce n'est pas cette créature à demi humaine mais la Tour sombre. L'homme en noir – et surtout ce qu'il *sait* – représente la première étape sur la route du pistolero jusqu'à ce lieu de mystère.

Mais *qui* est Roland ? A quoi ressemblait son monde avant de « changer » ? Qu'est donc la Tour et pourquoi est-il à sa recherche ? Nous n'avons que des fragments de réponses. Roland est un pistolero, une sorte de chevalier chargé d'assurer la pérennité de ce monde « d'amour et de lumière » dont il se souvient.

Nous savons que Roland, très tôt, dut prouver qu'il était un homme, après qu'il eut découvert que sa mère était devenue la maîtresse de Marten, un sorcier infiniment plus puissant que Walter (lequel, inconnu du père de Roland, est en réalité l'allié de Marten); nous savons que Marten a prévu la découverte de Roland, qu'il s'attend à ce que ce dernier échoue et soit « envoyé à l'Ouest »; enfin, nous savons que Roland sortira vainqueur de cette épreuve.

Que savons-nous d'autre ? Que le monde du pistolero n'est pas totalement différent du nôtre. Des objets tels qu'une pompe à essence, des chansons (*Hey Jude*, par

7

exemple) ou des comptines (*Beans, beans, the musical fruit*...) ont survécu. Tout comme des coutumes et des rituels qui évoquent étrangement l'épopée de la conquête de l'Ouest.

D'une certaine manière, un cordon ombilical relie notre monde à celui du pistolero. A un relais sur la route déserte empruntée par les diligences, au cœur du désert nu et stérile, Roland rencontre Jake, un jeune garçon qui est *mort* dans notre monde à nous. Un garçon qui fut en réalité poussé dans la rue par l'homme en noir, roi de l'ubiquité (et de l'iniquité). La dernière chose que Jake – qui se rendait à l'école, son cartable dans une main et son casse-croûte dans l'autre – se rappelle de son monde, *notre* monde – ce sont les roues d'une Cadillac qui foncent sur lui... et le tuent.

Avant d'atteindre l'homme en noir, Jake meurt à nouveau... cette fois parce que le pistolero, confronté à l'un des choix les plus douloureux de son existence – la seconde –, décide de sacrifier ce fils symbolique. Entre la Tour et l'enfant – la damnation et le salut? –, Roland opte pour la Tour.

« Allez-vous-en, lui dit Jake avant de plonger dans l'abîme. Il y a d'autres mondes. »

La confrontation finale entre Roland et Walter survient dans un golgotha poussiéreux rempli de squelettes en décomposition. L'homme en noir lit l'avenir de Roland dans un jeu de tarots. Ces cartes – qui montrent un homme nommé le Prisonnier, une femme appelée la Dame d'Ombres et une figure ténébreuse qui n'est autre que la Mort (« mais pas pour toi, pistolero », lui dit l'homme en noir) sont des oracles qui deviennent le fil conducteur de ce volume... et, pour Roland, la seconde étape sur la route longue et ardue qui mène à la Tour sombre.

Le pistolero s'achève quand Roland, assis sur la plage bordant la Mer Occidentale, regarde le soleil se coucher. L'homme en noir est mort, l'avenir du pistolero lui-même demeure obscur. *Les trois cartes* commencent sur cette même plage, moins de sept heures plus tard.

PROLOGUE

LE MARIN

Le pistolero émergea d'un rêve trouble qui semblait n'avoir comporté qu'une seule image : celle du Marin, une lame du Tarot dans laquelle l'homme en noir avait déchiffré (ou prétendu déchiffrer) son avenir gémissant.

Il se noie, pistolero, disait l'homme en noir, *et il n'y a personne pour lui lancer une amarre. L'enfant, Jake.*

Mais cela n'avait rien d'un cauchemar. C'était un bon rêve. Bon parce que c'était *lui* qui se noyait, ce qui signifiait qu'il n'était pas Roland mais Jake. Il en fut soulagé parce qu'il valait bien mieux se noyer dans la peau de Jake que de vivre dans la sienne, celle d'un homme qui, pour un rêve glacé, avait trahi un enfant qui lui avait fait confiance.

Parfait, je vais me noyer, se dit-il, attentif au rugissement de l'océan. *Qu'il en soit ainsi.*

Mais ce vacarme n'était pas celui du large et de ses abîmes; de l'eau, certes, mais qui se raclait la gorge, une gorge encombrée de graviers. Etait-ce lui, le Marin? Si oui, pourquoi la terre ferme était-elle si proche? En fait, n'était-il pas *sur* le rivage? Il se sentait comme si...

Une eau glaciale détrempait ses bottes, montait à l'assaut de ses cuisses, de ses parties. Ses yeux s'ouvrirent, et ce qui l'arracha à son rêve n'était ni ses couilles gelées, subitement rétrécies jusqu'à ne plus être que de la taille de deux noix, ni l'horreur qui surgissait sur sa droite... mais la pensée de ses armes... de ses armes et, plus essentiel encore, de ses cartouches. On pouvait en peu de temps démonter des pistolets, les essuyer, les huiler, les réessuyer, les rehuiler, puis les remonter. Mais les cartouches qui avaient pris l'eau étaient comme des allumettes mouillées, susceptibles de servir comme d'être bonnes à jeter.

L'horreur était une créature progressant au ras du sol et qui avait dû être rejetée sur la grève par la vague précédente. Elle traînait péniblement sur le sable un corps luisant d'humidité, mesurait son bon mètre, était encore distante de quatre environ, et elle posait sur Roland le regard morne de ses yeux pédonculés. Son long bec denté s'ouvrit et ce qui s'en échappa ressemblait étrangement à des sons humains : une voix plaintive, désespérée même, qui interrogeait le pistolero dans une langue étrangère :

– *Est-ce que chèque? A-ce que châle? Eut-ce que chule? I-ce que chic?*

Le pistolero avait déjà vu des homards. Ce n'en était pas un, bien qu'il ne vît pas à quelle autre famille que les crustacés cet animal aurait pu être apparenté. La créature ne semblait pas avoir peur de lui, et il ne savait pas si elle était dangereuse ou non. La confusion qui régnait dans son esprit ne l'inquiétait pas outre mesure – cette incapacité temporaire à se rappeler où il était et comment il était arrivé en ces lieux, s'il avait rattrapé l'homme en noir ou n'avait fait que le rêver. Il savait seulement qu'il lui fallait au plus vite sortir de l'eau avant que ses munitions ne soient noyées.

Il entendit s'enfler le rugissement graveleux des flots et détourna les yeux de la créature (elle s'était arrêtée, levant des pinces dont elle avait jusqu'alors restreint l'usage à sa locomotion, évoquant absurdement un boxeur prêt à l'attaque, dans cette pose que Cort disait être la Posture d'Honneur). Son regard se porta sur la frange ourlée d'écume de la vague suivante.

Cette chose entend les vagues, pensa le pistolero. *Quoi que ce soit, c'est pourvu d'oreilles.* Il voulut se relever mais ses jambes, trop engourdies, se dérobèrent.

Je suis toujours dans mon rêve, songea-t-il. Mais, si troublé qu'il fût, pareille hypothèse était trop tentante pour qu'il pût y croire. Il fit un nouvel essai pour se redresser, y parvint presque, puis retomba sur le dos. La vague allait déferler. Le temps manquait de nouveau. Il fallait qu'il se meuve presque de la même manière que la créature à sa droite : les deux mains plantées dans la grève et tirant le poids mort de ses jambes et de ses fesses loin du flot montant.

Il ne s'éloigna pas tout à fait assez pour éviter totalement la vague mais se trouvait suffisamment hors d'atteinte pour que l'eau ne recouvre que ses bottes. Elle lécha ses jambes presque jusqu'à la hauteur des genoux puis battit en retraite. *Peut-être que la première vague n'est pas montée aussi haut que je le pensais*, se prit-il à espérer.

Une demi-lune brillait dans le ciel. Elle était voilée par la brume, mais sa clarté restait suffisante pour lui révéler la couleur trop sombre de ses étuis. Les revolvers pour le moins avaient été mouillés. Impossible de déterminer la gravité des choses, toutefois, ni de savoir si les balles dans les barillets et dans les ceinturons avaient elles aussi souffert. Avant de vérifier, il lui fallait s'extirper de l'eau. Il fallait...

– O-ce que choc?

Beaucoup plus près, cette fois. Dans son angoisse d'avoir eu ses munitions trempées, il avait fini par oublier la créature rejetée par les flots. Il regarda autour de lui et vit qu'elle se trouvait à moins d'un mètre, pattes accrochées aux galets, tirant vers lui sa carapace encroûtée de sable, soulevant son corps charnu, hérissé, qui, un instant, évoqua celui d'un scorpion – à ceci près que Roland ne vit nul dard à l'autre extrémité.

Nouveau rugissement, plus fort encore. La bête s'arrêta aussitôt, se redressa, pinces en garde dans sa singulière version de la Posture d'Honneur.

La vague était plus grosse. Roland recommença de se traîner sur la grève et, quand il tendit les mains pour ce faire, la créature jaillit à une vitesse que ses mouvements précédents ne laissaient même pas soupçonner.

Le pistolero ressentit une vive onde de souffrance dans sa main droite mais n'avait guère le temps de s'y attarder. Il prit appui sur les talons de ses bottes détrempées, s'agrippa des deux mains et réussit à échapper à la vague.

– *I-ce que chic?* s'enquit le monstre de cette voix plaintive qui semblait répéter interminablement : *Vas-tu m'aider, oui ou non? Es-tu insensible à mon désespoir?* Et Roland vit disparaître l'index et le majeur de sa main droite dans le bec denté. La créature réitéra son assaut et, cette fois, Roland n'eut que le temps de relever sa main dégoulinante de sang pour sauver les autres doigts.

– *Eut-ce que chule? A-ce que châle?*

Le pistolero se releva, chancelant. La créature déchira la toile gorgée d'eau de son jean, cisailla une botte dont le vieux cuir, bien que souple, n'en avait pas moins la résistance du métal, et préleva un morceau de chair sur le bas du mollet.

Il dégaina de sa main droite. Ce n'est que lorsqu'il vit le revolver tomber sur le sable qu'il s'aperçut que deux de ses doigts manquaient pour accomplir cet antique cérémonial de mort.

La monstruosité se tourna vers l'objet tombé avec un claquement de bec avide.

– Non, saleté! grogna Roland qui lui décocha un coup de pied.

Ce fut comme s'il avait frappé un rocher... mais un rocher qui aurait mordu. Le bout de sa botte fut nettement sectionné, ainsi que la majeure partie de son gros orteil. La botte entière lui fut arrachée du pied.

Il se baissa et ramassa l'arme. Elle lui échappa et il jura, avant de réussir finalement à la prendre en main. Ce qui jadis avait été si simple qu'il n'avait même pas à y réfléchir se transformait à présent en prouesse de jongleur.

Tassée sur la botte du pistolero, la créature la déchiquetait tout en poursuivant le charabia ininterrompu de ses questions. Une lame roula vers la grève, et l'écume qui frangeait sa crête avait une pâleur cadavéreuse dans la clarté du demi-disque lunaire. L'homarstruosité cessa de s'acharner sur sa prise et leva de nouveau les pinces dans sa pose de boxeur.

Roland dégaina de la main gauche, pressa trois fois la détente.

Clic... clic... clic...

Maintenant il était fixé sur les balles des barillets.

Il rengaina le pistolet de gauche. Pour celui de droite, ce fut une autre affaire : il dut faire pivoter le canon de l'autre main avant de le lâcher au-dessus de l'étui pour le laisser reprendre sa place. Le bois dur des crosses était visqueux de sang; ce même sang qui tachait aussi le cuir de l'étui et le jean. Il jaillissait des moignons qui remplaçaient maintenant ses deux doigts manquants.

Son pied droit abondamment mâchonné était encore trop engourdi pour faire mal, mais sa main droite était un incendie de douleur. Les spectres de ses doigts autrefois si talentueux et rompus à leur art – (ces doigts qui se décomposaient déjà dans les sucs digestifs du monstre) – hurlaient qu'ils étaient toujours là, et se tordaient dans le martyre des flammes.

Je pressens de sérieux ennuis, songea faiblement le pistolero.

La vague reflua. La monstruosité baissa ses pinces, ouvrit un nouveau trou dans la botte du pistolero puis décida que le propriétaire de ladite botte était infiniment plus succulent que ce morceau de cuir mort qu'elle venait de détacher.

– *Eut-ce que chule?* s'enquit l'animal en se ruant à nouveau sur lui, toujours à la même effroyable vitesse.

Le pistolero battit en retraite, porté par des jambes

qu'il sentait à peine et prenant conscience d'avoir affaire à une créature douée de quelque intelligence. Prudente dans son approche, elle devait l'avoir déjà guetté de loin sur la grève, pour mieux s'informer sur les capacités de cette proie éventuelle. Si la vague ne l'avait pas réveillé, elle lui aurait probablement arraché la figure pendant qu'il était encore plongé dans son rêve. Maintenant, la créature s'était fait une opinion : ce gibier s'avérait non seulement délicieux mais des plus vulnérables. Une proie facile.

Elle était presque sur lui, horreur de plus d'un mètre de long, haute d'un bon pied, pesant dans les soixante-dix livres, mue par un instinct carnassier aussi puissant que celui de David, le faucon de sa jeunesse... mais sans les vestiges de loyauté du noble oiseau.

Le talon du pistolero rencontra une pierre qui dépassait du sable et il chancela, manquant tomber à la renverse.

– *O-ce que choc?* demanda la chose – avec sollicitude, sembla-t-il –, tenant le pistolero sous le regard oscillant de ses yeux pédonculés et tendant vers lui ses pinces...

Puis une vague déferla, et les pinces remontèrent dans la Posture d'Honneur. Elles se mirent toutefois à trembler imperceptiblement, et Roland comprit que c'était une réponse au bruit du ressac. Puis le bruit faiblit peu à peu.

Toujours à reculons, le pistolero enjamba la pierre sur laquelle il avait failli tomber puis se baissa au moment où la vague se fracassait sur les galets dans un grondement infernal. Sa tête n'était qu'à quelques pouces du faciès d'insecte de la chose et l'une des pinces aurait fort bien pu lui arracher les yeux, mais l'une et l'autre, pareilles à des poings crispés, restaient levées de part et d'autre de son bec de perroquet.

Les mains du pistolero se tendirent vers la pierre. Elle était de belle taille, à demi enfouie dans le sable, et sa main mutilée se tordit de douleur quand les

16

grains et les arêtes tranchantes travaillèrent la chair à vif. Mais il parvint à desceller le bloc et le souleva, tandis que ses lèvres se retroussaient haut sur les gencives dans un rictus de souffrance.

– *A-ce que...* commença le monstre, rabaissant ses pinces et les ouvrant alors que la vague se brisait, que le vacarme refluait.

De toutes ses forces, le pistolero projeta la pierre.

Le dos segmenté de la créature se fracassa. Pattes et pinces s'agitèrent convulsivement sous la masse qui l'accablait. L'arrière-train se soulevait et retombait, se soulevait et retombait. De bourdonnantes explosions de douleur se substituèrent aux questions. Elle rouvrit ses pinces pour les refermer sur le vide. Son semblant de bec claqua en n'attrapant plus que des grains de sable et des galets.

Et pourtant, quand la vague suivante s'approcha de la grève, l'homarstruosité tenta une fois de plus de redresser les pinces, et ce fut alors que la botte valide du pistolero lui écrasa la tête. Il y eut un bruit comme celui d'une poignée de brindilles que l'on froisse. Un liquide épais gicla sous le talon de Roland et se projeta dans deux directions. Ça semblait être noir. La créature s'arqua, se tordit, frénétique. Le pistolero pesa de tout son poids.

Une vague déferla.

Les pinces de l'horreur se soulevèrent... d'un pouce, de deux, tremblèrent puis retombèrent, s'ouvrant et se fermant par saccades.

Roland souleva sa botte. Le bec denté, qui l'avait amputé à vif d'un orteil et de deux doigts, s'ouvrit avec lenteur puis tout aussi lentement se referma. Une antenne gisait brisée sur le sable. L'autre vibrait sans plus de raison.

Il écarta la pierre du pied, effort qui lui arracha un gémissement, puis longeant par la droite le corps de la créature, y imprima méthodiquement sa botte gauche, section par section, broyant la carapace, éclaboussant le sable gris foncé d'entrailles livides. Le monstre était mort et bien mort, mais n'allait pas s'en tirer à si bon compte. Dans toute son étrange existence, le pistolero n'avait jamais été si fondamentalement atteint, et tout s'était passé de façon si inattendue.

Il continua de broyer le cadavre de son agresseur jusqu'au moment où il vit le bout d'un de ses doigts dans la bouillie acide, vit sous l'ongle la blanche poussière du golgotha, là où lui et l'homme en noir avaient tenu leur longue, très longue palabre. Puis il se détourna et vomit.

Il retourna vers l'océan tel un ivrogne, crispant sa main blessée contre le tissu de sa chemise, se retournant de temps à autre pour voir si la créature n'était pas toujours en vie, comme ces guêpes qu'on écrase encore et encore et qui pourtant se tortillent toujours, assommées mais non point mortes. Pour s'assurer qu'elle ne le suivait pas, ne le poursuivait pas de sa voix lugubre et désespérée, de ses incompréhensibles interrogations.

A mi-plage, il s'arrêta, chancelant, et contempla les galets jonchés de varech à l'endroit même où il était revenu à lui, tandis que les souvenirs remontaient dans sa mémoire. Il avait apparemment sombré dans le sommeil juste en dessous de la ligne laissée sur la grève par les plus hautes marées. Puis il ramassa sa bourse et sa botte déchirée.

Dans la lumière glabre de la lune, il vit d'autres créatures comme celle qui l'avait attaqué, et dans la césure entre une vague et une autre, entendit leurs questions.

Pas à pas, le pistolero recula jusqu'à l'herbe qui succédait aux galets. Là, il s'assit et fit tout ce qu'il savait devoir faire : il sacrifia ses derniers restes de tabac, s'en saupoudra les moignons des doigts et de l'orteil pour stopper l'hémorragie, sans lésiner sur l'épaisseur de l'emplâtre, sourd au nouvel assaut de cuisante douleur qui en résultait (son gros orteil s'était joint au chœur hurlant des absents). Puis il resta assis, couvert de sueur dans la fraîcheur nocturne, s'interrogeant sur l'infection, s'interrogeant sur la manière dont il allait se débrouiller en ce monde avec deux doigts de sa main droite en moins (celle qui avait toujours prévalu, sauf quand il usait des deux mains pour jouer de ses armes), s'interrogeant sur l'éventuel venin qu'avaient pu lui injecter les dents de la créature et qui risquait déjà de se diffuser en lui, se demandant enfin s'il connaîtrait jamais l'arrivée d'un nouveau matin.

LE PRISONNIER

CHAPITRE 1

La Porte

1

Trois. C'est le chiffre de ton destin.

Trois?

Oui. Trois est l'arcane... Trois se tient au cœur du mantra.

Quelle sorte de Trois?

Le premier a les cheveux sombres. Il oscille au bord du vol, au bord du meurtre. Un démon est en lui qui le possède. Ce démon a pour nom HÉROÏNE.

De quelle nature est ce démon? Je ne le connais pas et il ne figurait même pas dans les rondines de mon enfance.

Il voulut parler mais n'avait plus de voix. Et la voix de l'oracle, cette Roulure des Etoiles, cette Putain des Vents, avait disparu aussi. Il vit tomber une carte, voltigeant de nulle part à nulle part, tournant et retournant, paresseuse. Un babouin tout sourire y chevauchait l'épaule d'un jeune homme aux cheveux noirs et ses doigts, d'une perturbante apparence humaine, s'enfonçaient si profond dans le cou de sa monture que les premières phalanges y disparaissaient. Un regard plus attentif lui révéla que dans l'une de ses mains étrangleuses le singe tenait un fouet. Une terreur muette semblait tordre les traits du chevauché.

Le prisonnier, chuchota l'homme en noir (un

homme en qui le pistolero avait jadis eu confiance et qui s'appelait alors Walter). *Un rien inquiétant, non? Un rien inquiétant...*

2

Le pistolero s'éveilla en sursaut, interposant la dérisoire protection de sa main mutilée, sûr qu'un des monstrueux crustacés de la Mer Occidentale allait lui tomber dessus d'un instant à l'autre, le harceler désespérément dans sa langue étrangère tout en lui arrachant la figure.

Mais ce n'était qu'une mouette attirée par le jeu du soleil matinal sur les boutons de sa chemise. Effrayée par son geste, elle vira sur l'aile dans un cri paniqué.

Roland s'assit.

Des élancements dans la main, atroces, sans fin. La même chose dans le pied droit. Deux doigts et un orteil hurlant avec insistance qu'ils étaient toujours là. Une moitié de chemise disparue et ce qui en restait ressemblant à une veste en loques. Il en avait arraché un morceau pour se bander la main, l'autre pour se bander le pied.

Allez-vous-en, dit-il aux absents, à ses deux doigts, à son orteil. *Vous n'êtes plus que des fantômes. Allez-vous-en.*

Cela lui fit du bien... enfin, un peu. C'étaient des fantômes, oui, mais des fantômes pleins de vitalité.

Il mangea de la viande séchée. Sa bouche n'en voulait guère, moins encore son estomac. Il se força. Quand il la perçut à l'intérieur de son corps, il se sentit un peu plus solide. Oh pas beaucoup, toutefois : il était bien près du fond.

Néanmoins il fallait agir.

Il se leva, chancelant, promena un regard autour de lui. Partout des oiseaux tournoyaient et plongeaient, mais il semblait partager avec eux l'exclusive propriété du monde. Les monstres chitineux et pinçus n'étaient plus en vue. Peut-être s'agissait-il d'une espèce nocturne, ou portée par la marée. Pour l'heure, la distinction semblait sans importance.

La mer était énorme, se perdant à l'horizon dans des brumes bleuâtres, toute frontière évanouie entre elle et le ciel. Un long moment, le pistolero la contempla, oubliant de souffrir. Il n'avait jamais vu tant d'eau. En avait bien sûr entendu évoquer l'existence, enfant, dans des contes, voire par ses maîtres – certains, en tout cas, l'avaient formellement attestée –, mais voir cela pour de vrai, cette immensité, cet éblouissement liquide après tant d'années de terres arides, voilà qui était difficilement acceptable... difficile à soutenir, même.

Il la regarda longtemps, extasié, tout son corps n'était plus que regard, noyant momentanément sa douleur dans l'émerveillement.

Mais c'était le matin et il restait à faire.

Il chercha la mâchoire dans sa poche arrière, prit soin d'en approcher la main par la paume, désireux d'éviter aux moignons tout contact avec l'os s'il était toujours là, n'en portant pas moins au paroxysme des hurlements les intarissables sanglots de la chair à vif.

La mâchoire était là.

Parfait.

Ensuite :

Il déboucla non sans mal les ceinturons et les posa au soleil sur un rocher. Puis il prit les pistolets, en bascula les barillets, éjecta les balles inutiles. Un oiseau mit le cap sur la brillance de l'une d'elles, la ramassa puis s'en désintéressa et reprit son essor.

Les revolvers mêmes réclamaient ses soins, les auraient réclamés en priorité si, dans ce monde comme dans tout autre, une arme à feu sans munitions n'avait vu son efficacité réduite à celle d'une matraque ou d'une massue. Il reprit donc les ceinturons, se bornant d'abord à les étaler sur ses genoux, laissant courir sur le cuir les doigts de sa main gauche.

Les ceinturons étaient trempés, depuis les boucles et les pattes de fixation jusqu'au point où ils se croisaient sur les hanches. A partir de là, le cuir était sec. Soigneusement, il extirpa les cartouches des alvéoles épargnées. Sa main droite exigeait de participer à l'ouvrage, oublieuse de son infirmité malgré la douleur, et il se surprit à la ramener sans cesse sur son genou comme un chien trop stupide ou trop obstiné pour rester au pied. Il fut à deux ou trois reprises bien près de s'administrer des claques sur la main.

Je pressens de sérieux ennuis, songea-t-il une fois de plus.

De ces balles qu'il espérait encore bonnes il fit un tas décourageant tant il était réduit. Vingt. Dont certaines feraient long feu, presque à coup sûr. Il ne pouvait compter sur aucune. Il ôta les autres et en fit un second tas. Trente-sept.

Bon. Tu n'avais pas de quoi soutenir un siège, de toute manière, se dit-il, néanmoins sensible à l'énorme différence entre cinquante-sept balles fiables et... combien? Vingt? Dix? Cinq? Une? Zéro, peut-être.

Il avait toujours sa bourse. C'était déjà ça. Il la posa sur les genoux et, lentement, entreprit de démonter les pistolets pour procéder au rituel du nettoyage. Deux heures s'étaient écoulées quand il termina enfin son travail. La douleur avait crû en intensité au point que la tête lui tournait, que toute pensée consciente présentait des difficultés insurmontables. Il avait sommeil. De sa vie entière, il n'avait jamais tant désiré dormir. Mais dans l'accomplissement du devoir, aucun motif de désistement ne devenait acceptable.

— Cort, dit-il d'une voix qu'il ne reconnut pas, puis il eut un rire sec.

Lentement, lentement, il remonta les revolvers, puis il les rechargea, puisant sur le tas de cartouches présumées sèches. Cela fait, il prit celui conçu pour sa main gauche, l'arma... puis, progressivement, rabaissa le chien. Il voulait savoir, oui. Savoir si presser la détente se sanctionnerait par une détonation satisfaisante ou seulement par un nouveau clic inutile. Mais qu'aurait-il appris d'un clic? Rien. Et d'une détonation? Seulement que le nombre de ses balles s'était réduit de vingt à dix-neuf... ou de cinq à quatre... Peut-être même venait-il de gaspiller la dernière.

Il déchira un autre morceau de sa chemise, y plaça les munitions touchées par l'eau et noua les pans du tissu, utilisant à la fois ses dents et sa main gauche. Puis il rangea le paquet dans son sac.

Dors, exigea son corps. *Dors, il le faut, maintenant, avant qu'il ne fasse noir. Tu es à bout de forces...*

Il se releva et laissa remonter son regard sur la grève déserte. Elle avait la couleur d'un sousvêtement trop longtemps tenu à l'écart de la lessive, et les coquilles qui la jonchaient se fondaient dans sa grisaille. Çà et là, saillant d'un sable grossier mêlé de galets, de gros rochers couverts de guano voyaient leurs anciennes couches, d'un jaune de dents fossiles, éclaboussées de blanc par les déjections plus fraîches.

Un cordon d'algues matérialisait la frontière des hautes eaux. Juste au-dessus de cette ligne, il vit des morceaux de sa botte droite et ses deux outres. C'était presque un miracle, songea-t-il, que ces dernières n'eussent pas été emportées par les plus fortes vagues. Il se dirigea vers elles comme s'il marchait sur des œufs, boitant de manière prononcée. Il ramassa l'une des sacoches et la secoua. Si l'autre était vide, celle-ci contenait à l'évidence encore un peu d'eau. Bien des gens n'auraient pas fait la différence mais, pour le pistolero, ces outres étaient depuis si longtemps ses compagnes de voyage qu'il n'aurait jamais pu les confondre, telle une mère incapable de confondre ses jumeaux. Il entendit le précieux liquide glouglouter à l'intérieur, don miraculeux. La créature qui l'avait attaqué – ou l'une de ses congénères – aurait fort bien pu déchirer l'une ou l'autre de ces outres d'un simple coup de pince ou de bec. Mais monstres et marée, instruments du destin, s'étaient montrés cléments. De la créature même il ne restait trace bien qu'elle eût trouvé la mort largement au-dessus de la limite des hautes eaux. Il se pouvait que d'autres prédateurs l'eussent emportée, ou encore ses semblables pour des funérailles en mer – à l'instar des *oliphontes*, ces géants du bestiaire légendaire dont Roland, enfant, avait entendu dire qu'ils enterraient leurs morts.

Il souleva l'outre sur son coude gauche, but abondamment et sentit quelque énergie revenir en lui.

Sa botte droite était bien sûr dans un état lamentable mais une étincelle d'espoir jaillit en lui quand il la regarda de plus près. La chaussure même était entière – labourée, marquée, mais entière – et il serait peut-être possible, en coupant l'autre, de les apparier, d'en faire quelque chose qui durerait au moins quelque temps.

L'évanouissement le gagna. Il lutta contre lui mais ses genoux lâchèrent et il se retrouva assis par terre en train de se mordiller stupidement la langue.

Tu ne vas pas tomber dans les pommes! s'admonesta-t-il. *Pas ici, où un autre de ces monstres serait bien fichu de revenir cette nuit finir le boulot.*

Il se releva, attacha l'outre vide autour de sa taille, et n'avait pas fait plus de trente pas vers l'endroit où il avait laissé ses revolvers et sa bourse quand il s'écroula de nouveau, à demi inconscient. Il resta étendu là un bon moment, une joue collée au sable, le bord d'un coquillage mordant sa chair, assez profond pour en tirer du sang. Puis il réussit à boire une gorgée d'eau et reprit sa progression, en rampant. Vingt mètres plus haut sur la pente, il y avait un arbre de Josué – rabougri, mais susceptible d'offrir pour le moins quelque ombrage.

Vingt mètres firent à Roland l'effet de vingt milles.

Toutefois, non sans mal, il finit par pousser les maigres vestiges de ses biens dans la flaque d'ombre et s'y renversa sur le dos, s'enfonçant déjà dans ce qui pouvait être le sommeil, un évanouissement ou la mort. Il interrogea le ciel, essayant de se faire une idée de l'heure. Pas encore midi mais l'exiguïté de son havre de fraîcheur lui en montrait la proximité. Il résista encore un peu, le temps d'amener son bras droit à la hauteur de ses yeux, d'y chercher les rouges lignes témoins de l'infection, du poison qui filtrait lentement mais sûrement vers le centre de son corps.

Sa paume était d'un rouge éteint. Mauvais signe.

Je me suis toujours branlé de la main gauche, pensa-t-il. *C'est déjà ça.*

Puis les ténèbres se refermèrent sur lui et il dormit pendant les seize heures suivantes avec l'incessant fracas de la Mer Occidentale dans ses oreilles et dans ses rêves.

3

Quand le pistolero se réveilla, la mer était encore plongée dans l'ombre mais une vague lueur montait dans le ciel à l'est. Le matin était en route. Il se redressa. Des vagues de vertige l'assaillirent et faillirent le renvoyer au sol.

Il baissa la tête et attendit.

Quand le malaise fut passé, il regarda sa main. Sûr, c'était infecté : rouge, enflé, prenant toute la paume et le poignet. Pas plus haut pour l'instant, mais il distinguait l'esquisse d'autres lignes qui finiraient par atteindre le cœur, et par le tuer.

Il me faut un médicament. Mais où en trouver ici?

N'avait-il été si loin que pour mourir? Jamais! Et

s'il devait périr malgré sa détermination, ce serait au moins sur le chemin de la Tour.

Quel être d'exception tu fais, pistolero! Comme tu es indomptable, ricana la voix de l'homme en noir dans sa tête. *Romantique dans ta stupide obsession!*

– Va te faire foutre, croassa-t-il, puis il but.

Il ne restait pas grand-chose. Il avait toute une mer en face de lui, de l'eau, de l'eau partout, et pas une goutte à boire. *Allez, passe à autre chose!*

Il boucla ses ceinturons, attacha les étuis à ses cuisses – manœuvre qui dura si longtemps qu'à son issue les premières lueurs de l'aube éclairaient déjà le ciel de l'après-nuit – et tenta alors de se mettre debout. Il lui fallut attendre d'y être arrivé pour avoir la conviction que c'était faisable.

Accroché par la main gauche à l'arbre de Josué, il ramassa l'outre pas tout à fait vide, la prit en bandoulière, puis répéta l'opération pour le sac. Quand il se redressa, la faiblesse le submergea une nouvelle fois. Il courba la tête et attendit, tendu, déterminé à vaincre.

Le malaise passa.

Du pas zigzaguant d'un homme au dernier stade de l'ivresse ambulatoire, le pistolero redescendit vers la plage. Il s'y planta face à l'océan couleur vin de mûre et sortit de sa bourse la dernière lanière de viande séchée qu'il mangea à moitié. Sa bouche et son estomac se montrèrent cette fois un peu moins difficiles. Puis le pistolero se retourna et commença de grignoter l'autre moitié en regardant le soleil se lever au-dessus des montagnes où Jake avait péri, – comme s'il s'accrochait d'abord aux arêtes cruelles et dénudées des sommets avant de s'élever enfin bien au-dessus des cimes.

Roland offrit son visage à la caresse du soleil, ferma les yeux et sourit. Il termina sa viande.

Et pensa :

Parfait. Je n'ai plus rien à manger maintenant. J'ai deux doigts et un orteil de moins qu'à ma naissance. Je suis un pistolero dont les balles peuvent très bien refuser de partir. Je suis malade à cause de la morsure d'un monstre et ne dispose d'aucun remède. Avec un peu de chance, j'ai encore de l'eau pour un jour. Je suis peut-être capable de couvrir quatre ou cinq lieues si je bats le rappel de mes ultimes ressources. Bref, je suis un homme au bord de n'importe quoi.

Quelle direction prendre? Il venait de l'est et ne pouvait poursuivre vers l'ouest sans les pouvoirs d'un saint ou d'un sauveur. Restaient le nord et le sud.

Nord.

Telle fut la réponse que lui dicta son cœur. Une réponse sans l'ombre d'une nuance interrogative.

Nord, donc.

Le pistolero se mit en marche.

4

Il marcha trois heures, tomba deux fois, et la deuxième crut ne jamais devoir se relever. Puis une vague monta vers lui, assez près pour lui rappeler ses armes, et il fut debout d'un bond, sur des jambes qui vibraient comme s'il chevauchait des échasses.

Il se dit qu'il avait peut-être marché sur un peu plus d'une lieue durant ces trois heures. Le soleil commençait à chauffer, mais pas au point d'expliquer le tambour du sang dans son crâne ni la sueur qui lui ruisselait sur le visage, pas plus que la brise marine n'était assez forte pour justifier ces frissons qui le saisissaient de temps à autre, lui donnaient la chair de poule et faisaient claquer ses dents.

La fièvre, pistolero, ricana l'homme en noir. *Ce qui restait de toi s'est embrasé.*

Le rouge faisceau de l'infection était à présent plus net, remontant du poignet jusqu'au renflement de l'avant-bras.

Il couvrit un autre mille et vida sa deuxième outre,

puis il l'attacha alors autour de sa taille avec l'autre. Le paysage était désagréablement monotone : la mer à sa droite, les montagnes à sa gauche, le sable gris jonché de coquilles sous la semelle de ses bottes rognées. Et le va-et-vient des vagues. Aux aguets d'homarstruosités éventuelles, il n'en vit aucune. Il sortait de nulle part, cheminait vers nulle part, venu d'un autre temps, ayant atteint, semblait-il, un terme inutile.

Peu avant midi, nouvelle chute, et la certitude que c'était la dernière. Ici, donc. La fin, après tout.

A quatre pattes, il redressa la tête, boxeur groggy... et plus loin, peut-être à un mille, peut-être à trois – (difficile d'évaluer les distances sur cette bande de sable au décor immuable avec la fièvre qui le travaillait au corps, et faisait jaillir les globes de ses yeux hors de leurs orbites) –, il vit quelque chose de vertical qui tranchait sur la grève.

Quoi ?

(trois)

Aucune importance.

(c'est le chiffre de ton destin)

Il réussit à se remettre debout, croassa quelque chose – plainte que, dans leurs cercles incessants, les oiseaux marins seuls purent entendre (*et le plaisir qu'ils auraient à m'arracher les yeux de la tête,* songea-t-il, *l'aubaine! un tel morceau de choix!*) – puis reprit sa marche, dans des zigzags de plus en plus prononcés, laissant derrière lui boucles et méandres.

Son regard restait rivé sur cette chose verticale droit devant. Quand ses cheveux lui tombaient dans les yeux, il les rejetait en arrière. Ça ne semblait ni grandir ni se rapprocher. Le soleil atteignit la clé de voûte du ciel et parut s'y attarder bien trop longtemps. Roland s'imagina retourné dans le désert, quelque part vers la bicoque du dernier ermite

(fruits musicaux, plus t'en manges, plus tu joues du pipeau)

et le relais où le gamin

(ton Isaac)
avait attendu sa venue.

Ses genoux plièrent, se raidirent, plièrent encore et se raidirent encore une fois. Quand ses cheveux revinrent obstruer son champ de vision, il ne prit même plus la peine de les écarter à nouveau; il n'en avait plus la force. Il continua de fixer l'objet qui projetait maintenant une ombre étroite vers les hauteurs et continua de marcher.

A présent il avait fini par comprendre, fièvre ou pas, ce dont il s'agissait.

C'était une porte.

Moins d'un quart de mille l'en séparait quand ses genoux faiblirent de nouveau. Il ne put cette fois raidir à temps ses articulations et tomba. Sa main droite griffa le sable et les deux moignons protestèrent contre l'abrasive substance qui leur arrachait des particules de chair à vif. Ils recommencèrent à saigner.

Il poursuivit donc à quatre pattes, les oreilles pleines du constant cycle de ruées, rugissements et retraites de la Mer Occidentale, progressant sur les coudes et les genoux, creusant de profondes ornières au-dessus de la guirlande de varech marquant la laisse de haute mer. Il supposa qu'un vent fort soufflait toujours – sinon pourquoi aurait-il continué de trembler ainsi? – mais il ne percevait nul autre déplacement d'air que les rauques bourrasques happées et rejetées par ses poumons.

La porte se rapprocha.

Se rapprocha encore.

Enfin, vers trois heures dans l'après-midi de cette longue journée de délire, tandis que son ombre commençait à s'étirer à sa gauche, il atteignit la porte. Il s'assit sur les talons et posa sur elle un regard las.

Elle était haute d'une toise, et semblait faite en bois de fer massif, bien qu'il n'y eût probablement aucun arbre à fer à moins de deux cents lieues de là. La poignée paraissait toute en or et le métal précieux était travaillé d'un filigrane étrange que le pistolero déchiffra enfin : c'était le faciès grimaçant d'un babouin.

Pas de trou de serrure dans ce bouton de porte, ni au-dessus ni au-dessous.

Des gonds en revanche, mais qui ne s'articulaient sur rien... *ou donnaient du moins cette impression* pensa-t-il. *Un mystère, des plus admirables certes, mais de quelle importance, au fond? Tu es en train de mourir. Et c'est ton propre mystère qui vient à toi – le seul qui compte pour tout être humain quand il approche de son terme.*

Pourtant... tout bien considéré, ce mystère-ci semblait avoir de l'importance.

Cette porte. Qui se dressait là où nulle porte n'aurait dû se trouver. Banalement posée sur ce sable grisâtre à quelque dix pas des marées les plus hautes, apparemment aussi éternelle que la mer elle-même, projetant vers l'est l'ombre oblique de son épaisseur alors que déclinait le soleil.

Ecrits en lettres noires aux deux tiers du panneau, écrits dans les caractères mêmes du Haut Parler, deux mots :

LE PRISONNIER

Un démon est en lui qui le possède. Ce démon a pour nom HÉROÏNE.

Le pistolero perçut un bourdonnement bas et l'imputa tout d'abord au vent ou à la fièvre qui le rongeait. Mais il lui fallut se rendre à l'évidence : il s'agissait d'un bruit de moteur... et qui provenait de derrière la porte.

Ouvre-la donc. Elle n'est pas fermée. Tu sais qu'elle n'est pas fermée.

Mais au lieu de l'ouvrir, il se releva sans élégance et la contourna par en haut, alla voir de l'autre côté.

Il n'y avait pas d'autre côté.

Rien que la plage grise à l'infini. Rien que les vagues, les coquillages, la laisse de haute mer et ses propres traces, la traînée de ses genoux, les trous de ses coudes. Ses yeux retournèrent sur l'emplacement de la porte absente et s'écarquillèrent un peu. Si la porte avait disparu, son ombre demeurait.

Il amorça un geste de la main droite – oh! comme elle était lente à comprendre quel serait désormais le rôle amputé qui lui restait –, la laissa retomber, leva la main gauche et, à tâtons, chercha une résistance.

Si je sens quelque chose, ce sera pourtant comme de frapper contre rien, pensa le pistolero. *Voilà qui serait intéressant à expérimenter avant de mourir.*

Sa main continua de rencontrer de l'air longtemps après avoir dépassé le point où – même invisible – la porte aurait dû se dresser.

Rien sur quoi frapper.

Et le bruit de moteur – s'il s'était bien agi de ça – s'était évanoui. Il ne restait que le vent, les vagues et, dans son crâne, le bourdonnement de la fièvre. Il retourna lentement vers l'autre face de ce qui n'existait pas, supputant déjà qu'il avait dû être victime d'une hallucination ou bien de...

Il s'immobilisa.

L'instant d'avant, il avait eu vers l'ouest la vue ininterrompue d'un rouleau gris et voilà que s'interposait l'épaisseur de la porte. Il découvrait de biais le coffre de la serrure, avec le pêne qui en saillait comme une petite langue de métal butée. Déplaçant la tête de quelques centimètres vers le nord, Roland vit la porte disparaître. Mais elle fut de nouveau là quand il reprit sa position initiale. Elle n'apparut pas. Elle était simplement là.

Il retourna devant la porte et la contempla, chancelant.

La contourner par la mer ? Il était pratiquement sûr que cela reviendrait au même, à ceci près qu'il tomberait, cette fois.

Je me demande s'il est possible de la franchir par le côté du néant.

Il y avait toutes sortes de questions à se poser mais la vérité, elle, était toute simple : cette porte solitaire sur une bande de plage apparemment infinie dictait seulement deux marches à suivre : l'ouvrir ou la laisser fermée.

Le pistolero prit conscience non sans humour qu'il ne mourait peut-être pas aussi vite qu'il l'avait pensé. Sinon, il n'aurait sans doute pas été à ce point perméable à la terreur.

Il tendit sa main gauche et la referma sur le bouton. Ni le froid mortel du métal ni la chaleur féroce et ponctuelle des signes qui y étaient gravés ne le surprirent.

Il tourna le bouton. La porte s'ouvrit vers lui quand il tira.

Ce n'était rien de tout ce à quoi il aurait pu s'attendre.

Il regarda, figé, proféra le premier cri de terreur de sa vie adulte et referma violemment la porte. Il n'y avait rien sur quoi la claquer mais il la claqua quand même, provoquant le bruyant envol des mouettes qui s'étaient perchées tout autour sur les rochers pour l'observer.

5

Ce qu'il avait vu, c'était la terre, mais de très haut – d'une hauteur inconcevable, plusieurs milles dans le ciel, semblait-il. Il avait vu l'ombre de nuages passer sur le globe, le traverser comme en un rêve. Il avait vu ce qu'aurait vu un aigle volant trois fois plus haut que n'importe quel aigle.

Franchir une telle porte signifierait tomber en hurlant, pendant d'interminables minutes, pour finir fiché dans le sol.

Non, tu n'as pas vu que ça.

Il y réfléchit alors qu'il s'asseyait, ébahi, sur le sable, face à la porte close, sa main blessée au creux des cuisses. L'infection commençait à préciser ses nervures au-dessus du coude. Il n'était pas douteux qu'elle dût bientôt atteindre le cœur.

C'était la voix de Cort qui avait résonné dans sa tête.

Ecoutez-moi, larves. Ecoutez-moi si vous tenez à la vie, car elle peut très bien en dépendre un de ces jours. Vous ne voyez jamais tout ce que vous voyez. C'est une des raisons pour lesquelles on vous a confiés à moi, pour que je vous montre ce que vous ne voyez pas dans ce que vous voyez... ce qui vous échappe quand vous avez la trouille, quand vous vous battez, quand vous courez, quand vous baisez. Personne ne voit tout ce qu'il voit, mais avant d'être des pistoleros – enfin, ceux d'entre vous qui ne partiront pas vers l'ouest – vous aurez appris à voir plus de choses dans un seul coup d'œil que bien des gens dans leur existence entière. Et une partie de ce que vous n'aurez pas vu dans ce premier regard, vous le verrez plus tard, par l'œil de la mémoire – enfin, si vous vivez assez longtemps pour vous souvenir. Car, entre voir et ne pas voir, il peut très bien y avoir la même différence qu'entre vivre et mourir.

Il avait vu la planète de cette hauteur phénoménale (avec là quelque chose de plus déviant, de plus vertigineux que sa vision de la croissance du monde juste avant la fin de son temps avec l'homme en noir, car ce qu'il avait vu par cette porte n'avait rien eu d'une vision). Et le peu d'attention qui lui était resté avait enregistré que la terre entrevue n'était ni désert ni mer mais quelque endroit verdoyant d'une inconcevable exubérance avec des alvéoles miroitantes qui lui avaient donné à penser qu'il s'agissait d'un marécage. Mais...

Le peu d'attention qui t'est resté, singea férocement la voix de Cort. *Tu as vu autre chose!*

Exact.

Il avait vu du blanc.

Des bords blancs.

Bravo, Roland! clama Cort en lui, et il eut l'impression qu'une main calleuse s'abattait sur son épaule. Il tressaillit.

C'était par une fenêtre qu'il avait regardé.

Il se releva au prix d'un effort intense et tendit la main, sentit le gel contre sa paume, et les brûlantes lignes de chaleur ténue. Il rouvrit la porte.

6

Le spectacle auquel il s'était attendu – celui de la terre vue d'une hauteur terrifiante, incroyable – avait disparu. Il regardait des mots qu'il ne comprenait pas... ou plutôt qu'il comprenait presque : c'était comme si les Grandes Lettres avaient été déformées...

Au-dessus des mots, l'image d'un véhicule sans attelage, une de ces automobiles que l'on supposait avoir rempli le monde avant que les temps changent. Il pensa soudain au récit de Jake quand, au relais, il l'avait hypnotisé.

Cette voiture mue par un moteur et près de laquelle riait une femme portant une étole de fourrure était peut-être ce qui avait écrasé l'enfant dans cet étrange autre monde.

C'est cet étrange autre monde que je vois, se dit le pistolero.

Soudain, la vue...

Non, ne se modifia pas, se déplaça. Le pistolero oscilla, saisi de vertige, vaguement nauséeux. Image et mots descendirent, et il découvrit une allée avec, par-delà, deux files de sièges. Quelques-uns vides, mais la plupart occupés... par des hommes vêtus d'étrange manière. Il présuma qu'il s'agissait d'un costume, tout en n'en ayant pourtant jamais vu de similaire. Et ce qu'ils avaient autour du cou faisait probablement fonction de foulard, ou de cravate, bien que, là encore, ça n'y ressemblât guère. Pour autant qu'il pût en juger, aucun n'était armé – ni dague ni épée, ni revolver bien sûr. A quelle espèce de brebis naïves s'apparentaient ces gens ? Certains semblaient plongés dans la lecture de grandes feuilles couvertes de caractères minuscules – des mots entrecoupés d'images –, d'autres écrivaient sur des feuilles plus petites avec des plumes comme Roland n'en avait jamais vu. Mais les plumes l'intéressaient peu. C'était le *papier* qui le fascinait. Il vivait dans un monde où l'or et le papier avaient exactement la même valeur. Jamais il ne lui avait été donné de voir tant de papier d'un seul coup. Et voilà que l'un de ces types arrachait une feuille du bloc jaune posé sur ses genoux et qu'il la froissait après s'être contenté de griffonner quelques lignes d'un côté et rien, absolument rien, de l'autre. Le pistolero n'était pas assez malade pour ne pas éprouver un sentiment d'horreur outragée devant ce gaspillage contre nature.

Derrière les deux séries de sièges, il y avait une paroi blanche incurvée percée de fenêtres. Toute une rangée. Quelques-unes occultées par une sorte de volet, mais il voyait le ciel bleu à travers les autres.

Voilà qu'une femme remontait l'allée, s'approchait de la porte. Elle portait une sorte d'uniforme, mais, encore une fois, d'un genre inconnu. Il était d'un rouge éclatant, et le bas était un pantalon. Roland voyait le confluent des deux jambes. C'était une chose qu'il n'avait jamais vue chez une femme habillée.

Elle approcha tant qu'il la crut sur le point de franchir la porte et recula d'un pas, en manquant tomber. Elle le regardait avec la sollicitude étudiée de quelqu'un qui accomplit un service tout en restant son propre maître. Mais ce n'était pas cela qui captiva le pistolero. Ce fut la fixité de l'expression qui le fascina. Ce n'était pas ce qu'on pouvait attendre d'une femme – de n'importe qui, en l'occurrence – confrontée à un personnage titubant, sale, exténué, avec des revolvers suspendus à ses hanches, un chiffon trempé de sang autour de la main droite, des jeans donnant l'impression d'être passés sur une sorte de scie circulaire.

– Souhaitez-vous... demanda la femme en rouge.

Elle ajouta autre chose dont l'exacte signification

lui échappa. A boire ou à manger, supposa-t-il. Ce vêtement rouge... ce n'était pas du coton. De la soie. Oui, ça ressemblait à de la soie, mais comment...

– Gin, répondit une voix, mot que le pistolero comprit.

Et il comprit soudain beaucoup plus :

Il ne s'agissait pas d'une porte.

C'étaient des yeux.

Si dément que cela parût, son regard embrassait en partie l'intérieur d'un véhicule volant dans le ciel. Et ce regard passait par les yeux d'un autre.

De qui?

Mais il connaissait la réponse. Il voyait par les yeux du prisonnier.

CHAPITRE 2

Eddie Dean

1

Comme pour confirmer cette hypothèse, si folle fût-elle, ce que le pistolero voyait par l'ouverture s'éleva brusquement tout en opérant un glissement latéral. Le décor pivota (de nouveau cette sensation de vertige, celle de se tenir en équilibre sur un plateau à roulettes que des mains invisibles auraient bougé dans un sens et dans l'autre), puis l'allée se dévida, s'esquivant par le bord inférieur de la porte. Au passage, il vit un groupe de femmes, vêtues du même uniforme rouge, debout dans un endroit plein d'acier. Malgré la douleur et la fatigue, il aurait aimé que la scène s'immobilisât, le temps de mieux comprendre ce qu'étaient ces objets en acier – des appareils de quelque type, sans doute. L'un d'eux ressemblait vaguement à un four. La soldate qu'il avait déjà vue servait le gin commandé par la voix. Elle le versait d'une toute petite bouteille en verre dans un gobelet qui, bien que donnant l'impression d'être en verre, ne l'était sans doute pas.

Mais ce qui lui était montré de cet endroit avait déjà disparu. Il y eut encore un autre de ces vertigineux virages et son regard se retrouva fixé sur une porte de métal. Un mot y était inscrit en lettres lumineuses dans un petit rectangle foncé. Un mot qu'il sut lire : LIBRE.

Léger glissement de son champ de vision vers le bas

et une main venue du côté droit de la porte ouverte où il plongeait son regard se posa sur le bouton de cette autre porte fermée qu'il regardait. Il vit la manchette d'une chemise bleue suffisamment retroussée pour révéler une pilosité noire et drue, de fermes virgules qui descendaient en rangs serrés sur une main aux doigts effilés. L'un d'eux était orné d'une bague dont la pierre pouvait être un rubis ou un sourdfeu, voire n'importe quelle imitation, conclut finalement le pistolero : la gemme était trop grosse et trop vulgaire pour être authentique.

La porte en métal s'ouvrit, le mettant en présence des plus insolites latrines qu'il eût jamais vues : rien que du métal. Les contours de la porte d'acier se superposèrent à ceux de la porte sur la plage, et le pistolero l'entendit se refermer, perçut le claquement d'un loquet. S'étant vu épargner une autre de ces étourdissantes volte-face, il comprit que l'homme qui lui prêtait ses yeux s'était contenté de tendre la main derrière lui pour verrouiller le battant.

Puis la vue changea quand même, opérant cette fois un simple quart de tour, et il se retrouva face à une glace, face à un visage qu'il connaissait... pour l'avoir vu précédemment sur une lame de tarot. Les mêmes yeux sombres, les mêmes cascades de mèches foncées. Un visage calme et pourtant pâle. Et dans ces yeux – des yeux dont, par leur propre entremise, son regard découvrait à présent le reflet –, le pistolero vit un peu de l'horreur, de la terreur qui avaient hanté ceux de l'être chevauché par le singe sur la carte en question.

L'homme tremblait.

Il est malade, lui aussi.

Puis il se rappela Nort, le mangeur d'herbe de Tull.

Un démon est en lui qui le possède.

Le pistolero pensa qu'après tout il savait peut-être ce qu'était l'HÉROÏNE : quelque chose de comparable à l'herbe du diable.

Un rien inquiétant, non?

42

Sans l'ombre d'une pensée, avec cette seule détermination qui avait fait de lui le survivant d'entre tous, le dernier à avancer, à poursuivre la quête, longtemps après que Cuthbert et les autres avaient péri ou renoncé, qu'ils s'étaient suicidés, avaient trahi ou, simplement, abdiqué tout ce qui les rattachait à la Tour, avec cette détermination opiniâtre, indifférente, qui l'avait porté, au travers du désert et de toutes ces années précédant le désert, dans le sillage de l'homme en noir, le pistolero franchit la porte.

2

Eddie commanda un gin-tonic – débarquer bourré à New York et passer la douane comme ça n'était peut-être pas une idée si lumineuse, et il se savait incapable de s'arrêter une fois qu'il aurait commencé – mais il lui fallait absolument quelque chose.

Quand tu te sens sur la descente et que l'ascenseur est introuvable, lui avait un jour dit Henry, *tu dois y arriver par n'importe quel moyen, même si c'est en t'aidant d'une seule pelle.*

Puis, après avoir commandé, quand l'hôtesse se fut éloignée, il commença de se sentir comme s'il allait peut-être vomir. Pas vomir à coup sûr mais vomir peut-être, et il valait mieux prendre ses précautions. Franchir la douane avec une livre de coke sous chaque bras en empestant le gin n'était déjà pas si génial. Faire la même chose avec du dégueulis sur le pantalon, c'était la Berezina. Donc, méfiance. Le malaise allait probablement passer comme d'habitude, mais on n'était jamais trop prudent.

Le problème, c'est qu'il était parti pour être bientôt en manque. Disons que ça se rapprochait. Là aussi, il commençait à en savoir un bout grâce à l'expérience de cet autre sage & éminent junkie, Henry Dean.

Ils se tenaient tous les deux installés dans le parc sur la terrasse de Regency Tower, pas tout à fait sur le point de piquer du nez mais s'y acheminant, la chaleur du soleil sur la figure, lessivés et si bien... Oui, c'était le bon vieux temps, quand Eddie venait juste de se mettre à sniffer et que Henry n'avait pas encore touché à sa première shooteuse.

Tout le monde te parle de la phase de manque, avait dit Henry, *mais d'abord, il te faut passer par les préliminaires.*

Et Eddie, défoncé, complètement parti, s'était mis à glousser comme un malade parce qu'il savait exactement ce dont Henry parlait. Henry qui s'était juste fendu d'un sourire avant de reprendre :

Dans un sens, les préliminaires c'est pire que le vrai manque. Au moins, quand t'es en manque, t'es sûr que tu vas gerber. Sûr des tremblements, sûr que tu vas te mettre à suer au point d'avoir l'impression de te noyer dedans. Mais, avant, c'est comme qui dirait la malédiction de l'attente.

Eddie se rappelait avoir demandé à Henry comment on appelait ça quand un mec à la poussette (ce qu'en ces temps – déjà perdus dans les brumes du passé sans pourtant remonter à plus de seize mois – ils avaient solennellement juré de ne jamais devenir) se faisait une overdose.

Ça, c'est la phase ultime, avait répondu Henry, *pire que de se sentir devenir un poulet rôti au four.* Et il avait eu l'air surpris, comme quand on dit quelque chose qui se révèle beaucoup plus drôle qu'on ne l'avait pensé. Ils s'étaient regardés puis ils avaient hurlé de rire dans les bras l'un de l'autre. Poulet rôti! Oh, le gag! Pas tant que ça maintenant.

Eddie remonta l'allée, dépassa l'office et se planta devant les gogues. LIBRE. Il ouvrit la porte.

Dis, Henry, ô grand frère, grand sage & éminent junkie, pendant qu'on est sur nos compagnons à plume, tu veux entendre ma définition du pigeon rôti? C'est quand, à Kennedy Airport, les types des douanes se disent que, vraiment, tu as une drôle de touche, ou que tu tombes sur l'un de ces jours où ils ont amené leurs chiens au nez diplômé, et que tous

*ces cabots se mettent à aboyer et à pisser partout,
qu'ils tirent sur leur chaîne à s'en étrangler et que
c'est contre toi qu'ils en ont. Et qu'ensuite, après
avoir éparpillé tout ce que tu avais dans tes valises,
les types t'emmènent dans la petite pièce et te
demandent si ça ne te ferait rien d'enlever ta chemise, et que tu leur réponds : mais si, ça me ferait
un max, j'ai chopé un petit rhume aux Bahamas et,
avec votre climatiseur réglé sur Froid Polaire, ça
pourrait bien tourner à la pneumonie, et qu'ils te
disent : tiens, tiens! Vous êtes toujours en nage
quand le climatiseur fait trop bien son boulot? bon,
ben faudra nous excuser, Mr Dean, mais on y tient :
retirez votre chemise, et tu le fais, et alors ils te
disent qu'après tout vaudrait mieux ôter aussi ton
T-shirt car tu as l'air d'être un cas clinique, ouais,
mon gars, ces grosseurs sous tes aisselles, ça pourrait bien ressembler à des tumeurs lymphatiques ou
à des trucs du même genre, et tu ne te donnes même
pas la peine d'ajouter quoi que ce soit, c'est comme
le joueur au centre du terrain quand il ne se donne
pas la peine de poursuivre la balle qui a été cognée,
il ne fait que se retourner pour la regarder filer à
Pétaouchnok : quand c'est parti, c'est parti. Tu
enlèves donc ton T-shirt et, visez-moi ça, les mecs,
c'est qu'il est du genre veinard, ce ne sont pas des
tumeurs, à moins que ce soit ça les tumeurs du
corps social. Ouaf-ouaf-ouaf, sûr, on dirait plutôt
des sacs en plastique, maintenus par du sparadrap
et à ce propos, p'tit gars, pour l'odeur, ne te fais pas
de bile, c'est seulement le pigeon : il est archicuit.*

Il passa la main derrière lui, bascula le loquet. La
lumière explosa dans les toilettes. Le bruit des
moteurs n'était plus qu'un bourdon assourdi. Il se
tourna vers la glace, histoire de mesurer les dégâts et,
soudain, terrifiante, pénétrante, une sensation le submergea : celle d'être observé.

Arrête, mec, se dit-il, mal à l'aise. *Théoriquement,
y a pas un type au monde qui soit moins parano que*

toi. C'est pour ça qu'on t'a expédié là-bas. C'est pour ça...

Mais, brusquement, ce fut comme si ce n'étaient pas ses yeux dont le miroir lui renvoyait l'image, pas les yeux noisette presque verts d'Eddie Dean qui avaient fait fondre les cœurs à qui mieux mieux et lui avaient fait écarter tant de jolies paires de cuisses dans les trois dernières de ses vingt et une années d'existence, non pas ces yeux mais ceux d'un étranger. Et non pas noisette mais du même bleu qu'un Levis délavé. Des yeux glacés, précis, merveilleux. Des yeux de bombardier.

Et il y vit reflétée – nettement, sans erreur possible – une mouette qui descendait raser un brisant pour en extraire quelque chose.

Il eut le temps de penser : *Nom de Dieu, qu'est-ce que c'est que cette merde ?* puis sut que ça n'allait pas passer, qu'il était bel et bien sur le point de gerber.

Dans la demi-seconde qui précéda cet instant, dans cette demi-seconde où il continua de se regarder dans la glace, il vit s'effacer les yeux bleus... mais pas avant d'avoir eu la soudaine sensation d'être deux personnes... d'être *habité* comme la petite fille dans *L'Exorciste.*

Distinctement, il sentait un autre esprit à l'intérieur du sien, entendait une pensée, non pas comme l'une des siennes, plutôt comme une voix à la radio : *Je suis de l'autre côté. Je suis dans la diligence du ciel.*

Il y eut d'autres mots, mais qu'Eddie Dean ne put entendre, occupé qu'il était à vomir le plus discrètement possible.

La crise passée, alors qu'il allait s'essuyer la bouche, il se produisit quelque chose qui ne lui était jamais arrivé auparavant. L'espace d'un épouvantable instant, il n'y eut rien, juste un intervalle vide. Comme si, dans un journal, une petite ligne dans une colonne avait été soigneusement, totalement caviardée.

Qu'est-ce qui se passe ? pensa Eddie, désemparé.

Bordel de Dieu, qu'est-ce que c'est que cette merde?

Puis il lui fallut de nouveau vomir, et peut-être ne fut-ce pas plus mal. Quelque défaut qu'on lui trouve, la régurgitation a pour le moins ce mérite : aussi longtemps qu'on s'y adonne, il est impossible de penser à autre chose.

3

Je suis de l'autre côté. Je suis dans la diligence du ciel, se dit le pistolero. (Et une seconde plus tard :) *Il me voit dans la glace!*

Roland se mit en retrait – ne quitta pas les lieux mais se mit en retrait, comme un gosse reculant se poster à l'extrême bout d'une très longue pièce. Il était à l'intérieur du véhicule céleste, mais aussi à l'intérieur d'un homme qui n'était pas lui. A l'intérieur du prisonnier. Dans ce premier instant, quand il s'était retrouvé presque *à l'avant* (c'était la seule description qu'il en pût donner), il n'avait pas fait qu'être à l'intérieur de cet homme, il avait été pratiquement lui. Il avait senti que ça n'allait pas – quelle que fût la nature du malaise –, que la nausée montait. Il comprit qu'il pouvait au besoin prendre le contrôle de ce corps. Qu'il en connaîtrait les souffrances et serait chevauché par ce démon-singe dont son hôte était la monture, certes, mais qu'il en était capable, si nécessaire.

Comme il pouvait choisir de rester en retrait, inaperçu.

Quand les vomissements cessèrent, il bondit... au premier plan, cette fois, directement. La situation lui échappait pour l'essentiel, et agir ainsi dans le brouillard, c'était s'exposer au pire, mais il avait besoin de savoir deux choses, un besoin si désespéré qu'il l'emportait sur toute conséquence susceptible de se faire jour.

Cette porte qu'il avait franchie pour venir de son monde, existait-elle encore?

Et si oui, son corps l'attendait-il là-bas, évanoui, inoccupé, mourant peut-être, voire déjà mort sans le moi de son moi pour veiller à la bonne marche des poumons, du cœur et des nerfs? Aurait-il survécu qu'il n'en aurait plus pour longtemps, de toute manière, jusqu'à la tombée de la nuit, quand les homarstruosités sortiraient poser leurs questions et se mettre en quête de leur dîner.

Il tourna brusquement cette tête qui pour l'heure était la sienne.

La porte était toujours là, dans son dos, ouverte sur son monde, ses gonds disparaissant dans la paroi d'acier de ces singulières latrines. Et lui aussi était là, lui, Roland, le dernier pistolero, couché sur le côté, sa main bandée plaquée sur l'estomac.

Je respire toujours, constata-t-il. *Je vais y retourner et me déplacer. Mais j'ai des choses à faire avant. Des choses...*

Il lâcha de nouveau l'esprit du prisonnier et battit en retraite, observa, attendit de voir si l'autre avait ou non conscience de sa présence.

4

La crise passée, Eddie resta penché sur le lavabo, les yeux fermés, paupières crispées.

Une seconde de passage à vide. J' sais vraiment pas ce que c'était. Est-ce que j'ai regardé autour de moi?

Il chercha le robinet à tâtons et fit couler l'eau froide, s'en aspergea les joues et le front, les yeux toujours clos.

Puis ce fut impossible à éviter plus longtemps : il se regarda de nouveau dans la glace.

C'étaient ses yeux.

Pas de voix étrangères dans sa tête.

Pas la moindre sensation d'être observé.

Tu viens de nous faire une petite fugue, Eddie, l'éclaira le grand sage & éminent junkie. *Ça n'a rien de rare quand on commence les premiers stades du manque.*

Eddie jeta un coup d'œil à sa montre. Encore une heure et demie avant New York. L'atterrissage était prévu pour 4 h 05, régime horaire de la côte Est, mais il allait être midi juste en réalité. L'heure d'abattre son jeu.

Il retourna s'asseoir. Son verre l'attendait. Il y avait deux fois trempé les lèvres quand l'hôtesse réapparut, lui demandant s'il désirait autre chose. Il ouvrit la bouche pour dire non... et il eut une autre de ces bizarres absences.

5

– Oui, vous n'auriez pas quelque chose à manger? dit le pistolero par la bouche d'Eddie Dean.

– Nous servirons un repas chaud dans...

– C'est que j'ai vraiment faim, dit Roland, parfaitement sincère. N'importe quoi, même un petit pain...

– Un petit pain? répéta la fille en uniforme.

Elle lui lança un drôle de regard et il se retrouva fouillant l'esprit du prisonnier. *Sandwich...* mot lointain comme un murmure entendu dans une coquille.

– Oui, même un sandwich, dit le pistolero.

La soldate eut l'air indécise.

– Euh... je dois en avoir au thon...

– Ce sera parfait, répondit Roland bien qu'il n'eût pas la moindre idée de ce que pouvait être du thon.

– Je vous ai vu tout pâle, dit-elle. Et j'ai pensé que vous aviez peut-être le mal de l'air.

– Seulement faim.

Elle le gratifia d'un sourire professionnel.

– Bon. Je vais voir ce que je peux déchiner.

Déchiner? se répéta Roland ahuri. Dans son monde, le verbe déchiner signifiait en argot prendre une femme de force. Aucune importance. Il allait avoir à manger, il ignorait encore comment il allait se débrouiller pour ramener cette nourriture au corps qui en avait tant besoin, mais chaque chose en son temps.

Déchiner, pensa-t-il encore une fois, et quelque chose comme une mimique incrédule anima les traits d'Eddie Dean.

Puis le pistolero se mit de nouveau en retrait.

6

Les nerfs, lui assura le grand oracle & éminent junkie. *Les nerfs, sans plus. Rien qui soit étranger à l'expérience du manque.*

Mais si c'étaient les nerfs, comment expliquer cette étrange torpeur qui s'emparait de lui – étrange parce qu'il aurait dû être à cran, avoir envie de se tortiller et de se gratter, comme toujours avant les vrais tremblements. Même s'il n'était qu'à ce stade des préliminaires, comme disait Henry, restait le fait qu'il allait tenter de passer la douane avec un kilo de coke, crime passible de rien moins que dix ans de prison fédérale. Et voilà que, par-dessus le marché, il se mettait à avoir des absences.

Et pourtant, cette torpeur...

Il prit encore une gorgée de gin et laissa ses yeux se fermer.

Pourquoi t'es-tu évanoui?

Si j'avais fait ça, elle aurait rappliqué avec leur trousse de premiers secours.

Décollé, alors? Ce n'est pas très bon non plus. Ça ne t'est jamais arrivé. Piquer du nez, oui, mais décoller, jamais.

Quelque chose de bizarre aussi dans sa main droite.

Il y sentait des élancements sourds, comme s'il s'était donné un coup de marteau.

Il la plia sans rouvrir les yeux. Pas de douleur. Pas d'élancements. Pas d'yeux bleus, d'yeux de bombardier. Quant aux absences, il fallait n'y voir qu'une combinaison de cet état de poulet frais avec une bonne dose de ce que le grand oracle & éminent junkie et cetera aurait sans nul doute appelé le blues du passeur.

N'empêche que je vais m'assoupir, se dit-il. *Comment ça se fait ?*

Le visage de Henry dériva devant lui comme un ballon lâché. *Ne te fais pas de bile, frérot*, disait-il. *Tout va marcher comme sur des roulettes. Tu prends l'avion pour Nassau et tu descends à l'hôtel Aquinas. Un mec t'y contacte vendredi soir. Un type cool. Il va te bichonner, te laisser le nécessaire pour passer le week-end. Dans la soirée du dimanche il t'apportera la coke, et toi, tu lui donneras la clé de la consigne. Lundi matin : routine, tu fais ce que Balazar a dit. C'est au gars de jouer. Il connaît la musique. Lundi midi, vol retour, et comme on te donnerait le Bon Dieu sans confession, tu vas nous passer la douane les doigts dans le nez, si bien qu'avant le coucher du soleil on sera en train de se taper un steak au Sparks, toi et moi. Crois-moi, petit frère, ça va aller comme sur des roulettes.*

En fait, les roulettes semblaient avoir été grippées.

Son problème avec Henry, c'est qu'ils étaient comme Charlie Brown et Lucy. A ceci près qu'il arrivait à Henry de laisser le ballon à Eddie pour qu'il puisse taper dedans... pas souvent, mais de temps en temps quand même. Eddie avait même songé – au cours d'une de ses stupeurs héroïennes – à écrire à Charles Schultz. *Cher Mr Schultz*, lui aurait-il dit dans sa lettre, *vous ratez quelque chose en faisant que Lucy retire toujours le ballon au dernier moment. Il faudrait qu'elle le laisse de temps à autre. Que Charlie Brown ne puisse jamais être sûr, vous comprenez? Elle pourrait faire en sorte qu'il shoote deux, trois ou même quatre fois d'affilée, puis plus rien pendant un mois, puis encore une fois, une seule, et de nouveau trois ou quatre jours où elle retire le ballon, puis... bref, vous voyez ce que je veux dire. Voilà qui ferait flipper le gamin pour de bon.*

Eddie savait que ça le ferait flipper.

Il le savait par expérience.

Un type cool, avait dit Henry, mais ce mec qui s'était pointé avait l'accent anglais, le teint jaune et une fine moustache semblant sortir d'un film noir des années 40, sans parler de ses dents carrément ocre qui penchaient toutes vers l'intérieur et faisaient penser à un piège préhistorique.

— Vous avez la clé, *señor*? lui avait-il demandé.

— Elle est en lieu sûr, si c'est ce que vous voulez dire.

— Alors, donnez-la-moi.

— C'est pas prévu comme ça. Vous êtes censé me donner de quoi passer le week-end puis m'amener la coke dimanche soir. Moi, je vous donne alors la clé. Le lundi, vous descendez en ville et vous vous en servez pour récupérer autre chose. Je ne sais pas quoi, vu que ce n'est pas mes affaires.

Soudain, il y eut un petit automatique bleu extraplat dans la main du machin jaune.

— Pourquoi ne me la donnez-vous pas tout de suite, *señor*? Cela m'évitera de perdre mon temps et vous d'y perdre la vie.

Junkie ou pas, Eddie avait des nerfs d'acier. Henry le savait et, plus important, Balazar aussi. C'était pour ça qu'on l'avait envoyé. La plupart pensaient qu'il y était allé parce qu'il était accro. Il le savait, Henry le savait, Balazar le savait. Mais Henry et lui étaient les seuls à savoir qu'il y serait allé même s'il n'avait jamais touché à la came. Pour Henry. Balazar n'avait pas été aussi loin dans son raisonnement. Mais Balazar pouvait aller se faire foutre.

— Et vous, pourquoi ne rangez-vous pas ce truc,

espèce de minable? demanda Eddie. Ou vous avez peut-être envie que Balazar expédie quelqu'un qui vous arrachera les yeux avec un vieux couteau rouillé.

Le type sourit. L'arme disparut comme par magie et, à la place, une petite enveloppe apparut. Il la tendit à Eddie.

– Je plaisantais, vous savez.

– Si vous le dites.

– Bon, à dimanche soir, fit l'homme, déjà face à la porte.

– Je crois que vous feriez mieux d'attendre.

Machin jaune se retourna, l'air étonné.

– Vous pensez peut-être que je vais rester là si j'ai envie de m'en aller?

– Je pense surtout que si vous partez et que ce qu'il y a là se révèle être de la merde, c'est moi qui ne serai pas parti demain. Et vous qui serez dans de sales draps.

L'autre fit demi-tour et, maussade, alla s'asseoir dans l'unique fauteuil de la pièce pendant qu'Eddie ouvrait l'enveloppe et en faisait glisser une petite quantité de poudre brun clair.

– Je sais la gueule que ça a, lança Machin jaune, ça a l'air moche, mais c'est juste le coupage. En fait, c'est de la bonne.

Eddie arracha une feuille du bloc posé sur le bureau et sépara du tas quelques grains qu'il prit sur son doigt pour se les frotter sur le palais. Une seconde plus tard, il cracha dans la corbeille à papiers.

– Vous en avez marre de la vie? C'est ça? Vous avez un dernier souhait?

– C'est tout ce qu'il y a, lâcha l'homme, plus maussade que jamais.

– J'ai une réservation pour demain, dit Eddie. (C'était faux mais il ne croyait pas que le type eût les moyens de vérifier.) Sur un vol TWA. Je l'ai prise de ma propre initiative, pour le cas où le contact serait un connard dans votre genre. Moi, je m'en fiche de tout laisser tomber. C'est même un soulagement. Je ne suis pas fait pour ce genre de boulot.

Machin jaune cogita. Eddie se concentra sur son immobilité. Tout en lui, pourtant, brûlait de bouger, de glisser un pied sur l'autre, de sautiller et de se trémousser, de se gratter les endroits qui le démangeaient, de faire craquer ses articulations. Il sentait même ses yeux prêts à dériver vers le tas de poudre brune, bien qu'il sût que c'était du poison. Il s'était piqué à dix heures et un nombre égal d'heures s'était écoulé depuis. Toutefois, s'il se permettait l'un ou l'autre de ces mouvements, la situation changerait. Le type ne faisait pas que cogiter, il l'observait, tentait d'évaluer sa pointure.

— Il se peut que je puisse trouver quelque chose.

— Donc, essayez. Mais, à onze heures, j'éteins, j'accroche la pancarte NE PAS DÉRANGER sur ma porte et, qui que ce soit qui frappe après ça, j'appelle la réception et je leur dis de m'envoyer quelqu'un pour me débarrasser d'un intrus.

— Vous êtes un enculé, dit l'homme dans son impeccable accent britannique.

— Erreur. Ça, c'est ce que vous attendiez. Or, c'est pas mon genre. Maintenant vous allez me faire le plaisir d'être ici avant onze heures avec un truc que je puisse consommer – pas besoin que ce soit génial, juste consommable – ou vous ferez un beau cadavre de connard.

7

Machin jaune n'attendit pas onze heures. A neuf heures trente il était là. Eddie devina qu'il n'avait pas été chercher cette autre poudre plus loin que dans sa voiture.

Il y en avait un petit peu plus cette fois. Pas blanche mais d'un ivoire terne assez prometteur.

Eddie la goûta. Correcte, apparemment. Mieux que

ça, vraiment bonne. Il roula un billet, s'octroya un petit snif.

– Bon. A dimanche, donc, lança le type qui se leva.

– Attendez, fit Eddie sur le même ton que si c'était lui qui avait le pistolet.

En un sens, c'était lui qui l'avait. Une arme nommée Balazar. Balazar était un caïd dans le pays des merveilles new-yorkais de la drogue.

– Attendre? (L'autre fit volte-face et regarda Eddie comme s'il le croyait bon pour le cabanon.) En quel honneur?

– Ce que j'en dis, c'est pour vous. Si je suis malade comme un chien avec ce que je viens de m'envoyer, on en reste là. On en reste également là, évidemment, si j'en crève. Mais je me disais que si j'étais seulement un tout petit peu malade, je pourrais vous laisser encore une chance. Comme dans l'histoire où ce mec frotte la lampe et a droit à trois vœux.

– Vous ne serez pas malade. C'est de la chinoise.

– Si c'en est, dit Eddie, moi je suis Dwight Gooden.

– Qui?

– Laissez tomber.

L'homme retourna s'asseoir. Eddie s'installa près du petit tas de poudre blanche disposé sur le bureau de la chambre de motel. (L'attrape-camé, ou quoi que c'eût été, avait depuis longtemps disparu dans les chiottes.) A la télé, l'équipe des Braves se faisait rétamer par celle des Mets grâce aux bons offices de la W.T.B.S. et de l'antenne parabolique géante qui équipait le toit de l'hôtel Aquinas. Eddie sentit comme une vague aura de sérénité qui semblait émaner de l'arrière-plan de son esprit... à ceci près qu'il ne s'agissait pas d'une impression, qu'elle venait réellement de là, de ce faisceau de câbles vivants à la base de sa colonne vertébrale, là où – il le savait pour l'avoir lu dans des revues médicales – s'installait l'assuétude à l'héroïne par un épaississement anormal du tissu nerveux.

Tu veux décrocher en cinq sec? qu'il avait un jour demandé à Henry. *Casse-toi la colonne vertébrale. Tu ne pourras plus marcher, plus baiser, mais ton besoin de shooter aussi aura disparu.*

Henry n'avait pas trouvé ça drôle.

A vrai dire, Eddie non plus. Quand le seul moyen rapide de secouer la guenon qu'on avait sur le dos était de se rompre la moelle épinière au-dessus du fameux faisceau de nerfs, c'est que le singe était du genre mahous. Pas un capucin, pas une de ces mignonnes petites mascottes pour joueurs d'orgue de Barbarie, mais un gros vieux babouin vicieux.

Il commençait à avoir la goutte au nez.

— Bon. Ça ira, finit-il par dire. Vous pouvez débarrasser le plancher, connard.

Le type se leva.

— J'ai des amis, dit-il. Ils pourraient venir s'occuper de vous. Et alors vous me supplierez de pouvoir me dire où est cette clé.

— Pas moi, mec. Il y a erreur sur la personne.

Et il sourit. Sans savoir ce que donnait ce sourire. Mais ça ne devait rien avoir de très jovial car Machin jaune débarrassa le plancher, le débarrassa vite, et sans jeter un regard en arrière.

Quand il eut la certitude que l'autre était bien parti, Eddie fit sa popote.

Se shoota.

Dormit.

8

Comme il dormait maintenant.

Le pistolero, quelque part dans l'esprit de cet homme (d'un homme dont il ignorait toujours le nom : la canaille que le prisonnier nommait en pensée « Machin jaune » ne l'avait pas su et, partant, ne l'avait pas prononcé), assistait à tout cela comme à ces pièces de théâtre qu'on voyait jadis, avant que le monde n'eût changé... ou pensait ainsi regarder les choses car c'était le seul spectacle dont il eût l'expérience. Eût-il connu le cinéma que la comparaison se fût instantanément imposée. Ce qu'il ne voyait pas stricto sensu, il l'avait prélevé dans les pensées du prisonnier, dans des associations en étroit voisinage. Cette histoire de nom restait toutefois bizarre. Il connaissait celui du frère de son hôte mais pas celui de ce dernier. Evidemment, les noms étaient secrets par essence, investis de pouvoir.

Et, d'ailleurs, le nom de cet homme n'importait guère. Deux choses comptaient : qu'il y eût en lui cette faiblesse de toxicomane et, sous cette faiblesse, de l'acier, enfoui comme un pistolet dans la gangue de sables mouvants.

Douloureusement, il rappelait Cuthbert au pistolero.

Quelqu'un approchait. Endormi, le prisonnier n'en prit pas conscience, mais le pistolero, qui ne dormait pas, bondit au premier plan.

9

Bravo! pensa Jane. *Il me dit qu'il a une faim de loup, alors moi je lui prépare quelque chose parce qu'il est plutôt mignon, et voilà que je le trouve en train de roupiller.*

Puis le passager – une vingtaine d'années, grand, vêtu d'un jean à peine décoloré, propre, et d'une chemise écossaise – entrouvrit les yeux et lui sourit.

– Grand merci, dit-il, ou du moins crut-elle entendre.

Quelque chose de presque archaïque... ou étranger. *Il dort encore,* se dit-elle. *C'est tout.*

– De rien.

Elle lui sourit, son plus beau sourire d'hôtesse, sûre

qu'il allait se rendormir et que le sandwich serait encore intact quand viendrait l'heure de manger pour de bon.

Bof, lui avait-on appris à s'attendre à autre chose?

Elle regagna l'office pour s'en fumer une.

Elle gratta l'allumette qui monta jusqu'à mi-chemin de sa cigarette puis s'immobilisa, oubliée. Non, ce n'était pas là tout ce qu'on avait appris à Jane.

Si je l'ai trouvé plutôt mignon, c'est principalement à cause de ses yeux noisette.

Or, les yeux que, l'instant d'avant, l'occupant du siège 3A venait d'ouvrir n'étaient pas noisette mais bleus. Et pas de cette douceur azurée des iris de Paul Newman mais d'un bleu d'iceberg. Ils...

– Aïe!

La flamme avait atteint ses doigts. Elle s'en débarrassa.

– Ça va, Jane? demanda Paula.

– Impec. Je rêvassais.

Elle gratta une autre allumette et, cette fois, s'acquitta correctement de sa tâche. A peine eut-elle tiré la première bouffée que l'explication se présenta, parfaitement rationnelle : il portait des verres de contact. Ce type de verres qui vous changent la couleur des yeux. Il était allé aux toilettes. Y était resté assez longtemps pour qu'elle s'inquiétât, se demandât s'il n'avait pas le mal de l'air. Avec ce teint pâle, la confusion était possible. Mais non, il y avait seulement été retirer ses verres de contact afin d'être plus à l'aise pour piquer un petit somme. Logique, non?

Il se peut que vous sentiez quelque chose, fit soudain une voix surgie de son passé, d'un passé proche. *Un truc qui vous titille. Et vous êtes sans doute à même de voir ce qui cloche.*

Des lentilles colorées.

Jane Dorning connaissait pour le moins deux douzaines de personnes qui portaient des verres de contact. La plupart travaillant pour la compagnie.

Aucun n'avait jamais fait de commentaires sur ce choix mais il avait peut-être été dicté, se disait-elle, par leur sensation unanime que les passagers n'aimaient pas voir le personnel navigant porter des lunettes... que ça les rendait nerveux.

Sur tous ces gens, elle en connaissait peut-être quatre dont les verres étaient colorés. Les lentilles ordinaires n'étaient pas bon marché, celles de couleur coûtaient les yeux de la tête. Dans les relations de Jane, les seules capables de lâcher tant d'argent pour ce genre de choses étaient des femmes, toutes futiles à l'extrême.

Et alors? Pourquoi les mecs ne seraient-ils pas futiles, eux aussi? C'est qu'il est beau garçon.

Non. Mignon, peut-être... et encore. Avec ce teint blême, il n'était mignon que de justesse. Alors pourquoi ces lentilles de couleur?

Les passagers ont souvent peur en avion.

Dans un monde où piraterie aérienne et trafic de drogue sont devenus monnaie courante, le personnel volant a souvent peur des passagers.

La voix qui l'avait dirigée sur ces pensées était celle d'une des formatrices à l'école des hôtesses, une vieille dure à cuire donnant l'impression d'avoir fait la Postale avec Mermoz. Elle leur disait : « Ne faites pas taire vos soupçons. Même si vous oubliez tout ce que vous avez appris d'autre sur la manière de se comporter face à des terroristes effectifs ou potentiels, souvenez-vous d'une chose : *Ne faites pas taire vos soupçons.* Dans certains cas, lors de l'enquête, tout un équipage vous dira qu'il ne se doutait de rien jusqu'à ce que le type sorte une grenade et gueule : " Virez sur Cuba ou tout le monde à bord va rejoindre le jet-stream. " Mais dans la plupart des cas, il y en aura toujours un ou deux – généralement stewards ou hôtesses comme vous le serez dans moins d'un mois – pour dire qu'ils ont senti quelque chose. Comme un titillement. L'impression que le type du fauteuil 91C ou la jeune femme du 5A n'étaient pas tout à fait normaux. Ils l'ont senti mais ils n'ont rien fait. Ils n'allaient quand même pas risquer de se faire virer pour ça! On ne met pas un type aux fers parce qu'on n'aime pas la façon dont il se gratte! Le vrai problème est qu'ils ont senti quelque chose... puis qu'ils l'ont oublié. »

La vieille routière du ciel avait levé un doigt carré. Jane Dorning, fascinée comme toutes ses condisciples, l'avait écoutée poursuivre : « Si vous sentez ce petit truc qui vous titille, ne faites rien... mais cela inclut : gardez-vous d'oublier. Parce qu'il y a toujours une petite chance que vous puissiez étouffer quelque chose dans l'œuf... quelque chose comme douze jours d'escale imprévue sur l'aérodrome pourri de quelque Etat arabe. »

Rien que des lentilles de contact colorées mais...
Grand merci.

Mots marmonnés dans un demi-sommeil? Ou baragouin maternel qui lui avait échappé?

Elle allait rester sur le qui-vive, décida-t-elle.

Et se garder d'oublier.

10

C'est le moment, pensa le pistolero. *On va bien voir.*

Il s'était trouvé en mesure de passer de son monde à ce corps par cette porte au bord de l'océan. Il lui fallait à présent savoir s'il pouvait ou non y rapporter des choses. Oh, pas y retourner. Il ne doutait pas de pouvoir, quand il le voudrait, franchir cette porte en sens inverse, réintégrer son corps souffrant, empoisonné. Mais qu'en était-il du reste, des autres objets matériels? Ce qu'il avait devant lui, par exemple, ce sandwich au thon comme l'avait appelé la femme en uniforme. S'il n'avait pas la moindre idée de ce qu'était un thon, il savait reconnaître un petit pain quand il en avait un sous les yeux, encore que, bizarrement, on eût omis de cuire celui-ci.

60

Son corps avait besoin d'être nourri, abreuvé aussi, mais par-dessus tout réclamait des soins. Faute d'un contrepoison, la morsure de l'homarstruosité promettait d'être fatale. Un tel médicament devait exister dans ce monde où les diligences volaient dans le ciel, plus haut qu'aucun aigle, dans ce monde où tout semblait possible. Mais à quoi bon disposer ici d'un remède, quelle que fût sa puissance, si tout transfert était impossible?

Tu n'as qu'à vivre dans ce corps, chuchota l'homme en noir dans les profondeurs de son crâne. *Abandonne aux crustacés ce qui n'est plus qu'un morceau de viande s'obstinant à respirer. Une enveloppe désertée, de toute manière.*

Non. Il s'y refusait. D'abord parce qu'il se fût agi d'un vol particulièrement odieux. Il n'aurait su longtemps se contenter de jouer les passagers, de contempler passivement ce monde par les yeux de cet homme comme un voyageur regarde défiler le paysage par la fenêtre de son véhicule.

Ensuite parce qu'il était Roland. S'il devait mourir, il voulait que cette mort fût celle de Roland, d'un Roland qui mourrait en rampant vers la Tour, s'il le fallait.

Puis l'étrange et rude sens pratique cohabitant en lui – tels tigre et chevreuil – avec son romantisme reprit le dessus. Il n'était nullement nécessaire de penser à la mort tant que l'expérience restait à vivre.

Il se jeta sur le petit pain, le découvrit coupé en deux et en prit une moitié dans chaque main, puis il ouvrit les yeux du prisonnier, promena un regard circulaire. Personne ne faisait attention à lui (même si, très fort, dans la cuisine, Jane Dorning pensait à lui).

Il se tourna vers la porte et la franchit avec ses deux moitiés de petit pain.

11

Le pistolero commença par entendre le rugissement broyeur d'une vague approchante, puis les chamailleries d'oiseaux qui, lorsqu'il se redressa en position assise, se soulevèrent en masse des rochers voisins. (*Les voilà qui s'enfuient, les salopards,* songea-t-il, *et que je respire ou non, ils n'auraient pas tardé à m'arracher des lambeaux de chair... ce sont des vautours, rien que des vautours maquillés.*) Ce fut alors qu'il prit conscience qu'une moitié du petit pain – celle qu'il avait dans la main droite – était tombée sur le gros sable gris. Car, si elle avait été tenue par une main entière quand la porte avait été franchie, elle se retrouvait à présent portée par des doigts réduits de quarante pour cent.

Il la pinça et l'assura maladroitement entre pouce et annulaire, l'essuya du mieux qu'il put et goûta du bout des dents. L'instant d'après, il la dévorait sans même remarquer le crissement des grains de sable oubliés. Quelques secondes plus tard, il reportait son attention sur la moitié restante. Elle disparut en trois bouchées.

Le pistolero n'avait pas idée de ce qu'était un sandwich au thon sinon que c'était succulent. Et pour l'heure, ça semblait suffire.

12

Dans l'avion, la disparition du sandwich passa inaperçue. Personne ne vit les mains d'Eddie en agripper si sauvagement les deux moitiés que la marque des pouces s'imprima dans le pain de mie.

Personne ne le vit s'estomper jusqu'à la transparence puis s'évanouir, ne laissant que quelques miettes.

Une vingtaine de secondes après cet événement des

plus discrets, Jane Dorning écrasait sa cigarette, traversait l'avant de la cabine pour aller prendre son livre, cédant en fait à sa curiosité pour le 3A.

Il avait l'air de dormir à poings fermés... mais le sandwich n'était plus sur la tablette.

Seigneur! Il ne l'a pas mangé, il l'a dévoré tout rond. Et pour se rendormir aussitôt. Non mais tu rêves?

Quoi que ce fût qui la titillait à propos du 3A, de Monsieur Les Yeux Tantôt Noisette Et Tantôt Les Yeux Bleus, ça promettait de ne pas se calmer. A coup sûr, il y avait en lui quelque chose qui clochait.

Quelque chose.

CHAPITRE 3

Contact et atterrissage

1

Eddie fut réveillé par la voix du copilote annonçant qu'ils allaient se poser à Kennedy International où l'on jouissait d'une visibilité parfaite, où les vents soufflaient de secteur ouest à quinze kilomètres/heure, où la température dépassait agréablement les 21°, et ce dans quarante-cinq minutes environ. Il leur dit aussi, l'occasion risquant de ne pas se représenter, qu'il tenait à les remercier pour avoir choisi de voyager avec Delta.

Eddie promena un regard autour de lui et, voyant les gens préparer leurs papiers – en provenance des Bahamas, un permis de conduire et une carte de crédit émise par une banque américaine étaient censés suffire mais la plupart avaient leur passeport –, il sentit un fil d'acier qui, en lui, commençait de se resserrer. Il n'arrivait toujours pas à croire qu'il ait pu dormir, et si profondément.

Il se leva et gagna les toilettes. Bien qu'il les sentît fermement fixés sous ses bras, les sacs de coke ne lui causaient nulle gêne, épousant toujours le creux de chaque aisselle comme dans la chambre d'hôtel où William Wilson, un Américain à la voix presque inaudible, les avait ajustés. Après quoi, cet homme dont Edgar Poe avait rendu le nom célèbre (bien que l'allusion d'Eddie n'eût suscité qu'un regard niais chez l'homonyme) lui avait tendu la chemise. Une banale chemise écossaise aux couleurs légèrement passées, du genre qu'on peut s'attendre à voir sur le dos de n'importe quel étudiant de retour des courtes vacances précédant ses examens... à ceci près qu'elle avait été spécialement taillée pour dissimuler d'inélégants renflements.

– Histoire d'être sûr, il faudra vérifier que tout est bien en place avant de quitter l'appareil, avait dit Wilson, mais vous ne devriez pas avoir de problèmes.

Pour ce qui était des problèmes, Eddie ne savait pas s'il allait ou non en avoir mais il avait une autre raison d'aller aux chiottes avant que ne s'allumât le ATTACHEZ VOTRE CEINTURE. Malgré la tentation – et non tant la tentation, que l'exigeante brûlure du besoin –, il s'était débrouillé pour épargner un ultime petit reste de ce que Machin jaune avait eu l'audace d'appeler de la chinoise.

Franchir la douane en provenance de Nassau ne tenait pas de l'exploit comme lorsqu'on arrivait de Port-au-Prince ou de Bogota, mais on était quand même confronté à des gens qui avaient l'œil. A des experts. Il lui fallait mettre toutes les chances de son côté. S'il pouvait s'y présenter un peu plus calme, rien qu'un tout petit peu, cela pouvait s'avérer décisif.

Il prisa son restant de poudre, tira la chasse sur le petit tortillon de papier qui l'avait contenu et se lava les mains.

Evidemment, si ça marche, tu ne sauras jamais dans quelle mesure ça a joué. Non. Evidemment. Mais il s'en foutait.

Alors qu'il retournait à sa place, il vit l'hôtesse qui lui avait apporté son gin. Elle lui adressa un sourire qu'il lui rendit, puis il se rassit, boucla sa ceinture, prit la revue de la compagnie, la feuilleta, regarda images et titres. N'y trouva rien qui fît sur lui grosse impression. Ce filin d'acier continuait d'étreindre ses entrailles, et quand ATTACHEZ VOTRE CEINTURE finit par s'allumer, ça fit un double tour et ça serra le nœud.

L'héroïne avait touché sa cible – les reniflements l'attestaient –, mais il était sûr de ne pas la sentir.

Une chose qu'en revanche il sentit peu avant l'atterrissage fut une autre de ces troublantes absences... courte, mais incontestable.

Le 727 vira sur l'aile au-dessus de Long Island et amorça la descente.

2

Dans l'office de la classe affaires, Jane Dorning aidait Peter et Anne à ranger les derniers verres servis quand le type qui ressemblait à un étudiant s'était rendu dans les toilettes des premières.

Alors qu'il regagnait sa place, elle écarta le rideau séparant les deux classes et pressa instinctivement le pas pour le croiser en souriant, l'amenant à lever les yeux et à lui rendre son sourire.

Les yeux du 3A étaient redevenus noisette.

Bon. Parfait. Il est allé aux chiottes pour les retirer avant de piquer un somme, puis il y est retourné pour les remettre. Je t'en prie, Janey! Ne sois pas idiote.

Mais elle ne l'était pas. Il y avait là quelque chose qu'il lui était impossible de cerner, mais elle n'était pas idiote.

Il est trop pâle.

Et alors? Il y a des tas de gens qui sont trop pâles, y compris ta propre mère depuis que sa vésicule déraille.

Il avait des yeux d'un bleu troublant – pas aussi mignons qu'avec les verres de contact noisette – mais troublants pour sûr. Alors, pourquoi s'être ruiné à en changer la couleur?

Parce qu'il aime modeler son apparence. Ça ne te suffit pas comme explication?

Non.

Peu avant le ATTACHEZ VOTRE CEINTURE et la contrevérification finale, elle fit quelque chose qu'elle n'avait jamais fait auparavant. Et le fit en pensant à la vieille routière du ciel de l'école des hôtesses. Elle remplit de café brûlant une thermos qu'elle négligea de reboucher, n'en revissant qu'à peine le capuchon de plastique rouge.

Suzy Douglas annonçait l'approche de l'avion, expliquant aux bestiaux qu'ils allaient avoir à éteindre leur cigarette et à ranger leurs affaires, qu'un agent de la compagnie les réceptionnerait au sol, qu'il leur fallait vérifier s'ils avaient les pièces exigées pour débarquer aux Etats-Unis et qu'on allait passer ramasser tasses, verres et casques.

Bizarre qu'on n'ait pas à vérifier s'ils n'ont pas fait pipi dans leur culotte, s'étonna distraitement Jane. Elle avait son propre fil d'acier qui lui garrottait les entrailles.

— Prends mon tour, dit-elle à Suzy qui raccrochait le micro.

Le regard de Suzy monta se poser sur le visage de Jane après un bref arrêt sur la thermos.

— Ça ne va pas, Jane? Tu es blanche comme un...

— Si, si, ça va. Prends mon tour. Je t'expliquerai quand tu reviendras. (Elle jeta un coup d'œil sur les strapontins près de la portière gauche.) J'ai envie de faire une balade en moto sur le siège arrière.

— Mais, Jane...

— Prends mon tour, c'est tout.

— Bon, fit Suzy. D'accord. Pas de problème.

Jane Dorning se laissa choir sur le strapontin qui jouxtait l'allée et négligea de s'attacher. Elle voulait garder sur la thermos un contrôle total et la tenait en conséquence à deux mains : pas question de la lâcher pour boucler le harnais.

Suzy doit se dire que je débloque.

Et elle espérait qu'il en fût ainsi.

Si le commandant McDonald n'atterrit pas en douceur, je suis bonne pour avoir des cloques partout sur les mains.

C'était un risque à courir.

L'avion perdait rapidement de l'altitude. Soudain, le 3A, le passager au teint pâle et aux yeux bicolores, se pencha pour extraire un sac de sous son siège.

Nous y sommes, se dit Jane. *C'est là-dedans qu'il transporte sa grenade ou son arme automatique ou je ne sais quoi.*

Et à l'instant où elle vit le sac, à cet instant précis, d'une main légèrement tremblante, elle dégagea de son pas de vis le capuchon de plastique rouge de la thermos. Il allait y avoir un petit copain d'Allah sacrément surpris de se retrouver par terre dans l'allée avec la figure ébouillantée.

Le 3A ouvrit son sac.

Jane se tint prête.

3

Le pistolero songea que cet homme, prisonnier ou non, était probablement plus doué pour le grand art de la survie que tous ceux qu'il voyait autour de lui dans la diligence du ciel. Les autres étaient dans l'ensemble du genre adipeux, et même ceux qui paraissaient jouir d'une forme physique acceptable s'associaient à quelque chose de relâché dans leurs traits, à des visages d'enfants gâtés, d'hommes qui finiraient par se battre mais pas avant d'avoir gémi et pleurniché pendant des siècles. Des gens dont on pouvait mettre les tripes à l'air sans que leur ultime expression trahît la rage ou la souffrance, rien que la surprise éberluée.

Le prisonnier était mieux... mais pas encore assez bon. Loin de là.

La soldate. Elle a vu quelque chose. Je ne sais pas quoi, mais ça ne lui a pas semblé normal. Elle a une façon bien particulière de le regarder.

Le prisonnier s'assit et se mit à feuilleter un livre à la couverture souple qu'il associait mentalement au mot canard (analogie qui échappa au pistolero et dont le décryptage lui parut sans intérêt). Roland n'avait aucune envie de regarder un livre d'images, si surprenants que fussent de tels objets. C'était la femme en uniforme qu'il voulait surveiller. Son désir de bondir au premier plan prendre les commandes ne cessait de croître, mais il se retint... du moins pour le moment.

Le prisonnier était allé quelque part et en rapportait une drogue. Pas celle qu'il prenait lui-même ni rien susceptible de combattre le poison dont se mourait le pistolero, mais une autre que les gens payaient à prix d'or parce qu'elle était illégale. Cette drogue, il allait la remettre à son frère qui, à son tour, la donnerait à un homme nommé Balazar. La transaction serait complète quand Balazar leur aurait remis la drogue qui les intéressait en échange de celle qu'ils lui apportaient... mais ce à la seule condition que le prisonnier s'acquittât correctement d'un rituel inconnu du pistolero (l'un de ces singuliers rituels dont un monde aussi étrange que celui-ci ne pouvait que regorger), un rituel auquel se référait l'expression Passer la Douane.

Mais cette femme l'a repéré.

Pouvait-elle l'empêcher de Passer la Douane? Roland estima que la réponse était probablement affirmative. Et ensuite? La détention, bien sûr. Et si son hôte moisissait au fond d'une cellule, il n'était plus question de trouver ce médicament dont son organisme infecté avait besoin.

Il lui faut Passer la Douane, se dit le pistolero. *Il le faut. Et il lui faut accompagner son frère chez ce Balazar. Ce n'est pas prévu dans leur plan et son frère ne va pas aimer ça, mais il le faut.*

Parce qu'un homme qui s'occupait de drogues avait de fortes chances de connaître – ou d'être lui-même – une personne apte à guérir les maladies. Quelqu'un qui pourrait percevoir ce qui n'allait pas et réussirait... peut-être...

Oui, il lui faut Passer la Douane, se dit le pistolero.

La réponse était si gigantesque, à ce point évidente et à sa portée qu'il faillit ne pas la voir. Si le Passage de la Douane s'annonçait difficile pour le prisonnier, c'était bien sûr à cause de cette drogue qu'il transportait. Il devait y avoir sur les lieux de la cérémonie une sorte d'Oracle que l'on consultait lorsqu'on avait affaire à des gens suspects. Dans les autres cas, comprit Roland, le Passage était la simplicité même, comme de franchir la frontière d'un pays ami dans son propre monde. Un simple geste – purement symbolique – d'allégeance au monarque de ce royaume suffisait pour y être admis.

Bon.

Se sachant en mesure d'emporter dans son univers des objets matériels appartenant à celui du prisonnier – le petit pain au thon l'avait prouvé –, il allait faire de même avec les sacs de drogue. Le prisonnier Passerait la Douane. Après quoi, Roland lui rendrait les sacs.

Mais le pourras-tu?

Ah, question assez troublante pour lui faire oublier le spectacle de toute cette eau en bas : après avoir survolé ce qui semblait être un immense océan, ils venaient d'effectuer un virage en direction de la côte, et avec régularité, maintenant, les flots se rapprochaient. La diligence du ciel descendait (et au regard superficiel d'Eddie pour lequel ce spectacle était des plus ordinaires se superposait celui du pistolero, fasciné comme un enfant devant sa première neige). Oui, il pouvait emporter des choses de ce monde. Mais les rapporter? Voilà qui restait à prouver.

Il plongea la main dans la poche du prisonnier, referma les doigts sur une pièce de monnaie.

Puis il refranchit la porte.

Les oiseaux s'envolèrent quand il se redressa. Cette fois, ils étaient prudemment restés à quelque distance. Il avait mal, se sentait vaseux, fiévreux... et néanmoins bien plus revigoré qu'il n'aurait pu s'y attendre après l'ingestion d'une aussi faible quantité de nourriture.

Il ouvrit la main et regarda la pièce qu'on aurait prise pour de l'argent si des reflets rougeâtres sur la tranche n'avaient trahi quelque métal plus vil. Elle était frappée au profil d'un homme dont les traits respiraient noblesse, courage et persévérance mais dont la coiffure, à la fois bouclée au-dessus de l'oreille et serrée en queue sur la nuque, suggérait un rien de coquetterie. Roland la retourna et, sur l'autre face, vit quelque chose qui lui arracha un cri étranglé.

Un aigle, le blason qui avait orné sa propre bannière dans ce passé déjà bien estompé où il y avait encore eu des royaumes et des bannières pour en être le symbole.

Le temps presse. Retourne là-bas. Vite.

Mais il s'attarda encore un moment : réfléchir dans cette tête présentait certaines difficultés – car si l'esprit du prisonnier était loin d'être clair, son crâne, temporairement du moins, offrait un cadre plus propice à la pensée que celui du pistolero.

Essayer de transporter la pièce dans les deux sens ne constituait qu'une moitié de l'expérience, non ?

Il prit une cartouche dans l'un des ceinturons et la serra contre la pièce au creux de sa paume.

Puis, une fois de plus, il franchit la porte.

La pièce du prisonnier était toujours là dans le double écrin de sa main et de sa poche. Roland n'eut pas à passer au premier plan pour vérifier ce qu'il en était de la cartouche : il savait qu'elle n'avait pas fait le voyage.

Il n'en bondit pas moins à l'avant, brièvement, parce qu'il lui fallait savoir quelque chose, voir quelque chose.

Aussi se retourna-t-il, comme pour rectifier la position du truc en papier qui garnissait le dossier de son siège (par tous les dieux qui avaient eu quelque existence, il y avait du papier partout dans ce monde !) et jeta un coup d'œil par la porte. Il vit son corps, de nouveau affalé à terre, mais avec un filet de sang frais qui coulait à présent d'une coupure à la joue – sans doute venait-il de se l'entailler sur un caillou.

La cartouche qu'il avait essayé d'emporter avec la pièce gisait sur le sable au pied de la porte.

La réponse était néanmoins satisfaisante. Le prisonnier allait pouvoir Passer la Douane. Leurs hommes du guet auraient beau le fouiller de la tête aux pieds, de la bouche au trou du cul...

... ils ne trouveraient rien.

Le pistolero se réinstalla confortablement chez son hôte, content de lui, et inconscient – du moins pour l'heure – de ce qu'il n'avait pas encore saisi toutes les dimensions du problème.

6

Le 727 effectua son approche en souplesse au-dessus des salines de Long Island, abandonnant derrière lui les traînées de suie du carburant consumé.

Son train d'atterrissage descendit, grondement suivi d'un choc sourd.

7

Le 3A, celui qui avait deux couleurs d'yeux, se redressa et Jane lui vit entre les mains – vit pour de bon – un pistolet-mitrailleur au profil compact avant de s'apercevoir qu'il s'agissait seulement de la carte de déclaration en douane et d'une de ces petites pochettes qu'utilisent les hommes pour ranger leurs papiers.

L'avion se posa sur du velours.

Parcourue d'un frisson convulsif, Jane revissa complètement le capuchon de la thermos.

– Tu peux me traiter d'andouille, glissa-t-elle à Suzy tout en bouclant le harnais maintenant qu'il était trop tard. (Elle avait informé sa collègue de ses soupçons afin qu'elle se tînt prête.) Tu en as parfaitement le droit.

– Non, dit Suzy. Tu as fait ce qu'il fallait.

– J'en ai trop fait. Du coup, je suis bonne pour te payer le resto.

– Ça, tu n'y couperas pas. Mais arrête de le regarder. Regarde-moi. Et souris, Janey.

Jane sourit. Hocha la tête. Se demanda ce qui allait se passer maintenant.

– Tu regardais ses mains, reprit Suzy, puis elle rit et Jane se joignit à elle. Moi je regardais sa chemise quand il s'est baissé pour ouvrir son sac. Il a sous les bras de quoi approvisionner tout un rayon du Woolworth's. Sauf que ce n'est pas le genre d'article qu'on trouve en magasin, je crois.

Jane rejeta la tête en arrière et rit de nouveau, se faisant l'effet d'être une marionnette.

– Comment on s'y prend ?

Suzy était son aînée de cinq ans dans la carrière d'hôtesse et Jane – qui quelques instants auparavant avait estimé avoir la situation en main, du moins sur le mode désespéré – était à présent bien contente d'avoir Suzy près d'elle.

– Ça, ce n'est pas notre problème. Tu vas tout raconter au commandant pendant qu'on nous remorque. Il en parlera aux douanes. Ton petit copain va faire la queue comme tout le monde, sauf qu'à un moment donné des hommes vont le faire sortir du troupeau pour l'escorter jusqu'à une petite pièce. Et je crains que ce ne soit pour lui la première d'une très longue série de petites pièces.

– Seigneur !

Jane continuait de sourire mais elle était parcourue de frissons tour à tour brûlants et glacés.

Elle enfonça le bouton qui la libérait du harnais tandis que les rétrofreins commençaient à s'essouffler, tendit la thermos à Suzy, puis se leva et alla frapper à la porte du poste de pilotage.

Pas un terroriste mais un trafiquant de drogue. Merci, mon Dieu, pour cette petite aubaine. Pourtant, en un sens, c'était affreux. Elle l'avait trouvé mignon.

Pas très mignon mais un peu.

8

Dieu du ciel ! Il ne s'est toujours aperçu de rien, songea le pistolero, rageur, dans un désespoir naissant.

Eddie s'était penché afin de prendre les papiers dont il avait besoin pour le rituel et, quand il avait relevé les yeux, la soldate le regardait, les yeux exorbités, les joues blanches comme le papier revêtant le dossier des sièges. Le tube d'argent au capuchon rouge que Roland avait d'abord pris pour une sorte de gourde lui faisait maintenant l'effet d'une arme. Elle tenait l'objet à hauteur de ses seins. Il se dit que, d'un instant à l'autre, elle allait le lancer ou en dévisser la coiffe et lui tirer dessus.

Puis il la vit se détendre et boucler son harnais bien qu'un choc sourd les eût tous avertis que la diligence du ciel s'était posée. Elle se tourna pour dire quelque chose à l'autre fille de l'armée qui s'était assise à côté d'elle et qui se mettait à présent à rire en hochant la tête. Mais si c'était là un rire franc, Roland voulait bien être un crapaud des rivières.

Il se demandait comment l'homme dans l'esprit duquel son *ka* de pistolero avait élu domicile pouvait être aussi bête. En partie à cause de ce qu'il se mettait dans le corps bien sûr... une des versions locales de l'herbe du diable. En partie seulement, car sans être stupide au même point que les autres, il pouvait se montrer inattentif et mou comme eux.

Ils sont ce qu'ils sont parce qu'ils vivent dans la lumière, se dit soudain le pistolero. *Cette lumière de la civilisation qu'on t'a appris à révérer par-dessus tout. Il vit dans un monde qui n'a pas changé.*

Si c'étaient là le type de citoyens qu'engendrait un tel monde, Roland n'était pas sûr de ne pas lui préférer celui des ténèbres. « Avant que le monde n'eût changé », disaient les gens de cet univers, et ils le disaient toujours sur un ton de poignante nostalgie... Mais peut-être s'agissait-il d'une tristesse absurde, irréfléchie.

Elle a cru que je/il avait l'intention de sortir une arme quand je/il s'est penché pour prendre les papiers. Quand elle les a vus, elle s'est détendue, a fait ce que tout le monde avait fait avant que la diligence ne touche le sol. Maintenant, elle et son amie sont en train de causer et de rire, mais leur expression – et particulièrement celle de la soldate qui tient le tube de métal – dit autre chose. Elles parlent, d'accord, mais elles ne font que semblant de rire... pour la simple raison que le sujet de leur conversation, c'est moi/lui.

Le véhicule céleste roulait à présent sur ce qui avait toutes les apparences d'une longue route cimentée. Si essentiellement rivée que fût son attention sur les deux femmes, le pistolero voyait çà et là du coin de l'œil d'autres diligences sur d'autres chaussées similaires. Certaines se traînaient, d'autres filaient à une vitesse incroyable – comme celle de projectiles jaillis d'un revolver ou d'un canon –, prenant leur élan pour bondir dans les airs. En dépit du tour critique pris par sa situation, une part de son être brûlait du désir de passer au premier plan et de tourner la tête pour suivre leur envol. C'étaient des machines de facture humaine, mais non moins fabuleuses que dans les histoires du Grand Plumeux qui était censé avoir vécu dans le lointain (et probablement légendaire) royaume de Garlan – peut-être même plus fabuleuses pour la simple raison que des hommes les avaient fabriquées.

La femme qui lui avait apporté le petit pain décrocha son harnais (et ce, moins d'une minute après l'avoir bouclé), puis se dirigea vers une petite porte. *C'est là qu'est le cocher*, se dit-il, mais quand la porte s'ouvrit et que la femme entra, il s'aperçut qu'il en fallait apparemment trois pour conduire la diligence du ciel. Le bref coup d'œil qu'il put jeter sur ce qui semblait être un bon million de cadrans, de manettes et de petites lumières suffit d'ailleurs à lui faire comprendre pourquoi.

Son hôte regardait tout ça mais ne voyait rien – Cort aurait commencé par l'accabler de sarcasmes avant de l'expédier contre le mur le plus proche. L'esprit du prisonnier était entièrement requis par l'extraction du sac de sous le siège, par l'acte de retirer une veste légère du placard ménagé dans le plafond... et par la perspective du rituel auquel il allait être confronté.

La soldate l'a d'abord pris pour un voleur ou pour un fou. Il a dû – ou peut-être est-ce moi... oui, c'est plus probable – faire quelque chose qui a éveillé ses soupçons. Ensuite, elle a changé d'avis. Puis l'autre femme l'a ramenée sur sa première impression... sauf que maintenant, à mon sens, elles savent préci-

sément ce qui cloche. Oui, elles ont compris qu'il va tenter de profaner le rituel.

Et ce fut alors que, dans un éclair, il mesura toute l'ampleur du problème. Primo, le transfert des sacs dans son monde n'allait pas être aussi simple que celui de la pièce : celle-ci n'adhérait pas au corps du prisonnier, maintenue par cette lanière collante dont le jeune homme s'était entouré le torse pour se plaquer les sacs sur la peau. Et il y avait un secundo : son hôte n'avait pas remarqué la disparition temporaire d'une pièce parmi d'autres, mais quand il se rendrait compte que ce pour quoi il risquait sa vie s'était envolé, il allait à coup sûr se poser des questions.

Il était plus qu'envisageable qu'il se mît à agir de manière insensée, avec pour effet de l'expédier au fond d'une cellule aussi promptement que s'il avait été pris en flagrant délit de profanation. Le choc promettait d'être assez grave : de cette pure et simple disparition des sacs il allait probablement déduire qu'il venait de verser dans la démence.

La diligence du ciel – simple charrette à présent qu'elle roulait sur le sol – se traîna dans un virage à gauche. Roland prit conscience de ne pouvoir s'offrir le luxe de pousser plus loin ses réflexions. Il lui fallait dépasser ce stade d'observateur à l'avant-plan. Il devait entrer en contact avec Eddie Dean.

Immédiatement.

9

Eddie rangea sa carte de déclaration en douane et son passeport à portée de main dans la poche de sa chemise. Le fil d'acier s'enroulait régulièrement autour de ses tripes, mordant de plus en plus profond, jusqu'à faire grésiller ses nerfs d'étincelles. Et soudain, dans sa tête, une voix parla.

Pas une pensée, une voix.

Ecoute-moi, l'ami. Ecoute-moi bien. Et si tu ne veux pas que ça tourne à la catastrophe, tâche de rien laisser paraître qui puisse accroître les soupçons des deux soldates. Elles n'en ont déjà que trop.

Eddie commença par se dire qu'il avait oublié d'enlever le casque fourni par la compagnie et qu'il y recevait par erreur quelque message venu du poste de pilotage. Puis il se rappela qu'une hôtesse était passée ramasser les écouteurs cinq minutes auparavant.

Sa deuxième explication fut qu'il y avait quelqu'un debout à côté de lui en train de parler. Il faillit tourner brusquement la tête mais se retint : c'était absurde. La simple vérité, qu'elle lui plût ou non, était que cette voix résonnait à l'intérieur de son crâne.

Mais peut-être s'agissait-il effectivement d'une interférence d'ondes A.M., F.M. ou V.H.F. captées par les plombages de ses molaires. Il avait entendu dire que de telles...

Tiens-toi droit, larve! Ces femmes sont déjà assez méfiantes sans que tu aies par-dessus le marché l'air d'un vrai dingue.

Eddie se redressa d'un bloc comme s'il venait d'être frappé. Ce n'était pas la voix de Henry mais il y avait perçu une étonnante ressemblance avec celle de son frère, du temps où ils n'étaient que deux gosses grandissant au pied des H.L.M. de la Cité. Deux garçons avec huit ans d'écart et dont la sœur – après avoir tenu la moyenne entre eux – n'avait désormais place que dans leurs souvenirs. Selina s'était fait écraser alors qu'Eddie avait deux ans et Henry dix. Ce ton âpre, péremptoire, explosait chaque fois que le grand frère voyait son cadet faire quelque chose susceptible de mal se terminer et de le faire se retrouver au fond d'une caisse de sapin bien avant l'heure... comme Selina.

Mais, bordel de merde, qu'est-ce qui se passe?

D'abord, dis-toi bien que tu n'entends pas des voix, répondit la voix dans sa tête. Définitivement pas celle de Henry : plus âgée, plus sèche... plus forte. Mais très proche quand même de celle de son grand frère... Impossible de ne pas l'écouter. *Tu n'es pas en train de devenir fou. Je suis une autre personne.*

C'est de la télépathie ?

Eddie était vaguement conscient de conserver un visage totalement inexpressif. Il se dit que, vu les circonstances, cela aurait pu lui valoir l'Oscar du meilleur acteur. Il jeta un coup d'œil par le hublot et vit que l'avion se rapprochait du corps de bâtiments réservé à la compagnie Delta.

Je ne connais pas ce mot. Mais ce que je sais, c'est que les deux soldates sont au courant de ce que tu as sur toi...

Il y eut un temps d'arrêt. Une sensation – étrange, inexprimable – de doigts immatériels compulsant son cerveau comme s'il était un fichier vivant.

... de l'héroïne ou de la cocaïne. Impossible de préciser, sinon... oui, sinon que ce doit être de la cocaïne parce que tu n'en prends pas, tu ne fais qu'en transporter pour payer ce que tu consommes.

– Quelles soldates ? marmonna Eddie entre ses dents sans s'apercevoir qu'il parlait tout haut. Qu'est-ce que vous êtes en train de me raconter comme co...

De nouveau cette impression de recevoir une gifle... si nette qu'il en garda des tintements dans les oreilles.

Tu vas la fermer, connard !

Ouais, ouais, O.K. !

Et encore une fois ces doigts qui farfouillaient.

Les cantinières, reprit la voix de l'autre. *Tu vois ce que je veux dire ? Je n'ai pas le temps d'étudier tes pensées en détail, prisonnier.*

– Qu'est-ce qui vous... commença Eddie, puis il se tut. *Pourquoi vous m'appelez comme ça ?*

Laisse tomber. Tu m'écoutes, c'est tout. On n'a vraiment pas le temps. Ces cantinières ont tout compris. Elles savent que tu as cette cocaïne.

Ridicule! Comment pourraient-elles le savoir?

J'ignore comment elles en ont eu connaissance, et d'ailleurs, peu importe. L'une d'elles est allée le dire aux cochers. Les cochers vont le répéter aux prêtres qui président à cette cérémonie : le Passage de la Douane...

La langue dans laquelle s'exprimait la voix tenait du mystère avec ses termes si décalés qu'ils en étaient presque charmants... mais le sens qu'ils véhiculaient n'en était pas moins net, massif et clair. Même si rien ne transparut sur ses traits, Eddie sentit ses dents se verrouiller dans un claquement douloureux et filtrer une petite inspiration brûlante.

La voix lui disait qu'il avait perdu la partie. Il était encore dans l'avion et il avait déjà perdu la partie.

Mais non, ce n'était pas vrai. Ça ne pouvait pas être vrai. C'était juste dans sa tête, un petit numéro de paranoïa qu'il se jouait in extremis. Suffisait de ne pas y faire attention. Voilà, il n'allait pas y faire attention et ça pass...

Tu vas y faire attention, sinon tu iras en prison et moi je mourrai! rugit la voix.

Mais, au nom du ciel, qui êtes-vous? demanda Eddie, de mauvaise grâce, la peur au ventre.

Et dans sa tête il entendit quelqu'un ou quelque chose exhaler un soupir de soulagement.

10

Il y croit, pensa le pistolero. *Que soient remerciés tous les dieux qui ont ou eurent jamais quelque existence : il y croit.*

11

L'appareil s'immobilisa. L'ordre d'attacher sa ceinture s'éteignit. La passerelle vint s'appliquer dans un choc amorti contre la porte avant.

Ils étaient arrivés.

12

Il y a un endroit où tu peux mettre ce que tu as pendant que tu t'acquittes du Passage de la Douane, dit la voix. *Un endroit sûr. Ensuite, après la cérémonie, tu pourras le récupérer pour le porter à ce Balazar.*

Les gens se levaient à présent, sortaient leurs affaires des coffres qui les surplombaient, s'arrangeant au mieux de vêtements qu'il faisait trop chaud pour porter à l'extérieur – du moins s'il fallait en croire l'annonce faite par les pilotes.

Ramasse ton sac et prends ta veste. Puis retourne dans les latrines.

Les lat...

Ah, oui. Les toilettes, les gogues.

S'ils sont persuadés que j'ai de la dope, ils vont croire que j'essaie de m'en débarrasser.

Eddie comprenait toutefois que ce point n'avait guère d'importance. Personne n'irait enfoncer la porte au risque de déclencher une panique chez les passagers. Et il était exclu de pouvoir jeter un kilo de poudre dans des W.-C. d'avion sans laisser de trace. A moins que la voix n'ait pas menti, qu'il existât un endroit sûr. *Mais comment serait-ce possible?*

Laisse tomber. Remue-toi.

Eddie se remua. Parce qu'il avait fini par prendre conscience de la situation. Bien sûr, il ne voyait pas tout ce que Roland décelait de par ses années d'expérience et cet entraînement où s'étaient mêlées torture et précision, mais il voyait le personnel, voyait les vrais visages derrière les sourires et les serviables restitutions aux passagers des bagages déposés à l'entrée. Il remarquait la manière dont, sans cesse, leurs yeux voletaient pour venir se poser sur lui, furtivement, comme pour mieux l'aiguillonner.

Il prit son sac, sa veste. On avait ouvert la porte donnant sur la passerelle et les gens commençaient à remonter l'allée. La porte de la cabine de pilotage s'était également ouverte et le commandant se tenait sur le seuil, souriant, bien sûr... mais dévisageant aussi les passagers de première classe qui en étaient encore à rassembler leurs affaires, le repérant soudain – non, le prenant pour cible –, puis regardant ailleurs, adressant un signe de tête à quelqu'un, ébouriffant au passage les cheveux d'un gamin.

Eddie était parfaitement froid maintenant. Pas en manque, froid tout court. Froid... c'était parfois très bien. Il fallait seulement faire attention de ne pas en arriver à geler sur place.

Il avança, remonta jusqu'au point où un virage à gauche allait l'engager sur la passerelle, puis porta soudain la main à sa bouche.

– Oh, je ne me sens pas bien, marmonna-t-il. Pardon.

Il repoussa la porte de la cabine de pilotage qui, sur sa droite, lui barrait en partie l'accès des toilettes et ouvrit la porte de ces dernières.

– Je crains que vous n'ayez à quitter l'appareil, lui fit sèchement remarquer le pilote alors qu'il avait déjà un pied dans les W.-C. Vous n'êtes...

– Je crois que je vais vomir, et je ne tiens pas à ce que ce soit sur vos chaussures, rétorqua Eddie. Ni sur les miennes.

Une seconde plus tard, il était à l'intérieur, loquet rabattu. Le commandant parlait toujours. Eddie ne comprenait pas ce qu'il disait, ne voulait pas le savoir. Mais c'étaient des mots et non des cris, et cela seul comptait. Il ne s'était pas trompé : personne n'allait se mettre à hurler avec peut-être deux cent cinquante passagers qui attendaient de débarquer par cette unique porte à l'avant. Ainsi enfermé dans les toilettes, il ne risquait rien pour un temps... mais en était-il plus avancé ?

Si vous êtes toujours là, pensa-t-il, *vous feriez mieux de faire quelque chose au plus vite, qui que vous soyez.*

L'espace d'un épouvantable instant, il n'y eut rien, rien du tout. Ce fut très court, mais ça parut néanmoins s'étirer presque à l'infini dans sa tête, comme ces rubans de guimauve que Henry lui payait parfois l'été quand ils étaient gosses. Faisait-il des bêtises que son frère le battait comme plâtre, était-il sage qu'il lui payait des guimauves. C'était ainsi que Henry assumait le surcroît de responsabilités que lui apportaient les grandes vacances.

O mon Dieu, ô Seigneur, j'ai tout inventé. Comment ai-je pu me mettre à débloq...

Tiens-toi prêt, fit la voix, sévère. *Je ne peux pas faire ça tout seul. Je sais monter au premier plan mais il m'est impossible de te faire traverser. Tu vas devoir effectuer la manœuvre avec moi. Tourne-toi.*

La vue d'Eddie se retrouva soudain véhiculée par deux paires d'yeux, et ses sensations gouvernées par deux arborescences nerveuses (mais tous les nerfs de l'étranger n'étaient pas là, une partie de ce corps manquait – mutilation toute fraîche qui hurlait sa souffrance), appréhendant le monde par dix sens, pensant avec deux cerveaux, le sang fusant dans ses artères au rythme d'un double cœur.

Il se tourna et découvrit une ouverture découpée dans la cloison, quelque chose qui ressemblait à une porte, donnant sur une grève de gros sable gris, sur les rouleaux pisseux qui s'y brisaient.

Et ces vagues, il les entendait.

Comme il avait dans les narines cette senteur saline aussi amère que des larmes.

Passe.

On frappait à la porte des toilettes, on lui disait de sortir, qu'il devait immédiatement quitter l'appareil.

Mais vas-y, merde!

Eddie franchit le seuil en maugréant... perdit l'équilibre et tomba dans un autre monde.

13

Il se releva lentement, conscient de s'être entaillé la paume sur un fragment de coquillage. Il regarda bêtement le sang suivre sa ligne de vie, puis vit sur sa droite un autre homme se redresser avec une égale lenteur.

Il eut un mouvement de recul, son vertige soudain supplanté par l'âpre dard de la terreur : ce type était mort et ne le savait pas. Un visage émacié, la peau tendue sur les os comme des bandelettes dont on aurait si étroitement enveloppé une structure métallique que le tissu menaçait de se déchirer aux angles. Peau livide hormis les touches de rouge que la fièvre avait plaquées haut sur les pommettes, de part et d'autre du cou sous la ligne des mâchoires, et entre les deux yeux. Marque isolée, circulaire, pareille à l'enfantine imitation de quelque symbole d'une caste hindoue.

Mais un regard qui niait la mort – bleu, solide, équilibré –, plein d'une extraordinaire et opiniâtre vitalité. Il était vêtu de sombre, d'une sorte de cotonnade artisanale. Une chemise aux manches retroussées, dont le noir achevait de tourner au gris, et un pantalon de type jean. Deux ceintures d'armes s'y entrecroisaient, suspendues à ses hanches, mais leurs alvéoles étaient presque toutes vides. Ce qui dépassait des étuis ressemblait à des 45 – mais d'un modèle d'une incroyable antiquité. Le bois lisse de leurs plaquettes de crosse semblait suinter ses propres luisances.

Eddie, qui ne se savait nulle intention de parler – ni rien à dire – s'entendit néanmoins demander :

– Vous êtes un fantôme?

– Non, pas encore, croassa l'homme aux pistolets. Allez, vite. L'herbe du diable. La cocaïne. Enlève ta chemise.

– Votre bras...

Eddie venait de découvrir sur le bras droit de cet homme – lequel lui semblait appartenir à cette extravagante espèce de pistolero qui ne se rencontre que dans les westerns-spaghetti – un réseau de sinistres lignes écarlates. Il en connaissait le sens. Elles étaient le symptôme d'un empoisonnement du sang. Elles disaient que le diable ne se contentait pas de vous courir au cul, qu'il remontait déjà les égouts vers vos pompes centrales.

– Ne t'occupe pas de mon putain de bras! claqua la voix du spectral personnage. Retire ta chemise et débarrasse-toi de ce qu'il y a dessous.

Eddie entendait les vagues, avait dans les oreilles le sifflement esseulé d'un vent ignorant tout obstacle. Il voyait ce fou à l'agonie et rien d'autre, autour, qu'un décor désolé. Tout en continuant de percevoir derrière lui le murmure des passagers quittant l'appareil, tandis que les coups sourds, réguliers se fracassaient toujours contre la porte des toilettes.

– Mr Dean! (*Cette voix... elle vient d'un autre monde*, se dit-il, n'en doutant pas vraiment, tentant seulement de se l'enfoncer dans le crâne comme si c'était un clou à planter dans une bille d'acajou.) Il faut absolument que vous...

– Laisse tomber, tu verras ça plus tard, grinça le pistolero. Tu ne comprends donc pas qu'ici je suis obligé de parler. Que ça fait mal! Et puis qu'il n'y a pas de temps à perdre, espèce de crétin.

Il y avait des gens qu'Eddie aurait tués sur place pour l'avoir insulté de cette manière... Mais il avait dans l'idée que tuer cet homme présentait quelques difficultés, même si son état semblait appeler cet acte comme un service à lui rendre.

Il ne lisait pourtant que sincérité dans ces yeux bleus : toute question se dissolvant, s'annulant sous leur regard intense.

Il commença de déboutonner sa chemise. Sa première impulsion avait été de l'arracher, comme Clark Kent quand Lois Lane est attachée en travers des rails ou quelque chose de la même veine, mais ce genre d'agissement ne valait rien dans la vie de tous les jours : on se retrouvait avec des boutons dont, tôt ou tard, il fallait expliquer l'absence. Il les fit donc glisser un par un hors des boutonnières alors que, dans son dos, le tambourinement s'obstinait.

Puis il la retira, révélant les bandes de sparadrap qui bardaient son torse et lui donnaient l'aspect d'un type qu'on soigne pour des côtes salement fracturées.

Il jeta un coup d'œil derrière lui et vit une porte béante... dont le battant avait creusé une forme en éventail dans le sable gris de la plage quand quelqu'un – le mourant sans doute – l'avait ouvert. Au-delà, il reconnaissait les toilettes de l'avion, le lavabo, la glace... et le visage qui s'y reflétait, son visage, ses cheveux noirs qui lui tombaient sur le front au-dessus de ses yeux noisette. A l'arrière-plan, il voyait le pistolero, la grève à l'infini et des oiseaux de mer qui piaillaient en se disputant Dieu sait quoi.

Il palpa les épaisseurs de sparadrap, se demandant par où commencer, comment trouver un bout sur lequel tirer, se sentant alors envahi par une forme hébétée de désespoir. Ce que doit éprouver le cerf ou le lapin qui, traversant une route de campagne et parvenu au beau milieu, ne tourne la tête que pour être cloué par l'éblouissement des phares qui se ruent sur lui.

Enrouler la bande avait pris vingt minutes à William Wilson, l'homme dont Edgar Poe avait immortalisé le nom. Il allait s'écouler cinq – sept au mieux – avant qu'ils ne se décident à forcer la porte des toilettes.

– Impossible de retirer cette saleté, dit-il à l'homme qui chancelait en face de lui. Je ne sais ni qui vous êtes ni où je suis, mais je peux vous dire que ce sera bien trop long pour le temps dont nous disposons.

<h1 style="text-align:center">14</h1>

Deere, le copilote, suggéra au commandant McDonald de renoncer à tambouriner à la porte quand son supérieur, devant l'absence de réponse du 3A, entreprit d'exprimer ainsi sa frustration.

– Où voulez-vous qu'il aille? demanda-t-il. Que peut-il faire? Sauter dans la cuvette et tirer la chasse? Il est beaucoup trop gros.

– Mais s'il passe de la... commença McDonald.

Deere – qui, pour sa part, se permettait un usage plus qu'occasionnel de la cocaïne – l'interrompit :

– S'il en passe, c'est un bon paquet. Il ne pourra pas s'en débarrasser comme ça.

– On n'a qu'à couper l'eau, fit le commandant.

– C'est déjà fait, rétorqua le copilote (qui, à l'occasion, se permettait également d'outrepasser ses fonctions). Mais je ne crois pas que ça change grand-chose. On peut dissoudre ce qui va dans les cuves, mais il est impossible de faire que ça n'y soit pas. (Ils étaient agglutinés contre la porte des toilettes – nargués par l'éclat du mot OCCUPÉ dans son petit rectangle – et chuchotaient presque.) Les types de la D.E.A. vont vider la cuvette, prélever un échantillon, l'analyser... et le gars sera coincé.

– Il pourra soutenir qu'un autre est passé avant lui pour s'en débarrasser, fit remarquer McDonald dont la voix se teintait de nervosité.

Il n'avait pas envie d'épiloguer sur la situation, il voulait y répondre, brûlait d'agir, tout en restant intensément conscient que le troupeau de voyageurs n'avait pas encore évacué l'appareil et que bon nombre coulaient des regards plus que simplement curieux vers cet anormal congrès de l'équipage à proximité des toilettes. Pour sa part, ledit équipage était intensément conscient qu'une action – mettons par trop manifeste – risquait de réveiller le terroriste tapi de nos jours au fond de chaque passager. McDonald savait que son navigateur et son mécanicien de bord étaient dans le vrai, que la came avait de fortes chances de rester dans ses sacs en plastique marqués des empreintes du connard, mais il n'en sentait pas moins les sirènes d'alarme se déclencher en lui. Quelque chose clochait dans toute cette histoire. Quelque chose ne cessait de lui répéter : *Vite! Vite!* comme si le 3A était un joueur professionnel aux manches farcies d'as et sur le point de les abattre.

– En tout cas, il n'essaie pas de tirer la chasse, intervint l'une des hôtesses, Suzy Douglas. Même pas d'ouvrir les robinets du lavabo. On les entendrait pomper l'air s'il le faisait. J'entends bien quelque chose mais...

– Vous pouvez descendre, lui intima sèchement McDonald avant de reporter son regard sur Jane Dorning. Vous aussi. On va prendre les choses en main.

Alors que Jane, les joues en feu, s'apprêtait à obéir, Suzy dit tranquillement :

– C'est Jane qui l'a repéré, et puis c'est moi qui ai vu les grosseurs sous sa chemise. Aussi allons-nous rester, je crois, commandant McDonald. Si vous voulez nous coller un rapport pour insubordination, libre à vous. Mais je tiens à vous rappeler le risque de saboter le travail de la D.E.A. sur ce qui pourrait être un énorme coup de filet.

Leurs yeux se verrouillèrent dans des gerbes d'étincelles.

– Ce doit être au moins le soixante-dixième voyage que je fais avec vous, Mac, reprit Suzy. Ce que j'en dis, c'est par amitié.

Le commandant la regarda encore un moment puis hocha la tête.

– Bon, vous pouvez rester... à condition de vous reculer l'une et l'autre.

Il se dressa sur la pointe des pieds pour regarder où

en étaient les passagers. Les derniers franchissaient la séparation entre classe touriste et classe affaires. Deux minutes encore, trois peut-être.

Il reporta son attention sur l'entrée de la passerelle où un agent de la compagnie censé surveiller le département observait en fait l'étrange groupe qu'ils formaient près de la porte des W.-C. L'homme devait avoir senti un problème de quelque nature; il avait sorti son talkie-walkie de l'étui et le tenait à la main.

– Allez lui dire que je veux des types de la police des frontières, glissa tranquillement McDonald au navigateur. Armés. Trois ou quatre. Et tout de suite.

Le navigateur se fraya un chemin dans la file, s'excusant d'un grand sourire, puis tranquillement parla à l'agent qui, portant le talkie-walkie à ses lèvres, parla tout aussi tranquillement dedans.

McDonald – qui, de sa vie entière, ne s'était jamais rien introduit dans l'organisme de plus fort que de l'aspirine, et encore, de loin en loin – se tourna vers Deere. Ses lèvres s'étaient pincées en une mince et livide cicatrice.

– Dès qu'ils seront tous dehors, on enfonce cette putain de porte de chiottes, dit-il. Que les flics soient là ou non. Compris?

– Cinq sur cinq, fit Deere, et il regarda le bout de la file atteindre enfin la première classe en piétinant.

15

– Prends mon couteau, dit le pistolero, là, dans ma bourse.

Il montra sur le sable un sac de cuir craquelé. Plus un paquetage qu'une bourse, le genre de truc qu'on s'attend à voir sur le Sentier de Grande Randonnée des Appalaches, trimballé par des hippies se shootant aux fleurs et aux petits oiseaux (avec, peut-être, çà et là, l'aide d'un pétard bien dosé), à la différence que celui-ci avait l'air vrai, pas un accessoire pour quelque fumeuse et narcissique image de soi; un sac qui avait voyagé dur – dans le désespoir, peut-être – sur des années et des années.

Il le montra, mais pas du doigt. Ne pouvait pas. Eddie s'aperçut que l'homme avait la main droite enroulée dans un chiffon sale, un lambeau de sa chemise. Il en manquait une partie.

– Prends-le et taille dans la bande. Tâche de ne pas te couper. Faut que tu sois prudent, mais que tu fasses vite aussi. On n'a pas beaucoup de temps.

– Je sais, dit Eddie.

Il s'agenouilla. Rien de tout cela n'était réel. Voilà, elle était là la réponse. Comme aurait dit le grand sage & éminent junkie, Henry Dean : Flip-flop, hippety-top, offa your rocker and over the top, la vie est un songe, le monde un mensonge, mets donc un Creedence et envoyons-nous en l'air.

Rien de tout cela n'était réel. Il avait piqué du nez, tout simplement, voyageait avec un extraordinaire réalisme. Le mieux était de se coucher sur la monture, de se laisser porter par le courant.

Sûr... des plus réalistes, ce voyage. Il tendit la main vers la fermeture Eclair – ou peut-être était-ce une bande Velcro – quand il s'aperçut que des lanières de peau brute entrecroisées fermaient en fait la sacoche de l'homme. Certaines, cassées, avaient été soigneusement renouées, assez serré pour continuer de passer dans les œillets.

Il dégagea les lanières, élargit l'ouverture du sac et trouva ce qu'il cherchait sous un paquet vaguement humide : des balles emmaillotées dans un autre morceau de chemise. Le manche seul du couteau eut de quoi lui couper le souffle... l'authentique nuance blanc-gris de l'argent massif y était gravée d'une complexe série de dessins qui accrochaient l'œil, le fascinaient...

Une douleur lui explosa dans l'oreille, vrilla son crâne de part en part, souleva momentanément dans son champ de vision une bouffée de brouillard rouge. Il s'effondra sur le sac entrouvert et heurta le sable alors que son regard remontait des bottes raccourcies de l'homme à ses traits livides. Non, pas un voyage. Les yeux bleus qui le foudroyaient dans ce visage à l'agonie étaient pure vérité.

– Tu t'extasieras plus tard, prisonnier, dit le pistolero. Pour l'heure, tu t'en sers et c'est tout.

Eddie sentait son oreille palpiter et s'enfler.

– Pourquoi vous m'appelez toujours comme ça?

– Occupe-toi de la bande. S'ils déboulent dans ces latrines alors que tu es encore ici, j'ai bien l'impression que tu vas y rester un bout de temps. Et, sous peu, en compagnie d'un cadavre.

Eddie tira le couteau de sa gaine. Il n'était pas simplement vieux, ni même ancien; il remontait au déluge. Sa lame, affilée au point de disparaître ou presque si on la regardait sous un certain angle, semblait être le temps fait métal.

– Ouais, il a l'air de bien couper, dit-il, et sa voix n'avait rien d'assuré.

16

Les derniers passagers abordaient la passerelle. Dans leur nombre, il y eut une vieille dame d'environ soixante-dix étés – avec cette charmante expression perdue que seuls savent apparemment revêtir ceux qui, trop avancés en âge, prennent l'avion pour la première fois. Elle s'arrêta pour montrer ses billets à Jane.

– Je continue sur Montréal, dit-elle. Comment vais-je faire pour trouver mon avion? Et mes bagages? Doit-on passer la douane ici ou là-bas?

– Vous avez à l'entrée de la passerelle un de nos agents qui vous donnera toutes les informations nécessaires, madame, lui fut-il répondu.

– Je ne vois pas ce qui vous empêche de me les

donner vous-même, rétorqua-t-elle. Cette passerelle – comme vous dites – est toujours pleine de monde.

– Je vous en prie, madame, veuillez avancer, fit le commandant McDonald. Nous avons un problème.

– Bon, excusez-moi d'être encore en vie, persifla la vieille dame. J'ai dû rater le corbillard.

Et elle passa devant eux le nez dressé comme le museau d'un chien flairant un feu dans la distance, une main crispée sur la poignée de son espèce de cabas, l'autre sur la pochette où étaient rangés ses billets (il en dépassait tant de talons de cartes d'embarquement qu'on était tenté de la croire venue de l'autre bout du monde en changeant d'avion à chaque escale).

– Voilà une cliente qui risque de jamais remonter à bord d'un long-courrier de notre compagnie, commenta Suzy.

– Elle déciderait de voyager dans le slip de Superman, coincée entre ses roubignoles, que je n'en aurais rien à foutre, décréta McDonald. Ils sont tous sortis?

Jane bondit, survolant du regard les sièges de la classe affaires, puis passa la tête côté touriste. Tout aussi désert.

Elle retourna vers les autres et confirma que l'appareil était vide.

McDonald se tourna vers la passerelle. Il vit deux types en uniforme qui se frayaient un chemin dans la foule – s'excusant, certes, mais sans un regard pour ceux qu'ils bousculaient. Leur dernière victime fut la vieille dame. Sa pochette lui échappa et les papiers volèrent et s'éparpillèrent alors qu'elle poursuivait les coupables de ses cris de corneille en colère.

– Parfait, dit McDonald. Pas plus loin, les gars.

– Mais, commandant, nous sommes des douaniers fédéraux...

– Je sais, et c'est moi qui vous ai appelés. Je vous félicite d'être arrivés si vite. N'empêche que vous allez rester où vous êtes parce que c'est mon avion et que le mec qui s'est enfermé là-dedans fait encore partie de mon cheptel. Une fois qu'il aura mis le pied sur la passerelle, ça sera votre bestiau, et vous pourrez l'accommoder à la sauce qui vous plaira. (Il se tourna vers Deere, hochant la tête.) Bon, je donne encore à ce salopard une dernière chance puis on enfonce la porte.

– Ça me va, fit Deere.

Le commandant cogna de nouveau sur la porte du plat de la main et hurla :

– Sortez, l'ami! Y en a marre de vous le demander.

Pas de réponse.

– O.K., conclut McDonald. Allons-y.

17

Eddie entendit comme de très loin la voix d'une vieille dame : « Bon, excusez-moi d'être encore en vie, disait-elle. J'ai dû rater le corbillard. »

Il avait déjà cisaillé la moitié du bandage mais cette voix le fit sursauter. Un filet de sang lui coulait maintenant sur le ventre.

– Merde.

– Pas le temps de s'en occuper, croassa le pistolero. Termine. A moins que la vue du sang ne te rende malade.

– Seulement quand c'est le mien, cracha Eddie.

Le corset de sparadrap démarrait juste au-dessus de son ventre. Plus il montait, plus il devenait ardu de suivre la lame des yeux. Il tailla encore une dizaine de centimètres et faillit à nouveau se couper en entendant le « Parfait. Pas plus loin, les gars » de McDonald aux douanierY.

– Je peux terminer et, qui sait, m'ouvrir la gorge, ou alors vous pouvez essayer, dit-il. Je ne vois pas ce que je fais. J'ai mon putain de menton qui me gêne.

Le pistolero prit le couteau. Il le prit de la main

gauche et cette main tremblait. Voir trembler cette lame au fil suicidaire rendit Eddie nerveux à l'extrême.

— Je ferais peut-être mieux...

— Attends.

Le pistolero riva les yeux sur sa main. Eddie n'avait jamais nié l'existence de la télépathie mais il n'y avait jamais vraiment cru non plus. Il n'en restait pas moins qu'il sentait quelque chose maintenant, quelque chose d'aussi réel, d'aussi palpable que la chaleur émanant d'un four. Quelques secondes après, il comprit : c'était la volonté de cet homme étrange qui se concentrait.

Comment peut-il être mourant si je suis à ce point sensible à l'énergie qu'il dégage?

Le tremblement décrut. La main ne fit bientôt plus que frémir. Quelques secondes encore, dix au plus, elle était ferme et solide comme un roc.

— Bien, dit le pistolero.

Il s'approcha, leva le couteau. Eddie sentit se dégager une autre chaleur, moite et rance.

— Vous êtes gaucher?

— Non.

— Mon Dieu! fit Eddie.

Puis il tabla sur l'espoir de se sentir mieux s'il fermait un moment les yeux. L'âpre chuintement des deux plaques d'adhésif qui se séparaient lui emplit les oreilles.

— Voilà, dit le pistolero. (Il fit un pas en arrière.) Maintenant, arrache ça en le lançant aussi loin que tu peux. Je m'occupe du dos.

Fini les petits coups polis à la porte des toilettes. C'étaient des poings rageurs, désormais. *La chiasse!* se dit Eddie. *Sûr qu'il n'y a plus un passager dans l'avion, alors adieu les bonnes manières.*

— Sortez, l'ami! Y en a marre de vous le demander.

— Tire, gronda le pistolero.

Eddie prit un pan du bandage dans chaque main et tira de toutes ses forces. Ça fit mal, mal en diable.

94

Arrête de chialer. Ça pourrait être pire. Imagine que tu aies du poil sur la poitrine comme Henry.

Il baissa les yeux et se découvrit en travers du sternum une zone à vif large d'environ vingt centimètres. Juste au-dessus de son plexus solaire, il vit l'endroit où il s'était blessé. Le sang s'y accumulait dans une fossette avant de rouler jusqu'à son nombril. Quant aux paquets de coke, ils pendaient à présent sous ses aisselles tels des sacs de selle mal arrimés.

« O.K., fit la voix derrière la porte, s'adressant à quelqu'un d'autre. A... »

La suite se perdit dans l'inattendu raz de marée de souffrance qui lui déferla sur le dos quand le pistolero lui arracha sans ménagement le reste du corset.

Il se mordit les lèvres pour ne pas hurler.

– Remets ta chemise. (Le visage du pistolero – d'une pâleur qu'Eddie n'aurait jamais crue possible chez un homme encore en vie – avait carrément viré au gris des cendres froides; le corset, dans sa main gauche, était devenu un enchevêtrement poisseux, méconnaissable, qu'il jeta. Eddie vit sourdre une auréole de sang frais au travers du bandage improvisé de la main droite.) Vite.

Un coup sourd retentit. Plus rien d'une demande, même exigeante, d'être admis dans les toilettes. Eddie se retourna pour y voir le signal lumineux clignoter, la porte vibrer. Ils allaient l'enfoncer.

Il reprit sa chemise avec des doigts qui brusquement lui parurent trop gourds, trop gros. La manche gauche s'était retournée. Il tenta de la forcer, s'y coinça la main et s'en dégagea si violemment qu'il ramena la manche à son état initial.

Boum... une deuxième secousse ébranla la porte des W.-C.

– Dieu, comment peux-tu être si maladroit? gémit le pistolero, enfonçant à son tour le poing dans la manche récalcitrante.

Eddie eut la présence d'esprit d'en retenir le poignet à l'instant où son nouveau compagnon retirait son bras. Maintenant, ce dernier lui tenait sa chemise comme un majordome le manteau de son maître. Eddie l'enfila et ses mains cherchèrent le premier bouton du bas.

— Pas encore, aboya le pistolero. (Il arracha un autre morceau de sa propre chemise déjà bien défigurée.) Essuie-toi.

Eddie fit de son mieux. La fossette où le couteau avait accroché la peau continuait à se remplir de sang. Une lame se devait d'être aiguisée, d'accord, mais il y avait des limites.

Il jeta le tampon maculé de sang et boutonna sa chemise.

Boum. Cette fois, la porte ne fit pas que trembler, elle se déforma dans son cadre. Un coup d'œil à travers la porte de la plage permit à Eddie d'assister à la chute du flacon de savon liquide posé près du lavabo et de le voir atterrir sur son sac.

Il avait eu l'intention de fourrer vite fait dans son pantalon les pans de sa chemise, laquelle était désormais boutonnée... et correctement, par miracle. Soudain, traversé par une meilleure idée, il dégrafa sa ceinture.

— Non! Ça, on n'a pas le temps! (Le pistolero qui avait voulu crier s'en découvrit incapable.) Encore un choc et cette porte va céder.

— Je sais ce que je fais, dit Eddie, espérant le savoir vraiment.

Puis, alors qu'il refranchissait la porte entre les mondes, il baissa la fermeture Éclair de sa braguette.

Au bout d'un court instant d'atroce et radical désespoir, le pistolero l'y suivit, en chair et en os un moment – chair envahie de souffrance –, pour ne plus devenir, à sa suite, qu'un *Ka* détaché dans le cerveau d'Eddie.

18

– Encore une fois, dit McDonald, et Deere hocha la tête.

Maintenant qu'il n'y avait plus un passager, non seulement dans l'avion mais sur la passerelle, les types des douanes avaient sorti leurs armes.

– On y va!

Les deux hommes s'élancèrent et, sous l'unique choc de leur double masse, la porte – diminuée d'un morceau qui resta un moment accroché par le loquet avant de tomber par terre – alla valdinguer contre la cloison.

Révélant le sieur 3A sur le trône, le pantalon sur les genoux, les pans de sa chemise écossaise aux couleurs passées dissimulant – mais à peine – son service trois pièces. *Pas de doute, il semble qu'on l'ait pris sur le fait*, songea le commandant McDonald, écœuré. *Le seul problème est que ce fait sur lequel on l'a pris n'a aux dernières nouvelles rien d'illégal.* Il était soudain sensible aux élancements dans son épaule là où elle avait heurté la porte par… combien? trois fois? quatre?

– Putain de merde, beugla-t-il, qu'est-ce que vous foutez là-dedans?

– Ma foi, je coulais un bronze, répondit le 3A. Mais si vous êtes tous si pressés que ça, je vais aller me torcher dans les toilettes de l'aé…

– Et bien sûr, petit malin, vous ne nous avez pas entendus frapper à la porte, hein?

– Si, mais pas moyen de l'atteindre. (Le 3A tendit la main et, bien que ladite porte qui pendait de guingois contre la cloison fût désormais tout près, McDonald comprit qu'il s'agissait d'une preuve.) Evidemment, j'aurais pu me lever, mais j'avais comme qui dirait entre les mains une situation délicate. A ceci près qu'elle n'était pas exactement entre mes mains, si vous me suivez. Et que je n'avais pas non plus envie qu'elle y soit, si vous me suivez toujours.

Le 3A se fendit d'un sourire vaguement niais qui se voulait engageant et que le commandant jugea aussi crédible qu'une coupure de neuf dollars. A l'entendre, il ne s'était jamais trouvé personne pour lui expliquer le truc tout simple de se pencher en avant.

– Debout, dit McDonald.

– Avec plaisir. Pourriez-vous simplement prier les dames de s'écarter ? (Nouveau sourire charmeur.) Je sais que c'est complètement ringard par les temps qui courent, mais c'est plus fort que moi. Je suis pudique. Le fait est qu'il y a de quoi.

Il leva la main, le pouce et l'index séparés d'un centimètre et demi environ, et fit un clin d'œil à Jane Dorning qui piqua un fard et quitta l'avion, suivie de près par Suzy.

Pudique ! Tu m'as l'air pudique, pensa le commandant. *Tu me fais plutôt l'effet d'un chat qui vient de faire patte basse sur la crème.*

Les deux hôtesses disparues, le 3A se leva et se reculotta. Il allait tirer la chasse quand McDonald lui expédia promptement la main loin du levier de la chasse d'eau, l'empoigna aux épaules et le fit pivoter face au couloir. Deere lui accrocha une main ferme entre les reins dans la ceinture du pantalon.

– Pas de privautés, je vous prie, dit Eddie.

Il avait la voix dégagée, juste comme il fallait – du moins lui semblait-il –, mais à l'intérieur, c'était la chute libre. Il sentait l'autre, nettement, le sentait posté dans sa conscience, attentif, sur le qui-vive, prêt à intervenir s'il déconnait. Seigneur, ça ne pouvait être qu'un rêve, non ?

– Pas un geste, rétorqua Deere.

Le commandant McDonald jeta un œil dans la cuvette.

– Pas de crotte, dit-il, froudroyant aussitôt du regard le navigateur qui, sur le troisième terme de cette cascade de négations, s'était esclaffé sans le vouloir.

— Vous savez comment c'est, dit Eddie. Il arrive qu'on ait du bol et que ce ne soit qu'une fausse alerte. J'en ai quand même lâché deux, mahousses. Je parle de la compagnie du gaz. Il y a trois minutes, gratter une allumette là-dedans vous aurait rôti à point votre dinde de Noël, vous savez? Ce doit être quelque chose que j'ai mangé avant de monter dans l'avion, si vous voul...

— On en a assez vu, décréta McDonald.

Deere, qui tenait toujours Eddie par l'arrière de son jean, l'expédia jusqu'à la passerelle où les deux types des douanes le réceptionnèrent, chacun s'emparant d'un bras.

— Pas si vite! hurla Eddie. Je veux mon sac! Et ma veste!

— Nous aussi, on tient à ce que tu aies tout, le rassura l'un des douaniers dans une bouffée d'haleine empestant les digestions difficiles et les trucs dont il se bourrait pour les combattre. C'est qu'on s'y intéresse beaucoup, à tes affaires. Maintenant, mon coco, en route!

Quoiqu'il n'eût cessé de leur dire d'y aller mollo, de leur certifier qu'il était capable de marcher seul, Eddie ne devait pas évaluer rétrospectivement à plus de trois ou quatre les fois où la pointe de ses chaussures avait touché le sol de la passerelle entre la porte du 727 et l'aéroport proprement dit. Là, il trouva trois nouveaux chevaliers de la protection des frontières flanqués d'une demi-douzaine de simples flics, les uns l'attendant, les autres retenant la petite foule qui, avec une curiosité avide et un certain malaise, le regardèrent se faire emmener.

CHAPITRE 4

La Tour

1

Eddie était dans un fauteuil, et le fauteuil se trouvait dans une petite pièce peinte en blanc. C'était l'unique fauteuil de la pièce et la pièce était bondée, la pièce était enfumée. Eddie était en slip. Eddie avait envie d'une cigarette. Les six – non, sept – autres occupants de la petite pièce blanche étaient habillés. Debout autour de lui, ils l'encerclaient. Trois d'entre eux – non, quatre – fumaient.

Eddie avait envie de se trémousser et de guincher, de bondir et de se tordre.

Eddie était assis, tranquille, détendu, promenant un regard amusé, curieux, sur les types qui l'entouraient, comme si le besoin de se shooter n'était pas en train de le rendre dingue, comme si la simple claustrophobie n'aboutissait pas au même résultat.

Et tout ça parce que l'autre était dans sa tête. Cet autre qui l'avait terrifié au début. Dont la présence était maintenant pour lui un sujet de remercier Dieu.

L'autre pouvait être malade, mourant même, il conservait en lui assez d'acier pour en concéder une partie, armer un pauvre junk paniqué de vingt et un printemps.

– Cette marque rouge que tu as sur la poitrine, c'est vachement intéressant, dit l'un des douaniers. (Une cigarettte lui pendait au coin des lèvres. Le paquet dépassait de sa poche de chemise. Eddie se voyait y prélever cinq ou six cigarettes, les aligner dans sa bouche, les allumer, s'expédier une énorme bouffée au fond des poumons, se sentir tout de suite mieux.) A croire que tu avais là quelque chose de fixé par du sparadrap et que brusquement tu t'es dit que ça serait peut-être bien de s'en débarrasser.

– Je vous l'ai déjà dit : j'ai chopé ça aux Bahamas, une allergie ou je ne sais quoi. Combien de fois faut-il que je vous le répète ? Je fais ce que je peux pour garder mon sens de l'humour mais ça devient de plus en plus dur à chaque instant.

– Tu peux te le foutre au cul, ton sens de l'humour, cracha un autre, sur un ton qu'Eddie reconnut.

Celui qu'il avait quand il passait la moitié de la nuit à attendre un dealer qui ne venait pas. Parce que ces types-là aussi étaient accros. A la seule différence qu'ils l'étaient à des mecs comme lui et Henry.

– Et ce que t'as au bide, Eddie ? Tu l'as récolté où ?

Un troisième désignait l'endroit où il s'était blessé avec le couteau. Le sang ne coulait plus mais la perle violet foncé qui obturait la plaie semblait n'attendre qu'un prétexte pour crever.

Eddie montra la zone irritée.

– Ça me démange, expliqua-t-il sans avoir besoin de mentir. Et quand je me suis endormi dans l'avion... vous pouvez demander à l'hôtesse si vous ne me croyez pas...

– Pourquoi est-ce qu'on ne te croirait pas, Eddie ?

– Je ne sais pas, moi. Vous en rencontrez souvent des gros trafiquants qui arrivent à roupiller pendant leur vol retour ? (Il s'interrompit, leur accorda une seconde pour méditer sa remarque, puis tendit des mains aux ongles rongés, certains même dangereusement déchiquetés ; les préliminaires du manque leur étaient fatals, avait-il constaté.) Bon, vu l'état de mes ongles, je n'avais pas intérêt à me gratter, et j'ai réussi à me retenir. Sauf quand je me suis endormi, apparemment.

– Ou quand tu as piqué du nez. Ce pourrait bien être une marque de seringue.

Le type y allait au flan, savait comme Eddie que c'était impossible. Si près du plexus solaire – de ce tableau de bord du système nerveux – un fix avait toutes les chances d'être le dernier.

– Faut pas pousser. Tout à l'heure, vous m'avez regardé les pupilles de si près que j'ai cru que vous cherchiez à m'hypnotiser. Vous avez bien vu que je n'étais pas dans les vapes.

Le troisième douanier prit un air écœuré.

– Pour un petit gars sans histoire, tu en connais un sacré rayon sur la dope.

– Ce qui ne vient pas de *Deux Flics à Miami*, je l'ai trouvé dans le *Reader's Digest*. Maintenant, dites-moi ce qu'il en est : combien de prises allons-nous devoir tourner de la même scène ?

Un quatrième brandit un sachet à spécimens. Des fibres étaient visibles au travers du plastique.

– On attend la confirmation du labo mais on est à peu près sûr de ce que c'est : des fragments de sparadrap.

– A la vitesse où je suis parti de l'hôtel, je n'ai pas eu le temps de me doucher, répéta Eddie pour la énième fois. J'avais pris un transat au bord de la piscine, histoire de m'exposer un peu au soleil, des fois que ça serait bon pour mes rougeurs. Pour cette allergie que j'avais chopée. Je me suis endormi. En fait, j'ai même eu de la chance d'attraper mon avion. Il m'a fallu courir comme un dingue. Il y avait du vent. Est-ce que je sais le genre de merde qui a pu se coller sur moi ?

Un doigt passa sur la pliure de son coude.

– Et là, ce ne sont pas des traces de shooteuse ?

Il balaya la main.

– Des piqûres de moustique, je vous l'ai déjà dit. Presque cicatrisées, en plus. Ça crève les yeux, non ?

Ça les crevait. Le marques n'étaient pas toutes

jeunes. Voilà plus d'un mois qu'il décrochait de la poussette. Henry n'aurait pas pu, et c'était en partie pour ça que c'était Eddie, qu'il avait fallu que ce fût lui. Dans l'absolue nécessité d'un fix, il se piquait non au bras mais en haut de la cuisse gauche, sur la face interne, là où reposait son testicule... comme il l'avait fait l'autre nuit quand Machin jaune lui avait finalement apporté quelque chose de consommable. La plupart du temps, il sniffait, ce dont Henry ne pouvait plus désormais se contenter. Eddie en retirait des sentiments qu'il avait du mal à définir... un mélange de fierté et de honte. A part ça, s'ils allaient l'inspecter sous les couilles, il risquait d'avoir de sérieux problèmes, et plus encore s'ils lui faisaient une prise de sang. Mais c'était un pas qu'ils ne sauraient franchir sans un semblant de preuve... et justement, ils n'en avaient pas l'ombre d'une. Ils savaient tout sans rien pouvoir démontrer. Toute la différence entre ce qu'il y a et ce qu'on veut, aurait dit sa mère.

– Des piqûres de moustique.

– Oui.

– Et la bande rouge, une réaction allergique.

– Oui, je l'avais déjà en arrivant aux Bahamas, mais pas à ce point.

– Il l'avait déjà en arrivant là-bas, répercuta l'un des types à son voisin qui n'avait pas entendu.

– Ah bon, fit l'autre. Tu y crois ?

– Evidemment.

– Tu crois au Père Noël ?

– Evidemment. J'ai même une photo de lui avec moi sur ses genoux quand j'étais gosse. (Il se pencha vers Eddie.) Tu n'aurais pas une photo de cette fameuse plaque rouge datant d'avant ton voyage, Eddie ?

Pas de réponse.

– Si tu n'as rien à te reprocher, pourquoi ne pas demander un examen sanguin ?

Retour au premier, à celui qui avait la cigarette au bec. Elle en était presque au filtre.

Eddie eut soudain la rage au ventre, une rage noire. Il se tendit à l'écoute de sa voix intérieure.

O.K., fut la réponse instantanée dans laquelle il sentit plus qu'un accord, une sorte de feu vert. Elle lui fit la même impression que lorsque Henry le serrait dans ses bras, lui ébouriffait les cheveux et lui disait avec une bourrade sur l'épaule : « Du bon boulot, gamin... faut pas que t'en aies les chevilles qui enflent, mais tu t'es débrouillé comme un chef. »

– Je suis clean et vous le savez. (Il se leva d'un bond – si brusquement qu'ils reculèrent – et riva les yeux sur le plus proche fumeur.) Toi, petit gars, autant que tu sois prévenu : si tu ne me retires pas cette clope de dessous le nez, je te la fais bouffer. (Le gars en question se fit effectivement petit.) Bon, je suppose que, d'ores et déjà, vous avez vidé la cuve à merde de l'avion – en tout cas ce n'est pas le temps qui vous a manqué. Et vous avez bien sûr passé mes affaires au peigne fin. Puis je me suis penché pour laisser l'un d'entre vous m'introduire dans le cul le plus long doigt du monde. Putain, si on parle de toucher rectal pour un examen de la prostate, là c'était un tringlage en règle. J'avais peur de baisser les yeux : je me disais que j'allais voir un ongle me sortir par le trou de pine.

Il promena sur eux un regard noir.

– Je récapitule : vous m'avez exploré les tripes, z'avez fouillé mes bagages, et je suis là dans ce fauteuil, en slip avec vous autres qui me soufflez votre fumée à la figure. Maintenant, si c'est un petit examen sanguin qui vous plairait, d'acc! Amenez donc un mec pour s'en occuper.

Murmures. Regards échangés. Surprise. Malaise.

– Mais si vous voulez que ce soit fait sans requête du tribunal, enchaîna Eddie, votre type a intérêt à se munir de seringues et de fioles en quantité suffisante parce que je ne vais pas être le seul à donner mon sang. Je veux que ça se passe en présence d'un officier fédéral, qu'on fasse un prélèvement sur chacun d'entre vous, que vos nom et matricule soient portés sur chaque flacon et qu'on les confie à la garde de l'officier. Et quel que soit le type d'examen pratiqué sur mon sang – pour y déceler des traces de cocaïne, d'héroïne, d'amphés, d'herbe ou de je ne sais quoi –, j'exige que le vôtre soit soumis aux mêmes réactifs... et que les résultats soient communiqués à mon avocat.

– Allez donc, TON AVOCAT! clama l'un d'eux. Tôt ou tard, faut toujours que ça vienne sur le tapis avec vous autres, bande d'enfoirés. Vous allez avoir des nouvelles de MON AVOCAT! Je vais vous coller MON AVOCAT aux fesses! Merde, ça me fait gerber d'entendre ça.

– En fait, il se trouve que je n'ai pas d'avocat attitré, dit Eddie. (Et c'était la vérité.) Je n'avais jamais pensé en avoir besoin un jour. Cela dit, vous venez de me faire changer d'avis. Si vous ne trouvez rien, c'est qu'il n'y a rien à trouver. Mais on ne va pas s'arrêter à ce genre de détail. Vous voulez m'en faire baver? Parfait. Je vais en baver. Mais pas tout seul. Vous en baverez autant que moi.

Il y eut un silence oppressé, à couper au couteau.

– J'aimerais que vous ôtiez de nouveau votre slip, Mr Dean, fit l'un d'eux, plus âgé que les autres, celui qui semblait être leur chef.

Eddie se demanda si, peut-être – seulement peut-être – ce type n'avait pas fini par comprendre où chercher des marques d'aiguille plus récentes. Jusqu'à présent, ils s'étaient bornés à lui inspecter les bras, les épaules, les jambes... si grande avait été leur certitude de tenir leur gibier.

– J'en ai ras le bol d'enlever ceci, d'enlever cela et de me faire traîner dans la merde, dit Eddie. Ou vous appelez quelqu'un pour nous faire ces prises de sang à la chaîne ou je me tire. Choisissez!

Silence de nouveau, tout aussi pénible. Et quand ils commencèrent à se regarder, Eddie sut qu'il avait gagné.

Qu'on a gagné, rectifia-t-il. *Comment tu t'appelles, camarade?*

Roland. Et toi, c'est Eddie. Eddie Dean.
Tu as des oreilles pour entendre.
Oui, et des yeux pour voir.

— Rendez-lui ses fringues, fit le doyen du groupe, dégoûté. (Puis s'adressant à Eddie :) J'ignore ce que vous transportiez et comment vous avez fait pour vous en débarrasser, mais on finira bien par le découvrir, je tiens à ce que vous le sachiez. (Il l'inspecta de la tête aux pieds.) Vous êtes là, devant moi, presque avec le sourire. Ce n'est pas ce que vous racontez qui donne envie de vomir, c'est ce que vous êtes.

— Je vous donne envie de vomir?

— Exactement.

— C'est le bouquet, rétorqua Eddie. Je suis comme un con dans cette espèce de placard, quasiment à poil, avec sept types armés qui m'entourent, et c'est moi qui vous donne envie de vomir. Ça va pas, mec, faut vous soigner.

Il fit un pas vers le vieux type qui commença par ne pas céder un pouce de terrain puis vit quelque chose dans les yeux d'Eddie – des yeux bizarres, tantôt noisette tantôt bleus – quelque chose qui le fit reculer malgré lui.

— JE NE SUIS PAS UN TRAFIQUANT! hurla Eddie. ARRÊTEZ VOTRE CIRQUE! FOUTEZ-MOI LA PAIX!

Silence encore. Puis le chef pivota sur ses talons et beugla :

— Vous êtes sourds ou quoi? Rendez-lui ses fringues!

Et voilà.

2

— Vous vous demandez si on est suivis? fit le taxi avec de l'amusement dans la voix.

Eddie se retourna.

— Pourquoi vous me dites ça?

– Parce que vous n'arrêtez pas de regarder derrière.

– Non, j'étais à cent lieues d'y penser, répondit Eddie sans avoir le moins du monde à mentir. (Son premier coup d'œil par la vitre arrière lui avait permis de repérer les filatures – les... car il y en avait plus d'une – et s'il continuait de regarder, ce n'était pas pour avoir confirmation de leur présence. Des échappés d'un hospice pour retardés mentaux auraient dû se donner du mal pour perdre le taxi d'Eddie par cet après-midi de fin mai. Le trafic était particulièrement fluide sur la voie Express de Long Island.) Je prépare une thèse sur les structures de la circulation routière.

– Ah bon. (Dans certains milieux, une si bizarre réponse aurait provoqué un déluge de questions, mais les chauffeurs de taxi new-yorkais n'étaient pas du genre à en poser. Ils préféraient émettre des affirmations, le plus souvent péremptoires, lesquelles s'ouvraient en général sur l'expression : *C'te ville !* comme s'il s'agissait du prélude à un sermon... ce que c'était d'ailleurs, pour la plupart. Le chauffeur remplaça donc sa question par :) Parce que, si vous aviez pensé que nous étions suivis, j'aurais pu vous dire que non. Croyez-moi, je suis bien placé pour le savoir. Seigneur ! C'te ville ! Si je devais compter le nombre de filatures que j'y ai faites... Vous ne pouvez pas vous imaginer combien de gens montent en me lançant : « Suivez cette voiture ! » Je sais, on ne s'attend pas à entendre ça ailleurs qu'au cinéma. Juste. Mais, comme on dit, l'art copie la vie et la vie copie l'art. Ça arrive pour de vrai ! Quant à se débarrasser d'un mec qui vous suit, rien de plus simple du moment qu'on sait où et comment le rouler. Vous...

Eddie baissa le volume, ramenant sa perception de la voix du chauffeur à celle d'un simple fond sonore, n'écoutant ce bavardage – au demeurant très drôle – que pour être à même de hocher la tête aux bons endroits.

L'un des véhicules qui leur filaient le train était une conduite intérieure bleu nuit. Les douanes, présumait Eddie. L'autre, une fourgonnette, affichait en grosses lettres sa raison sociale : PIZZA GINELLI, illustrée également d'une pizza dessinée, à ceci près que ladite pizza était la bouille d'un gamin tout sourire, que ce gamin se léchait les lèvres et que sa délectation s'exprimait au bas de l'image dans ce slogan : « Miam-miam, quelle bonne pizza! » A ceci près encore qu'un jeune graffitiste, armé d'une bombe et d'un sens de l'humour plutôt rudimentaire, avait biffé « pizza » pour lui substituer « chagatte ».

Ginelli. Eddie n'en connaissait qu'un, le patron d'un restaurant à l'enseigne des Quatre Pères. La restauration rapide n'était pour lui qu'un à-côté, une astuce destinée à équilibrer les comptes. Ginelli et Balazar. L'un n'allait pas sans l'autre, comme les hot dogs et la moutarde.

Il avait été prévu qu'une limousine attendît Eddie devant l'aéroport, une limousine dont le chauffeur l'aurait, en un rien de temps, conduit au quartier général de Balazar, un bar au cœur de Manhattan. Mais le plan initial n'avait évidemment pas inclus deux heures dans une petite pièce aux murs blancs, deux heures sous un feu roulant de questions assenées par un groupe de douaniers pendant que leurs collègues vidangeaient les cuves du vol 901 pour en passer le contenu au peigne fin dans l'espoir d'y trouver le gros paquet dont ils soupçonnaient l'existence, ce gros paquet impossible à évacuer, impossible à dissoudre.

Il allait par conséquent sans dire que, deux heures plus tard, Eddie n'avait pas vu la limousine. Le chauffeur avait vraisemblablement reçu des instructions précises : si, un quart d'heure après la sortie des autres passagers, le passeur n'était toujours pas là, il filait vite fait. Sans doute n'avait-il pas téléphoné de la voiture, équipée probablement d'une C.B., donc susceptible d'être sur écoutes. En deux heures, toutefois, Balazar avait eu le temps de se renseigner, d'apprendre qu'Eddie avait foutu la merde, et de parer aux éclaboussures. Balazar pouvait avoir reconnu l'acier en Eddie, ça ne changeait rien au fait qu'il s'agissait d'un junkie. Et il n'était pas question de se fier à un junkie.

Il en résultait la possibilité que le camion les rejoignît, que sa vitre s'abaissât pour laisser dépasser la gueule d'une arme automatique et que le dos du chauffeur de taxi se transformât en quelque chose approchant de la râpe à fromage ensanglantée. Toutes choses qui auraient certainement inquiété Eddie si la douane l'avait retenu quatre heures au lieu de deux, et plus encore si ç'avait été six heures. Mais deux? Sur si peu de temps, Balazar allait sans doute admettre qu'il ait pu tenir sa langue. Il allait simplement lui demander des nouvelles de sa marchandise.

La vraie raison pour laquelle Eddie restait tourné, c'était la porte.

Elle le fascinait.

Quand les types des douanes l'avaient à demi porté, à demi traîné jusqu'au bas des marches vers les bureaux de l'aéroport, il avait jeté un coup d'œil par-dessus son épaule et l'avait vue là, aussi réelle qu'invraisemblable, d'une existence incontestable, flottant à environ un mètre derrière lui. Il y avait vu les vagues s'écraser sur la grève, et le ciel coiffant ce paysage s'assombrir.

Elle était comme dans ces images où il faut chercher une forme fondue dans le feuillage, les nuages ou les plis d'un vêtement. Tant qu'on ne l'a pas trouvée, elle reste invisible, mais une fois repérée, aussi fort que l'on essaie, il devient impossible de ne plus la voir.

Elle n'en avait pas moins disparu à deux reprises quand le pistolero l'avait refranchie sans lui – expérience effrayante : Eddie s'était senti comme un gosse dont la veilleuse venait de s'éteindre – la première fois, en plein interrogatoire.

Il faut que je m'en aille, la voix de Roland avait

tranché net au beau milieu d'une question qu'ils étaient en train de poser à Eddie. *N'aie pas peur, je ne resterai pas longtemps absent.*

Pourquoi? Il faut vraiment que vous partiez?

– Qu'est-ce qui t'arrive? lui avait demandé un de ceux qui le cuisinaient. T'as l'air paniqué tout d'un coup.

Paniqué? Sûr qu'il l'était, mais ces connards n'auraient rien pu y comprendre.

Il s'était retourné, imité par les types. Eux n'avaient vu qu'un mur blanc, les dalles d'isolant perforé blanc qui absorbaient les sons. Eddie, lui, avait vu la porte, à un mètre comme d'habitude, et désormais sertie dans la cloison, voie d'évasion dont lui seul avait conscience. Mais il avait vu autre chose. Des créatures qui sortaient des vagues. Du genre de celles qui envahissent l'écran d'un film d'horreur dont les effets sont légèrement plus spéciaux que vous ne l'auriez souhaité, assez pour vous donner la totale illusion du réel. D'un réel qui prenait l'aspect d'un hideux croisement de homard, de scorpion et d'araignée. Dont les bruits n'étaient pas moins inquiétants.

– Tu piques ta crise de délirium, Eddie? lui avait demandé l'un des types. Tu vois des bestioles grimper sur le mur?

C'était si proche de la vérité qu'il avait failli éclater de rire. Il comprenait pourquoi le pistolero avait dû précipitamment réintégrer son monde : ici, son esprit ne risquait rien – du moins pour l'heure – mais là-bas, les monstres montaient vers son corps... Un corps, suspectait Eddie, que Roland devait déplacer au plus vite, s'il voulait garder un endroit où retourner.

Soudain, dans sa tête, il avait entendu David Lee Roth brailler : *Ouais, mec... j' n'ai plus d' corps...* et cette fois, son rire avait fusé. Impossible de le retenir.

– Qu'est-ce qu'il y a de si drôle? avait voulu savoir le type qui venait de lui demander s'il voyait des bestioles.

– L'ensemble de la situation, avait-il répondu. Et pas drôle dans le sens d'hilarant, seulement dans celui de bizarre. Je veux dire que si c'était un film, ce serait plutôt du Fellini que du Woody Allen.

Ça ira ? lui avait demandé le pistolero.

Ouais, impec. Magnez-vous.

Comment ?

Dépêchez-vous de faire ce que vous avez à faire.

Ah oui, d'accord. Je ne serai pas long.

Brusquement, l'autre n'avait plus été là, il s'était purement et simplement évanoui, telle une fumée si ténue que le moindre souffle d'air eût suffi à la dissiper. Eddie s'était de nouveau retourné, n'avait plus vu qu'un mur blanc percé de trous – ni porte, ni océan, ni monstre intermédiaire entre insecte et crustacé – et il en avait eu les entrailles qui se nouaient. Non par crainte d'avoir été victime d'une hallucination, malgré tout – la drogue avait bel et bien disparu, preuve amplement suffisante – mais par la seule angoisse de ne plus sentir en lui cet homme étrange qui... qui l'aidait de quelque manière, et rendait les choses plus faciles.

– Il te plaît, ce mur ? avait lancé l'un des douaniers. Tu veux qu'on y accroche un tableau ?

– Non. (Soupir d'Eddie.) Je veux qu'on me laisse sortir d'ici.

– Dès que tu nous auras dit ce que tu as fait du smack, avait rétorqué du tac au tac un autre. Ou était-ce de la coke ?

Et voilà, c'était reparti. Quand c'est fini, allez Nini...

Dix minutes plus tard – dix minutes étirées à l'extrême –, le pistolero s'était tout aussi brusquement réintroduit dans l'esprit d'Eddie qui l'avait senti à bout de forces.

Ça y est ? C'est réglé ?

Oui. Désolé que ça ait pris tant de temps. Pause. *J'ai dû ramper.*

Eddie s'était une fois de plus retourné. La porte avait réapparu, mais il s'y inscrivait un décor légèrement différent. Il avait alors compris que, de même qu'elle se déplaçait avec lui dans ce monde, elle accompagnait l'autre dans son propre univers. Concept qui le fit vaguement frémir. C'était comme d'être relié à cet autre lieu par quelque étrange cordon ombilical. Le corps du pistolero gisait toujours inanimé au premier plan mais le regard d'Eddie devait à présent couvrir une longue bande de plage avant d'atteindre la guirlande d'algues tressées marquant la limite des hautes eaux et autour de laquelle évoluaient en grondant et bourdonnant les horreurs chitineuses. Chaque fois qu'une vague se brisait, elles se dressaient, pinces tendues, évoquant ces foules que l'on voit dans les vieux films d'actualités, chaque fois que leur Führer marquait une pause dans son discours, tandis qu'elles jetaient le bras en l'air en gueulant *Heil Hitler!* comme si leur vie en dépendait – ce qui avait sans doute été le cas, à bien y réfléchir. Le sillage torturé laissé par le pistolero dans sa pénible progression vers des parages plus sûrs était également visible.

Puis, sous les yeux d'Eddie, l'un des monstres, vif comme l'éclair, avait levé la pince pour saisir un oiseau qui s'aventurait trop bas. Le malchanceux volatile s'était abattu sur le sable, sectionné en deux moitiés sanglantes qui avaient disparu alors même qu'elles remuaient encore, sous un grouillement de carapaces. Une unique plume blanche s'était élevée. Une pince l'avait ramenée au sol.

Mon Dieu Seigneur! s'était mentalement exclamé Eddie. *Visez-moi cette bande de voraces!*

– Mais pourquoi n'arrêtez-vous pas de vous retourner? lui avait demandé celui que son âge et son vouvoiement désignaient comme le chef.

– Parce que de temps à autre il me faut un antidote, avait-il répondu.

– A quoi?

– A votre tronche de cake.

Quand le chauffeur de taxi l'eut déposé dans la cité au pied de son H.L.M., redémarrant aussitôt après l'avoir remercié pour le dollar de pourboire, Eddie resta un moment – le sac de voyage à la main, la veste jetée par-dessus l'épaule et négligemment retenue par un doigt de l'autre main – planté devant l'endroit où il partageait un deux-pièces avec son frère. Il resta donc à regarder cet immeuble, monolithe qui avait le style et l'attrait d'une boîte de cacahuètes salées grand modèle. Avec toutes ces fenêtres perçant en bon ordre la façade de brique rouge, l'ensemble avait l'aspect d'un corps prison et ce spectacle avait un effet aussi déprimant sur Eddie qu'il éveillait, au contraire, l'ébahissement chez Roland.

Jamais, même dans mon enfance, je n'ai vu de bâtiment aussi haut, s'écria ce dernier. *Et il y en a tant!*

Ouais, approuva Eddie, lugubre. *On vit là-dedans comme dans une fourmilière. Tu peux trouver ça chouette, Roland, mais crois-moi, ça commence à prendre un sacré coup de vieux. A vue d'œil, même.*

La voiture bleue passa au ralenti devant la cité, la fourgonnette y entra et s'approcha. Eddie se raidit et sentit Roland se raidir en lui. Peut-être avaient-ils l'intention de le descendre, après tout.

La porte? suggéra Roland – d'accord, fit Eddie, prêt à tout – tranquillement toutefois. *Tu veux qu'on aille de l'autre côté?*

Non, pas encore. Il se peut qu'ils veuillent simplement causer. Mais tiens-toi prêt.

Il aurait pu se passer d'ajouter ça, percevant que Roland gardait jusque dans les profondeurs du sommeil des réactions plus rapides qu'il n'en aurait jamais lui-même, fût-ce sur le qui-vive.

Le camion-pizza à l'emblème du gamin souriant obliqua vers le trottoir. Côté passager, la vitre commença de descendre. Avec son ombre qui s'étirait devant lui depuis la pointe de ses tennis, Eddie attendit dans l'entrée de son immeuble, attendit de voir ce qui allait apparaître... un canon ou un visage.

4

La deuxième absence de Roland n'était pas survenue plus de cinq minutes après que les types des douanes eurent finalement déclaré forfait et laissé partir Eddie.

Le pistolero avait mangé, mais pas assez. Il avait soif. Par-dessus tout, il lui fallait se soigner. Eddie n'était pas encore en mesure de lui fournir le médicament approprié (tout en suspectant que Roland avait vu juste, que Balazar pouvait... si Balazar voulait...) mais une bonne dose d'aspirine aurait au moins le mérite de faire tomber cette fièvre dont il avait senti l'ardeur quand le pistolero s'était approché de lui pour achever de cisailler le corset de sparadrap.

Il traversait le hall de l'aéroport et s'arrêta donc devant la boutique.

L'aspirine existe, là d'où tu viens?

Jamais entendu parler de ça. C'est magie ou médecine?

Les deux, à mon sens.

Eddie entra, acheta un tube d'Anacine Extra-Forte. Il passa ensuite au snack et prit deux doubles hot dogs (des Godzilla-dogs, comme les appelait Henry) et un Pepsi grand modèle. Il noyait les saucisses sous la moutarde et le ketchup quand il se rappela soudain que ce n'était pas lui qui allait les manger. Pour autant qu'il sût, Roland pouvait très bien ne pas aimer la moutarde et le ketchup. Pour autant qu'il sût, il pouvait être végétarien. Pour autant qu'il sût, cette cochonnerie risquait de le tuer.

De toute façon, c'est trop tard, se dit-il. Quand Roland parlait – ou qu'il agissait –, Eddie avait la certitude que tout ça était bien réel. Quand Roland cessait de se signaler, la vertigineuse sensation de ne vivre qu'un rêve – extraordinairement réaliste et visitant son sommeil à bord du Delta 901 à destination de Kennedy Airport – insistait pour refaire surface.

Roland lui avait dit pouvoir emporter de la nourriture dans son monde, l'ayant déjà fait, prétendait-il, pendant qu'Eddie dormait. Le jeune homme trouvait cela parfaitement incroyable mais le pistolero lui soutenait que c'était vrai.

Bon, il va falloir rester prudent, dit Eddie. *Ils ont collé deux gars pour me... pour nous... bref, pour surveiller ce que je suis maintenant.*

Je sais, lui fut-il répondu. *D'autant qu'ils ne sont pas deux mais cinq.*

Et sur ce, Eddie fut le théâtre d'une sensation passant en étrangeté toutes celles qu'il avait éprouvées jusqu'alors. Sans avoir eu l'intention de poser les yeux ailleurs que droit devant lui, il les sentit bouger. C'était Roland lui-même qui les dirigeait sur :

Un type en débardeur pendu au téléphone.

Une femme installée sur un banc en train d'explorer les profondeurs de son sac à main.

Un jeune Noir qui aurait pu être d'une beauté peu commune si la chirurgie lui avait un peu mieux rafistolé son bec-de-lièvre et qui, pour l'heure, examinait des T-shirts dans la boutique qu'Eddie venait de quitter.

Bien qu'aucun ne présentât quoi que ce fût d'anormal dans son apparence, Eddie les reconnut tous pour ce qu'ils étaient – et ce fut une fois de plus comme dans ces images où le dessin caché, une fois découvert, refuse de retourner au néant. Il se sentit néanmoins les joues en feu parce qu'il avait fallu que l'autre lui montrât ce qu'il aurait dû voir du premier coup. Il n'avait pas été fichu d'en repérer plus de deux alors que ces trois autres, quoique un peu plus discrets, n'étaient quand même pas des super-cracks. Les yeux du type au téléphone n'avaient pas ce regard vide que l'on fixe sur un interlocuteur invisible mais regardaient pour de bon... regardaient l'endroit où était Eddie... cet endroit qui, comme par hasard, ne cessait de les attirer. La femme au sac, tout aussi incapable d'y trouver ce qu'elle cherchait que de renoncer, continuait d'en retourner le contenu. Quant à l'amateur de T-shirts, il devait avoir déjà eu le temps d'examiner une bonne douzaine de fois chaque modèle exposé.

Et, brusquement, Eddie se retrouva âgé de cinq ans et terrifié d'avoir à traverser la rue sans Henry pour lui tenir la main.

N'y pense pas, dit Roland. *Et ne t'inquiète pas non plus pour la nourriture. Il m'est arrivé de manger des insectes qui avaient encore assez de vie pour courir au fond de ma gorge.*

Ouais, répliqua Eddie. *Mais faut pas oublier qu'on est à New York.*

Il ramassa Pepsi et hot dogs pour aller s'installer tout au bout du comptoir, tournant le dos au vaste hall de l'aéroport. Son regard monta vers l'angle du plafond, à sa gauche, là où le surplombait un miroir convexe pareil à l'œil d'un hypertendu. Il pouvait y embrasser d'un seul coup d'œil les cinq membres de son escorte et constater qu'aucun n'était assez près pour voir ce qu'il avait sur le comptoir devant lui... avec satisfaction d'ailleurs, car il n'avait lui-même pas la moindre idée du sort attendant cette nature morte pop-art.

Tu poses l'astine sur les trucs à la viande. Puis tu prends le tout entre les mains.

L'aspirine.

Bon, tu appelles ça comme tu veux, priso... Eddie, mais tu fais comme je te dis.

Eddie sortit de sa poche où il l'avait fourré le sachet contenant l'Anacine et, manquant faire tomber le

116

tube sur l'un des hot dogs, prit soudain conscience que Roland, avec ses doigts en moins, risquait d'avoir des problèmes, ne serait-ce que pour l'ouvrir.

Il s'en chargea donc, égrena trois pilules sur l'une des petites serviettes, pesa le pour et le contre, puis en rajouta trois de plus.

Trois maintenant, trois plus tard, dit-il. *S'il y a un plus tard.*

O.K. Merci.

Bon. Comment on fait ?

Tu ramasses tout ça.

Nouveau coup d'œil dans le miroir. Deux des types s'approchaient comme si de rien n'était du snack-bar, n'appréciant peut-être pas qu'Eddie leur tournât le dos, flairant quelque tour de passe-passe et voulant y regarder de plus près. S'il devait arriver quelque chose, mieux valait que ça se passe vite.

Il plaça les mains autour de l'ensemble, sentit d'un côté la fraîcheur du Pepsi, de l'autre la chaleur des saucisses dans leur gaine de pain mou. En cet instant, il eut tout du type qui va rapporter de quoi nourrir sa petite famille... puis ça se mit à fondre.

Et il riva dessus des yeux qui s'écarquillaient, s'écarquillaient, au point qu'il les crut près de tomber et de pendre au bout de leurs nerfs.

Il voyait les hot dogs à travers le pain, le Pepsi à travers le gobelet, et le sombre liquide encombré de glaçons s'incurvant en un volume qui finissait par ne plus être visible.

Puis ce fut le formica rouge du comptoir qui transparut sous les hot dogs et le mur blanc derrière le Pepsi. Ses mains se rapprochèrent, la résistance entre elles s'amenuisant... puis se rencontrèrent, paume contre paume. La nourriture... les serviettes... le Pepsi... les six aspirines... tout ce qu'il avait tenu était parti.

C'est Jésus avec son violon... pensa-t-il. Ses yeux bondirent sur le miroir.

La porte avait disparu... tout comme Roland, sorti de son esprit.

Bon appétit, l'ami.

Mais cet insolite personnage venu d'ailleurs qui disait s'appeler Roland était-il vraiment son ami? Allez savoir? Sûr, il lui avait sauvé la mise, mais ça ne voulait pas dire qu'il s'agît d'un boy-scout.

N'empêche qu'il l'aimait bien. Qu'il le craignait... mais qu'il l'aimait bien.

Se demandait même si, avec le temps, il ne finirait pas par l'aimer tout court comme il aimait Henry.

Mange, étranger. Mange bien, reste en vie... et reviens.

Il avait à côté de lui des serviettes tachées de moutarde laissées par un client. Il en fit une boule qu'il expédia dans la poubelle en sortant, les mâchoires en mouvement comme s'il achevait une dernière bouchée de quelque chose. Puis, s'acheminant vers les panneaux qui montraient la direction à prendre pour BAGAGES et TRANSPORTS TERRESTRES, il réussit même à produire un rot fort convenable en approchant du jeune Noir.

— Vous n'avez pas trouvé votre bonheur? lui demanda-t-il.

— Je vous demande pardon? fit le gars en se détournant de l'écran des départs qu'il faisait semblant d'étudier.

— J'ai pensé que vous deviez sûrement chercher un T-shirt où on verrait, écrit dessus : LA CHARITÉ, S'IL VOUS PLAÎT! JE TRAVAILLE POUR LE GOUVERNEMENT, lâcha Eddie avant de passer son chemin.

Alors qu'il descendait les marches, il vit la farfouilleuse refermer précipitamment son sac et se lever.

Ma foi, ça va ressembler à la parade du Thanksgiving Day au Macy's.

Journée passionnante, à coup sûr, et il ne pensait pas qu'elle fût achevée.

118

5

Quand Roland vit les monstrueux crustacés resurgir des vagues (le phénomène n'avait donc rien à voir avec la marée; c'était la tombée du jour qui les ramenait sur la plage), il abandonna momentanément Eddie Dean pour aller déplacer son corps et lui épargner d'être découvert et dévoré par les créatures.

Il s'était attendu à la douleur, y était préparé. D'avoir si longtemps vécu avec elle en avait presque fait une vieille amie. Il fut toutefois sidéré de la rapidité avec laquelle sa fièvre avait empiré, ses forces diminué. S'il n'avait pas été mourant précédemment, il ne pouvait désormais douter de l'être. Existait-il dans le monde du prisonnier un remède assez puissant pour prévenir l'issue fatale? Peut-être. Mais à moins de mettre la main dessus dans les six ou huit prochaines heures, la question perdrait sans doute toute importance. A l'allure où évoluait son mal, il n'y aurait bientôt plus ni médecine ni magie, qu'elles proviennent de quelque monde que ce soit, pour restaurer sa santé.

Impossible de marcher. Il allait devoir ramper.

Il s'y apprêtait quand son regard tomba sur les sacs de poudre du diable dans leur gangue entortillée de bande collante. Les laisser ici, c'était les vouer à être éventrés par les homarstruosités. La brise marine disperserait la poudre aux quatre vents. *Elle y serait à sa place*, songea le pistolero. Mais il ne pouvait permettre qu'il en fût ainsi. Sinon, à un moment ou à un autre, incapable de montrer cette poudre, Eddie allait se retrouver jusqu'au cou dans les ennuis. Il était rarement possible de bluffer le genre d'hommes auquel, à son sens, appartenait ce Balazar. Il allait demander à voir ce pour quoi il avait payé, et tant qu'il ne l'aurait pas vu, Eddie aurait assez d'armes pointées sur lui pour équiper une petite armée.

Roland ramena vers lui l'enchevêtrement poisseux de ses possessions et se l'accrocha autour du cou. Puis il entreprit de mettre une bonne distance entre lui et les vagues.

Il s'était traîné sur une vingtaine de mètres – presque assez haut sur la plage pour s'estimer en sécurité, jugeait-il –, quand il prit conscience (saisi d'horreur et cependant sensible à l'incommensurable comique de la chose) de laisser derrière lui le seuil entre les mondes. Comique, car pourquoi l'avait-il franchi ?

Tournant la tête, il vit alors que la porte n'était plus là où il croyait l'avoir laissée mais à trois pieds derrière lui. Pendant un long moment, il ne put que la fixer, comprendre ce qu'il aurait déjà dû savoir s'il n'y avait eu la fièvre et le feu roulant de questions auquel les Inquisiteurs soumettaient Eddie. Ces *Où as-tu ? Comment as-tu ? Quand as-tu ?* qui se superposaient aux *Esque chèque ? Asque châle ? Usque chule ? Isque chic ?* du grouillement que les vagues continuaient de vomir au bas de la grève.

Bon, maintenant j'emmène cette porte partout avec moi, se dit-il, *et Eddie aussi. Elle nous accompagne comme une malédiction dont on ne pourrait plus se débarrasser.*

Evidence incontestable tout comme l'était cet autre fait :

Que si la porte se refermait, ce serait pour toujours.

Quand cela se produira, il faudra qu'il soit de ce côté, avec moi.

Quel parangon de vertu nous avons en toi, pistolero ! L'homme en noir éclata de rire. Il semblait avoir définitivement élu domicile dans le crâne de Roland. *Tu as tué l'enfant, sacrifice qui t'a permis de me rattraper et, je suppose, de faire apparaître cette porte entre les mondes. Voilà qu'à présent tu t'apprêtes à un triple tirage, condamnant les trois compagnons qui te seront donnés à un sort dont tu ne voudrais pas : vivre le restant de leurs jours dans*

120

un univers radicalement autre où la mort sera susceptible de les prendre avec autant d'aisance qu'elle s'empare d'animaux de zoo remis en liberté dans la nature hostile.

La Tour, se dit avec sauvagerie le pistolero. *Une fois que j'aurai atteint la Tour et fait ce que je suis censé y faire, que j'y aurai accompli cet acte fondamental – quel qu'il soit – de restauration ou de rédemption pour lequel j'ai été conçu, alors, peut-être...*

Mais le hurlement de rire de l'homme en noir – de cet homme qui était mort mais n'en continuait pas moins de vivre à l'instar de la conscience blessée du pistolero – n'allait pas lui permettre de s'en tirer à si bon compte.

Pas plus d'ailleurs qu'envisager sa propre trahison ne pouvait le détourner de sa trajectoire.

Il parvint à se traîner sur une autre dizaine de mètres, jeta de nouveau un coup d'œil derrière lui, et constata que le plus gros des monstres n'irait pas s'aventurer plus d'une vingtaine de pieds au-dessus de la laisse des hautes eaux. Sa reptation lui avait déjà fait couvrir trois fois cette distance.

Bon, c'est bien.

Rien n'est bien, répliqua, joyeuse, la voix de l'homme en noir, *et tu le sais.*

Ta gueule! pensa le pistolero, et – miracle – l'homme en noir la ferma.

Roland remisa les sacs de poudre du diable dans l'interstice entre deux pierres et dissimula le tout sous quelques poignées d'herbe. Puis il s'accorda un bref répit, le crâne traversé de sourdes palpitations, la peau tour à tour brûlante et glaciale, tandis qu'il se laissait à nouveau rouler jusque par-delà le seuil, dans cet autre monde, dans cet autre corps, abandonnant encore pour un temps derrière lui l'infection à son évolution meurtrière.

La deuxième fois qu'il retourna dans son propre corps, il le trouva dans un sommeil si profond qu'il le crut un moment déjà entré dans le coma... dans un état où les fonctions vitales s'étaient à ce point raréfiées qu'il n'allait pas manquer de voir sa conscience entamer d'une seconde à l'autre une longue glissade dans les ténèbres.

A l'inverse, il força donc ce corps à l'éveil, le bouscula hors de la tanière de pénombre où il s'était terré. Il accéléra son cœur, fit réaccepter à ses nerfs la souffrance qui grésillait à fleur de peau, rendit sa chair à la douloureuse réalité.

Il faisait nuit. Les étoiles scintillaient dans le ciel. Les espèces de chaussons qu'Eddie lui avait pris étaient des parcelles de chaleur dans la fraîcheur nocturne.

Il n'avait pas faim, mais il allait manger. Et d'abord...

Il regarda les petites pilules blanches. De l'astine, avait dit le prisonnier. Non, il n'avait pas tout à fait dit ça mais le mot exact lui était imprononçable. Un médicament, de toute manière. Un médicament de cet autre monde.

Pas ce dont il avait vraiment besoin – du moins était-ce l'avis d'Eddie –, mais c'était quelque chose qui ferait tomber la fièvre.

Trois maintenant, trois plus tard.

Il s'en mit trois dans la bouche mais attendit pour les avaler d'avoir ôté l'étrange couvercle – ni du papier ni du verre mais tenant un peu des deux – du gobelet en carton contenant la boisson, et d'avoir ainsi de quoi les faire passer.

La première gorgée fut une telle surprise qu'il resta un moment contre le rocher auquel il s'était adossé, les yeux si écarquillés, si fixes, si éclaboussés d'étoiles reflétées qu'un improbable promeneur passant devant lui l'aurait à coup sûr tenu pour déjà mort. Puis il but avec avidité, les mains crispées autour du gobelet, si totalement absorbé dans ce qu'il buvait que l'atroce et pulsative souffrance des doigts absents n'était même plus sensible.

Quelle douceur! Dieu, que c'est suave! Que c'est doux! Que...

Un des petits glaçons plats du breuvage se prit dans sa gorge. Il toussa, se martela la poitrine, réussit à le déloger. Il se retrouvait avec une autre douleur dans le crâne, la sensation d'une sorte de vif-argent coulant en lui après avoir bu trop vite quelque chose de trop froid.

Il gisait immobile, sentant battre son cœur comme un moteur emballé, sentant cette énergie toute neuve lui déferler dans le corps avec une telle véhémence qu'un risque d'explosion n'était pas à exclure. Sans vraiment réfléchir à ce qu'il faisait, il déchira un autre morceau de sa chemise – il n'allait bientôt plus lui en rester qu'un chiffon autour du cou – et se l'étala sur la cuisse. Il y verserait les glaçons quand il aurait fini de boire, se confectionnant ainsi une espèce de vessie pour sa main blessée. Mais son esprit était ailleurs.

Tant de douceur! criait et répétait chacune de ses pensées, s'efforçant d'en saisir le sens, ou de se convaincre qu'il y avait là un sens – un peu comme Eddie avait tenté de se convaincre que *l'autre* avait une existence réelle, qu'il ne s'agissait pas d'une aberration mentale, d'un tour que cherchait à lui jouer quelque autre part de lui-même. *Que c'est doux! Que c'est suave!*

Le noir breuvage était saturé de sucre, plus encore que Marten – dont l'austère et ascétique apparence avait dissimulé gourmandise et sensualité – n'en avait mis le matin dans son café.

Du sucre... blanc... en poudre...

Le regard du pistolero dévia vers les sacs, à peine visibles sous l'herbe qu'il avait jetée dessus pour en masquer la présence, et se demanda fugitivement si leur contenu et ce qu'il y avait dans cette boisson n'étaient pas une seule et même substance. Il savait qu'Eddie n'avait pas eu de problème pour le comprendre dans ce monde-ci quand ils s'étaient retrouvés tous deux, face à face et distincts. Et il soupçonnait que s'il passait physiquement dans le monde du prisonnier (ce qu'il savait par intuition réalisable... encore que, si la porte se refermait pendant qu'il y était, il serait à jamais condamné à demeurer dans ce monde tout comme Eddie dans le sien si c'était l'inverse), il aurait une compréhension tout aussi parfaite de la langue. Il savait aussi, pour avoir séjourné dans l'esprit d'Eddie, que les langues des deux mondes étaient fondamentalement similaires. Similaires mais pas tout à fait superposables. Chausson se disait là-bas sandwich, et déchiner y était chercher quelque chose à manger. En ce cas... la drogue qu'Eddie nommait cocaïne ne pouvait-elle s'appeler sucre dans le monde du pistolero?

Ce qui lui parut aussitôt fort improbable. Eddie avait acheté cette boisson ouvertement, se sachant observé par des gens au service des Prêtres de la Douane. Bien plus, Roland sentait que le prix en était relativement modique. Inférieur même à celui des chaussons à la viande. Non, sucre et cocaïne n'étaient pas synonymes, mais Roland ne pouvait comprendre que quiconque eût envie de cocaïne – ou de quelque autre drogue illégale, en l'occurrence – dans un monde où une substance de la puissance du sucre était disponible en abondance et bon marché.

Il baissa de nouveau les yeux sur les chaussons, sentit les premiers tiraillements de la faim... et constata, sidéré, empli de confuse gratitude, qu'il se sentait déjà mieux.

La boisson? Etait-ce elle? Avec sa teneur en sucre?

Pour une part, peut-être... mais réduite. Que le sucre pût momentanément ranimer votre énergie défaillante était un fait connu de lui depuis l'enfance; il le savait néanmoins parfaitement incapable de calmer la douleur ou de faire tomber la fièvre quand une infection avait transformé votre corps en fournaise. Or c'était exactement ce qui venait de se produire... une expérience qui se prolongeait.

Le tremblement convulsif n'était plus qu'un souvenir, la sueur achevait de s'évaporer sur son front et les hameçons qui lui avaient tapissé la gorge semblaient avoir disparu. Incroyable, certes, mais tout aussi incontestable – et nullement fruit de son imagination ou de ses souhaits (frivole tentation d'un automensonge dont le pistolero ignorait tout depuis des décennies). Ses doigts et orteils manquants continuaient de palpiter et de se plaindre mais il ne doutait pas que cette souffrance dût à son tour s'atténuer.

Il rejeta la tête en arrière, ferma les yeux et remercia Dieu.

Dieu et Eddie Dean.

Ne va pas commettre la bêtise de placer ton cœur à sa portée, Roland, fit une voix dans les tréfonds de sa conscience – ni le gloussement nerveux de l'homme en noir ni l'âpre grondement de Cort – plutôt celle de son père. *Tu sais ce qu'il vient de faire pour toi, il l'a fait par nécessité personnelle, tout comme tu sais que ces hommes – ces Inquisiteurs – ont en partie ou tout à fait raison à son endroit. C'est un faible vaisseau, et ils l'ont retenu pour des motifs qui n'avaient rien d'erroné ou de vil. Certes, il y a de l'acier en lui, je te le concède, mais il y a cette faiblesse. Il est comme Hax, le cuisinier. Hax fut empoisonneur la mort dans l'âme, mais cela n'a jamais fait taire les cris des mourants dont les entrailles se tordaient pendant qu'ils crevaient. Et il est une dernière chose qui doit t'inciter à la prudence...*

Mais Roland n'avait besoin d'aucune voix pour lui dire quelle était cette ultime raison : il l'avait lu dans les yeux de Jake quand le gamin avait finalement commencé de comprendre quel était son but.

Ne va pas commettre la bêtise de placer ton cœur à sa portée.

Excellent conseil. On se fait mal en aimant ceux à qui on est voué à en faire voir de drôles.

Rappelle-toi où est ton devoir, Roland.

– L'ai-je jamais oublié? grogna-t-il sous l'impitoyable clarté des étoiles, sur fond de raclement du ressac et de l'absurde échange de questions des homardesques monstruosités. Je me suis damné pour mon devoir. Pourquoi faut-il que les damnés soient rejetés?

Il s'attaqua aux chaussons à la viande qu'Eddie nommait des « hot dogs ».

Roland n'appréciait guère d'avoir à manger du chien(1), mets qui était loin d'avoir la finesse de ce qu'on lui avait servi dans la diligence du ciel, mais avait-il le droit de se plaindre après avoir déjà eu la chance de boire cet extraordinaire breuvage? Il supposait que non. Par ailleurs, la partie était trop engagée pour qu'il s'attardât sur les douceurs de l'existence.

Il mangea donc ses hot dogs sans en laisser une miette puis retourna là où Eddie se trouvait à présent, dans quelque véhicule magique filant à grande allure sur une route de métal emplie d'autres véhicules du même type... des douzaines, peut-être des centaines, et pas une seule à laquelle un cheval fût attelé.

7

L'approche du camion-pizza trouva Eddie sur ses gardes et plus encore Roland à l'intérieur de lui.

Rien qu'une nouvelle version du songe de Diana, pensa le pistolero. *Qu'y a-t-il dans le coffret? La coupe d'or ou le serpent qui mord? Et juste au moment où, après avoir tourné la clé, elle pose les mains sur le couvercle, elle entend sa mère qui*

(1) *Hot dog*, en anglais, signifie littéralement « chien chaud » *(N.d.T.)*.

l'appelle. « *Debout, Diana, c'est l'heure d'aller traire!* »

Bon, se dit Eddie. *Qu'est-ce qui se profile? La belle fille ou le tigre?*

Un visage pâle et boutonneux autour d'une paire d'incisives démesurées s'inscrivit dans la fenêtre baissée de la fourgonnette. Une tête qu'Eddie connaissait.

– Salut, Col, lança-t-il sans grand enthousiasme.

Derrière Col Vincent, il reconnut aussi Jack Andolini au volant, Triple Mocheté comme l'appelait Henry.

Un surnom que Henry n'irait jamais lui balancer en face, songea Eddie. Sûr que non. Faire état d'une telle inventivité en présence de son inspirateur pouvait constituer une superbe manière de se faire tuer. C'était une armoire à glace avec un front d'homme des cavernes et des mâchoires assorties. Il avait une parente mariée à Balazar, une nièce ou une cousine, quelque chose du genre. Ses énormes paluches s'accrochaient au volant du camion comme celles d'un singe à une branche. Des touffes de poils lui sortaient des oreilles. Eddie n'en voyait qu'une, pour l'heure, Andolini s'obstinant à rester de profil, à ne pas regarder ailleurs que devant lui.

Triple Mocheté. Mais même Henry (lequel, devait reconnaître Eddie, n'était pas toujours le type le plus perceptif qui fût au monde) ne se serait pas risqué à l'appeler Triple Crétin. Si Colin Vincent n'était qu'un grouillot promu, Jack, lui, avait assez de cervelle derrière son front néandertalien pour être le bras droit de Balazar. Eddie n'aimait pas trop que le caïd lui eût délégué un lieutenant de cette importance. Il n'aimait même pas ça du tout.

– Salut, Eddie, fit Col. Entendu dire que t'avais des ennuis.

– Rien que je n'aie pu régler, rétorqua Eddie, s'apercevant qu'il était en train de se gratter tour à tour bras gauche et bras droit, une de ces manies junks qu'il venait si fort de s'interdire pendant qu'il était en garde à vue. Il s'ordonna de cesser.

Mais Col le regardait en souriant, et il éprouva la soudaine impulsion de flanquer son poing en travers de ce sourire. Il l'aurait fait s'il n'y avait eu Jack. Celui-ci n'avait pas détourné les yeux du pare-brise, ayant tout du type qui suit le fil rudimentaire de ses pensées en observant le seul jeu de mouvements et de couleurs primaires qu'un intellect aussi réduit (ou que l'on jugeait tel si l'on se fiait aux apparences) pouvait percevoir du monde. Eddie n'en pensait pourtant pas moins et savait qu'en une journée Jack voyait plus que n'en verrait Col Vincent dans toute son existence.

– Bon, dit Col. C'est bien. C'est parfait.

Silence. Col surveillait Eddie, souriant, attendant la reprise du numéro junkie, attendant de le voir se gratter, danser d'un pied sur l'autre comme un gosse pressé d'aller aux toilettes, attendant par-dessus tout de l'entendre leur demander ce qu'il y avait et si par hasard ils n'avaient rien sur eux.

Eddie ne fit que soutenir son regard, ne se grattant plus, s'abstenant de tout geste.

Un coup de vent fit voler au ras du parking un emballage de Ring-Ding. Le raclement du plastique sur le béton et le martellement asthmatique des soupapes mal réglées de la camionnette rompaient seuls le silence.

Le sourire roublard de Col commença à s'altérer.

– Embarque, Eddie, fit Jack, les yeux toujours rivés devant lui. On va faire un tour.

– Où? s'enquit Eddie non moins roublard.

– Chez Balazar. (Jack ne s'était toujours pas retourné. Ses mains se crispèrent, rien qu'une fois, sur le volant. A cette occasion, une grosse bague – en or massif à l'exception de l'onyx qui saillait de l'anneau tel l'œil à facettes de quelque insecte géant – brilla sur son annulaire droit.) Il veut avoir des nouvelles de sa marchandise.

– Je l'ai. Elle est en lieu sûr.

128

– Parfait. Personne n'a de souci à se faire, donc, conclut Jack Andolini, continuant de s'adresser au pare-brise.

– Je voudrais d'abord monter me changer, dit Eddie. Causer un peu avec Henry aussi...

– Et te shooter, n'oublie pas. (Le sourire aux dents jaunes de Col réapparut.) Sauf que, là-haut, tu ne trouveras rien, mon pote!

Osque pote? songea le pistolero dans l'esprit d'Eddie, et leur corps commun fut traversé d'un frisson.

Col vit ce frisson et son sourire s'élargit. *Ah, nous y voilà*, disait ce sourire. *Le bon vieux numéro junkie. C'est qu'un instant, Eddie, tu m'as donné des inquiétudes.* Les chicots révélés par l'élargissement du sourire n'infirmaient en rien la première impression, loin de là.

– En quel honneur?

– Monsieur Balazar a estimé préférable que le grand ménage soit fait chez vous, dit Jack, toujours de profil, continuant de poser sur le monde ce regard qu'aucun regard extérieur n'aurait pu déchiffrer. Pour le cas où vous auriez des invités à l'improviste.

– Des types avec un mandat de perquisition en bonne et due forme, par exemple, précisa Col. (Hilare, il attendit, rayonnant de joie mauvaise. Eddie se sentait maintenant rejoint par Roland dans son désir d'enfoncer un poing dans les dents pourries qui rendaient ce sourire si répréhensible, si imprescriptible en quelque sorte. La conscience de partager un tel sentiment lui rendit courage.) Il a fait appel à une équipe de professionnels pour lessiver les murs et passer l'aspirateur dans tous les coins. A ses frais, Eddie! Ça ne te coûtera pas un rond!

Et là, tu vas me la poser, cette question, disait le sourire de Colin Vincent. *Tu vas me demander ce que j'ai sur moi, petit gars! Parce que tu peux ne pas aimer le fourgue, ça ne t'empêche pas d'aimer ce qu'il peut t'apporter, pas vrai? Et maintenant que tu sais que Balazar s'est arrangé pour faire disparaître ta réserve...*

Une pensée soudaine, hideuse et paniquante, traversa Eddie. Si la poudre n'était plus là...

– Où est Henry ? demanda-t-il soudain, avec une telle brusquerie que le visage de Col battit en retraite, surpris.

Jack Andolini finit par tourner la tête. Il le fit avec une infinie lenteur, comme s'il s'agissait d'un acte rarement accompli et qui lui coûtait. On s'attendait presque à entendre grincer de vieux roulements mal huilés dans l'épaisseur de son cou.

– En lieu sûr, dit-il, puis, tout aussi lentement, son profil préhistorique se reconstitua.

Eddie resta debout près du camion, luttant contre les vagues de panique qui lui cernaient l'esprit et tentaient de noyer toute pensée cohérente. Le besoin d'un fix, qu'il avait jusqu'alors réussi à tenir en échec, se fit tout à coup incontournable. Il lui fallait se shooter. Avec de l'héro dans les veines, il serait à même de réfléchir, de reprendre le contrôle de...

Laisse tomber ! lui rugit Roland dans la tête, si fort qu'il en grimaça (et que Col, prenant cette expression où se mêlaient douleur et surprise pour une nouvelle figure de la chorégraphie accro, retrouva son sourire). *Laisse tomber ! Je suis le seul contrôle dont tu aies besoin.*

Tu ne comprends donc pas ! C'est mon frère, mon putain de frère ! C'est mon frère que Balazar a pris en otage !

Tu me répètes ce mot comme si j'en ignorais le sens. Et tu as peur pour ton frère ?

Oui. Bon Dieu. Oui.

Alors, vas-y, donne-leur satisfaction. Pleure, chiale, traîne-toi à genoux. Mendie-leur ce fix. Je suis sûr qu'ils en ont sur eux, qu'ils n'attendent pas autre chose. Vas-y, fais tout ça, fais en sorte qu'ils te tiennent, et je suis sûr que toutes tes craintes se verront justifiées...

Je ne comprends pas ce que tu veux di...

Simplement que si tu te déballonnes, tu feras courir à ton frère bien-aimé un sérieux risque d'être tué. C'est ça que tu veux ?

D'accord, je vais rester cool. Ça n'en donnera peut-être pas l'impression, mais je serai cool.

C'est comme ça que tu dis ? Parfait, donc. Sois cool.

– Ce n'est pas de cette manière que l'affaire devait se traiter, dit Eddie, s'adressant directement, par-delà Col, à l'oreille mousseuse de Jack Andolini. Ce n'est que pour ça que j'ai pris soin de la marchandise de Balazar et que je suis resté bouche cousue, alors que d'autres auraient balancé facilement cinq noms pour chaque année promise en moins dans la sentence finale.

– Balazar a jugé que ton frère était plus en sécurité avec lui, répondit Jack sans tourner la tête. Il l'a mis sous protection rapprochée.

– Parfait, dit Eddie. Remercie-le de ma part et dis-lui que je suis de retour, que sa marchandise est en lieu sûr et que je peux m'occuper de Henry comme Henry s'est toujours occupé de moi. Tu lui diras aussi que j'ai un sachet au frigo et qu'une fois rentrés chez nous, mon frère et moi, on va se le partager. Qu'après ça on prendra la bagnole et qu'on descendra en ville conclure l'affaire comme prévu. Conformément au plan dont nous avons discuté.

– Balazar veut te voir, Eddie. (Implacable était la voix d'Andolini, inamovible, comme la direction de son regard.) Monte.

– Tu peux te le fourrer là où le soleil a peu de chances de jamais briller, salopard, rétorqua Eddie, et il s'achemina vers l'entrée de son bâtiment.

8

Il n'avait pas long à couvrir mais à peine fut-il à mi-distance que la main de Jack s'abattit sur son bras, paralysante à l'égal d'un étau. Il en sentit l'haleine brûlante comme celle d'un buffle baigner le bas de sa nuque. Tout ça dans le temps que l'on aurait cru voir mettre au cerveau du truand pour convaincre sa main de peser sur la poignée de la portière.

Eddie se retourna.

Cool, Eddie, chuchota Roland.

Cool, répondit Eddie.

– J'aurais pu te descendre pour moins que ça, fit Andolini. Personne ne m'a jamais dit de me le coller au cul, et certainement pas un petit junkie merdique dans ton genre.

– Me tuer, mon cul! hurla Eddie, hurlante calculée.

Hurlante *cool*. Ils étaient là, sombres silhouettes découpées sur l'horizontale lumière d'or du couchant, dans ce désert d'expansion urbaine qu'était la Cité H.L.M. du Bronx, et des gens entendirent ce cri, y reconnurent le mot « tuer ». Ceux qui avaient leur radio allumée en montèrent le son. Etait-elle éteinte qu'ils l'allumèrent puis la mirent à plein volume parce que c'était mieux comme ça, parce que c'était plus sûr.

– Rico Balazar a manqué à sa parole. Je me suis décarcassé pour lui et, après, y a plus eu personne. Alors je te dis que tu peux te le foutre jusqu'au fond de ton putain de cul, et je lui dis à lui aussi qu'il peut se le foutre jusqu'au fond de son putain de cul, et merde, je dis à qui je veux de pouvoir se le foutre jusqu'au fond de son putain de cul!

Andolini le regarda. Il avait des yeux si bruns que la couleur semblait avoir filtré dans la cornée, leur donnant la nuance du vieux parchemin.

– Et je dis au Président Reagan qu'il pourra aussi se le foutre au cul s'il me manque de parole, et que je me contrefous de son putain de palpeur rectal ou de quoi que ce soit qui barre le passage!

Brique et béton répercutèrent la fin de sa phrase et la burent. Tout seul sur le terrain de sport, de l'autre côté de la rue, un gosse le regardait, le teint très noir contre le short blanc et les baskets, le ballon négligemment coincé entre la hanche et la saignée du coude.

— C'est fini ? demanda Andolini quand les derniers échos se furent dissipés.

— Oui, dit Eddie, sa voix revenue à la normale.

— Parfait. (Andolini tendit ses doigts d'anthropoïde et sourit... et quand il souriait, il se produisait simultanément deux choses : d'une part vous découvriez chez lui un charme qui vous laissait pantois, de l'autre son extrême intelligence se révélait. Une intelligence au plus haut point dangereuse.) On peut aborder la suite ?

Eddie se passa la main dans les cheveux, croisa un instant les bras pour pouvoir se les gratter ensemble puis répondit :

— Je crois que c'est préférable. On n'aurait abouti nulle part.

— Bon. Personne n'a rien dit ni rien pris de haut. (Et il ajouta brusquement, sans même se retourner ni briser le rythme de sa phrase :) Remonte dans le camion, imbécile.

Col Vincent, qui s'était prudemment glissé par la portière à la suite d'Andolini, réintégra si vite sa place qu'il se cogna ; il s'affala sur la banquette et se mit à gémir en se massant le crâne.

— Tu dois comprendre que d'avoir été retenu par les douanes change singulièrement la donne, enchaîna Andolini avec bon sens. Balazar n'est pas n'importe qui. Il a des intérêts à protéger, des gens à protéger. Il se trouve justement que, parmi ces gens, il y a Henry. Foutaises, dois-tu te dire. En ce cas, tu ferais mieux de penser à l'état actuel de ton frère.

— Henry va très bien, se récria Eddie, parfaitement conscient du contraire et ne pouvant empêcher cette conscience de teinter sa voix.

Il s'en aperçut et sut que Jack Andolini aussi s'en était aperçu. Ces derniers temps, Henry piquait du nez en permanence. Il avait ses chemises pleines de trous de cigarette et s'était salement coupé la main en ouvrant une boîte pour Potzie, leur chat. Eddie ne voyait pas comment il était possible de se blesser avec un ouvre-boîte électrique mais Henry avait réussi. De temps à autre, Eddie trouvait la table de la cuisine toute couverte de poudre après le passage de Henry, ou bien c'étaient des traces carbonisées qu'il découvrait dans le lavabo.

« Henry, disait-il alors. Henry, faut que tu fasses gaffe : tu n'assures plus. Tu voudrais te faire coincer que tu ne t'y prendrais pas autrement. »

« Ouais, petit frère, d'accord, répondait Henry. Discrétion totale. Je prends tout ça en main. »

Mais de temps à autre, quand Eddie regardait la mine terreuse de son frère et ses yeux brûlants, il avait la conviction que Henry n'aurait plus jamais rien en main.

Ce qu'il aurait voulu dire à Henry dans ces circonstances, et qui n'aurait rien eu à voir avec le risque que son frère se fît pincer ou même que tous deux se fissent pincer, c'était : « Henry, c'est comme si tu cherchais un endroit pour crever. C'est ça que j'ai l'impression, et, putain, tout ce que je veux, c'est que tu décroches. Parce que si tu crèves, pourquoi est-ce que j'ai vécu, moi ? »

– Henry ne va pas bien, dit Andolini. Il a besoin qu'on le surveille. Il faut... comment c'est dans la chanson ? Ah oui... un pont au-dessus de ces eaux troubles(1). C'est de ça qu'il a besoin, d'un pont pour franchir des eaux troubles. *Il Roche* est ce pont.

Il Roche *est un pont vers l'Enfer*, songea Eddie, puis, tout haut :

– C'est là qu'est Henry ? Chez Balazar ?

– Oui.

– Si je lui donne sa marchandise, il me donne Henry ?

– Et votre marchandise, lui rappela Andolini.

– En d'autres termes, on retourne à la normale.

(1) Allusion à la chanson de Simon & Garfunkel : *Bridge over Troubled Waters.* (*N.d.T.*)

– Exact.

– Maintenant, dis-moi ce qui va se passer, selon toi. Dis-le-moi, Jack. Je veux que tu me le dises en face. Et si tu en es capable, je veux voir de combien ton nez s'allonge.

– Je ne te suis pas, Eddie.

– Mais si, tu me suis parfaitement. Balazar pense que j'ai sa marchandise, c'est ça? Il le penserait qu'il serait idiot, or je sais qu'il ne l'est pas.

– Moi, j'ignore ce qu'il pense, répliqua Andolini, serein. Ce n'est pas mon boulot de le savoir. Il sait que tu avais sa marchandise en quittant les Bahamas, que tu t'es fait coincer par la douane mais que tu es ici au lieu d'être en route pour le dépôt. Et il sait que cette marchandise ne peut qu'être cachée quelque part.

– Et aussi que j'ai les douanes qui me collent au cul comme une combinaison à la peau d'un plongeur. Il le sait parce que vous le savez et que vous l'avez prévenu sur la radio du camion par une espèce de message codé du genre : « Napolitaine, une, sans anchois. » Je me trompe, Jack?

Jack Andolini s'abstint de répondre, garda son air serein.

– A ceci près que c'était lui raconter quelque chose qu'il savait déjà. Comme de relier les points d'un motif qu'on commence à entrevoir.

Dans la lumière dorée du couchant qui lentement virait à l'orange d'un brasier, Andolini resta campé, toujours aussi serein, continuant de ne rien dire.

– Il se dit probablement qu'ils m'ont retourné, que je marche pour eux. Il me croit assez bête pour ça. Je ne lui reproche rien, en fait. Je veux dire : pourquoi pas? Un junk est capable de n'importe quoi. Vous voulez vérifier s'ils m'ont câblé?

– Tu ne l'es pas. J'ai un gadget dans le camion. Une sorte de dispositif antibrouillage, sauf que ça capte les ondes courtes. Et, pour peu que ce soit efficace, je ne crois pas que tu marches pour les Fédés.

– Ah bon?

– Ouais. Bon, alors est-ce qu'on se décide à aller en ville ou non?

– Ai-je vraiment le choix?

Non, fit Roland dans sa tête.

– Non, dit Andolini.

Eddie retourna vers le camion. Le gosse au ballon de basket était toujours planté de l'autre côté de la rue, son ombre si longue qu'elle ressemblait à celle d'une grue.

– Taille-toi, lui lança Eddie. Tu n'as jamais été là, tu n'as rien vu. Allez, déguerpis.

Le gamin ne se le fit pas dire deux fois.

– Pousse-toi, dit-il ensuite à Col qui le regardait venir, la figure barrée d'un large sourire.

– Je crois que tu devrais plutôt te mettre au milieu.

– Pousse-toi, répéta Eddie.

Col riva sur lui des yeux ronds puis les tourna vers Andolini qui ne répondit pas à leur interrogation muette, se contentant de tirer sa portière et de fixer droit devant lui le regard serein d'un bouddha en fin de journée, abandonnant à ses disciples le soin de s'installer comme bon leur semble. Après un dernier regard à Eddie, Col se poussa.

Ils pénétrèrent dans New York, et bien que le pistolero (tout à la contemplation émerveillée de structures sans cesse plus hautes et plus gracieuses, de ponts pareils à des toiles d'araignées d'acier enjambant un fleuve d'une largeur extrême et de véhicules aériens pourvus de pales dont le tournoiement les suspendait dans le ciel telles d'étranges libellules dues à l'ingéniosité des hommes) n'en eût aucunement conscience, l'endroit vers lequel ils se dirigeaient était la Tour.

De même qu'Andolini, Enrico Balazar ne pensait pas qu'Eddie Dean eût été retourné par les Fédés. De même qu'Andolini, il en avait même l'intime conviction.

Le bar était vide – FERMÉ POUR LA SOIRÉE, disait la pancarte sur la porte – et Balazar, dans son bureau, attendait l'arrivée d'Andolini et de Col Vincent accompagnés du jeune Dean. Il avait avec lui ses deux gardes du corps, 'Cimi Dretto et Claudio Andolini, le frère de Jack, tous deux installés sur le canapé, à gauche de l'immense bureau, et rivant des yeux fascinés sur l'édifice dont leur patron avait entrepris l'érection. La porte était ouverte, donnant sur un petit couloir qui, à droite, par l'arrière du bar, menait à la petite cuisine où ne se préparaient jamais que des pâtes, et à gauche au bureau du comptable et à la resserre. Dans ce bureau subalterne, trois autres « messieurs » de Balazar – c'était le nom qu'on leur donnait – jouaient au Trivial Pursuit avec Henry Dean.

– O.K., disait George Biondi, en voilà une facile, Henry. Henry ? Ho ! Ho ! Henry ? Terre à Henry ? On demande Henry sur Terre. Redescends, Henry. Je répète : redescends, Hen...

– J' suis là, j' suis là, fit Henry, la voix pâteuse, celle du type endormi qui dit le contraire à sa femme pour qu'elle lui foute encore la paix cinq minutes.

– O.K. Arts et Spectacles. La question est... Putain, Henry ! Tu fais chier à piquer du nez quand j' te parle !

– C'est pas vrai, gueula Henry, hargneux. J' pique pas du nez !

– O.K. Quel roman à succès écrit par William Peter Blatty a pour cadre Georgetown, banlieue chic de Washington, et pour thème la possession démoniaque d'une jeune fille ?

– *Johnny Cash*, répondit Henry.

– Seigneur! brailla Tricks Postino. *Johnny Cash*! Tu n'as que ça à la bouche. C'est ta réponse à tout.

– *Johnny Cash* EST la réponse, dit Henry, solennel, et il y eut un moment de silence, palpable dans sa méditative stupéfaction... puis un énorme éclat de rire, non seulement des types présents dans la pièce mais des deux autres « messieurs » logés dans la resserre.

– Vous voulez que je ferme la porte, monsieur Balazar? demanda 'Cimi.

– Non, ça ira.

Balazar était un Sicilien de la deuxième génération mais il s'exprimait sans une once d'accent et certainement pas comme un homme qui n'aurait reçu d'autre éducation que celle des rues. A la différence de bon nombre de ses contemporains dans son secteur d'activité, il était allé jusqu'au bout de sa scolarité secondaire. Plus loin même, puisqu'il avait fait deux années de gestion à l'université de New York. Tout comme ses méthodes de travail, sa voix était tranquille, cultivée, américaine, et elle rendait son aspect physique aussi trompeur que celui de Jack Andolini. Les gens qui l'entendaient pour la première fois ouvraient presque toujours des yeux ronds comme s'ils assistaient au spectacle d'un ventriloque exceptionnellement doué. Car il avait la touche d'un paysan ou d'un tenancier d'auberge, ou encore d'un *mafioso* à temps partiel, qui n'aurait pas tant réussi par l'usage de ses facultés intellectuelles que par celle d'être au bon endroit au bon moment. Il ressemblait à ce que les marlous de la génération précédente avaient appelé un « Père Lustucru ». Un gras du bide fringué comme un bouseux. Ce soir, il était en bras de chemise (blanche, le col ouvert, des taches de sueur s'élargissant aux aisselles) et pantalon de tergal gris, ses pieds dodus à même des mocassins marron si avachis qu'ils tenaient plus de la mule que de la chaussure. Violettes et bleues, des varices s'entortillaient autour de ses chevilles.

'Cimi et Claudio le regardaient, fascinés.

Dans le temps, on l'avait surnommé *Il Roche* – le Roc – et il y avait encore des anciens pour le faire. Dans le tiroir supérieur droit de son bureau, là où d'autres hommes d'affaires rangeaient bloc-notes, stylos, coupures de presse et trucs du même genre, Enrico Balazar avait en permanence trois jeux de cartes. Il ne s'en servait jamais pour jouer.

Mais pour construire.

Il commençait par en prendre deux qu'il appuyait l'une contre l'autre de manière à former un A sans barre horizontale. Puis une deuxième forme en A prenait place à côté de la première et une dernière carte à l'horizontale venait coiffer l'ensemble. De A en A ainsi disposés puis pourvus d'un toit, il finissait par se constituer sur le bureau une véritable maison de cartes. Se pencher pour jeter un œil à l'intérieur vous offrait le spectacle d'une ruche aux alvéoles triangulaires. 'Cimi avait eu l'occasion de voir s'aplatir de telles architectures plusieurs centaines de fois (Claudio aussi, mais beaucoup plus rarement puisqu'il avait trente ans de moins que 'Cimi, lequel comptait bientôt prendre sa retraite avec sa garce de femme dans leur ferme au nord du New Jersey et y consacrer ses vieux jours au jardinage... et à survivre à la garce qu'il avait épousée; pas à sa belle-mère – il avait depuis longtemps banni de ses projets celui de déguster des *fettucini* en veillant le corps de *La Monstra* – mais si la mère était à l'évidence éternelle il gardait quelque espoir d'enterrer la fille; son père avait eu un proverbe qui, traduit dans leur langue d'adoption, donnait à peu près ceci : « Dieu te pisse chaque jour sur la nuque mais ne te noie qu'une fois », et tout en n'étant pas vraiment sûr qu'il fallût y voir la preuve que Dieu était somme toute un brave type, il estimait avoir ne serait-ce qu'une chance de survivre à l'une si ce n'était à l'autre). Il n'avait en revanche vu qu'une seule fois Balazar perdre son sang-froid à la suite d'une de ces chutes. La plupart du temps, c'était un événement fortuit qui les provoquait : quelqu'un refermant trop violemment la porte dans une pièce voisine ou un soûlard s'affalant contre la cloison séparant le bureau du bar. Il était arrivé que 'Cimi vît choir l'œuvre que son patron avait mis des heures à construire (il s'obstinait à l'appeler *Da Boss* comme dans une bande dessinée de Chester Gould), rien que sur la seule vibration du juke-box dans les tons graves. Et même que, de temps à autre, la ruine de ces délicates demeures survenait sans motif perceptible. Un jour – c'était une histoire qu'il avait bien racontée cinq ou six mille fois et dont tout le monde à part lui s'était lassé – *Da Boss* avait levé les yeux des vestiges pour lui dire : « Tu vois ça, 'Cimi ? Eh bien dis-toi qu'à chaque mère maudissant Dieu d'avoir laissé son enfant se faire écraser sur la route, qu'à chaque père maudissant celui qui le chasse de l'usine et le prive de travail, qu'à chaque enfant né pour souffrir et qui demande pourquoi, telle est la réponse. Nos vies sont comme ces choses que je construis. Elles peuvent avoir une raison de s'effondrer comme n'en avoir aucune. »

Carlocimi Dretto y voyait la considération la plus profonde qu'il eût jamais entendue sur la condition humaine.

Quant à cette unique fois où Balazar avait été mis hors de lui par la chute d'une de ses architectures, elle remontait à douze, sinon quatorze années en arrière. Un type était venu le voir pour une histoire de gnôle. Un type sans la moindre classe, ignorant des bonnes manières. Un type qui cocottait comme s'il ne prenait jamais plus d'un bain par an quelles que fussent les circonstances. Un type qui... bref, un Irlandais. Et, bien sûr, il n'avait pu s'agir que d'une histoire de gnôle. Avec les bouffeurs de patates, c'était toujours la gnôle, jamais la dope. Et celui-ci s'était imaginé que ce qu'il y avait sur le bureau de *Da Boss* n'était qu'un passe-temps sans importance. « Fais un vœu ! » qu'il avait braillé après que *Da Boss* lui eut expliqué, ainsi qu'un gentleman peut l'expliquer à l'un de ses pairs, pourquoi il leur était impos-

140

sible de traiter ensemble. Et l'Irlandais, un de ces types aux cheveux roux et au teint si pâle qu'il donnait l'impression d'avoir la tuberculose ou un truc apparenté, un de ces types dont le nom commence par O et qui ont cette petite boucle entre ce O et leur vrai nom, avait soufflé sur le bureau de *Da Boss* comme un *bambino* sur les bougies de son gâteau d'anniversaire, et les cartes avaient volé tout partout autour de la tête de Balazar. Alors, Balazar avait ouvert le tiroir supérieur gauche de son bureau et de ce tiroir où d'autres hommes d'affaires auraient éventuellement remisé leur fourbi – carnet d'adresses, agenda personnel, ce genre de choses – il avait sorti un 45 et abattu le bouffeur de patates d'une balle en plein front. Et tout ça en gardant la même expression. Puis après que 'Cimi et un nommé Truman Alexander – lequel était mort, il y avait quatre ans, d'une crise cardiaque – eurent enterré l'Irlandais dans un poulailler quelque part aux alentours de Sedonville, Connecticut, Balazar avait dit à 'Cimi :

– Aux hommes de construire des choses, *paisan*, à Dieu de les détruire. N'es-tu pas d'accord ?

– Si, monsieur Balazar, avait répondu 'Cimi, totalement d'accord.

Balazar avait hoché la tête, ravi.

– Vous avez fait comme j'ai dit ? Vous l'avez mis dans un endroit où les poules et les canards ou n'importe quelle autre volaille puissent lui chier dessus ?

– Oui, patron.

– C'est parfait, avait calmement conclu Balazar avant de prendre un nouveau jeu de cartes dans le tiroir supérieur droit de son bureau.

Il Roche ne pouvait se satisfaire d'un édifice de plain-pied. Sur le toit du premier niveau, il en construisait un deuxième – de superficie plus réduite, simplement – puis un troisième sur ce deuxième et ainsi de suite, mais à partir du quatrième, il lui fallait se lever. Il n'était plus nécessaire de se baisser pour regarder à l'intérieur, et ce que l'œil y découvrait n'avait plus rien d'une rangée de triangles tête-bêche. Cela ressemblait plutôt à quelque structure cristalline d'une impossible beauté. Et fixait-on trop longtemps les profondeurs labyrinthiques qu'on se sentait pris de vertige. A Coney, 'Cimi était un jour entré dans le Palais des Miroirs et il avait ressenti le même malaise. Il n'y était plus jamais retourné.

'Cimi disait aussi (persuadé de n'être cru par personne alors qu'à la vérité tout le monde s'en fichait) qu'il avait assisté une fois à la construction de quelque chose qui n'était plus un château mais une véritable tour, et qu'il l'avait vue atteindre ses dix étages avant de finalement s'effondrer. Que tout un chacun n'en eût rien à foutre, 'Cimi ne pouvait en avoir conscience, tout un chacun affectant d'être émerveillé par le prodige puisque tout un chacun le savait très proche du patron. Mais ils n'auraient pas eu besoin de feindre l'émerveillement s'il avait eu les mots pour décrire cette tour, son exquise silhouette, comment elle s'était élevée jusqu'aux trois quarts de la pièce entre bureau et plafond, dentelle de valets, de trois, de rois, de dix et d'as, rouges et noires configurations dressées, défiant un monde qui tournoyait dans un univers de mouvements et de forces d'une totale incohérence, une tour qui était aux yeux émerveillés de 'Cimi la cinglante négation de tous les injustes paradoxes de l'existence.

S'il avait su comment faire, il aurait dit : Je regardais ce qu'il bâtissait et cela m'expliquait les étoiles.

10

Balazar était conscient de la tournure qu'auraient dû prendre les choses.

Eddie ayant d'une manière ou d'une autre attiré l'attention des Fédés, peut-être sa première erreur avait-elle été de l'envoyer, d'obéir à son intuition même si elle lui claironnait que le jeune homme était parfait pour le job. Son oncle, au service duquel il était entré dans la carrière, n'avait cessé de répéter que toute règle souffrait des exceptions sauf une : celle de ne jamais se fier à un junkie. Balazar n'avait rien dit – ce n'était pas à un gamin de quinze ans, à l'époque, de l'ouvrir, fût-ce pour approuver – mais n'en avait pas moins conclu que la seule règle sans exception était qu'il y avait certaines règles pour lesquelles ce n'était pas vrai.

Mais, songea-t-il, *si Tio Verone était encore en vie, tu le verrais éclater de rire et te dire : « Rico, tu as toujours été plus malin qu'il n'est bon de l'être, tu connaissais les règles et tu la fermais tant qu'il te fallait rester respectueux, mais tu avais déjà cette morgue dans les yeux. Tu as toujours trop bien su à quel point tu étais futé, et tu es finalement tombé dans le piège de ton propre orgueil, ce dont je n'ai jamais douté. »*

Il dressa un nouveau A et prolongea d'autant le toit de la rangée en cours.

Ils avaient agrafé Eddie, l'avaient gardé un moment puis l'avaient laissé repartir.

Lui, il avait mis la main sur le grand frère et sur la réserve de poudre. Il estimait cela suffisant pour faire venir Eddie... qu'il tenait à voir.

Il tenait à le voir parce que le séjour chez les Fédés n'avait duré que deux heures, et que deux heures, ça n'était pas normal.

Ils l'avaient cuisiné sur place, à Kennedy, sans transfert dans leurs locaux de la 43e Rue, et cela aussi n'était pas normal. Cela signifiait qu'Eddie avait réussi à se débarrasser du gros de la coke sinon du tout.

Avait-il vraiment réussi ?

Balazar réfléchit, s'interrogea.

Eddie avait quitté l'aéroport deux heures après avoir été cueilli à la sortie de l'avion. Trop court pour qu'ils lui aient fait lâcher le morceau, trop long pour la simple constatation qu'il était clean, qu'une hôtesse avait eu des visions.

Balazar réfléchit, s'interrogea.

Si le grand frère était un zombie, le gamin avait encore toute sa tête, et restait coriace. Pas moyen de le retourner en deux malheureuses heures... à moins qu'il n'y ait eu son frère. Quelque chose à propos de son frère.

Mais là encore, pourquoi pas la 43e Rue? Pourquoi n'y avait-il pas eu transfert dans l'une de ces fourgonnettes des douanes qui ressemblaient tant à un camion des postes, y compris avec les petites grilles sur les vitres arrière? Parce que Eddie avait réellement fait quelque chose avec la marchandise? S'en était débarrassé? L'avait cachée?

Impossible de rien dissimuler à bord d'un avion.

Impossible de rien faire disparaître.

Comme il était bien sûr impossible de s'évader de certaines prisons, de dévaliser certaines banques, de déjouer certaines lois. Comme il y avait aussi eu des gens pour le faire. Harry Houdini s'était libéré de camisoles de force, de malles cadenassées, de chambres fortes. Mais Eddie Dean n'était pas Houdini.

Ou bien l'était-il?

Il aurait pu faire abattre Henry dans l'appartement, Eddie sur l'autoroute de Long Island, ou mieux, dans l'appartement aussi où les flics se seraient dit que ces deux drogués avaient fini par en oublier qu'ils étaient frères et s'étaient entre-tués. Mais trop de questions seraient restées sans réponse.

Des réponses qu'il allait obtenir ici et qui, selon le cas, lui permettraient de prendre ses dispositions ou se borneraient à satisfaire sa curiosité. Puis il les tuerait tous les deux.

Quelques réponses en plus, deux junkies en moins. Toujours ça de gagné et pas grand-chose de perdu.

Dans l'autre pièce, c'était à nouveau le tour de Henry.

– O.K., Henry, disait George Biondi. Attention, parce que c'est une question-piège. Géographie. Quel est le seul continent où les kangourous sont une forme de vie indigène?

Silence tout ouïe.

– Johnny Cash, dit Henry, ce qui fut suivi par un monumental éclat de rire.

Les murs en tremblèrent.

'Cimi se tendit, angoissé à l'idée que le château de cartes (susceptible de se faire tour si telle était la volonté de Dieu ou celle des forces aveugles régissant l'univers en son nom) allait peut-être en pâtir.

Les cartes frémirent. Si l'une d'elles cédait, l'ensemble s'écroulerait.

Aucune ne céda.

Balazar leva les yeux et sourit à 'Cimi.

– *Paisan*, dit-il. *Il Dio è buono; il Dio è malo; il tiempo è poco poco; tu sei uno grande piparollo.*

'Cimi lui rendit son sourire.

– *Si, signore. Io sono uno grande piparollo. Io vado fanculer per tu.*

– *Nessuno, va fanculer, catzarro*, dit Balazar. *Eddie Dean va fanculer.*

Il eut un bon sourire et amorça le deuxième étage de sa tour de cartes.

11

Quand le camion se rangea le long du trottoir à proximité du quartier général de Balazar, Col Vincent vint à se tourner vers Eddie. Ce qu'il vit alors lui parut impossible. Il voulut parler, s'en trouva incapable. Sa langue s'était collée à son palais et tout ce qu'il put émettre fut un grognement informe.

Les yeux d'Eddie avaient viré du brun au bleu.

Cette fois, Roland n'eut pas à prendre consciemment la décision de passer à l'avant-scène. Il y bondit sans y penser, mouvement involontaire comme celui de s'arracher à son siège en portant les mains à ses armes quand quelqu'un faisait irruption dans la pièce.

La Tour! C'est la Tour. Ô mon Dieu, la Tour, là, dans le ciel. La Tour qui s'y dessine en traits de rutilance! Cuthberth! Alan! Desmond! La Tour! La T...

Mais cette fois, il sentit Eddie lutter – non contre lui mais pour tenter de lui parler, désespérément tenter de lui expliquer quelque chose.

Le pistolero battit en retraite, à l'écoute, désespérément à l'écoute alors qu'en surplomb d'une plage, il ne savait à quelle distance dans l'espace et dans le temps, le corps par lui déserté se tortillait et frissonnait comme celui d'un homme en proie aux plus hauts sommets de l'extase ou à des abîmes d'horreur.

Une enseigne! se hurlait Eddie dans la tête, le hurlant à l'autre qui la partageait.

Une enseigne, une simple enseigne au néon. Je ne sais pas de quelle tour tu parles, mais là, c'est rien qu'un bar, celui de Balazar. La Tour Penchée, qu'il l'a appelée, en pensant à celle de Pise! Ce que tu regardes avec ces yeux que je sens, c'est juste une enseigne censée représenter cette putain de tour de Pise! Casse-toi, bon Dieu! Casse-toi! Tu veux qu'on se fasse tuer avant que j'aie une chance de les voir?

Pitz? fit le pistolero, indécis, puis il fixa de nouveau le ciel.

Une enseigne! Ah, oui! Un Signe. C'était net, maintenant. Il ne s'agissait pas de la Tour mais d'une représentation symbolique. Inclinée sur le côté, pleine de courbes festonnées... une merveille, quoi, mais rien d'autre. Il la distinguait à présent constituée de tubes qu'on avait d'une manière ou d'une autre emplis de feux follets rouge vif. Par endroits, il semblait y en avoir moins, et dans ces sections, les lignes incandescentes palpitaient et bourdonnaient.

Il y avait une légende sous l'arcane, trois mots dont les caractères, faits de tubes plus minces et recourbés, correspondaient pour la plupart aux Grandes Lettres. LA TOUR, réussit-il à lire, mais au milieu du dernier mot, il y avait une lettre qu'il ne connaissait pas.

Pencrée? demanda-t-il à Eddie.

PENCHÉE! Aucune importance. Ça n'est qu'une enseigne. Tu le vois, j'espère? C'est tout ce qui compte.

Je vois, répondit Roland, se demandant si le prisonnier ajoutait foi à ses paroles ou s'il ne cherchait qu'à se rassurer en disant ça, à empêcher la situation de déborder comme semblait devoir le faire cette tour dont le symbole se dessinait en lignes de feu, se demandant si Eddie croyait réellement qu'un Signe – même s'il employait la forme « enseigne » – pouvait être quelque chose de banal.

Alors, du calme! Tu m'entends? Du calme!

Cool? demanda Roland, et tous deux sentirent son petit sourire dans l'esprit d'Eddie.

Oui, cool, c'est ça. Tu me laisses faire.

D'accord.

Bon, il allait le laisser faire.

Pour le moment.

Col Vincent parvint finalement à se décoller la langue du palais.

– Jack, fit-il, la voix épaisse comme un tapis haute laine.

Andolini coupa le moteur et posa sur son collègue un regard peu commode.

– Ses yeux.

– Oui, quoi?

– Oui, qu'est-ce qu'ils ont, mes yeux? renchérit Eddie.

Col se retourna.

Le soleil avait disparu, laissant l'air aux cendres du jour, mais la lumière restait suffisante pour convaincre Col que les yeux d'Eddie avaient repris leur couleur d'origine.

S'ils avaient jamais changé.

Tu les as vus bleus, insista quelque chose en lui, mais avait-il bien vu? Il avait vingt-quatre ans, et depuis vingt et une de ces années personne ne l'avait jamais vraiment cru digne de confiance. Utile parfois. Obéissant presque tout le temps... à condition de ne pas trop lui lâcher la bride. Mais digne de confiance, certainement pas. Il avait fini par souscrire à cet avis sur lui-même.

– Rien, marmonna-t-il.

– Alors, allons-y, dit Andolini.

Ils descendirent du camion. Avec Andolini sur leur gauche et Vincent sur leur droite, pistolero et prisonnier pénétrèrent dans la Tour Penchée.

Cartes sur table
et
règlement de comptes

1

Dans un blues des années 20, Billie Holiday – qui allait être un jour bien placée pour le savoir – chantait :

L' docteur m'a dit : Ma fille, faut qu' tu t'arrêtes fissa
Vu qu' si tu décolles encore un coup, ma fille,
T'es bonne pour y rester.

Le dernier décollage de Henry Dean n'eut pas lieu moins de cinq minutes avant que le camion-pizza ne se rangeât devant La Tour Penchée et que son frère y pénétrât sous bonne escorte.

C'était George Biondi – « Gros George » pour ses amis, « Gros Blair » pour les autres – qui, assis à droite de Henry Dean, posait les questions. Henry piquait du nez pour la énième fois, ouvrant sur le jeu des yeux de hibou tandis que Tricks Postino lui plaçait un dé entre les doigts. Des doigts qui avaient déjà cette nuance terreuse que l'on repère aux extrémités d'un corps soumis depuis longtemps à l'héroïne, cette livide avant-garde de la gangrène.

– C'est ton tour, Henry, dit Tricks, et Henry laissa échapper le dé.

Quand il continua de fixer le vide sans manifester la

moindre intention de bouger son pion en forme de camembert, Jimmy Haspio le fit à sa place.

– Regarde, Henry, dit-il. Tu as l'occasion de gagner une autre portion de caldoche.

– Big bang, fit Henry, rêveur, puis il regarda autour de lui comme s'il se réveillait. Où est Eddie ?

– Il arrive, le rassura Tricks. Joue.

– J' cracherais pas sur un petit fix.

– Joue, Henry.

– Ouais, ouais, arrête de me bousculer.

– Le bouscule pas, dit Kevin Blake à Jimmy.

– Je le f'rai plus, dit Jimmy.

– Tu es prêt ? demanda George Biondi, décochant aux autres un énorme clin d'œil alors que le menton de Henry s'enfonçait puis, tout aussi lentement, amorçait une remontée. (C'était comme une épave gorgée d'eau mais pas encore assez pour sombrer pour de bon.)

– Ouais, dit Henry. Qu'on me la sorte.

– Il a demandé qu'on la lui sorte ! exulta Jimmy Haspio.

– Alors tu la lui sors, consentit Tricks, et tous rugirent de rire. (Dans la pièce voisine, Balazar en était à son troisième niveau. L'édifice trembla mais tint bon.)

– Bon. Ecoute bien. (Nouveau clin d'œil de George. Bien que le camembert de Henry fût sur le quartier général de Sports et Jeux, il annonça la catégorie Spectacles.) Quel célèbre chanteur de country a fait un malheur avec « A Boy Named Sue », « Folson Prison Blues » et bon nombre d'autres rengaines de culs-terreux ?

Kevin Blake, qui était capable de vous trouver combien font sept et neuf (si on lui donnait des jetons de poker pour faire l'addition) hurla de rire en se tenant les côtes et manqua de renverser le plateau.

Continuant de faire semblant de lire la carte qu'il avait en main, George poursuivit :

– Ce célèbre chanteur est également connu comme l'Homme en Noir. Son prénom ressemble à l'endroit où tu vas pisser et son nom signifie ce que tu as dans ton portefeuille pour peu que tu ne sois pas un connard de junkie.

Long silence expectatif.

– Walter Brennan, dit enfin Henry.

Beuglements de rire. Jimmy Haspio s'accrochait à Kevin Blake et Kevin lui assenait des claques dans le dos. Dans le bureau de Balazar, le château de cartes en voie de se faire tour vibra dangereusement.

– Vos gueules, hurla 'Cimi. Il y a *Da Boss* qui bâtit !

Les rires cessèrent aussitôt.

– Bon, dit George. Cette fois, tu as bien répondu, Henry. C'était coton, mais t'y es arrivé.

– Comme toujours, dit Henry. J'y arrive toujours. J'ai droit à un petit fix, non ?

– Bonne idée !

George alla pêcher derrière lui une boîte à cigares, en extirpa une seringue chargée, la planta sous le biceps de Henry, dans la veine boursouflée, marquée de cicatrices, et l'aîné des Dean décolla pour la dernière fois.

2

Vu de l'extérieur, le camion-pizza n'était pas jojo mais tant la peinture bâclée que la crasse récoltée sur les routes dissimulaient une merveille technologique à faire pâlir de jalousie les mecs de la D.E.A. Comme Balazar l'avait dit plus d'une fois, baiser les salopards impliquait qu'on soit de taille, qu'on puisse rivaliser avec eux quant à la sophistication du matériel. D'un matériel qui n'était pas donné, mais là, Balazar et ses pareils disposaient d'un net avantage : celui de pouvoir voler ce qui, dans l'autre camp, faisait fondre les deniers du contribuable, vu les factures scandaleusement gonflées qu'on leur présentait. Il y avait même, dans les entreprises d'électronique de la côte Ouest, des types toujours prêts à vous vendre du top secret pour des clopinettes. Čes *catzzaroni* (Jack Andolini disait : « Ces aspirateurs à coke de la Silicon Valley ») bazardaient littéralement la marchandise.

Sous le tableau de bord, il y avait un dispositif antibrouillage, un brouilleur d'U.H.F. efficace contre les radars de la police, un détecteur d'ondes radio gamme haute/haute fréquence, un brouilleur G.H./H.F., d'un répéteur-amplificateur capable d'amener quiconque cherchait à localiser le camion par une triangulation classique à la conclusion qu'il était simultanément dans le Connecticut, à Harlem et au fin fond de Long Island. On y trouvait aussi un radiotéléphone et un petit bouton rouge qu'Andolini enfonça dès qu'Eddie Dean fut descendu.

Dans le bureau de Balazar, l'interphone proféra un unique et court bourdonnement.

– C'est eux, dit-il. Va leur ouvrir, Claudio. Et toi, 'Cimi, va dire à tout le monde de la fermer. Pour Eddie Dean, il ne doit y avoir ici, à part moi, que toi et Claudio.

Ils quittèrent la pièce. Dans le couloir, 'Cimi prit à gauche, Claudio Andolini à droite.

Balazar s'attaqua tranquillement à l'érection d'un nouvel étage.

3

Tu me laisses faire, répéta Eddie alors que Claudio ouvrait la porte.

O.K., répondit le pistolero qui n'en resta pas moins sur le qui-vive, prêt à passer au premier plan sitôt qu'il le jugerait nécessaire.

Des clés s'entrechoquèrent. Roland eut une conscience aiguë des odeurs – celle de vieille sueur de Col Vincent sur sa droite, l'âpre, voire âcre parfum de l'after-shave de Jack Andolini sur sa gauche, et, alors qu'ils pénétraient dans la pénombre, les effluves surs de la bière.

Cette odeur de bière fut la seule chose qu'il reconnut. L'endroit n'avait rien d'un saloon au sol jonché de sciure ni d'un bar fait de planches posées sur des tréteaux. Il était aussi loin qu'on peut l'être du bastringue de Sheb à Tull. Les doux reflets du verre y foisonnaient; il y avait plus de verre dans cette seule pièce qu'il n'en avait vu durant toutes les années qui le séparaient de son enfance, de l'époque où l'approvisionnement avait commencé de partir à vau-l'eau, en partie à cause des raids incessants des rebelles de Farson, des partisans de l'Homme de Bien, mais surtout, songeait-il, surtout et simplement, parce que le monde était alors entré en mutation. Une mutation dont Farson avait été symptomatique mais nullement générateur.

Il les voyait partout, ces reflets -- sur les murs, sur la façade vitrée du comptoir, sur le long miroir derrière, jusqu'en miniatures curvilignes dans les gracieux calices des verres à pied suspendus à l'envers au-dessus du bar... une guirlande de verres, fragile et fastueuse comme un décor de fête.

Dans un angle, une sculpture de lumières qui naissaient et changeaient, naissaient et changeaient, naissaient et changeaient. De l'or au vert, du vert au jaune, du jaune au rouge, du rouge à l'or de nouveau. Barrant en Grandes Lettres ces métamorphoses, un mot qu'il réussit à déchiffrer mais qui resta pour lui dénué de sens : ROCKOLA.

Aucune importance. Il avait quelque chose à faire ici, et ne pouvait s'octroyer le luxe d'avoir le comportement d'un touriste, si étrange et merveilleux que ce décor pût être.

L'homme qui leur avait ouvert était à l'évidence le frère de celui qui avait conduit ce qu'Eddie nommait le camion (sans doute un mot dérivé de *chemin*, supposait Roland) – bien qu'il fût beaucoup plus grand et environ de cinq ans plus jeune. Il portait un pistolet dans un étui accroché à l'épaule.

– Où est Henry? demanda Eddie. Je veux voir Henry. Henry! cria-t-il. Ho! Ho! Henry!

Pas de réponse. Rien qu'un silence dans lequel les verres suspendus au-dessus du bar semblaient vibrer subtilement juste hors de portée d'une oreille humaine.

– Monsieur Balazar aimerait d'abord te parler.

– Vous l'avez bâillonné, hein? Il est quelque part, pieds et poings liés avec un mouchoir dans la bouche? poursuivit Eddie, agressif, puis avant que Claudio n'ait pu faire plus que s'apprêter à répondre, il éclata de rire. Non, suis-je bête... vous l'avez simplement défoncé. Pourquoi se faire chier avec des cordes et des bâillons quand on a sous la main une shooteuse et de quoi la remplir? Bon, d'accord. Allons voir Balazar. Autant régler ça tout de suite.

4

Le pistolero vit la tour de cartes sur le bureau de Balazar et pensa : *Encore un signe.*

Balazar n'eut pas à lever les yeux – l'édifice était assez haut pour que, par-dessus le sommet, son regard embrassât naturellement les visiteurs. Il s'y inscrivit simplement une expression chaleureuse et réjouie.

– Ah, Eddie! Je suis content de te voir, fiston. On m'a dit que tu avais eu des problèmes à l'aéroport.

– Je ne suis pas votre fils, répondit sèchement Eddie.

Balazar fit un petit geste, à la fois hypocrite, comique et navré. *Tu me fais mal*, disait ce geste. *Tu me fais mal, Eddie, quand tu dis des choses pareilles.*

– On ne va pas tourner autour du pot, enchaîna Eddie. Si les Fédés m'ont relâché, vous savez très bien que c'est l'un ou l'autre : ou ils me contrôlent, ou ils n'ont pas trouvé le moyen de me coincer. Et vous savez aussi qu'il leur a été impossible de m'arracher quoi que ce soit en deux heures, que s'ils s'y étaient essayés, je serais encore 43ᵉ Rue à répondre à leurs questions avec, çà et là, une pause pour gerber.

– Alors, comme ça, ils ne te contrôlent pas? demanda Balazar, tout en douceur.

– Non. Donc, c'est qu'ils ont été contraints de me relâcher. Ils me suivent mais je ne les mène pas.

– Ce qui implique que tu as réussi à te débarrasser de la marchandise. Fascinant! Faut absolument que tu me racontes comment on s'y prend pour faire disparaître un kilo de coke à bord d'un avion. Plutôt précieux comme renseignement. Le genre Mystère de la chambre jaune.

– Je ne m'en suis pas débarrassé, mais je ne l'ai plus sur moi.

– Alors, qui est-ce qui l'a? voulut savoir Claudio qui rougit aussitôt sous le regard que lui lança son frère.

– Lui, dit Eddie avec un sourire en montrant Enrico Balazar derrière sa tour de cartes. C'est déjà livré.

Pour la première fois depuis qu'Eddie et son escorte étaient entrés dans le bureau, les traits de Balazar s'éclairaient d'une expression sincère : la surprise. Puis ce fut remplacé par un sourire poli.

– Je vois. En un lieu qui sera révélé plus tard, lorsque tu auras récupéré ton frère, ta marchandise et que vous serez loin.

– Non. Vous ne m'avez pas compris. Je parle d'ici. La marchandise vous a été livrée à domicile. Comme convenu. Parce que, même à notre époque, il y a encore des gens qui ont à cœur de respecter les termes d'un marché. Je sais que ça paraît loufoque, mais c'est comme ça.

Tous les regards convergeaient sur lui.

Dis, Roland, comment je me débrouille?

Bien. Très bien, même. Seulement, ne lui laisse

pas le temps de récupérer, Eddie. Je crois que ce Balazar est dangereux.

Tu le crois? Eh bien moi j'ai de l'avance sur toi : je le sais. Je sais qu'il est terriblement dangereux.

Son attention retourna sur Balazar et il lui décocha un petit clin d'œil.

– Ce qui fait que c'est vous qui devez vous sentir concerné par cette histoire de Fédés, pas moi. S'ils se pointent avec un mandat de perquisition, vous allez vous retrouver enculé jusqu'à l'os sans même avoir eu le temps de baisser votre froc, signor Balazar.

Balazar avait pris deux cartes. Un tremblement soudain dans ses mains les lui fit reposer. Infime détail, que Roland vit, et qu'Eddie vit aussi. L'incertitude – voire la peur, un instant – passa sur son visage.

– Surveille ta langue quand tu t'adresses à moi. Tâche de rester correct et de te rappeler que je n'ai pas plus de patience que d'indulgence à l'égard des absurdités.

Jack Andolini eut l'air paniqué.

– Il est de mèche avec eux, m'sieu Balazar! Cette petite ordure leur a livré la coke et ils nous l'ont collée pendant qu'ils faisaient semblant de le cuisiner!

– Personne n'a pu entrer ici, Jack. Tu sais très bien que c'est impossible. Les alarmes se déclenchent dès qu'un pigeon pète sur le toit.

– Mais...

– Et en admettant même qu'ils nous aient monté un coup, on a assez de gens qui les infiltrent pour en faire tomber une quinzaine d'un coup. On sait qui, quand et comment.

Il retourna sur Eddie.

– Bon, dit-il. Tu as quinze secondes pour arrêter tes conneries. Ensuite, j'envoie chercher 'Cimi Dretto pour qu'il te fasse mal. Puis, quand il t'aura fait mal pendant un petit bout de temps, il s'en ira et tu l'entendras faire mal à ton frère dans une pièce voisine.

Eddie se raidit.

Détends-toi, murmura le pistolero qui pensa : *Tu veux lui faire mal, il suffit de prononcer le nom de son frère. C'est comme si tu lui fouillais une plaie ouverte avec un bâton.*

– Je vais emprunter vos toilettes, dit Eddie, montrant à l'autre bout de la pièce une porte si discrète qu'on l'aurait prise pour un panneau du revêtement mural. Je vais y aller tout seul et j'en ressortirai avec la moitié de votre cocaïne. Vous vous assurerez que c'en est, puis vous m'amènerez Henry. Quand je l'aurai vu, que j'aurai constaté qu'il va bien, vous lui donnerez notre marchandise et il rentrera chez nous avec un de vos messieurs. Ensuite, on tuera le temps, moi et... (il faillit dire Roland)... moi et les autres types que vous avez ici, en vous regardant bâtir vos châteaux de cartes. Dès que Henry sera à la maison, et en sécurité – c'est-à-dire sans pistolet braqué sur la tempe –, il va téléphoner, dira un certain mot. On en a convenu avant mon départ. Juste au cas où.

Le pistolero vérifia dans l'esprit du prisonnier s'il s'agissait ou non d'un bluff. Apparemment, c'était vrai, du moins pour Eddie qui pensait que son frère aurait préféré mourir que de donner le feu vert si quelque chose clochait. Roland en était moins sûr.

– Tu t'imagines sans doute que je crois encore au Père Noël ? demanda Balazar à Eddie.

– Je sais qu'il n'en est rien.

– Claudio, fouille-le. Toi, Jack, tu vas dans mes toilettes et tu les passes au peigne fin.

– Y a-t-il ici un endroit que je ne connaîtrais pas ? demanda Andolini.

Balazar prit son temps pour répondre, ses yeux sombres examinant attentivement son lieutenant.

– Oui, il y a une cache au fond de l'armoire à pharmacie. J'y garde deux ou trois bricoles. C'est trop petit pour une livre de coke mais autant vérifier.

Jack gagna la porte et, alors qu'il l'ouvrait, le pistolero entrevit dans les latrines la même lumière glacée que celle du véhicule aérien. Puis la porte se referma.

Balazar ramena les yeux sur Eddie.

– Pourquoi vas-tu inventer des histoires pareilles? lui demanda-t-il, presque avec tristesse. Je te croyais malin.

– Regardez-moi, rétorqua tranquillement Eddie. Regardez-moi en face et dites-moi que ce sont des inventions.

Balazar fit comme demandé. Scruta longuement Eddie. Puis il se détourna, les mains si enfoncées dans les poches que son postérieur de péquenot se dessinait sous le tissu tendu. Il présentait un dos de père affligé – navré que son fils s'obstinât dans l'erreur – mais avant de ne plus voir que son dos, Roland avait surpris sur le visage de Balazar une expression totalement étrangère au chagrin. Ce que Balazar venait de lire dans les yeux d'Eddie ne l'avait en fait nullement chagriné mais perturbé au plus haut point.

– A poil, dit Claudio qui avait sorti son arme et la braquait sur Eddie.

Eddie commença à se déshabiller.

5

Ça ne me plaît pas, songeait Balazar en attendant que Jack Andolini ressorte des toilettes. Il avait peur, transpirait à présent non seulement sous les bras et autour des parties – endroits qu'il avait moites en permanence, même quand il gelait à pierre fendre – mais de partout. Eddie était parti avec la touche d'un junkie – d'un junkie malin mais d'un junkie quand même, d'un type qu'on menait où on voulait, solidement ferré à l'hameçon de la poudre – et revenu avec celle... celle d'un quoi? Comme s'il avait grandi en un sens, comme s'il avait changé.

Comme si quelqu'un lui avait insufflé une bonne dose de cran frais.

Ouais. Il y avait ça. Et il y avait la dope. Cette putain de dope.

Jack était en train de retourner les toilettes et Claudio fouillait Eddie, déployant la férocité d'un maton sadique. Eddie avait montré une impassibilité dont Balazar ne l'aurait jamais cru capable, ni lui ni aucun autre drogué, quand Claudio, après s'être enduit la main droite des quatre glaviots qu'il s'était crachés dans la gauche, la lui avait enfoncée dans le cul jusqu'au poignet et au-delà.

Pas de dope dans les toilettes, ni sur Eddie, ni dans Eddie. Non plus que dans ses vêtements, dans sa veste, dans son sac. Tout ça ne pouvait qu'être un bluff.

Regardez-moi en face et dites-moi que ce sont des inventions.

Il l'avait regardé en face. Avait vu quelque chose de renversant. Qu'Eddie était parfaitement sûr de lui, qu'il s'apprêtait à entrer dans ces toilettes pour en ressortir avec la moitié de la coke.

Et lui-même y avait presque cru.

Claudio Andolini récupéra sa main. Ses doigts firent *floc* en s'extirpant du trou du cul d'Eddie. Sa bouche se tordit, prit l'aspect d'une ligne emmêlée.

— Grouille-toi, Jack. J'ai de sa merde de junkie plein la pogne.

— Si j'avais su que t'allais enquêter de ce côté, Claudio, je me serais soigneusement récuré le derche avec un barreau de chaise la dernière fois que j'ai coulé un bronze. Ta main serait ressortie parfaitement nette et je n'aurais pas l'impression de m'être fait violer par un taureau.

— Jack !

— Tu n'as qu'à aller te laver dans la cuisine, dit Balazar. Eddie et moi, on ne va pas se sauter à la gorge dès que tu auras le dos tourné. Pas vrai, Eddie ?

— Sûr.

— De toute façon, il est net, dit Claudio. Enfin, net

159

n'est peut-être pas le mot. Je veux dire qu'il n'a rien sur lui.

Il sortit en laissant pendre sa main merdeuse à bout de bras comme si c'était un poisson bien avancé.

Eddie reporta tranquillement son attention sur Balazar qui pensait de nouveau à Harry Houdini, à Blackstone, à Doug Henning et à David Copperfield. On n'arrêtait pas de dire que la prestidigitation avait rejoint le vaudeville dans le cimetière du show-business, mais Henning restait une superstar et il se souvenait encore de l'enthousiasme de la salle quand il avait assisté au spectacle du gamin Copperfield à Atlantic City. Balazar adorait les illusionnistes depuis le premier numéro de magie vu à un coin de rue quand il était encore tout gosse. Un gars qui s'assurait son argent de poche avec des tours de cartes. Et qu'est-ce qu'ils faisaient tous avant de faire apparaître quelque chose... un truc devant quoi le public allait d'abord rester bouche bée puis exploser dans un tonnerre d'applaudissements? Inviter quelqu'un dans la salle pour vérifier que l'endroit d'où allait sortir le lapin – ou la colombe ou le joli petit lot, les nibards à l'air, ou tout ce que vous voudrez – était parfaitement vide. Et mieux que ça, pour s'assurer qu'il n'y avait aucun moyen que quoi que ce fût y rentre.

Je me dis qu'il a peut-être réussi son coup. Je ne sais pas comment et n'en ai rien à cirer. Tout ce que je vois, c'est que ça ne me plaît pas... non, que ça ne me plaît pas du tout.

6

Il y avait également quelque chose qui ne plaisait pas du tout à George Biondi et il se demandait de quoi Eddie Dean serait capable lorsqu'il l'apprendrait.

Car il était pratiquement sûr qu'un peu après l'entrée de 'Cimi dans le bureau du comptable pour baisser les lumières, Henry était mort. Mort sans tambour ni trompette, tranquillement, sans emmerder personne. Emporté comme une spore de pissenlit par la brise. George estimait que l'événement avait pu se produire aux alentours du moment où Claudio était parti se laver les mains dans la cuisine.

– Henry ? murmura George à l'oreille de l'aîné des Dean, approchant ses lèvres si près que ce fut comme quand on donne un baiser dans l'oreille de votre voisine au cinéma, et c'était plutôt olé olé compte tenu que le type était probablement mort – comme de l'accrophilie ou le putain de nom qu'ils donnaient à ça – mais il lui fallait en avoir le cœur net et la cloison entre ce bureau et celui du patron était des plus minces.

– Qu'est-ce qui se passe, George ? demanda Tricks Postino.

– Z'allez la fermer ? fit 'Cimi, grondement sourd d'un camion au point mort.

Ils la fermèrent.

George glissa la main dans la chemise de Henry. Oh, c'était de pire en pire, l'impression qu'il était au cinoche avec une nénette ne voulait pas le lâcher. Maintenant, voilà qu'il la pelotait, sauf que ce n'était pas *la*, mais *le*, pas de l'accrophilie normale mais de l'accrophilie de pédé, que par-dessus le marché, la poitrine décharnée de l'accro en question ne se soulevait ni ne retombait, et qu'il n'y avait rien qui battait à l'intérieur. Pour Henry Dean, c'était terminé. Pour Henry Dean, la pluie avait eu raison du match de base-ball à la septième reprise. Plus rien ne faisait tic-tac chez lui, à part sa montre.

George se déplaça jusque dans le halo d'ail et d'huile d'olive – l'atmosphère du Vieux Pays – nimbant 'Cimi Dretto.

– Je crois qu'on a un petit problème, murmura-t-il.

Jack ressortit des toilettes.

– Pas de dope là-dedans, annonça-t-il, et il examina Eddie d'un œil morne. Si tu avais des projets concernant la fenêtre, tu peux laisser tomber. Elle est doublée d'un grillage de dix.

– Qu'est-ce que j'en ai à foutre de la fenêtre? rétorqua tranquillement Eddie. C'est déjà dedans. Tu n'as simplement pas su où chercher.

– Excusez-moi, m'sieu Balazar, dit Andolini, mais ce mec commence à me les gonfler.

Le regard de Balazar restait rivé sur Eddie comme s'il n'avait même pas pris conscience du retour de Jack. Il était complètement absorbé dans ses pensées.

Des pensées peuplées d'illusionnistes tirant des lapins de leur chapeau.

Constante numéro un : le pékin pris dans l'assistance à qui on fait vérifier que le chapeau est vide. D'accord, mais il y en avait une deuxième : à part le magicien, bien sûr, personne après ça ne regardait dans le chapeau. Or le gamin avait dit : *Je vais emprunter vos toilettes. Je vais y aller tout seul.*

Savoir comment marchait un tour de magie n'était d'habitude pas son truc, vu que ça vous gâchait le plaisir.

D'habitude.

Mais en l'occurrence, il était impatient de voir son plaisir gâché.

– Parfait, dit-il au jeune homme. Si c'est dedans, va le chercher. Comme tu es. A poil.

– O.K.

Eddie s'achemina vers la porte.

– Mais pas tout seul, ajouta Balazar. (Eddie se figea comme s'il venait de recevoir un harpon invisible, et ce raidissement soudain versa du baume dans le cœur de Balazar : pour la première fois, quelque chose ne rentrait pas dans les plans du gamin.) Jack t'accompagne.

– Non, se récria aussitôt Eddie. Ce n'est pas ce qui...

– Eddie, mon cher Eddie, ne me dis pas non. C'est la seule chose que tu ne dois jamais faire.

8

Pas de problème, dit le pistolero. *Qu'il vienne. Mais... mais...*

Eddie était à deux doigts de bafouiller, n'avait plus qu'un semblant de contrôle sur ses réactions. Ce n'était pas seulement la balle oblique et soudaine que Balazar venait de lui lancer; il y avait le souci croissant qu'il se faisait pour Henry et, prenant lentement mais sûrement l'ascendant sur tout le reste, l'impérieux besoin d'un fix.

Si, si, qu'il vienne. Tout se passera bien. Ecoute.
Eddie écouta.

9

Balazar le regardait, regardait un jeune homme nu, mince, dont la poitrine n'en était encore qu'à l'esquisse du caractéristique affaissement de l'héroïne, qui se tenait la tête légèrement penchée sur le côté, et à le regarder, Balazar sentait s'évanouir quelque peu de son assurance. C'était comme si le gamin tendait l'oreille à une voix que lui seul pouvait entendre.

La même pensée traversa Andolini, mais sur un mode différent : *Qu'est-ce qui lui arrive? On dirait le chien sur les vieux disques de La Voix de son Maître.*

Col avait essayé de lui dire quelque chose à propos des yeux d'Eddie. Il regrettait soudain de ne pas l'avoir laissé parler.

Puis si Eddie avait écouté des voix dans sa tête, elles se turent ou il cessa de leur prêter attention.

— Bon. Allons-y, Jack. Je vais te montrer la huitième merveille du monde.

Il leur décocha un sourire qui les laissa de glace l'un comme l'autre.

— Ah bon? fit Jack, allant pêcher une arme dans l'étui qu'il avait au creux des reins. Dois-je m'attendre à une surprise?

Le sourire d'Eddie s'élargit.

— Ça oui. Sûr que tu vas en rester sur le cul.

10

Andolini suivit Eddie dans les toilettes, le pistolet bien haut vu que le trouillomètre dégringolait passablement.

— Ferme la porte, lui dit Eddie.

— Va te faire foutre, fut la réponse.

— Ferme cette porte ou pas de dope.

— Va te faire foutre, répéta Andolini.

Vaguement paniqué comme il l'était, sentant là quelque chose qui lui échappait, Jack Andolini révélait plus de son intelligence qu'au volant du camion.

— Il ne veut pas fermer la porte, gueula Eddie. Je vous prends à témoin, monsieur Balazar. Vous avez probablement une demi-douzaine de gars ici, avec une moyenne de quatre armes par tête de pipe, et je vous vois l'un comme l'autre en train de flipper devant un malheureux gamin, junkie de surcroît.

— Ferme cette putain de porte, Jack! hurla Balazar.

— Parfait, dit Eddie alors qu'Andolini refermait derrière eux d'un coup de pied. T'es un homme ou t'es...

— Et puis merde, j'en ai ras le bol de ces conneries, décréta Jack sans s'adresser à quiconque en particulier.

Il retourna le pistolet avec l'évidente intention d'en flanquer un coup de crosse en travers de la mâchoire d'Eddie.

Puis il se figea, sa matraque improvisée stoppée dans son élan, son rictus mauvais se désagrégeant en niaise expression abasourdie alors qu'il découvrait ce que Col Vincent avait vu dans la fourgonnette.

Les yeux d'Eddie qui viraient du marron au bleu.

— *Maintenant, tu l'attrapes!*

La voix grave, péremptoire, qui sortait de la bouche d'Eddie n'était pas la sienne.

Schizo, pensa Jack Andolini. *Le voilà qui devient schizo, qui me pique une putain de crise de schi...*

Mais l'explication tourna court alors qu'Eddie l'agrippait aux épaules car, en ce même instant, il vit surgir une brèche dans le réel un peu moins d'un mètre derrière le jeune homme.

Non, pas une brèche, rien d'un trou; des dimensions trop régulières pour ça.

C'était une porte.

— Je vous Salue Marie pleine de Grâce, gémit Jack à mi-voix.

Par cette découpe suspendue dans l'espace à une trentaine de centimètres du sol devant la douche personnelle de Balazar, il voyait une plage aux couleurs sombres dévalant vers les vagues qui s'y brisaient. Des choses bougeaient sur cette plage. Des monstres.

La crosse du pistolet redescendit, mais le coup censé fracasser les incisives d'Eddie mourut sur le coussinet de ses lèvres qu'il ensanglanta quelque peu. Jack Andolini comprit que ses forces l'abandonnaient; il les sentait fuir.

— Ne t'avais-je pas averti que tu allais en rester sur le cul? dit Eddie.

Puis il empoigna Jack qui ne saisit qu'au dernier moment où il voulait en venir, se débattit comme un diable, mais trop tard... ils basculaient déjà au corps à corps dans la fantastique ouverture. Et le murmure du New York nocturne, si permanent, si familier

165

qu'on n'en percevait jamais que l'interruption, se vit remplacé par le fracas des vagues et par les voix grinçantes, interrogatives des horreurs qui évoluaient au ras du sable.

11

Il va falloir aller très vite ou on va se retrouver dans le four à houblon, avait dit Roland. Ce qu'Eddie avait compris qu'il fallait traduire par : s'ils ne se remuaient pas le cul à une vitesse approchant celle de la lumière, ils étaient cuits. Il partageait cette opinion. Quand il y avait du grabuge, Jack Andolini était du style Dwight Gooden : possible de le bousculer, ouais, voire de le secouer sérieusement, mais si vous le laissiez s'échapper dans les premières reprises, il vous battait plus tard à plates coutures.

La main gauche ! hurla Roland alors qu'ils franchissaient le seuil et qu'Eddie et lui redevenaient deux individus distincts. *N'oublie pas ! La main gauche ! La gauche !*

Il vit Eddie et Jack tomber à la renverse puis rouler au bas de l'éboulis qui bordait la grève, luttant pour la possession de l'arme qu'Andolini tenait toujours.

Roland eut juste le temps de penser à l'énorme plaisanterie que lui aurait jouée le Destin s'il ne retournait présentement dans son monde que pour découvrir son corps physique mort dans l'intervalle... et puis ce fut trop tard. Trop tard pour se poser des questions, trop tard pour faire marche arrière.

12

Andolini ne voyait pas ce qui avait pu se produire. Une part de lui était persuadée d'avoir sombré dans la démence, une autre de s'être fait droguer par Eddie, ou gazer, ou quelque chose du genre, une autre encore que le Dieu vengeur de son enfance avait fini par se lasser de ses méfaits, qu'il l'avait arraché au monde des vivants pour le précipiter dans cet étrange purgatoire.

Puis il vit la porte ouverte et l'arc de lumière blanche – l'éclairage au néon des chiottes de Balazar – qu'elle projetait sur le sol caillouteux, comprit alors qu'il lui était possible de rebrousser chemin. Jack Andolini avait avant tout l'esprit pratique. Il serait toujours temps de s'interroger sur ce mystère ; pour l'heure, ses ambitions se bornaient à liquider ce fils de pute et à refranchir la porte en sens inverse.

L'énergie dont il s'était trouvé vidé sous le coup de la surprise réaffluait en lui, et il se rendit compte qu'Eddie tentait de lui arracher son petit mais efficace colt Cobra, et qu'il était sur le point d'y parvenir. Il se dégagea, essaya de viser, mais en vain : la main d'Eddie s'était de nouveau refermée sur son bras.

Ce fut alors son genou qu'il expédia dans la cuisse droite du jeune homme (notant au passage les plaques de sable sale et gris qui souillaient déjà la coûteuse gabardine de son pantalon) et le cri de douleur attendu explosa quand la crampe noua le muscle d'Eddie.

Qui, derrière ce cri, hurla :

– *Roland ! Viens m'aider ! Pour l'amour du ciel, viens m'aider !*

Andolini tourna brusquement la tête et ce qu'il vit lui fit perdre une deuxième fois l'équilibre. Un type, là, debout... sauf qu'il n'avait pas tant l'air d'un type que d'un revenant. Et pas vraiment du genre Gaspard le Petit Fantôme. Des traits d'une pâleur extrême, mangés par une barbe de plusieurs jours et par des yeux hagards. Une chemise déchirée dont le vent soulevait derrière lui les lambeaux entortillés, révélant les cannelures de ses côtes. Un chiffon crasseux noué autour de la main droite complétait le tableau. Il donnait l'impression d'être malade, malade et mourant, coriace aussi, malgré tout, assez pour qu'Andolini se sentît de nouveau gagné par une certaine mollesse.

Et l'enfoiré portait une paire de pistolets.

Des antiquités, dignes de figurer dans un musée du Far West... mais des armes quand même, et susceptibles de fonctionner. Andolini s'aperçut qu'il allait avoir à s'occuper séance tenante de l'homme au visage blême... à moins que ce fût réellement un spectre, auquel cas tout cela n'avait pas la moindre importance et il était inutile de s'inquiéter.

Il lâcha Eddie et se rejeta sur la droite, à peine conscient de déchirer sur une pierre son veston à cinq cents dollars. Au même instant, le pistolero dégaina de la main gauche, geste qui fut comme il avait toujours été, que son exécutant fût malade ou bien-portant, réveillé ou encore dans les brumes du sommeil : plus vif que l'éclair zébrant de bleu la nuit d'été.

Je suis battu, pensa Andolini, émerveillé autant qu'amer. *Seigneur, je n'ai jamais vu quelqu'un d'aussi rapide! Je suis battu, sainte Mère de Dieu, il va me descendre, il va...*

Le doigt gauche de l'homme en haillons pressa la détente du revolver et Jack Andolini crut – crut pour de bon – qu'il était mort avant de se rappeler n'avoir entendu qu'un *clic* en fait de détonation.

Long feu.

Souriant, il se redressa sur les genoux, leva son Cobra.

– Je ne sais pas qui tu es, putain de cadavre ambulant, mais tu peux te dire au revoir! dit-il.

13

Eddie s'assit, tremblant, son corps nu couvert de bleus plus ou moins proéminents. Il vit Roland dégainer, entendit un claquement sec au lieu d'une explosion retentissante, vit Andolini se relever, l'entendit dire quelque chose, et sur ce, sans vraiment savoir encore ce qu'il faisait, il eut sous la main un gros caillou acéré à souhait qu'il dégagea du sol grenu et lança de toutes ses forces.

Il toucha Andolini sur le haut de la nuque avant de rebondir ailleurs, y laissant pendre un bout de cuir chevelu ensanglanté. Andolini fit feu, mais la balle, autrement vouée à tuer le pistolero, se perdit.

14

Pas vraiment, aurait dit le pistolero à Eddie. *Quand tu la sens passer au ras de ta joue, tu ne peux pas vraiment parler d'une balle perdue.*

Il réarma, tira de nouveau dans le temps même où il évitait la balle d'Andolini. Cette fois, la détonation retentit, sèche, impérieuse, emplissant toute la plage. Les mouettes qui dormaient sur les rochers, hors d'atteinte des homarstruosités, s'envolèrent en piaillant.

La balle de Roland aurait probablement cueilli Andolini si celui-ci, groggy du coup reçu, n'avait à cet instant basculé sur le côté. Le fracas de la pièce de musée lui parut lointain, mais pas le tisonnier brûlant qui plongea dans son bras, lui fit voler le coude en éclats. Il en sortit de son étourdissement et se releva, un bras cassé, pendeloque inutile, l'autre oscillant avec l'arme à la recherche d'une cible.

La première qui lui tomba sous les yeux fut Eddie, Eddie le drogué, Eddie qui l'avait d'une manière ou d'une autre entraîné dans cet endroit de dingue. Eddie qui était là aussi nu qu'au jour de sa naissance et tremblait de froid, s'enveloppait dans ses bras pour s'en protéger. Bon, il allait peut-être crever sur cette foutue plage mais il aurait au moins le plaisir de voir Eddie Dean Fleur de Pine l'accompagner.

Le petit Cobra s'était fait dix fois plus lourd dans sa main. Il réussit quand même à l'amener en position.

15

Vaudrait mieux que ça parte, cette fois, pensa Roland, sinistre, alors que son pouce ramenait le chien. Sous le vacarme des mouettes, il entendit le *clic*, aisé, huilé, de l'alvéole qui se verrouillait en place.

16

Le coup partit.

17

Le pistolero n'avait pas visé la tête d'Andolini mais l'arme dans sa main. Il ignorait s'ils allaient encore avoir besoin de cet homme, mais la chose n'avait rien d'impossible : c'était un type important aux yeux de Balazar, lequel s'était révélé largement aussi dangereux que Roland l'avait supputé. La prudence était donc de mise.

La balle toucha sa cible... rien d'étonnant à cela. Il en fut différemment de ce qui arriva au pistolet d'Andolini et, partant, à Andolini lui-même. Roland avait déjà vu le fait se produire, mais seulement une ou deux fois dans toutes ces années où il avait assisté à des échanges de coups de feu.

Pas de chance, mon gars, pensa-t-il en regardant son adversaire s'éloigner, chancelant, hurlant, vers la plage, la chemise et le pantalon éclaboussés de sang. La main qui avait tenu le colt Cobra s'achevait maintenant à mi-paume. Le pistolet n'était plus qu'un morceau de ferraille tordu gisant sur le sable, méconnaissable.

Eddie rivait sur Jack des yeux ronds. Plus personne n'irait préjuger inconsidérément du niveau d'intelli-

gence de cet homme sur la foi de son faciès néandertalien, vu que ce faciès n'était plus qu'un souvenir. Il
s'y était substitué une bouillie de chair sanguinolente
autour du trou noir de sa bouche ouverte sur un long
cri.

— Mon Dieu, que s'est-il passé?

— Ma balle doit s'être coincée dans le canon de son
arme à la seconde même où il en pressait la détente,
répondit le pistolero, sec, précis comme s'il faisait
une conférence de balistique à l'Ecole de Police. Il en
a résulté une explosion qui a déchiqueté la culasse et
entraîné, à mon sens, celle d'une ou deux autres
cartouches.

— Achève-le, dit Eddie. (Il tremblait plus fort que
jamais, et ce n'était plus seulement dû à la conjonc-
tion de la fraîcheur nocturne et de la brise marine sur
son corps nu.) Mets fin à ses misères, pour l'amour
du...

— Trop tard, dit le pistolero avec une froide indiffé-
rence qui glaça Eddie jusqu'aux os.

Et celui-ci se détourna juste un peu trop tard pour
se soustraire à la vue des homarstruosités qui grouil-
laient aux pieds d'Andolini, lui arrachaient ses mocassins de chez Gucci... avec leur contenu, bien sûr.
Hurlant, agitant spasmodiquement les bras devant
lui, Andolini s'écroula. Les monstres le recouvrirent,
avides, le dévorèrent vivant sous le feu roulant de
leurs questions anxieuses : *I-ce que chic? Eut-ce que
chule? A-ce que châle? O-ce que choc?*

— Mon Dieu, gémit Eddie. Qu'est-ce qu'on fait
maintenant?

— Tu vas prendre l'exacte quantité de (*poudre du
diable*, dit le pistolero, *cocaïne*, entendit le jeune
homme) que tu as promise à ce Balazar. Ni plus ni
moins. Et puis on retourne là-bas. (Il regarda Eddie.)
A ceci près que, cette fois, je t'y accompagne en tant
que personne distincte.

— Seigneur! Tu peux faire ça? (Question à laquelle
il répondit aussitôt :) Evidemment que tu en as la

faculté. Je devrais plutôt te demander pourquoi tu veux être physiquement présent.

– Parce que, vu ce qu'il y a à faire, tu ne pourrais pas y arriver seul, dit Roland. Viens.

Eddie se retourna vers le grouillement des horreurs chitineuses un peu plus bas sur la plage. Il n'avait jamais eu la moindre sympathie pour Jack Andolini mais ce spectacle le révulsait quand même.

– Viens, répéta Roland avec impatience. On n'a pas l'éternité devant nous, et je n'aime pas trop ce que je vais devoir faire. Je n'y ai jamais été contraint et n'avais jamais pensé l'être un jour. (Un pli amer tordit ses lèvres.) Cela dit, faut que je m'y habitue.

Eddie rejoignit la silhouette décharnée, porté par des jambes qu'il sentait de plus en plus molles. Dans ce crépuscule d'un autre monde, sa peau nue avait des reflets livides. *Qui es-tu Roland? Qui es-tu, au juste, et qu'es-tu? Et ce feu qui émane de toi... est-ce seulement la fièvre? Ou quelque type de folie? Je crois bien qu'il s'agit des deux.*

Seigneur, il avait besoin d'un fix. Correction : il en méritait un.

– T'habituer à quoi? demanda-t-il. De quoi parles-tu?

– Prends ça, dit le pistolero, montrant – non du doigt mais de l'espèce de sac qui remplaçait sa main – l'autre antiquité suspendue bas sur sa hanche droite. Je n'en ai plus l'usage. Pour le moment, du moins, si ce n'est pour toujours.

– Je... (Eddie déglutit.) Je ne veux pas y toucher.

– Ça m'ennuie autant que toi que tu y touches, dit Roland avec une curieuse douceur dans la voix, mais je ne crois pas que nous ayons le choix. Il va y avoir du grabuge.

– Vraiment?

– Oui. (Et, sans que son regard posé sur le jeune homme perdît en sérénité, il ajouta :) Pas qu'un peu, à mon sens.

18

L'inquiétude de Balazar ne cessait de grandir. Trop long. Voilà trop longtemps qu'ils étaient dans ces chiottes, et le silence était trop profond. Dans les lointains – peut-être dans l'immeuble en face –, il avait entendu un échange de cris, puis plusieurs détonations qui avaient dû correspondre à l'explosion de pétards... mais quand on était dans la branche de Balazar, ce n'était pas à des pétards qu'on pensait en premier.

Et ce hurlement? Etait-ce vraiment un hurlement qu'il avait entendu?

Laisse tomber. Ce qui se passe en face n'a rien à voir avec toi. Voilà que tu te comportes comme une vieille bonne femme.

Tout cela, néanmoins, ne présageait rien de bon. Non, rien de bon.

– Jack, brailla-t-il en direction de la porte close au fond de la pièce.

Pas de réponse.

Il ouvrit le tiroir supérieur gauche du bureau et en sortit son pistolet. Il ne s'agissait pas d'un colt Cobra ni d'aucune arme assez pratique pour s'ajuster dans un étui à crampons : c'était un Magnum 357.

– 'Cimi! appela-t-il. J'ai besoin de toi!

Il referma violemment le tiroir. La tour de cartes s'affaissa dans un soupir. Il n'y prêta même pas garde.

'Cimi Dretto apparut sur le seuil, ses cent vingt kilos interdisant toute vision du couloir. Il constata que *Da Boss* avait sorti son arme et, immédiatement, extirpa la sienne des profondeurs d'une veste écossaise si voyante qu'elle aurait probablement brûlé la cornée de quiconque aurait commis l'erreur de la regarder trop longtemps.

– Va me chercher Claudio et Tricks en vitesse, lui lança Balazar. Le gosse mijote quelque chose.

– On a un problème, patron.

Les yeux de Balazar quittèrent la porte des toilettes pour se poser sur 'Cimi.

– Un de plus, dit-il. De quoi s'agit-il, cette fois?

'Cimi se passa la langue sur les lèvres. Dans les meilleures circonstances, il n'aimait déjà pas annoncer une mauvaise nouvelle à *Da Boss*. Alors, quand il le voyait comme ça...

– Eh bien... dit-il, et il se repassa la langue sur les lèvres. Il se trouve...

– Bordel de merde, accouche! gueula Balazar.

19

Les plaquettes de crosse en bois de santal du revolver étaient si lisses que la première prouesse d'Eddie en le recevant fut de manquer le laisser choir sur ses orteils. L'arme était si grosse qu'elle en paraissait antédiluvienne, si lourde qu'il ne voyait pas d'autres moyens de la soulever que de la prendre à deux mains. *Le recul est fichu de me projeter au travers de la cloison la plus proche*, pensa-t-il. *Et ce, en admettant que la balle consente à partir*. Il n'en restait pas moins qu'une part de son être aspirait à tenir cette arme, répondait à la finalité qu'elle exprimait si parfaitement, sentait son obscure et sanglante histoire, voulait de toutes ses forces y avoir part.

Nul n'a jamais tenu ce bébé en main s'il n'était le meilleur, songea Eddie. *Du moins jusqu'à ce jour*.

– Tu es prêt? lui demanda Roland.

– Non, mais allons-y quand même.

Il referma sa main gauche sur le poignet gauche de Roland. Celui-ci glissa autour de ses épaules nues un bras droit qu'embrasait l'infection.

Ensemble ils refranchirent le seuil, passant de l'obscurité venteuse de cette plage, de ce monde à l'agonie du pistolero, à l'éclat froid des tubes fluorescents des toilettes privées de Balazar à la Tour Penchée.

Alors qu'Eddie clignait des yeux pour les habituer à la lumière, il entendit dans l'autre pièce le « On a un problème » de 'Cimi Dretto. *N'est-ce pas notre lot à tous?* songea-t-il, et, à cet instant, son regard se riva sur l'armoire à pharmacie. Elle était restée ouverte. Il réentendit Balazar demander à Jack de fouiller la salle d'eau, réentendit Andolini demander s'il y avait là un endroit qu'il ne connaîtrait pas. Balazar avait marqué un temps d'arrêt avant de répondre. *Il y a une cache au fond de l'armoire à pharmacie*, avait-il fini par dire. *J'y garde deux ou trois bricoles.*

Andolini avait fait glisser le volet dissimulant la cache. Et il avait négligé de le refermer.

– Roland! fit Eddie entre ses dents.

Le pistolero leva le revolver qu'il avait gardé, en posa le canon sur ses lèvres pour lui faire signe de se taire. Eddie s'approcha sans bruit de l'armoire.

Deux ou trois bricoles... Exact : un flacon de suppositoires, un numéro de *Jeux Enfantins* – revue à la quadrichromie sommaire où, nues en couverture, deux fillettes d'environ huit ans s'embrassaient avec passion – et huit ou dix échantillons de Keflex. Eddie savait ce dont il s'agissait. Exposés comme ils l'étaient aux infections tant locales que généralisées, les junkies faisaient une grosse consommation de Keflex.

C'était un antibiotique.

– Un de plus, entendit-il. (Balazar avait l'air à bout.) De quoi s'agit-il, cette fois?

Si ça ne met pas K.-O. les saletés de microbes qui le travaillent, se dit-il, *rien n'y parviendra.*

Il ramassait les boîtes de Keflex, s'apprêtant à les fourrer dans ses poches, quand il prit conscience de ne pas en avoir. L'aboiement rauque qui lui échappa n'eut rien d'un rire.

Il allait mettre ça dans le lavabo et le reprendrait plus tard... s'il y avait un plus tard.

– Eh bien... disait 'Cimi Dretto. Il se trouve...

– Bordel de merde, accouche! gueula Balazar.

– C'est le grand frère du gosse, dit 'Cimi, et Eddie

se figea, ses deux dernières boîtes de Keflex à la main, la tête inclinée sur le côté. Plus que jamais, il ressemblait à ce chien sur les vieux disques La Voix de son Maître.

– Oui, alors, qu'est-ce qu'il a? demanda Balazar, perdant patience.

– Il est mort, répondit 'Cimi.

Eddie laissa tomber les antibiotiques dans le lavabo et se tourna vers Roland.

– Ils ont tué mon frère, dit-il.

20

Balazar ouvrit la bouche pour dire à 'Cimi de ne pas venir l'emmerder avec ce genre de conneries alors qu'il avait à se préoccuper de choses plus sérieuses – entre autres cette impression qui ne voulait pas le lâcher : la sensation qu'Andolini ou pas, le gamin était en train de le baiser – quand il entendit la voix aussi distinctement qu'Eddie avait dû entendre la sienne ou celle de 'Cimi.

– Ils ont tué mon frère, disait le gosse.

Balazar perdit soudain tout intérêt pour sa marchandise, pour ses questions restées sans réponse, pour tout, bref, sauf la nécessité de stopper net la situation avant qu'elle ne virât franchement à la catastrophe.

– Tue-le, Jack, hurla-t-il.

Silence. Puis il entendit le gamin répéter :

– Ils ont tué mon frère. Ils ont tué Henry.

Balazar comprit soudain – il eut la certitude, même – que ce n'était pas à Jack qu'Eddie parlait.

– Va chercher les messieurs, dit-il à 'Cimi. Tous. On va lui faire la peau et quand il sera mort, on le transportera dans la cuisine où je m'occuperai personnellement de lui trancher la tête.

21

– Ils ont tué mon frère, dit le prisonnier.

Le pistolero ne dit rien, ne fit que regarder et penser : *Ces boîtes... dans le lavabo. C'est le médicament dont j'ai besoin ou qu'Eddie juge être ce dont j'ai besoin.*

– Tue-le, Jack! entendit-il dans l'autre pièce.

Ni lui ni Eddie n'y prêtèrent la moindre attention.

– Ils ont tué mon frère. Ils ont tué Henry.

Balazar parlait à présent de prendre en trophée la tête d'Eddie. Le pistolero se sentit bizarrement réconforté par la menace : ce monde n'était donc pas radicalement différent du sien.

Celui qui se nommait apparemment 'Cimi se mit à brailler pour appeler les autres. S'ensuivit une cavalcade fort peu digne de messieurs.

– Tu veux faire quelque chose à ce propos ou tu préfères attendre et voir venir? demanda Roland.

– Sûr que je veux faire quelque chose, rétorqua Eddie, levant l'arme du pistolero, se découvrant capable d'accomplir aisément ce qui lui avait paru, quelques minutes auparavant, réclamer l'usage des deux mains.

– Et que veux-tu faire? poursuivit Roland, voix lointaine, même à ses propres oreilles.

Il était malade, habité par la fièvre, mais ce qui lui arrivait là était l'assaut d'une autre fièvre, différente, qui ne lui était que trop familière. Celle qui l'avait submergé à Tull. La fièvre des combats, qui voilait toute pensée, ne laissait subsister que le besoin d'arrêter de penser, de se mettre à tirer.

– Partir sur le sentier de la guerre, répondit Eddie, très calme.

– Tu ne sais pas de quoi tu parles, dit Roland, mais tu ne vas pas tarder à l'apprendre. Dès qu'on a franchi la porte, tu prends à droite. Moi, je prends à gauche. A ma main.

Eddie hocha la tête et ils partirent sur le sentier de la guerre.

22

Balazar attendait Eddie, ou Andolini, ou les deux. L'arrivée d'Eddie accompagné d'un total inconnu, d'un grand type aux cheveux gris-noir, dont le visage semblait avoir été ciselé dans un roc inexorable par quelque dieu sauvage, était parfaitement inattendue. Un instant, il ne sut où tirer.

'Cimi n'eut pas ce problème. *Da Boss* en avait contre Eddie. Il démolirait donc Eddie en premier, s'occuperait plus tard de l'autre *catzarro*. Il se tourna pesamment vers le jeune homme et, par trois fois, pressa la détente de son automatique. Les douilles vides s'éjectèrent, courbes scintillantes. Eddie avait déjà plongé dans une folle glissade au ras du sol comme un gamin saisi par la fièvre du samedi soir, un gamin défoncé au point de ne pas s'être aperçu qu'il avait oublié sa tenue de Travolta, jusqu'aux sous-vêtements. Il glissa, avec la pine qui se balançait, les genoux s'échauffant puis vite à vif alors que le frottement se prolongeait. Des trous apparurent dans ce qui, juste au-dessus de lui, était censé représenter un pin noueux, et des éclats de plastique s'abattirent sur ses cheveux et sur son dos.

Mon Dieu, ne me laissez pas mourir à poil et en *manque d'héro*, pensa-t-il, sachant qu'une telle prière dépassait le blasphème pour entrer dans la pure et simple catégorie de l'absurde. Il n'en continua pas moins : *Je suis prêt si c'est mon heure mais par pitié, accordez-moi un dernier fix...*

Le revolver que le pistolero tenait dans la main gauche parla. Déjà puissante sur la plage, la détonation fut assourdissante dans cet espace confiné.

– O Jésus! hurla 'Cimi Dretto d'une voix étranglée, haletante. (C'était merveille qu'il en eût encore, sa poitrine s'étant soudain creusée comme un tonneau sous l'impact d'un marteau-pilon. Sa chemise blanche commençait à virer au rouge par touches circulaires comme si des coquelicots s'y épanouissaient.) O Jésus! Jésus! Jé...

Repoussé par Claudio Andolini, il s'écroula comme une masse. La pièce entière vibra et deux photos encadrées se décrochèrent du mur. Celle qui montrait Balazar en train de remettre sa coupe à l'Athlète de l'Année, un gamin tout sourire, lors du banquet de l'Association Sportive de la Police atterrit sur le crâne de 'Cimi, lui jonchant les épaules de verre brisé.

– ... Jésus, murmura-t-il d'une toute petite voix, puis le sang se mit à sourdre de ses lèvres.

Claudio venait de débouler avec sur ses talons Tricks Postino et l'un des messieurs précédemment en faction dans la resserre. Il avait un automatique dans chaque main, et l'autre type une arme de chasse – un Remington – aux canons sciés si court qu'elle ressemblait à un derringer qui aurait attrapé les oreillons. Tricks était équipé de ce qu'il nommait sa Merveilleuse Rambo Machine : un fusil d'assaut à feu continu, un M-16.

– Où est mon frère, enculé de junkie? brailla Claudio. Qu'as-tu fait à Jack?

La réponse ne devait pas outre mesure l'intéresser car il n'avait pas encore fini sa question qu'il faisait feu des deux armes. *Je suis foutu*, se dit Eddie, puis Roland tira de nouveau. Claudio Andolini fut projeté en arrière dans un nuage de sang, le sien. Les automatiques s'arrachèrent de ses mains pour glisser sur le bureau de *Da Boss* et choir en bout de course sur la moquette dans une voltigeante averse de cartes à jouer. Le gros de ses tripes toucha le mur une seconde avant qu'il ne les rattrapât.

– Descendez-le! hurla Balazar. Descendez ce foutu spectre! Le gosse n'est pas dangereux, un drogué à poil sans plus! C'est l'autre qu'il faut éliminer!

Il pressa par deux fois la détente du Magnum qui se révéla presque aussi bruyant que le revolver de

Roland. D'énormes trous aux bords déchiquetés se découpèrent de part et d'autre de la tête du pistolero dans le faux bois de la cloison entre le bureau et les toilettes. La lumière crue de ces dernières s'y engouffra, projetant dans la pièce d'épais rayons cannelés.

Roland pressa une fois de plus la détente de son arme.

Ne s'ensuivit qu'un *clic.*

Long feu.

— Eddie! cria-t-il.

Le jeune homme leva son propre revolver et tira.

La déflagration fut telle qu'il crut un instant que l'arme venait de lui exploser dans la main comme c'était arrivé à Jack. Le recul ne lui fit pas traverser le mur mais jeta son bras en l'air dans un arc dément qui lui étira douloureusement les tendons.

Il vit l'épaule de Balazar se désintégrer en partie, se muer en brume vermeille, et entendit son cri de chat blessé.

— Alors, comme ça, le drogué n'est pas dangereux! bleugla Eddie. C'est bien ce que tu as dit, connard? Tu as voulu jouer au con avec moi et mon frère, et je vais te montrer qui est dangereux! Je vais...

Il y eut une explosion comparable à celle d'une grenade alors que le type de la resserre entrait dans la danse avec son arme bricolée. Eddie roula pour ne pas être sur la trajectoire de la rafale qui décora la porte des toilettes et les murs adjacents d'une bonne centaine de trous minuscules. En plusieurs points, toutefois, son corps nu en resta piqueté de rouge et il comprit que si le type avait été plus près, la dispersion du tir moins grande, il n'aurait pas survécu à un pareil essaim de plombs.

De toute façon, je suis foutu, songea-t-il en voyant le type pomper des nouvelles cartouches dans la double culasse du Remington puis se le caler sur l'avant-bras. L'homme souriait, exhibant des dents particulièrement jaunes – qui n'avaient pas dû être mises en relation avec une brosse depuis pas mal de temps, se dit Eddie.

Seigneur, je vais me faire tuer par un demeuré aux dents dégueulasses dont je ne connais même pas le nom. Enfin, j'en aurai au moins collé un à Balazar. C'est toujours ça.

Il se demanda si Roland avait encore une seule balle valable. Pas moyen de se souvenir du nombre de fois où il avait tiré.

– Je le tiens, hurla joyeusement Tricks Postino. Laisse-moi le champ libre, Dario!

Et avant que le nommé Dario n'ait pu lui laisser le champ libre ou quoi que ce fût, Tricks ouvrit le feu avec la Merveilleuse Rambo Machine. Le lourd tonnerre du fusil-mitrailleur emplit le bureau de Balazar, et ce tir de barrage eut pour premier effet de sauver la vie d'Eddie. Dario était en train de l'ajuster avec son arme aux canons sciés; il n'eut pas le temps d'en presser la double détente que Tricks l'avait cisaillé en deux.

– Arrête, crétin! hurla Balazar.

Ou Tricks n'entendait pas, ou il ne put s'arrêter, ou il n'en eut pas la moindre envie. Les lèvres retroussées au point de dénuder ses dents luisantes de salive dans un gigantesque sourire de requin, il ratissa la pièce d'une extrémité à l'autre, réduisant en poussière deux pans du décor mural, transformant en tessons les vitres des cadres, arrachant de ses gonds la porte des toilettes. La cabine de douche en verre dépoli de Balazar explosa littéralement. Le trophée qu'il avait reçu l'an passé pour sa contribution à la lutte contre la polio rendit un son de cloche quand une balle le traversa.

Au cinéma, les gens font à la mitraillette une hécatombe humaine. Dans la vie, ça se passe rarement ainsi. Quand ils tuent, c'est avec les quatre ou cinq premières balles tirées – l'infortuné Dario en aurait témoigné, eût-il encore pu se porter témoin de quoi que ce fût. Après, il arrive deux choses au gars qui essaie de contrôler une arme de ce type, même si c'est un malabar : le canon commence à monter, et le tireur lui-même à se tourner tantôt à gauche, tantôt à droite selon qu'il a choisi d'infliger le martyre du recul à une épaule ou à l'autre. Bref, il n'y aurait qu'un acteur de cinéma ou un demeuré total pour s'équiper ainsi : ça revenait à vouloir tuer quelqu'un avec un marteau-piqueur.

Un moment, Eddie resta incapable d'œuvrer sur un mode plus constructif que la contemplation de ce prodige d'idiotie, puis il vit les autres qui se bousculaient à la porte derrière Tricks et leva le revolver de Roland.

— Je l'ai! beuglait Tricks, tout à l'hystérique exultation du type qui a vu trop de films pour être à même de distinguer de la réalité le scénario qui se déroule dans sa tête. Je l'ai! Je l'ai! Je...

Le doigt d'Eddie pesa sur la détente et le crâne de Tricks se volatilisa au-dessus des arcades sourcilières. A en juger par le comportement du bonhomme, la perte n'était pas de taille.

Mon Dieu Seigneur! Quand ces machins consentent à tirer, ils font réellement des trous dans les choses.

Un puissant KA-BLAM retentit sur sa gauche et, du même côté, un sillon brûlant s'ouvrit dans son biceps sous-développé. Il se tourna et vit dépasser le Magnum de Balazar de derrière le bureau jonché de cartes. Aussitôt, une nouvelle détonation le fit se plaquer sur la moquette.

23

Roland réussit à s'accroupir, visa le premier de ceux qui déboulaient dans la pièce et tira. Il avait basculé le barillet, éjecté les douilles vides et les balles qui n'étaient pas parties, chargé de neuf une unique alvéole. L'avait fait avec les dents. Balazar venait de clouer Eddie au sol. *Si c'en est une qui a pris l'eau, on est cuits tous les deux.*

La cartouche était bonne. Le revolver rugit, décocha son recul. Jimmy Haspio bascula par le côté, le 45 abandonnant ses doigts mourants.

Roland eut le temps de voir s'aplatir les deux autres avant d'être lui-même à quatre pattes dans les décombres qui jonchaient le sol. Il rengaina son revolver. L'idée de le recharger avec deux doigts en moins tenait de la plaisanterie.

Eddie se débrouillait à merveille. Roland le mesurait d'autant plus que le garçon se battait nu. C'était dur pour un homme. Parfois impossible.

Il attrapa au passage un des automatiques lâchés par Claudio Andolini.

– Mais qu'est-ce que vous attendez, merde? hurla Balazar. Débarrassez-moi de ces types, à la fin!

George Biondi et l'autre gars qui avait été dans la resserre repartirent à l'assaut. Le dernier braillait quelque chose en italien.

Roland atteignit l'angle du bureau. Eddie se releva, visa la porte et ceux qui la franchissaient.

Il sait que Balazar n'attend que ça, songea le pistolero, *mais il croit être à présent le seul de nous deux qui ait une arme chargée. En voilà encore un prêt à mourir pour toi, Roland. Quelle énorme faute as-tu commise pour inspirer à tant d'autres une loyauté si terrible?*

Balazar se leva, le pistolero sur son flanc sans en avoir conscience. Il ne pensait qu'à une chose : éliminer ce putain de junkie responsable du désastre.

– Non, dit Roland.

Balazar se retourna; la surprise s'imprima sur ses traits.

– Putain de... commença-t-il, changeant de cible.

Le pistolero pressa quatre fois la détente de l'automatique. C'était une saloperie bon marché, à peine mieux qu'un jouet, et sa main répugnait à son contact, mais peut-être convenait-il de tuer un homme méprisable avec une arme qui l'était autant.

Enrico Balazar mourut avec, gravé sur ce qui lui

restait de visage, cette expression d'étonnement absolu.

– Salut, George! lança Eddie, pressant une fois de plus la détente du revolver prêté par Roland.

S'en voyant une fois de plus gratifié d'une détonation positive. *Pas de raté dans ce bébé*, pensa-t-il. *J'ai dû hériter du bon.* George ne put lâcher qu'une balle avant d'être repoussé par celle d'Eddie dans l'autre type hurlant qu'il renversa comme une quille. Et cette balle se perdit. Une conviction irrationnelle s'installa dans le jeune homme : celle que l'arme de Roland possédait quelque magie, le pouvoir d'un talisman. Tant qu'il la tenait, il était invulnérable.

Le silence tomba, un silence qu'Eddie n'entendit plus que traversé par les gémissements de Ruddy Vechhio (le malheureux qui s'était pris de plein fouet la masse du Gros George et gisait dessous avec trois côtes cassées), et la stridence qui lui emplissait les oreilles. Il se demanda s'il pourrait jamais correctement réentendre. La fusillade – qui, semblait-il, venait de s'achever – ramenait en comparaison le plus violent concert de rock auquel il eût jamais assisté à la nuisance d'une radio au volume un peu trop poussé.

Le bureau de Balazar n'était plus reconnaissable en tant que tel, ni en tant que pièce vouée à quelque usage. Eddie promena autour de lui le regard d'un très jeune homme qui pour la première fois découvre ce genre de spectacle, un spectacle que Roland connaissait : c'était toujours le même. Que ce fût sur un champ de bataille où des milliers avaient péri par le canon, le fusil, l'épée, la hallebarde, ou dans une petite pièce où ils n'avaient été que cinq ou six à s'entre-tuer, c'était toujours pareil en fin de compte, un cimetière de plus puant la poudre et la viande crue.

La cloison entre bureau et toilettes n'existait plus à l'exception de quelques montants. Du verre scintillait partout. Le faux plafond, déchiqueté par le clinquant mais vain feu d'artifice du M-16, pendait en lambeaux comme une peau qui pèle.

Eddie toussa. Débouchées, ses oreilles perçurent de nouveaux sons : un brouhaha de voix excitées, des cris dehors, devant le bar, et plus loin, le chœur entrecroisé des sirènes.

– Combien étaient-ils ? demanda le pistolero. Est-ce qu'on les a tous eus ?

– Je crois...

– J'ai un cadeau pour toi, Eddie, fit Kevin Blake depuis le couloir. Je me suis dit que t'aimerais emporter un souvenir.

Le projet que Balazar n'avait pu mettre à exécution sur le jeune Dean, Kevin l'avait accompli sur l'aîné. Il balança dans la pièce la tête de Henry Dean.

Eddie la vit et poussa un grand cri. Il se rua vers la porte, indifférent aux échardes et aux bouts de verre qu'il récoltait dans ses pieds nus, criant toujours et tirant ses dernières balles.

– Non, Eddie ! hurla Roland.

Mais le jeune homme ne l'entendait plus. Il avait cessé d'entendre.

La sixième alvéole ne rendit qu'un *clic*, mais il n'était d'ores et déjà plus conscient de rien, sinon que son frère était mort. Henry... ils lui avaient coupé la tête, une espèce de petite crapule minable avait coupé la tête de Henry, et cette petite crapule allait le payer, oh oui, elle allait le payer.

Il se précipitait donc vers la porte, pressant la détente encore et encore, sans noter que rien ne se produisait, sans noter qu'il avait les pieds en sang et que Kevin Blake franchissait le seuil à sa rencontre, à demi accroupi, un Llama 38 à la main. La rousse tignasse de Kevin lui faisait autour du visage un halo de bouclettes et il était tout sourire.

24

Il va venir par le bas, s'était dit le pistolero, sachant que, même si le pronostic se vérifiait, il allait avoir besoin de chance pour atteindre sa cible avec cette espèce de joujou.

Quand il avait compris que le soldat de Balazar était en train de réussir son coup en attirant Eddie hors de la pièce, Roland s'était redressé sur les genoux, assurant sa main gauche sur le poing droit, ignorant stoïquement le cri de douleur qu'un tel acte lui arrachait. Il n'allait pas avoir trente-six chances de réussir. La douleur n'avait aucune importance.

Puis l'homme aux cheveux roux s'était présenté sur le seuil, en position basse comme prévu, et Roland, comme toujours, n'avait plus eu de cerveau, juste un œil pour voir et une main pour tirer; le rouquin s'était soudain retrouvé gisant contre l'autre mur du couloir, les yeux grands ouverts, un petit trou bleu dans le front. Eddie debout au-dessus de lui, hurlant et sanglotant, avait commencé de décharger encore et encore sur le cadavre des balles inexistantes comme si ce type aux cheveux roux ne pouvait jamais être assez mort.

Le pistolero attendait maintenant le mortel feu croisé qui allait cisailler Eddie, et quand il en constata l'absence, il sut que c'était fini pour de bon. S'il y avait eu d'autres soldats, ils avaient de toute manière déguerpi.

Il se releva complètement, tituba un instant, puis à pas lents rejoignit Eddie.

— Arrête, dit-il.

Eddie n'y prit pas garde, continua de tirer à vide sur le cadavre.

— Arrête, Eddie. Il est mort. Ils sont tous morts. Tu as les pieds en sang.

Eddie l'ignorait toujours, son doigt s'obstinant sur

la détente. Dehors, les voix excitées se rapprochaient. Les sirènes aussi.

Le pistolero saisit le revolver par le canon et tira dessus. Eddie se retourna. Avant que Roland n'ait pu vraiment se rendre compte de ce qui se passait, Eddie lui avait asséné sa propre arme sur le côté de la tête. Il sentit un jet de sang chaud couler sur sa peau, s'affaissa contre le mur et lutta pour rester debout – il leur fallait sortir d'ici au plus vite. Mais il se sentit glisser jusqu'au bas de la cloison malgré tous ses efforts. Puis le monde s'évanouit quelque temps dans un océan de grisaille.

25

Cela ne dura guère que deux minutes. Puis il réussit à extirper les choses de leur flou et à se redresser. Eddie avait disparu du couloir. Le revolver gisait sur la poitrine du rouquin. Repoussant une vague de vertige, il se pencha pour le ramasser, et lui fit regagner son étui au prix d'une maladroite contorsion.

Je veux retrouver mes putains de doigts, songea-t-il avec lassitude, puis il soupira.

Il voulut regagner le bureau dévasté mais ce retour sur les lieux de leur victoire n'eut guère plus d'allure que les zigzags modérés d'un fêtard de bonne naissance. Il s'arrêta, se pencha de nouveau, cette fois pour ramasser tous les vêtements d'Eddie qui pouvaient tenir dans le creux de son bras gauche. Les ululements avaient presque atteint l'entrée du bar. Roland supposait que ceux qui les tiraient de quelque espèce de conque ou de corne appartenaient à une milice. C'étaient les assistants d'un shérif, ou quelque chose du même genre... mais la possibilité qu'il s'agisse d'autres hommes de Balazar n'était pas à exclure.

– Eddie, fit-il d'une voix rauque.

Sa gorge était à vif, nouvelle source de lancinants

tourments, plus douloureuse encore que la bosse qui lui ornait le côté du crâne, là où Eddie l'avait frappé avec le revolver.

Eddie n'entendit pas ce croassement ou n'y fit pas attention. Il était assis au milieu des décombres, serrant sur son ventre la tête de son frère. Il tremblait de tout son corps et pleurait. Le pistolero chercha la porte, ne la vit pas et fut parcouru d'une déplaisante décharge assez voisine de la terreur. Puis il se rappela. Avec eux deux de ce côté, le seul moyen de susciter l'existence de la porte était d'établir un contact physique avec Eddie.

Il tendit la main mais le jeune homme se recula sans cesser de gémir.

— Ne me touche pas, dit-il.

— C'est fini. Ils sont tous morts... et ton frère aussi.

— Mêle pas mon frère à ça! hurla Eddie, puéril, et une autre crise de tremblements le traversa. (Il referma les bras, amenant la tête coupée à hauteur de sa poitrine et, la berçant, leva sur le pistolero des yeux baignés de larmes.) Il a toujours pris soin de moi, tu comprends? (Il sanglotait si fort que Roland avait peine à saisir ses paroles.) Toujours et tout le temps. Pourquoi n'ai-je pas veillé sur lui, juste cette fois, après tout ce temps qu'il a passé à s'occuper de moi?

Ah bon? pensa durement Roland. *Regarde-toi un peu, assis là, tremblant comme un type qui vient de croquer dans une pomme de l'arbre à fièvre. Sûr qu'il a splendidement pris soin de toi.*

— Il faut qu'on s'en aille, dit-il.

— S'en aller? (Pour la première fois, une vague compréhension s'inscrivit sur les traits d'Eddie, vite remplacée par une expression inquiète.) Je ne vais nulle part. Et surtout pas dans cet autre endroit où il y a ces espèces de gros crabes ou de je ne sais quoi qui ont bouffé Jack.

Quelqu'un cognait sur la porte d'entrée, hurlait d'ouvrir.

– Tu veux rester et avoir à justifier ces cadavres ? demanda le pistolero.

– Je m'en contrefiche, dit Eddie. Henry mort, ça n'a plus aucune importance. Plus rien n'en a.

– Pour toi, peut-être, dit Roland. Mais tu n'es pas tout seul, prisonnier.

– Arrête de m'appeler comme ça ! glapit Eddie.

– Je continuerai tant que tu ne m'auras pas démontré que tu es capable de quitter ta cellule, hurla le pistolero en retour. (Ça lui déchira la gorge mais il hurla quand même.) Lâche ce bout de viande pourrie et cesse de piailler !

Eddie le regarda, les joues ruisselantes de larmes, les yeux écarquillés, la peur en eux.

– NOUS VOUS OFFRONS UNE DERNIÈRE CHANCE DE VOUS RENDRE ! fit une voix amplifiée dans la rue. (Eddie crut bizarrement y reconnaître celle d'un animateur de jeu télévisé.) LE GROUPE D'INTERVENTION EST SUR PLACE... JE RÉPÈTE : LE GROUPE D'INTERVENTION EST SUR PLACE !

– Qu'est-ce qui m'attend de l'autre côté de cette porte ? demanda tranquillement Eddie. Vas-y, dis-le-moi. Si tu es fichu de me le dire, il se peut que je vienne. Mais si tu mens, je le saurai.

– La mort probablement, lui répondit Roland. Mais avant cette échéance, tu n'auras pas le temps de t'ennuyer. C'est à une quête que je te convie. Bien sûr, tout s'achèvera sans doute dans la mort... notre mort à tous quatre dans quelque lieu étrange. Mais si nous devions triompher... (une flamme brilla dans son regard) ... s'il nous est donné de triompher de tous les obstacles, Eddie, tu verras quelque chose surpassant tout ce à quoi tu as pu croire dans tes rêves.

– Quelle chose ?

– La Tour sombre.

– Et où est-elle, cette Tour ?

– Loin, bien loin au-delà de la plage où tu m'as trouvé. À quelle distance exacte, je ne sais.

– Et qu'est-ce que c'est ?

– Je n'en sais rien non plus... sinon qu'il s'agit

peut-être d'une sorte de... de cheville. Un pivot central maintenant ensemble tous les plans de l'existence. Tous les temps, toutes les dimensions.

– Tu as dit quatre. Qui sont les deux autres ?

– Je ne les connais pas encore. Ils n'ont pas encore été tirés.

– Comme je l'ai été. Ou plutôt comme tu souhaiterais me tirer.

– Oui.

Dehors, une explosion cracha comme un tir de mortier. La vitre de la fenêtre sur la façade principale de la Tour Penchée vola en éclats et de suffocants nuages de gaz lacrymogène commencèrent d'envahir la salle.

– Alors ? demanda Roland.

Il aurait pu contraindre la porte à se matérialiser en agrippant Eddie puis en le faisant basculer de force avec lui dans son monde. Mais il avait vu le jeune homme risquer sa vie pour lui, il l'avait vu se comporter avec toute la dignité d'un pistolero en dépit de sa dépendance à la drogue et bien qu'il ait été forcé de se battre nu comme au jour de sa naissance. Il voulait en conséquence lui laisser le choix.

– Quêtes, aventures, Tours, triomphes, fit Eddie, et un pâle sourire s'esquissa sur ses traits. (Ni l'un ni l'autre ne prêta la moindre attention à la nouvelle tournée de bombes lacrymogènes qui venait d'être servie dans le bar et explosait au sol avec des sifflements prolongés. Les premiers tentacules de gaz irritant s'insinuaient à présent dans le bureau de Balazar.) Ça m'a l'air encore plus chouette que dans les bouquins où Edgar Rice Burroughs parle de Mars ; Henry m'en lisait parfois des passages quand on était gosses. Il n'y a qu'une chose que tu as oubliée.

– Quoi ?

– Les pin-up aux seins nus.

Le pistolero sourit.

– Sur le chemin de la Tour sombre, dit-il, tout est possible.

Un autre frisson secoua Eddie qui souleva la tête de

son frère, effleura de ses lèvres la joue froide au teint cendreux. Puis il posa en douceur la sanglante relique et se leva.

– Bon, dit-il. De toute façon, je n'avais rien prévu d'autre pour ce soir.

– Prends ça, dit Roland. (Il lui tendit les vêtements.) Mets au moins les chaussures. Tu as vu dans quel état sont tes pieds?

Dehors sur le trottoir, deux flics masqués de plexiglas et portant des gilets pare-balles enfoncèrent la porte de la Tour Penchée. Dans les toilettes Eddie (qui avait remis son slip et chaussé ses Adidas mais avait borné là son rhabillage) tendait un par un à Roland les échantillons de Keflex, et Roland un par un les glissait dans les poches du jean d'Eddie. Quand toutes les boîtes furent ainsi remisées, Roland passa de nouveau son bras droit autour du cou du jeune homme qui, de nouveau, lui prit la main gauche. Et la porte fut là, rectangle d'ombre. Eddie sentit le vent de cet autre monde soulever de son front les cheveux plaqués par la sueur. Il entendit rouler les vagues sur la grève cailouteuse, eut les narines emplies de leur saline senteur. Et en dépit de tout, de la douleur et du chagrin, il désira soudain voir cette Tour dont Roland parlait. Henry mort, que lui restait-il en ce monde? Leurs parents n'étaient plus et, depuis qu'il avait plongé pour de bon dans l'héro trois ans plus tôt, pas de régulière non plus, rien qu'une régulière succession de coureuses, d'enquiquineuses et de sniffeuses.

Ils franchirent le seuil, Eddie menant même un peu le mouvement.

De l'autre côté, il se trouva tout à coup en proie à de nouveaux frissons et à des crampes atroces – premiers symptômes du manque. Et avec eux vinrent les premières pensées de panique.

– Attends! cria-t-il. Je veux y retourner! Juste une minute! Son bureau! Oui, dans l'un des tiroirs... ou dans l'autre bureau! La poudre! Il leur en fallait pour garder Henry dans les vapes! Je la veux! J'en ai besoin!

Il posa un regard suppliant sur le pistolero qui resta de marbre.

— C'est une part de ta vie qui appartient désormais au passé, dit Roland.

Sa main gauche se tendit.

— Non! hurla Eddie, se jetant sur lui toutes griffes dehors. Tu n'as rien pigé, mec! J'en ai besoin! BESOIN!

Il aurait aussi bien pu s'acharner sur du roc.

Le pistolero acheva son geste et repoussa la porte.

Elle claqua, son morne qui parla des fins dernières, puis bascula sur le sable. Un peu de poussière se souleva autour. Il n'y avait rien derrière, et plus rien maintenant qui fût écrit dessus. Ce passage entre deux mondes venait de se fermer à jamais.

— NON! cria encore une fois Eddie, et les mouettes lui répondirent, cris narquois, comme méprisants.

Les homarstruosités posèrent leurs questions, lui suggérant peut-être de se rapprocher pour mieux les entendre. Et il s'écroula sur le côté, en larmes et frissonnant, tout vibrant de crampes.

— Ce besoin passera, dit le pistolero qui se débrouilla pour extraire une des boîtes de la poche d'Eddie, de ce jean si peu différent du sien.

Une fois de plus il reconnut des lettres mais pas toutes. REFLET, semblait-il être écrit.

Reflet.

Un remède de cet autre monde.

— Tue ou sauve, murmura Roland avant d'avaler à sec deux des cachets.

Puis il prit les trois autres *astines* et s'étendit près d'Eddie, le prit dans ses bras du mieux qu'il put et, passé quelques moments difficiles, tous deux s'endormirent.

BRASSAGE

brassage

Le temps qui suivit cette nuit fut pour Roland du temps éclaté, du temps qui n'en fut pas en fait. Il n'en garda qu'une série d'images, de moments, de conversations sorties de leur contexte, des images qui défilaient comme des valets borgnes, des trois et des neuf, la Noire Salope de Reine de Pique à l'occasion, dans un rapide brassage de joueur professionnel.

Plus tard, il demanda à Eddie combien de temps cela avait duré; Eddie n'en savait rien non plus. La notion de temps s'était trouvée anéantie pour l'un comme pour l'autre. Il n'y a pas d'heure en enfer et chacun d'eux était dans le sien, Roland dans l'enfer de la fièvre et de l'infection, Eddie dans celui du sevrage.

– Moins d'une semaine, dit Eddie. Il n'y a que ça dont je sois sûr.

– Comment tu le sais?

– Je n'avais qu'une semaine de cachets à te donner. Après, c'était à toi seul de prendre une voie ou l'autre.

– Aller mieux ou mourir.

– C'est ça.

brassage

Un coup de feu retentit alors que le crépuscule tourne à la nuit, une détonation sèche qui se greffe sur l'inévitable, inéluctable fracas des brisants venant mourir sur la grève désolée : KA-BLAM ! Puis il perçoit dans l'air une odeur de poudre. *Problème*, se dit faiblement le pistolero, et à tâtons il cherche des revolvers qui ne sont plus là. *Oh, non... c'est la fin, c'est...*

Mais il n'y a rien de plus... alors que quelque chose se met à sentir

brassage

bon dans le noir. Quelque chose qui succède à ce long temps de ténèbres et d'absence, quelque chose qui cuit. Ce n'est pas seulement l'odeur. Il entend les craquements des brindilles, voit danser l'orange pâle d'un feu de camp. A l'occasion, la brise marine rabat sur lui une fumée haute en senteurs de résine et cet autre arôme qui lui fait venir l'eau à la bouche. *A manger*, pense-t-il. *Mon Dieu, aurais-je faim ? Si j'ai faim, c'est peut-être que je vais mieux.*

Eddie, s'efforce-t-il de dire, mais il n'a plus de voix. Sa gorge lui fait mal, atrocement mal. *On aurait dû aussi rapporter de l'*astine, se dit-il, puis il essaie de rire : toutes les drogues pour lui et rien pour Eddie.

Eddie apparaît. Il a entre les mains une assiette en fer-blanc que le pistolero reconnaîtrait n'importe où : après tout, ne vient-elle pas de sa bourse ? Sont disposés dessus des morceaux de viande blanc-rose d'où monte une vapeur appétissante.

Qu'est-ce que c'est? veut-il demander; rien ne sort à part une espèce de petit couinement.

Eddie a lu la question sur ses lèvres.

– Je n'en sais rien, lui répond-il avec mauvaise humeur. Tout ce que je sais, c'est que je n'en suis pas mort. Mange et fais pas chier.

Il constate qu'Eddie est très pâle, qu'il tremble, qu'il dégage une odeur ou de merde ou de mort, et en déduit qu'Eddie file un mauvais coton. Il tend vers lui une main hésitante, cherchant à le réconforter. Eddie le repousse brutalement.

– Je vais te nourrir, enchaîne Eddie sur le même ton. Je me demande bien en quel honneur. Je devrais plutôt te tuer. Ce serait fait si je ne m'étais dit que tu avais une chance de réaccéder à mon monde puisque tu y étais déjà arrivé une première fois.

Il regarde autour de lui.

– Et si je n'avais pas eu peur d'être seul. Avec eux...

Ses yeux retournent sur Roland et une crise de tremblements le saisit, si violente qu'il manque faire tomber les morceaux de viande de l'assiette. Les tremblements finissent par se calmer.

– Mange.

Le pistolero s'exécute. Cette viande n'est pas seulement comestible, elle est délicieuse. Il réussit à en avaler trois morceaux, puis tout se brouille dans un nouveau

brassage

effort de parler mais il ne peut que chuchoter. L'oreille d'Eddie est collée à ses lèvres sauf quand, à intervalles plus ou moins réguliers, elle s'écarte en tremblant parce qu'une nouvelle crise secoue Eddie. Il répète :

– Plus au nord... en remontant la plage.

– Comment tu le sais?

– Je le sais, voilà tout, chuchote-t-il.

Eddie le regarde.

– Tu es siphonné.

Le pistolero sourit et tente de replonger dans l'inconscience, mais Eddie le gifle... le gifle avec violence. Les yeux bleus de Roland se rouvrent et, pendant un instant, il y a en eux une telle vie, un tel magnétisme, qu'Eddie semble mal à l'aise. Puis les lèvres d'Eddie se retroussent en un sourire qui est avant tout une démonstration de hargne.

– Ouais, tu peux te rendormir, dit-il, mais pas avant d'avoir pris ta drogue. C'est l'heure. Enfin... au soleil, ou plutôt... je suppose. C'est que je n'ai jamais été scout, moi, je ne peux pas te certifier qu'il est l'heure, Boy, l'approximation devrait suffire pour jouer les assistantes sociales. Allez, ouvre la bouche, Roland. Ouvre-la bien grande pour le Docteur Eddie, espèce d'enculé de kidnappeur.

Le pistolero ouvre la bouche comme un bébé à l'approche du sein maternel. Eddie y lâche deux cachets puis, sans ménagement, y verse de l'eau fraîche. Roland se dit que cette eau doit venir d'un torrent, quelque part dans ces collines à l'est d'ici. Le risque existe que ce soit du poison. Eddie ne saurait distinguer une eau potable d'une eau qui ne l'est pas. Toutefois, Eddie n'a pas l'air de trop mal se porter. *Et ai-je vraiment le choix?* se dit-il. *Non.*

Il avale, tousse, s'étrangle presque, tout cela sous le regard indifférent d'Eddie.

La main de Roland se tend vers Eddie.

Eddie tente de s'écarter.

Les yeux du pistolero le lui interdisent.

Roland tire Eddie à lui, si près qu'il sent l'odeur de la maladie d'Eddie et qu'Eddie sent l'odeur de la sienne. Le mélange leur fait violence à tous deux, les rend tous deux malades.

– Le choix n'est pas large ici, murmure Roland. Je ne sais pas comment c'est chez toi mais ici, il n'y a qu'une alternative. Rester debout... peut-être vivre, ou mourir à genoux, la tête basse, le nez sur la puanteur de tes aisselles. Très peu... (Il débite au hachoir une quinte de toux.) Très peu pour moi.

– Qui es-tu? lui hurle Eddie.

– Ton destin, murmure le pistolero.

– Pourquoi ne peux-tu simplement aller te faire foutre et crever? lui demande Eddie.

Le pistolero essaie d'ajouter autre chose mais, avant qu'il n'y parvienne, il se met à dériver toujours plus loin alors que les cartes entament un

brassage

KA-BLAM!
Roland ouvre les yeux sur un milliard d'étoiles qui tournoient dans le noir puis il les referme.

Il ne sait pas ce qui se passe mais il pense que tout va bien. Le jeu se déploie toujours, les cartes poursuivent leur

brassage

Encore de ces délicieux, de ces suaves morceaux de viande. Il se sent mieux. Eddie aussi a l'air mieux. Mais non sans avoir également l'air soucieux.

– Ils se rapprochent, explique-t-il. Si vilains soient-ils, ils ne sont pas complètement idiots. Ils savent ce que je fais. D'une manière ou d'une autre, ils le savent, et ça ne leur plaît pas. Nuit après nuit, ils se rapprochent. Il serait peut-être astucieux de déménager au lever du jour, si tu en es capable. Sinon ça risque d'être la dernière fois que nous le verrons se lever.

– De quoi tu parles?

Plus vraiment un murmure mais un souffle rauque, intermédiaire entre le chuchotement et la parole normale.

– D'eux, répondit Eddie, montrant la plage. *A-ce que châle, eut-ce que chule*, et toute cette merde. Je crois qu'ils sont comme nous, Roland : toujours prêts à bouffer mais pas très chauds pour se faire bouffer.

Dans un total sursaut d'horreur, Roland comprit ce qu'étaient ces morceaux de viande blanc-rose qu'Eddie lui avait servis. Il resta sans voix, le dégoût lui dérobant le peu qu'il avait réussi à récupérer. Mais sur son visage, le jeune homme vit tout ce qu'il voulait dire.

– Comment tu t'imagines que je m'y prenais? (C'était presque un grognement de rage.) Que je passais commande d'un plat de homard à emporter?

– C'est du poison, chuchota Roland. C'est ça qui m'a...

– Ouais, c'est ça qui t'a mis hors de combat. Mais, mon cher Roland, c'est aussi du hors-d'œuvre. Car pour ce qui est du poison, les serpents à sonnette s'y connaissent, et il y a pourtant des gens qui en mangent. Paraît que c'est bon, comme du poulet, j'ai lu ça quelque part. Moi, j'ai trouvé que ces bêtes-là ressemblaient à des homards, alors je me suis dit : pourquoi ne pas essayer? Qu'est-ce qu'on aurait mangé d'autre? Du sable? J'ai dégommé un de ces salopards et je l'ai concocté à la sauce Petit Jésus en Culotte de Velours. Il n'y avait rien d'autre, de toute façon, et ça s'est révélé rudement goûteux. J'ai tiré celui-là le soir, juste après le coucher du soleil. Ils ne sont pas très vifs tant qu'il ne fait pas complètement noir. Je ne t'ai jamais vu refuser ce que je t'apportais.

Eddie sourit.

– J'aime à croire que c'était peut-être l'un de ceux

qui ont bouffé Jack. Ça me fait jouir de penser que je suis en train de bouffer ce connard. Ça me tranquillise l'esprit en quelque sorte, tu vois?

— L'un d'eux a aussi des morceaux de moi dans le corps, dit Roland dans son fantôme de voix. Deux doigts et un orteil.

— Ça n'est pas non plus désagréable.

Eddie continue de sourire. Son visage est très pâle, quelque chose d'un requin... mais il n'a plus autant mauvaise mine, et cette odeur de merde et de mort qui flottait autour de lui comme un linceul semble s'être dissipée.

— Va te faire foutre, s'éraille le pistolero.

— Voyez-vous ça! s'exclame Eddie. Roland qui reprend du poil de la bête! En fin de compte, tu ne vas peut-être pas mourir! Eh bien, mon cher, je trouve ça fan-tas-tique!

— Vivre, dit Roland, sa voix blanche de nouveau murmure, les hameçons revenus garnir sa gorge.

— Ouais? (Eddie le regarde, puis hoche la tête et répond à sa propre question.) Ouais. Je pense que c'est ton intention. A un moment je me suis dit que tu étais en train de lâcher la rampe, à un autre que c'était déjà fait. Maintenant, il me semble que tu es sur la bonne voie. Les antibiotiques y sont pour quelque chose, bien sûr, mais c'est surtout parce que tu as décidé de te prendre par la main, à mon sens. Le problème, c'est pourquoi? Pourquoi te décarcasses-tu à ce point pour rester en vie sur cette plage merdique?

La Tour, dessinent les lèvres de Roland, parce qu'il n'est même plus question pour lui d'émettre un son.

— Toi et ta putain de Tour, lâche Eddie qui se détourne, s'apprêtant à partir, puis refait face à Roland, surpris de sentir la main de celui-ci se refermer sur son bras comme une paire de menottes.

Ils se regardent dans les yeux, puis Eddie s'incline.

— D'accord. C'est d'accord!

Vers le nord, articule en silence le pistolero. *Vers le nord, t'ai-je dit.* Le lui a-t-il dit? Il en a l'impression, mais le souvenir s'est perdu. Perdu dans le brassage.

— Comment tu peux le savoir? lui braille Eddie, soudain frustré.

Il lève les poings comme pour frapper Roland, puis il les baisse...

Je le sais, voilà tout... alors cesse de me faire perdre mon temps et mon énergie avec des questions stupides! a-t-il envie de répondre, mais avant qu'il n'en ait le loisir, les cartes reprennent leur

brassage

traîné, ballotté et cahoté, sa tête désemparée heurtant tour à tour un côté puis l'autre, arrimé par ses propres ceinturons sur quelque espèce de travois mal fichu, et la chanson d'Eddie Dean si étrangement familière qu'il croit d'abord rêver, être en proie au délire :

— Heyyy Jude... don't make it bad... take a saaad song... and make it better...

D'où la connais-tu? a-t-il envie de demander. *M'as-tu entendu la chanter? Et où sommes-nous?*

Avant qu'il ne puisse s'enquérir de quoi que ce soit

brassage

Cort défoncerait la tête au gamin s'il voyait ce bricolage, pense Roland à la vue du travois sur lequel il a passé la journée, puis il rit. Ça ne ressemble guère à un rire. On croirait plutôt l'une de ces vagues qui déversent leur charge de galets sur la grève. Il ne sait pas quelle distance ils ont parcourue mais c'est bien assez pour qu'Eddie soit complètement vanné. Il est assis sur un rocher dans la lumière qui s'étire, l'un des revolvers du pistolero sur ses genoux, une outre à moitié vide en bandoulière. Quelque chose fait une petite bosse dans sa poche de chemise. Ce sont les balles rangées à l'arrière des ceinturons – la réserve de « bonnes » balles qui diminue à vue d'œil. Eddie les a nouées dans un morceau de sa propre chemise. La raison majeure qu'a cette réserve de diminuer si vite est que, toutes les quatre ou cinq balles, il s'en trouve une pour refuser de partir.

Eddie, qui a été à deux doigts de s'assoupir, relève maintenant la tête.

– Qu'est-ce qui te fait rire ? demande-t-il.

Le pistolero lui fait signe que c'est sans importance. Parce qu'il se trompe, en fait. Cort n'aurait jamais levé la main sur Eddie à cause du travois, si bizarrement fichu, si bancal fût ce truc. Roland croit même possible que Cort ait pu grogner un vague compliment – et c'était si rare, avec lui, que celui à qui il l'adressait ne savait presque jamais quoi répondre et restait bouche bée, comme un poisson frais sorti du baril.

Deux branches de peuplier en constituent les montants. Elles sont de longueur et d'épaisseur approximativement égales et doivent avoir été abattues par le vent. Eddie s'est servi de branches plus petites comme traverses et a procédé à leur assemblage par des moyens hétéroclites pour ne pas dire loufoques, mettant à contribution les ceinturons, la bande enduite de glu qui avait maintenu les sacs de poudre du diable contre ses flancs, ainsi que les lacets de ses Adidas; jusqu'à la cordelette de boyau du chapeau de Roland. Et, par-dessus l'ensemble, il a disposé la couverture.

Cort ne l'aurait pas cogné parce que, dans l'état où il était, Eddie avait au moins réussi à faire plus que s'asseoir sur les talons, la tête entre les mains pour gémir sur son sort. Il avait fait quelque chose. Il avait essayé.

Et Cort l'aurait peut-être gratifié d'un de ses compliments bourrus, presque hargneux même, parce que, si branque en soit aspect, le bricolage paraissait efficace. Les longues traces qui s'étiraient derrière eux sur la grève jusqu'au point où elles semblaient se rejoindre en étaient la preuve.

– Tu en vois un ? demanda Eddie.

Le soleil descend, déroulant un chemin d'or rouge en travers des flots, et le pistolero se rend alors compte qu'il a pour le moins dormi six heures d'affilée, cette fois. Il se sent plus solide. Il s'assoit et regarde l'océan. Ni la plage ni les terres qui montent se fondre dans le versant occidental des montagnes n'ont beaucoup changé ; s'il relève de faibles variations dans le paysage et dans les détritus (un cadavre de mouette, par exemple, petit tas de plumes ébouriffées à une vingtaine de mètres sur sa gauche, une trentaine en direction de l'eau), rien ne lui donne vraiment l'impression d'avoir avancé.

– Non, dit-il. Ah, si, j'en vois un.

Il tend son bras. Eddie plisse les yeux puis hoche la tête. Alors que le soleil sombre de plus en plus bas et que l'or du chemin se fait de plus en plus sang, les premières homarstruosités s'extraient des vagues et commencent à se répandre sur la plage.

Deux d'entre elles se lancent dans une maladroite course de vitesse vers la mouette morte. La première arrivée bondit dessus, l'ouvre d'un coup de pince et commence d'enfourner les restes en putréfaction dans son étrange bec denté.

– *I-ce que chic ?* demande-t-elle.

– *Eut-ce que chule ?* répond la perdante. *O-ce que...*

KA-BLAM !

Le revolver de Roland met fin aux questions de la deuxième créature. Eddie descend la ramasser. Il la saisit par le dos en gardant un œil sur sa collègue,

204

laquelle n'y voit aucun inconvénient, occupée qu'elle est avec le cadavre de l'oiseau. Eddie rapporte sa prise. Elle se tortille encore, haussant et baissant ses pinces, mais ne tarde pas à y renoncer. Sa queue s'arque une dernière fois puis retombe simplement au lieu de fouetter l'air en sens inverse. Les pinces de boxeur pendent lamentablement.

— Le dîner sera bientôt servi, Monsieur, dit Eddie. Monsieur a le choix entre filet d'horreur à carapace et filet d'horreur à carapace. Monsieur se sent-il tenté plutôt par l'un ou l'autre?

— Que veux-tu dire?

— Monsieur m'a parfaitement compris, rétorque Eddie. Où est passé ton sens de l'humour, Roland?

— Il a dû se faire tuer dans une guerre ou une autre.

Réponse qui fait sourire Eddie.

— Tu m'as l'air d'être un peu plus en forme, ce soir.

— Oui, c'est aussi mon impression.

— Bon. Alors tu pourras peut-être marcher un moment demain. Pour parler franc, l'ami, te traîner c'est la croix et la bannière.

— Je ferai un effort.

— C'est tout ce qu'on te demande.

— Toi aussi, tu as l'air mieux, hasarde Roland, et sa voix se brise sur la fin comme celle d'un gosse qui mue. *Si je ne m'arrête pas de parler*, pense-t-il, *je vais me retrouver définitivement aphone.*

— Ouais, je crois que je vais survivre. (Il pose un regard vide sur Roland.) Par deux fois, pourtant, tu ne peux pas t'imaginer à quel point ça n'est pas passé loin. La première, quand j'ai pris ton pistolet et que je me le suis appliqué contre la tempe. Je l'ai armé, je l'ai tenu comme ça un moment, puis je l'ai écarté. J'en ai ramené le chien au repos et je l'ai remis dans son étui. L'autre, c'est quand j'ai eu des convulsions, une nuit. Je crois que c'était la deuxième nuit, mais je n'en suis pas sûr. (Il secoue la tête et ajoute quelque chose que le pistolero ne comprend pas tout en n'y voyant pas mystère :) Le Michigan me fait l'effet d'un rêve à présent.

Et bien que la voix de Roland se soit de nouveau réduite à ce bruissement de feuilles mortes et qu'il ait conscience qu'il vaudrait mieux pour lui de ne pas parler du tout, il lui reste une chose à savoir :

– Qu'est-ce qui t'a retenu de presser la détente ?

– Je n'ai pas d'autre jean, répond bizarrement Eddie, puis il s'explique : A la dernière seconde, je me suis dit que si je la pressais et que ce soit une de ces putains de balles qui ne partent pas, je n'aurais pas le courage de recommencer. Car une fois que tu as chié dans ton froc, faut que tu le laves tout de suite, ou alors tu vis avec l'odeur pour toujours. C'est Henry qui m'a dit ça. Il l'avait appris au Viêt-nam. Et comme c'était la nuit, et qu'Omar était de sortie sur le bord de mer avec tous ses copains...

Mais le pistolero est déjà plié de rire, même si de temps à autre ce sont des grincements inquiétants qui s'échappent de sa gorge. S'autorisant un petit sourire, Eddie reprend :

– Je crois que, dans cette guerre, tu n'as pas perdu ton sens de l'humour plus haut que le coude.

Puis il se lève, s'apprête apparemment à grimper la pente, là où il pourra trouver du bois pour faire un feu.

– Attends, murmure Roland, et Eddie se retourne. Pourquoi, en fait ?

– Parce que tu as besoin de moi, je suppose. Si je m'étais fait sauter la cervelle, tu serais mort. Plus tard, quand tu seras vraiment remis, je réexaminerai peut-être mes options. (Il jette un regard circulaire sur le paysage et pousse un soupir à fendre l'âme.) Il se peut qu'il y ait un Disneyland quelque part dans ton monde, Roland, mais ce que j'en ai vu jusqu'à présent est loin de m'emballer.

Il repart, s'arrête, se retourne encore une fois. Son visage est lugubre quoique la pâleur maladive l'ait quelque peu quitté. Les tremblements se sont réduits à des frissons sporadiques.

– Il y a des moments où tu ne me comprends pas, hein?

– Oui, murmure le pistolero. Par moments.

– Bon, je vais être plus clair. Il y a des gens qui ont besoin que les gens aient besoin d'eux. Si tu ne me comprends pas, c'est parce que tu n'es pas de ceux-là. Tu te servirais de moi pour me jeter ensuite comme une vieille chaussette s'il le fallait. Mais Dieu t'a baisé, mon ami. Il t'a donné assez de jugeote pour que tu souffres d'agir comme ça et assez de stoïcisme pour que tu passes outre et que tu le fasses quand même. Tu ne pourrais pas t'en empêcher. Je serais couché là sur cette plage, hurlant pour que tu m'aides, tu me passerais sur le corps si tu n'avais pas d'autre chemin pour atteindre ta putain de Tour. Est-ce que je me trompe?

Roland ne répond pas, ne fait que regarder Eddie.

– Mais tout le monde n'est pas comme ça. Il y a des gens qui ont besoin que d'autres aient besoin d'eux. Comme dans la chanson de Barbara Streisand. Rebattu mais vrai. Juste une autre façon d'être accro. (Il fixe Roland.) Mais toi, bien sûr, tu es au-dessus de ça. (Roland l'observe.) Sauf pour ta Tour, achève Eddie sur un petit rire grinçant. Tu es accro à la Tour, Roland.

– Quelle guerre était-ce? murmure Roland.

– Hein?

– Cette guerre où tu t'es fait dégommer ton sens de la noblesse et de la quête?

Eddie recule comme si Roland l'avait giflé.

– Je vais aller chercher de l'eau, dit-il. Garde un œil sur les horreurs à carapace. On a fait un bon bout de chemin aujourd'hui, mais je ne sais toujours pas si elles ont un vrai langage.

Puis, pour de bon, il tourne le dos à Roland, mais pas avant que celui-ci n'ait vu ces joues baignées de larmes accrocher les ultimes rayons du soleil couchant.

Roland aussi se tourne. Il se tourne vers la grève et

regarde. Les homarstruosités vont et viennent en posant leurs questions, posent leurs questions cependant qu'elles vont et viennent, mais sans qu'aucun de ces mouvements semble avoir un but. Elles sont certes douées de quelque intelligence, mais pas à un niveau suffisant pour communiquer entre elles.

Dieu ne te le crache pas toujours en pleine gueule, songe Roland. *La plupart du temps, mais pas toujours.*

Eddie revient avec le bois.

— Alors, s'enquiert-il. Où tu en es de tes pensées?

— Je me disais qu'on était très bien ici, croasse Roland.

Eddie commence à dire quelque chose mais le pistolero est fatigué; il se recouche, regarde les premières étoiles clouter le dais violacé du ciel et

brassage

dans les trois jours qui suivirent, l'état du pistolero ne cessa de s'améliorer. Les lignes rouges sur son bras commencèrent par inverser leur progression puis s'estompèrent et disparurent. Le premier jour, comme prévu, tantôt il marcha, tantôt il se laissa tirer par Eddie. Le jour suivant, le travois devint inutile, ils n'eurent d'autre précaution à prendre que de s'arrêter toutes les une ou deux heures, le temps que la sensation cotonneuse quittât ses jambes. Ce fut durant ces périodes de repos, et dans celles comprises entre leur repas du soir et l'extinction des dernières braises préludant au sommeil qu'il en apprit un peu plus sur Eddie et son frère. Il se rappela s'être demandé ce qui avait pu rendre leur relation si complexe, voire conflictuelle, mais après que le jeune homme eut amorcé son récit hésitant, sous-tendu par cette hargne rancunière qui naît des grandes douleurs, Roland aurait pu l'arrêter net, aurait pu lui dire : *Ne t'en fais pas, Eddie. Je comprends tout.*

Sauf que ça n'aurait fait aucun bien à Eddie. Le jeune homme ne parlait pas pour venir en aide à son frère puisque son frère était mort. Il parlait pour enterrer définitivement Henry. Et aussi pour se remettre en mémoire que si Henry était mort, lui ne l'était pas.

Le pistolero l'écouta donc en silence.

Le fond du problème était simple : Eddie croyait avoir volé la vie de son frère, et celui-ci aussi l'avait cru. Conviction qui pouvait avoir germé seule dans l'esprit de Henry comme il pouvait l'avoir faite sienne à force d'entendre leur mère sermonner Eddie, lui répéter combien elle et Henry s'étaient sacrifiés pour lui, pour qu'il soit aussi protégé que possible dans la jungle de la cité, pour qu'il soit heureux, aussi heureux que possible dans cette jungle de la cité, pour qu'il ne finisse pas comme sa pauvre grande sœur dont il n'avait peut-être même pas vraiment gardé souvenir mais qui avait été si belle, Dieu l'ait en Sa Grâce éternelle. Selina était avec les anges, et c'était à coup sûr un endroit merveilleux, mais elle ne voulait pas qu'Eddie la rejoigne tout de suite, qu'il se fasse écraser par un dingue de chauffard imbibé d'alcool comme sa sœur ou qu'un dingue de junkie lui troue la peau pour les malheureux vingt-cinq cents qu'il avait en poche et l'abandonne tripes à l'air sur le trottoir, et parce qu'elle ne pensait pas qu'Eddie ait envie d'être tout de suite avec les anges, elle lui conseillait d'écouter son grand frère, de faire ce que son grand frère lui disait de faire et de toujours se rappeler que Henry se sacrifiait pour lui par amour.

Eddie exprima au pistolero ses doutes sur la connaissance que sa mère avait eue de certaines choses qu'ils avaient faites ensemble, Henry et lui, comme de piquer des illustrés chez le marchand de bonbons de Rincon Avenue ou de fumer en cachette derrière l'atelier de galvanoplastie de Cohoes Street.

Une fois, ils étaient tombés sur une Chevrolet avec

les clés sur le tableau de bord et, bien que Henry eût à peine su conduire – il avait alors seize ans et son frère huit –, il avait poussé Eddie dans la voiture en lui disant qu'ils allaient descendre à New York. Eddie était mort de trouille et pleurait, Henry aussi avait peur et il était en colère contre Eddie, lui répétant de la fermer, d'arrêter de chialer comme un mioche, qu'il avait dix dollars en poche et qu'Eddie en avait trois ou quatre, qu'ils allaient passer la journée au cinéma, puis qu'ils prendraient le métro et seraient rentrés avant que leur mère ait eu le temps de mettre la table pour le souper et de se demander où ils étaient. Mais Eddie continuait de pleurer et, juste avant d'atteindre le Quennsboro Bridge, ils avaient reconnu au passage une voiture de police dans une rue transversale et, bien que certain que le chauffeur n'avait même pas eu les yeux tournés dans leur direction, Eddie avait répondu « Ouais » quand Henry lui avait demandé, la voix rauque et tremblotante, s'il pensait que le flic les avait vus. Henry avait pâli et pilé si sec qu'il s'était presque payé une borne d'incendie. Deux secondes plus tard, il cavalait sur le trottoir alors qu'Eddie, tout aussi paniqué que lui maintenant, restait à se battre avec la poignée peu familière de la porte. Henry avait fait demi-tour, libéré son petit frère, lui avait aussi expédié un aller-retour. Puis rentrer à pied – traîner, en fait – jusqu'à Brooklyn leur avait pratiquement pris l'après-midi et, quand leur mère avait voulu savoir pourquoi ils étaient en nage et avaient l'air si crevés, Henry lui avait dit avoir passé la journée à apprendre à Eddie une technique de basket sur le terrain derrière l'immeuble. Puis que des loubards s'étaient pointés et qu'ils avaient dû courir. Leur mère avait embrassé Henry et tourné vers Eddie un visage rayonnant. Elle lui avait demandé s'il n'avait pas le meilleur grand frère qui fût au monde. Eddie avait répondu que si. Et n'avait pas eu à se forcer : il le pensait.

– Il avait autant la trouille que moi, ce jour-là, dit Eddie à Roland alors qu'ils contemplaient les dernières lueurs du jour abandonnant les flots, cette masse d'eau où bientôt ne se refléterait d'autre clarté que celle des étoiles. Plus même, car il croyait que ce flic nous avait vus alors que je savais bien que non. C'est pour ça qu'il a couru. Mais il est revenu me chercher. C'est ça qui compte. Il est revenu.

Roland resta silencieux.

– Tu vois ce que je veux dire? Tu le vois?

Il posait sur Roland un regard âpre, interrogateur.

– Je vois.

– Il avait toujours peur, mais il est toujours revenu.

Roland songea qu'il aurait peut-être été préférable pour Eddie – si ce n'était pour tous les deux à long terme – que Henry eût continué de prendre ses jambes à son cou ce jour-là... ou n'importe quel autre jour. Mais les gens comme Henry ne faisaient jamais ça. Les gens comme Henry revenaient toujours parce que les gens comme Henry savaient se servir de la confiance. C'était bien la seule chose dont les gens comme Henry connaissaient le mode d'emploi. Ils commençaient par transformer la confiance en besoin, puis ils transformaient le besoin en drogue, et cela fait, ils... quel était le mot d'Eddie pour ça? Ah oui, « dealer ». Ils la dealaient.

– Bon, dit le pistolero. Je crois que je vais me pieuter.

Le lendemain, Eddie poursuivit son récit mais Roland savait déjà tout. Au lycée, Henry n'avait jamais joué dans aucune équipe parce qu'il n'était pas question de rester le soir pour l'entraînement. Il lui fallait s'occuper d'Eddie. Qu'il fût malingre, affligé d'une coordination douteuse et sans passion particulière pour le sport n'avait bien sûr rien à voir là-dedans : Henry aurait fait un extraordinaire lanceur au base-ball ou un de ces basketteurs qui semblent s'envoler vers le filet, leur certifiait leur mère dix fois plutôt qu'une. Henry collectionnait les mauvaises notes et avait à redoubler pas mal de matières, mais ce n'était pas qu'il fût bête : Eddie et Mrs Dean savaient l'un comme l'autre Henry aussi fin que vif. Mais Henry devait consacrer à la garde d'Eddie le temps qu'il aurait dû passer à lire ou à faire ses devoirs (que cette abnégation fraternelle eût d'ordinaire pour cadre le salon des Dean avec les deux gamins vautrés sur le canapé devant la télé ou par terre à se bagarrer pour rire n'avait apparemment aucune importance). Côté études supérieures, les sales notes avaient réduit le choix à la seule université de New York, ce qu'ils n'avaient pu se permettre parce que les mêmes notes compromettaient tout espoir de bourse, et puis Henry s'était retrouvé sous les drapeaux, et ça avait été le Viêt-nam où Henry avait perdu la moitié de son genou. La douleur était atroce. Ce qu'on lui avait donné pour la calmer ? De la morphine base. On l'avait sevré à peine remis, mais le boulot avait dû être fait à la va-vite parce que Henry était rentré à New York avec sa guenon sur le dos, une guenon affamée qui attendait ses rations, et au bout d'un mois ou deux, il était sorti voir un type, et quatre mois plus tard environ, trois semaines au plus après la mort de leur mère, Eddie avait pour la première fois vu son frère priser sur une petite glace une ligne de poudre blanche. Il avait pensé à de la coke. Ça s'était révélé être de l'héroïne. Et si on reprenait toute l'histoire en sens inverse, à qui la faute ?

Roland ne dit rien, mais il entendit la voix de Cort : « La faute est toujours au même endroit, mes bébés : chez celui qui est assez faible pour ne pas vouloir l'assumer. »

Passé le choc initial, Eddie était entré dans une rage noire. Henry y avait répondu non par la promesse d'arrêter mais en disant à Eddie qu'il ne lui reprochait pas de se mettre en colère, qu'il savait que le Viêt-nam avait fait de lui une loque, qu'il était faible, qu'il s'en irait, que c'était ce qu'il y avait de mieux à faire, qu'Eddie avait raison, qu'avoir un sale junkie dans les pattes était bien la dernière chose dont son petit frère eût besoin. Il espérait seulement qu'Eddie ne lui en voudrait pas trop. Il était faible, il le reconnaissait : quelque chose au Viêt-nam l'avait rendu comme ça, l'avait pourri de la même manière que l'humidité pourrissait les lacets de vos baskets ou l'élastique de votre slip. Car il y avait aussi au Viêt-nam quelque chose qui, apparemment, vous pourrissait le cœur, lui dit Henry en larmes. Il espérait seulement qu'Eddie se souviendrait de toutes les années où il avait tenté d'être fort.

Pour Eddie.

Pour maman.

Henry essaya donc de quitter la maison. Eddie, bien sûr, ne le laissa pas faire. Il était rongé de remords. Il avait vu l'horreur couturée de cicatrices qu'était devenue cette jambe autrefois normale autour d'un genou désormais plus fait de téflon que d'os. Il en résulta une confrontation sonore sur le palier, Henry en vieux treillis, son paquetage à la main et des cernes violets sous les yeux, Eddie sans rien d'autre sur lui qu'un caleçon douteux, Henry disant : « Tu n'as pas besoin de moi dans le secteur, Eddie, je suis à fuir comme la peste et je le sais », Eddie braillant en réponse : « Tu n'iras nulle part, il n'en est pas question, ramène ton cul immédiatement », et ainsi de suite jusqu'au moment où Mrs Mc-Gursky était sortie de chez elle pour crier : « Tu pars ou tu restes, pour moi c'est bonnet blanc, blanc bonnet, mais tu te décides en vitesse ou j'appelle la police. » Alors qu'elle ne paraissait pas avoir épuisé son stock de remontrances, elle s'aperçut soudain dans quelle tenue était Eddie et ajouta : « Et tu es indécent, Eddie Dean ! » avant de disparaître comme un diable rentrant dans sa boîte. Eddie regarda Henry. Henry regarda Eddie. « Look like Angel »..., dit Henry dans les graves, et tous deux tombèrent dans les bras l'un de l'autre, hurlant de rire, se bourrant les côtes, et Henry réintégra l'appartement ;

quinze jours plus tard environ, Eddie sniffait aussi et ne pouvait comprendre pourquoi il en avait fait un tel fromage, ça n'était que sniffer après tout, et comme disait Henry (dans lequel Eddie allait finir par voir le grand sage & éminent junkie), dans un monde qui de toute évidence fonçait vers l'enfer tête baissée, qu'y avait-il de si bas à vouloir planer ?

Du temps avait passé. Eddie ne précisa pas combien. Le pistolero s'abstint de le lui demander. A son sens, Eddie savait qu'il existait un millier de bonnes excuses pour planer mais pas une seule raison valable, et il avait joliment réussi à contrôler sa consommation. Henry aussi s'était débrouillé pour contrôler la sienne. Pas aussi bien que son petit frère, mais assez pour ne pas sombrer. Car qu'Eddie ait ou non entrevu la vérité (au fond, pensait Roland, il avait dû la connaître), Henry ne pouvait qu'avoir compris : leur rapport s'était inversé; maintenant, c'était Eddie qui prenait Henry par la main pour traverser la rue.

Vint le jour où Eddie surprit Henry non plus avec une pipette dans la narine mais avec une aiguille dans le bras. Suivit une nouvelle discussion hystérique, calque presque exact de la première à ceci près qu'elle eut pour cadre la chambre de Henry. Le dénouement non plus n'offrit guère de variantes : Henry pleurant et recourant à son implacable, inattaquable système de défense : l'absolue reddition, la totale reconnaissance des faits : Eddie avait raison, il était indigne de vivre, n'était même pas digne de se nourrir d'ordures ramassées dans le caniveau. Il allait partir. Eddie n'aurait plus à supporter sa vue. Il espérait seulement qu'Eddie se souviendrait de toutes les...

Le récit se fondit en une sorte de bourdonnement peu différent de celui des graviers roulés du ressac. Roland connaissait l'histoire et ne dit rien. C'était Eddie qui ne la connaissait pas, un Eddie qui pour la première fois, depuis dix ans ou plus peut-être, avait l'esprit clair. Eddie ne racontait rien à Roland; Eddie se racontait en fin de compte cette histoire à lui-même.

C'était parfait. Pour autant que pût en juger le pistolero, le temps était une chose dont ils ne manquaient pas. Parler était une manière comme une autre de le tuer.

Le genou de Henry l'obsédait, expliqua Eddie, et les noueux torons de la cicatrice, tant sur la cuisse que sur la jambe (tout ça guéri, bien sûr, Henry ne boitait qu'à peine... sauf lors des engueulades avec Eddie où sa claudication semblait toujours plus prononcée), l'obsédaient toujours. Comme le hantait aussi tout ce à quoi Henry avait renoncé pour lui. Et puis il y avait une autre obsession, beaucoup plus terre à terre : Henry ne devait pas traîner dans les rues. Il y aurait été comme un lapin lâché dans une jungle pleine de tigres. Abandonné à lui-même, Henry se serait retrouvé en tôle ou à l'asile en moins d'une semaine.

Eddie avait donc supplié et fini par obtenir de Henry qu'il restât; et six mois plus tard, Eddie aussi avait de l'or dans le bras. A dater de cet instant, les choses avaient entamé la régulière et inéluctable spirale descendante qui s'était achevée sur le voyage d'Eddie aux Bahamas et sur la soudaine intervention du pistolero dans sa vie.

Un autre que Roland, moins pragmatique et plus enclin à l'introspection, se serait sans doute demandé – ou bien l'aurait demandé à voix haute : Pourquoi lui ? Pourquoi cet homme en premier ? Pourquoi quelqu'un qui semblait promettre faiblesse, anormalité, voire malédiction pure et simple ?

Questions que le pistolero non seulement ne posa jamais mais qui jamais ne lui germèrent dans l'esprit. Cuthbert les aurait posées. Cuthbert avait eu des questions sur tout, en avait été infesté, était mort avec une ultime question à la bouche. Ils étaient tous morts. Les derniers pistoleros de Cort, les treize survivants d'une classe dont l'effectif initial avait été de cinquante-six. Tous morts, sauf Roland. Il était le tout dernier, poursuivant obstinément sa route dans un monde qui s'était éventé, s'était fait vide et stérile.

Treize, avait dit Cort la veille des Cérémonies de la Présentation. *C'est un chiffre de mauvais augure*. Et le lendemain, rompant avec trente-cinq années d'observance des traditions, Cort n'y avait pas assisté. Sa dernière couvée s'était rendue chez lui pour s'agenouiller à ses pieds, lui présenter leur nuque à nu, puis se relever, recevoir de lui le baiser de la félicitation et lui accorder l'honneur de charger leurs armes pour la première fois. Neuf semaines plus tard, Cort était mort. Empoisonné, avaient prétendu certains. Deux ans après, la finale et sanglante guerre civile avait éclaté. La rouge lame de fond des massacres et des pillages avait atteint l'ultime bastion de la civilisation, de la lumière et de la raison pour balayer tout ce qui leur avait paru impérissable. Avec la même aisance qu'une simple vague noyant le château d'un gamin sur la plage.

Il était donc le dernier, et ne devait peut-être d'avoir survécu qu'à la prééminence de son sens pratique et de sa simplicité sur le ténébreux romantisme de sa nature. Il comprenait que trois choses seules comptaient : la mort, le *ka* et la Tour.

C'était assez pour occuper les pensées d'un homme.

Eddie termina son récit en milieu d'après-midi, le troisième jour de leur progression vers le nord sur cette grève monotone. La plage même semblait immuable et, pour avoir le sentiment d'avancer, il fallait porter ses regards sur la gauche, vers l'est. Là, les sommets déchiquetés des montagnes avaient commencé de s'adoucir, de s'affaisser aussi – modérément certes, mais laissant entrevoir que, beaucoup plus loin, il ne subsistait plus qu'un moutonnement de collines.

Son histoire racontée, Eddie sombra dans le silence, et ils marchèrent sans parler une demi-heure durant, sinon plus. Eddie n'arrêtait pas de lui jeter des petits coups d'œil à la dérobée sans soupçonner qu'ils fussent perçus, tant le jeune homme était encore perdu dans ses pensées. Outre ces regards furtifs, Roland percevait chez Eddie une attente et savait laquelle : l'attente d'une réponse. D'une réponse de quelque type que ce soit. N'importe quelle réponse. Par deux fois Eddie n'ouvrit la bouche que pour la refermer. Finalement, il posa cette question que le pistolero n'avait jamais douté être voué à entendre :

– Alors, qu'est-ce que tu en penses ?

– J'en pense que tu es ici.

Eddie se planta, les poings sur les hanches.

– C'est tout ?

– Je n'en sais pas plus.

Ses doigts et son orteil absents se rappelaient à son souvenir, élancements et démangeaisons qui lui faisaient regretter de n'avoir pas emporté plus d'*astines* du monde d'Eddie.

– Tu n'as même pas quelque opinion sur ce que tout ça signifie ? insista ce dernier.

Roland aurait pu montrer sa main droite infirme et dire : *Pense plutôt à la signification de ça, triple crétin*, mais pareille réplique ne lui vint pas plus à l'esprit que de demander pourquoi, sur l'ensemble de ceux qui peuplaient l'intégralité des univers possibles, il avait fallu que ce fût Eddie qu'il tirât.

– C'est *ka*, dit-il, tournant vers Eddie une expression patiente.

– Et c'est quoi, *ka* ? (Agressive était la voix d'Eddie.) Première fois que j'entends ce mot. A part que si tu le répètes, ça devient ce que les gosses en bas âge disent pour désigner la merde.

– C'est un sens que j'ignore, répondit le pistolero. Ici, *ka* veut dire devoir ou destin, ou encore, dans l'usage courant, un endroit où tu dois te rendre.

Eddie se débrouilla pour avoir l'air à la fois consterné, écœuré et amusé.

– Alors, dis-le deux fois, Roland, parce que, au

gosse à qui tu parles, des mots comme ça n'évoquent pas autre chose que de la merde.

Le pistolero haussa les épaules.

— Je n'ai de compétence ni en philosophie ni en histoire et me borne à constater que ce qui est derrière est derrière et ce qui est devant, devant. Ce second domaine est *ka* et se suffit à lui-même.

— Ah bon ? (Eddie se tourna vers le nord.) Moi, tout ce que je vois devant, c'est au bas mot neuf milliards de kilomètres de cette même putain de plage. Alors si c'est ça dont tu parles, *ka* et caca sont effectivement synonymes. Car si on a peut-être encore assez de bonnes balles pour refroidir cinq ou six autres de nos copains à pinces, on en sera ensuite réduits à les dégommer à coups de pierre. Donc : où allons-nous ?

Roland se demanda — fugitivement mais quand même — si c'était une question qu'Eddie avait jamais pensé poser à son frère, mais vouloir tirer ça au clair maintenant n'aurait fait que déclencher une discussion stérile. Aussi se contenta-t-il de basculer son pouce vers le nord en disant :

— Là. Pour commencer.

Le regard d'Eddie se porta dans la direction indiquée pour n'y découvrir que l'uniforme étendue de galets gris mêlés de coquillages et ponctués de rochers. Toutefois, alors qu'il se retournait vers Roland, le sarcasme au bord des lèvres, il vit ses traits baignés d'une sereine certitude. Aussi regarda-t-il de nouveau. Il plissa les yeux, plaça la main dans le prolongement de sa joue pour se les abriter du soleil couchant. Il voulait désespérément voir quelque chose — n'importe quoi, merde ! — même un mirage aurait fait l'affaire, mais rien c'était rien.

— Raconte-moi tout ce que tu veux comme salades, fit Eddie en détachant ses mots, mais laisse-moi libre d'y voir un putain de tour de cochon. Je te rappelle que j'ai risqué ma vie pour toi chez Balazar.

— J'en suis conscient. (Le pistolero sourit — rareté qui lui illumina le visage comme une brève éclaircie dans la grisaille d'une journée maussade.) C'est pourquoi je n'ai pas cessé d'être franc avec toi, Eddie. Il y a quelque chose là-bas. Voilà une heure que ça m'est apparu. Au début, j'ai cru qu'il s'agissait seulement d'un mirage, que je prenais mon désir pour une réalité. Mais c'est là. Pas de problème.

Une fois de plus, Eddie s'usa les yeux, se les usa jusqu'à les avoir les coins débordants de larmes.

– Je ne vois rien, finit-il par dire. Rien d'autre que cette plage. Et pourtant, j'ai dix sur dix d'acuité visuelle.

– Je ne sais pas ce que ça veut dire.

– Ça veut dire que, s'il y avait quelque chose à voir, je le verrais !

Mais il avait des doutes, se demandait sur quelle distance ces yeux bleus de tireur d'élite pouvaient voir plus loin que les siens. Courte, peut-être.

Peut-être énorme.

– Tu finiras par la voir, dit le pistolero.

– Par voir quoi, nom de Dieu ?

– Nous ne l'atteindrons pas aujourd'hui, mais si tu as une aussi bonne vue que tu le dis, tu peux être sûr de la voir avant que le soleil ne soit au ras des flots. A moins que tu ne préfères rester ici à bouder.

– *Ka*, fit Eddie comme en un rêve.

Roland hocha la tête.

– *Ka*.

– Caca, dit Eddie, qui éclata de rire. Allez, Roland. On fait un pari. Si je n'ai toujours rien vu avant le coucher du soleil, tu me paies un poulet-frites pour le dîner. Ou un Big Mac. Ou n'importe quoi du moment que ce n'est pas du homard.

– Allons-y.

Ils se remirent en marche et, au bas mot une bonne heure avant que l'arc inférieur du soleil ne touchât l'horizon, Eddie commença d'entrevoir une forme dans les lointains – c'était flou, miroitant, indéfinissable, mais nettement reconnaissable comme quelque chose. Quelque chose de nouveau.

– D'accord, dit-il. J'ai vu. Mais tu dois avoir les yeux de Superman.

– De qui?

– Laisse tomber. Tu sais que tu représentes un cas vraiment phénoménal de décalage culturel?

– Hein?

Eddie éclata de rire.

– Laisse tomber. Dis-moi plutôt : qu'est-ce que c'est, ce truc, là-bas?

– Tu verras bien.

Et Roland redémarra, coupant court à toute autre question.

Vingt minutes plus tard, Eddie pensa avoir vu. Un quart d'heure après, ce fut une certitude. Trois kilomètres, sinon, cinq, l'en séparaient encore, mais il savait ce que c'était. Une porte, bien sûr. Une autre porte.

Ni l'un ni l'autre ne dormit vraiment bien cette nuit-là. Ils furent debout et en route une heure avant que l'aube ne dessinât la silhouette érodée des montagnes et atteignirent la porte à l'instant même où perçaient, sereins et sublimes, les premiers rayons du soleil matinal. Leurs joues mal rasées s'embrasèrent comme des lampes. Le pistolero fit de nouveau ses quarante ans, Eddie guère plus que quand Roland avait combattu Cort avec David pour arme.

Cette porte ressemblait en tout point à la première, hormis pour l'inscription :

LA DAME D'OMBRES

– Nous y voilà, dit Eddie presque en un murmure, contemplant cette porte qui, simplement, se dressait là, ses gonds solidaires de quelque montant invisible entre un monde et un autre, entre un univers et un autre. Elle se dressait là, délivrant son message gravé, réelle comme le roc, étrange comme la clarté des étoiles.

– Oui, nous y voilà.

220

– *Ka.*
– *Ka.*
– Là où tu vas tirer ta deuxième carte?
– On dirait.

Le pistolero sut ce qu'Eddie avait en tête alors qu'Eddie l'ignorait encore. Il le vit faire alors qu'Eddie se croyait encore immobile. Il aurait pu se retourner et casser le bras d'Eddie en deux points avant qu'Eddie n'ait su ce qui lui arrivait mais il ne fit rien. Il laissa Eddie subtiliser le revolver de son étui droit. C'était la première fois qu'il se laissait prendre une de ses armes sans en avoir au préalable fait l'offre. Pourtant, il s'abstint de tout geste pour l'en empêcher, se tourna simplement vers lui et le regarda, un regard tranquille et même empreint de douceur.

Eddie avait le teint livide, les traits creusés, le blanc des yeux qui faisait tout le tour de l'iris. Il tenait à deux mains le lourd revolver mais le canon n'en flottait pas moins, incapable de se fixer sur sa cible.

– Ouvre-la, dit-il.

– Tu es en train de faire une bêtise. (Aussi douce que son regard était sa voix.) Ni toi ni moi n'avons la moindre idée de ce qu'il y a derrière cette porte. Rien ne dit qu'elle donne sur ton univers, à plus forte raison sur ton monde. Pour ce que nous en savons, la Dame d'Ombres peut très bien être dotée de huit yeux et de neuf bras, comme Siva. En admettant même que cette porte s'ouvre sur ton monde, ce peut être très longtemps avant ta naissance ou bien après ta mort.

Eddie eut un sourire crispé.

– Tu veux que je te dise? Je suis prêt à échanger le poulet aux hormones et les congés payés sur une plage merdique contre ce qu'il y a derrière la porte n° 2.

– Je ne comp...

– Je sais que tu ne comprends pas. Aucune importance. Ouvre cette putain de porte.

Le pistolero fit non de la tête.

Ils étaient là, dans la claire lumière du petit matin,

la porte projetant son ombre oblique vers la mer à marée basse.

— Ouvre! hurla Eddie. J'y vais avec toi! Tu piges? Je t'accompagne! Ça ne veut pas dire que je vais rester là-bas. Je reviendrai peut-être. En fait, il y a même de grandes chances pour que je revienne. Je te dois bien ça. Tu as toujours été réglo avec moi, j'en ai conscience, ne t'inquiète pas. Il y a simplement que pendant que tu t'occuperas de cette Nana d'Ombres, je filerai au plus proche Chicken Delight et je m'y prendrai un truc à emporter. Je crois que le modèle familial de trente croquettes ira pour commencer.

— Tu ne bougeras pas d'ici.

— Tu t'imagines peut-être que ce sont des paroles en l'air? (La voix d'Eddie avait grimpé dans les aigus. Il était à bout. Le pistolero avait presque l'impression de le voir entièrement tourné vers les profondeurs instables de sa propre damnation. Le pouce du jeune homme commença d'amener au bandé l'antique chien du revolver. Le vent était tombé avec le point du jour et le retrait des flots, et le *clic* du chien passant au cran d'arrêt se fit nettement entendre.) Tu n'as qu'à essayer.

— C'est bien ce que je compte faire.

— Je te descends! hurla Eddie.

— *Ka*, répondit tranquillement le pistolero, et il se tourna vers la porte.

Sa main se tendait vers la poignée mais son cœur était dans l'attente : dans l'attente de voir s'il allait vivre ou mourir.

Ka.

LA DAME
D'OMBRES

CHAPITRE 1

Detta et Odetta

Dépouillé du jargon, voici ce qu'a dit Adler en substance : le schizophrène idéal – en admettant qu'un tel individu existe – serait un homme ou une femme qui non seulement ne serait pas conscient de sa ou de ses autres personnalités, mais n'aurait même pas l'impression que quelque chose cloche dans sa vie.

Dommage qu'Adler n'ait jamais connu Detta Walker et Odetta Holmes.

1

– ... dernier pistolero, dit Andrew.

Il y avait un bout de temps qu'il parlait mais avec Andrew c'était toujours ainsi, et Odetta avait pris l'habitude de laisser les mots ruisseler à la périphérie de sa conscience comme quand on prend sa douche et qu'on laisse couler l'eau chaude sur la figure et les cheveux. Mais ces mots-là, précisément, firent plus qu'attirer son attention, ils la piquèrent comme une épine.

– Pardon ?

– Oh, rien qu'un article dans le journal, dit Andrew. Je ne sais pas de qui. Je n'ai pas pensé à regarder. Sans doute un de ces gars dans la politique, et probab' que son nom vous dirait quelque chose,

Miz Holmes. Faut dire que je l'aimais et que j'ai pleuré le soir où il a été élu...

Elle sourit, émue à son corps défendant. Andrew disait que son bavardage ininterrompu était quelque chose de plus fort que lui, dont il n'était pas responsable, que c'était son atavisme irlandais qui ressortait, et la plupart du temps, c'était effectivement sans importance – rien qu'un bruit de fond, des claquements de langue à propos de parents et d'amis qu'elle ne connaîtrait jamais, un vague brouet d'opinions politiques, des révélations scientifiques farfelues glanées à diverses sources, uniformément farfelues (Andrew était, entre autres, fermement convaincu de l'existence des soucoupes volantes qu'il appelait des *ovesnids*) – mais là, ce qu'il venait de dire l'avait émue parce qu'elle aussi avait pleuré au soir de l'élection.

– Mais je n'ai pas pleuré quand ce fils de pute – excusez mon latin, Miz Holmes – quand ce fils de pute d'Oswald l'a assassiné, et je n'ai pas pleuré depuis, et ça fait... combien déjà, deux mois ?

Trois mois et dix jours, songea-t-elle, mais elle répondit :

– Oui, quelque chose comme ça.

Andrew hocha la tête.

– Donc, hier, j'ai lu l'article – ça devait être dans le *Daily News* – au sujet de Johnson qui allait sans doute faire du bon boulot mais que ça ne serait pas pareil. Le gars disait que l'Amérique venait d'assister au passage du dernier pistolero du monde.

– A mon avis, John Kennedy n'était pas du tout ça, dit Odetta, et si sa voix fut plus âpre qu'à l'accoutumée (elle dut l'être car, dans le rétroviseur, Odetta vit Andrew plisser des yeux surpris – plus un froncement de sourcils, d'ailleurs, qu'un plissement d'yeux), c'était que cette remarque aussi l'avait touchée.

Absurde, mais réel. Il y avait dans cette citation d'un article de journal : *L'Amérique vient d'assister au passage du dernier pistolero du monde*, quelque chose qui éveillait en elle de profondes résonances.

C'était répugnant, parfaitement inexact – John Kennedy avait été un homme de paix et n'avait rien eu d'un bagarreur du style Billy le Kid, dans la lignée duquel se plaçait plus un Goldwater – mais, sans qu'elle sache pourquoi, cela lui avait donné la chair de poule.

– Bref, le type disait qu'on n'allait pas être à court de maniaques de la gâchette, poursuivit Andrew, posant sur elle des petits regards inquiets dans le rétroviseur. Il a parlé de Jack Ruby déjà, de Castro, et de son pote à Haïti...

– Duvalier, dit-elle. Papa Doc.

– Ouais, lui, et Diem aussi...

– Les frères Diem sont morts.

– Bon, il disait que John Kennedy n'avait pas été pareil, voilà tout. Qu'il n'aurait pas hésité à dégainer, mais seulement si quelqu'un de plus faible avait eu besoin de lui pour dégainer à sa place, et seulement dans l'impossibilité de faire autrement. Selon lui, Kennedy avait assez de jugeote pour savoir que parler n'amène parfois rien de bon. Pour savoir que, quand un chien a la rage, il faut l'abattre.

Ses yeux continuaient de la surveiller, pleins d'appréhension.

– Cela dit, c'est simplement un article que j'ai lu.

La limousine remontait maintenant la 5ᵉ Avenue, glissant vers Central Park West. L'emblème de la Cadillac, à la pointe du capot, fendait l'air glacial de février.

– Oui, fit Odetta, sa voix très douce, et la tension se relâcha quelque peu dans le regard d'Andrew. Je comprends. Je ne suis pas vraiment d'accord mais je comprends.

Menteuse, fit une voix intérieure, une voix qu'elle était loin d'entendre pour la première fois. Au point d'avoir un nom pour la désigner. C'était la voix de l'Aiguillon. *Tu comprends on ne peut mieux et tu es totalement d'accord. Tu peux mentir à Andrew si tu estimes que c'est nécessaire mais, de grâce, ne va pas te mentir à toi-même.*

Toutefois cela suscitait les protestations horrifiées d'une part de son être. Dans un monde qui s'était transformé en baril de poudre nucléaire sur lequel étaient assis près d'un milliard d'hommes, voir chez les flingueurs une différence entre bons et méchants était une erreur – d'envergure suicidaire, peut-être. Il y avait trop de mains tremblantes pour tenir la flamme d'une allumette à côté de trop de mèches. Ce monde n'était pas fait pour les pistoleros. S'ils avaient eu leur époque, elle était passée.

L'était-elle?

Elle ferma les yeux quelques secondes et se massa les tempes. Elle sentait monter l'une de ses migraines. Il ne s'agissait parfois que d'une menace, telles ces barrières de nuages violacés qui s'élaborent par les chauds après-midi d'été pour se déporter ailleurs, pour aller déverser ailleurs leur tourmente.

Elle avait néanmoins le sentiment que, cette fois, l'orage allait éclater, une véritable tempête avec tonnerre, éclairs et grêlons gros comme des balles de golf.

La haie des lampadaires sur la 5e Avenue semblait par trop brillante.

– Comment c'était, Oxford, Miz Holmes? hasarda Andrew.

– Humide. Février ou pas, c'était très humide. (Elle s'interrompit, s'intimant l'ordre de ne pas prononcer les mots qui s'accumulaient dans sa gorge comme de la bile, de les ravaler. Elle se montrerait inutilement brutale en les disant. Cette histoire de dernier pistolero du monde n'avait guère été qu'un tour de plus de ce moulin à paroles qu'était Andrew. Mais, venant en couronnement du reste, ce fut la goutte qui fit déborder le vase : ce qu'elle n'avait pas à dire lui échappa. Sa voix resta, supposa-t-elle, aussi calme et résolue que toujours mais elle ne fut pas dupe : elle savait reconnaître une gaffe quand elle en entendait une.) Le type est arrivé très vite avec la caution; normal, on l'avait prévenu à l'avance. N'empêche qu'ils nous ont retenus aussi longtemps qu'ils ont pu, et moi, je me suis retenue aussi longtemps que j'ai pu, mais sur ce point, je crois qu'ils ont gagné parce que j'ai fini par faire pipi dans ma culotte. (Elle vit un nouveau tressaillement froisser les yeux d'Andrew et voulut s'arrêter, en fut incapable.) Voyez-vous, c'est ça qu'ils veulent vous faire rentrer dans le crâne. En partie, je suppose, parce que ça vous fait peur, et qu'une personne qui a peur est susceptible de ne pas redescendre les embêter dans leurs chers Etats du Sud. Mais je crois que la plupart d'entre eux – même les plus bouchés, ce qu'ils sont loin d'être en général – savent que, quoi qu'ils fassent, les choses finiront par changer, et ils sautent donc sur l'occasion de vous avilir tant qu'ils en ont encore les moyens. De vous apprendre qu'il est possible de vous avilir. Vous avez beau jurer par Dieu le Père, par son Fils et par toute la cohorte des saints que jamais, au grand jamais, vous ne vous souillerez, s'ils vous retiennent trop longtemps, vous finissez par le faire. Ce qu'ils veulent vous inculquer, c'est que vous n'êtes qu'un animal en cage, pas plus que ça, pas mieux que ça. Alors, j'ai fait pipi dans ma culotte. J'en sens encore l'odeur et celle de cette maudite cellule. Ils disent que nous descendons du singe, vous savez. Et c'est exactement ce que j'ai l'impression de sentir. Le singe.

Elle vit les yeux d'Andrew dans le rétroviseur et fut désolée de ce qui s'y lisait. Parfois, l'urine n'était pas la seule chose qu'on fût incapable de retenir.

– Navré, Miz Holmes.

– Non, dit-elle, se massant de nouveau les tempes. C'est moi qui suis navrée. Ce furent trois jours plutôt éprouvants.

– J'imagine, dit-il sur un ton de vieille fille scandalisée qui la fit rire malgré elle. Mais, dans l'ensemble, elle ne riait pas. Elle avait cru savoir dans quoi elle se lançait, avoir pleinement mesuré l'horreur que ce pouvait être. Et elle s'était lourdement trompée.

Plutôt éprouvants. Bon, c'était une façon de

décrire ces trois jours à Oxford, Mississipi. Une autre aurait pu être d'en parler comme d'une courte saison en enfer. Mais il y avait certaines choses impossibles à dire. Que la mort même n'aurait pu vous arracher... à moins d'avoir à en témoigner devant le Trône de Dieu, le Père Tout-Puissant, là où, supposait-elle, même les vérités qui déclenchent des tempêtes dans cette étrange gelée grise qu'on avait entre les oreilles (gelée grise que les savants prétendaient dépourvue de nerfs, et si ça n'était à se tordre de rire, elle ne voyait pas ce qui pouvait l'être) devaient être avouées.

— Ce que je veux, c'est simplement rentrer à la maison, prendre un bain, prendre un bain, prendre un bain, dormir, dormir, dormir. Après, je pense être fraîche comme une rose.

— Sûr! Comme une rose!

Andrew avait quelque chose à se faire pardonner, et cet écho était la meilleure tentative d'excuse qu'il pouvait produire. En outre, il ne voulait pas prendre le risque de pousser plus loin la conversation. Le trajet se poursuivit donc dans un inhabituel silence jusqu'à l'immeuble victorien dont la masse grise occupait l'angle de la 5ᵉ Avenue et de Central Park South. Un immeuble des plus select qui faisait d'elle quelqu'un de bien en vue, supposait Odetta, consciente qu'il y avait là, dans ces appartements huppés, des gens qui, pourtant, ne lui auraient jamais adressé la parole sauf cas de force majeure. Consciente, oui, mais s'en fichant comme de l'an quarante. Par ailleurs, elle les dominait, ce qu'ils savaient pertinemment. Il lui était plus d'une fois venu à l'esprit que certains d'entre eux devaient se sentir atrocement humiliés à l'idée qu'une négresse habitait l'appartement en terrasse de ce vénérable et splendide immeuble victorien où, en un autre temps, les seules mains noires admises avaient été gantées de blanc, ou à la rigueur du fin cuir noir des chauffeurs de maître. Humiliation qu'elle espérait réellement atroce, se reprochant de se montrer méchante et animée de sentiments bien peu chrétiens, mais c'était plus fort qu'elle. De même qu'elle n'avait pu réprimer le jet souillant la soie fine de ses dessous français, elle ne pouvait pas davantage empêcher cet autre débordement de pisse. C'était mesquin, totalement indigne d'une chrétienne et, presque aussi grave – non, pire, pour autant que le Mouvement fût concerné – c'était improductif. Ils allaient conquérir les droits qu'il leur fallait conquérir, et probablement cette année : Johnson, pénétré de l'héritage que lui avait laissé entre les mains le président assassiné (et souhaitant peut-être planter un autre clou dans le cercueil de Barry Goldwater) allait faire plus que veiller à la mise en place des droits civils; il allait, si nécessaire, imposer l'adoption de la loi électorale. Il était donc essentiel de réduire les frictions. Il y avait encore du pain sur la planche. Loin de faciliter l'évolution des choses, la haine ne pouvait que l'entraver.

Mais, parfois, on n'en continuait pas moins de haïr.

Telle était l'autre leçon que venait de lui donner Oxford Town.

2

Detta Walker n'avait strictement aucun intérêt pour le Mouvement et un logement nettement plus modeste. Elle vivait dans le grenier d'un immeuble lépreux de Greenwich Village. Odetta ignorait tout de la soupente et Detta tout du penthouse, ce qui, pour soupçonner quelque anomalie à cette répartition des choses, ne laissait que le chauffeur, Andrew Feeny. Il était entré au service du père d'Odetta quand elle avait quatorze ans et que Detta Walker n'existait pour ainsi dire pas.

De temps à autre, Odetta disparaissait. Lesquelles disparitions pouvaient être l'affaire de quelques heures ou de plusieurs jours. L'été dernier, l'une d'elles s'était prolongée trois semaines, et un soir, vers huit heures, Andrew avait été sur le point d'alerter la police quand Odetta l'avait appelé pour lui demander de passer la chercher avec la voiture le lendemain matin à dix heures. Elle comptait faire quelques achats.

Il avait eu envie de hurler dans l'appareil : *Miz Holmes! Où étiez-vous?* mais il avait déjà essayé de lui poser la question dans des circonstances similaires et n'avait obtenu en réponse qu'un regard éberlué – sincèrement éberlué, il n'y avait pas de doute à cela. Cette fois, donc, elle lui aurait probablement dit : *Mais, voyons, Andrew, ici même. Ne m'avez-vous pas conduite chaque jour en deux ou trois endroits? Votre cervelle ne commencerait-elle pas, par hasard, à tourner à la sauce blanche?* Puis elle aurait éclaté de rire et, pour peu qu'elle se fût sentie particulièrement en forme (ce qui, à la suite de ses disparitions, semblait être souvent le cas), lui aurait pincé la joue.

– Très bien, Miz Holmes, s'était-il contenté de répondre. A dix heures.

Il avait raccroché, fermé les yeux, remercié d'une courte prière la Très Sainte Vierge Marie pour le retour de Miz Holmes saine et sauve, puis avait redécroché le téléphone et composé le numéro de Howard, le concierge du luxueux immeuble victorien donnant sur Central Park.

– A quelle heure est-elle rentrée?

– Il y a vingt minutes à peine, lui apprit Howard.

– Qui est-ce qui l'a ramenée?

– J' sais pas. Tu sais comment ça se passe. C'est toujours une voiture différente. Des fois, ils se garent de l'autre côté de l'immeuble et je ne sais même pas qu'elle est de retour avant d'entendre la sonnette, de regarder dehors et de voir que c'est elle. (Howard marqua une pause puis ajouta :) Elle a un sacré bleu sur la joue.

Howard ne s'était pas trompé. Elle avait à coup sûr un sacré bleu sur la joue. Il avait meilleure apparence, maintenant, mais Andrew n'aimait pas trop penser à ce qu'il devait avoir été à l'origine. Miz Holmes venait d'émerger à dix heures précises de son immeuble, vêtue d'une robe de soie aux bretelles ultra-fines (on était fin juillet), le bleu tirant déjà sur le jaune. Elle n'avait guère apporté de soin à le dissimuler sous son maquillage comme si elle était consciente qu'un plâtrage trop épais ne ferait qu'attirer encore plus l'attention.

— Comment vous êtes-vous fait ça, Miz Holmes? lui demanda-t-il.

Elle eut un rire joyeux.

— Vous savez comment je suis, Andrew... maladroite comme toujours. Ma main a glissé sur la poignée, hier, alors que je m'extirpais de la baignoire, pressée d'aller voir les informations. Je suis tombée, me suis cognée juste sous l'œil. (Ce furent les yeux d'Andrew que, sur ce, elle sonda.) Vous allez me parler de docteurs et d'examens, non? Inutile de répondre. Après toutes ces années, je lis en vous comme dans un livre. Alors, tenez-vous-le pour dit : je n'irai pas consulter. Je me sens on ne peut mieux. Allez, Andrew, en route! J'ai l'intention d'acheter la moitié de chez Salks, la totalité du Gimbels et de prendre dans l'intervalle un échantillon de tout ce qu'il y a sur la carte des Quatre Saisons.

— Bien, Miz Holmes.

Et il sourit. Un sourire forcé. Et cela n'avait rien de facile. Ce bleu ne datait pas d'hier, mais d'une semaine au moins... d'autant qu'il avait une autre raison de douter de son histoire. Tous les soirs de la semaine dernière, il l'avait appelée à sept heures, sachant que, s'il avait une chance de la trouver chez elle, c'était au moment du journal de Huntley-Brinkley, vu qu'elle y était accro. Il avait téléphoné chaque soir, sauf hier. Hier, il y était allé, avait emprunté le passe à Howard. Car, soir après soir, la conviction n'avait cessé de grandir en lui qu'elle avait eu exactement le genre d'accident qu'elle venait de décrire... sauf qu'au lieu de récolter un bleu ou une fracture, elle était morte, toute seule, et que là-haut son cadavre l'attendait. Il s'était introduit dans l'appartement, le cœur battant à tout rompre, se sentant comme un chat dans une pièce obscure au sol tapissé de cordes à piano. A ceci près qu'il n'y avait rien trouvé justifiant son angoisse. Un beurrier était resté sur le plan de travail de la cuisine et, quoique couvert, son contenu avait eu le temps de développer une belle récolte de moisissures. Arrivé à sept heures dix, Andrew était reparti au quart. Sa rapide inspection de l'appartement n'avait pas négligé la salle de bains. La baignoire était sèche, les serviettes proprement – voire austèrement – rangées, les nombreuses poignées d'acier chromé que comportait la pièce révélaient par leur éclat qu'elles étaient vierges d'eau.

L'accident décrit n'avait pu se produire.

Mais il n'en avait pas déduit pour autant qu'elle mentait. Elle avait été la première – en l'occurrence la seule – à croire à son histoire.

Pour l'heure, il jetait un nouveau coup d'œil dans le rétroviseur et la voyait se masser les tempes du bout des doigts. Ça ne lui disait rien qui vaille. Il l'avait trop souvent vue faire ce geste à la veille d'une disparition.

3

Andrew laissa le moteur tourner pour qu'elle pût bénéficier du chauffage. Puis il sortit ouvrir le coffre. La vue des deux valises lui arracha une nouvelle crispation des muscles du visage. On aurait dit que des fous furieux – dont la force devait être inversement proportionnelle à la taille de leur cerveau – les avaient longuement piétinées, leur infligeant ce qu'ils n'osaient infliger à Miz Holmes – ce qu'ils lui auraient infligé à lui, par exemple, s'il s'était trouvé là. Or ils s'étaient retenus, et pas seulement parce qu'il s'agissait d'une femme : avant tout, c'était une négresse, une arrogante négresse du Nord qui était venue foutre sa merde là où elle n'avait pas à la foutre, et à leurs yeux, probablement, une femme comme ça n'avait que ce qu'elle méritait. Mais c'était également une négresse riche. Elle était presque aussi connue du grand public américain que Medgar Evers ou Martin Luther King. Et sa tronche de négresse pleine aux as avait fait la couverture de *Times Magazine*. Alors pouvait-on molester quelqu'un de ce genre puis s'en sortir en disant : *Ah non, m'sieu, sûr que dans l' secteur on a vu personne correspondant à vot' description, pas vrai, les gars?* Sûr que ça aurait promis d'être coton. Et tout aussi coton, en l'occurrence, de se décider à porter la main sur une femme qui était l'unique héritière des Industries Dentaires Holmes quand les Etats du Sud ne comptaient pas moins de douze usines Holmes, dont une dans le comté voisin de celui d'Oxford Town.

Ils avaient en conséquence fait à ses valises ce qu'ils n'osaient lui faire à elle.

Andrew contempla ces muets indices du séjour de sa patronne à Oxford, submergé par la honte, la colère et l'amour, émotions muettes à l'égal des plaies et bosses de ces bagages qui étaient partis pimpants pour revenir rompus. Il les fixa, momentanément paralysé, un petit panache s'arrondissant devant ses lèvres dans l'air glacé.

Howard accourait pour l'aider mais il prolongea encore un peu sa pause avant de se saisir des valises. *Qui êtes-vous, Miz Holmes? Qui êtes-vous en réalité? Où allez-vous parfois et qu'y faites-vous qui vous paraisse être si mal que vous ayez, même pour vous-même, à vous inventer un faux emploi de ces heures et de ces jours manquants?* Et une autre question se forma dans son esprit juste avant que Howard n'arrivât à sa hauteur, une question d'une étrange pertinence : *Où est le reste de vous?*

Tu vas me faire le plaisir de penser à autre chose, Andrew Feeny. Si quelqu'un par ici se doit de s'adonner à ce genre de cogitations, c'est Miz Hol-

mes, et puisqu'elle ne le fait pas, tu n'as pas à le faire.

Il sortit les valises du coffre et les tendit à Howard qui à mi-voix lui demanda :

– Elle va bien ?

– Je crois, répondit Andrew tout aussi discrètement. Fatiguée, c'est tout. Complètement vannée.

Howard hocha la tête, prit les valises meurtries et retourna vers l'immeuble, marquant un bref temps d'arrêt pour porter deux doigts à sa casquette, saluer avec réserve et respect Odetta Holmes à peine visible derrière les vitres fumées.

Après son départ, Andrew sortit du fond du coffre un appareil d'acier inoxydable qu'il entreprit de déplier. C'était un fauteuil roulant.

Depuis le 19 août 1959, quelque cinq ans et six mois auparavant, Odetta Holmes avait dans son corps au-dessous des genoux un vide comparable à celui de ces heures et de ces jours dans son existence.

4

Avant l'épisode du métro, Detta Walker n'avait connu que de rares moments de conscience – lesquels étaient comme ces îles coralliennes qui donnent l'impression d'être isolées mais sont en fait les vertèbres d'une longue dorsale presque entièrement sous-marine. Odetta ne soupçonnait pas du tout l'existence de Detta ni Detta qu'il y eût dans la sienne une personne telle qu'Odetta... mais Detta au moins comprenait clairement que quelque chose n'allait pas, que quelqu'un tripatouillait sa vie. Si l'imagination d'Odetta brodait des romans sur toutes sortes d'événements mythiques censés s'être déroulés pendant que Detta contrôlait son corps, Detta n'était pas si douée. Elle croyait se rappeler des choses, certaines choses en tout cas, mais, la plupart du temps, elle ne se souvenait de rien.

Au moins était-elle partiellement consciente d'absences.

Elle se souvenait du plat en porcelaine. Oui, elle s'en souvenait. Se revoyait le glissant dans la poche de sa robe en surveillant par-dessus son épaule si la Femme en Bleu n'était pas en train de l'espionner. Il lui fallait s'en assurer car le plat en porcelaine appartenait à la Femme en Bleu. Ce plat était, Detta le comprenait de quelque vague manière, *pour les grandes occasions*. C'était pour ça qu'elle le prenait. Elle se rappelait l'avoir pris et emporté dans un endroit dont elle connaissait (sans pour autant savoir comment) le nom : les Drawers, un trou jonché d'ordures où de la fumée flottait en permanence et où elle avait un jour vu brûler un bébé à la peau en matière plastique. Elle se revoyait poser soigneusement le plat par terre puis s'apprêter à marcher dessus, s'interrompre, retirer sa petite culotte en coton, la mettre dans la poche dont elle avait sorti le plat, puis soigneusement glisser l'index de sa main gauche, soigneusement contre la fente dans son corps, là où Dieu le Vieux Con l'avait mal jointe comme il avait mal joint toutes les autres filles et femmes, mais il devait y avoir quelque chose de bien fait à cet endroit parce qu'elle se souvenait de la décharge, se revoyait voulant appuyer, se revoyait n'appuyant pas, se rappelait le délice d'avoir son sexe nu, sans la petite culotte en coton entre lui et le monde, et elle n'avait pas appuyé, tant que son soulier n'avait pas appuyé, son soulier verni noir, tant que son soulier n'avait pas appuyé sur le plat, puis elle avait appuyé sur la fente avec son doigt comme elle appuyait avec son pied sur le plat *pour les grandes occasions* de la Femme en Bleu, elle revoyait le soulier verni couvrir les fins filets bleus sur le bord du plat, retrouvait la sensation d'appuyer, oui, la sensation d'appuyer dans les Drawers, d'appuyer avec le doigt et avec le pied, se souvenait de la délicieuse promesse du doigt et de la fente, se rappelait que quand le plat avait craqué avec un petit bruit sec, acide, un plaisir pareillement acide était remonté dans ses entrailles, était remonté comme une flèche de cette fente, elle se rappelait le cri qui avait alors explosé sur ses lèvres, un cri rauque et déplaisant, celui d'un corbeau s'enfuyant, paniqué, d'un champ de maïs, elle se revoyait fixant d'un œil terne les débris du plat puis tirant lentement de la poche de sa robe la culotte de coton blanc pour la remettre, y renfiler d'abord un premier soulier verni puis y renfiler l'autre, la remonter sur ses jambes, dépasser les genoux, la croûte sur le gauche, presque prête à tomber, à révéler la neuve et rose peau de bébé qui s'était formée dessous, oui, elle en avait un souvenir si net que ce pouvait n'être pas arrivé une semaine auparavant ni même hier, pas plus loin, même, que dans la minute qui avait précédé, elle allait jusqu'à se rappeler comment l'élastique de la ceinture avait atteint l'ourlet de sa robe, le net contraste du coton blanc sur la peau brune, comme de la crème, oui, c'était ça, comme l'instant où la crème versée du pot n'a pas encore touché le café, la texture, la culotte disparaissant à demi sous l'ourlet de la robe. Sauf que maintenant la robe était rouille et que la culotte ne montait plus, elle descendait, elle était toujours blanche mais plus en coton, c'était du nylon, du voile de nylon à quatre sous, et elle se revoyait l'enlevant, la revoyait chatoyer sur le tapis de la 46 Dodge DeSoto, oui, comme elle était blanche, comme elle faisait camelote, rien d'un dessous chic, que du sexy toc, du sexy pas cher, comme la fille, et c'était bon d'être pas chère, c'était bon d'être à vendre, d'être sur le trottoir, pas même comme une pute mais comme une truie qui aime ça; elle ne revoyait pas de plat rond en porcelaine blanche mais, ronde et blanche, la bouille d'un garçon, d'un jeunot en java, ahuri par l'alcool et la surprise, il n'était pas en porcelaine mais sa bouille était ronde comme l'avait été le plat de la Femme en Bleu, et il avait sur les joues des filets qui ne paraissaient pas moins bleus que ceux sur le bord du plat *pour les grandes occasions*, mais c'était seulement à cause du néon qui était rouge, de l'enseigne au néon de la taverne en bordure de route qui, dans le noir, avait fait paraître bleus les filets de sang sur les joues du garçon là où elle l'avait griffé, et il avait dit : « Pourquoi t'as pourquoi t'as pourquoi t'as... » puis il avait baissé la vitre et passé la tête dehors pour vomir, et elle se rappelait la chanson sur le juke-box, Dodie Stevens débitant son histoire de chaussures jaunes à lacets roses et de bande violette sur son grand panama, réentendait le bruit du gars qui vomissait comme du gravier tournant dans une bétonneuse, en revoyait le sexe, quelques instants auparavant point d'exclamation livide jaillissant de l'enchevêtrement crépu de la toison pubienne, maintenant tout mou, point d'interrogation; elle se rappelait le bruit de bétonneuse que le garçon faisait en vomissant, qui avait cessé puis qui avait repris tandis qu'elle se disait : *Bon, je crois qu'il n'en a pas encore assez versé pour remplir cette tranchée de fondations,* et elle, riant, appuyant son index (équipé désormais d'un ongle de longueur et de forme adéquates) contre son propre sexe, qui était nu mais plus vraiment puisque envahi par le foisonnement de sa propre toison pubienne, et retrouvant ce même petit craquement acide en elle, toujours autant souffrance que plaisir (mais mieux, tellement mieux que rien du tout), puis le gars, à tâtons, avait de nouveau cherché à la saisir et il lui avait dit d'une voix qui se brisait, d'une voix blessée : « Oh, saloperie de négresse », tandis qu'elle continuait de rire, l'avait repoussé sans difficulté, avait ramassé sa culotte, ouvert la portière et senti l'ultime tâtonnement des doigts du gars dans le dos de son chemisier alors qu'elle s'élançait dans la nuit de mai, courait dans les premières senteurs de chèvrefeuille, enjambait les bégaiements rose-rouge du néon sur le gravier d'un parking d'après-guerre, fourrant la petite culotte non dans la poche de sa robe mais dans le joyeux fatras de produits de beauté d'un sac à main d'adolescente, qu'elle courait, que la lumière tressautait, puisqu'elle avait vingt-trois ans et que ce n'était plus une culotte qu'elle mettait dans son sac mais un foulard en rayonne, et qu'elle l'y glissait négligemment en passant devant un rayon dans la Boutique Inventive du Macy's, un foulard qui à ce jour coûtait 1,99$.

De la camelote.

De la camelote comme la culotte en voile de nylon.

De la camelote.

Comme elle.

Le corps qu'elle habitait était celui d'une femme qui avait hérité des millions mais ce fait, n'étant pas connu, n'avait aucune importance – le foulard était blanc avec un liseré bleu, et le petit craquement de plaisir acide fut le même alors qu'à l'arrière du taxi, oublieuse du chauffeur, elle prenait le foulard d'une main et le regardait fixement tandis que l'autre main remontait sous la robe de tweed, se glissait sous le bord de la culotte blanche et qu'un long doigt sombre s'attaquait à la tâche qui réclamait d'être accomplie d'une seule et impitoyable caresse.

De temps à autre, donc, elle se demandait distraitement où elle était quand elle n'était pas ici, mais la plupart du temps ses envies étaient trop soudaines, trop urgentes, pour autoriser plus ample méditation, et elle s'acquittait simplement de ce dont il fallait s'acquitter, faisait ce qui avait besoin d'être fait.

Roland aurait compris.

5

Même en 1959, Odetta aurait eu toute latitude de ne se déplacer qu'en limousine; même si, à l'époque, son père était toujours de ce monde et qu'elle n'était pas aussi fabuleusement riche qu'elle allait le devenir à sa mort en 1962, elle avait depuis son vingt-cinquième anniversaire la libre disposition de l'argent placé pour elle, et pouvait faire à peu près ce qu'elle voulait. Mais n'appréciait guère l'expression « libéral en limousine » forgée un an ou deux auparavant par un journaliste conservateur, elle se sentait assez jeune pour refuser d'être vue sous cet angle, même si elle n'était pas autre chose. Pas assez jeune (ou assez bête), en revanche, pour s'imaginer que quelques paires de jeans délavés et les chemises kaki qu'elle portait d'habitude changeaient en quoi que ce fût son statut fondamental, ni pour prendre le bus ou le métro alors qu'elle aurait pu aller n'importe où en voiture (mais assez égocentrique pour ne pas remarquer le profond désarroi d'Andrew, sa souffrance; il lui vouait une grande affection et prenait pour lui ce refus de ses services). Mais assez jeune pour croire encore qu'un tel geste pouvait vaincre (ou du moins renverser) la réalité.

Ce geste, elle allait le payer au soir du 19 août 1959, le payer d'une moitié de ses jambes... et d'une moitié de son cerveau.

6

Odetta s'était d'abord sentie sollicitée, puis tirée, puis franchement emportée par la houle qui devait naître et finalement se transformer en raz de marée. En 1957, quand elle s'y était vraiment jetée, ce qui allait passer à la postérité comme le Mouvement n'avait pas encore de nom. Elle en connaissait à peu près les origines, savait que le combat pour l'égalité remontait plus loin que l'Emancipation, presque au débarquement de la première cargaison de bois d'ébène sur le sol américain (en Géorgie, pour être précis, colonie fondée par les Anglais pour se débarrasser de leurs assassins et de leurs insolvables), mais tout lui semblait toujours avoir pris naissance dans un même cadre, sur les mêmes mots : « Je ne bougerai pas. »

Le cadre, un autobus à Montgomery dans l'Alabama; les mots, prononcés par une femme de couleur du nom de Rosa Lee Park; et l'endroit dont Rosa Lee Park ne voulait pas bouger était l'avant du véhicule, l'arrière étant bien sûr censé être réservé aux moricauds. Beaucoup plus tard, Odetta chanterait avec tous les autres « On Ne Nous Fera Pas Bouger », et toujours elle penserait à Rosa Lee Park, jamais ne pourrait entonner cet hymne sans un sentiment de honte. C'était si simple de dire *nous*, les bras soudés à ceux d'une foule entière, si simple, même quand on n'avait pas de jambes. Si simple de dire *nous*, si simple de l'être. Il n'y avait pas eu de *nous* dans ce bus qui avait dû puer le vieux cuir et des années d'imprégnation par la fumée des cigares et des cigarettes, avec ses pancartes incurvées couvertes de réclames du genre LUCKY STRIKE L.S.M.F.T., CHOISISSEZ VOTRE ÉGLISE MAIS ALLEZ-Y, POUR L'AMOUR DU CIEL, LE MATIN OVALTINE ET BONJOUR LA BONNE MINE, CHESTERFIELD, VINGT ET UN GRANDS TABACS POUR VINGT GRANDS MOMENTS DE DÉTENTE, pas de *nous* sous les regards incrédules du conducteur et des Blancs au milieu desquels Rosa Lee Park était assise, sous les regards non moins incrédules de ses frères et sœurs de couleur assis au fond.

Pas de *nous*.

Pas de milliers d'autres pour marcher tous ensemble.

Rien que Rosa Lee Park pour déclencher un raz de marée par ces quatre mots : « Je ne bougerai pas. »

Odetta pensait : *Si je pouvais faire quelque chose comme ça, si je pouvais avoir ce courage, je crois que je serais heureuse jusqu'à la fin de mes jours. Mais cette sorte de courage n'est pas de mon ressort.*

Le lecture du fait divers n'avait d'abord suscité chez elle qu'un intérêt minime. C'était venu peu à peu. Difficile de préciser quand et comment son imagination avait été touchée puis embrasée par cet anodin frisson avant-coureur du séisme racial qui allait secouer le Sud.

Un an plus tard environ, un jeune homme qu'elle

fréquentait avec une certaine constance l'avait emmenée dans un endroit de Greenwich Village où certains des jeunes folk-singers (blancs dans l'ensemble) qui s'y produisaient venaient d'ajouter quelques nouvelles et surprenantes chansons à leur répertoire – brusquement, en sus de toutes ces vieilles rengaines sur la façon dont John Henry avait pris son manteau et forgé ses pièces plus vite que le nouveau marteau-pilon à vapeur de l'usine (y perdant la vie ce faisant, ô mon Dieu, ô mon Dieu) et dont Bar'bry Allen avait cruellement éconduit son soupirant mort d'amour (et fini par en mourir de honte, ô mon Dieu, ô mon Dieu), voilà qu'ils se mettaient à raconter l'effet que ça faisait d'essayer de survivre en ville dans le trente-sixième dessous, rejeté, ignoré, l'effet que ça faisait de se voir refuser un boulot dans vos cordes parce qu'on n'avait pas la bonne couleur de peau, et l'effet que ça faisait d'être traîné en tôle et fouetté par Mr Charlie pour la simple raison qu'on avait osé, ô mon Dieu, ô mon Dieu s'asseoir du côté WHITE ONLY du comptoir au snack-bar du Prisunic de Montgomery, Alabama.

Incroyable ou non, ce fut alors et seulement alors qu'elle commença de se poser des questions sur ses parents, et leurs parents, et sur les parents de leurs parents. Elle ne lirait jamais *Racines* – serait passée dans un autre monde et dans un autre temps bien avant qu'Alex Haley n'en ait écrit une ligne, voire n'en ait eu l'idée –, mais ce fut à cette époque incroyablement tardive dans son existence que, pour la première fois, se fit jour en elle l'idée que, quelques générations en arrière, ses ancêtres avaient été chargés de chaînes par les Blancs. A coup sûr, il s'agissait d'un fait qu'elle avait déjà croisé, mais comme une simple donnée historique sans chaleur, sans substance, une sorte d'équation, rien qui eût un rapport intime avec sa vie.

Odetta récapitula ce qu'elle savait et fut consternée d'en avoir si vite fait le tour. Elle savait que sa mère était née à Odetta, bourg de l'Arkansas dont elle avait hérité son prénom, que son père, dentiste dans une petite ville, avait inventé un nouveau type de couronnes dont le brevet avait dormi dix ans au fond d'un tiroir avant de faire soudain sa modeste fortune, qu'il avait, durant ces dix ans et dans les quatre qui avaient suivi la brusque augmentation de ses revenus, mis au point bon nombre d'autres inventions touchant à la dentisterie tant restauratrice qu'esthétique et que, peu de temps après avoir déménagé à New York avec son épouse et sa fille (laquelle était née quatre ans après le dépôt du brevet initial), il avait fondé une société, les Laboratoires Dentaires Holmes, qui était aux dents ce que Squibb était aux antibiotiques.

Mais chaque fois qu'elle lui demanda quelle avait été sa vie tout au long de ces années d'avant la réussite – tant de celles qui avaient précédé la naissance de sa fille que de celles qui l'avaient suivie –, ce fut pour n'en rien tirer. Il lui racontait toutes sortes de choses en s'arrangeant pour ne rien lui dire. Il lui refusait l'accès à cette part de lui. Un soir, la mère d'Odetta, Alice – il l'appelait maman, parfois Allie pour peu qu'il eût un petit coup dans le nez – avait lancé : « Dan, raconte-lui quand ces types t'ont tiré dessus alors que tu passais sur le pont couvert avec la Ford », et Odetta l'avait vu décocher à maman, qui avait quelque chose d'une hirondelle, un regard si sombre, si péremptoire, que maman s'était recroquevillée dans son fauteuil et n'avait plus rien dit.

A la suite de quoi, elle avait une ou deux fois profité de ce qu'elle était seule avec sa mère pour l'interroger et tenter d'en savoir plus... sans résultat. Y eût-elle pensé avant qu'elle en eût éventuellement pu tirer quelque chose, mais comme papa n'avait pas voulu parler, maman s'y était également refusée. Aux yeux de son père, comprit-elle, le passé – la famille, les chemins de terre rouge, les boutiques, les masures dont le sol en terre battue rimait avec l'absence de vitres aux fenêtres, de fenêtres déshonorées de ne saluer que d'un seul rideau, les enfants des voisins allant vêtus de blouses taillées dans des sacs de farine

– tout cela était, pour lui, enfoui comme de vilaines dents dévitalisées sous l'éblouissante et blanche perfection des couronnes. Il ne voulait pas en parler, ne le pouvait pas peut-être, s'était peut-être volontairement affligé d'une amnésie sélective. La prothèse dentaire était toute leur vie dans la Résidence Greymarl sur Central Park South. Le reste était entièrement caché sous l'inattaquable couronne en porcelaine. Un passé si bien protégé qu'il n'existait nulle brèche pour s'y glisser, franchir la barrière de cette denture impeccablement revêtue, et plonger dans la gorge de la révélation.

Detta savait des choses, mais Detta ne savait pas qu'Odetta existait, pas plus qu'Odetta ne soupçonnait l'existence de Detta, et là encore, les dents serrées opposaient un obstacle aussi lisse et inviolable que la porte d'un fortin.

Elle avait en elle un peu de la timidité de sa mère associée à l'impassible (encore que muette) ténacité de son père, et la seule fois où elle avait osé le poursuivre dans ses retranchements, lui suggérer que ce qu'il lui refusait était en fait une confiance qu'elle estimait mériter, la scène s'était déroulée un soir dans la bibliothèque paternelle. Il avait soigneusement regroupé les pages de son *Wall Street Journal* avant de le fermer, de le plier et de le poser à l'écart sur la table de bois blanc à côté du lampadaire. Ensuite, il avait ôté ses lunettes à monture d'acier qui avaient rejoint le journal. Puis il l'avait regardée – (mince homme de race noire, d'une minceur presque aux limites du décharné, des cheveux gris et crépus qui, désormais, dégarnissaient de plus en plus les tempes, des tempes qui se creusaient tandis que l'on y voyait palpiter avec régularité les tendres ressorts de montre de ses veines) – et il lui avait seulement dit : « Je ne parle jamais de cette période de ma vie, Odetta, pas plus que je n'y pense. Ce serait inutile. Le monde a changé depuis. »

Roland aurait compris.

Quand Roland ouvrit la porte où étaient inscrits les mots : LA DAME D'OMBRES, il vit des choses qu'il ne comprit pas du tout... mais comprit qu'elles n'avaient aucune importance.

C'était le monde d'Eddie Dean, mais cela mis à part, ce n'était qu'un tohu-bohu de lumières, de gens et d'objets... plus d'objets qu'il n'en avait jamais vu dans sa vie. Des articles pour dames, à ce qu'il semblait, et apparemment à vendre. Certains sous vitrine, d'autres disposés, ou s'offrant en piles tentantes... rien n'ayant plus d'importance que le mouvement qui faisait couler ce monde par-delà les bords de l'ouverture devant laquelle Eddie et lui se tenaient. Car cette porte ouvrait sur les yeux de la Dame d'Ombres. Des yeux par lesquels il regardait ce monde comme il avait regardé l'intérieur de la diligence du ciel par les yeux d'Eddie tandis qu'il remontait le couloir central.

Eddie, par ailleurs, était sidéré. Dans sa main, le revolver tremblait, penchait un peu. Roland aurait pu en profiter pour le lui reprendre mais n'en fit rien, se contentant de rester là, debout, sans rien dire, tactique éprouvée depuis fort longtemps.

Voilà que maintenant la vue effectuait un de ces virages que le pistolero trouvait si étourdissants – mais ce soudain balayage latéral de la scène eut sur Eddie un effet étrangement rassurant. Roland n'avait jamais été au cinéma. Eddie, lui, avait vu des milliers de films, et ce qu'il avait sous les yeux était l'un de ces travellings avant comme on en faisait dans *Halloween* ou dans *Shining*. Il connaissait même le nom du gadget dont on se servait pour faire ça : une Steadi-Cam.

– Et aussi dans *La Guerre des Etoiles*, murmura-t-il. Sur l'Etoile de la Mort. Dans cette putain de crevasse, tu te rappelles ?

Roland le regarda et ne dit rien.

Des mains – des mains très brunes – s'inscrivirent dans ce que Roland voyait comme la découpe d'une porte et auquel Eddie, déjà, commençait à penser comme à une espèce d'écran magique... d'un écran de cinéma dans lequel on pouvait entrer, pour peu que certaines conditions fussent respectées, comme le type dans *La Rose pourpre du Caire* sortait de cet autre écran pour entrer dans le monde réel. Sacré film.

Eddie ne s'était pas rendu compte jusqu'alors à quel point c'était un sacré film.

Sauf qu'il n'avait pas encore été tourné de l'autre côté de cette porte par laquelle plongeaient maintenant ses regards. C'était New York, d'accord – les klaxons des taxis, si assourdis, si lointains fussent-ils, interdisaient d'en douter – et c'était un grand magasin dans lequel, un jour ou un autre, il avait mis les pieds, mais c'était... c'était...

– C'est plus vieux, dit-il entre ses dents.

– D'avant ton quand? demanda le pistolero.

Eddie le regarda et eut un rire bref.

– Ouais, tu peux décrire ça comme ça, si tu veux.

– Bonjour, Miss Walker, fit une voix hésitante. (Dans un mouvement si brutal qu'Eddie même en fut vaguement étourdi, l'ouverture monta cadrer une vendeuse qui, de toute évidence, connaissait la propriétaire des mains noires – la connaissait et soit ne l'aimait pas soit la craignait. Ou les deux.) Que puis-je pour vous?

– Celui-ci. (La propriétaire des mains prit un foulard blanc à bordure bleu vif.) Pas la peine de faire un paquet, mon petit. Fourrez-le juste dans un sachet.

– Liquide ou ch...

– Liquide. N'est-ce pas toujours en liquide?

– Si, Miss Walker. C'est bien.

– Votre approbation me va droit au cœur, mon chou.

Juste avant qu'elle ne se détournât, Eddie surprit

une petite grimace sur les traits de la vendeuse. Réaction peut-être consécutive à la façon dont cette femme qu'elle considérait comme une « négresse arrogante » lui avait adressé la parole. Ce furent davantage ses fréquents séjours dans les salles obscures que toute autre forme plus classique de culture historique, ou bien encore son expérience de la vie courante, qui amenèrent le jeune homme à cette explication des choses. Parce que c'était un peu comme de voir un film tourné dans les années 60, quelque chose du genre *Dans la chaleur de la nuit* avec Sidney Steiger et Rod Poitier. Mais l'hypothèse pouvait être encore plus simple : noire ou blanche, la Dame d'Ombres de Roland pouvait bien être une sacrée salope.

A vrai dire, cela n'avait aucune espèce d'importance. Rien de tout ça ne changeait quoi que ce fût. Il ne voyait qu'une chose, une seule chose, et qui réglait tout.

C'était New York; il avait presque l'impression d'en sentir l'odeur.

Or, qui disait New York disait poudre.

Et il n'était pas loin d'en sentir également l'odeur flotter dans l'air.

Mais il y avait un hic.

Un seul et putain d'enculé d'énorme hic.

8

Roland posa sur Eddie un regard attentif et, bien qu'ayant eu six fois le temps de le tuer et ce à n'importe quel moment de son choix, s'en tint à sa décision de rester immobile et silencieux, de laisser au jeune homme le soin de tirer seul au clair la situation. Eddie était un tas de choses, et bon nombre de ces choses n'avaient rien de chouette (en tant qu'homme qui avait en connaissance de cause permis qu'un gosse fît une chute mortelle, le pistolero mesurait la différence entre chouette et pas tout à fait bien), mais à coup sûr Eddie n'était pas idiot.

C'était un gamin futé.

Il finirait par voir ce qu'il en était.

Ce qu'il fit.

Eddie répondit au regard de Roland, sourit sans écarter les lèvres, fit maladroitement tourner le revolver sur son doigt, parodiant la coda virtuose d'un tireur de foire, puis le tendit au pistolero en le tenant par le canon.

– Pour ce que ça m'aurait servi, j'aurais aussi bien pu avoir un paquet de merde dans la main, non ?

Tu es capable de sortir des choses intelligentes quand tu veux, Eddie, songea le pistolero. *Pourquoi choisis-tu si souvent de dire n'importe quoi ? Est-ce parce que tu crois que c'est ainsi qu'on parlait là où ton frère est allé avec ses armes ?*

– Non ? répéta Eddie.

Roland acquiesça d'un signe.

– Si je t'avais collé un pruneau, qu'est-ce qui serait arrivé à la porte ?

– Je n'en sais rien. Je suppose que la seule manière de l'apprendre serait d'essayer.

– Tu n'as vraiment pas une petite idée de ce qui se passerait ?

– Elle disparaîtrait, je pense.

Eddie hocha la tête. Il partageait cet avis. Hop ! Comme par enchantement ! Attention, messieurs et mesdames, c'est là, vous pouvez le constater... eh bien non, regardez, ça n'est plus là ! Fondamentalement, il n'y aurait pas eu grande différence avec un projectionniste sortant un six-coups pour farcir de balles son projecteur.

Si on tirait dans un projecteur, le film s'arrêtait.

Eddie n'y tenait pas.

Il voulait en avoir pour son argent.

– Tu as donc la possibilité de franchir seul cette porte, dit-il en détachant ses mots.

– Oui.

– Enfin, pour ainsi dire.

– Oui.

– De te pointer dans sa tête comme tu t'es pointé dans la mienne.

– Oui.

– Je résume : tu peux faire du stop dans mon monde, mais c'est tout.

Cette fois, Roland s'abstint de répondre. *Faire du stop* était l'une de ces expressions qu'employait parfois Eddie et dont le sens exact lui échappait... bien qu'il vît à peu près ce qu'elle voulait dire.

– Toutefois, tu pourrais être en mesure d'y aller physiquement. Comme tu as fait chez Balazar. (Il parlait tout haut mais se parlait en fait à lui-même.) Sauf que, pour ça, tu aurais besoin de moi.

– Oui.

– Alors emmène-moi.

Le pistolero ouvrit la bouche pour répondre mais déjà Eddie poursuivait :

– Non, pas tout de suite. L'idée ne m'a même pas effleuré de le faire maintenant. Je sais très bien qu'il en résulterait une émeute ou je ne sais quelle merde si on... si on déboulait comme ça de nulle part. (Il éclata d'un rire bref passablement hystérique.) Comme des lapins qu'un illusionniste ferait sortir de son chapeau... et sans chapeau par-dessus le marché. Ouais, sûr que maintenant c'est impossible, et sûr que je le comprends. Mais il suffirait d'attendre qu'elle soit seule et...

– Non.

– Mais je reviendrai, s'écria Eddie. Je te le jure, Roland ! Je sais que tu as un boulot à faire, et je suis conscient d'avoir un rôle à jouer. Je sais que tu m'as sauvé la mise pour le passage de la douane mais j'estime avoir sauvé la tienne chez Balazar... cela dit, je ne sais pas ce que tu en penses.

– J'en pense que tu m'as effectivement sauvé la mise.

Roland revit le jeune homme sortir au mépris de sa propre vie de derrière le bureau; un instant, il fut assailli par le doute.

Mais rien qu'un instant.

– Alors? enchaîna Eddie. Un prêté pour un rendu? Chacun son tour? Je ne suis pas gourmand. Tout ce que je veux, c'est retourner là-bas quelques heures. Mettre la main sur du poulet à emporter, peut-être sur un paquet de Dunkin Donuts. (Il se tourna vers la porte où le décor s'était remis en mouvement.) Alors, qu'est-ce que tu décides?

– C'est toujours non, répondit le pistolero, bien que, depuis quelques secondes, le jeune homme fût presque entièrement sorti de ses pensées.

Cette manière de remonter l'allée... la Dame d'Ombres, qui qu'elle fût, ne se déplaçait pas comme tout un chacun – pas comme Eddie, par exemple, s'était déplacé quand il en avait occupé l'esprit et partagé les yeux, ni... (à présent qu'il s'attardait à y réfléchir, ce qu'il n'avait jamais fait auparavant, de même qu'il ne s'était jamais attardé à remarquer la constante présence de son nez sur la frontière inférieure de son champ de vision)... comme lui-même se déplaçait. Quand on marchait, le corps s'animait d'un léger mouvement de bascule – pied gauche, pied droit, pied gauche, pied droit – qui imprimait une oscillation similaire à votre regard sur le monde alentour. Mais sur un monde si subtil qu'au bout d'un moment – presque aussitôt après s'être mis en route, supposait-il – on cessait purement et simplement d'y être sensible. Or il n'y avait rien de pendulaire dans la progression de la Dame : elle ne faisait que remonter l'allée d'un mouvement uniforme, comme guidée par des rails. Il se trouvait qu'Eddie avait eu la même perception... à ceci près qu'elle lui avait évoqué un travelling. Elle l'avait rassuré parce qu'il l'avait trouvée familière.

Pour Roland, c'était une sensation radicalement étrangère... mais, la voix suraiguë, Eddie l'interrompit dans ses pensées.

– Pourquoi pas, merde? Pourquoi pas?

– Parce que c'est pas du poulet que tu veux, je le sais. Je connais même jusqu'aux mots que tu emploies pour en parler, Eddie. Tu veux te « faire un fix ». Tu veux te « recharger ».

— Et alors? hurla Eddie. Même si c'est pour ça, qu'est-ce que ça change? J'ai dit que je reviendrai ici avec toi! Tu as ma parole! Je ne dis pas ça en l'air : tu as ma putain de parole! Qu'est-ce qu'il te faut de plus? Tu veux que je te le jure sur ma mère? O.K. Je te le jure sur ma mère! Tu veux que je te le jure sur mon frère Henry? Parfait, je te le jure! Je te le jure! Je te le JURE!

Enrico Balazar aurait pu le lui dire, mais Roland n'avait pas à apprendre des pareils de Balazar un tel truisme de l'existence : Ne jamais croire un junkie.

D'un signe de tête, il lui montra la porte.

— Jusqu'à la Tour au moins, cette part de ta vie est close. Après, je m'en fiche. Après, tu seras libre d'aller au diable à ta manière. Mais jusque-là j'ai besoin de toi.

— Ah, tu es un putain de salaud de menteur, fit Eddie avec douceur, sans émotion perceptible dans sa voix, mais le pistolero vit dans ses yeux le scintillement des larmes. Tu sais très bien qu'il n'y aura pas d'après, ni pour moi, ni pour elle, ni pour Dieu sait qui sera ce troisième type. Et probablement pas pour toi non plus... tu as la même putain de touche de crevard que Henry sur la fin. Si tu ne lâches pas la rampe sur le chemin de ta Tour, tu peux être sûr de le faire une fois que nous y serons. Alors pourquoi me mens-tu?

Une forme assourdie de honte s'installa en Roland qui cependant ne fit que répéter :

— Pour le moment du moins, cette part de ta vie est close.

— Voyez-vous ça? Eh bien, j'ai quelque chose à t'apprendre, Roland. Je sais ce qui va arriver à ton vrai corps une fois que tu auras franchi cette porte et que tu occuperas celui de la Dame. Je le sais parce que c'est tout vu d'avance. Je n'ai même pas besoin de tes armes. Je t'emmène près de ce célèbre endroit où poussent les cheveux courts, mon cher. Tu pourras même tourner la tête de cette femme comme tu as tourné la mienne et regarder ce que je fais de ton enveloppe mortelle pendant que tu n'es plus que ton putain de *ka*. J'aimerais pouvoir attendre la tombée de la nuit et te traîner au bord de l'eau. Comme ça tu pourrais vérifier que les homards te trouvent à leur goût. Mais j'ai bien peur que ce ne soit pas possible. Tu vas être beaucoup trop pressé de rentrer.

Eddie marqua une pause. Le raclement du ressac et l'appel de conque soutenu du vent parurent soudain se hisser au niveau du vacarme.

— Je pense donc me borner à te trancher la gorge avec ton propre couteau.

— Et fermer cette porte à jamais.

— Je ne fais que te prendre au mot. Cette part de ma vie est close, dis-tu. Je ne pense pas que tu veuilles seulement dire l'héro. Tu parles de New York, de l'Amérique, de mon époque, de tout. Alors si c'est comme ça, il n'est pas question que je joue un rôle dans le restant de la pièce. Le décor coule et les acteurs puent. Il y a des moments, Roland, où comparé à toi, Jimmy Swaggart aurait presque l'air sain d'esprit.

— D'extraordinaires merveilles nous attendent, dit Roland. De grandioses aventures. Et plus encore, c'est une quête à poursuivre, une occasion qui t'est donnée de racheter ton honneur. Autre chose aussi. Tu pourrais être pistolero. Rien n'exige après tout que je sois le dernier. Tu en as l'étoffe, Eddie. C'est en toi. Je le vois. Je le sens.

Eddie éclata de rire en dépit des larmes qui continuaient de rouler sur ses joues.

— Génial! Absolument génial! Exactement ce dont j'ai besoin! Tu sais, Henry, mon frère? Il a été pistolero. Dans un coin qui s'appelle le Viêt-nam. Ça a été super pour lui. Il aurait fallu que tu le voies quand il piquait du nez pour de bon. Il ne pouvait plus trouver le chemin des chiottes sans qu'on l'aide. S'il n'y avait personne pour l'y emmener, il restait là collé devant la télé et il se chiait dessous. Ah, c'est vraiment super-chouette d'être pistolero. Je le vois bien. Mon frère en est sorti camé jusqu'à la moelle et toi tu es complètement jeté.

— Peut-être ton frère n'avait-il pas une vision très nette de l'honneur.

— Peut-être pas, effectivement. On ne s'est jamais très bien représenté ce que c'était dans les cités. Juste un mot que tu mets derrière Votre si tu te fais piquer à fumer un pétard ou à dépouiller un mec et qu'on te traîne en justice pour ça. (Eddie se mit à rire alors que, pourtant, les larmes redoublaient et inondaient ses joues.) Passons à tes amis. Ce type dont tu n'arrêtes pas de parler en dormant, par exemple, ce Cuthbert...

Malgré lui, le pistolero sursauta. Toutes ses longues années d'entraînement avaient été impuissantes à réprimer ce sursaut.

— Est-ce que *eux* aussi ont avalé toutes ces salades que tu débites sur le ton d'un putain de sergent recruteur des Marines? Ces histoires d'aventure, de quête, d'honneur?

— Ils avaient une claire notion de l'honneur, oui, répondit lentement Roland, pensant aux disparus.

— S'en sont-ils mieux sortis que mon frère d'avoir porté les armes?

Le pistolero garda le silence.

— Je sais ce que tu es, poursuivit Eddie. Des types comme toi, j'en ai croisé des tas. T'es rien qu'un cinglé de plus à chanter : « Marchons, Soldats du Christ » avec un drapeau dans une main et un pistolet dans l'autre. J'en ai rien à cirer de l'honneur. Tout ce que je veux, c'est du poulet et un fix. D'abord du poulet, et ensuite un fix. Donc, je t'avertis : tu es libre de franchir cette porte, mais à l'instant même où tu seras parti, je zigouille ce qui reste ici de toi.

Le pistolero continua de ne rien dire.

Eddie eut un petit sourire de travers et, du revers des mains, essuya les larmes sur ses joues.

— Tu veux que je te dise comment on appelle ça chez nous?

– Comment ?

– Un match nul à la mexicaine.

Un moment, ils ne firent que se regarder l'un l'autre, puis les yeux de Roland se rivèrent sur l'ouverture. Tous deux avaient eu partiellement conscience – Roland un peu plus qu'Eddie – qu'il s'était produit un autre de ces brusques virages, sur la gauche cette fois. Il y avait là un étincellement de joyaux, quelques-uns sous vitrine, la plupart non protégés, ce qui fit supposer au pistolero qu'il s'agissait d'imitations, de ce qu'Eddie aurait appelé du bijou fantaisie. Les mains noires examinèrent quelques pièces – comme ça, en passant, sembla-t-il – et, sur ces entrefaites, une autre vendeuse apparut. Suivit une conversation à laquelle ni lui ni Eddie ne prêtèrent vraiment attention, puis la Dame demanda à voir quelque chose. La vendeuse s'éloigna, et ce fut alors que les yeux de Roland retournèrent se fixer sur la scène.

Les mains réapparurent. Elles tenaient un sac. Il s'ouvrit. Et les mains soudain s'activèrent à y enfourner des choses, au hasard, apparemment... non, presque à coup sûr.

– Bon, dit Eddie avec une ironie amère. Je vois que tu ramasses un bel équipage. Tu as commencé par un échantillon de junkie blanc, et voilà que tu récoltes une de ces voleuses à l'étalage noi...

Mais Roland marchait déjà vers la porte entre les mondes, sans perdre un instant, ne se souciant plus d'Eddie.

– Je n'ai pas dit ça en l'air ! cria Eddie. Tu franchis cette porte et je te tranche la gorge. Je te tranche ta putain d...

Il ne put achever : le pistolero était parti. N'en restait sur la plage qu'un corps flasque animé par la seule respiration.

Un moment, Eddie resta là sans réaction, incapable de croire que Roland eût fait ça, fût réellement parti, en dépit de l'avertissement donné – de la putain de promesse qu'il lui avait faite, et sincère au possible – quant aux conséquences d'un tel acte.

Parfait. Parfait, donc.

Il n'allait pas avoir l'éternité devant lui pour la mettre à exécution, cette promesse. Tout au plus le pistolero risquait-il de lui laisser quelques instants, et il en avait clairement conscience. Il jeta un coup d'œil par la porte et vit les mains noires se figer avec un collier doré suspendu au-dessus d'un sac dont l'intérieur scintillait déjà comme les profondeurs d'une grotte où un pirate aurait caché son trésor. Bien qu'il ne pût l'entendre, il devina Roland parlant à la propriétaire des mains.

Il sortit le couteau de la bourse du pistolero et retourna le corps inerte qui gisait au pied de la porte. Les yeux étaient ouverts mais vides, révulsés, ne montrant que leur blanc.

– Regarde bien, Roland! hurla-t-il. (Ce vent monotone, incessant, imbécile – suffisant pour pousser quiconque dans les retranchements de la folie – lui sifflait dans les oreilles.) N'en perds pas une miette! Je vais compléter ta putain d'éducation! Je vais te montrer ce qui arrive quand on se fout de la gueule des frères Dean!

Il amena le tranchant de la lame au contact de la gorge du pistolero.

CHAPITRE 2

Et elles devinrent deux

1

Août 1959 :

Quand George ressortit au bout d'une demi-heure, il trouva Julio adossé au capot de l'ambulance toujours garée dans l'accès aux urgences de la Clinique des Sœurs de Charité sur la 23e Rue. L'infirmier avait le talon d'une de ses santiags calé sur le pare-chocs avant et il s'était changé. Il portait à présent un pantalon de satin rose et une chemise bleue sur la poche gauche de laquelle était brodé son nom en lettres d'or : c'était sa tenue de bowling. George consulta sa montre et constata que l'équipe de Julio – les Hispanos Sensass – devait déjà être en piste.

– Je pensais que vous seriez parti, dit George Shavers. (Il était interne à la Clinique des Sœurs de Charité.) Comment vos gars vont-ils se débrouiller pour gagner sans le Bourreau des Quilles ?

– Ils ont pris Miguel Basale pour me remplacer. Il a des hauts et des bas mais, dans les hauts, il est capable de faire un malheur. On devrait gagner quand même. (Julio marqua une pause.) J'étais curieux de savoir comment ça allait finir.

C'était lui le chauffeur de l'ambulance, Cubano, doté d'un sens de l'humour dont George n'était même pas sûr qu'il fût conscient.

George jeta un regard autour d'eux. Aucun des infirmiers de leur unité mobile n'était en vue.

– Où sont-ils?

– Qui? Les putains de Frères Bobbsey? Où voulez-vous qu'ils soient? Au Village, en train de courir la fesse d'une plouc. Vous croyez qu'elle va s'en tirer?

– Pas idée.

Il avait essayé de prendre une voix sereine face à l'inconnu. Mais après que le médecin-résident de service d'abord puis deux chirurgiens lui avaient eu arraché la jeune Noire presque en moins de temps qu'il n'en faut pour dire *Je vous salue Marie pleine de Grâce* (prière qu'il avait d'ailleurs eue sur le bout de la langue, la fille ne lui ayant pas vraiment donné l'impression d'en avoir pour très longtemps), ce genre de tentative semblait compromise.

– C'est qu'elle a perdu un paquet de sang.

– Ça, je veux bien le croire.

George était l'un des seize internes de la clinique et l'un des huit affectés au nouveau système d'unité mobile. On était parti du postulat qu'un interne faisant équipe avec une paire d'infirmiers pouvait de temps à autre, en situation d'urgence, faire toute la différence entre la mort et la vie. George savait que la plupart des chauffeurs et infirmiers jugeaient ces internes nés de la dernière pluie tout aussi capables de tuer leurs chargements de viande saignante que de les sauver. Mais il n'en estimait pas moins le nouveau système susceptible de donner des résultats.

De temps à autre, en tout cas.

Qu'il en donnât ou pas, c'était de toute façon excellent pour l'image de marque de la clinique et, même si les internes concernés râlaient de voir leur semaine grevée de huit heures supplémentaires (et non payées), George Shavers les supposait pour la plupart sensibles comme lui à la fierté qu'ils en tiraient, au sentiment d'être des durs à cuire, capables d'encaisser ce que le destin leur jetait sur les bras.

Puis était venu le soir où ce Tri-Star de la T.W.A. s'était écrasé à Idlewild. Soixante-cinq passagers à bord, dont soixante que Julio Estevez classait dans la rubrique M.S.P. – Morts Sur Place – et trois des cinq survivants à peu près dans l'état de ce qu'on récolte au fond d'une chaudière à charbon quand on la nettoie... sauf que les résidus de combustion n'ont pas pour habitude de gémir et de hurler, de réclamer de la morphine ou qu'on les achève, s'pas ? *Si tu peux encaisser ça*, s'était-il dit juste après, se remémorant les membres sectionnés gisant au milieu des débris, fragments de volets d'aluminium, sièges éventrés, un morceau de la queue avec encore le chiffre 17, un grand T rouge, la moitié du W et rien d'autre, se remémorant l'œil échappé de son orbite qu'il avait vu posé sur une valise carbonisée, se remémorant l'ours en peluche et le regard fixe de ses yeux en boutons de bottine à côté de la petite basket rouge avec le pied du gosse encore à l'intérieur, *si tu peux encaisser ça, tu peux encaisser n'importe quoi*. Et il l'avait encaissé à merveille. Avait continué de l'encaisser tout au long du chemin en rentrant chez lui. Et jusqu'au bout de son souper tardif, un plateau TV de dindonneau Swanson. Ensuite, il s'était endormi sans problème, preuve que sans l'ombre d'un doute il l'encaissait à merveille. Puis, en quelque noire et mortelle heure du petit matin, il s'était réveillé d'un horrible cauchemar où, entre la valise carbonisée avec son œil et la petite basket rouge encore pourvue de son contenu, ce n'était pas un ours en peluche qu'il voyait mais la tête de sa mère, et les yeux de cette tête s'étaient ouverts, et ils étaient carbonisés, avec le même regard fixe et sans expression des yeux en boutons de bottine de l'ours en peluche, et la bouche de sa mère s'était ouverte, révélant les chicots éclatés de ce qui avait été sa denture avant que l'éclair ne frappât le Tri-Star de la T.W.A., lors de son approche finale. Et elle avait murmuré : « Tu ne m'as pas sauvée, George ; on s'est sacrifiés pour toi, on s'est privés, on s'est saignés aux quatre veines, ton père a réparé ce merdier dans lequel tu t'étais foutu avec cette fille, et tu n'as quand même pas été fichu de me sauver, que le diable t'emporte », et il s'était réveillé dans un hurlement, vaguement conscient que quelqu'un tambourinait sur le mur, mais déjà il s'était précipité dans la salle de bains pour réussir à s'agenouiller devant l'autel de porcelaine dans la posture du pénitent une fraction de seconde avant que son souper tardif ne remontât par l'ascenseur express. Il fit l'objet d'une livraison spéciale, tout chaud et tout fumant, sentant encore le dindonneau traité. Agenouillé là, il avait fixé le fond de la cuvette, les morceaux de volaille à moitié digérés, les carottes qui n'avaient rien perdu de leur éclat fluorescent d'origine, et ce mot lui avait flamboyé en travers de l'esprit en grosses lettres rouges :

TROP

Exact.
C'était :

TROP

Il allait renoncer à la carrière de charcuteur. Il allait renoncer parce que

TROP C'ÉTAIT TROP

Il allait renoncer parce que Popeye avait pour devise : *C'est tout ce que je peux supporter et je n'en supporterai pas plus*, et que Popeye avait foutrement raison.

Il avait tiré la chasse puis s'était recouché, avait presque instantanément sombré dans le sommeil et ne s'était réveillé que pour constater qu'il voulait toujours être médecin, et que c'était une sacrée bonne chose de le savoir pour de bon, qui justifiait peut-être tout le reste, qu'on lui donnât le nom d'Unité Mobile d'Urgence ou de Sang à la Une ou de Reconnaissez-moi C't Air.

Il voulait toujours être médecin.

Il connaissait une dame habile aux travaux d'aiguille. Il la paya dix dollars – qu'il ne pouvait se permettre pourtant de dépenser – pour qu'elle lui brodât un petit canevas désuet où était écrit :

SI TU PEUX ENCAISSER ÇA, TU PEUX ENCAISSER N'IMPORTE QUOI.

Oui. Exact.

Le sale boulot dans le métro survint quatre semaines plus tard.

2

– Cette fille, elle était sacrément bizarre, hein? fit Julio.

George poussa un soupir intérieur de soulagement. Julio n'aurait-il pas abordé le sujet que lui-même se serait déballonné pour le faire. Il était interne et, un de ces jours, allait être docteur en titre – il en avait la certitude à présent – mais Julio était un ancien, et on ne disait pas n'importe quoi devant un ancien. Il se serait mis à rire et aurait lâché : *Merde, c'est la millième fois que je vois ça, gamin. Va me chercher une serpillière pour éponger les flaques de c'te pluie avec laquelle t'es venu. Y en a encore partout.*

Mais il semblait que Julio n'eût pas vu ça mille fois, ce qui n'était pas plus mal car George avait vraiment envie d'en parler.

– Ouais, sûr qu'elle était bizarre. On aurait dit qu'elle était deux personnes distinctes.

George avait la surprise de voir que c'était maintenant Julio qui semblait soulagé; il en fut accablé de honte. Julio Estavez, qui jusqu'à la fin de ses jours ne serait jamais autre chose qu'un type au volant d'une limousine avec une paire de gyrophares rouges sur le toit, venait de montrer plus de courage que lui-même n'avait été fichu d'en rassembler.

– Bravo, doc, vous avez tapé dans le mille.

Julio sortit un paquet de Chesterfield et s'en colla une au coin des lèvres.

– Ces saletés vont vous tuer, l'ami, dit George.

Le Cubain hocha la tête et lui tendit le paquet.

Un moment, ils fumèrent en silence. Les deux infirmiers étaient peut-être descendus draguer au Village, comme avait dit Julio... mais il se pouvait qu'ils aient simplement estimé à leur tour que trop c'était trop. George avait eu la trouille, d'accord, pas question d'en douter. Mais il savait aussi que c'était lui qui avait sauvé la fille, pas les infirmiers, et savait que Julio en avait pris conscience, que c'était peut-être la vraie raison pour laquelle il l'avait attendu. La vieille Noire avait certes donné un coup de main, ainsi que ce jeune Blanc qui avait téléphoné aux flics alors que tout le monde (hormis la vieille) restait planté là à regarder comme si c'était un putain de film, ou un show à la télé, quelque chose du genre – un épisode de *Peter Gunn*, pourquoi pas? – mais au bout du compte, tout avait reposé sur lui, sur un petit toubib paniqué faisant son boulot le mieux possible.

La fille avait été en train d'attendre ce moyen de transport urbain que Duke Ellington tenait en si haute estime : le fabuleux métro de la Ligne A. Juste une jolie petite Noire en jean et chemise kaki en train d'attendre le fabuleux métro de la Ligne A pour monter quelque part dans les beaux quartiers.

Et quelqu'un l'avait poussée.

George Shavers ignorait si la police avait pincé l'ordure qui avait fait ça – il l'ignorait et s'en fichait. Son boulot, c'était cette fille qui était tombée sur les rails, juste devant le fabuleux métro de la Ligne A, et avait eu de la veine d'éviter le troisième, ce fabuleux troisième rail qui lui aurait fait ce qu'à Sing-Sing l'Etat de New York fait aux sales types qui ont décroché un voyage à l'œil dans ce fabuleux métro qu'ils appellent le Cracheur d'Etincelles.

Oh, les miracles de l'électricité.

Elle avait bien essayé de se sauver à quatre pattes, mais le temps manquait et la fabuleuse rame débouchait déjà du tunnel dans le crissement des freins, dans des gerbes d'étincelles, parce que le machiniste l'avait vue mais qu'il était trop tard, trop tard pour lui et trop tard pour elle. Les roues d'acier de ce fabuleux métro de la Ligne A l'avaient rattrapée, lui avaient tranché les jambes juste au-dessus du genou. Et alors que tout le monde (sauf le jeune Blanc qui s'était rué sur le téléphone alerter les flics) restait là à s'astiquer le manche (ou le bouton, supposait George) la vieille Noire avait sauté dans la fosse – récoltant ainsi une hanche démise et la Médaille du Courage que lui remettrait plus tard le Maire – et s'était arraché son foulard de la tête pour improviser un garrot autour d'une des cuisses pissant le sang de la fille. Le jeune Blanc braillait à l'autre bout du quai, réclamant une ambulance, et la mémé de couleur braillait au fond de son trou, réclamant de l'aide... une cravate... quelque chose... n'importe quoi, pour l'amour du ciel... et il avait fini par y avoir un vieux monsieur blanc, genre homme d'affaires, pour à contrecœur se délester de sa ceinture, et la vieille avait levé les yeux vers lui pour prononcer les mots qui allaient faire la une du *Daily News* du lendemain, qui allaient faire d'elle une héroïne cent pour cent américaine : « Merci, frangin. » Puis elle avait bouclé la ceinture autour de la cuisse gauche de la jeune à mi-chemin entre la fourche du jean et l'endroit où elle avait eu un genou avant l'arrivée du fabuleux métro de la Ligne A.

George avait entendu quelqu'un dire à un autre que les derniers mots de la jeune Noire avant de tourner de l'œil avaient été : « Qui c'était c't enculé d' cul blanc ! Il peut êt' sûr que j' vais l' t'ouver pou' lui fai' la peau ! »

Il n'y avait pas de trou assez haut sur la ceinture pour que la vieille Noire y pût coincer l'ardillon, aussi continua-t-elle de tirer dessus jusqu'à l'arrivée de Julio, de George et des deux infirmiers.

George se souvenait de la ligne jaune, de sa mère lui répétant qu'il ne devait jamais, sous aucun prétexte, franchir cette ligne jaune quand il attendait le métro (fabuleux ou non), se souvenait de l'odeur de graisse et d'électricité qui s'était refermée sur lui quand, après avoir franchi la ligne jaune, il avait sauté au bas du quai, se souvenait de s'être retrouvé dans une étuve. Une chaleur atroce, qui semblait émaner de lui, de la vieille Noire, de la jeune, de la rame, du tunnel, du ciel invisible au-dessus de leur tête, et de l'enfer en dessous. Il se rappelait avoir pensé : *Si on me colle un brassard pour mesurer ma tension, je suis sûr de faire sauter le cadran*, et il s'était calmé, avait gueulé qu'on lui passe sa trousse, et quand l'un des infirmiers la lui avait apportée au bord du quai, prêt à bondir le rejoindre dans la fosse, il lui avait dit de se tirer, et l'infirmier avait eu l'air surpris comme s'il voyait George Shavers pour la première fois, et il s'était tiré.

George avait ligaturé autant d'artères et de veines que possible, et quand le cœur de la fille avait entamé un be-bop endiablé, il lui avait fait une piqûre de digitaline. Du sang était arrivé avec les flics. « On la remonte, doc ? », avait demandé l'un d'eux. George avait répondu : « Pas encore », et, comme si c'était une junkie en manque ayant avant tout besoin de son fix, il avait enfoncé l'aiguille dans le bras de la fille et le flacon avait commencé à se vider.

Alors, il les avait laissés la remonter.

Alors, ils l'avaient emmenée.

En chemin, elle s'était réveillée.

Alors, c'était devenu vraiment bizarre.

3

George lui fit une injection de Demerol quand les infirmiers la chargèrent dans l'ambulance – elle avait commencé de s'agiter et de pousser des petits cris. Il lui en colla une dose suffisante pour s'assurer qu'elle se tiendrait tranquille jusqu'aux Sœurs de Charité. Il avait déjà quatre-vingt-dix pour cent de certitude qu'elle serait encore avec eux quand ils y parviendraient, et c'était un point pour le camp des braves types.

N'empêche qu'elle battit des paupières alors qu'ils étaient encore à six rues de la clinique. Un gémissement rauque monta de ses lèvres.

— On n'a qu'à lui refaire une piqûre, doc, suggéra l'un des infirmiers.

A peine si George remarqua que, pour la première fois, un infirmier avait daigné l'appeler autrement que George, ou pire, Georgie.

— Ça va pas la tête? Pas question que je confonde overdose et mort à l'arrivée à moins que pour vous ce soit du pareil au même.

L'infirmier fit marche arrière.

George ramena son regard sur la jeune Noire et constata que les yeux qui le lui rendaient étaient parfaitement réveillés et conscients.

— Que m'est-il arrivé? demanda-t-elle.

George revit le type qui avait dit à un autre type que la fille avait soi-disant demandé qui c'était cet enculé, braillé qu'elle allait le retrouver, qu'il pouvait en être sûr, et qu'elle lui ferait la peau. Ç'avait été un Blanc. George concluait maintenant qu'il s'était agi d'une pure invention, inspirée soit par l'étrange penchant humain à rendre encore plus dramatiques des situations qui l'étaient déjà, soit au simple préjugé raciste. Cette jeune femme était à l'évidence intelligente et cultivée.

— Un accident, dit-il. Vous êtes...

Elle ferma les yeux et il crut qu'elle allait se rendormir. Bien. Qu'un autre aille lui dire qu'elle avait perdu ses deux jambes. Un autre qui se faisait plus de 630 $ par mois. Il s'était légèrement décalé sur la gauche pour jeter un nouveau coup d'œil sur la tension de la fille quand elle rouvrit les yeux. Il eut aussitôt l'impression d'avoir affaire à une autre femme.

— Putain de me'de, on m'a coupé les guibolles, j' les sens plus. Où que j' suis? Dans l'ambulance?

— Euh... oui.

Il avait soudain besoin de boire. Pas forcément de l'alcool. Juste quelque chose d'humide. Pour remédier à cette sécheresse dans la gorge. C'était comme Spencer Tracy dans *Dr Jekyll et Mr Hyde*, sauf que ça ne se passait plus au cinéma.

– Ils l'ont coincé, l' 'culé d' cul blanc?

– Non, dit George, et il pensa : *Le type avait raison, merde. Il a vraiment entendu ça.*

Il était vaguement conscient de ce que les infirmiers, après s'être penchés vers eux (peut-être dans l'attente de le voir faire une boulette) se détournaient pour regarder droit devant.

– Ext'a. Autant qu' la pou'aille cul blanc l' laisse cou'ir. Comme ça j' vais pouvoi' l' coincer, moi. Et j' lui coupe'ai l' zob. L'enculé! J' vas t' di'e, moi, c' que vas lui fai'e à c' salopa'd! J' vas te l' di'e, moi, 'spèce de 'culé d' cul blanc! J' vas te di'e une chose... 'sp... j' vas...

Nouveau battement de paupières, et George pensa : *Oui, c'est ça, rendors-toi, je t'en prie, rendors-toi. Je ne suis pas payé pour des trucs comme ça. Je n'y comprends rien. On nous a bien parlé du syndrome commotionnel mais personne n'a jamais cité la schizophrénie dans les...*

Les yeux se rouvrirent une fois de plus. C'était la première femme.

– Quelle sorte d'accident? Je me revois sortant du Toi.

– Du toit? demanda-t-il bêtement.

Elle sourit. Un petit sourire douloureux.

– Du Toi et Moi. C'est un café.

– Ah, oui, c'est vrai.

L'autre, blessée ou pas, n'avait suscité en lui aucune pitié, bien plus, l'avait fait se sentir minable, mesquin, vaguement nauséeux. Celle-ci le transformait en Chevalier de la Table Ronde, un chevalier qui venait d'arracher sa Dame aux griffes du dragon.

– Je me rappelle être descendue dans le métro, jusque sur le quai, et puis après...

– Quelqu'un vous a poussée.

Ça paraissait absurde, dit comme ça. Et alors? Où était le problème puisque ça l'était?

— M'a poussée juste au moment où le métro arrivait?

— Oui.

— Ai-je perdu mes jambes?

George essaya de déglutir mais en vain. Il ne semblait plus rien y avoir dans sa gorge pour graisser la machine.

— Pas complètement, dit-il, lamentable, et les yeux de la fille de nouveau se fermèrent.

Pourvu que ce soit un évanouissement, pensa-t-il. *Mon Dieu, faites que ce soit un évanouissement.*

Ils se rouvrirent, étincelants de rage. Des doigts fusèrent, tailladèrent le vide à moins de deux centimètres de son visage. Un peu plus près, et, pour l'heure, il serait toujours aux urgences à se faire poser des points de suture sur la joue au lieu de fumer des Chester avec Julio Estavez.

— Z'êtes rien qu'un tas d' culs blancs, tous autant qu' vous êt', des salauds d' culs blancs! hurla-t-elle. (Des traits monstrueusement déformés. Des yeux où brûlaient les flammes de l'enfer. Un visage qui n'avait plus rien d'humain.) J' m'en vas fai'e la peau à chaque 'culé d' cul blanc que j' vois! leur couper la queue, leur couper les couilles et les r'cracher dans leur sale gueule de 'culé d' cul blanc! J' m'en vais...

C'était dingue. Elle parlait comme une Noire de dessin animé, Butterfly McQueen version Ciné Cinoque. Elle – ou ça – semblait dotée d'une énergie surhumaine. Créature qui se tordait, hurlait, dont on n'aurait jamais pensé qu'elle était passée une demi-heure plus tôt sur le billard improvisé de rails de métro pour y être amputée des deux jambes. Elle mordait. Lançait vers lui ses griffes, encore et encore. Des bulles de morve lui sortaient du nez. Sa bouche était frangée d'écume. D'infectes vomissures lui coulaient du coin des lèvres.

– Piquez-la, doc! brailla un infirmier. (Il était tout pâle.) Pour l'amour du ciel, collez-lui sa dose!

L'infirmier tendit vers la réserve une main que George écarta brutalement.

– Fais pas chier, connard.

Son attention retourna sur sa patiente; le regard posé, cultivé de l'autre l'y attendait.

– Vais-je survivre? demanda-t-elle sur le ton d'une conversation à l'heure du thé.

Elle n'est absolument pas consciente de ses absences, pensa-t-il. *Pas le moins du monde.* Puis, au bout d'un moment : *L'autre non plus, d'ailleurs.*

– Je...

Il déglutit, même si c'était à sec, comprima la galopade de son cœur sous sa blouse, et s'ordonna de reprendre les choses en main. Il lui avait sauvé la vie. Ses problèmes psychologiques ne le concernaient pas.

– Ça va? fit-elle, et le souci sincère qu'il perçut dans sa voix le fit sourire.

Elle lui demandait à *lui* si ça allait!

– Oui, mademoiselle.

– A quelle question répondez-vous?

L'espace d'un instant, il resta sans comprendre, puis ça se déchira.

– Aux deux, dit-il.

Puis il lui prit la main, en sentit les doigts serrer les siens, plongea son regard dans ces yeux si lumineux, si sensibles, et songea : *Il n'y a ni heure ni lieu pour tomber amoureux,* et ce fut alors que la main qu'il tenait se fit serre et qu'il s'entendit traiter de 'culé d' cul blanc, qu'il l'entendit hurler qu'elle n'allait pas seulement lui couper les couilles mais qu'elle allait se les bouffer, ses couilles de 'culé d' cul blanc.

Il arracha sa main de la sienne, vérifiant si elle était intacte, ayant vaguement dans l'idée d'avoir à faire quelque chose s'il y voyait du sang, parce que cette fille était poison, cette fille était venimeuse, et être mordu par elle devait revenir au même qu'être mordu par une vipère ou par un serpent à sonnette.

Non, pas de sang. Et quand il la regarda, c'était de nouveau l'autre... la première.

– Je vous en prie, dit-elle. Je ne veux pas mourir. Je...

Puis elle ferma les yeux pour de bon, et c'était bien. Pour tout le monde.

4

– Alors, votre avis ?

– Sur qui va terminer au classement ? (George écrasa son mégot sous le talon de son mocassin.) White Sox. Je les ai cochés sur mon bulletin de pronostics.

– Votre avis sur cette fille ?

– Elle pourrait bien être schizophrène, dit lentement George.

– Ouais, ça j'ai vu. Je veux dire, qu'est-ce qui va lui arriver ?

– Je n'en sais rien.

– Elle a besoin d'aide. Qui est-ce qui va lui en donner ?

– Ma foi... je viens de faire quelque chose pour elle, dit George, avec toutefois l'impression d'être rouge tant il avait chaud aux joues.

Julio le regarda.

– Si vous ne pouvez rien faire de plus, doc, il aurait mieux valu la laisser crever.

George regarda Julio un moment puis constata que ce qu'il voyait dans ces yeux était réellement insoutenable... rien qui l'accusât mais une effroyable tristesse.

Alors il s'éloigna.

Il avait des endroits où aller.

L'instant du Tirage :

Depuis l'accident, c'était dans l'ensemble Odetta Holmes qui était restée aux commandes mais Detta Walker avait fait des irruptions de plus en plus fréquentes, et ce que Detta préférait, c'était voler. Que son butin fût toujours sans grande valeur n'avait pas la moindre importance, pas plus que n'en avait le destin de ce butin qui, souvent, finissait un peu plus tard dans la boîte à ordures.

Seul importait le fait de prendre.

Quand le pistolero entra dans son esprit au Macy's, Detta hurla dans un mélange d'horreur, de terreur et de rage, ses mains se figeant sur les bijoux de pacotille qu'elle enfournait dans son sac.

Elle hurla parce que, à l'instant précis où Roland fit irruption et passa au premier plan, dans ce même instant elle sentit *l'autre* comme si une porte venait d'être ouverte à la volée dans sa tête.

Et elle hurla parce que cette présence qui l'envahissait, qui la violait, était celle d'un cul blanc.

Qu'elle ne voyait pas mais dont elle sentait la blancheur.

Les gens se retournèrent. Un surveillant vit cette femme en fauteuil roulant qui criait, vit le sac ouvert, vit la main figée dans l'acte d'y enfourner une poignée de bijoux fantaisie, dans ce sac qui – ça se voyait, même à dix mètres – valait bien trois fois ce que cette femme volait.

– Hé, Jimmy! beugla-t-il, et Jimmy Halvorsen, un des flics maison, se retourna et vit ce qui se passait.

Il fonça sur la Noire au fauteuil roulant. Il ne put s'en empêcher – il avait fait huit ans dans la Police Municipale et courir était inscrit dans ses neurones – mais il se disait déjà que ça allait être une merde. Les petits gosses, les estropiés, les nonnes, c'était toujours une merde. Les pincer avait l'efficacité des coups de pied sur un ivrogne. Ils pleuraient un petit peu devant le juge et s'en sortaient avec un non-lieu. Dur de convaincre un juge qu'être infirme n'excluait pas d'être une canaille.

Il courait quand même.

6

Roland fut momentanément horrifié de se retrouver dans un tel puits sifflant de haine et de refus... puis il entendit le cri de la femme, vit le type au ventre en sac de pommes de terre se ruer sur elle/lui, vit les gens partout qui regardaient, et prit les commandes.

Il fut soudain cette femme aux mains d'ombre. Il sentit en elle quelque étrange dualité mais n'avait pas le loisir de s'y attarder.

Il fit pivoter le fauteuil et pesa sur les roues. L'allée se remit à défiler. Les gens plongeaient de part et d'autre, dégageant le passage. Le sac tomba, répandant sur le sol un sillage de trésors volés et de papiers. L'homme à l'énorme panse dérapa tant sur les chaînes d'or à zéro carat que les tubes de rouge à lèvres, et tomba sur le cul.

7

Merde! jura mentalement Halvorsen, et, un instant, il eut la main sous son veston là où il avait un 38 dans un étui à crampon. Puis il se reprit. Il ne s'agissait pas d'un coup de filet sur un beau réseau de trafic de drogue, ni d'un vol à main armée mais d'une moricaude en fauteuil roulant. Qu'elle en fît un bolide n'y changeait rien. Qu'est-ce qu'il allait faire? Lui tirer dessus? Génial! Et pouvait-elle lui échapper, de toute manière? Il n'y avait rien au bout de l'allée qu'une paire de cabines d'essayage.

Il se releva, se massa son postérieur endolori et reprit sa poursuite, traînant toutefois la patte maintenant.

Le fauteuil roulant s'engouffra dans l'une des deux cabines. Sitôt libérée par les poignées arrière, la porte se referma.

Je te tiens, salope, pensa Jimmy. *Et je vais te flanquer une de ces trouilles. Je me fiche pas mal que tu aies cinq gosses sur les bras et rien qu'un an à vivre. Je ne te toucherai pas, ma cocotte, mais tu vas en chier sur ton putain d'engin.*

Il battit le surveillant au finish, enfonçant la porte de l'épaule gauche.

La cabine était vide.

Pas de moricaude.

Pas de fauteuil roulant.

Rien.

Il se tourna vers le surveillant, les yeux ronds.

– L'autre ! beugla celui-ci. Elle est dans l'autre !

Avant que Jimmy n'ait pu faire un geste, son collègue avait ouvert la porte de l'autre cabine. Une dame en jupette de nylon et Cœur Croisé poussa un cri strident et renforça de ses bras l'ingénieuse armature du sous-tif. Elle avait la peau très blanche et aussi, de toute évidence, ses deux jambes.

– Excusez-moi, fit le surveillant, rouge jusqu'aux oreilles.

– Sortez d'ici, satyre !

– Oui, madame.

Il referma la porte. Au Macy's, le client avait toujours raison.

Il regarda Halvorsen.

Qui lui rendit son regard et demanda :

– Qu'est-ce que c'est que ce foutoir ? Elle y est rentrée ou non ?

– Sûr, elle y est rentrée.

– Alors, elle est où ?

Le surveillant ne put que faire un geste d'impuissance.

– Allez, Jimmy, y a plus qu'à tout ramasser.

272

– Tu ramasses. Moi, j'ai l'impression de m'être cassé le cul en quinze morceaux. (Il marqua un temps d'arrêt.) A vrai dire, mon vieux, c'est surtout dans mes idées que j'ai besoin de remettre un peu d'ordre.

8

A l'instant où le pistolero entendit claquer derrière lui la porte de la cabine d'essayage, il fit faire demi-tour au fauteuil face à cette autre porte qui, si Eddie avait tenu sa promesse, ne devait plus être là.

Mais elle y était, toujours ouverte, et Roland y poussa la Dame d'Ombres.

CHAPITRE 3

Odetta de l'autre côté

1

Peu de temps après, Roland allait penser : *Toute autre femme, infirme ou non, soudain poussée dans l'allée du marché couvert où elle fait ses emplettes – même si c'est d'une manière peu orthodoxe – par un inconnu qui a élu domicile dans son crâne, poussée jusque dans une petite pièce avec derrière elle un type qui lui crie de s'arrêter, puis brusquement retournée, de nouveau poussée dans cette pièce où il n'y a matériellement pas la place d'aller ailleurs, et se retrouvant soudain dans un monde entièrement différent... j'estime qu'en pareilles circonstances toute autre femme aurait presque à coup sûr demandé : « Où suis-je ? » avant toute autre chose.*

Or, la question qu'Odetta Holmes posa sur un ton presque amusé fut :

– Que comptez-vous faire au juste avec ce couteau, jeune homme ?

2

Roland regarda Eddie qui était accroupi au-dessus de lui, le couteau à moins d'un centimètre de sa gorge. Quelle que fût la prodigieuse vitesse acquise au long des années de formation, il n'était pas question de pouvoir éviter la lame si Eddie décidait de s'en servir.

– Oui, dit-il, que comptes-tu faire au juste avec ça ?

– Je n'en sais rien, répondit Eddie. (Il y avait dans sa voix un profond dégoût pour lui-même.) Chercher des appâts, je pense. Evidemment, je ne dois guère donner l'impression d'être venu ici pour pêcher.

Il lança le couteau en direction de la Dame, nettement à droite du fauteuil cependant. Il se ficha dans le sable jusqu'à la garde, vibrant sur sa lame amincie à l'extrême.

Sur ce, la Dame se retourna et commença :

– Auriez-vous l'amabilité de m'expliquer où vous m'avez...

Et elle en resta là. Toutefois, si elle avait dit : « Auriez-vous l'amabilité... » alors que son regard n'avait pas encore décrit un arc de cercle suffisant pour lui révéler l'absence de tout interlocuteur derrière elle, le pistolero nota avec un intérêt réel qu'elle n'en avait pas moins poursuivi sa phrase quelques instants parce que sa situation dictait un certain nombre d'évidences, même contredites par les faits, entre autres, que si elle était arrivée ici, ce ne pouvait être que poussée par quelqu'un.

Bien qu'il n'y eût personne derrière elle.

Absolument personne.

Elle reporta son attention sur Eddie et sur le pistolero, l'incertitude dans les yeux, la confusion, l'inquiétude, et voilà qu'elle demandait :

– Où suis-je ? Qui m'a poussée ? Comment se fait-il que je sois là ? Pourquoi suis-je habillée, au fait, alors que j'étais chez moi en robe de chambre à regarder le journal de midi ? Qui suis-je ? Où est-ce ici ? Qui êtes-vous ?

« *Qui suis-je ?* », a-t-elle demandé, songea Roland. *La digue s'est rompue... sur un déluge de questions ainsi qu'il était prévisible. Mais il en est une – « Qui suis-je ? » – allant contre toute attente et dont je sens* qu'elle n'a toujours pas conscience de l'avoir posée.

Ni conscience du moment où elle l'a posée.

Car elle avait dit ça avant.

Avant même de leur demander qui *ils* étaient, elle s'était inquiétée de savoir qui *elle* était.

3

Les yeux d'Eddie allèrent du beau jeune/vieux visage de la femme noire dans le fauteuil roulant à celui du pistolero.

– Comment se fait-il qu'elle ne le sache pas?

– Difficile à dire. Le choc, je suppose.

– Un choc qui l'aurait surprise chez elle, dans son salon, avant de sortir pour aller au Macy's? Tu m'as bien dit que son dernier souvenir, c'est d'être en peignoir devant sa télé en train d'écouter je ne sais quel minet brushingué de frais raconter qu'on a retrouvé ce gus au fin fond des Keys, en Floride, avec la main gauche de Christa McAuliff accrochée au mur de son cabanon, à côté de l'espadon de deux mètres?

Roland s'abstint de répondre.

Plus éberluée que jamais, la Dame demanda :

– Qui est Christa McAuliff? Est-elle de ces Cavaliers de la Liberté qui ont disparu?

Ce fut au tour d'Eddie de ne pas répondre. Les Cavaliers de la Liberté? Qu'est-ce que c'était que ces zouaves?

Le pistolero lui jeta un regard qu'il n'eut aucun mal à interpréter : *Ça ne te crève pas les yeux qu'elle est en état de choc?*

Je vois ce que tu veux dire, Roland, mon vieux copain, mais ça ne colle que jusqu'à un certain point. Moi-même, j'ai subi un choc quand tu as déboulé dans mon crâne façon Starsky et Hutch, mais mes banques de données n'en ont pas pris un coup, que je sache.

À propos de choc, il venait de se payer une jolie décharge quand elle avait franchi le seuil. Il avait été agenouillé au-dessus du corps inerte de Roland, le couteau presque posé sur la chair vulnérable du cou... mais, à la vérité, il n'aurait jamais pu poursuivre son geste, pas pour l'heure du moins. Il était fasciné par la porte, par ce qu'il y voyait, une allée du Macy's qui se ruait vers lui – en repensait de nouveau à *Shining*, à cette séquence où l'on voit ce que voit le gamin quand il fait du tricycle dans les couloirs du palace hanté, revoyait le moment où le gosse, au bout d'un de ces couloirs, tombe sur ces horribles momies jumelles. Ce qu'il y avait au bout de l'allée n'avait rien d'aussi fantastique, une simple porte blanche où était écrit en caractères discrets : VEUILLEZ LIMITER CHAQUE ESSAYAGE À DEUX VÊTEMENTS. Ouais, pas de problème, c'était le Macy's. Le Macy's tout craché.

Une main noire jaillit et poussa la porte cependant que, derrière, une voix masculine (celle d'un flic – Eddie l'eût reconnue entre mille, n'eût-il entendu ce genre de voix qu'une fois dans sa vie, ce qui était loin d'être le cas) criait à la propriétaire de la main de s'arrêter, que c'était une impasse et qu'elle ne faisait qu'aggraver les choses. Dans la glace, sur sa gauche, Eddie entrevit le fauteuil et son occupante; il se souvenait avoir pensé : *Il l'a eue, c'est sûr, mais on ne peut pas dire que ça ait l'air de l'enchanter.*

Puis la vue avait pivoté et Eddie s'était vu. Le spectacle s'était rué sur son spectateur et celui-ci avait failli lever la main tenant le couteau pour se protéger les yeux tant la soudaine sensation de regarder le monde par deux paires d'yeux était intense, tant elle était folle, tant elle risquait de le faire basculer dans la démence s'il ne s'y soustrayait pas, mais alors, tout arriva trop vite pour qu'il en eût le temps.

Le fauteuil franchit la porte. Ce fut juste. Les moyeux crissèrent sur le chambranle invisible. Au

277

même instant, Eddie perçut un autre bruit : un déchirement visqueux qui le fit penser à un mot

(placentaire)

lequel ne put vraiment lui venir à l'esprit parce qu'il ne se savait pas le connaître. Puis la femme fut à rouler vers lui sur le sable tassé de la grève, et elle n'avait plus l'air d'une furie, plus grand-chose de commun, en l'occurrence, avec celle dont il venait d'entrevoir le reflet dans la glace, mais Eddie n'en était pas outre mesure surpris : quand on passait tout d'un coup d'une cabine d'essayage du Macy's à un bord de mer dans quelque monde oublié de Dieu où les homards pouvaient atteindre la taille de petits colleys, on avait le droit d'être un peu secoué. Il estimait pouvoir en apporter un témoignage personnel.

Elle parcourut encore un mètre avant de s'arrêter, et n'alla si loin qu'en raison de la pente et de la compacité du sable. Ses mains ne poussaient plus sur les roues comme elles avaient dû le faire – Eddie devinait avec quelle énergie *(quand demain matin vous vous réveillerez avec des douleurs dans les épaules,* songea-t-il, acerbe, *c'est à Messire Roland qu'il faudra vous en prendre, ma petite dame)* –, et elles allèrent étreindre à la place les bras du fauteuil alors que le regard de l'infirme se posait sur les deux hommes.

Derrière elle, la porte entre les mondes avait déjà disparu. *Disparu* n'était peut-être pas le meilleur terme. Elle avait donné l'impression de se replier sur elle-même comme un morceau de pellicule repartant à l'envers. Le phénomène avait commencé de se produire à l'instant où le détective du magasin avait ouvert cette autre porte plus ordinaire se bornant à préserver l'intimité de la cabine d'essayage. L'avait ouverte ou plutôt enfoncée – tant il s'attendait à ce que la voleuse en eût rabattu le loquet – et avec une telle violence qu'Eddie l'avait jugé sur le point de se payer un putain de plat contre le mur d'en face. Pronostic que le jeune homme ne devait jamais voir confirmé ou infirmé. Avant que l'ouverture de ce monde sur l'autre ne se fût totalement résorbée, la scène qui s'y inscrivait se figea.

Le film se terminait par un arrêt sur image.

Ne demeurait de ces péripéties mouvementées que la double trace du fauteuil, démarrant d'un sableux nulle part pour s'achever un mètre plus loin, là où lui et son occupante s'étaient immobilisés.

– Quelqu'un pourrait-il m'expliquer où je suis et comment j'y suis arrivée? demanda cette dernière d'une voix presque suppliante.

– Une chose est sûre, Dorothy, dit Eddie. Ce n'est plus le Kansas.

Elle était au bord des larmes. Il la vit lutter pour les retenir. Perdre. Se mettre à sangloter.

Furieux (et avec un égal dégoût pour lui-même), il se tourna vers le pistolero qui se relevait, chancelant. Roland s'éloigna, mais pas vers la Dame en pleurs. Il alla ramasser son couteau.

– Dis-lui! hurla Eddie. Tu l'as amenée, alors maintenant, vas-y, dis-lui! (Et, au bout d'un moment, il ajouta, plus bas :) Et puis tu m'expliqueras comment ça se fait qu'elle ne sache même plus qui elle est.

4

Roland ne répondit pas. Pas tout de suite. Il se baissa, pinça entre les doigts restants de sa main droite le manche du couteau qu'avec le plus grand soin il transféra ensuite à la gauche pour le ranger dans sa gaine sur le côté du ceinturon. Il essayait toujours d'appréhender ce qu'il avait senti dans l'esprit de la Dame. A la différence d'Eddie, elle s'était débattue, débattue comme un chat, depuis l'instant où il était passé au premier plan jusqu'à celui où ils avaient franchi la porte. La lutte avait commencé dès qu'elle l'avait senti. Sans le moindre temps mort parce qu'il n'y avait pas eu de surprise. C'était cela qu'il avait senti, cela dont il n'avait pas le plus petit début de compréhension. Aucune surprise à l'irruption de cette présence étrangère dans son cerveau, rien que la rage et l'horreur, immédiates, et l'immédiat début d'un combat pour l'en déloger. Un combat qu'elle n'avait même jamais été près de gagner – qu'elle n'aurait pu gagner, suspectait-il – mais qu'elle n'avait pas moins livré sans relâche. C'était une femme folle de peur, de colère et de haine qu'il avait sentie.

Rien que noirceur en elle... un esprit muré dans les ténèbres d'un éboulement.

Sauf que...

Sauf qu'à l'instant où ils avaient jailli en ce monde, où ils s'étaient séparés, il avait regretté – amèrement regretté – de ne pouvoir rester ne fût-ce qu'une seconde de plus. Une seconde qui lui aurait tant appris. Car cette femme devant eux n'était pas celle qu'il venait de quitter. Etre dans l'esprit d'Eddie avait été comme de séjourner dans une pièce aux murs qui suintaient et se trémoussaient. Etre dans celui de la Dame, c'était se retrouver couché nu dans le noir avec des serpents venimeux que l'on sentait ramper tout autour.

Jusqu'à la fin.

Car, à la fin, elle avait changé.

Et il y avait eu quelque chose d'autre, quelque chose qu'il pensait être d'une importance vitale, mais qu'il ne pouvait soit comprendre soit se remettre en mémoire. Quelque chose comme

(un coup d'œil)

la porte, mais dans le cerveau de cette femme. Quelque chose à propos

(tu as cassé le plat c'était toi)

quelque soudain éclair de compréhension. Comme dans l'étude, quand on finit par voir...

– Oh, le diable t'emporte, dit Eddie, écœuré. Tu n'es rien qu'une putain de machine.

Il passa sans s'arrêter devant Roland, s'approcha de la femme, s'agenouilla près d'elle, et quand elle l'entoura de ses bras, s'accrocha à lui comme un nageur qui se noie, il ne fit rien pour se dégager de l'étreinte mais à son tour la prit dans ses bras, la serra contre lui.

– Ça va, dit-il. Pas que ce soit génial mais ça va.

– Où sommes-nous? gémit-elle. J'étais chez moi à regarder la télé. Je voulais savoir si mes amis s'étaient sortis vivants d'Oxford, voilà que je me retrouve ici, et que je ne sais même pas où c'est!

– Moi non plus, en fait. (Il la serra plus fort, commença de la bercer.) Mais nous y sommes ensemble, à mon sens. Je viens du même coin que vous, de ce bon vieux New York, et il m'est arrivé à peu près la même chose – enfin... à quelques variantes près, mais la même chose – et ça va bien se passer. (Comme s'il y repensait tout d'un coup, il ajouta :) Du moment que vous aimez le homard.

Elle s'accrochait à lui et pleurait, il la tenait dans ses bras et la berçait. Le pistolero pensa : *Pour lui, maintenant, ça va aller. Son frère est mort mais il a quelqu'un d'autre dont il pourra s'occuper. Oui, ça va aller.*

Mais ce ne fut pas sans un serrement de cœur, sans un douloureux reproche. Il avait la faculté de tirer – de la main gauche, du moins –, de tuer, d'avancer sans relâche dans sa quête de la Tour, de s'y obstiner avec un acharnement brutal sur des milles, sur des années, voire sur des dimensions. Il avait la faculté de survivre, et même, de temps à autre, de protéger – n'avait-il pas sauvé l'enfant, Jake, d'une mort lente au relais, puis au pied des montagnes, de l'Oracle qui l'aurait sexuellement consumé? – mais pour en fin de compte le laisser mourir. Et il ne l'avait pas fait par accident, il s'était agi d'un acte conscient, d'une damnation librement acceptée. Il les regardait tous les deux et, voyant Eddie serrer la femme dans ses bras, lui répéter que tout allait bien se passer, il se disait qu'il n'aurait jamais pu en faire autant, et voilà qu'une terreur insidieuse venait rejoindre en lui l'amertume.

Si tu as renoncé à ton cœur pour la Tour, Roland, tu as d'ores et déjà perdu. Un être sans cœur est un être sans amour, et un être sans amour est une bête. Etre une bête est peut-être supportable, encore que l'homme qui accepte de se ravaler à ce rang finira sûrement par payer son tribut à l'enfer, mais pourquoi pas, si atteindre son objectif est à ce prix? Si, sans cœur, on réussit à investir la Tour et à la conquérir? Mais si tu n'as en toi que noirceur, que peux-tu faire sinon régresser de l'animal au monstre? Devenir un animal à l'issue de tout cela relevait de la plaisanterie amère, comme d'offrir une loupe à un élaphonte. Mais devenir un monstre, c'était...

Payer son tribut à l'enfer est une chose. Mais souhaiterais-tu en porter tout le poids sur les épaules?

Il repensa à Allie, et à la fille qui l'avait jadis attendu à sa fenêtre, repensa aux larmes qu'il avait versées sur le corps sans vie de Cuthbert. Oh, à l'époque, il avait aimé. Oui. A l'époque.

Je veux aimer! sanglota-t-il en silence, mais alors qu'Eddie avait commencé de joindre ses larmes à celles de la femme dans le fauteuil roulant, les yeux du pistolero restaient désespérément secs, comme le désert qu'il avait traversé pour atteindre cette mer sans soleil.

5

Il répondrait plus tard à la question d'Eddie. Plus tard, mais il y répondrait, car il estimait qu'Eddie avait intérêt à rester sur ses gardes. Si elle ne savait plus qui elle était, la raison en était fort simple : elle n'était pas une femme mais deux.

Et l'une des deux était dangereuse à l'extrême.

Eddie lui raconta ce qu'il put, glissant sur le règlement de comptes, mais sincère sur tout le reste.

Quand il eut achevé son récit, elle resta un moment parfaitement silencieuse, les mains réunies dans son giron.

Des ruisseaux dévalaient des montagnes qui ne cessaient de s'affaisser, les dévalaient sans jamais atteindre l'océan, et allaient se perdre à quelques milles à l'est de la plage qu'Eddie et Roland remontaient vers le nord. C'était là qu'ils allaient remplir les outres, corvées qu'Eddie avait assurées seul au début, Roland étant encore trop faible, mais plus tard, ils y étaient allés à tour de rôle, ayant à s'enfoncer toujours plus loin et à chercher plus longtemps pour trouver ces ruisseaux, toujours plus nonchalants à mesure que diminuait la hauteur des sommets où ils prenaient leur source. Toutefois, leur eau ne les avait jamais rendus malades.

Jusqu'à présent.

Roland y était allé hier et, bien que ce fût le tour d'Eddie, y était retourné aujourd'hui, prenant les outres en bandoulière et s'éloignant sans un mot. Geste qu'Eddie trouva d'une singulière discrétion sans vouloir en être touché – comme par tout ce qui venait du pistolero, en l'occurrence –, s'en découvrant néanmoins touché... un peu.

Elle prêtait une oreille attentive à Eddie, sans jamais l'interrompre, les yeux rivés sur lui. Il y avait des moments où le jeune homme lui donnait cinq ans de plus que lui, d'autres où il allait jusqu'à quinze, mais ce sur quoi il n'avait aucun doute, c'était de tomber amoureux d'elle.

Quand il eut fini, elle resta un moment sans rien dire, cessant de fixer le jeune homme pour poser son regard au-delà sur les vagues qui, à la tombée de la nuit, ramèneraient les monstrueux crustacés et leur incompréhensible kyrielle de questions. Il avait apporté un soin particulier à les décrire. Mieux valait qu'elle eût un petit peu peur maintenant que beaucoup plus tard, quand ils sortiraient se dégourdir les pinces. Elle allait refuser d'en manger, supposait-il, après avoir entendu ce que les créatures avaient fait au pied et à la main de Roland, à plus forte raison une fois qu'elle les aurait vues de près. Mais la faim finirait bien par triompher de *I-ce que chique* et *U-ce que chule*.

Elle avait maintenant dans les yeux quelque chose de lointain.

— Odetta? fit-il après que peut-être cinq minutes se furent écoulées.

Elle lui avait dit son nom : Odetta Holmes. Un nom qu'il trouvait grandiose.

Arrachée à sa rêverie, elle ramena les yeux sur lui, eut une esquisse de sourire et dit un mot, un seul :

— Non.

Il ne fit d'abord que lui rendre son regard, incapable de trouver une réponse qui convînt. Il pensait n'avoir jamais compris jusqu'alors à quel point une simple négation pouvait être illimitée.

— Je ne vous suis pas, finit-il par dire. A quoi dites-vous non?

— A tout ça.

Le bras d'Odetta traça un vaste demi-cercle (un bras dont il avait déjà remarqué l'extrême vigueur – lisse et galbé, mais sous-tendu de muscles durs), montrant la mer, le ciel, la plage, les collines pelées où le pistolero devait être à la recherche d'un cours d'eau (à moins qu'il ne fût en train de s'y faire dévorer par quelque monstre d'une intéressante et nouvelle espèce, éventualité sur laquelle Eddie n'avait guère envie de s'attarder). Montrant en bref l'ensemble de ce monde.

— Je vois ce que vous ressentez. Au début, j'ai moi-même eu l'impression de nager dans l'imaginaire. (Mais l'avait-il eue, cette impression? Avec le recul, il lui semblait avoir tout de suite admis la réalité de ce monde, peut-être parce qu'il était malade, trop occupé à secouer sa guenon.) Ça vous passera, dit-il.

— Non, répéta-t-elle. Je ne vois que deux choses qui aient pu m'arriver, et, que ce soit l'une ou l'autre, je suis toujours à Oxford, Mississippi. Rien de tout ceci n'est réel.

Elle continua à parler. Si elle avait parlé un rien plus fort (ou s'il n'avait pas été lui-même en train de tomber amoureux) cela aurait presque eu l'air d'une conférence. En tout cas, la comparaison avec une ode lyrique s'imposa d'emblée.

A ceci près, s'astreignit-il à penser, *que toute cette absurdité qui nous entoure s'avère bien réelle, et que tu vas avoir à l'en convaincre. Pour son bien.*

— Je puis avoir été touchée à la tête, dit-elle. C'est qu'ils sont notoirement experts à manier matraque et manche de pioche à Oxford Town.

Oxford Town.

Il naquit un faible écho tout au fond des souvenirs d'Eddie. Elle avait dit ces mots dans une sorte de rythme qui, pour quelque motif, lui renvoyait Henry... Henry et des couches-culottes. Quoi? Pourquoi? Aucune importance pour l'heure.

— Vous voulez dire que tout ça pourrait n'être qu'une sorte de rêve que vous faites alors que vous êtes dans les pommes?

— Ou dans le coma. Et vous n'avez pas besoin de me regarder comme si c'était absurde parce que ça ne l'est pas. Regardez.

Elle partagea ses cheveux sur la gauche si bien qu'Eddie put constater que ce n'était pas par simple coquetterie qu'elle les portait d'un seul côté. La vieille plaie au centre de la plaque à présent découverte était vilaine, dégarnie, torons blanc-gris tranchant sur la peau brune.

— Je vois que vous avez dû en baver.

— En baver et avoir du bon temps. Je suppose que ça rétablit l'équilibre. Mais je ne vous montrais ça que pour vous dire qu'à l'époque je suis restée trois semaines dans le coma. J'avais cinq ans. J'ai fait un tas de rêves qui me sont sortis de la tête, mais maman m'a toujours dit que c'est grâce à eux qu'ils avaient gardé quelque espoir : ils savaient que je n'allais pas mourir du moment que je parlais, et il semble que je parlais tout le temps, même si, d'après elle, il n'y avait pas un mot sur dix qui fût compréhensible. Et ces rêves étaient extraordinairement réalistes, ça je m'en souviens. (Elle marqua une pause, promena son regard autour d'elle.) Pas moins que cet endroit. Pas moins que vous, Eddie.

En entendant dans sa bouche les syllabes de son nom, il eut la chair de poule. Hou la la, c'était du sérieux.

— Ou que lui. (Elle frémit.) De tout, c'est lui qui a l'air le plus réel.

— Normal. Je veux dire : nous sommes réels, quoique vous en pensiez.

Elle lui adressa un petit sourire, à l'évidence incrédule.

— Comment vous l'avez récoltée? enchaîna-t-il. Cette cicatrice.

— Aucune importance. C'était simplement pour vous faire comprendre que ce qui est arrivé une fois peut toujours se reproduire.

— Peut-être, mais je vous demande ça par curiosité.

— Une brique m'est tombée sur la tête. C'était la première fois qu'on montait dans le Nord. Pas très loin de New York, à Elizabeth, dans le New Jersey. On était venus en train, dans le wagon à Jim Crow.

— Qu'est-ce que c'est?

Elle écarquilla les yeux. Sa surprise presque méprisante.

— Mais où avez-vous vécu, Eddie? Dans un abri antiatomique?

— Non, dans un autre temps. Puis-je vous demander votre âge, Odetta?

— Assez vieille pour voter, pas assez pour l'assistance sociale.

– Bon, voilà qui me remet à ma place, je suppose ?

– Mais gentiment, j'espère.

Et son sourire radieux hérissa de nouveau les avant-bras d'Eddie.

– J'ai vingt-trois ans, dit-il. Mais je suis né en 1964, l'année même où Roland vous a prise.

– Bêtises.

– Non. Moi, c'est de 1987 qu'il m'a tiré.

– Ma foi, fit-elle au bout d'un moment, ironique. Voilà qui plaide à coup sûr en faveur de votre théorie sur la réalité de ce monde, Eddie.

– Le wagon à Jim Crow... c'est là que les Noirs étaient tenus de voyager ?

– Les gens de couleur, rectifia-t-elle. Nous appeler Noirs est un peu péjoratif, non ?

– Vous ne vous donnerez pas d'autre nom dans les années 80, dit Eddie. Quand j'étais gosse, déjà, dire à un copain noir qu'il était de couleur, c'était s'exposer à recevoir son poing dans la gueule. Il pensait qu'on se foutait de lui. Tout juste s'il n'aurait pas préféré être traité de nègre.

Elle le regarda, plus trop sûre d'elle, puis secoua de nouveau la tête.

– Bon, fit Eddie, revenons à cette histoire de brique.

– La plus jeune sœur de ma mère allait se marier. Elle s'appelait Sophia mais maman disait toujours Sœur Bleue parce que c'était la couleur qu'elle adorait. Enfin... « qu'elle adorait adorer », comme disait maman. Donc, je l'ai toujours appelée Tante Bleue, même avant de la connaître. Un beau mariage. Avec une réception après. Je me souviens de tous les cadeaux. (Elle rit.) Ça a toujours l'air si beau, les cadeaux, quand on est gosse, vous ne trouvez pas, Eddie ?

Il sourit.

– Ouais, c'est vrai. On n'oublie jamais un cadeau. Qu'on l'ait reçu ou qu'on ait vu quelqu'un d'autre le recevoir.

– Mon père gagnait déjà de l'argent, à l'époque, mais tout ce que j'en savais, c'était que *nous étions en progrès*. Là encore, c'est une expression de ma mère. Je lui avais raconté qu'une petite fille avec laquelle je jouais m'avait demandé si mon papa était riche et elle m'a dit ce que j'étais censée répondre si l'on venait à me reposer la question : que *nous étions en progrès*.

« On était donc en mesure d'offrir à Tante Bleue un service en porcelaine de toute beauté, et je me souviens...

La voix lui manqua. Elle porta une main à sa tempe et la massa distraitement comme si une migraine y prenait naissance.

– De quoi, Odetta ?

– Que maman lui a donné à part un plat *pour les grandes occasions...*

– Qu'est-ce que c'est ?

– Excusez-moi. J'ai mal à la tête et ma langue a fourché. Je me demande d'ailleurs pourquoi je vous raconte tout ça.

– Ça vous embête ?

– Non, pas du tout. Je voulais dire que ma mère lui avait offert un plat spécial. Blanc, avec de jolis filets bleus sur le bord. (Elle sourit. Eddie n'eut pas l'impression d'un sourire parfaitement serein. Il semblait y avoir dans l'évocation de ce plat quelque chose qui la perturbait, et la manière dont ce souvenir prenait le pas sur la situation des plus étranges où elle se trouvait actuellement, situation qui aurait dû requérir l'essentiel de son attention, le perturbait, lui.)

« Je revois ce plat aussi nettement que je vous vois, Eddie. Ma mère l'a donné à Tante Bleue qui a fondu en larmes. Je crois qu'elle en avait vu un pareil dans la vitrine d'un magasin alors qu'elle et maman étaient encore gamines, et qu'à l'époque, bien sûr, leurs parents n'auraient jamais pu se permettre un tel achat. Elles n'avaient jamais rien eu qui fût *pour les grandes occasions* dans leur enfance. Après la réception, Tante Bleue et son mari étaient partis dans les

288

Brumeuses pour leur lune de miel. Ils avaient pris le train.

Elle regarda Eddie.

– Dans le wagon à Jim Crow, dit-il.

– Exact! Dans le wagon à Jim Crow! A l'époque, les gens de couleur n'en connaissaient pas d'autre : le train regroupait les trois classes, servait de wagon-lit et de wagon-restaurant. C'est pour essayer de changer ce genre de choses que nous sommes à Oxford Town.

Elle gardait les yeux fixés sur lui, s'attendant sans doute à ce qu'il insistât sur sa présence ici et non là-bas, mais il était de nouveau pris dans l'enchevêtrement diffus de ses propres souvenirs. Oxford Town. A ceci près que d'autres mots avaient maintenant refait surface, rien qu'un fragment de refrain qu'il entendait Henry seriner d'une voix nasillarde jusqu'à ce que leur mère demande à son grand garçon s'il pouvait avoir la gentillesse de la laisser écouter Walter Cronkite.

Qu'attend-on pour enquêter? répétait Henry dans sa mémoire. Il essaya d'y retrouver le reste du refrain, mais peine perdue. Sans grande surprise, d'ailleurs : les couches-culottes tendaient à situer le souvenir dans sa quatrième année au maximum. *Qu'attend-on pour enquêter?* La question lui donnait froid dans le dos.

– Ça va, Eddie?

– Oui, pourquoi?

– Je ne sais pas, vous tremblez.

Il sourit.

– Donald a dû marcher sur ma tombe.

Elle rit.

– Toujours est-il qu'au moins je n'ai pas gâché la noce. C'est arrivé le lendemain matin au moment du départ. Nous avions passé la nuit chez un ami de Tante Bleue et mon père a appelé un taxi qui s'est présenté sans tarder. Mais quand le chauffeur a vu qu'il avait affaire à des gens de couleur, il a redémarré aussitôt comme s'il avait le feu où je pense.

L'ami de Tante Bleue était déjà parti devant avec deux de nos valises – c'est qu'on était chargés : on devait rester une semaine à New York. Je me rappelle papa me disant qu'il avait hâte de voir mon visage s'illuminer quand j'allais découvrir le carillon de Central Park en train de frapper l'heure avec tous les animaux qui dansaient.

« Mon père a dit qu'on ferait aussi bien d'y aller à pied et ma mère a sauté sur cette idée, disant qu'elle était excellente, qu'il n'y avait après tout guère plus d'un kilomètre et demi d'ici à la gare et que ça nous ferait le plus grand bien de nous dégourdir les jambes après ces trois jours passés dans le train qui nous avait amenés du Sud et cette demi-journée qui nous attendait encore pour rejoindre New York. Mon père a dit qu'il était tout à fait d'accord avec elle et que, d'ailleurs, il faisait un temps splendide, mais je crois que, même si je n'avais que cinq ans, je me suis rendu compte qu'il était furieux et qu'elle était gênée, que tous deux craignaient d'appeler un autre taxi parce que la même chose risquait de se reproduire.

« On a donc commencé de descendre la rue. Je marchais du côté des maisons parce que maman aurait eu trop peur de me voir sur le bord du trottoir avec toutes ces voitures qui passaient. Je me rappelle m'être demandé si mon papa voulait vraiment dire que ma figure allait s'allumer comme une lampe ou quelque chose du genre quand j'allais voir cette horloge à Central Park, et si ça ne risquait pas de me faire mal, et c'est à cet instant que j'ai reçu la brique sur la tête. Tout est devenu noir pendant un moment. Puis je me suis mise à rêver. Des rêves extraordinairement réalistes. (Elle sourit.) Comme ce rêve-ci, Eddie.

– La brique est tombée seule ou il y avait quelqu'un pour la lancer ?

– On n'a jamais trouvé personne. La police (ma mère me l'a dit beaucoup plus tard, alors que j'avais dans les seize ans) a examiné l'endroit d'où, selon eux, provenait la brique : il y en avait d'autres qui manquaient et bon nombre de descellées. C'était juste à l'extérieur d'une fenêtre au troisième étage d'un immeuble condamné – que ça n'empêchait pas d'être habité, bien sûr... la nuit surtout.

– J'imagine, dit Eddie.

– On n'avait vu personne en sortir, alors on a conclu à un accident. Ma mère disait qu'à son avis ça n'avait pu être autre chose mais j'ai l'impression qu'elle mentait. Elle n'a même jamais essayé de me dire ce que mon père en pensait. Ils ruminaient toujours cette histoire de chauffeur de taxi qui avait jeté un regard sur nous pour redémarrer aussitôt. C'était ça plus que tout le reste qui pouvait leur faire admettre que quelqu'un ait pu être là-haut à jeter un coup d'œil par la fenêtre, à nous voir, et à se dire que lâcher une brique sur cette famille de nègres ne serait pas une si mauvaise idée.

« Vos crustacés vont-ils bientôt venir?

– Non, répondit Eddie. Pas avant le crépuscule. Bon. Donc l'une de vos hypothèses concernant ce monde où nous sommes est qu'il s'agit d'un rêve de coma comme vous en avez eu après vous être fait assommer par cette brique. Sauf que cette fois, c'était par une matraque ou un instrument du même type.

– Oui.

– Et quelle est l'autre hypothèse?

Si la voix et les traits d'Odetta conservaient un calme relatif, son crâne était le théâtre d'un hideux maelström d'images qui se superposaient pour donner Oxford Town, oui, Oxford Town. Comment c'était la suite? *Déjà deux s'y sont fait tuer. Qu'attend-on pour enquêter?* Pas vraiment dans le mille, mais près. Très près.

– Que je sois devenue folle, dit-elle.

La première réponse qui lui vint à l'esprit fut : *Si vous croyez que vous êtes devenue folle, Odetta, c'est que vous êtes cinglée.*

Un rapide examen lui présenta toutefois cette réponse comme peu susceptible de convaincre qui que ce soit.

Il choisit donc de garder le silence quelque temps, assis auprès du fauteuil, les genoux sous le menton, les mains verrouillées, chacune enserrant le poignet de l'autre.

– Vous étiez vraiment accro à l'héroïne ?

– Je le suis. C'est comme de fonctionner à l'alcool ou au crack. Pas le genre de truc dont on se débarrasse à jamais. Quand j'entendais ça, dans le temps, je me disais *Oui, oui, on lui dira*, mais maintenant, je comprends. J'en ai encore envie, et je pense qu'une part de moi en aura toujours envie, mais le besoin physique est passé.

– Qu'est-ce c'est, le crack ?

– On n'a pas encore inventé ça à votre époque. C'est un dérivé de la cocaïne, à ceci près que ça revient à transformer de la dynamite en bombe A.

– Et vous en preniez ?

– Dieu me préserve, non. Je vous l'ai déjà dit, mon truc c'était l'héro.

– Vous n'avez pas l'air d'un drogué.

Juste. Eddie était plutôt coquet... enfin, mis à part l'odeur de fauve qui montait tant de lui que de ses vêtements (il avait la possibilité de les passer à l'eau, de s'y plonger lui-même, et ne s'en privait pas, mais sans savon, le résultat n'était guère concluant). Il avait eu les cheveux courts quand Roland était entré dans sa vie (rien de mieux pour passer la douane, mon cher ; comique, vu la manière dont les choses avaient tourné) et ils restaient d'une longueur convenable. Il se rasait tous les matins avec le couteau extraordinairement affilé de Roland; à sa maladresse du début avait succédé une assurance croissante. Il avait été trop jeune quand Henry était parti pour le Viêt-nam pour que se raser tînt une grande part dans sa vie et le retour du grand frère n'avait pas trouvé cette part fort grandie. Sans jamais aller jusqu'à se laisser pousser la barbe, il lui arrivait alors de résister trois ou quatre jours au harcèlement maternel visant à ce qu'il « tondît le chiendent ». Toutefois, Henry était revenu de là-bas maniaque sur le sujet (comme sur un certain nombre d'autres points de détail du même ordre : se saupoudrer les pieds d'un produit contre la transpiration après chaque douche, trois ou quatre brossages quotidiens des dents suivis d'un bain de bouche prolongé pour faire passer le goût du dentifrice, les vêtements toujours impeccables sur un cintre) et il avait converti Eddie au même fanatisme. Le chiendent était désormais tondu matin et soir. L'habitude s'était enracinée en lui comme tant d'autres qu'il devait à Henry, y compris celle qui réclame l'emploi d'une seringue.

— Trop soigné de ma personne? demanda-t-il à Odetta, souriant jusqu'aux oreilles.

— Trop blanc, répondit-elle, laconique, puis elle garda le silence un moment, posant un regard sombre sur la mer.

Eddie aussi resta silencieux. S'il existait une réplique à ce genre de commentaires, il ne la voyait pas.

— Pardon, finit-elle par dire. C'était méchant, totalement injuste, et ça ne me ressemblait pas du tout.

— Ce n'est rien.

— Si, c'est comme un Blanc qui dirait : « Mon Dieu, je n'aurais jamais pensé que vous étiez un nègre », à quelqu'un qui a la peau très claire.

— Vous préférez vous voir comme une personne plus impartiale?

— Ce que nous préférons voir en nous et ce que nous sommes n'ont bien souvent pas grand-chose en commun, serais-je tentée de penser, mais c'est exact :

j'aime à me considérer comme sans parti pris. Veuillez donc accepter mes excuses, Eddie.

– A une condition.

– Laquelle ?

Elle avait un peu retrouvé son sourire et il était content. Il aimait pouvoir la faire sourire.

– Que vous donniez impartialement sa chance à ceci. Telle est la condition.

– Donner impartialement sa chance à quoi ?

L'amusement perçait dans sa voix. Pareille intonation l'eût ulcéré chez tout autre, lui eût donné l'impression qu'on se foutait de lui, mais avec elle, c'était différent. Dans la bouche d'Odetta, ce ton un rien narquois ne posait pas problème. Venant d'elle, supposait-il, rien n'aurait pu en poser.

– A une troisième hypothèse. A la réalité de ce qui nous arrive. Je veux dire... (Il s'éclaircit la gorge.) Je ne suis pas doué pour toutes ces foutaises philosophiques ou pour... vous savez... la métamorphose ou je ne sais quel putain de nom que vous donnez à ça...

– La métaphysique ?

– Peut-être. Je n'en sais rien. Oui, ça doit être ça. Mais ce que je sais, c'est qu'on ne peut pas refuser de croire à ce que vous disent vos sens. Car enfin, si votre théorie comme quoi tout ceci n'est qu'un rêve est exacte...

– Je ne parlais pas d'un rêve ordi...

– Quoi que vous ayez dit, cela revenait à ça. A une illusion ?

S'il y avait eu, vraiment eu, dans la voix d'Odetta quelque condescendance, elle avait complètement disparu.

– Vous ne vous sentez peut-être aucune propension à la philosophie et à la métaphysique, Eddie, mais, au lycée, vous deviez briller dans les débats.

– Je n'y ai jamais participé. C'était bon pour les gays, les boudins et les chiffes molles. Comme le club d'échecs. Mais qu'est-ce que vous voulez dire par propension ? C'est quoi une propension ?

– Un penchant, ce qu'on aime bien faire. Mais

vous, que voulez-vous dire par gais? Qui appelle-t-on des gais?

Il la regarda un moment puis haussa les épaules.

– Les homos. Les tapettes. Aucune importance. On pourrait passer la journée à faire des concours d'argot, ça ne nous mènerait nulle part. Ce que j'essaie de vous dire, c'est que si tout cela n'est qu'un rêve, rien ne prouve que ce soit le vôtre. Ce pourrait être le mien. C'est vous qui pourriez n'être qu'un produit de mon imagination.

Le sourire d'Odetta s'altéra.

– Mais... personne ne vous a tabassé.

– Vous non plus.

Le sourire avait complètement disparu maintenant.

– Pas que je me souvienne, rectifia-t-elle avec quelque aigreur.

– Tout comme moi! s'écria Eddie. Vous me dites qu'ils ont la matraque facile à Oxford Town. Mais ces types des douanes n'étaient pas précisément aux anges quand ils se sont aperçus que je n'avais pas la dope qu'ils comptaient trouver. L'un d'eux aurait très bien pu me caresser le crâne avec la crosse de son arme. Je pourrais être à Bellevue à l'heure qu'il est, en train de rêver de vous et de Roland pendant qu'ils rédigent leur rapport, expliquant comment, alors qu'ils m'interrogeaient, je suis devenu violent et qu'ils ont dû me calmer.

– Ce n'est pas du tout pareil.

– Pourquoi? Parce que vous êtes cette Noire handicapée, intelligente et cultivée, prenant une part active à la vie de son pays alors que je ne suis qu'un junkie de la Cité H.L.M.?

Cela dit avec un grand sourire pour bien montrer qu'il blaguait, mais elle ne l'en foudroya pas moins du regard.

– J'aimerais que vous arrêtiez de parler de moi comme d'une Noire!

Il soupira.

– O.K., mais il va falloir que je m'y habitue.

– Vous auriez vraiment dû participer à des débats.

– Mon cul, dit-il. (Et le regard qu'elle lui lança lui fit comprendre qu'entre elle et lui existait plus qu'une simple différence de couleur; ils se parlaient à deux îles de distance. L'eau entre eux était du temps. Aucune importance. Le mot avait requis l'attention d'Odetta.) Ce n'est pas un débat que je veux avoir avec vous. C'est vous ouvrir les yeux sur le fait que vous êtes bien réveillée, voilà tout.

– Je pourrais être en mesure de me conformer provisoirement aux principes de votre troisième hypothèse aussi longtemps que ce... que cette situation se poursuivra s'il n'y avait une différence fondamentale entre ce qui vous est arrivé et ce qui m'est arrivé à moi, dit-elle. Si énorme et si fondamentale qu'elle vous a échappé.

– Alors montrez-la-moi.

– Il n'y a pas de rupture dans votre conscience des choses. Il y en a une très grande dans la mienne.

– Que voulez-vous dire par là?

– Simplement que votre récit rend compte d'une chaîne ininterrompue d'événements : l'avion, l'incursion de cet... de... de lui... (Elle montra les collines avec une répugnance visible.) La mise en lieu sûr de la drogue, la garde à vue à la douane et tout le reste. C'est une histoire fantastique mais qui se tient d'un bout à l'autre.

« Quant à moi : Je suis revenue d'Oxford et Andrew, mon chauffeur, m'a ramenée chez moi. J'ai pris un bain avec l'envie d'aller me coucher juste après. J'avais un mal de tête terrible et le sommeil est la seule chose qui me fasse du bien dans ces cas-là. Mais on n'était pas loin de minuit et je me suis dit que j'allais d'abord regarder les informations. Si certains d'entre nous avaient été relâchés, la grosse majorité moisissait toujours au violon quand j'avais quitté la ville. Je voulais savoir si on avait réglé leur cas.

« Je me suis séchée, j'ai enfilé mon peignoir et je me suis installée devant la télé. Le speaker a commencé par parler du discours que Khrouchtchev venait de faire à propos des conseillers militaires américains au Viêt-nam. Il disait : « Nous avons des images qui ont été tournées... » et puis plus rien, je roulais sur cette plage. Vous me dites que vous m'avez vue franchir une sorte de porte magique à présent disparue, et qu'avant j'étais au Macy's et que j'y étais en train de voler à l'étalage. C'est déjà passablement absurde mais admettons... vous ne croyez pas que j'aurais trouvé mieux à voler que des bijoux de pacotille dans ce cas? Je ne porte jamais de bijoux.

– Vous feriez mieux de jeter un nouveau coup d'œil sur vos mains, Odetta, dit tranquillement Eddie.

Un long moment, son regard alla du « solitaire » sur son petit doigt gauche, une pierre trop vulgaire, trop grosse pour être autre chose que du strass, à l'opale débordant de l'annulaire gauche, trop vulgaire et trop grosse elle aussi pour être chose autre que bien réelle.

– Rien de tout cela n'existe, répéta-t-elle avec conviction.

– On dirait un disque rayé! (Pour la première fois, sa colère n'était pas feinte.) Chaque fois qu'on perce un trou dans votre petite histoire bien nette, vous ne savez que vous réfugier dans cette réponse. Merde, réfléchissez un peu, 'Detta.

– Ne m'appelez pas comme ça! J'ai horreur de ça!

Sa réaction avait été si violente qu'Eddie eut un mouvement de recul.

– Désolé. Seigneur, je ne pouvais pas savoir...

– Bon. Je suis passée de la nuit au jour, d'un seul peignoir sur le dos à une tenue complète, de mon salon à cette plage déserte. Et ce qui est arrivé, en fait, c'est qu'une espèce de panse à bière de shérif rougeaud m'a collé son bâton sur le sommet du crâne, et c'est tout!

– Mais vos souvenirs ne s'arrêtent pas à Oxford, lui fit doucement remarquer Eddie.

– Que... Qu'est-ce?

Incertitude à nouveau. Ou peut-être voir et refuser l'évidence. Comme pour les bagues.

– Si vous avez perdu connaissance à Oxford, comment se fait-il que vos souvenirs aillent plus loin?

– Il n'y a jamais trop de logique dans ce genre de choses. (Elle s'était remise à se masser les tempes.) Et maintenant, si ça ne vous fait rien, Eddie, j'aimerais que nous mettions un terme à cette conversation. Mon mal de tête est de retour, et il s'annonce carabiné.

– A mon avis, la logique dans tout ça ne dépend que de ce que vous voulez croire ou ne pas croire. Je vous ai vue au Macy's, Odetta. Je vous ai vue voler. Vous me dites que ce n'est pas une chose que vous faites, mais vous me dites aussi que vous ne portez jamais de bijoux. Et vous me le soutenez même après avoir à plusieurs reprises depuis que nous parlons baissé les yeux sur vos mains. Ces bagues n'ont pas cessé d'y être mais c'était comme si vous ne pouviez pas les voir tant que je ne vous y avais pas obligée en attirant votre attention sur elles.

– Je ne veux plus parler de ça! hurla-t-elle. J'ai horriblement mal à la tête!

– D'accord. Mais vous savez très bien où vous avez perdu conscience de l'écoulement du temps, et ce n'était pas à Oxford Town.

– Laissez-moi tranquille, dit-elle d'un ton morne.

Eddie vit Roland qui redescendait vers eux, ses outres pleines, une autour de la taille, l'autre en bandoulière. Il avait l'air exténué.

– Je voudrais vous aider, ajouta-t-il à l'adresse d'Odetta. Mais pour que ce soit possible, il me faudrait être réel, je crois.

Il s'attarda encore un moment près d'elle mais elle gardait la tête baissée, continuait de se masser les tempes.

Il se porta à la rencontre du pistolero.

8

– Assieds-toi. Tu as l'air à bout de forces.

– Je le suis. Je recommence à être malade.

Eddie posa les yeux sur les lèvres craquelées de son compagnon, sur ses joues et son front qu'embrasait la fièvre et hocha la tête.

– J'espérais qu'il n'en serait rien mais je ne peux pas dire que ça me surprenne. Le coup de batte des antibios était trop mou pour un parcours complet. Balazar n'avait pas assez de Keflex.

– Je ne comprends pas.

– Avec la pénicilline, il te faut poursuivre le traitement un certain temps pour triompher de l'infection. Sinon, tu ne fais que la suspendre. Passent quelques jours et elle réapparaît. Il n'y a plus qu'à retrouver du Keflex. Et on a encore une porte qui nous attend. Dans l'intervalle, tu vas simplement avoir à te ménager.

Eddie songeait toutefois non sans inquiétude au handicap d'Odetta et aux trajets de plus en plus longs qu'ils allaient avoir à faire pour trouver de l'eau. Il se demanda si Roland aurait pu choisir un pire moment pour sa rechute. Sans doute, mais c'était déjà assez gratiné comme ça.

– Il faut que je te dise quelque chose à propos d'Odetta.

– C'est son nom?

– Oui.

– Il est charmant.

– Ouais, c'est aussi mon avis. Ce qui l'est moins, c'est ce qu'elle pense de cet endroit. Elle est persuadée de pas y être pour de vrai.

– Je sais. Et elle n'a pas l'air de me porter dans son cœur, hein?

Non, pensa Eddie. *Même si ta fonction de croquemitaine ne te rend pas plus réel.*

Il le pensa mais n'en dit rien, et se contenta de hocher la tête.

— Les raisons sont presque les mêmes, dit le pistolero. Ce n'est pas la femme que j'ai emmenée de là-bas. Pas du tout.

Eddie ouvrit de grands yeux puis acquiesça, tout excité. Le reflet entrevu dans la glace de la cabine d'essayage... ce visage tordu par la haine... bon Dieu, Roland avait raison. Rien d'Odetta.

Puis il se rappela les mains qui avaient farfouillé négligemment dans les foulards enfournant tout aussi négligemment la quincaille dans le sac ouvert sur les genoux... comme si, lui avait-il semblé, comme si elle avait voulu se faire prendre.

Il y avait eu des bagues sur ces mains.

Les mêmes bagues.

Ce qui n'impliquait pas nécessairement les mêmes mains, s'écria-t-il mentalement, mais ça ne tint pas plus d'une seconde. Il les avait étudiées, ces mains. C'étaient les mêmes doigts, longs, fuselés, tout en finesse.

— Non, reprit le pistolero. Ce n'est pas elle.

Son regard bleu se posa sur Eddie, l'examina.

— Les mains...

— Ecoute. Ecoute-moi bien. Notre vie peut en dépendre. La mienne parce que je suis de nouveau mal, la tienne parce que tu es amoureux.

Eddie ne dit mot.

— Elles sont deux dans un même corps. C'était une femme quand je suis entré en elle, une autre quand j'ai franchi la porte.

Là, Eddie ne vit plus rien à dire.

— Et ce n'est pas tout. Il y a quelque chose d'étrange, que je n'ai pas compris, ou alors que j'ai compris mais qui m'a échappé depuis. Et qui semble important.

Les yeux de Roland se portèrent au-delà d'Eddie sur le fauteuil roulant échoué, solitaire, au bout de sa courte trace qui naissait de nulle part. Puis ils se reportèrent sur le jeune homme.

– Je n'y comprends pas grand-chose, ni comment une telle chose peut être possible. Mais il te faut rester sur tes gardes. Ça, tu le comprends?

– Oui.

Eddie se sentait comme si l'air dans ses poumons s'était raréfié. Il comprenait – du moins avait-il cette espèce de compréhension d'un rat des salles obscures – ce dont parlait le pistolero – mais le souffle lui manquait pour l'expliquer... en tout cas pour l'instant. C'était comme si Roland le lui avait extirpé à coups de pied.

– Bien. Parce que la femme dans laquelle je me suis retrouvé de l'autre côté de la porte était aussi dangereuse que ces espèces de homards géants qui sortent des vagues à la tombée de la nuit.

CHAPITRE 4

Detta de l'autre côté

1

« Il te faut rester sur tes gardes », avait dit le pistolero. Mais en dépit de l'accord exprimé, il n'en restait pas moins certain qu'Eddie ne savait pas de quoi il parlait. Toute la part profonde de sa conscience, celle qui héberge ou non l'instinct de survie, n'avait pas capté le message.

Le pistolero s'en aperçut.

Et ce fut une chance pour Eddie.

2

Au beau milieu de la nuit, les yeux de Detta Walker basculèrent, grands ouverts. Il y scintillait la clarté des étoiles et une conscience aiguë de la situation.

Elle se souvenait de tout, de la résistance qu'elle leur avait opposée, comment ils avaient fini par l'attacher dans son fauteuil, et la manière dont ils l'avaient narguée, ne cessant de la traiter de *sale négresse, sale négresse*.

Elle se rappelait les monstres sortant des vagues et l'un des deux hommes – le plus vieux – en tuant un. Le jeune avait allumé un feu pour faire cuire la prise puis il s'était approché d'elle avec un sourire mauvais et lui avait tendu un morceau fumant de chair de monstre. Elle l'avait frappé au visage et lui avait dit :

« Bon, parfait, tu finiras bien par changer d'avis, sale négresse. On va bien voir si tu ne changes pas d'avis. » Puis lui et le Vraiment Méchant avaient sorti un quartier de bœuf et l'avaient lentement, délicieusement rôti sur les braises de ce feu allumé sur cette plage inconnue où ils l'avaient amenée.

Tentation terrible que le parfum de ce bœuf grésillant sur les braises mais elle n'en avait rien montré. Même quand le jeune lui en avait agité un morceau sous le nez en serinant : « Mords dedans, sale négresse, allez, mords dedans », elle était restée de marbre, entièrement refermée sur elle-même.

Puis elle avait dormi et maintenant elle était réveillée. Ils l'avaient détachée. Elle n'était même plus dans le fauteuil mais allongée entre deux couvertures, largement au-dessus de la limite des marées hautes que les homards géants continuaient d'arpenter, tout en posant leurs questions absurdes, débarrassant l'air des mouettes bizarres qui avaient la malchance de passer à leur portée.

Elle tourna la tête à gauche, n'y vit rien.

Elle la tourna à droite et son regard rencontra les deux types endormis, enroulés dans leurs couvertures. Le jeune était le plus proche et c'était à côté de lui que le Vraiment Méchant avait posé ses ceinturons après les avoir retirés.

Les pistolets dépassaient des étuis.

T'as fait une connerie, cul blanc, pensa Detta, et elle roula sur sa droite, constata que le crissement du gros sable sous son corps restait inaudible, couvert par le vent, par les vagues et par l'interrogatoire plaintif des créatures. Telle l'une d'entre elles, les yeux brillants, elle commença de ramper vers les ceinturons.

Les atteignit, s'empara d'une arme.

La trouva très lourde, sa crosse si lisse, si totalement meurtrière dans sa main. Le poids ne l'inquiéta pas. Elle avait des bras musclés, Detta Walker.

Elle rampa un peu plus loin.

Le jeune n'était toujours qu'une souche aux ronflements sonores mais le Vraiment Méchant s'agita soudain dans son sommeil et elle se figea, un rictus tatoué sur la figure, jusqu'à ce qu'elle le vît de nouveau parfaitement immobile.

Il doit êt' 'usé, l' salaud. T'avise pas d'en douter, Detta.

Elle trouva le cran usé du barillet, le poussa, n'obtint rien, tira. Il bascula, révélant des alvéoles garnies.

Cha'gé! Bien, ma fille. D'abo'd, tu t'occupes du p'tit pédé. Le V'aiment Méchant, i'va se 'éveiller aussi sec, alors tu lui décoches ton plus beau sou'i'e, et ce joujou va lui nettoyer la caboche comme une to'nade blanche.

Elle referma le barillet, posa son pouce sur le chien... et attendit.

Profitant d'une bourrasque, elle arma au bandé.

Braqua le revolver de Roland sur la tempe d'Eddie.

3

Le pistolero vit tout cela par la fente de son œil entrouvert. La fièvre était de retour, mais pas assez encore pour qu'il eût à se méfier de lui-même. Donc, il attendit, un seul œil entrouvert, tous ses nerfs prêts à détendre son corps, ce corps qui avait toujours été son arme quand il n'en avait pas une à la main.

Elle pressa la détente du revolver qu'elle venait de prendre dans son ceinturon.

Clic.

Clic, évidemment.

Quand Eddie et lui, palabre conclue, étaient rentrés au camp, ils y avaient trouvé Odetta Holmes dans un profond sommeil, avachie sur un bras du fauteuil. Ils lui avaient aménagé le meilleur lit possible dans le sable, l'y avaient transportée puis bordée. Eddie, ce faisant, n'avait pas douté qu'elle dût se réveiller. Le pistolero savait qu'il n'en serait rien.

Il avait abattu un homard. Eddie l'avait fait cuire et ils avaient mangé, réservant une part pour Odetta.

Puis ils avaient parlé, et le jeune homme dit quelque chose qui avait fait à Roland l'effet d'un éclair déchirant la nuit. Ce fut trop éblouissant et trop bref pour une saisie exhaustive mais il vit beaucoup, comme on peut discerner la configuration d'une côte dans le temps de cette seule et providentielle explosion de lumière crue.

Il aurait pu en informer Eddie mais n'en avait rien fait. Il se savait devoir être le Cort du jeune homme, et quand un élève de Cort se retrouvait en sang à la suite d'un coup qu'il n'avait pas vu venir, le commentaire du maître n'avait jamais varié : « Un gosse ne comprend ce qu'est un marteau qu'après avoir eu son doigt proprement écrasé sur un clou. Allez, debout, larve, et cesse de pleurnicher ! Tu as oublié le visage de ton père ! »

Eddie s'était donc assoupi – en dépit de la recommandation de rester sur ses gardes – et quand le pistolero avait eu la certitude qu'ils dormaient tous deux (il s'était octroyé un délai, se méfiant de la Dame), il avait rechargé ses armes avec des douilles vides et ôté ses ceinturons (non sans une pointe d'angoisse) pour les déposer près d'Eddie.

Puis il avait attendu.

Une heure. Deux. Trois.

Vers la demie de la quatrième, alors que son corps exténué et fiévreux tentait de l'entraîner dans le sommeil, il sentit plutôt qu'il ne vit la Dame s'éveiller, ce qui réveilla chez lui une vigilance absolue.

Il la regarda rouler et se mettre à plat ventre, muer ses mains en serres et ramper sur le sable vers les ceinturons. L'observa tandis qu'elle sortait un des revolvers de son étui, reprenait sa progression vers le jeune homme puis s'immobilisait tête dressée, les narines palpitantes, faisant plus que humer l'air, le goûtant.

Oui, c'était bien celle qu'il avait été chercher de l'autre côté de la porte.

Quand elle jeta un rapide regard dans sa direction, il fit plus que feindre le sommeil – feinte qu'elle aurait sentie – et s'endormit pour de bon. A peine averti par son intuition qu'elle se désintéressait de lui, il s'éveilla de nouveau et, rouvrant à demi son œil, reprit sa surveillance. Il la vit lever l'arme – considérablement moins gênée par son poids qu'Eddie lorsque, pour la première fois, il avait fait de même – et la pointer sur la tête du jeune homme. Puis elle marqua une pause, et ses traits s'emplirent d'une indicible astuce.

En cet instant, elle lui rappela Marten.

Elle tripota le barillet, s'y prit mal au début puis réussit à le basculer. Son regard se posa sur les culots de douille et Roland se tendit, attendant d'abord de voir si elle allait comprendre que le percuteur avait déjà frappé ces amorces, et ensuite si elle allait retourner l'arme pour ne rien découvrir dans ces alvéoles au lieu du plomb qui aurait dû le garnir (il avait songé à charger les revolvers de cartouches qui avaient fait long feu, y avait songé mais fugitivement : Cort leur avait appris que toute arme à feu n'obéit en dernier ressort qu'au Vieux Pied Fourchu et qu'une balle qui a refusé de partir une fois peut très bien se décider la fois suivante). L'eût-il vue répondre à l'une de ces deux attentes qu'il eût aussitôt bondi.

Mais elle rabattit le barillet et commença de relever le chien... puis marqua une nouvelle pause, attendit une saute de vent pour couvrir le petit cliquetis qui sanctionnerait la fin de son geste.

Elle aussi, pensa-t-il. *Mauvaise et sans jambes, mais pistolero à coup sûr au même titre qu'Eddie.*

Il attendit avec elle.

Le vent s'enfla.

Elle amena le chien au bandé, plaça le canon presque au contact de la tempe du jeune homme.

Avec le sourire grimaçant d'une ogresse, elle pressa la détente.

Clic.

Il attendit.

Elle la pressa de nouveau. Puis encore une fois. Puis une autre.

Clic-Clic-Clic.

– 'Culé! hurla-t-elle avant de retourner l'arme dans sa main d'un mouvement fluide.

Roland se ramassa mais ne bondit toujours pas. *Un gosse ne comprend ce qu'est un marteau qu'après avoir eu son doigt proprement écrasé sur un clou.*

Si elle le tue, elle te tue.

Aucune importance, répondit la voix de Cort, inexorable.

Eddie se réveilla. Et donna la preuve que ses réflexes étaient corrects, s'esquivant assez vite pour n'être ni assommé ni tué. Au lieu d'atteindre la tempe, cible vulnérable, la lourde crosse du revolver s'abattit sur le côté de la mâchoire.

– Qu'est-ce que... Seigneur!

– 'Culé! 'Culé d' cul blanc! brailla Detta, et Roland vit remonter l'arme.

Qu'elle fût infirme et qu'Eddie roulât déjà hors d'atteinte n'autorisèrent pas le pistolero à tenter le diable plus longtemps. Si Eddie n'avait pas retenu la leçon, le cas était désespéré. Mais, d'une part, il y avait fort à parier que la prochaine fois qu'il lui dirait de rester sur ses gardes, il le ferait, d'autre part – et surtout – la salope était trop rapide.

Il se détendit, vola par-dessus Eddie, renversa la femme, et atterrit sur elle.

– T'en veux aussi, salopa'd? hurla-t-elle à Roland, lui plaquant simultanément son pubis contre les parties et levant au-dessus de lui le revolver qu'elle tenait encore. Pasque si t'en veux, j' vas t'en donner, tu peux êt' sû'!

– Eddie!

Plus qu'un cri, c'était un ordre. Auquel Eddie ne réagit d'abord qu'en restant stupidement accroupi à côté d'eux, les yeux écarquillés, le regard fixe, le sang ruisselant de sa mâchoire (déjà bien enflée). *Fais quelque chose!* pensa le pistolero, rageur. *Ou serait-*

ce que tu ne veux rien faire? Ses forces diminuaient et le prochain coup de crosse allait lui casser le bras... et encore, s'il interposait celui-ci à temps. Sinon, c'était sa tête qu'il fracasserait.

Puis Eddie se décida. Il bloqua l'arme à mi-descente et, dans un cri, elle se retourna contre lui, le mordit, l'insulta, dans un argot si outrageusement déformé par l'accent du Sud que même lui n'y comprit mot. Pour Roland, ce fut comme si elle s'était brusquement mise à parler dans une langue étrangère. Eddie réussit toutefois à lui arracher l'arme et, débarrassé de cette menace, le pistolero fut en mesure de clouer l'infirme au sol.

Elle ne s'avoua pas vaincue pour autant, s'obstinant à ruer, à se tordre, à hurler, son noir visage ruisselant de sueur.

Eddie restait paralysé, les yeux ronds, la bouche s'ouvrant et se fermant comme celle d'un poisson. Il porta une main hésitante à sa mâchoire, grimaça, regarda ses doigts et le sang qui les maculait.

Elle leur criait qu'elle aurait leur peau à tous les deux, qu'ils pouvaient essayer de la violer, qu'elle les tuerait avec sa chatte, qu'ils allaient voir ce que c'était que sa chatte, une putain de grotte avec des dents tout autour de l'entrée, qu'ils n'avaient qu'à essayer de l'explorer s'ils ne la croyaient pas.

— Mais merde... fit Eddie, la voix aussi niaise que l'expression de son visage.

— Un de mes ceinturons, vite, hoqueta le pistolero. Je vais la rouler au-dessus de moi et tu vas lui attraper les bras, lui lier les mains dans le dos.

— Jaaa-mais! hurla Detta, et elle cambra son corps infirme avec une telle violence qu'elle réussit presque à désarçonner Roland.

Il la sentit tentant de lui remonter le restant de sa cuisse droite dans les couilles, de chercher à les broyer.

— Je... Je... elle...

— Rèmue-toi, merde! Que soit maudit le visage de ton père! rugit Roland.

Eddie sortit enfin de sa stupeur.

4

A deux reprises, elle faillit leur échapper alors qu'ils la maîtrisaient. Mais Eddie finit par passer la boucle d'un ceinturon autour des poignets que, dans un ultime effort, Roland venait de réunir dans le dos de la femme (le pistolero n'ayant cessé dans l'intervalle de se rejeter loin des morsures comme une mangouste combattant un serpent, évitant les dents mais ne se retrouvant pas moins luisant de crachats jusqu'à ce que, enfin, Eddie la tire en arrière par l'espèce de laisse qu'ils venaient d'improviser). Le jeune homme ne voulait pas faire mal à cette horreur écumante et hurlante. Elle était mille fois plus repoussante que les homarstruosités car dotée d'une intelligence infiniment supérieure mais il savait qu'elle pouvait être belle. Il se refusait à blesser l'autre personne que cette enveloppe abritait (telle une colombe prête à jaillir du coffre à double fond d'un magicien).

Odetta Holmes était quelque part à l'intérieur de ce monstre.

5

Bien que sa dernière monture – une mule – fût morte dans un passé trop lointain pour lui être restée en mémoire, il avait toujours dans sa bourse une longueur de corde qui lui avait servi à l'attacher (laquelle corde avait été dans un passé plus reculé encore un magnifique lasso de pistolero). Ils s'en servirent pour river la Dame d'Ombres à son fauteuil comme elle s'était imaginé (ou avait cru se rappeler, ce qui en fin de compte revenait au même) l'avoir été auparavant. Puis ils s'en éloignèrent.

N'eussent été les monstrueux crustacés, Eddie aurait gagné le bord de l'eau pour se laver les mains.

– J'ai l'impression que je vais vomir, dit-il d'une voix qui muait d'un extrême à l'autre de son registre, comme celle d'un jeune adolescent.

– Pourquoi vous ne vous faites pas soixante-neuf, tous les deux? braillait la créature en se débattant dans ses liens. Pourquoi vous ne faites pas ça si la femme noire vous flanque la trouille? Allez, sucez-vous vos p'tites bougies! Profitez-en tant que c'est possible pasque Detta Walker va sortir de son fauteuil et vous la couper, vot' p'tite bougie maigrichonne, elle va vous la couper pour en nourrir les scies circulaires qui se trimbalent là-bas!

– C'est elle, la femme dans laquelle je suis entré, dit le pistolero. Tu me crois, maintenant?

– Je te croyais avant. Ne te l'ai-je pas dit?

– Tu croyais me croire. Tu me croyais du bout de l'esprit. Me crois-tu de tout ton être maintenant? Jusque dans ses moindres recoins?

Eddie regarda la chose qui se convulsait et hurlait dans le fauteuil, puis il se détourna, blanc comme un linge hormis sa mâchoire qui saignait encore un peu. Tout ce côté de son visage commençait d'ailleurs à évoquer un ballon de baudruche.

– Oh que oui, dit-il.

– Cette femme est un monstre.

Eddie se mit à pleurer.

Roland aurait voulu le consoler, ne pouvait se permettre un tel sacrilège (le souvenir de Jake n'était que trop vif), aussi s'enfonça-t-il dans le noir avec en lui cette fièvre nouvelle qui le brûlait et le torturait.

6

Beaucoup plus tôt dans la nuit, alors qu'Odetta dormait toujours, Eddie avait dit qu'il avait peut-être une idée de ce qui ne tournait pas rond chez elle. Peut-être. Le pistolero lui avait demandé de développer.

– Il se peut qu'elle soit schizophrène.

Roland bornant sa réponse à une mimique impuissante, Eddie lui expliqua ce qu'il comprenait de la schizophrénie (savoir glané dans des films tel *Les Trois Visages d'Eve* ou au hasard de diverses émissions à la télé, en particulier les *soaps*(1) qui, lorsque Henry et lui étaient défoncés, leur servaient de toiles de fond pendant leurs voyages). Roland hocha la tête. Oui, la maladie que lui décrivait Eddie semblait correspondre : une femme à deux visages, l'un de lumière, l'autre enténébré, Janus bifront comme la figure que l'homme en noir lui avait montrée sur la cinquième lame de Tarot.

– Et ces gens – les schizophrènes –, ils n'ont pas conscience d'avoir une autre personnalité ?

– Non, dit Eddie. Bien que...

Il en resta là, observant d'un air sombre les homarstruosités qui allaient et venaient et posaient leurs questions, posaient leurs questions et allaient et venaient.

– Bien que quoi ?

– C'est que ne suis pas jivaro... alors je n'en sais trop rien...

– Jivaro ? Qu'est-ce que c'est ?

– Réducteur de têtes. (Il se tapota la tempe.) Un type qui s'occupe de ce qui ne va pas là-dedans. Le vrai nom, c'est psychiatre.

Roland fit signe qu'il avait compris. Il préférait réducteur de têtes. Parce que l'esprit de cette femme occupait trop de place, deux fois plus que nécessaire.

– Bien qu'à mon avis, reprit Eddie, les schizos se doutent presque toujours qu'il y a quelque chose d'anormal chez eux. A cause des trous de mémoire. Je me trompe peut-être mais je vois ça comme s'il s'agissait le plus souvent de personnes qui pensent souffrir d'amnésie partielle du fait qu'elles interprètent mal les passages à vide qui semblent se produire

(1) *Soap* : feuilleton mélo. (*N.d.T.*)

quand leur autre « moi » est aux commandes. Elle, en revanche, dit se souvenir de tout. Et si elle le dit, c'est qu'elle est sincèrement persuadée qu'il en est ainsi.

– Je pensais t'avoir entendu dire qu'elle ne croyait pas à la réalité de ce qui lui arrive.

– Ouais, reconnut Eddie, mais oublie ça pour l'instant. Ce que j'essaie de dire c'est que, quelle que soit l'interprétation qu'elle en donne, ses souvenirs passent directement de son living où elle est en peignoir devant le journal télévisé de minuit à sa situation présente. Directement, sans rupture aucune. Elle n'a pas la moindre sensation qu'une autre personne ait pris le relais dans l'intervalle. Et il ne faut pas perdre de vue que, quand tu lui es tombé dessus au Macy's, ce pouvait être le lendemain ou des semaines plus tard. Je sais qu'on était encore en hiver parce que la plupart des clients dans le magasin étaient en pardessus... (Le pistolero hocha la tête. Les perceptions d'Eddie s'affinaient. Bien. Il n'avait certes pas encore remarqué ni les bottines ni les écharpes, ni les gants dépassant des poches, mais c'était un début.)... Mais à part ça, impossible de dire combien de temps Odetta est restée cette autre femme parce qu'elle n'en sait rien. Je pense qu'elle se trouve dans une situation où elle n'a jamais été auparavant, et pour se protéger des deux côtés, elle a recours à cette histoire de coup sur la tête qu'elle aurait reçu.

Roland acquiesça d'un signe.

– Et puis il y a les bagues, enchaîna Eddie. Les voir lui a donné un sacré choc. Elle a fait de son mieux pour ne pas le montrer mais ça crevait les yeux.

Roland avait alors demandé :

– Si ces deux femmes ignorent qu'elles partagent un même corps, si elles n'ont pas même le soupçon que quelque chose cloche et si chacune d'elles a son propre continuum de souvenirs – en partie réels, en partie forgés de toutes pièces pour justifier le temps de l'autre –, qu'allons-nous faire d'elle ? Comment même allons-nous pouvoir vivre à ses côtés ?

Haussement d'épaules d'Eddie :

– Ce n'est pas à moi qu'il faut poser ce genre de questions. C'est ton problème! C'est toi qui dis avoir besoin d'elle. Merde, tu as risqué ta vie pour aller la chercher.

Eddie réfléchit un instant à ce qu'il venait de dire et se revit accroupi au-dessus du corps de Roland, le couteau de celui-ci à moins d'un centimètre de sa gorge. Il eut un rire sec, dénué d'humour. *Ouais, mec, ta vie n'a vraiment tenu qu'à un fil.*

Un silence s'installa entre eux. Alors que le pistolero allait le rompre pour réitérer sa mise en garde et annoncer (assez fort pour être entendu de la Dame si cette respiration régulière ne faisait que feindre le sommeil) qu'il allait se pieuter, Eddie le devança, lui disant quelque chose qui jeta dans son esprit une clarté vive et soudaine, quelque chose qui lui fit comprendre au moins une partie de ce qu'il avait si désespérément besoin de savoir.

A la fin, quand ils avaient franchi la porte.

Elle avait changé à la fin.

Et il avait vu quelque chose, une chose...

– Tu veux que je te dise, fit Eddie, sans cesser de fixer d'un œil morose les restes du feu qu'il remuait avec une pince de leur proie du soir, quand tu l'as ramenée, moi j'ai eu l'impression d'être schizo.

– Pourquoi?

Eddie regarda Roland, vit que ce n'était pas une question en l'air, qu'il avait une raison précise de la poser – ou crut le voir – et prit une minute pour peser sa réponse.

– C'est rudement dur à décrire, mec. C'était le fait de regarder par cette porte. C'est ça qui m'a décoiffé. Faut bien s'imaginer que quand on y voit bouger quelqu'un c'est comme si on bougeait avec. Mais tu sais de quoi je parle.

Roland hocha la tête.

– Bien. Moi j'ai regardé ça comme si c'était un film – si tu ne sais pas ce que c'est, laisse tomber, aucune importance –, et ce, presque jusqu'à la fin. Et puis tu as retourné Odetta vers ce côté-ci de la porte, et pour la première fois de ma vie je me suis vu. C'était comme... (Il chercha, en vain.) Ch'sais pas. On aurait pu dire que c'était comme de se voir dans une glace, mais ça n'aurait pas collé parce que... parce que c'était comme d'avoir quelqu'un d'autre en face de soi. D'être retourné comme un gant. D'être en deux endroits à la fois. Merde, je ne sais pas, moi.

Clouer le pistolero sur place n'en réclamait pas plus. C'était là ce qu'il avait senti quand ils avaient franchi la porte, ce qui lui était arrivé à elle, et pas seulement à elle, à elles deux : l'espace d'un instant Detta et Odetta s'étaient regardées, pas comme si chacune avait vu son reflet dans un miroir mais en tant que deux personnes distinctes; la glace s'était muée en vitre et, pendant quelques secondes, Odetta avait vu Detta et Detta avait vu Odetta et une horreur égale les avait frappées.

Elles savent, l'une comme l'autre, songea le pistolero, lugubre. *Qu'elles n'aient pas su avant, peut-être; c'est exclu désormais. Elles peuvent essayer de se le cacher mais il est un instant où elles se sont vues, où elles ont su. Et ce savoir est toujours en elles, maintenant.*

– Roland ?

– Oui ?

– Je voulais simplement être sûr que tu ne dormais pas les yeux ouverts, parce que c'est l'impression que tu donnais, d'être très loin dans l'espace ou dans le passé.

– Auquel cas, je suis de retour. Bon, maintenant je vais me coucher. Rappelle-toi ce que je t'ai dit : sois sur tes gardes.

– Je prends la veille, dit Eddie, mais le pistolero savait que, malade ou pas, ça allait être à lui de veiller cette nuit.

Tout le reste en avait découlé.

Passé le chahut, Eddie et Detta Walker avaient fini par se rendormir (elle n'était pas tant tombée dans le sommeil que dans une sorte d'évanouissement exténué, le corps retenu par les liens).

Le pistolero s'était recouché mais restait éveillé.

Je vais avoir à provoquer un affrontement entre elles deux, songeait-il sans qu'il fût besoin qu'un des « réducteurs de tête » d'Eddie lui soufflât qu'un tel combat risquait d'être effroyable. *Si c'est la part de lumière, Odetta, qui en sort vivante, tout peut encore bien se passer, mais si c'est l'autre, la part ténébreuse, il est presque certain que tout sera perdu.*

Il sentait néanmoins que n'était pas requise la mort de l'une ou l'autre mais leur fusion. Il s'était déjà rendu compte de la valeur que pouvait avoir pour lui – pour eux – la pugnacité vulgaire de Detta Walker, et souhaitait l'avoir à ses côtés... mais sous contrôle. Un long chemin les attendait. Detta les voyait, Eddie et lui, comme des monstres de quelque espèce nommée par elle 'culé 'd' cul blanc. Dangereuse illusion, sans plus, mais ils étaient voués à rencontrer des monstres bien réels – les crustacés géants n'étant que les premiers d'une longue série. L'agressive et tenace énergie de cette femme dans laquelle il était entré hier et qui venait de resurgir cette nuit de sa cachette pouvait se révéler, à condition d'être tempérée par la tranquille humanité d'Odetta Holmes, décisive dans un combat contre de tels monstres... particulièrement décisive maintenant qu'il lui manquait deux doigts, qu'il était presque à court de balles alors que la fièvre le gagnait.

Cela dit, nous n'en sommes pas là. Je crois que l'étape initiale pourrait être de faire prendre conscience à chacune de l'existence de l'autre, ce qui amènerait une confrontation. Mais comment y parvenir?

Il resta éveillé tout au long de cette longue nuit, réfléchissant et retournant le problème en tous sens, et bien qu'il sentît la fièvre croître en lui, la solution refusa d'apparaître.

8

Eddie s'éveilla peu avant l'aube, vit le pistolero assis, drapé à l'indienne dans sa couverture, près des cendres de leur feu de la veille, et le rejoignit.

– Comment tu te sens? lui demanda-t-il à voix basse.

La Dame dormait encore dans l'entrecroisement des cordes bien qu'elle sursautât de temps à autre, marmonnât et gémît.

– Bien.

Eddie l'examina.

– Tu n'en donnes pas l'impression.

– Merci, dit sèchement Roland.

– Tu trembles.

– Ça passera.

La Dame s'agita de nouveau. Cette fois, dans les mots qui lui échappèrent il y en eut un presque reconnaissable. *Oxford*, peut-être.

– Seigneur, ça me fait mal de la voir attachée comme ça, murmura Eddie. Comme un veau à l'étable.

– Elle ne va pas tarder à se réveiller. Il se peut qu'alors on puisse la détacher.

Ce qu'ils voulaient l'un et l'autre dire, en fait, c'était que, lorsque la Dame dans le fauteuil ouvrirait les yeux, le regard serein, peut-être même si légèrement perplexe, ce serait alors Odetta Holmes qui allait les accueillir.

Un quart d'heure plus tard, lorsque le soleil décocha ses premiers rayons par-dessus les collines, ces yeux s'ouvrirent – mais ce ne fut pas le regard serein d'Odetta Holmes qu'ils virent mais les éclairs de rage de Detta Walker.

– Combien de fois vous m'avez violée pendant qu' j'étais dans les pommes? J' me sens l' con lisse et poissé comme si on y avait fou'é une poignée d' ces p'tites bougies minus qu' vous aut' 'culés d' culs blancs vous appelez des bites.

Roland soupira.

– Allons-y, dit-il, et il se mit debout, grimaçant sous l'effort.

– Pas question que j'aille que'qu' pa' avec toi, cul blanc, cracha Detta.

– Oh, mais si, rétorqua Eddie, tu vas nous accompagner, désolée chérie.

– Où vous allez m'emmener?

– Ma foi, fit Eddie, ce qu'il y avait derrière la Porte Numéro Un n'était pas si terrible et derrière la Numéro Deux, c'était pire encore, alors maintenant, au lieu de laisser tomber comme si on avait deux sous de bon sens, on va aller jeter un coup d'œil derrière la Trois. Vu la progression, on a des chances d'y trouver quelque chose du genre Godzilla ou Ghidra Les Trois Têtes, mais, tu vois, j' suis optimiste. Je me dis qu' ça pourrait être la batterie de cuisine en inox.

– J'i'ai nulle pa'.

– Mais si, mais si, dit Eddie qui alla se placer derrière le fauteuil.

Elle recommença de se débattre dans ses liens mais les nœuds étaient l'œuvre du pistolero et il se resserraient à chaque geste. Elle eut tôt fait de s'en apercevoir. Venimeuse en diable mais ayant oublié d'être bête. Elle n'en décocha pas moins à Eddie par-dessus son épaule un sourire qui le fit légèrement reculer. Il lui semblait n'avoir jamais vu sur un visage humain d'expression aussi perverse.

– Bon, dit-elle, j' vais p't-êt' ben fai' un bout d' chemin avec vous, mais pas aussi loin qu' tu t'imagines, f'omage blanc. Et pas aussi vite, j' peux te l' ju'er.

– Qu'est-ce que tu veux dire?

Encore une fois, ce sourire par-dessus l'épaule, tout de jouissance mauvaise.

– Tu ve'as bien, f'omage blanc. (Ses yeux, fous mais convaincants, sautèrent un instant sur le pistolero.) Tous les deux, vous allez voi'.

Eddie referma ses mains sur les poignées du fauteuil et ils reprirent leur marche vers le nord, laissant à présent outre leurs pas la double trace de la Dame sur le sable de cette plage apparemment sans fin.

9

La journée fut un cauchemar.

Dur d'évaluer la distance parcourue quand c'était dans un décor qui variait si peu, mais Eddie n'en sut pas moins qu'ils se traînaient à présent.

Et il savait à qui la faute.

Que oui.

Tous les deux, vous allez voir, avait dit Detta, et ils ne s'étaient pas ébranlés depuis plus d'une demi-heure qu'ils commençaient à voir.

Pousser.

D'abord ça. Pousser le fauteuil sur une plage de sable fin aurait eu le caractère d'impossibilité de conduire une voiture dans une épaisseur de poudreuse. L'agglomérat marneux de cette grève rendait l'exploit possible, loin d'être aisé toutefois. Ça consentait à rouler un moment sans problème, dans le crissement des coquillages et les projections de gravier sous le caoutchouc dur des roues... puis ça bloquait sur une plaque de sable plus fin et le jeune homme se retrouvait alors grogner en peinant pour forcer le passage. Le sable aspirait littéralement les roues et il fallait simultanément pousser et peser de tout son poids sur les poignées si l'on ne voulait pas voir le fauteuil et son ballot d'occupante basculer tête la première.

Et supporter en prime les gloussements de Detta.

— Alo's, mon mignon, tu t'amuses bien de'iè'e? lui demandait-elle chaque fois qu'il rencontrait l'un de ces pièges.

Quand le pistolero s'approcha pour l'aider, il le renvoya d'un geste.

— Tu auras ta chance. On va faire un roulement.

Mais je pense que mes tours vont durer nettement plus longtemps que les siens, fit une voix dans sa tête. *Avec la touche qu'il se paie, je suppose que c'est déjà trois fois* trop *de boulot pour lui de se traîner, alors pousser le fauteuil... Non, m'sieur. J' crois que c'est à toi seul d'assumer. Dieu qui se venge, vois-tu? Après toutes ces années où tu as porté ta guenon, voilà qu'il te faut en pousser une!*

Il émit un rire bref avec ce qui lui restait d'haleine.

— Qu'est-ce qui te fais ma'er, f'omage blanc? demanda Detta d'une voix qu'elle voulait sarcastique mais qu'Eddie devina un rien hargneuse.

Visiblement, pour Miss Detta, je ne suis pas censé trouver quoi que ce soit de drôle dans la situation, se dit-il.

— Laisse tomber, cocotte, tu ne comprendrais pas.

— C'est moi qui vas te laisser tomber, dit-elle. Toi et ton copain, z'allez même tomber de si haut que vous vous r't'ouve'ez en mille mo'ceaux sur c'te plage. En attendant, tu fe'ais mieux d' ga'der ton souffle pou' me pousser. T'as déjà l'ai' de plus en avoi' t'op.

— Bon, apparemment, tu es capable de parler pour nous deux, hoqueta Eddie. Ton souffle n'est pas près de te lâcher?

— En pa'lant d' l'âcher, j' vas t'en lâcher un, cul blanc. Ça va t'exploser au nez si fo't que t'en passe'as l'a'me à gauche.

— Promesses, promesses.

Eddie extirpa le fauteuil du sable et leur progression reprit sans trop de problèmes... pour un temps, du moins. Le soleil n'était pas encore au plus haut mais arrachait déjà de belles suées.

La journée s'annonce amusante et instructive, se dit-il. *Je vois ça d'ici.*

Piler net.

Ça, c'était le deuxième truc.

Ils avaient atteint une portion de plage plus compacte. Eddie poussait le fauteuil plus vite avec le vague espoir que cette vitesse acquise lui permettrait de franchir sur sa lancée le prochain piège à sable.

Et tout d'un coup, le fauteuil s'arrêta net. Eddie en reçut en pleine poitrine la barre transversale à l'arrière. Il grogna. Le pistolero leva les yeux mais ses réflexes, si rapides fussent-ils, ne purent empêcher le fauteuil de basculer exactement comme il avait failli le faire à chaque passage sablonneux. Il bascula et Detta bascula avec, ligotée, impuissante, mais n'en ricanant pas moins. Elle ricanait toujours quand, finalement, Eddie et Roland réussirent à redresser le véhicule et son occupante, constatant que certaines cordes s'étaient resserrées au point de lui cisailler vraisemblablement les chairs, bloquant la circulation sanguine aux extrémités. Elle était tombée sur le front et se l'était sérieusement éraflé; du sang lui ruisselait jusque dans les sourcils. Mais elle ricanait quand même.

Puis le fauteuil fut de nouveau sur ses roues, les deux hommes pantelants et hors d'haleine. C'est qu'il leur avait fallu soulever plus de cent vingt kilos sans doute, dont une bonne moitié assurée par le seul fauteuil. Eddie songea que si le pistolero avait prélevé la Dame d'Ombres dans son époque à lui, 1987, l'engin en aurait facilement pesé trente de moins.

Detta alternait gloussements et râlantes, clignait des yeux pour en ôter le sang.

– 'Ga'dez-moi ces mecquetons. Pas fichus de pousser sans m' fai' 'amasser un billet d' pa' te'e.

– C'est ça, marmonna Eddie. Téléphone à ton avocat et colle-le-nous aux fesses.

– Et z'avez l'ai' complètement vannés. C'était si

du' que ça de me 'elever? Z'avez ben mis dix minutes.

Le pistolero déchira un nouveau pan de sa chemise – au point où elle en était, quelle importance? – et il s'apprêtait à étancher la plaie au front de Detta quand les dents de celle-ci se ruèrent à la rencontre de la main secourable – c'était la gauche, celle qui avait encore tous ses doigts – et le claquement de ces dents qui se refermaient sur le vide persuada Eddie que si Roland avait été moins vif sa main droite n'aurait plus guère eu de motif d'être jalouse de l'autre.

Elle ricanait, rivait sur lui des yeux emplis de joie mauvaise, mais, derrière, le pistolero y voyait la peur. Detta le craignait. Il était le Vraiment Méchant.

Pourquoi ce titre? Parce qu'il se pouvait qu'à un niveau plus profond elle le sentît conscient de ce qu'elle était.

– J'ai failli t'avoi', cul blanc, dit-elle. C'te fois, c'était moins une.

Et elle ricana, caquet de sorcière.

– Tiens-lui la tête, dit tranquillement le pistolero. Elle mord comme une belette.

Eddie fit comme demandé pendant que Roland essuyait la plaie. De faible étendue, elle n'avait pas l'air très profonde mais le pistolero ne voulut prendre aucun risque. Il descendit lentement jusqu'à la mer, trempa son morceau de chemise dans l'eau salée puis remonta vers Eddie et la Dame.

Elle se mit à hurler à son approche.

– Ne me touche pas avec ce t'uc! Plus maintenant qu' tu l'as t'empé dans c'te flotte d'où so'tent ces poisons d' bestioles! Fiche le camp avec ça! Fiche-moi le camp.

– Tiens-lui la tête, dit encore une fois Roland, toujours sur le même ton. (Elle la lançait de gauche et de droite.) Je ne tiens à prendre aucune sorte de risques.

Eddie la lui maintint de nouveau... et serra quand elle tenta de se dégager. Elle vit qu'il prenait sa tâche à cœur et se calma aussitôt, ne manifestant plus la

321

moindre peur à l'endroit du chiffon mouillé. Tout n'avait été que cinéma.

Elle sourit au pistolero qui bassinait sa blessure, la nettoyait avec soin des derniers grains de sable qui la souillaient.

– En fait, t'as pas l'ai' simplement vanné, cul blanc, fit-elle remarquer. T'as l'ai' malade comme un chien. M'est avis qu' t'i'as pas loin comme ça. Qu' t'es pas en état d' fai' un long voyage.

Eddie examinait les commandes rudimentaires du fauteuil. Il y avait là un frein à main qui bloquait les deux roues. Detta s'était débrouillée pour y amener sa main droite et avait eu la perverse patience d'attendre qu'Eddie ait pris de la vitesse pour l'actionner, provoquant ainsi sa propre chute. Dans quel but ? Nul autre que les ralentir. Les motifs d'agir ainsi brillaient par leur absence, mais une femme comme Detta n'avait pas besoin de motifs, se dit-il. Une femme comme elle était parfaitement capable de faire une pareille chose par pure méchanceté.

Roland relâcha quelque peu les nœuds de manière que le sang pût circuler plus librement puis rattacha la main de Detta loin du frein.

– T'en fais pas, mon bonhomme, dit-elle en lui décochant un éclatant sourire dangereusement surchargé de dents. T'en fais pas, je me déb'ouille'ai quand même. Il y a bien d'aut'es moyens de vous 'alenti', les ga's. Toutes so'tes de moyens.

– Allons-y, dit le pistolero d'une voix sans timbre.

– Ça va, mec ? lui demanda Eddie.

Roland était très pâle.

– Oui. Allons-y.

Et ils se remirent en route.

10

Le pistolero insista pour pousser pendant une heure et le jeune homme, à contrecœur, lui céda la place.

Roland franchit sans encombre une première plaque de sable mais Eddie dut venir à sa rescousse pour sortir le fauteuil de la deuxième. La respiration du pistolero n'était plus qu'un halètement convulsif et c'était à grosses gouttes que la sueur perlait à son front.

Eddie le laissa reprendre les poignées et, pendant quelque temps, Roland se montra parfaitement à même de contourner les endroits présentant des risques ; puis de nouveau les roues s'ensablèrent et le jeune homme ne put supporter longtemps le spectacle de son compagnon pesant et poussant, pantelant, cependant que la sorcière (car il en était venu à la voir ainsi) hurlait de rire et se lançait de tous côtés pour lui compliquer la tâche. Il n'y tint plus ; bousculant le pistolero, il souleva le fauteuil pour le porter en terrain ferme dans une embardée rageuse. Le siège vacilla et voilà qu'il en voyait/sentait l'occupante se pencher au maximum que le lui permettaient ses liens, avec une étrange prescience du moment adéquat agissant pour réitérer sa chute.

Roland jeta tout son poids sur l'arrière du fauteuil aux côtés d'Eddie et ils l'empêchèrent de basculer.

Detta se retourna et leur fit un clin d'œil d'une complicité si obscène qu'Eddie sentit la chair de poule lui remonter le long des bras.

– Z'avez enco'e failli m' fai' tomber, mes mignons, dit-elle. Va falloi' fai' un peu plus attention à l'aveni'. Je ne suis qu'une vieille dame handicapée, alo's j'aime'ais qu'on ait des éga'ds pou' moi.

Elle éclata de rire.

Et bien qu'Eddie eût les plus grands égards pour l'autre part de cette femme – il était même tout bonnement tombé amoureux d'elle sur la seule base du bref moment qu'ils avaient passé ensemble à parler –, il sentit ses mains le démanger de serrer ce cou, d'étouffer ce rire, de l'étouffer jusqu'à ce qu'elle n'eût plus jamais la possibilité de rire.

Elle se retourna de nouveau, vit ce qu'il pensait comme si ça lui était imprimé sur le visage en lettres rouges, et n'en rit que plus fort. Elle le défia du regard. *Vas-y, cul blanc, fais-le. T'as envie de le fai'? Alo's fais-le.*

En d'autres termes, pensa Eddie, *ne te contente pas de renverser le fauteuil, renverse la nénette. Allonge-la pour de bon. Etre tuée par un Blanc pourrait bien être le seul but qu'ait Detta dans la vie.*

– Bon, dit-il, reprenant les poignées. On est partis pour visiter la côte, mon chou, que ça te plaise ou non.

– Va te fai'e fout', cracha-t-elle.

– On lui dira, fit Eddie, démarrant.

Le pistolero le suivit, les yeux rivés au sol.

11

Ils atteignirent un vaste affleurement de roches alors que le soleil indiquait dans les onze heures et y firent une halte assez longue, profitant de l'ombrage alors que l'astre montait à son midi. Eddie et le pistolero mangèrent les restes de leur proie de la veille. Eddie en offrit à Detta qui, de nouveau, refusa. Elle savait où ils voulaient en venir, leur cracha-t-elle à la figure, et, puisque c'était ça, ils n'avaient qu'à le faire de leurs propres mains au lieu de chercher à l'empoisonner. C'était de la lâcheté, dit-elle.

Eddie a raison, se prit à songer le pistolero. *Cette femme s'est forgé des souvenirs sur mesure. Toute une chaîne d'événements depuis hier soir alors qu'en fait elle a dormi à poings fermés.*

Elle croyait qu'ils lui avaient apporté des morceaux de viande qui puaient la mort et la putréfaction, puis qu'ils l'avaient narguée en se régalant de bœuf au sel arrosé de cette sorte de bière qu'avaient contenue leurs flacons. Elle s'imaginait les avoir vus de temps à autre lui tendre des morceaux de cette nourriture saine qu'ils mangeaient, les reprendre au dernier moment, à l'instant où elle allait mordre dedans... et rire, bien sûr. Dans le monde de Detta Walker (du moins dans la vision qu'elle en avait), les 'culés d' culs blancs ne faisaient que deux choses aux femmes un peu foncées : ils les violaient ou ils riaient d'elles, ou encore les deux à la fois.

Ça frisait le comique. Eddie Dean n'avait plus vu de viande de bœuf depuis son voyage dans la diligence du ciel, et Roland depuis qu'il avait mangé sa dernière lanière de pemmican, les dieux seuls savaient dans quel passé. Quant à la bière... il partit à rebrousse-temps.

Tull.

Il y avait eu de la bière à Tull. De la bière et du bœuf.

Dieu, qu'une bière serait la bienvenue ! Sa gorge le brûlait et la fraîcheur d'une bière eût tempéré ce feu. C'eût été plus efficace encore que les *astines* du monde d'Eddie.

Ils allèrent se mettre à l'écart.

– J' suis pas d'assez bonne compagnie pou' des Blancs comme vous, p't-êt' ? caqueta-t-elle dans leur dos. Ou c'est simplement pou' vous t'ipoter vos p'tites bougies pâlichonnes ?

Elle rejeta la tête en arrière et hurla de rire, provoquant l'envol effaré des mouettes qui tenaient congrès un quart de mille plus loin sur les rochers.

Le pistolero s'assit, les mains ballantes entre les genoux, et s'absorba dans ses réflexions. Il finit par relever la tête.

– Je ne comprends pas un mot sur dix de ce qu'elle raconte, annonça-t-il à Eddie.

– J'ai une nette avance. J'arrive à en saisir un sur trois. Mais tu ne perds pas grand-chose, la plupart se résument à *'culés d' culs blancs*.

Roland hocha la tête.

– Est-ce qu'il y a beaucoup de gens à la peau sombre qui parlent comme ça, là d'où tu viens ? Ce n'était pas le cas de l'autre.

Eddie éclata de rire.

– Non! Et je vais te dire un truc assez drôle... enfin, que je juge assez drôle, mais parce qu'il n'y a pas vraiment de quoi rire, peut-être. Ça n'a aucune réalité. De la pure invention. Et elle ne s'en rend même pas compte.

Roland le regarda sans rien dire. Eddie poursuivit :

– Tu te rappelles quand tu as voulu lui laver le front et qu'elle a fait semblant d'avoir peur de l'eau?

– Oui.

– Tu savais que c'était du chiqué?

– Pas au début, mais j'ai vite compris.

Eddie hocha la tête.

– Elle jouait donc un rôle, et consciemment. Mais comme elle est visiblement douée, on a marché pendant quelques secondes. Eh bien, sa façon de parler, c'est aussi du cinéma, mais beaucoup moins bon. Ça ne correspond à rien de réel. C'est purement débile!

– Tu penses qu'elle n'est bonne actrice que quand elle a conscience de jouer un rôle?

– Exactement. Là, ça m'a fait l'effet d'un croisement entre un bouquin que j'ai lu qui s'appelait *Mandingo* et la façon dont Butterfly McQueen s'exprime dans *Autant en emporte le vent*. Je sais que ça ne te dit rien, tout ça, mais ce que je veux te faire comprendre, c'est qu'elle débite des clichés. Tu connais ce mot?

– C'est ce que disent ou croient les gens qui n'ont rien ou presque rien dans la tête.

– Parfait. Je n'aurais pas su en donner une définition moitié moins bonne.

– Z'avez pas enco' fini d' vous b'anler, p'tits gars? (Elle finissait par avoir la voix qui s'éraillait.) Ou p't-êt' que vous a'ivez pas à t'ouver vot' tit' bougie? C'est ça?

– Allons-y. (Le pistolero se releva lentement, chancela un moment, vit Eddie qui le regardait et sourit.) Ça ira.

– Combien de temps?

– Autant qu'il faudra, répondit Roland, et la sérénité de sa voix glaça le cœur d'Eddie.

12

Ce soir-là, le pistolero tira la dernière cartouche dont il fût certain pour abattre leur repas. Dès demain, il allait entreprendre un test systématique de celles qui lui restaient mais ne se faisait pas trop d'illusions : comme lui avait dit Eddie, ils en seraient sans doute bientôt réduits à tuer les homarstruosités à coups de pierre.

Cette nuit ne différa pas des autres : le feu, la popote, le repas – un repas tout en lenteur à présent, sans enthousiasme. *On se contente de survivre*, se dit Eddie. Encore une fois, ils apportèrent à manger à Detta qui, encore une fois, hurla, ricana, se répandit en insultes, leur demanda s'ils allaient longtemps continuer de la prendre pour une idiote, puis commença de se lancer de part et d'autre du fauteuil, indifférente à la constriction des cordes, tendue vers le seul objectif de basculer une fois de plus le fauteuil pour qu'ils aient de nouveau à la ramasser avant de pouvoir s'attaquer à leur repas.

Elle allait y parvenir quand Eddie lui bloqua les épaules pendant que le pistolero assurait la stabilité du fauteuil en calant des grosses pierres de part et d'autre des roues.

– Calme-toi, lui dit Roland, et je te desserrerai un peu les nœuds.

– Viens me lécher la me'de que j'ai dans le t'ou de balle, 'culé d' cul blanc.

– Je n'ai pas compris si ça voulait dire oui ou non.

Elle le regarda, les yeux réduits à deux fentes, soupçonnant quelque sarcasme dans cette voix sereine (Eddie aussi, mais également incapable de déterminer si la suspicion était fondée.) Puis elle rétorqua, boudeuse :

– O.K., j' me calme. J'ai t'op faim pou' m'agiter, de toute façon. Vous comptez fai'e quoi, maintenant ? M' donner que'que chose que j' puisse manger ou me laisser c'ever ? C'est ça, vot'e plan ? Z'êtes t'op lâches pou' m'étouffer et vous savez bien que j' touch'ais jamais à c'te nou'itu' 'poisonnée, donc ça doit êt' ça vot' plan. Bon, laissez-moi c'ever d' faim. On va voi' si ça ma'che. Sû', on va bien voi'.

Elle leur décocha de nouveau son sourire à glacer les sangs.

Et peu de temps après, s'endormit comme une masse.

Eddie effleura la joue de Roland qui lui jeta un bref regard mais ne se déroba pas au contact de sa main.

– Ça va, dit le pistolero.

– Ouais, tu pètes la forme, je sais. Mais tu veux que je te dise ? On n'a pratiquement pas avancé aujourd'hui.

– Je sais.

Le fait d'avoir tiré leur dernière cartouche fiable l'obnubilait. Il jugeait toutefois inutile d'en faire part à Eddie. Pas ce soir, du moins. Il n'était pas malade mais son état de fatigue interdisait un surcroît de mauvaises nouvelles.

Pas malade, non, pas encore, mais s'il continue comme ça, sans un réel repos, il finira par l'être.

Et il l'était déjà, en un sens. Le pistolero et lui déployaient un bel éventail de pathologies superficielles. Eddie avait des engelures au coin des lèvres et des plaques de desquamation, le pistolero sentait ses dents qui se déchaussaient et des crevasses sanguinolentes s'étaient ouvertes entre ses orteils comme entre ses doigts restants. Ils n'étaient pas sous-alimentés mais mangeaient jour après jour la même chose et finiraient par en mourir aussi sûrement que de faim.

On a le scorbut, se dit Roland. *Le mal des marins*

sur la terre ferme. Pas plus compliqué que ça. Et
d'un comique... On a besoin de fruits, de verdure.

Eddie montra la Dame.

— Et elle va continuer de rendre ça pire.

— A moins que l'autre ne réapparaisse.

— J'aimerais bien, mais comment y compter? (Il
prit une pince noircie et commença de faire des
gribouillis dans la poussière.) Tu as une idée de ce qui
nous reste à faire avant la prochaine porte?

Roland fit non de la tête.

— Je dis ça parce que, s'il y a autant de distance
entre la Numéro Deux et la Numéro Trois qu'entre la
Numéro Un et la Numéro Deux, on risque d'être dans
la merde.

— On y est déjà.

— Ouais, jusqu'au cou. En fait, tout ce que je me
demande, c'est combien de temps je vais tenir à
patauger dedans.

Roland lui donna une tape sur l'épaule, geste
affectueux si rare qu'Eddie ouvrit des yeux ronds.

— Mais il y a une chose que la Dame ne sait pas,
dit-il.

— Ah bon? fit Eddie. Qu'est-ce que c'est?

— Que nous autres, 'culés de culs blancs, on est
capables de tenir longtemps et d'aller loin en patau-
geant.

Eddie éclata de rire. Un rire bruyant, inextinguible,
qu'il s'empressa d'étouffer dans ses bras pour ne pas
réveiller Detta. S'il vous plaît, merci, de rien, c'était
largement suffisant pour aujourd'hui.

Le pistolero le regarda, souriant.

— Bon, je vais me pieuter, dit-il. Tu restes...

— ... sur tes gardes. T'en fais pas, j'ai compris.

13

Le cri ensuite.

Eddie sombra dans le sommeil à la seconde même

où sa tête toucha la chemise roulée dont il se servait comme oreiller. Il ne parut pas s'écouler plus de cinq minutes avant que Detta ne se mît à hurler.

Il se réveilla instantanément, s'attendant à n'importe quoi, à quelque Roi Homard remonté des abîmes tirer d'eux vengeance pour le massacre de ses enfants ou à une autre horreur descendue des collines. A vrai dire, il n'eut que l'impression de s'être instantanément réveillé car le pistolero était déjà debout, un revolver à la main gauche.

Et quand elle les vit tous deux réveillés, Detta s'arrêta de crier.

– Juste pou' tester vos 'éflexes, les gars, leur annonça-t-elle. Pou'ait y avoi' des loups dans l' coin. Ça m'a l'ai' assez paumé pou' qu'il y en ait. Alo's j' voulais êt' sû' que si j' voyais un loup app'ocher, j' pou'ais vous 'éveiller à temps.

Mais il n'y avait aucune peur dans ses yeux, rien qu'un scintillement amusé.

– Seigneur, fit Eddie d'une voix pâteuse.

La lune était levée mais à peine. Ils n'avaient pas dormi deux heures.

Le pistolero rengaina son arme.

– Ne t'avise pas de recommencer, dit-il à la Dame.

– Vous fe'ez quoi, si je 'ecommence? Vous me viole'ez?

– Si on avait dû te violer, tu l'aurais déjà été cent fois, rétorqua Roland sans hausser le ton. Ne t'avise pas de recommencer, c'est tout.

Il se recoucha, disparut sous sa couverture.

Mon Dieu, mon Dieu, pensa Eddie, *dans quel putain de pétrin...* et il n'alla pas plus loin, dériva dans le néant de la fatigue et puis elle fut de nouveau à déchirer l'air de ses cris, de ses appels de sirène, et de nouveau Eddie fut debout, corps embrasé par l'adrénaline, poings crispés, et elle riait maintenant, la voix rauque et râpeuse.

Eddie leva les yeux au ciel et constata que la lune

avait à peine parcouru dix degrés depuis leur précédent réveil.

Elle est décidée à continuer, se dit-il avec lassitude. *Elle ne va pas fermer l'œil pour nous surveiller et, une fois sûre que nous aurons glissé dans un profond sommeil, dans ce sommeil où on peut vraiment recharger ses accus, elle va se remettre à brailler. Et elle va recommencer encore et encore jusqu'à ce qu'elle n'ait plus de voix.*

Elle cessa brutalement de rire. Roland marchait sur elle, ombre au clair de lune.

— T'app'oche pas, f'omage blanc, fit Detta, mais avec un tremblement dans la voix. T'as pas inté'êt à m' toucher.

Roland s'immobilisa près d'elle et, un moment, Eddie eut la conviction absolue que le pistolero avait simplement atteint le bout de sa patience et qu'il allait l'écraser comme une mouche. Soudain, contre toute attente, il le vit plier un genou à terre, comme s'il s'apprêtait à faire sa demande en mariage.

— Ecoutez, dit-il, d'un ton si suave qu'Eddie put à peine y croire. (La même surprise se lut sur les traits de Detta, sauf que la terreur, là, s'y mêlait.) Ecoutez-moi, Odetta.

— Pou'quoi tu me dis vous ? Et pourquoi tu m'appelles comme ça : *O*-detta. C'est pas mon nom.

— Ta gueule, salope, gronda le pistolero, puis repassant à sa voix veloutée : Si vous m'entendez, si vous avez quelque contrôle sur elle...

— Qu'est-ce qui t' p'end d' me pa'ler comme ça, mec ? A c'oire qu' tu pa'les à quelqu'un d'aut'. T'a'ête ça tout d' suite, tu m'entends ?

— ...faites qu'elle se taise. Je pourrais la bâillonner, mais je ne veux pas. Un bon bâillon est dangereux. Il y a un risque d'étouffement.

— TU VAS TOUT D' SUITE A'ÊTER CES CONNE'IES D' VAUDOU CUL BLANC ! T'AS ENTENDU, 'CULÉ D' CUL BLANC, TOUT D' SUITE !

— Odetta.

331

Murmure. Crépitement feutré comme un début d'averse.

Elle se tut, le fixa, les yeux écarquillés. Eddie n'avait jamais vu tant de haine et de peur à ce point concentrées dans un regard humain.

– A mon sens, cette salope n'en a rien à faire de mourir étouffée par un bâillon, reprit Roland. Elle cherche à se faire tuer mais plus que tout, c'est votre mort qu'elle cherche. Mais vous avez tenu bon jusqu'à présent, et je ne crois pas que Detta soit une nouvelle venue dans votre vie. Elle s'y sent trop chez elle. Il se peut donc que vous puissiez m'entendre, que vous puissiez exercer sur elle quelque contrôle, même si vous n'êtes pas encore en mesure de prendre les commandes.

« Empêchez-la de se réveiller une troisième fois, Odetta.

« Je ne tiens pas du tout à la bâillonner.

« Mais si j'y suis contraint, je le ferai.

Il se leva, s'éloigna sans un regard en arrière, s'enroula à nouveau dans sa couverture et se rendormit presque aussitôt.

Elle le regardait toujours, les yeux ronds, les narines palpitantes.

– Putain d' vaudou d' cul blanc, répéta-t-elle entre ses dents.

Eddie se recoucha, mais cette fois, le sommeil se fit tirer l'oreille, malgré la fatigue qui le terrassait. Il dérivait à la frange de sa conscience, tendu dans l'attente des cris et, irrésistiblement, se retrouvait ramené en arrière.

Trois heures et quelques plus tard, alors que la lune achevait son hémicyle visible, il finit par échapper à l'insomnie.

Detta ne se signala plus de la nuit, soit que Roland l'eût effrayée, soit qu'elle préférât garder sa voix pour plus tard, ou encore – peut-être, mais seulement peut-être – qu'Odetta eût capté le message du pistolero et lui eût rendu le service demandé.

Eddie avait fini par s'endormir mais il se réveilla

lessivé. Son premier regard fut pour le fauteuil, un regard d'espoir contre tout espoir : celui d'y voir Odetta... par pitié, mon Dieu, d'y voir Odetta...

– Salut, f'omage blanc, fit Detta, et elle lui décocha son sourire de requin. J' me disais qu' t'allais do'mi' jusqu'à midi. Tu peux pas t' pe'mett'e ça pasque qu'on a enco' des kilomèt' à s' taper, non? Et m'est avis qu' tu vas avoi' à fai' l' boulot tout seul ou p'esque, ca' ton copain aux yeux d' vaudou, i' m' fait l'imp'ession d'êt' plus pat'aque chaque fois qu' je l' 'ega'de. Ça, pou' êt' pat'aque, il est pat'aque. M'est avis qu'i' n' va plus manger g'and-chose, même c'te chouette viande fumée qu' vous ga'dez pou' les moments où vous aut', 'culés d' culs blancs, vous vous t'ipotez vos p'tites bougies. Allez, f'omage blanc, vas-y, Detta voud'ait pas t'empêcher d'attaquer ta jou'née du bon pied.

Sa voix et ses paupières s'abaissèrent un peu et ses yeux se posèrent sur lui de biais, sournois.

– Non, Detta voud'ait pas.

Car ça va êt' un jou' dont tu vas t' souveni', f'omage blanc, lui promirent les yeux sournois de la fille. *Ouais, t'es pas p'ès d' l'oublier.*

Pou' sû'.

14

Ils couvrirent une lieue ce jour-là, plutôt moins que plus, et à deux reprises le fauteuil de Detta se renversa. La première fois, ce fut l'œuvre de son occupante : patiemment, subrepticement, elle avait atteint le frein à main et l'avait tiré. Pour la deuxième chute, Eddie se débrouilla comme un grand, n'eut pas besoin d'aide pour pousser trop fort dans l'un de ces maudits pièges à sable. L'incident se produisit en fin de journée, et il paniqua, se dit qu'il n'allait tout bonnement pas réussir à la sortir de là. Puis, dans une ultime et gigantesque poussée, il libéra toute l'énergie qu'il était parvenu à rassembler et bien sûr, ce fut si violent que la femme bascula comme Humpty Dumpty de son mur. Et lui et Roland eurent un mal de chien à la remettre droite. Ils faillirent ne pas terminer à temps. La corde qui lui passait sous les seins était remontée se tendre en travers de sa gorge et les efficaces nœuds coulants du pistolero étaient en train de l'étrangler. Son visage avait déjà pris une drôle de couleur bleue et elle était sur le point de perdre conscience. Pourtant elle n'en consacrait pas moins le peu de souffle qui lui restait à son insupportable ricanement.

Pourquoi te casser la tête? fut à deux doigts de demander Eddie à Roland qui s'activait déjà à libérer le nœud. *Laisse-la crever! Je ne sais pas si elle veut sa mort, comme tu dis, mais elle veut la nôtre à coup sûr... alors laisse tomber!*

Puis le souvenir d'Odetta lui revint (même si leur rencontre avait été si brève et semblait remonter si loin dans le passé qu'elle commençait à s'effacer de sa mémoire) et il s'avança pour aider le pistolero.

Celui-ci le repoussa d'un geste impatient.

– Pas de place pour deux, dit-il.

Quand la corde perdit sa tension meurtrière et que la Dame en fut à hoqueter pour reprendre son souffle (qu'elle continuait à exhaler en bouffées de rire hargneux), il se tourna vers Eddie et posa sur lui un regard critique.

– Je pense qu'il est temps de s'arrêter pour la nuit.

– Encore un peu. (Le ton du jeune homme était presque suppliant.) Je peux encore aller un peu plus loin.

– Voyez-vous ça! C'est qu'il est costaud, l'étalon! I' peut enco' abat' une 'angée de coton et ga'der assez d'éne'gie pou' bien t' sucer ta p'tite bougie pâlichonne ce soi'.

Elle s'obstinait à refuser toute nourriture et son visage s'émaciait, se réduisait à un jeu d'angles et de lignes. Ses yeux brillaient au fond d'orbites creuses.

Roland ne lui prêta aucune attention, et reporta son regard sur Eddie qu'il examina attentivement. Il finit par hocher la tête.

– Bon, encore un peu. Pas très loin mais un peu.

Vingt minutes plus tard, Eddie renonça de lui-même, les bras mous comme de la guimauve.

Ils s'assirent à l'ombre d'un rocher, dans le vacarme des mouettes, contemplant la marée montante, dans l'attente que le soleil se couche, sonnant l'heure où les homarstruosités sortiraient des flots, entameraient leur ratissage lourdaud du bord de mer.

Assez bas pour que Detta ne pût entendre, le pistolero apprit à Eddie qu'ils étaient à court de cartouches fiables. Les lèvres du jeune homme se pincèrent mais, à la satisfaction de son compagnon, ce fut tout.

– Bon. Il va falloir leur écrabouiller la tête, conclut Roland. Et tu vas avoir à t'en occuper. Je pourrais à la rigueur soulever une pierre assez grosse pour faire le boulot mais je serais incapable de la lancer avec précision.

Ce fut à son tour d'être soumis à un examen prolongé.

Dont Eddie n'eut pas l'air d'aimer le résultat.

Auquel Roland mit fin d'un geste.

– C'est comme ça et puis c'est tout.

– *Ka*, dit Eddie.

– *Ka*, répondit le pistolero, qui, hochant la tête, esquissa un piètre sourire.

– Caca, fit Eddie, et ils se regardèrent.

Puis éclatèrent de rire. Roland parut surpris, peut-être vaguement effrayé, du raclement qui lui sortit des lèvres. Il ne prolongea pas trop l'épreuve, quoi qu'il en fût, et s'enferma ensuite dans une humeur lointaine et mélancolique.

– C'est d'avoir finalement 'éussi à vous dégo'ger l' poi'eau qui vous fait 'igoler comme ça? leur cria Detta d'une voix tout aussi éraillée et mourante. Quand c'est t'y qu' vous vous décidez à vous défoncer la 'ondelle ? C'est ça qu' Detta veut voi' ! Vous défoncer la 'ondelle !

15

Eddie tua un homard.

Comme d'habitude, Detta refusa de toucher à la part qu'il lui apportait. Il mangea la moitié d'un morceau devant elle, lui tendit l'autre.

– Pas question ! (Elle le foudroyait du regard.) Tu m' p'ends pou' une conne ? T'as mis l' poison à l'aut' bout, à ç'ui qu' tu m' donnes.

Sans mot dire, Eddie mit l'autre moitié dans sa bouche, mâcha puis avala.

– Ça p'ouve quoi ? fit Detta, ronchon. Fous-moi la paix, f'omage blanc.

Eddie fit la sourde oreille. Il lui tendit un second morceau.

– Tu le coupes en deux. Tu me donnes la moitié que tu veux. Je la mange. Et puis tu manges le reste.

– Tu t'imagines que j' vais couper dans tes entou'loupettes de cul blanc, Missié Cha'lie ? Taille-toi, j' te dis, j' t'ai assez vu.

16

Pas de cris, cette nuit-là, mais au matin, c'était encore elle.

17

Le lendemain vit leur performance se réduire à deux milles bien que Detta n'eût rien tenté pour faire basculer le fauteuil. Peut-être n'avait-elle plus la force de se livrer à des actes de sabotage, pensa Eddie, à moins qu'elle n'eût mesuré qu'elle pouvait désormais s'en passer. Trois facteurs concouraient à une issue inexorable : l'épuisement d'Eddie, le terrain – qui, après d'interminables journées interminablement semblables, avait fini par se modifier – et l'état du pistolero qui continuait d'empirer.

Pour ce qui était du terrain, les trous à sable ne constituaient plus qu'un obstacle occasionnel mais sans qu'on y gagnât au change. Le sol avait pris l'aspect aride d'un mélange de poussière, de gros sable et de cailloux (où l'on rencontrait çà et là des touffes d'herbe rabougrie qui semblaient s'excuser de leur présence) d'où jaillissaient de plus en plus fréquemment de grosses masses rocheuses qu'Eddie avait du mal à contourner. Et bientôt, il s'aperçut que la plage elle-même allait disparaître, les fauves et inhospitalières collines ne cessant de se rapprocher – Eddie en distinguait maintenant le lacis de ravines comme taillées à l'emporte-pièce par quelque géant maladroit. Et ce soir-là, tandis qu'il sombrait dans le sommeil, il entendit au loin dans ce relief désolé ce qui parut être le cri d'un énorme chat sauvage.

Cette plage qu'Eddie avait crue sans fin allait donc en avoir une. Quelque part devant, les collines allaient se resserrer sur elle et la bouter hors de l'existence, puis s'avancer dans la mer et s'y enfoncer à leur tour, promontoire d'abord, archipel ensuite, puis plus rien.

Ce terme à leur progression en terrain plat n'était pas sans l'inquiéter, mais moins que l'autre progression, celle de l'infection chez Roland.

Désormais le pistolero ne semblait plus tant consumé par la fièvre que dissous par elle, vidé de sa substance, s'acheminant vers la transparence.

Le faisceau de lignes rouges était de retour, marchant en bon ordre vers le coude sur la face interne de l'avant-bras droit.

Voilà deux jours qu'Eddie gardait les yeux rivés sur les lointains devant eux, guettant l'apparition d'une porte, de la porte magique. Deux jours aussi qu'il attendait la réapparition d'Odetta.

Et que la réalité, dans les deux cas, s'obstinait à contredire ses espérances.

Avant de s'endormir, ce soir-là, deux terribles pensées le traversèrent, telle une plaisanterie à double chute.

Et s'il n'y avait pas d'autre porte?

Et si Odetta Holmes était morte?

18

— Debout, 'culé d' cul blanc! hurla Detta, le tirant de son coma nocturne. M'est avis qu' y a plus qu' toi et moi pour répond' p'ésent. J'ai comme qui di'ait l'imp'ession qu' ton copain a cané, qu'à c'te heu'e c'est plus toi qu'il enfile mais l' diab' au fond d' l'enfe'.

Eddie jeta un coup d'œil vers le pistolero enroulé dans sa couverture et, l'espace d'un effroyable instant, il se dit que la salope avait raison. Puis Roland remua, émit un gémissement pâteux et se redressa en position assise.

— Voyez-vous ça! (Elle avait tant braillé que sa voix désormais se brisait, se réduisait de temps à autre au chuchotement furieux du vent d'hiver sous une porte.) J' te c'oyais mort, du schnock!

Maintenant, avec une infinie lenteur, le pistolero se levait. Une fois de plus Eddie eut à l'esprit l'image d'un homme en train de gravir une invisible échelle. Et une émotion l'assaillit, rage et pitié mêlées... émotion familière, étrangement nostalgique, qu'il mit un moment à reconnaître. Puis ça lui revint. C'était la même chose que dans le temps, quand Henry et lui, vautrés devant la télé, regardaient un match de boxe où l'un des types sur le ring abîmait l'autre, l'abîmait salement, cognait encore et encore, pendant que la foule hurlait, réclamait du sang, et que Henry à ses côtés hurlait avec les autres, réclamant aussi sa part de sang, et que lui, Eddie, restait figé sous le double assaut de la colère et de la compassion, sous celui d'un dégoût muet, et qu'il restait là, au fond du canapé, à expédier message mental sur message mental à l'arbitre : *Mais arrête ça, mec. T'es aveugle ou quoi ? Tu ne vois pas que ce type est en train de crever ! De crever, j' te dis ! Alors qu'est-ce que tu attends, merde, pour arrêter le combat !*

Pour ce qui était du combat actuel, il n'y avait personne à qui gueuler par télépathie pour y mettre un terme.

Roland posa sur Detta le regard halluciné de ses yeux fiévreux.

– Tu es loin d'être la première à avoir cru ça. (Il se tourna vers Eddie.) Tu es prêt ?

– Oui, je pense. Et toi ?

– Oui.

– Tu vas pouvoir...

– Oui.

Ils s'ébranlèrent pour une nouvelle journée de marche.

Aux environs de dix heures, Detta porta les mains à ses tempes et se mit à les masser.

– A'ête, dit-elle brusquement. J' me sens mal. J' c'ois que j' vais dégueuler.

– Sans doute que tu as trop mangé, hier soir, répliqua Eddie sans cesser de pousser le fauteuil. Tu as eu tort de prendre du dessert. Ne t'avais-je pas prévenue que ce gâteau au chocolat était dur à digérer ?

– J' te dis j' vais dégueuler, me'de ! J'ai...

– Arrête, Eddie, fit le pistolero.

Eddie s'arrêta.

Dans le fauteuil, la femme fut soudain saisie de contractions spasmodiques comme si un courant électrique la traversait. Ses yeux s'écarquillèrent, rivés sur rien.

— C'EST MOI QU'AI CASSÉ LE PLAT DE TA VIEILLE CONNE DE TANTE BLEUE! hurla-t-elle. OUAIS, C'EST MOI QUE J' L'AI CASSÉ, ET J' SUIS TOUJOURS VACH'MENT CONTENTE DE L'A...

Puis tout aussi brusquement, elle s'affaissa, bascula en avant. S'il n'y avait pas eu les cordes pour la retenir, elle serait tombée du fauteuil.

Seigneur, elle est morte, elle a eu une attaque et elle est morte, pensa Eddie. Il bondit, s'apprêtant à contourner le fauteuil, quand il se rappela combien elle était rusée, démoniaque, et s'immobilisa tout aussi brusquement qu'il s'était élancé. Il tourna vers le pistolero un regard que celui-ci lui rendit, serein, ne perdant rien de ce qui se passait.

Puis elle gémit, ouvrit les yeux.

Des yeux qu'Eddie reconnut.

Les yeux d'Odetta.

— Grand Dieu, aurais-je de nouveau perdu connaissance? Je suis désolée que vous ayez dû m'attacher. Maudites jambes! Mais je crois pouvoir me redresser un peu si...

Mais à cet instant, ce furent les jambes de Roland qui commencèrent à se dérober sous lui, et il perdit connaissance à quelque trente milles au sud de l'endroit où s'achevait la grève de la Mer Occidentale.

REBRASSAGE

Rebrassage

1

Pour Eddie Dean, ni lui ni la Dame ne semblaient plus se traîner ni même marcher sur les derniers milles de plage. C'était plutôt comme s'ils y volaient.

Roland n'inspirait toujours, à l'évidence, ni affection ni confiance à Odetta Holmes, mais elle se rendait compte à quel point son état était désespéré et réagissait en conséquence. Maintenant, au lieu de pousser une masse inerte d'acier et de caoutchouc à laquelle un corps s'était trouvé attaché, Eddie avait presque l'impression de pousser un véhicule sur coussin d'air.

Va-t'en avec elle. Avant, j'avais à veiller sur toi, et c'était important. Maintenant, je ne ferai que vous ralentir.

Il s'aperçut que le pistolero était bien près d'avoir raison. Eddie poussait la chaise, Odetta aidait les roues.

Eddie avait l'un des revolvers du pistolero passé dans la ceinture de son jean.

Tu te souviens quand je t'ai dit de rester sur tes gardes et que tu ne l'as pas fait?

Oui.

Je te le répète : Reste sur tes gardes. A tout moment. Si son autre personnalité reprend le dessus, ne perds pas une seconde. Assomme-la.

Et si je la tue?

Ce sera la fin. Mais qu'elle te tue et ce sera aussi la fin. Et si elle réapparaît, elle essaiera. Je te garantis qu'elle essaiera.

Eddie l'avait quitté à contrecœur. Pas seulement à cause du cri de chat sauvage entendu dans la nuit (quoiqu'il ne fît qu'y penser), simplement parce que Roland était devenu sa seule prise sur ce monde auquel ni lui ni Odetta n'appartenaient.

Il ne s'en rendait pas moins compte que le pistolero avait eu raison.

— Tu veux qu'on fasse une pause? demanda-t-il à Odetta. Il reste un peu à manger.

— Pas encore. (La fatigue néanmoins était nette dans sa voix.) Bientôt.

— Comme tu veux. Mais arrête au moins de pousser sur les roues. Tu es trop faible. Ton estomac...

— D'accord.

Elle se tourna, lui offrit son visage ruisselant de sueur éclairé d'un sourire qui à la fois le faisait fondre et le régénérait. Il aurait accepté de mourir pour un tel sourire... et pensait même y être prêt si les circonstances l'exigeaient.

Bien sûr, il espérait ne jamais voir ces circonstances se présenter mais n'avait aucune illusion. Le temps s'était fait crucial à en hurler.

Elle croisa les mains dans son giron et il continua de pousser. Derrière eux sur la grève, le sillage du fauteuil était à peine visible, le sol devenu progressivement plus ferme, s'étant aussi jonché d'épaves susceptibles de provoquer un accident, un accident qu'ils ne poúrraient éviter à la vitesse où ils allaient, et dans lequel Odetta risquait d'être gravement blessée. Un accident qui, tout aussi gravement, risquait d'endommager le fauteuil. Grave pour eux, et plus encore pour le pistolero presque à coup sûr voué à une mort solitaire en ce cas. Et si Roland mourait, ils seraient à jamais piégés dans ce monde.

Avec Roland trop malade et trop affaibli pour

marcher, Eddie s'était retrouvé confronté à la nudité d'un fait : ils étaient trois ici, dont deux infirmes.

Quel espoir donc ? Comment s'en tirer ?

Le fauteuil.

Le fauteuil était cet espoir, le seul espoir, et rien qu'un espoir.

Alors, à la grâce de Dieu.

2

Le pistolero avait repris conscience peu après qu'Eddie l'eut traîné à l'ombre d'un rocher. Sur son teint d'un gris terreux se détachaient les marques brûlantes de la fièvre. Sa poitrine se soulevait et retombait à un rythme accéléré. Un long gant de résille rouge lui recouvrait le bras droit de son réseau vénéneux.

– Donne-lui à manger, dit-il ou plutôt croassa-t-il à Eddie.

– Tu...

– T'occupe pas de moi. Ça va aller. Tu lui apportes à manger. Elle ne refusera plus, je crois. Qu'elle reprenne des forces, tu vas en avoir besoin.

– Et si elle ne faisait que semblant d'être...

Roland eut un geste d'impatience.

– Elle ne fait semblant de rien, si ce n'est dans le secret de son corps. Tu le sais aussi bien que moi. Ça te crève les yeux si tu la regardes. Tu lui donnes à manger, pour l'amour de ton père, et pendant qu'elle mange, tu reviens me voir. Dépêche-toi. Chaque minute compte, à présent. Chaque seconde.

Eddie se leva. Le pistolero le retint. Maladie ou pas, cette main crispée autour de son poignet gardait une force étonnante.

– Et tu ne dis rien sur l'autre. Pas un mot. Quoi qu'elle te dise, quoi qu'elle t'explique, tu ne la contredis pas.

– Pourquoi ?

– Je n'en sais rien. Mais il ne faut pas, ça je le sais. Maintenant, fais ce que je te dis et ne perds plus de temps.

Il avait retrouvé Odetta contemplant la mer avec dans le regard une expression rêveuse et légèrement surprise. Quand il lui avait tendu les restes de homard de la veille, elle avait souri.

– J'en prendrais si j'osais, lui dit-elle. Mais tu sais comment ça se passe.

Non, il ne savait pas... n'avait pas la moindre idée de ce dont elle parlait, et ne put que hausser les épaules et insister :

– Essaie quand même, Odetta. Il faut que tu manges. On va devoir faire vite et cela va réclamer toute notre énergie.

Elle eut un petit rire et lui toucha la main. Il sentit comme une décharge électrique passer de son corps à elle au sien. Oui, c'était bien elle, Odetta. Pas plus que Roland, il ne pouvait en douter.

– Je t'aime, Eddie. Tu as fait de tels efforts. Montré tant de patience. Lui aussi... (Elle se tourna vers le rocher contre lequel Roland, adossé, observait la scène.) ... Mais ce n'est pas le genre d'homme facile à aimer.

– Ouais, j'en sais quelque chose.

– Bon, je veux bien refaire un essai.

– Pour toi.

Elle sourit et c'était effectivement pour elle que bougeait le monde, il le sentit, à cause d'elle, et il pensa : *Pitié, mon Dieu. Ça n'a jamais été à ce point. Alors, pitié, ne me la reprenez pas.*

Elle prit les morceaux qu'il lui tendait, fronça le nez, petite grimace triste et pitoyable, puis leva de nouveau les yeux vers Eddie.

– Je dois?

– Un coup pour voir.

– C'est que je n'ai plus jamais remangé d'escalopes.

– Pardon?

– Je croyais t'avoir raconté...

– Tu l'as peut-être fait, dit-il, puis il rit, le conseil de Roland soudain lui revenant à l'esprit : ne rien lui laisser soupçonner de la présence de l'autre.

– Il y en a eu un soir au dîner. J'avais dix ou onze ans. J'ai eu horreur du goût, horreur de la texture : comme des balles de caoutchouc sous la dent, et j'ai tout vomi plus tard. Je n'en ai plus jamais remangé. Enfin... (elle soupira)... un coup pour voir, comme tu dis.

Elle porta un morceau à sa bouche, comme un gosse une cuillère du sirop qu'il déteste, mâcha d'abord avec lenteur, puis plus vite, puis avala. Elle prit un autre morceau. Mâcha. Avala. Un troisième. N'en fit qu'une bouchée. Maintenant, à peine Eddie arrivait-il à suivre le mouvement de sa main.

– Whaou! Ralentis.

– Ce ne doit pas être la même espèce de homard! Voilà, bien sûr! (Elle posa sur Eddie un regard rayonnant.) On a avancé sur cette plage et l'espèce a changé. Je n'y suis plus allergique, apparemment! Ça n'a même plus mauvais goût comme avant... et pourtant je faisais des efforts pour ne pas vomir. N'est-ce pas que j'en ai fait?

– Ça oui. (Il avait l'impression d'entendre sa voix comme une émission lointaine à la radio. *Elle est persuadée d'avoir essayé de manger, jour après jour, et de n'avoir rien pu garder*, pensa-t-il. *C'est l'explication qu'elle donne à sa faiblesse. Seigneur!*) Pour sûr que tu as fait des efforts.

– Et ce goût... (ou du moins est-ce de cette manière qu'il interpréta son *é-eu-ou* qu'elle prononçait la bouche pleine)... délicieux! (Elle rit, trille cristallin, adorable.) Et ça va rester! Je vais me nourrir! Je vais reprendre des forces! Je le sais! Je le sens!

– Ne passe quand même pas d'un extrême à l'autre, lui conseilla-t-il en lui tendant une des outres. Ton estomac n'a plus l'habitude.... Toutes ces fois où tu as... (il déglutit et il y eut dans sa gorge un *clic* audible – du moins pour lui) ... où tu as vomi.

– Oui, oui.

– Il faut que j'aille dire un mot à Roland.

– D'accord.

Mais il allait partir quand elle le retint de nouveau par la main.

– Merci, Eddie. Merci d'être si patient. Et tu le remercies lui aussi. (Elle marqua une pause, sérieuse.) Tu le remercies et tu ne lui dis pas qu'il me fait peur.

– Je m'en garderai, avait répondu Eddie avant de retourner voir le pistolero.

3

Même quand elle ne poussait pas sur les roues, Odetta l'aidait. Elle dirigeait leur course avec la prescience d'une femme rompue à l'art de conduire un fauteuil roulant dans un monde qui allait encore mettre bien des années à accepter l'existence de handicapés comme elle.

– Gauche, criait-elle, et le jeune homme infléchissait leur trajectoire sur la gauche, dépassant une pointe rocheuse qui, tel un chicot érodé, affleurait à la surface grise et grenue de la grève. Seul, il aurait peut-être vu l'obstacle, comme il aurait pu ne pas le voir.

– Droite, et il basculait le fauteuil sur la droite, manquant de peu l'un des rares pièges à sable qu'ils rencontraient encore.

Ils finirent par s'arrêter. Eddie s'allongea, le souffle court et rauque.

– Dors, lui dit-elle. Dors une heure. Je te réveillerai.

Eddie la regarda.

– Si je te le dis, je le ferai. Je sais très bien dans quel état est ton ami...

– Ce n'est pas vraiment mon ami, tu s...

– ... et j'ai parfaitement conscience que le temps

348

nous est compté. Je n'irai pas te laisser dormir plus d'une heure par quelque commisération malvenue, et je sais très bien lire l'heure au soleil. Tu ne lui feras aucun bien en t'exténuant toi aussi. Je me trompe ?

– Non, reconnut-il, mais il pensait : *Tu ne peux pas comprendre. Si je m'endors et que Detta Walker refasse surface...*

– Alors dors, dit-elle, et comme Eddie était trop épuisé (trop amoureux aussi) pour faire autrement que s'en remettre à elle, il s'endormit.

Et elle le réveilla une heure plus tard comme prévu, et c'était toujours Odetta, et ils se remirent en route, et de nouveau elle l'aidait, ses bras comme des pistons. Ils filèrent sur cette plage qui tirait à sa fin vers cette porte qu'Eddie ne cessait de chercher des yeux et qu'il continuait de ne pas voir.

4

Quand il avait quitté Odetta bien engagée dans son premier repas depuis des jours et des jours pour retourner auprès du pistolero, Eddie avait trouvé ce dernier un peu mieux.

– Approche-toi, lui avait dit Roland.

Eddie s'était accroupi à côté du pistolero.

– Laisse-moi l'outre qui n'est qu'à moitié pleine. Ça me suffira. Tu vas emmener Odetta jusqu'à la porte.

– Et si je ne...

– Si tu ne trouves pas de porte ? Tu en trouveras. Les deux premières étaient là. La troisième ne fera pas exception. Si tu l'atteins ce soir avant le coucher du soleil, attends la nuit et abats deux homards. Il va falloir que tu lui laisses à manger et que tu te débrouilles pour qu'elle soit le plus à l'abri possible. Si vous n'y êtes pas ce soir, abats une tripe ration de gibier. Tiens.

Il lui tendait l'un des pistolets.

Eddie prit l'arme avec respect, surpris comme auparavant par son poids.

– Je croyais qu'il ne nous restait que des cartouches foireuses.

– Sans doute est-ce le cas. Mais j'ai chargé ce revolver avec celles qui me semblaient avoir le moins pris l'eau : les trois qui étaient au-dessus de la boucle de chaque ceinturon. Il y en aura peut-être une pour accepter de partir. Deux, si tu as de la chance. Mais ne les gaspille pas pour nos copains à pinces. (Ses yeux soumirent Eddie à un bref examen.) Il se peut qu'il y ait autre chose par là-bas.

– Toi aussi tu as entendu ?

– Si tu parles de ce qui miaulait dans les collines, la réponse est oui. Mais c'est non si tu penses à un type aux yeux en boule de loto du genre de celui que tu es en train d'imiter. J'ai entendu une sorte de chat sauvage dont la voix devait être quatre fois plus grosse que le corps, c'est tout. Rien dont tu ne puisses sans doute venir à bout rien qu'avec un simple bâton. Mais c'est plutôt elle qui m'inquiète. Si son autre personnalité réapparaît, il te faudra éventuellement...

– Je ne la tuerai pas, si c'est ce que tu veux dire.

– Il te faudra éventuellement lui mettre du plomb dans l'aile. Compris ?

Non sans répugnance, Eddie acquiesça. De toute façon, ces putains de cartouches allaient sans doute faire long feu, alors pourquoi se casser la tête à l'avance ?

– Quand vous aurez atteint la porte, tu l'y laisses. Tu veilles à ce qu'elle soit le plus en sécurité possible et tu reviens me chercher avec le fauteuil.

– Et le revolver ?

Un tel éclair embrasa les yeux du pistolero qu'Eddie rejeta brusquement la tête en arrière comme si Roland venait de lui braquer un lance-flammes sur la figure.

– Dieu ! Je rêve ! Lui laisser une arme chargée alors

que l'autre, à tout instant, risque de refaire surface. Tu es complètement givré ou quoi?

– Les cartouches...

– Rien à foutre des cartouches! hurla le pistolero, et une saute de vent porta son cri jusqu'à Odetta qui tourna la tête et les regarda un long moment avant de se remettre à contempler la mer. Tu ne lui laisses ce revolver sous aucun prétexte!

Eddie baissa le ton pour éviter une nouvelle indiscrétion du vent.

– Et si quelque chose descend des collines pendant que je suis sur le chemin du retour? Une sorte de chat quatre fois plus gros que sa voix au lieu du contraire? Quelque chose dont il n'est pas question de venir à bout avec un bâton?

– Tu lui laisses un tas de pierres à portée de main.

– Des pierres. Seigneur! Tu es vraiment le dernier des salauds!

– Je réfléchis, moi, rétorqua le pistolero. Ce qui ne semble pas être ton cas. Je t'ai donné mon arme pour que, durant la première partie du trajet qui te reste à faire, tu puisses la protéger contre cette sorte de danger dont tu parles. Ça te plairait que je reprenne le pistolet? Parce que ça pourrait te donner l'occasion de mourir pour elle et que c'est peut-être ça qui te plairait? Très romantique... mais alors, au lieu que ce soit juste elle, c'est nous trois qui y passerions.

– C'est d'une logique impeccable. Tu n'en restes pas moins le dernier des salauds.

– Bon, tu pars ou tu restes. Mais tu arrêtes de me traiter de tous les noms.

– Tu as oublié quelque chose, fit Eddie, furieux.

– Quoi?

– De me dire de grandir. C'est toujours ce que finissait par me lâcher Henry : « Grandis un peu, gamin! »

Le pistolero sourit. Un sourire las, étrangement beau.

– Je crois que c'est déjà fait. Tu es grand maintenant. Alors, tu pars ou tu restes?

– J'y vais. Qu'est-ce que tu vas manger? Elle a
dévoré tous les restes.

– Le dernier des salauds trouvera bien un moyen.
Ça fait des années que le dernier des salauds en
trouve.

Eddie détourna les yeux.

– Je... je suis navré de t'avoir appelé comme ça,
Roland. Mais cette journée... (il éclata d'un rire
suraigu)... a été un vrai calvaire.

Roland avait de nouveau souri.

– Oui. Tu peux le dire.

5

Ils firent ce jour-là leur meilleur temps de tout le
voyage mais il n'y avait toujours aucune porte en vue
quand le soleil commença de dérouler sa voie d'or au
travers de l'océan. Odetta eut beau lui assurer qu'elle
se sentait parfaitement capable de poursuivre encore
une demi-heure, il décida d'en rester là pour
aujourd'hui. Il la sortit du fauteuil et la transporta
jusqu'en un endroit où le sol était assez lisse, l'y
déposa puis retourna prendre les coussins du siège et
du dossier pour l'installer confortablement.

– Seigneur, soupira-t-elle. C'est si bon de pouvoir
s'étirer. Pourtant... (son front s'obscurcit)... je n'arrête pas de penser à cet homme, à Roland, qui est
tout seul là-bas, et ça me gâche tout le plaisir. Qui
est-ce, Eddie? Qu'est-il? (Puis, pratiquement comme
si ça venait de lui revenir :) Et pourquoi passe-t-il son
temps à crier?

– Ce doit être dans sa nature, répondit le jeune
homme avant de s'éloigner aussitôt en quête de
pierres convenables.

Roland ne haussait pour ainsi dire jamais la voix.
La réflexion d'Odetta pouvait reposer en partie sur

352

l'éclat de ce matin – *Rien à foutre des cartouches!* – mais pour le reste cela semblait relever d'un faux souvenir, et d'un temps où elle croyait avoir été elle-même.

Il suivit les consignes de Roland et tua trois homarstruosités, si concentré sur la tâche de broyer la tête de la dernière qu'il fut bien près d'être le gibier d'une quatrième. Elle s'était approchée sur sa droite et, quand il vit ses pinces se refermer sur l'emplacement à présent vide mais occupé une seconde auparavant par son pied et par sa jambe, il ne put s'empêcher de penser aux doigts manquants du pistolero.

Il fit cuire ses proies sur un feu de bois sec – l'empiétement croissant des collines et leur végétation de moins en moins clairsemée accéléraient et facilitaient la recherche d'un combustible efficace; c'était déjà ça – cependant que les dernières lueurs du jour abandonnaient le ciel occidental.

– Regarde, Eddie! s'écria-t-elle. (Il suivit la direction du doigt qu'elle levait et vit une étoile isolée scintillant sur le sein de la nuit.) N'est-ce pas magnifique?

– Si.

Et soudain, sans le moindre motif, les yeux d'Eddie se remplirent de larmes. Où donc au juste avait-il passé sa putain de vie? Où l'avait-il passée, à quoi l'avait-il employée, qui avait-il eu à ses côtés ce faisant et pourquoi se sentait-il soudain si lugubre, si fondamentalement roulé?

Le visage d'Odetta renversé vers le ciel était d'une beauté phénoménale, irréfutable en cet instant, sous cette lumière, mais d'une beauté dont la jeune femme n'avait pas conscience, elle qui n'avait d'yeux que pour l'étoile et accompagnait ses regards émerveillés d'un rire très doux.

– Une étoile est montée dans le ciel... dit-elle, puis elle s'interrompit, le regarda. Tu connais?

– Oui, fit-il, gardant les yeux rivés au sol.

353

Sa voix restait assez claire mais s'il levait la tête, elle allait voir qu'il pleurait.

– Alors aide-moi. Mais il faut que tu regardes.

– D'accord.

Il essuya ses larmes d'un revers de main et regarda l'étoile avec elle.

– Une étoile... (elle le regarda de nouveau et il se joignit à elle)... est montée dans le ciel...

La main d'Odetta se tendit, tâtonnante, et il la saisit. Deux mains, l'une d'un délicieux brun clair chocolat au lait, l'autre de la blancheur tout aussi délicieuse d'une gorge de colombe.

– Première étoile du soir, firent-ils à l'unisson, garçon et fille pour le moment, pas encore homme et femme comme ils le seraient tout à l'heure quand il allait faire nuit noire et qu'elle allait l'appeler, lui demander s'il dormait, qu'il allait répondre non et qu'elle lui demanderait s'il voulait bien la prendre dans ses bras parce qu'elle avait froid. Un vœu je fais, et que se réalise...

Ils se regardèrent et il lui vit les joues baignées de larmes. Les siennes lui remontèrent aussi aux yeux et il les laissa se répandre sans rien faire pour les cacher. Il n'en éprouva nulle honte mais un soulagement indicible.

Ils se sourirent.

– ... ce vœu que je fais ce soir, dit Eddie qui pensa : *Toi pour toujours.*

– ... ce vœu que je fais ce soir, fit-elle, en écho, pensant : *Si je dois mourir dans cet endroit étrange, que ce ne soit pas trop dur et que ce bon jeune homme soit à mes côtés.*

– Je suis navrée d'avoir pleuré, dit-elle en s'essuyant les yeux. Ce n'est pas mon habitude mais cette journée...

– ... a été un vrai calvaire, acheva-t-il à sa place.

– Oui. Et tu as besoin de manger, Eddie.

– Toi aussi.

– J'espère que ça ne me rendra pas de nouveau malade.

Il lui sourit.
– Je ne crois pas.

6

Plus tard, sous le lent menuet des galaxies insolites,
ils s'abandonnèrent l'un à l'autre, partageant le sentiment de n'avoir jamais vécu l'acte d'amour avec une
telle douceur, une telle plénitude.

7

Ils furent en route avec l'aube, filant à la même
allure que la veille, et vers neuf heures, Eddie se prit à
regretter de n'avoir pas demandé à Roland ce qu'il
conviendrait de faire s'ils parvenaient au point où les
collines dressaient leur obstacle sans qu'une porte fût
encore en vue. La question semblait avoir son importance car ce point allait bientôt être atteint. Les
collines ne cessaient de se rapprocher, non plus
parallèles au bord de mer mais coupant à l'oblique en
travers de la grève pour le rejoindre.

La plage même n'en était plus une, pas vraiment.
Le sol était ferme, désormais, parfaitement lisse aussi.
Quelque chose – le ruissellement, supposait Eddie,
voire les pluies en quelque saison appropriée (il
n'avait pas plu depuis qu'il était en ce monde, pas
une goutte; le ciel s'était couvert deux ou trois fois
mais les nuages avaient toujours fini par se dissiper) –
avait emporté la plupart des roches affleurantes.

A neuf heures et demie, Odetta cria :
– Arrête, Eddie! Arrête-toi!

Il obtempéra si brutalement qu'elle dut se retenir
aux bras du fauteuil pour ne pas basculer. En un clin
d'œil, Eddie fut devant elle.
– Excuse-moi. Ça va?
– Oui, très bien. (Il s'aperçut qu'il avait pris l'exci-

tation d'Odetta pour de l'angoisse. Elle avait le doigt pointé droit devant eux.) Là-bas! N'y a-t-il pas quelque chose?

Il mit sa main en visière mais ne vit rien. Plissa les yeux et, l'espace d'un instant, crut... non, sans doute n'était-ce qu'un mirage, le chatoiement de l'air au-dessus du sol surchauffé.

– Il n'y a rien là-bas, dit-il, et il sourit. Sinon la projection de ton souhait, peut-être.

– Moi je suis pratiquement sûre de distinguer quelque chose! (Elle tourna vers Eddie un visage souriant et tout excité.) Comme une forme verticale. Tout au bout de la plage ou presque.

Il scruta de nouveau les lointains, plissa les yeux si fort qu'ils s'emplirent de larmes. Encore une fois, il eut la fugitive impression de voir ce qu'elle lui montrait. *Tu as effectivement vu quelque chose*, pensa-t-il, et il sourit. *Tu as vu la projection de son souhait.*

– Peut-être, dit-il, non parce qu'il y croyait mais parce qu'elle y croyait, elle.

– Allons-y!

Il regagna sa place derrière le fauteuil et s'accorda un moment pour se masser les reins là où une douleur sourde avait fait son nid. Odetta se retourna.

– Qu'est-ce que tu attends?

– Tu es certaine d'avoir bien vu?

– Oui!

– Alors allons-y.

Et il recommença de pousser.

8

Une demi-heure plus tard, il dut se rendre à l'évidence. *Seigneur*, se dit-il, *elle a d'aussi bons yeux que Roland. Meilleurs, peut-être.*

Ni l'un ni l'autre n'avait envie de s'arrêter mais il

leur fallait manger. Ils prirent un repas rapide et se remirent en route. La marée montait et Eddie jetait sur sa droite – à l'ouest – des regards d'une inquiétude croissante. Ils continuaient d'avancer largement au-dessus de la guirlande de végétation marine marquant la laisse des hautes eaux, mais il ne pouvait s'empêcher de penser qu'au moment où ils atteindraient la porte, ils se retrouveraient dans un angle désagréablement étroit entre, d'un côté, l'océan, de l'autre l'oblique des collines. Et il avait à présent une claire vision de ces dernières. Elles n'avaient rien d'engageant. Chaos de roches cloutées d'arbustes bas qui déroulaient leurs racines jusqu'au sol et s'y agrippaient – poignes noueuses, sinistres serres – et de buissons d'épines selon toute apparence. Des collines pas vraiment escarpées mais trop pour un fauteuil roulant. Il pouvait être en mesure de la porter sur un bout de pente, peut-être s'y verrait-il contraint, mais l'idée de la laisser là-haut ne l'enchantait guère.

Pour la première fois depuis longtemps, il réentendait des insectes. Un peu comme des criquets, mais plus haut perché, sans rythme, rien qu'un *riiiiiii* continu comme celui d'une ligne à haute tension. Il voyait aussi apparaître d'autres oiseaux que des mouettes, des gros parfois, décrivant de vastes cercles au-dessus des terres sur la voilure de leurs ailes raidies. *Des faucons,* pensa-t-il. De temps à autre, il les voyait plier leurs ailes et plonger comme des pierres. Chasser. Chasser quoi? De petits animaux, sans doute.

Mais il avait toujours en mémoire ce miaulement dans la nuit.

En milieu d'après-midi, la troisième porte se dessina nettement. Comme les deux autres, il s'agissait d'une impossibilité qui n'en était pas moins là sans conteste.

– Etonnant, entendit-il Odetta murmurer. Tout à fait étonnant.

Elle se dressait à l'emplacement exact qu'il avait prévu, dans l'extrême pointe de cet angle marquant le terme de toute progression aisée vers le nord. Juste au-dessus de la laisse de haute mer et à moins de neuf mètres de l'endroit où les collines s'arrachaient au sol, telle une main de géant velue, tapissée de broussailles vert-de-gris en guise de poils.

La marée fut haute alors que le soleil défaillait vers l'océan. Il pouvait être dans les quatre heures – de l'avis d'Odetta, et il la croyait puisqu'elle lui avait affirmé savoir lire l'heure au soleil (et qu'il l'aimait) – quand ils atteignirent la porte.

9

Ils ne firent que la regarder, Odetta dans son fauteuil, les mains dans son giron, Eddie debout à ses côtés, les pieds presque léchés par les vagues. Si, d'une certaine manière, ils la regardaient comme ils avaient la veille regardé l'étoile, avec ce regard que les enfants portent sur les choses, d'une autre, ils la regardaient différemment. Les deux enfants de la joie qui avaient fait un vœu devant la première étoile du soir s'étaient faits solennels, cernés par le mystère, peut-être encore enfants mais posant les yeux sur l'inéluctable matérialisation d'une chose qui n'avait jusqu'alors existé pour eux que dans les contes de fées.

Deux mots étaient inscrits sur la porte.

– Qu'est-ce que ça veut dire ? finit par demander Odetta.

– Je n'en sais rien, répondit-il, même si ces mots l'avaient glacé de désespoir, même si la nuit d'une éclipse avait un instant visité son cœur.

– Vraiment ? fit-elle, et ses yeux attendirent la réponse.

– Non. Je... (Il déglutit.) Non.

Elle le regarda encore un moment. Puis :

– Pousse-moi de l'autre côté, s'il te plaît. J'aimerais bien voir comment c'est par-derrière. Je sais que tu es pressé de retourner le chercher, mais peux-tu encore faire ça pour moi?

Et comment qu'il pouvait!

Ils s'ébranlèrent, contournant la porte par le haut.

– Stop! s'écria-t-elle. Tu as vu?

– Quoi?

– Recule! Puis repars en regardant la porte.

Il obéit et, cette fois, au lieu de concentrer son attention sur un éventuel obstacle en travers de leur route, il fit comme elle disait. Alors qu'ils amorçaient leur tournant, il vit le panneau rétrécir en perspective, en découvrit les gonds, des gonds qui ne semblaient s'ancrer dans rien, puis n'en vit plus que l'épaisseur...

Puis plus rien.

Il aurait dû y avoir, barrant verticalement le paysage, huit, voire dix centimètres de bois massif (l'extraordinaire épaisseur de la porte n'avait pas manqué de le frapper), mais son regard ne se heurtait à aucun obstacle.

La porte avait disparu.

Son ombre demeurait mais la porte avait disparu.

Il fit deux pas en arrière, de manière à être juste en deçà d'une droite fictive tracée dans le prolongement de la porte et l'épaisseur de celle-ci réapparut.

– Tu la vois? s'enquit-il d'une voix blanche.

– Oui. Elle est de nouveau là!

Il repartit vers le nord. Avança d'une trentaine de centimètres : la porte était toujours là. De quinze : toujours là. Encore cinq : toujours là. Deux de plus... envolée.

– Seigneur... murmura-t-il. Seigneur Dieu.

– Tu crois pouvoir l'ouvrir? demanda Odetta. Ou moi?

Il se pencha, main tendue, la referma autour du bouton de porte, cette porte sur laquelle deux mots s'inscrivaient.

Il essaya de le tourner dans le sens habituel, puis dans l'autre sens.

Le bouton ne bougea pas d'un pouce.

– Bon, dit-elle, sereine et résignée. C'est pour lui. Je pense qu'on s'en doutait l'un comme l'autre. Va le chercher. Vas-y tout de suite.

– Il faut d'abord que je t'installe.

– Ça ira comme ça.

– Non. Tu es trop près de la mer. Si je te laisse ici, les homards vont sortir au coucher du soleil et tu leur serviras de dî...

Le feulement d'un félin très haut dans les collines l'interrompit comme un couteau tranchant un fin cordon. Cela venait de très haut dans les collines, loin encore, mais plus près que l'avant-veille.

Odetta baissa les yeux sur le revolver passé dans la ceinture d'Eddie, ne s'y attarda qu'un instant, remonta poser son regard sur le visage du jeune homme qui se sentit le rouge aux joues.

– Il ne tient pas à ce que je l'aie, c'est ça? fit-elle doucement. Il t'a dit de ne pas me le donner. Pour une raison ou une autre, il ne veut pas.

– De toute façon, les cartouches ont pris l'eau, dit-il sans conviction. Elles ne partiraient sans doute pas.

– Je comprends. Porte-moi un peu plus haut sur la pente, Eddie. Tu crois que tu pourras? J'imagine dans quel état est ton dos – Andrew appelle ça: Haché Fauteuil – mais inutile d'aller très loin, juste à l'abri des homards. Je doute que quoi que ce soit de vivant se risque si près d'eux.

Elle a probablement raison pour la marée haute, pensa Eddie. *Mais qu'en sera-t-il après, quand elle descendra?*

– Laisse-moi à manger, et des pierres, dit-elle.

Et cet écho inconscient des paroles du pistolero déclencha une nouvelle bouffée de chaleur chez le jeune homme. Il se sentit jusqu'à la racine des cheveux pareil aux parois de brique d'un four à pain.

Elle le regarda, eut un petit sourire doux et fit non

de la tête comme s'il avait exprimé tout haut sa pensée.

— Ce n'est pas le moment de se lancer dans une discussion. J'ai bien vu dans quel état il est. Il n'est pas question de le faire attendre. Tu vas me monter un peu plus haut, me laisser de la nourriture, puis tu reprendras le fauteuil et tu t'en iras.

10

Il l'installa au mieux et aussi vite qu'il put, puis sortit le revolver de sa ceinture et le lui tendit en le tenant par le canon. Elle refusa.

— Il serait en colère contre nous deux. Contre toi pour me l'avoir donné, contre moi pour l'avoir accepté.

— Conneries! s'égosilla Eddie. Qu'est-ce qui a bien pu te mettre ça en tête?

— J'en suis certaine.

Elle n'en démordrait pas.

— Bon, supposons que ce soit vrai. Je dis bien : supposons... Si tu ne le prends pas, c'est moi qui vais me mettre en colère contre toi.

— Range-le. Je n'aime pas les armes. Je ne sais même pas m'en servir. Si quoi que ce soit s'approchait de moi dans le noir, la première chose que je ferais serait de m'oublier, la deuxième de pointer ce truc dans la mauvaise direction et de me tirer dessus. (Elle s'interrompit, regarda Eddie d'un air grave.) Et ce n'est pas tout, autant que tu le saches. Je ne veux rien toucher qui lui appartienne. Rien. C'est sans doute personnel, mais tout ce qui l'entoure me semble avoir ce que maman appelait le vaudou. J'aime à voir en moi une femme moderne... mais je ne tiens pas à être en possession d'un objet vaudou quand tu seras parti et que ce paysage de ténèbres va se refermer sur moi.

Le regard d'Eddie alla de l'arme à Odetta, restant dubitatif.

— Range-le, répéta-t-elle, sévère comme une institutrice.

Il éclata de rire et obéit.

— Pourquoi ris-tu?

— Parce qu'en disant ça, tu m'as fait penser à Miss Hathaway. C'était ma maîtresse au C.M.1.

Elle eut encore son doux sourire sans détacher ses yeux si lumineux de ceux d'Eddie, puis elle chantonna :

— Doucement, doucement, doucement s'en vient le soir...

Sa voix mourut sur les dernières syllabes et ils portèrent un même regard sur le ciel occidental, mais l'étoile de la veille restait invisible même si leurs ombres commençaient de s'étirer.

— Tu es sûre qu'il ne te manque rien, Odetta?

N'importe quoi pour repousser l'instant du départ. Ça lui passerait une fois qu'il serait en route mais, pour l'heure, il semblait avoir un urgent besoin de trouver prétexte à s'attarder.

— Si, que tu m'embrasses. A moins que tu n'y voies quelque inconvénient.

Il n'en voyait pas et son baiser s'éternisa, puis quand leurs lèvres se séparèrent, elle lui prit le poignet, plongea ses yeux dans les siens.

— Je n'avais jamais fait l'amour avec un Blanc avant la nuit dernière. Je ne sais si ça a oui ou non de l'importance pour toi, ni même si ça en a pour moi, mais j'ai pensé que tu devais le savoir.

Il réfléchit.

— Pour moi, en tout cas, ça n'en a pas. La nuit, tu sais, tous les chats sont gris. Je t'aime, Odetta.

Elle plaça sa main sur la sienne.

— Tu es un jeune homme adorable et il se peut que moi aussi je t'aime, quoiqu'il soit encore trop tôt pour que nous sachions l'un et l'autre...

A cet instant, comme pour lui donner la réplique, une des créatures félines qui hantaient ce que le pistolero nommait *les Freins* donna de la voix. Ça semblait toujours à cinq ou dix kilomètres de distance mais c'était quand même cinq ou dix kilomètres plus près que la dernière fois, et ça donnait l'impression d'être gros.

Alors qu'ils tournaient la tête dans cette direction, Eddie sentit ses cheveux qui tentaient de se dresser sur l'arrière de son crâne... tentaient sans vraiment y parvenir. *Désolé, cheveux*, pensa-t-il bêtement. *Je crois que vous êtes un peu trop longs pour ça.*

Le miaulement s'enfla, se fit cri torturé, ressemblant à la plainte d'un animal luttant contre les affres d'une mort horrible (susceptible en fait de ne correspondre à rien de plus tragique qu'un accouplement réussi). Il dura un bon moment, culmina dans une stridence presque insoutenable, puis commença de se résorber, glissant dans des registres de plus en plus graves jusqu'à cesser et se fondre dans la hululante et constante plainte du vent. Ils attendirent un retour qui ne vint pas, mais la décision d'Eddie était prise. Il tira de nouveau le revolver de sa ceinture pour le tendre à Odetta.

– Prends-le et ne discute pas. Si tu as besoin de t'en servir, il peut très bien te jouer un tour de cochon mais prends-le quand même.

– Tu tiens vraiment à ce qu'on se dispute ?

– Oh, trouve tous les arguments que tu veux, ça n'y changera rien.

Après avoir étudié les yeux presque noisette du jeune homme, Odetta esquissa un sourire las.

– Pas de discussion, donc. (Elle prit l'arme.) Mais, je t'en prie, fais vite.

– Crois-tu que je vais traîner ?

Un dernier baiser, rapide cette fois, et il faillit lui dire d'être prudente... mais sérieusement, les mecs, qu'entendait-on par prudence dans une pareille situation ?

Dans l'ombre qui s'épaississait (les homarstruosités n'étaient pas encore sorties des vagues mais n'allaient plus tarder à honorer leur rendez-vous nocturne), il redescendit jusqu'à la porte et son regard se posa une fois de plus sur les mots qui y étaient inscrits. Le même frisson le traversa. C'étaient des mots terriblement justes. Oui, d'une rare vérité. Il chercha ensuite Odetta sur la pente, resta un temps sans la voir, puis surprit un mouvement, la tache brun clair de la main qu'elle agitait pour lui dire au revoir.

Il agita la sienne en réponse, fit pivoter le fauteuil et, au pas de course, commença de le pousser, tout en le basculant sur l'arrière pour maintenir les roues avant – plus petites et plus fragiles – hors de contact avec le sol et ses obstacles potentiels. Il courut cap au sud, retournant sur ses traces, et pendant la première demi-heure, son ombre l'accompagna, ombre impossible d'un géant décharné qui, collée à la semelle de ses tennis, s'étirait vers l'est sur de longs mètres. Puis le soleil sombra dans les flots et l'ombre disparut. Les vagues échouèrent un premier arrivage d'homarstruosités.

Il s'écoula encore une dizaine de minutes avant qu'il ne levât les yeux pour découvrir la sereine brillance de leur étoile du soir sur le velours bleu nuit du ciel.

Doucement, doucement, doucement s'en vient le soir...

Faites qu'il ne lui arrive rien. Les douleurs s'insinuaient déjà dans ses jambes et son souffle était trop brûlant, trop oppressant dans ses poumons alors qu'il venait seulement d'amorcer son retour à vide et qu'il lui restait un troisième voyage à faire, avec le pistolero comme passager. Il se doutait que Roland allait peser nettement plus lourd qu'Odetta, savait qu'il aurait dû ménager ses forces, et n'en courait pas moins, toujours plus vite. *Faites qu'il ne lui arrive rien, c'est là mon vœu. Faites que rien n'arrive à ma bien-aimée.*

Et, comme pour faire planer un sinistre présage sur l'exaucement de ce vœu, un chat sauvage hurla quelque part dans les gorges tourmentées qui entaillaient les collines... à ceci près que la puissance d'un tel cri évoquait plutôt un lion rugissant au fin fond d'une savane africaine.

Eddie accéléra sa course, imprimant une vitesse accrue au véhicule vide qu'il poussait devant lui. Lamentation lugubre et ténue, le vent se mit bientôt à bruire dans les rayons des roues avant qui tournaient sur elles-mêmes.

11

Le pistolero perçut l'approche d'un son gémissant comme celui de l'air dans les roseaux. Il se crispa un instant puis reconnut le rythme qui s'y superposait, celui d'un souffle haletant. Alors il se détendit. C'était Eddie. Il le savait sans avoir besoin d'ouvrir les yeux.

Quand la plainte s'évanouit et que s'espacèrent les chocs sourds marquant l'issue de chaque foulée (mais pas les sifflements de la respiration), il consentit à les rouvrir. Eddie était planté devant lui, hors d'haleine et les joues ruisselantes de sueur. Sa chemise trempée était plaquée sur sa poitrine, y dessinant une tache uniformément sombre. Disparus les derniers vestiges du look étudiant bon chic bon genre dont Jack Andolini avait recommandé l'adoption avec tant d'insistance pour mieux abuser les douaniers. Ses cheveux lui pendaient sur le front. Il s'était ouvert la couture du jean sous la braguette, et les magnifiques croissants bleu violacé sous ses yeux complétaient le tableau. Un vrai désastre.

– J'ai réussi, dit-il. Je suis de retour. (Il promena un regard circulaire qu'il ramena ensuite sur le pistolero comme s'il n'arrivait pas à y croire.) Je suis ici.

– Tu lui as donné le revolver.

Roland était dans un sale état, remarqua Eddie, un état comparable à celui dans lequel il l'avait connu avant la première prise écourtée de Keflex. Peut-être même dans un plus sale état. La fièvre semblait rayonner par vagues brûlantes de ce corps adossé au rocher, et il aurait dû en éprouver de la pitié, il le savait, mais restait apparemment incapable de sentir monter en lui autre chose qu'une colère noire.

– Je me casse le cul pour être de retour ici en un temps record et tout ce que tu trouves à dire c'est : « Tu lui as donné le revolver. » Bravo, mec, je te remercie! Je n'irai pas dire que je m'attendais à d'exubérantes démonstrations de gratitude, mais là, c'est le bouquet.

– Je crois avoir dit la seule chose qui ait de l'importance.

– Puisque tu m'y fais penser, c'est exact : je le lui ai laissé. (Mains sur les hanches, Eddie fixait agressivement l'homme à terre.) Bon, maintenant ce sera selon les préférences de Monsieur. Soit Monsieur grimpe dans ce fauteuil, soit je le replie, histoire de voir si j'arrive à le fourrer tout entier dans le trou du cul de Monsieur. Que choisit Monsieur?

– Ni l'un ni l'autre. (Roland souriait un peu, comme quelqu'un qui n'en a pas envie mais ne peut s'en empêcher.) D'abord, tu vas dormir, Eddie. On verra ce qu'on verra quand le moment sera venu de voir, mais pour l'heure tu as besoin de sommeil. Tu es lessivé.

– Je veux retourner près d'elle.

– Moi aussi. Mais si tu ne prends pas un minimum de repos, tu vas t'écrouler en route. Pas plus compliqué que ça. Et ce sera mauvais pour toi, pire pour moi, catastrophique pour elle.

Eddie était pris dans un nœud d'indécision.

– Tu as fait vite, concéda Roland, levant vers le soleil des yeux étrécis. Il est seize heures, seize heures quinze, peut-être. Tu vas dormir cinq heures... allez, sept, et il fera nuit noire...

– Quatre. Pas plus de quatre heures.

– D'accord. Jusqu'à ce qu'il fasse noir. C'est ça l'important, à mon sens. Ensuite, tu mangeras. Puis on s'en ira.

– Toi aussi, il faut que tu manges.

Cette esquisse de sourire, une fois de plus.

– J'essaierai. (Ses yeux bleus se posèrent sur Eddie, tranquilles.) Ta vie est entre mes mains désormais. Je suppose que tu en as conscience.

– Oui.

– Je t'ai kidnappé.

– Je sais.

– As-tu envie de me tuer ? Parce que, dans ce cas, fais-le tout de suite au lieu d'exposer l'un ou l'autre d'entre nous... (son souffle s'amenuisa, se réduisit à un sifflement grêle cependant que montaient de sa poitrine des raclements qu'Eddie n'aima guère)... à un surcroît d'inconfort.

– Je n'ai pas envie de te tuer.

– Alors... (cette fois, ce fut une violente et soudaine quinte de toux qui l'interrompit)... va te coucher.

Eddie y alla. Le sommeil, loin de l'envelopper de voiles cotonneux comme il le faisait parfois, le saisit avec les mains brutales d'une amante que le désir rend gauche. Il entendit (ou peut-être ne fut-ce qu'en rêve) le pistolero dire : « Mais tu n'aurais pas dû lui laisser le revolver », puis pour un temps indéterminé, il fut simplement dans le noir, puis Roland fut à le secouer, le réveillant, puis quand il se fut assis, chaque parcelle de son corps fut douleur, douleur et pesanteur. Une sorte de rouille semblait avoir grippé ses muscles comme les treuils et poulies d'un chantier à l'abandon. Sa première tentative pour se mettre debout se solda par un échec. Il retomba lourdement sur le sable. Réussit au deuxième essai mais eut l'impression que l'élémentaire mouvement de se retourner allait lui prendre vingt minutes. Et lui faire horriblement mal.

Roland l'interrogeait du regard.

– Tu es prêt ? fit le pistolero, formulant la question.

Eddie hocha la tête.

– Oui. Et toi ?

– Oui.

– Tu y arriveras?

– Oui.

Ils mangèrent, donc... puis Eddie entama son troisième et dernier voyage sur cette maudite longueur de plage.

12

S'ils couvrirent une bonne distance cette nuit-là, Eddie n'en fut pas moins déçu quand le pistolero annonça qu'ils allaient s'arrêter. Eddie ne marqua pourtant nul désaccord, tout bonnement trop fourbu pour continuer sans repos, mais il avait espéré aller plus loin. Le poids. C'était là le hic. Pousser Roland après Odetta revenait à pousser un chargement de barres à mine. Eddie dormit les quatre heures qui leur restaient avant l'aube, et quand il s'éveilla, le soleil bondissait par-dessus les croupes érodées, derniers soubresauts des montagnes. Roland toussait. Eddie écouta. Toux sans force et sous-tendue de râles, toux de vieillard que la pneumonie va peut-être emporter.

Leurs regards se croisèrent. Le spasme du pistolero se mua en rire.

– Je ne suis pas encore au bout du rouleau, Eddie, même si c'est l'impression que je donne quand on m'entend. Et toi?

Eddie pensa aux yeux d'Odetta et fit non de la tête.

– Pas encore, moi non plus, mais je ne cracherais pas sur un cheeseburger accompagné d'une mousse.

– Mousse? répéta le pistolero, incertain, revoyant les frais vallons du Parc Royal.

– Laisse tomber. Allez, en voiture, mec. Ça n'a ni cylindres en V ni vitesses au plancher mais on n'en abattra pas moins notre paquet de bornes.

Ainsi firent-ils, mais au crépuscule de ce deuxième

jour après qu'Eddie eut laissé Odetta, ils n'en étaient toujours qu'à se rapprocher de la troisième porte. Eddie se coucha dans l'intention d'effectuer un nouveau séjour de quatre heures dans les bras de Morphée mais il ne s'en était pas écoulé deux quand le hurlement d'un de ces chats sauvages l'en arracha, le cœur battant. Seigneur! l'animal ne pouvait qu'être énorme!

Il vit briller dans le noir les yeux du pistolero qui s'était redressé sur un coude.

— On y va? fit Eddie, se levant avec lenteur, grimaçant tant c'était un supplice.

— Tu es sûr de vouloir y aller? demanda Roland presque en un murmure.

Eddie s'étira, suscitant une série de petits bruits secs le long des vertèbres, comme la mise à feu d'un chapelet de minuscules pétards.

— Ouais. Cela dit, je préférerais que ce soit avec ce cheeseburger dans le ventre.

— Je croyais que c'était du poulet que tu voulais.

— Lâche-moi les baskets, mec, gronda Eddie.

La troisième porte était en vue quand le soleil quitta les collines. Deux heures plus tard, ils l'avaient atteinte.

De nouveau réunis, pensa Eddie, s'apprêtant à s'écrouler.

Mais il se trompait, apparemment. Il n'y avait plus trace d'Odetta Holmes. Plus la moindre.

13

— Odetta! s'époumona Eddie, la voix aussi éraillée que celle de Detta, l'autre personnalité d'Odetta.

Pas même un écho, rien, pas même l'illusion d'une réponse d'Odetta. Ce relief lourd, raboté, n'offrait aux sons nulle surface où rebondir. Ils restaient là, suspendus tout entiers dans les airs, d'une puissance exceptionnelle dans cet étroit couloir de la grève, fracas de cymbales des vagues déferlantes, et la grosse caisse du ressac pulsant à l'extrémité du tunnel qui s'était creusé dans la roche friable. Et puis il y avait aussi la plainte permanente du vent.

– Odetta !

Cette fois, il hurla si fort que sa voix se brisa sur la dernière syllabe et que, l'espace d'un instant, quelque chose de pointu comme une arête lui déchira les cordes vocales. Il darda des yeux hagards partout sur la pente, y cherchant la tache brun clair de la main qu'elle devait agiter, le mouvement qu'elle faisait pour se redresser, cherchant aussi (Dieu le lui pardonne) d'éventuelles éclaboussures de sang frais sur la basane usée des roches.

Et il se demanda ce qu'il ferait si c'était cette dernière recherche qui se trouvait satisfaite, ou si son regard tombait sur un revolver frappé au sceau de dents acérées plantées dans le tendre bois de santal des crosses. Pareilles découvertes auraient eu de quoi le faire basculer dans l'hystérie, voire dans la démence, mais ses yeux n'en poursuivaient pas moins leur quête.

Qui s'avéra vaine, tout autant que celle de ses oreilles qui ne captèrent aucun cri, même ténu, en réponse à ses appels.

Le pistolero en avait profité pour examiner la porte. Il s'était attendu à n'y voir qu'un mot, celui prononcé par l'homme en noir retournant la cinquième lame de son Tarot dans le poussiéreux Golgotha où ils avaient tenu palabre. *Mort*, avait dit Walter, *mais pas pour toi, pistolero*.

Il n'y avait pas qu'un mot sur la porte mais deux... et ni l'un ni l'autre n'était le mot MORT. Il relut l'inscription, ses lèvres dessinant en silence chaque syllabe :

LE PUSHER

Le sens en est pourtant mort, songea-t-il, le sachant mais sans savoir comment.

Ce qui le fit se retourner fut d'entendre la voix d'Eddie lui venir de plus loin. Le jeune homme escaladait déjà la première colline en continuant de crier le nom d'Odetta.

Un moment, il envisagea de le laisser faire.

Eddie avait une chance de la trouver, peut-être même de la trouver vivante, sans blessure grave et toujours aux commandes du corps qu'elle partageait avec l'autre. Il supposait qu'Eddie et elle n'étaient peut-être pas sans avoir vécu ici quelque chose ensemble, que l'amour du jeune homme pour Odetta et celui d'Odetta pour le jeune homme étaient susceptibles d'étouffer la face ténébreuse qui se donnait à elle-même le nom de Detta Walker. Oui, entre ces deux forces de lumière, il était parfaitement possible que Detta s'étiolât jusqu'à en mourir. Romantique dans sa rudesse, Roland avait également le réalisme de savoir que l'amour triomphait parfois de tout. Et lui, maintenant, où en était-il ? Même s'il parvenait à ramener du monde d'Eddie ces cachets qui, auparavant, l'auraient guéri, en eût-il eu en suffisance, rien ne prouvait qu'ils en fussent désormais capables, voire qu'il s'ensuivît une quelconque amélioration. Il était beaucoup plus malade que la première fois et se demandait si l'infection n'avait pas atteint un point de non-retour. D'atroces douleurs lui cisaillaient bras et jambes, lui martelaient le crâne tandis qu'un poids énorme broyait sa poitrine, et ses bronches pleines de glaires. Tousser lui mettait le flanc gauche à la torture comme s'il avait des côtes cassées. Jusqu'à son oreille gauche qui l'élançait. Peut-être l'heure était-elle venue d'en finir, se dit-il, de quitter la partie.

Contre pareille éventualité, tout en lui protesta.

— Eddie ! cria-t-il, et nulle toux ne s'en mêla : il avait la voix claire et puissante.

Eddie se retourna, un pied dans les éboulis, l'autre calé sur une roche en saillie.

— Va, lui cria-t-il en réponse avec un curieux geste de la main (un petit mouvement de balancier signifiant qu'il voulait être débarrassé du pistolero afin de passer aux choses sérieuses, à ce qu'il avait d'important à faire : retrouver Odetta et la sauver si la situation l'exigeait). Franchis cette porte et va donc chercher ce dont tu as besoin. Nous serons tous les deux là quand tu reviendras.

– J'en doute.

– Il faut que je la retrouve. (Eddie regarda Roland et son extrême jeunesse fut dans ce regard, dans sa totale nudité.) Je ne dis pas ça en l'air : il le faut.

– Je comprends ton amour, les exigences qu'il t'impose, dit le pistolero, mais cette fois, Eddie, je désire que tu m'accompagnes.

Eddie resta un long moment à le fixer comme s'il essayait d'ajouter foi à ce qu'il venait d'entendre.

– T'accompagner... finit-il par dire, rêveur. T'accompagner ! Seigneur ! Après ça, il n'y a plus qu'à tirer l'échelle. La dernière fois, ta détermination à me laisser derrière était telle que tu prenais le risque de me laisser te trancher la gorge. Et maintenant, tu veux qu'on se risque à laisser je ne sais quelle créature la déchiqueter !

– C'est peut-être déjà fait, dit Roland, sachant pertinemment qu'il n'en était rien.

La Dame était peut-être blessée mais il la savait vivante.

Et, malheureusement, Eddie aussi le savait. Une semaine à dix jours de sevrage lui avaient considérablement aiguisé l'esprit. Son doigt se pointa sur la porte.

– Tu sais très bien qu'elle n'est pas morte. Sinon ce putain de truc ne serait plus là. A moins que tu n'aies menti en disant que ça ne servait à rien si on n'y était pas tous les trois.

Eddie essaya de reprendre son ascension mais le regard du pistolero le cloua sur place.

– Bon, dit Roland. (Il parlait presque avec plus de douceur qu'il ne l'avait fait en s'adressant, par-delà le visage et les cris haineux de Detta, à l'autre, prisonnière quelque part sous hystérie et stridence.) Elle n'est pas morte. Ton explication à son silence ?

– Euh… un de ces félins a pu l'emmener.

C'était dit d'une voix faible.

– Ça l'aurait tuée. Il en aurait mangé ce qu'il voulait, aurait laissé le reste. Au mieux, ça aurait traîné le cadavre à l'ombre et serait revenu ce soir manger ce que le soleil aurait épargné. Mais alors, la porte ne serait plus là. Et les félins ne sont pas comme les insectes, il n'en est pas pour paralyser leur proie et tranquillement s'en repaître plus tard, tu le sais aussi bien que moi.

– Peut-être. (Et un moment Eddie entendit Odetta lui dire : « Tu aurais dû participer aux débats, Eddie », pensée qu'il poussa de côté.) Est-ce qu'un de ces fauves n'aurait pas pu descendre, alors elle aurait essayé de se défendre mais les deux premières cartouches ne seraient pas parties ? Mais alors, pourquoi pas les quatre ou cinq balles suivantes ? Le chat lui saute dessus et là, juste avant qu'il ne la tue, BANG ! (Eddie se cogna le poing dans la paume. Il voyait la scène. Aurait pu s'en porter témoin.) La balle tue l'animal, ou le blesse, ou le fait détaler. Qu'est-ce t'en penses ?

– On aurait entendu le coup, suggéra Roland.

Sur le moment, Eddie resta coi, incapable de rien imaginer qui pût contrer l'évidence. Oui, ils auraient entendu. Le premier cri de l'une de ces bestioles leur était parvenu à vingt ou trente kilomètres de distance. Alors, la déflagration d'un pistolet…

Il regarda soudain Roland par en dessous.

– Mais tu as peut-être entendu quelque chose, toi ? Tu as peut-être entendu tirer pendant que je dormais ?

– Ça t'aurait réveillé.

– Pas crevé comme je suis, mec. Quand je m'endors, c'est comme si…

– Comme si tu mourais, dit le pistolero, la voix toujours aussi douce. Je connais la sensation.

– Alors tu comprends…

– Sauf que ce n'est pas être mort. Cette nuit, quand le chat a hurlé, tu as été réveillé et debout en une seconde. Tant tu te fais du souci pour elle. Il n'y a pas eu de coup de feu. Ça aussi, tu le sais. Tu n'aurais pas pu ne pas entendre... à cause de ce souci que tu te fais pour elle.

— Donc, elle a peut-être réussi à l'assommer avec une pierre! hurla Eddie. Comment le saurais-je en restant planté là à discuter avec toi au lieu d'aller voir ce qu'il en est? Imagine-toi qu'elle baigne dans son sang quelque part, blessée, et qui sait, mourante! Ça te plairait que je franchisse avec toi cette porte et qu'elle y passe pendant qu'on est de l'autre côté? Ça te plairait de te retourner, de voir cette porte, de te retourner une deuxième fois et de ne plus la voir, comme si elle n'avait jamais été là, parce qu'une des trois personnes qui la dotait d'existence n'est plus? Et que toi tu te retrouves piégé dans mon monde au lieu que ce soit le contraire!

Il était hors d'haleine, foudroyait le pistolero du regard, poings crispés.

Roland sentait monter en lui une exaspération lasse. Quelqu'un — Cort, peut-être, mais il semblait plutôt que c'eût été son père — avait eu un dicton: *Autant chercher à boire l'eau de l'océan à la petite cuillère que de vouloir discuter avec un amoureux.* S'il était besoin d'attester la justesse du proverbe, la preuve était là, qui lui tenait tête, tout de défi et de défiance. *Vas-y*, disait-il par sa seule posture. *J'ai de quoi répondre à chacun de tes arguments.*

— Il n'est pas forcé que ce soit un chat qui lui soit tombé dessus, disait-il à présent sur le mode ordinaire. Tu es peut-être dans ton monde mais je ne crois pas que tu connaisses cette région plus que moi Bornéo. Tu n'as aucune idée de ce qui peut rôder dans ces collines? Ça pourrait bien être un singe ou quelque chose comme ça qui se serait emparé d'elle.

— On s'est emparé d'elle, je suis d'accord.

— Dieu soit loué, ta maladie ne t'a pas ôté tout sens com...

— Et ce « on » nous savons qui c'est, l'un comme

l'autre. Detta Walker. C'est elle qui s'est emparée de la Dame. Elle, Detta Walker.

Eddie ouvrit la bouche mais l'espace d'un instant – quelques secondes, en fait, mais suffisantes pour qu'ils prissent l'un et l'autre conscience de l'évidente vérité – l'inexorable expression sur les traits du pistolero réduisit les arguments d'Eddie au silence.

14

– Ça ne s'est pas nécessairement passé ainsi.

– Rapproche-toi. Si on doit parler, parlons. Mais je ne tiens pas à brailler pour couvrir le fracas des vagues; j'ai chaque fois l'impression de m'arracher un bout de poumon.

– Mère-grand, comme tu as de grands yeux, lança Eddie sans bouger d'un pouce.

– Qu'est-ce que tu me racontes?

– Un conte de fées. (Le jeune homme consentit à redescendre mais sur quatre mètres, pas plus.) Et c'est le genre de littérature qui te convient si tu crois m'attirer assez près de ce fauteuil.

– Assez près pour quoi faire? cria Roland. Je ne comprends pas, ajouta-t-il alors qu'il comprenait parfaitement.

Un demi-kilomètre à l'est de l'endroit où ils étaient et les surplombant d'environ cent cinquante mètres, des yeux noirs – aussi débordants d'intelligence que dénués de pitié – observaient la scène. Impossible d'entendre ce que disaient les deux hommes – le vent, les vagues et le ressac attelé au creusement de son tunnel y veillaient – mais Detta n'avait nul besoin de distinguer des mots dans leurs cris pour savoir de quoi ils parlaient. De même qu'elle pouvait se passer de jumelles pour constater qu'il n'était plus question de donner au Vraiment Méchant un autre nom que celui de Vraiment Malade, et que si le Vraiment Méchant était peut-être disposé à consacrer quelques jours, voire quelques semaines, à torturer une infirme de couleur – les occasions de se divertir devaient être assez rares dans le secteur, à en juger par le décor –, à son avis, le Vraiment Méchant n'avait plus qu'une envie, tirer d'ici son cul d' cul blanc. Prendre cette porte magique et le déménager vite fait. Mais avant ça, il n'avait trimballé aucun cul d'aucune sorte. Avant ça, il n'avait rien eu à déménager, vite ou en prenant son temps. Avant ça, le Vraiment Méchant n'avait été nulle part sinon à l'intérieur de sa tête à elle. Elle n'aimait toujours pas trop penser à la manière dont ça s'était passé, à ce qu'elle avait ressenti, à la facilité avec laquelle il avait triomphé de ses tentatives enragées pour s'arracher du crâne cette présence et reprendre le contrôle. Horrible, c'était un souvenir horrible. Et ce qui le rendait pire encore, c'était l'absence de compréhension qu'elle en avait. Cette terreur, quelle en était l'origine au juste ? Ce n'était pas simplement l'intrusion qui la dérangeait et cela, justement, ne laissait pas d'être inquiétant. Peut-être aurait-elle pu comprendre, si elle avait porté sur elle un regard plus attentif. Elle en avait conscience mais s'y refusait. Un tel examen risquait de l'entraîner dans ce genre d'endroit redouté par les marins du temps passé, cet endroit qui n'est ni plus ni moins que l'extrême bord du monde, là où les cartographes avaient déroulé un phylactère portant pour légende : ICI SONT DES SERPENTS. Ce qu'il y avait eu de hideux à être envahie par le Vraiment Méchant avait été l'impression d'éprouver une sensation familière, comme si ce fait pourtant surprenant s'était déjà produit auparavant... et pas qu'une fois : plusieurs. Mais terrifiée ou pas, Detta n'avait pas cédé à la panique. Elle avait continué d'observer tout en se battant, et elle se revoyait regardant par cette porte face à laquelle ses mains, mues par cette présence en elle, venaient de la placer. Elle se souvenait y avoir vu le corps du Vraiment Méchant étalé sur le sable et l'autre accroupi à côté, un couteau à la main.

Ah, si cet Eddie avait pu plonger sa lame dans la

gorge du Vraiment Méchant! C'eût été mieux que quand on tue le cochon! Mille fois mieux!

Il ne l'avait pas fait, dommage, mais Detta n'en avait pas moins vu en cet instant le corps du Vraiment Méchant... corps était le mot car, bien qu'il respirât, c'était une chose sans valeur, comme un sac qu'un débile eût rempli de graines ou de fanes de maïs.

Que l'esprit de Detta fût répugnant comme le trou du cul d'un rat ne l'empêchait pas d'être vif et acéré, à un plus haut degré même que celui d'Eddie. *Le V'aiment Méchant avait pété l' feu dans l' temps. Mais plus maintenant. Il sait plus maintenant. Il sait que je suis là-haut et n'a qu'une idée, s' tailler avant qu' je n' descende lui c'ever l' cul. Son p'tit copain, c'est pas pa'eil... lui, il a enco' d' l'éne'gie à 'evend', et ça lui di'ait d' me fa' enco' un peu chier. L'a envie d' monter s' taper la mo'icaude même si le V'aiment Méchant est pas d'acco'. Ga'anti. Une nég'esse qu'a pas d' jambes, i' doit s' di', alle est pas d' taille à lutter avec g'and gailla' comme moi. Pas envie d' fout' le camp, donc. Envie d' la t'quer c'te pétasse, d' lui coller un ou deux coups d'a'balète et ap'ès ça on pou'a s'en aller où tu veux. Oui, c'est ça qu'i' pense, et c'est bien. Ouais, c'est 'udement bien, f'omage blanc. Tu peux continuer d' penser qu' tu vas te t'ingler Detta Walker, et juste monter là-haut dans ces D'awe's et fai' un essai. Tu vas t'ape'cevoi' en m' fou'ant ton p'tit zob me'dique dans ma chatte que t'as ti'é l' bon numé'o. Ouais, tu vas t'en ape'cevoi'...*

Mais un bruit la tira du trou à rats de ses pensées, un bruit qui domina sans peine le fracas du ressac et les sifflements du vent : la monumentale déflagration d'un revolver.

– Je pense que tu comprends mieux que tu ne veux l'admettre, dit Eddie. Vachement mieux. Tu voudrais que je m'approche assez pour que tu puisses m'attraper, voilà ce que je pense. M'attraper et me pousser là-dedans par surprise. (Il montra la porte d'un signe de tête sans lâcher des yeux le pistolero et ajouta, ignorant qu'à quelques mètres de là quelqu'un pensait exactement la même chose :) Je sais que tu es malade, mais je te vois très bien faire semblant d'être beaucoup plus faible que tu ne l'es en réalité. Ce serait tout à fait ton genre de te planquer à l'affût dans les hautes herbes.

– C'est mon genre, reconnut le pistolero sans sourire, mais ce n'est pas ce que je suis en train de faire. (Il le faisait quand même... rien qu'un peu mais quand même.) A part ça, tu n'en mourras pas de redescendre encore de quelques pas. Je ne vais plus pouvoir brailler ainsi très longtemps. (Comme pour en donner la preuve, sa voix se fit coassement de grenouille sur la dernière syllabe.) Et je tiens à ce que tu y réfléchisses avant de faire ce que tu as envie de faire. Si je ne puis te convaincre de m'accompagner, donne-moi une chance de te mettre sur tes gardes... une fois de plus.

– Pour l'amour de ta chère Tour, n'est-ce pas? ricana Eddie qui ne s'en laissa pas moins glisser sur la moitié de la pente, ses tennis éculées soulevant des éboulis et des nuages de poussière ocre.

– Pour ma chère Tour, comme tu dis, et pour ta chère petite santé. Sans parler de ta chère existence.

Il sortit le revolver qu'il avait gardé, le contempla, son expression à la fois triste et insolite.

– Si tu crois me faire peur avec cet engin...

– Loin de moi cette pensée. Tu sais très bien que je ne peux pas te tirer dessus, Eddie. Mais je pense que tu as besoin de toucher du doigt combien les choses ont changé. Que tu mesures à quel point la situation n'est plus du tout la même.

Roland leva l'arme, canon braqué non vers Eddie mais vers la vide immensité de l'océan. Son pouce amena le chien au bandé. Eddie se banda lui-même en prévision du vacarme.

Se banda pour rien. Seul un *clic* lui parvint.

Roland réarma. Le barillet tourna. Il pressa de nouveau la détente et, de nouveau, il n'y eut qu'un *clic*.

— Te casse pas, lui dit le jeune homme. Là d'où je viens, tu te serais fait jeter de l'armée à la première balle refusant de partir. A ta place, j'arrê...

Mais le violent KA-BLAM du revolver coupa la fin du mot non moins nettement que les brindilles des arbres sur lesquels le pistolero s'était exercé au tir du temps de sa formation. Eddie sursauta. Le constant *riiiiiii* des insectes s'interrompit momentanément, attendit pour reprendre, et dans un canon timide, que Roland eût posé l'arme sur ses genoux.

— Et qu'est-ce que ça prouve ?

— Tout dépend, je suppose, de ce que tu vas bien vouloir écouter et de ce que, de toute manière, tu te refuses à entendre, rétorqua Roland, un tantinet cinglant. C'est d'abord censé prouver que toutes ces cartouches ne sont pas bonnes à jeter. Mais aussi, et surtout, cela suggère – suggère fortement – qu'une ou plusieurs sinon toutes les balles du revolver que tu as donné à Odetta sont susceptibles de partir.

— Merde ! (Eddie réfléchit.) En quel honneur, au fait ?

— Parce que j'avais chargé l'autre – celui que je viens d'essayer – avec des cartouches prises sur l'arrière des ceinturons, des cartouches qui, en d'autres termes, avaient mariné dans la flotte. J'ai fait ça pour passer le temps pendant que tu étais parti. Ne va pas t'imaginer que charger un pistolet me prenne des siècles, même avec deux doigts en moins... (Roland se permit un petit rire et dut le regretter quand ça se transforma en toux qu'il musela d'un poing restreint)... mais après avoir tenté de tirer des cartouches humides, il te faut ouvrir ton arme et la nettoyer. *Ouvrez la machine et nettoyez-la, bande de larves*, c'est la première chose que Cort, notre maître, nous faisait rentrer dans le crâne. Je n'avais aucune idée du temps que j'allais mettre à ouvrir mon revolver, à le nettoyer puis à le remonter avec seulement une main et demie, mais je me suis dit que si je comptais survivre – ce dont j'ai la ferme intention, Eddie – je ferais mieux d'en avoir une. Voir le temps que ça me prend et chercher ensuite les moyens d'améliorer ce temps, tu ne crois pas? Allez, rapproche-toi, Eddie! Redescends un peu, pour l'amour de ton père!

– C'est pour mieux te regarder, mon enfant, lança Eddie qui n'en fit pas moins deux autres pas vers Roland.

Deux pas mais pas plus.

– Quand la première balle que j'ai tirée est partie, j'ai failli faire dans mon froc, enchaîna le pistolero. (De nouveau, il éclata de rire. Eddie en fut secoué : il le découvrait au bord du délire.) La première... et crois-moi si je te dis que c'était bien la dernière chose à laquelle je m'attendais.

Eddie s'efforça de déterminer si Roland mentait, si l'histoire du pistolet était ou non un mensonge, si son pitoyable état n'en était pas un de plus. L'animal était malade, pour sûr. Mais l'était-il à ce point? Ça, Eddie n'en savait rien. S'il s'agissait d'un rôle de composition, l'acteur était prodigieux. Pareil pour les revolvers. Comment aurait-il su? Tout au plus avait-il tiré trois fois au pistolet dans toute sa vie avant de se retrouver sous un feu croisé chez Balazar. Son frère eût peut-être été de bon conseil mais Henry était mort – pensée qui, une fois de plus, et toujours à sa grande surprise, ne manqua pas de raviver son chagrin.

– Aucune autre n'est partie, poursuivit Roland, j'ai donc nettoyé la machine, l'ai rechargée, ai tiré un nouveau tour de barillet. Cette fois, j'y avais mis des cartouches venant d'alvéoles plus proches de la boucle des ceinturons et qui couraient un peu moins le risque d'avoir pris l'eau. Pour te donner un repère, c'est avec les premières en partant des boucles que nous avons abattu les homards, avec celles que je savais parfaitement sèches. (Il s'interrompit pour tousser dans sa main puis reprit :) Lors de ce deuxième essai, deux coups sont partis. J'ai rouvert mon arme, l'ai renettoyée, en ai regarni le barillet, et n'y ai plus touché jusqu'à maintenant où tu viens de me voir presser par trois fois la gâchette. (Il eut un petit sourire las.) Tu sais, au bout de deux clics, je me suis dit que ce serait bien ma chance si, cette fois, je n'avais chargé que des balles mouillées. Ma démonstration en aurait souffert, tu ne penses pas? Vraiment, Eddie, ne pourrais-tu te rapprocher?

— Effectivement, elle n'aurait pas été très convaincante, dit le jeune homme, et, pour répondre à ta deuxième question : je ne crois pas avoir à m'approcher plus. Maintenant, quelle leçon suis-je censé tirer de tout ça, Roland?

Le pistolero le regarda comme s'il était en présence du dernier des idiots.

— En t'envoyant ici, je ne t'envoyais pas à la mort, tu sais. J'ai fait en sorte que ni toi ni elle ne risquât de mourir. Grand Dieu, Eddie, qu'as-tu fait de ta cervelle? C'est un pistolet parfaitement fiable qu'elle a en main! (Ses yeux s'étrécirent, examinant Eddie.) Elle est quelque part dans ces collines. Tu te figures pouvoir retrouver sa trace mais tu n'as aucune chance si le terrain est aussi rocheux qu'il le paraît d'ici. Elle est là-haut et elle t'attend, mais ce n'est pas Odetta, c'est Detta, tapie là-haut avec un revolver chargé de balles qui sont probablement presque toutes bonnes. Si je te laisse monter à sa recherche, tu vas te retrouver mort avant de t'en apercevoir.

Un nouvel accès de toux le secoua.

Eddie regarda fixement l'homme qui toussait, accroché aux bras du fauteuil roulant, cependant que les vagues pilonnaient la grève, que le vent modulait sa note insensée.

Il finit par s'entendre dire :

– Tu as très bien pu garder pour cette démonstration une cartouche dont tu étais sûr. Je t'en sens parfaitement capable.

Et c'était la vérité. Il le sentait en fait capable de n'importe quoi.

Pour sa Tour.

Pour sa putain de Tour.

Et la perversité d'avoir logé cette bonne cartouche dans la troisième alvéole! D'avoir ainsi donné à la démonstration bidon sa touche de réalisme, le petit détail qui vous oblige à y croire...

– Il y a une expression chez moi : Ce type serait fichu de vendre des frigos aux Eskimos. Voilà ce qu'elle dit, cette expression.

– Et elle signifie?

– Que le type en question est un baratineur de première.

Le pistolero le regarda longuement et hocha la tête.

– Tu es décidé à rester. Bon. Sache toutefois qu'en tant que Detta, elle est bien plus à l'abri de... de quelque forme de vie sauvage hantant les parages... qu'elle ne l'aurait été en tant qu'Odetta, et que toi, tu serais plus à l'abri d'elle – du moins pour l'heure – si tu m'accompagnais, mais je vois ce qu'il en est. Ça ne me plaît pas mais je n'ai pas l'intention de perdre mon temps à discuter avec un insensé.

– Dois-je en conclure, demanda poliment Eddie, que personne n'a jamais tenté de discuter avec toi sur cette Tour Sombre que tu as un si grand désir d'atteindre?

De nouveau ce sourire las.

– Bon nombre, au contraire. Et c'est ce qui me fait dire que tu ne changeras pas d'avis, je suppose. Un fou sait reconnaître ses pairs. De toute façon, je suis trop faible pour monter t'attraper, tu es manifestement trop méfiant pour descendre à ma portée, et je n'ai plus le temps de te faire entendre raison. Je ne puis qu'y aller en espérant que tout se passera au mieux. Mais avant de partir, je tiens à te répéter une dernière fois : reste sur tes gardes.

Puis Roland fit quelque chose qui rendit Eddie honteux de ses doutes (sans pourtant le faire revenir le moins du monde sur sa décision) : il bascula le barillet en position ouverte d'un coup de poignet expert, le vida de toutes ses cartouches et les remplaça par des neuves qu'il prit juste de part et d'autre des boucles de ceinturon. Un autre mouvement sec du poignet renvoya le barillet en position.

– Pas le temps de nettoyer la machine, dit-il, mais je crois que ça ira. Maintenant, attrape et tâche de ne pas le laisser tomber, ne salis pas la machine plus qu'elle ne l'est. Il n'y en a plus trop dans mon monde qui restent en état de marche.

Il lança le revolver. Dans la fébrilité dont le dotait l'angoisse, Eddie faillit le rater. Puis l'arme fut à l'abri de toute atteinte dans la ceinture de son jean.

Le pistolero s'extirpa du fauteuil, manqua s'étaler par terre à la renverse quand l'engin se déroba sous ses bras. Puis il s'avança, chancelant, vers la porte. Sa main se posa sur la poignée et la tourna sans effort. Eddie ne vit rien de la scène sur laquelle s'ouvrait la porte mais il y perçut, étouffé, le bruit de la circulation.

Roland se retourna une dernière fois vers Eddie. Dans son visage d'une pâleur mortelle, ses yeux de bombardier étaient d'un bleu étincelant.

16

Detta dans sa cachette ne perdait rien du spectacle. Elle aussi avait des étincelles dans les yeux, c'était la haine qui les faisait briller, une haine avide.

– N'oublie pas de rester sur tes gardes, Eddie, répéta le pistolero d'une voix rauque, puis il franchit le seuil.

Son corps s'y affaissa comme s'il avait cogné dans un mur de pierre au lieu d'aborder un espace vide.

Eddie fut pris du désir presque insatiable de se ruer jusqu'à la porte pour voir où – et sur quand – elle s'ouvrait, mais il s'en détourna et porta son regard vers les collines cependant que sa main se posait sur la crosse du revolver.

Je tiens à te répéter une dernière fois.

Soudain, alors que ses yeux balayaient ce désert de roches fauves, Eddie eut peur.

Reste sur tes gardes.

Rien qui bougeât là-haut.

Rien qu'il pût voir en tout cas.

Il n'en sentait pas moins sa présence.

Non celle d'Odetta. Roland ne s'était pas trompé.

C'était la présence de Detta qu'il sentait.

Il déglutit, clic perceptible dans sa gorge.

Sur tes gardes.

Oui. Mais, de sa vie entière, il n'avait été assailli par un tel besoin de dormir. Le sommeil allait s'emparer de lui, bientôt, et s'il ne s'y abandonnait pas, consentant, le sommeil allait le violer.

Et quand il serait endormi, Detta descendrait.

Detta.

Il combattit cette lassitude, promena sur l'immobilité des collines des yeux qu'il sentait lourds et turgescents, se demanda combien de temps Roland mettrait pour ramener son troisième atout, le Pusher, quel qu'il fût.

– Odetta? cria-t-il sans grand espoir.

Il n'y eut que le silence pour lui répondre et pour lui commença le temps de l'attente.

LE PUSHER

CHAPITRE 1

Amère médecine

1

Quand le pistolero était entré dans l'esprit d'Eddie, celui-ci, un instant, avait été pris de nausées puis il s'était senti observé (ce dont Roland n'avait pas eu conscience mais qu'Eddie lui avait raconté plus tard). Il avait, en d'autres termes, vaguement perçu la présence du pistolero. Avec Detta, Roland s'était trouvé contraint de passer immédiatement au premier plan, qu'il en eût ou non envie. Et elle n'avait pas fait que le sentir : d'étrange manière, il avait eu l'impression qu'elle l'attendait – lui, ou quelque autre visiteur plus familier. Toujours fut-il que, dès son irruption, elle avait eu pleinement conscience de sa présence.

Jack Mort en revanche ne sentit rien.

Il était trop concentré sur le gamin.

Voilà quinze jours qu'il l'observait.

Aujourd'hui, il allait le pousser.

2

Même de l'arrière de ces yeux par lesquels il regardait maintenant le monde, le pistolero reconnut le gamin. C'était celui qu'il avait rencontré au relais dans le désert, arraché à la séduction de l'Oracle dans les Montagnes, puis sacrifié quand il avait dû finalement choisir entre sauver cet enfant et rattraper l'homme en noir. Ce garçon qui, tout en plongeant dans l'abîme, lui avait alors crié : « Allez-vous-en. Il existe d'autres mondes. » Et, à coup sûr, le gosse avait eu raison.

C'était le même gamin. C'était Jake.

Il avait un cartable à la main... contenant des livres, se dit Roland au vu des formes anguleuses gonflant la toile bleue.

Le flot du trafic emplissait la rue que le garçon attendait de traverser – une rue, comprit le pistolero, appartenant à cette même grande ville d'où il avait déjà tiré le Prisonnier et la Dame. Mais pour l'heure, c'était sans importance. Seul comptait ce qui allait se produire ou ne pas se produire dans les quelques secondes qui allaient suivre.

Jake n'avait pas échoué dans le monde du pistolero par l'entremise d'une porte magique. Il s'y était retrouvé après avoir franchi un seuil plus grossier, moins insolite : celui de sa propre mort.

On l'avait assassiné.

Pour être plus précis, on l'avait poussé.

Poussé sur la chaussée où une voiture l'avait écrasé, poussé alors qu'il allait à l'école, son cartable à la main.

Poussé par l'homme en noir.

Ce qu'il va faire! Ce qu'il est sur le point de faire! Tel va être mon châtiment pour avoir laissé mourir l'enfant dans ce monde d'où je viens : assister à son meurtre sans avoir le temps de l'empêcher!

Mais Roland avait consacré sa vie entière à lutter contre la fatalité brutale – c'était son *ka* en quelque sorte –, aussi bondit-il au premier plan sans même y penser, obéissant à des réflexes si enracinés qu'ils étaient presque devenus des instincts.

Et dans le temps même où il agissait, une pensée aussi horrible qu'ironique lui traversa l'esprit : *Et si ce corps dans lequel il venait d'entrer était celui de l'homme en noir? Si, alors qu'il se ruait au secours de l'enfant, c'étaient ses propres mains qu'il allait*

voir se tendre pour le pousser? Si l'impression d'être
aux commandes se révélait n'être qu'une illusion, et
que l'ultime et jouissive plaisanterie de Walter fût
que le pistolero lui-même dût assassiner l'enfant?

3

Un seul et unique instant, Jack Mort perdit le
contact avec la fine et puissante flèche de sa concentration. Sur le point de bondir et de pousser le gosse
sous les roues des voitures, il sentit quelque chose
dont son esprit lui donna une interprétation erronée,
un peu comme lorsque le corps attribue à tel ou tel de
ses organes une douleur émanant en réalité d'ailleurs.

Quand le pistolero passa au premier plan, Jack crut
qu'un insecte s'était posé sur sa nuque. Ni guêpe ni
abeille, rien qui eût un dard et le piquât pour de bon
mais une bestiole à la présence irritante. Un moustique, peut-être. Il y vit la cause de cette rupture de sa
concentration en cet instant crucial, s'assena une
claque sur l'endroit de la démangeaison et ramena
son attention sur l'enfant.

S'il avait le sentiment de ne l'avoir détournée que le
temps d'un clin d'œil, sept secondes s'étaient en fait
écoulées. Il ne fut pas plus sensible à la vive retraite
du pistolero qu'il ne l'avait été à sa vive avance, et
personne autour de lui (passants se rendant à leur
travail, pour la plupart, dégorgés par la bouche de
métro un peu plus loin au carrefour, le visage encore
bouffi de sommeil, le regard introverti oscillant entre
veille et rêve) ne remarqua que les yeux de Jack,
après avoir viré de leur bleu foncé habituel à une
nuance plus claire derrière ses verres cerclés d'or,
reprenaient leur couleur cobalt. Personne ne remarqua non plus l'éclair de rage frustrée qui envahit ces
yeux lorsque, de retour à la normale, Jack les centra

de nouveau sur l'enfant. Le feu était passé au rouge.

Il regarda sa proie manquée traverser avec le reste du flot puis rebroussa chemin à contre-courant du flux de piétons.

– Hé là, m'sieur. Faites un peu attention à ce que...

A peine entrevit-il la bouille de lait caillé de l'adolescente avant de la bousculer sans ménagement, indifférent au cri de colère qu'elle poussait alors que sa brassée de livres de classe lui échappait des mains. Il continua de descendre la Cinquième Avenue, s'éloignant du croisement de la 43ᵉ Rue, là où il avait espéré tuer le gamin aujourd'hui. Il fonçait tête baissée, lèvres pincées au point de ne plus paraître avoir de bouche tant il n'en restait qu'une mince et ancienne cicatrice lui barrant le bas du visage au-dessus du menton. Loin de ralentir, une fois libéré de la bousculade, il allongea le pas pour traverser la 42ᵉ Rue, franchit sur sa lancée la 41ᵉ, puis la 40ᵉ et passa alors devant l'immeuble du garçon. Il n'y jeta qu'un bref regard, bien qu'il eût, depuis trois semaines, chaque jour où il y avait école, suivi Jake dans son trajet matinal sur la Cinquième Avenue, de la porte de cet immeuble jusqu'à la troisième intersection, endroit qu'il appelait mentalement Pushing Point[1].

Derrière, la fille braillait toujours mais Jack Mort ne s'intéressait pas plus à elle qu'un collectionneur de papillons au commun des lépidoptères.

Jack avait à sa manière beaucoup de ressemblance avec un collectionneur de papillons.

Il exerçait avec succès la profession d'expert comptable.

Pousser n'était que son violon d'Ingres.

[1] En anglais : le lieu de la poussée. (N.d.T.)

Le pistolero regagna son poste d'observation à l'arrière de la conscience qu'il occupait et s'y fondit. S'il éprouvait quelque soulagement, c'était simplement parce qu'il savait à présent que cet homme n'était pas l'homme en noir, qu'il n'était pas Walter.

Mais tout le reste n'était qu'horreur absolue… et totale compréhension.

Divorcé d'avec un corps diminué, son esprit – son *ka* – retrouvait son acuité foncière, mais cette soudaine lucidité le frappa comme un coup sur la tempe.

A présent que le gosse était hors de danger, cette même lucidité lui révélait à présent un rapport entre cet homme et Odetta, rapport inconcevable au plus haut point et néanmoins trop affreusement pertinent pour ressembler à une pure coïncidence. Un terrible soupçon l'envahissait alors à propos du tirage, à propos de l'authentique nature des trois cartes retournées.

La troisième n'était pas cet homme, ce Pusher, la troisième lame, Walter l'avait nommée Mort.

Mort… mais pas pour toi. C'était là ce que Walter, retors jusqu'au bout, retors comme Satan, avait annoncé en la retournant. Commentaire laconique d'un homme de loi, si proche de la vérité que la vérité n'avait aucune peine à se dissimuler dans son ombre. Mort, mais pas pour lui : mort dont il devenait l'instrument.

Le Prisonnier, la Dame.

Puis Mort en troisième position.

Troisième position qu'il eut soudain la certitude d'occuper.

Le bond que Roland fit pour passer au premier plan ne fut rien de moins que celui d'un projectile, missile inintelligent programmé pour lancer le corps qui l'hébergeait contre l'homme en noir sitôt qu'il le verrait.

Les considérations sur ce qui pourrait advenir s'il empêchait l'homme en noir d'assassiner Jake ne devaient se présenter que plus tard : l'éventuel paradoxe, la fistule dans le temps et dans l'espace susceptible d'annuler tout ce qui s'était produit après son arrivée au relais... car Jake n'avait pu y être s'il le savait ici, et tout ce qui avait alors suivi leur rencontre s'en trouvait nécessairement modifié.

Modifié comment ? Il était même impossible de s'en faire une idée. Que cela pût représenter la fin de sa quête ne lui effleura jamais l'esprit. Et, de toute façon, prévoir a posteriori était d'un intérêt discutable : aurait-il repéré l'homme en noir que ni conséquence ni paradoxe ni décret du destin ne l'aurait empêché de courber la tête du corps qu'il occupait pour la lancer dans la poitrine de Walter. Il n'aurait pu agir autrement, pas plus qu'un revolver ne peut se soustraire au doigt qui en presse la détente, expédiant la balle sur sa trajectoire.

Si ça foutait tout en l'air, que tout aille se faire foutre.

Il scruta rapidement la foule massée au bord du trottoir, examinant chaque visage, les femmes comme les hommes, s'assurant qu'aucun ne faisait simplement semblant d'être celui d'un passant.

Walter n'y était pas.

Progressivement, il se détendit, comme un doigt déjà replié sur la détente peut au dernier instant s'en détacher. Non, Walter n'était nulle part à proximité du garçon, et le pistolero eut de quelque manière la certitude intuitive que le moment n'était pas encore venu. Qu'il n'allait plus tarder – dans quinze jours, dans une semaine, voire d'ici vingt-quatre heures – mais pas encore.

Si bien qu'il se retira.

Ce faisant, il vit...

6

... et en resta interdit : cet homme dans l'esprit duquel s'ouvrait la troisième porte avait un jour été posté juste en retrait d'une fenêtre, celle d'une pièce inoccupée dans un immeuble rempli de pièces pareillement inoccupées – sinon par les alcoolos et les timbrés qui fréquemment y passaient la nuit. La présence habituelle des alcoolos se décelait à l'odeur de leur sueur désespérée et de leur pisse hargneuse, celle des timbrés à la puanteur de leurs pensées dérangées. Le mobilier se réduisait à deux chaises. Jack Mort se servait des deux : de l'une pour s'asseoir, de l'autre pour caler en position fermée la porte donnant sur le couloir. Il ne s'attendait pas à être dérangé, mais autant ne pas prendre de risques. Il était assez près de la fenêtre pour voir ce qui se passait dans la rue, assez enfoncé toutefois dans l'angle d'ombre pour être à l'abri d'un éventuel regard.

Et il avait à la main une brique qui s'apprêtait à retourner à la poussière.

Une brique qu'il avait détachée du mur sur le côté de l'embrasure, là où bon nombre ne tenaient plus très bien. Elle était déjà ancienne, avec ses coins arrondis par l'érosion, mais restait lourde. Des caillots de ciment y adhéraient comme des berniques.

Il avait l'intention de lâcher cette brique sur quelqu'un.

Sur qui? Aucune importance. Quand il s'agissait d'accomplir sa fonction de pusher, de pourvoyeur de mort, Jack Mort n'était pas regardant sur la clientèle.

Au bout d'un moment, une petite famille apparut un peu plus haut dans la rue : papa, maman et leur fillette. La gamine marchait du côté des maisons, sans doute à cause de la circulation qui, si près de la gare, était plutôt intense. La densité des véhicules n'entrait pour aucune part dans le choix que Jack Mort avait fait du Pushing Point. Décisive, en revanche, avait été l'absence de bâtiment en vis-à-vis : de l'autre côté de la rue, on avait rasé des immeubles; il n'en demeurait qu'un terrain vague jonché de planches fracassées, d'éboulis de briques et d'un miroitement de verre brisé.

Il n'allait pas se pencher plus de quelques secondes, et ne laisser paraître qu'une tête affublée de lunettes de soleil et coiffée d'un bonnet hors saison dissimulant ses cheveux blond-roux. C'était comme la chaise calée sous le bouton de la porte. Même si l'on s'estimait à l'abri de tout risque prévisible, il n'était pas mauvais de réduire l'inévitable reliquat d'inattendu.

Il portait également un sweat-shirt trois fois trop grand qui lui arrivait à mi-cuisses. En plus du doute que ce vêtement faisait planer sur son gabarit réel (il était assez maigre), un tel sac à patates, si d'aventure on le voyait se pencher, répondait à un autre but. Quand Jack « larguait une grenade sous-marine » sur quelqu'un (ainsi définissait-il cette forme de son activité), il larguait parallèlement la purée dans son froc. Le sweat-shirt informe avait donc le mérite annexe de dissimuler la tache humide qui s'arrondissait invariablement sur son jean.

La petite famille s'était rapprochée.

Ne gaspille pas ta bombe, attends, contente-toi d'attendre...

Il frémit au bord de la fenêtre, tendant la brique puis la ramenant sur son ventre, la tendant de nouveau pour de nouveau la ramener, mais pas tout à fait cette fois, l'immobilisant à quelques centimètres de son corps, puis se penchant pour de bon, d'un sang-froid total à présent. Il l'était toujours en ce pénultième instant.

Il lâcha la brique et la regarda tomber.

Elle descendit, présentant successivement ses faces, et Jack eut dans le soleil une vision nette de ses berniques de mortier. En ces instants comme dans nul autre, tout était d'une extraordinaire netteté, tout ressortait dans l'exacte et géométrique perfection de sa substance : c'était cela dont il venait de pourvoir le réel, comme un sculpteur qui, balançant son maillet sur le ciseau, modifie la pierre et fait naître une substance nouvelle de la *caldera* brute. C'était ce qu'il y avait de plus remarquable au monde : la logique dans un vêtement d'extase.

Il lui arrivait de rater sa cible ou de la frapper de biais, comme au sculpteur de détacher un éclat malencontreux du bloc qu'il travaille ou de riper dessus pour rien. Mais ce coup-ci fut parfait. La brique percuta carrément le crâne de la fillette en éclatante robe de guingan. Il vit jaillir le sang, d'un rouge plus vif que celui de la terre cuite mais qui, en séchant, allait s'obscurcir dans les mêmes tons de brun. Entendit hurler la mère. Fut déjà loin de la fenêtre.

Gagnant la porte, il envoya valdinguer à l'autre bout de la pièce la chaise qui l'avait calée (d'un coup de pied, au passage, il venait de renverser l'autre sur laquelle il s'était assis pour attendre). Puis il souleva le sweat-shirt, tira un foulard de sa poche arrière, et s'en servit pour tourner le bouton.

Comme ça, pas d'empreintes.

Les Négatifs seuls laissent leurs empreintes.

Il refourra le foulard dans sa poche arrière alors que la porte s'ouvrait. Et adopta pour descendre le couloir une démarche légèrement avinée. Sans se retourner.

Se retourner aussi était bon pour les Négatifs.

Car les Positifs savent que tenter de voir si quelqu'un vous regarde est le plus sûr moyen d'amener ce quelqu'un à vous regarder. Se retourner était le genre d'acte susceptible de se graver dans la mémoire d'un témoin à la suite d'un accident. Susceptible d'amener un flic plus malin que les autres à décider qu'il s'agissait d'un accident suspect et, partant, à ouvrir une enquête. Et tout ça à cause d'un simple coup d'œil nerveux par-dessus l'épaule. Jack ne croyait pas qu'on pût établir un lien entre lui et le crime, viendrait-on même à déclarer l'accident suspect, à ouvrir cette enquête. Mais...

Ne prendre de risques qu'acceptables, les réduire au possible.

En d'autres termes : toujours caler une chaise sous le bouton.

Il s'engagea donc dans le couloir poussiéreux dont le plâtre des parois révélait par plaques l'armature de baguettes, le descendit les yeux rivés au sol, se marmonnant des trucs comme les clodos qu'on voit dans les rues. Les hurlements d'une femme – la mère de la fillette, supposait-il – continuaient de lui parvenir, mais de très loin, de la façade de l'immeuble, et c'était sans importance. Tout ce qui arrivait après – les cris, la confusion, les gémissements de la victime (quand elle était encore en mesure de gémir) – n'avait aucun intérêt pour Jack. La seule chose qui comptait, c'était de pourvoir au changement dans le cours normal des choses, de creuser de nouveaux biefs dans le flux des existences... et peut-être pas seulement dans le destin de ceux qui étaient frappés, mais sur un cercle autour d'eux qui allait s'élargissant comme les rides autour du caillou jeté dans un étang.

Qui pouvait dire qu'il n'avait pas sculpté le cosmos aujourd'hui ou que celui-ci n'allait pas dans l'avenir en porter la marque indélébile.

Seigneur, pas étonnant qu'il balançât la purée dans son jean!

Il ne croisa personne dans l'escalier mais continua de tituber légèrement, sans embardée toutefois. Une allure modérément éméchée ne retiendrait pas l'attention comme l'auraient immanquablement fait d'ostentatoires zigzags. Il marmonnait toujours mais sans rien dire qui pût être compris. En pareilles circonstances, il aurait même été préférable de ne pas du tout jouer la comédie que d'en faire trop.

Une porte de service en piètre état le fit déboucher sur une ruelle jonchée d'ordures et de bouteilles cassées si nombreuses qu'elles éparpillaient sur le sol de scintillantes galaxies de tessons.

Il avait programmé sa retraite à l'avance comme il programmait toute chose à l'avance (ne prendre de risques qu'acceptables, les réduire au possible, être toujours et en tout un Positif). Une telle attitude lui avait valu d'être considéré par ses collègues comme un homme qui irait loin (et il avait effectivement l'intention d'aller loin mais l'un des endroits où il n'avait nulle intention d'aller était la prison, et un autre la chaise électrique).

Il y avait des gens qui couraient dans la rue sur laquelle donnait la ruelle mais c'était pour aller voir à quoi correspondaient les cris et pas un ne prit garde à Jack Mort qui avait retiré son bonnet hors saison mais pas ses lunettes noires (lesquelles, par une matinée si ensoleillée, n'avaient rien d'incongru).

Il emprunta une autre venelle.

Ressortit dans une autre rue.

Il remontait maintenant d'un pas nonchalant une troisième ruelle moins crasseuse que les deux premières vers une artère desservie par une ligne de bus. Moins d'une minute après qu'il eut atteint l'arrêt, un bus se présenta, ce qui était également conforme au planning. Il y monta quand la porte accordéon s'ouvrit et laissa tomber sa pièce de quinze *cents* dans la boîte. Le chauffeur ne lui accorda même pas un regard. Parfait. Mais eût-il levé les yeux sur lui qu'il n'aurait vu qu'un type en jean, un chômeur peut-être avec ce sweat-shirt qui semblait sortir d'un colis de l'Armée du Salut.

Etre prêt, paré à tout, être un Positif.

Tel était le secret de la réussite de Jack Mort, dans son travail et dans ses loisirs.

Neuf rues plus loin, il y avait un parking. Jack descendit du bus, pénétra dans le parking, se mit au volant de sa voiture (une Chevrolet 50 parfaitement anodine et toujours en excellent état), puis regagna New York.

Sans l'ombre d'une préoccupation.

7

La vision complète de cet épisode n'avait pas requis plus d'un instant. Avant que le pistolero n'ait pu simplement fermer son esprit à l'horreur de ces images, il vit autre chose. Pas tout mais assez. Largement assez.

8

Il vit Mort découper au cutter un morceau de la quatrième page du *New York Daily Mirror*, s'assurant avec un soin méticuleux que sa lame suivait exactement le cadre de l'article. UNE FILLETTE DE COULEUR DANS LE COMA À LA SUITE D'UN TRAGIQUE ACCIDENT, annonçait le journal. Il vit Mort appliquer la colle au dos de la coupure avec la petite spatule dont était pourvu le couvercle du pot. Il le vit la positionner au centre de la page vierge d'un album qui, à en juger par l'épaisseur gondolée des pages précédentes, en contenait déjà beaucoup. Il put en lire les premières lignes : « Odetta Holmes, cinq ans, venue à Elizabethville, New Jersey, pour un joyeux événement est à présent victime d'un cruel coup du sort. Après le mariage d'une de ses tantes, célébré avant-hier, la fillette et ses parents se rendaient à pied à la gare quand une brique... »

Mais ce n'était pas la seule fois que Mort s'était occupé d'elle.

Dans les années qui s'étaient écoulées entre ce

matin-là et le soir où Odetta avait perdu ses jambes, Jack Mort avait largué un grand nombre d'objets et poussé un grand nombre de personnes.

Puis Odetta s'était de nouveau trouvée être sa victime.

La première fois, il avait projeté quelque chose sur elle.

La deuxième fois, c'était elle qu'il avait poussée devant quelque chose.

De quelle sorte d'homme suis-je censé me servir? pensa le pistolero. *De quelle sorte d'homme...*

Mais Jake lui revint à l'esprit, la poussée qui avait expédié Jake de ce monde dans un autre, et il crut entendre le rire de l'homme en noir, et cette accumulation l'acheva.

Roland s'évanouit.

9

Quand il reprit conscience, il avait sous les yeux des chiffres alignés bien nets sur une feuille de papier vert. Une feuille quadrillée, si bien que chaque chiffre ressemblait à un prisonnier dans sa cellule.

Il pensa : *Quelque chose d'autre.*

Pas seulement le rire de Walter. Quelque chose d'autre... un plan?

Seigneur, non. Rien d'aussi complexe, d'aussi riche d'espoir.

Mais une idée au moins. L'esquisse d'une idée.

Depuis combien de temps suis-je ici? se demanda-t-il, saisi d'une inquiétude soudaine. *Il était dans les neuf heures quand j'ai franchi cette porte. Peut-être un peu moins. Combien de temps...*

Il se projeta au premier plan.

Jack Mort – qui pour l'heure n'était plus qu'une marionnette humaine manipulée par le pistolero – leva les yeux et vit les aiguilles de la coûteuse pendulette à quartz posée sur son bureau marquer treize heures quinze.

Dieu! Tant que ça? Mais alors... Eddie... il était dans un tel état de fatigue... il n'aura jamais pu rester éveillé jusque...

Roland tourna la tête de son hôte. La porte était toujours là, mais le spectacle qu'il y découvrait passait en horreur ses pires craintes.

Sur un côté de l'ouverture, il voyait deux ombres. L'une était celle du fauteuil, l'autre celle d'un être humain... mais d'une créature incomplète en appui sur ses bras parce que amputée en un temps d'une moitié de ses jambes avec la même brutalité que Roland l'avait été de son orteil et de ses doigts.

L'ombre se déplaça.

Roland détourna aussitôt le visage de Jack Mort avec la soudaineté d'un serpent qui attaque.

Il ne faut pas qu'elle croise le regard de cet homme. Il ne saurait en être question tant que je ne suis pas prêt. Jusque-là, elle n'en doit voir que la nuque.

Non par crainte que Detta Walker vît Jack Mort de face puisque quiconque regardait par la porte ne voyait que ce qui s'offrait aux regards de celui sur qui elle s'ouvrait. La seule possibilité que Detta eût de voir le visage de cet homme était qu'il se regardât dans une glace (encore qu'il pût en résulter par logique interne un atroce paradoxe) mais, même alors, ce visage n'aurait rien évoqué à l'une ou l'autre de ses deux moitiés, pas plus que celui de la Dame n'aurait évoqué quoi que ce soit à Jack Mort. Bien qu'ils aient été par deux fois sur un pied de mortelle intimité, ils ne s'étaient jamais vus.

Ce que le pistolero tenait à éviter, c'était que la Dame vît la Dame.

Pour le moment, du moins.

L'intuitive étincelle tendit vers un plan.

Mais il se faisait tard là-bas : la luminosité du ciel lui avait suggéré quelque chose comme trois heures de l'après-midi, voire quatre heures.

400

De combien de temps disposait-il avant que le coucher du soleil ne ramenât les homarstruosités sur la grève, mettant un terme à la vie d'Eddie?

Trois heures?

Deux.

Il pouvait retourner là-bas et tenter de sauver le jeune homme... mais c'était exactement ce que Detta souhaitait. Elle lui avait tendu un piège à l'instar de ces paysans sacrifiant un agneau, et l'attachant à la lisière de leur village, pour attirer à portée d'arc le loup qu'ils n'osent traquer dans les bois. S'il réintégrait son corps malade, il n'aurait pas à souffrir très longtemps. Quant à Detta, elle ne laissait voir que son ombre car elle se tapissait sur le côté de la porte, un revolver au poing, prête à tirer à l'instant même où elle verrait bouger ce corps qu'elle surveillait.

Et comme elle avait peur de lui, elle lui accorderait pour le moins la grâce d'une mort rapide.

Mais celle d'Eddie serait atroce.

Il lui semblait entendre le hideux gloussement de Detta Walker :

T'as envie d' me 'gler mon compte, hein, f'omage blanc? Sû' qu' ça t' démange! Ne m' dis pas qu' t'as peu' d'une 'tite nég'esse infi'me!

— Il n'y a pas trente-six moyens, articulèrent les lèvres de Jack Mort. Il n'y en a qu'un. Un seul.

La porte du bureau s'ouvrit et un homme chauve aux yeux doublés de lentilles passa la tête à l'intérieur.

— Qu'est-ce que vous comptez faire pour le dossier Dorfman? demanda-t-il à Mort.

— Je ne me sens pas très bien. Mon déjeuner qui ne passe pas, sans doute. Je m'en irais bien tout de suite.

Le chauve eut l'air ennuyé.

— Ce doit être un microbe. Il en traîne un du genre méchant dans le secteur, me suis-je laissé dire.

— Oui, c'est sans doute ça.

— Euh... du moment que vous nous réglez ce

problème avec Dorfman d'ici demain dix-sept heures...

– Oui.

– Parce que vous savez comme moi quel connard...

– Oui.

Le chauve, qui semblait à présent vaguement mal à l'aise, hocha la tête.

– Bon, rentrez chez vous. C'est vrai que vous n'avez pas l'air bien... à peine si je vous reconnais.

– Ça ne m'étonne pas.

Le chauve s'empressa de disparaître.

Il m'a senti, pensa le pistolero. *Mais il y a autre chose. Cet homme leur fait peur. Ils ne savent pas pourquoi mais il leur fait peur. Et ils ont raison d'avoir peur.*

Le corps de Jack Mort se leva, trouva la mallette qu'il avait eue à la main quand le pistolero était entré en lui et y ramassa les papiers étalés sur le bureau.

L'impulsion le prit de jeter un coup d'œil derrière lui sur la porte et il y résista. Il ne la regarderait que lorsqu'il serait prêt à risquer le tout pour le tout et à la refranchir.

Dans l'intervalle, son temps était compté, et il avait des choses à faire.

CHAPITRE 2

Le pot de miel

1

Detta s'était tapie dans l'ombreuse crevasse formée par deux rochers appuyés l'un sur l'autre tels des vieillards pétrifiés alors qu'ils se communiquaient un secret. Elle observait Eddie arpentant les éboulis des collines et s'égosillant à l'appeler. Avec le duvet qui avait fini par se transformer en barbe sur ses joues, on l'aurait presque pris pour un adulte. Presque, car quand, à trois ou quatre reprises, il était passé près d'elle (et même une fois si près qu'elle n'aurait eu qu'à tendre la main pour lui saisir la cheville), il était devenu manifeste qu'il s'agissait toujours d'un gamin, et d'un gamin au bout du rouleau.

Odetta en eût éprouvé de la pitié. Detta n'avait en elle que la glaciale vigilance du prédateur.

Quand elle s'était glissée à quatre pattes dans cet abri, elle avait senti comme des feuilles mortes craquer sous ses mains. A mesure que ses yeux s'étaient accoutumés à l'obscurité relative, elle avait découvert qu'il s'agissait non de feuilles mais des os minuscules de petits animaux. Quelque carnassier, depuis longtemps parti ailleurs s'il fallait en croire le jaunissement de ces vestiges, avait eu ici sa tanière, belette ou furet. Il avait dû sortir la nuit pour monter dans les Drawers, guidé par son flair, guidé vers sa proie, là où broussailles et futaies se faisaient plus épaisses. Il l'avait trouvée, l'avait tuée, en avait ramené ici les restes pour son repas du lendemain entre deux sommes dans l'attente du soir, dans l'attente du moment de repartir à la chasse.

L'antre hébergeait à présent un plus gros prédateur, et Detta avait tout de suite pensé qu'elle devait grosso modo – sommeil en moins – se comporter comme le précédent locataire : attendre le moment où Eddie s'endormirait, comme elle avait la quasi-certitude qu'il finirait par faire, puis le tuer et ramener ici son corps. Les deux pistolets en sa possession, elle pourrait alors descendre jusqu'à la porte et attendre le retour du Vraiment Méchant. Sa première idée avait été de tuer le corps du Vraiment Méchant sitôt réglé le compte du gamin, puis elle s'était ravisée. Si le Vraiment Méchant n'avait pas de corps où rentrer, quel espoir aurait-elle de s'évader d'ici, de réintégrer son propre monde ?

Cela dit, avait-elle un moyen de convaincre le Vraiment Méchant de la ramener chez elle ?

Peut-être pas.

Mais aussi peut-être.

Par exemple s'il savait Eddie toujours en vie.

Et il en résultait une bien meilleure idée.

2

Rusée au possible, elle pouvait être également – bien qu'elle eût probablement ri au nez de quiconque eût osé le suggérer – dénuée totalement d'assurance. C'est par la ruse qu'elle avait senti le pistolero. Elle avait entendu un coup de feu et avait regardé : de la fumée sortait de l'autre revolver. Puis elle avait vu Roland recharger son arme et la lancer à Eddie avant de franchir la porte.

Elle avait compris ce que c'était censé signifier pour Eddie : que toutes les cartouches n'avaient pas pris l'eau, que le revolver était en mesure d'assurer sa protection. Elle savait aussi quelle signification cela revêtait pour elle (car le Vraiment Méchant, bien sûr, n'avait pas ignoré qu'elle les observait et que, même si elle dormait encore quand ils avaient commencé de bavarder, le coup de feu n'avait pu manquer de la réveiller) : *Ne t'approche pas de lui. Il est armé.*

Mais les démons étaient connus pour leur subtilité.

Si ce petit numéro avait été monté à son intention, ne pouvait-elle envisager que le Vraiment Méchant ait eu en tête un autre but censé n'être entrevu ni d'elle ni du gamin ? Qu'il ait en réalité pensé : *Si elle voit cette arme en état de tirer, elle en déduira que celle qu'elle détient en est également capable.*

Maintenant, supposons qu'il ait eu conscience de ce qu'Eddie finirait par céder au sommeil. N'aurait-il pas su alors qu'elle allait attendre ce moment pour subrepticement descendre chercher l'arme et tout aussi subrepticement remonter se réfugier dans les collines ? Oui, le Vraiment Méchant pouvait avoir prévu tout ça. Il était vachement malin pour un cul blanc. Assez pour comprendre que Detta était vouée à tirer le meilleur parti du petit jeune homme.

Il était donc possible que le Vraiment Méchant eût à dessein mis dans cette arme des balles défectueuses. Il lui avait déjà fait le coup ; pourquoi n'aurait-il pas recommencé ? Cette fois, elle avait soigneusement vérifié que les cartouches étaient complètes, qu'il ne s'était pas contenté comme l'autre jour de garnir le barillet de douilles vides. Elle n'avait rien relevé d'anormal mais aurait eu tort d'y voir la preuve que ces balles partiraient. Car, en fait, il n'avait même pas eu à risquer que l'une d'entre elles fût assez sèche : il était parfaitement capable de les avoir bricolées. Après tout, les armes étaient la spécialité du Vraiment Méchant. Et pourquoi aurait-il fait ça ? Pardi, pour l'obliger à se montrer ! Eddie n'aurait plus eu qu'à la tenir en joue avec son pistolet qui, lui, fonctionnait, et, si fatigué fût-il, il n'irait pas faire deux fois la même erreur. Il était même permis de penser qu'il serait particulièrement attentif, précisément parce qu'il était au bout du rouleau.

Bien joué, cul blanc, se dit Detta dans sa tanière ombreuse, dans cet endroit exigu et néanmoins confortable avec son sol tapissé d'ossements que le temps avait rendus friables. *Bien joué, mais ça ne prend pas.*

Rien ne l'obligeait à tirer sur Eddie, après tout. Il lui suffisait d'attendre.

3

Sa seule crainte était de voir revenir le pistolero avant qu'Eddie n'ait succombé au sommeil, mais l'absence du Vraiment Méchant se prolongeait. Le corps affalé au pied de la porte restait inerte. Peut-être rencontrait-il des problèmes pour trouver le médicament dont il avait besoin... ou quelque autre sorte de problèmes, vu ce qu'elle savait de lui. Ce genre d'hommes semblait attirer les ennuis comme une chienne en chaleur attirait les mâles en rut.

Deux heures s'écoulèrent tandis qu'Eddie battait les collines à la recherche de celle qu'il nommait Odetta (oh, qu'elle avait horreur de ce O initial!), qu'il arpentait les lourdes courbes, hurlant jusqu'à ne plus avoir de voix.

Il finit par faire ce qu'elle n'avait cessé d'attendre, redescendant jusqu'à la petite pointe de plage pour s'asseoir à côté du fauteuil et promener autour de lui des regards désolés. Sa main monta effleurer les roues du fauteuil – presque une caresse – puis elle retomba et il poussa un gros soupir.

A cette vue, Detta sentit dans sa gorge une douleur à goût de métal qui finit par lui exploser dans le crâne, le déchirant de part en part comme un éclair zébrant le ciel d'été. Elle crut alors entendre une voix qui appelait... appelait ou exigeait.

Non, pas question, rétorqua-t-elle mentalement

sans savoir à qui elle pensait ou s'adressait. *Pas question, pas cette fois, pas maintenant. Pas maintenant et plus jamais, peut-être.* L'atroce décharge lui traversa encore une fois la tête et ses poings se crispèrent. Jusqu'à son visage qui se fit lui-même poing, tordu dans un rictus d'extrême concentration – expression frappante par son mélange de laideur et de détermination quasi extatique.

Il n'y eut pas de troisième assaut, ni de la douleur ni de cette voix qui semblait s'exprimer au travers de ces crises.

Elle attendit.

Bien qu'il se fût calé le menton au creux des mains, la tête d'Eddie ne tarda pas à piquer du nez, donnant l'impression que ses poings lui remontaient le long des joues. Detta continua d'attendre, rivant sur lui son regard d'obsidienne.

Il redressa la tête en sursaut, se leva, gagna le bord de l'eau et s'en aspergea la figure.

C'est qu'il fe'ait tout pou' pas 'oupiller, ce p'tit Blanc. Dommage qu'y ait pas d'Anti-Dodo dans c' monde, t'en p'end'ais une pleine plaquette, pas v'ai?

Eddie choisit cette fois de se rasseoir dans le fauteuil mais, à l'évidence, s'y trouva trop confortablement installé. Aussi, après avoir posé un long regard par la porte ouverte *(qu'est-ce tu y vois, p'tit gars? Detta donne'ait che' pou' l' savoi')*, retransféra-t-il ses fesses à même le sable.

Se calant de nouveau la tête sur les poings.

Tête qui, de nouveau, ne tarda pas à s'affaisser.

Et que, cette fois, nul sursaut ne redressa. Le menton d'Eddie finit par buter sur sa poitrine et, malgé le vacarme du ressac, Detta commença d'entendre ses ronflements. Bientôt, il bascula sur le flanc et se roula en boule.

Surprise, écœurement et panique se mêlèrent en elle alors que l'assaillait une bouffée de pitié à l'égard de ce jeune Blanc là en bas sur la grève. Il ne lui évoquait rien tant qu'un petit mioche qui a tenté de veiller jusqu'aux douze coups de minuit le soir de la Saint-Sylvestre et a perdu le défi qu'il s'était lancé. Puis lui revint comment ce morveux de cul blanc et son copain le Vraiment Méchant avaient cherché à lui faire avaler de la nourriture empoisonnée, comment ils l'avaient narguée avec la leur, succulente et saine, la lui arrachant de devant la bouche à l'instant même où elle allait y mordre... du moins jusqu'à ce qu'ils aient eu peur de la voir mourir d'inanition.

S'ils avaient peur à ce point que tu meures, pourquoi auraient-ils voulu t'empoisonner au début?

La question ne la paniqua pas moins que la soudaine pitié qui l'avait assaillie quelques instants plus tôt. Elle n'avait pas coutume de se tourmenter et la voix intérieure qui venait de l'assaillir n'avait rien eu à voir avec la sienne.

Z'avaient pas l'intention d' me tuer avec leu' poison, voulaient juste que j' sois malade à c'ever pou' qui puissent 'igoler d' me voi' dégueuler et gémi'.

Elle attendit encore une vingtaine de minutes puis s'ébranla vers la plage, mettant à profit la considérable vigueur de ses bras d'infirme pour, sans jamais quitter Eddie des yeux, ramper avec l'ondulante souplesse d'un serpent. Elle aurait bien continué d'attendre, une demi-heure encore, voire une heure de plus *(autant qu' ce p'tit 'culé d' cul blanc soit pa' quinze b'asses de fond dans l' dodo plutôt qu' pa' t'ois ou pa' quat')* mais il n'était pas question de se permettre un tel luxe. A tout instant, le Vraiment Méchant pouvait réintégrer son corps.

Parvenue à proximité d'Eddie qui ronflait toujours comme un sonneur, elle repéra une pierre suffisamment lisse d'un côté pour assurer la prise, suffisamment déchiquetée de l'autre pour faire du vilain.

Sa paume en enveloppa le côté lisse et elle reprit sa reptation vers le jeune homme endormi, le miroitement vitreux du meurtre dans les yeux.

Son plan était d'une simplicité brutale : abattre encore et encore les meurtrières aspérités de la pierre sur la tête d'Eddie jusqu'à ce qu'il n'y eût pas plus de vie dans l'une que dans l'autre. Puis elle prendrait le revolver et attendrait le retour du pistolero.

Il aurait à peine le temps de se redresser qu'elle le placerait devant un choix : la ramener chez elle ou se faire descendre. *Dans un cas comme dans l'aut', tu se'as déba'assé d' moi, mon mignon,* lui dirait-elle, *et avec ton p'tit copain camé, me 'aconte pas qu'ça t' fe'ait pas plaisi'.*

Si l'arme que le Vraiment Méchant avait donné à Eddie n'était bonne à rien – ce qui restait possible, vu qu'elle n'avait jamais rencontré personne qui lui inspirât, autant que Roland, une telle haine, une telle terreur –, elle agirait avec lui comme avec l'autre. Elle le tuerait avec la pierre ou à mains nues. Il était malade et avait deux doigts de moins. Elle l'aurait.

Mais alors qu'elle n'était plus qu'à quelques mètres d'Eddie, une pensée la traversa, particulièrement perturbante. Une question, qu'une fois de plus une autre voix semblait avoir posée.

Et s'il le sait déjà? Si à la seconde même où tu massacres Eddie, Roland est au courant?

Pou'quoi i' se'ait au cou'ant? I' se'a bien t'op occupé à che'cher son médicament.

La voix s'abstint de répondre, mais le doute était semé. Elle les avait entendus parler alors qu'ils la croyaient endormie, le Vraiment Méchant avait quelque chose à faire. Elle ne savait pas quoi, sinon qu'il était question d'une Tour. Peut-être le Vraiment Méchant avait-il dans l'idée que cette Tour était pleine d'or, de bijoux, de quelque chose dans le genre. Il disait qu'il avait besoin d'elle et d'Eddie, ainsi que d'un troisième qu'il avait encore à ramener, ce qu'elle avait jugé possible. Sinon, pourquoi y aurait-il eu ces portes ?

Si la magie avait à voir là-dedans et qu'elle tuait Eddie, l'autre était effectivement susceptible de l'apprendre. Et si lui interdire ainsi l'accès à sa Tour, c'était sans doute anéantir la seule chose qui raccrochât ce 'culé d'cul blanc à l'existence ? Et s'il savait qu'il n'avait plus de raison de vivre ? Alors l'culé d'cul blanc en question allait être capable de n'importe quoi parce que l'culé d'cul blanc allait se fiche de tout comme de l'an quarante.

Elle frissonna à la pensée de ce qui pourrait arriver si le Vraiment Méchant débarquait dans un tel état d'esprit.

Mais s'il était exclu de tuer Eddie, qu'allait-elle faire ? Se contenter de désarmer le gamin ? Mais quand l'autre allait revenir, serait-elle en mesure d'affronter les deux ?

Elle n'en savait strictement rien.

Son regard passa sur le fauteuil, le dépassa, puis y retourna vite fait. Il y avait une poche à l'arrière du dossier. Un bout de corde en sortait, de la corde dont ils s'étaient servis pour l'attacher.

Elle comprit alors la marche à suivre.

Et modifia sa direction, rampant vers le corps inerte du pistolero. Elle allait d'abord prendre quelque chose dont elle estimait avoir besoin dans le havresac que le Vraiment Méchant appelait sa « bourse » puis retournerait chercher la corde, le tout sans tarder... mais voilà que le spectacle offert par la porte la figeait sur place.

Comme Eddie, elle y voyait un film... celui-ci ayant une ressemblance accentuée avec les séries policières à la télé. Le décor montrait l'intérieur d'une pharmacie avec, au centre, le pharmacien qui avait l'air mort de trouille, et Detta n'aurait pas songé à le lui reprocher : il y avait une arme au premier plan, braquée sur le front du malheureux. Celui-ci disait quelque chose mais la voix était lointaine, déformée, comme venant d'un haut-parleur. Elle n'aurait su dire

pourquoi. Ne voyait pas non plus qui tenait le pistolet, mais là, nul mystère, elle savait qui c'était.

Le Vraiment Méchant, voyons.

*Pas dit, d'ailleu', qu'il ait la même appa'ence d'
l'aut' côté, peut fo' bien 'essembler à un g'os pata-
pouf, et même à un f'è de couleu', mais dedans,
c'est lui. En tout cas, i' s'est t'ouvé vite fait un aut'
péta'. M'est avis qu'i' met jamais cent sept ans à fai'
les choses. Et tu fe'ais bien d'en p'end' de la g'aine,
ma fille. Allez, g'ouille-toi, Detta Walker.*

Elle ouvrit la bourse de Roland. Faible et nostalgique, l'arôme d'un tabac dont elle avait longtemps
contenu la réserve et dont l'épuisement remontait à
longtemps s'en exhala. Ce n'était pas très différent
d'un sac de dame, rempli d'un bric-à-brac hétéroclite
à première vue... mais se révélant à qui l'examine
d'un peu plus près le nécessaire de voyage d'une
personne que rien ou presque ne saurait prendre au
dépourvu.

Detta avait dans l'idée que le Vraiment Méchant
était depuis pas mal de temps sur le chemin de sa
Tour. Si oui, la simple quantité d'objets qui restaient
dans ce sac – même si bon nombre ne payaient pas de
mine – était en soi passablement surprenante.

Allez, g'ouille-toi, Detta Walker.

Elle y trouva ce dont elle avait besoin puis, serpent
silencieux, retourna vers le fauteuil. Quand elle l'eut
atteint, elle prit appui sur un bras pour se hisser à la
hauteur de la poche et y pêcher la corde. Ce faisant,
elle garda un œil sur Eddie, s'assurant qu'il dormait
toujours.

Il n'eut pas même un mouvement dans son sommeil jusqu'à ce que Detta, d'une brusque traction sur
la corde, resserrât le nœud coulant qu'elle venait de
confectionner et de lui passer autour du cou.

Il se sentit brutalement tiré en arrière et sa première pensée fut qu'il dormait encore, qu'il était la proie de quelque horrible cauchemar où on l'enterrait vivant, à moins qu'on n'y tentât de l'étouffer.

Puis il prit conscience, douloureusement conscience de la corde qui lui cisaillait la gorge, du chaud ruissellement de la salive sur son menton alors qu'il étouffait, mais pas en rêve. Ses doigts s'accrochèrent au garrot. Il tenta de se relever.

L'extraordinaire vigueur des bras de Detta se fit de nouveau connaître. Arraché en arrière, Eddie se raplatit sur le dos dans un bruit sourd. Il était violet.

– Tu bouges plus, siffla Detta derrière lui. J' te tue pas si tu bouges plus. Mais continue d' te débatt'e et je continue de se'er.

Eddie baïssa les mains et tenta de bloquer ses spasmes. Le nœud se relâcha, juste de quoi lui laisser happer une goulée d'air brûlant. Mieux que rien, mais rien d'autre à en dire.

Quand son cœur emballé fut un peu revenu de sa panique, il voulut tourner la tête. Le nœud se resserra aussitôt.

– T'occupe! T'as pas aut' chose à voi' que c'te flotte là-devant, f'omage blanc. Pou' l'instant, ça t' suffit la'gement comme spectacle.

Il ramena les yeux sur l'océan et une autre de ces parcimonieuses mesures d'air enflammé lui fut accordée. Sa main glissa vers sa ceinture (mouvement subreptice qu'elle remarqua si lui ne la vit pas sourire). N'y trouva rien. Elle lui avait pris le revolver.

Elle t'est tombée dessus pendant que tu dormais, Eddie. C'était le pistolero, bien sûr, qui lui parlait. *Ça ne sert plus à rien que je te le dise mais… je t'avais averti. Regarde où ton roman d'amour t'a emmené :*

*un nœud coulant autour du cou et une folle armée
de deux pistolets quelque part derrière toi.*

*Mais si elle avait voulu me tuer, elle l'aurait déjà
fait, aurait profité de ce que je dormais.*

*Tiens, tiens, tu crois ça, Eddie? Quelles sont ses
intentions à ton égard selon toi? T'offrir un voyage
tous frais payés à Disneyworld pour deux personnes?*

– Ecoute, dit-il. Odetta...

A peine le mot eut-il franchi ses lèvres que le nœud
se resserra.

– T'a'ête de m'appeler comme ça! La p'ochaine
fois qu' tu l' fais, ça se'a aussi la de'niè'e fois qu'
t'ouv'i'as la bouche. Mon nom, c'est Detta Walker, et
si tu veux avoi' une chance d' met' un peu d'ai' dans
tes poumons, t'as inté'êt à t'en souveni'!

Dans une succession de bruits étranglés, il crispa de
nouveau ses mains sur le nœud. De grosses taches
noires de néant commençaient d'exploser dans son
champ de vision, fleurs maléfiques.

Au bout d'une éternité, la pression sur sa glotte
redevint supportable.

– Pigé, cul blanc?

– Oui, fit-il, couinement éraillé sans plus.

– Alo' dis-le! Dis mon nom!

– Detta.

– En entier! Dis-le en entier!

Hurlement hystérique, oscillant sur l'inquiétante
frontière de la démence. Eddie en cet instant fut bien
content de ne pas la voir.

– Detta Walker.

– Bien. (Léger relâchement du collier de chanvre.)
Maintenant, tu m'écoutes, f'omage blanc, et tu tâches
de pas en pe'd' une miette si t'as envie d' viv'
jusqu'au coucher du soleil. T'as pas inté'êt à jouer les
p'tits malins comme tu viens d' fai' en essayant
d'att'aper c't' a'me qu'heu'eusement j' t'avais d'jà
p'ise tandis qu' tu d'omais. T'as pas inté'êt à vouloi'
'ouler la môme Detta pasqu'elle a l'œil. 'éfléchis-y
bien avant d' fai' quoi qu' ce soit!

« Et va pas non plus t'imaginer qu' tu pou'as jouer les p'tits malins pasque Detta elle a pas d' jambes. Y a des tas d'choses que j'ai app'is à fai' depuis qu' j' les ai pe'dues, et puis n'oublie pas qu' j'ai les deux pistolets maintenant, et qu' ça change un tas d' choses, tu c'ois pas?

– Si, croassa Eddie. Mais je n'ai pas trop l'impression d'avoir envie de jouer les petits malins.

– Pa'fait, mon ga'. Félicitations. (Elle gloussa.) Tu sais qu' j'ai pas chômé pendant qu' tu 'oupillais. Le scéna'io est là point pa' point dans ma tête et j' vais te l' donner, cul blanc : tu vas d'abo' met' les mains de'iè'e le dos pou' que j'y passe le même gen'e de boucle qu'autou' du cou. Ça' j'ai aussi fait du mac'amé pendant qu' tu do'mais, feignasse! T'ois jolies p'tites bouc'! (Nouveau ricanement.) Dès qu' tu la sens, tu 'éunis les poignets pour qu' je puisse la passer. Alo' tu vas senti' ma main se'er l' nœud et, à c' moment-là, tu vas t' di' : « C'est là ma chance d'échapper à c'te salope de nég'esse. Faut qu' j'en p'ofite maintenant qu'a' n' tient plus aussi solidement la co'de », sauf que... (sur ce la voix de Detta s'assourdit, la caricature d'accent noir du Sud plus nasillarde et voilée que jamais)... sauf que tu fe'ais mieux de te 'etou'ner avant d' fai' une bêtise.

Eddie se retourna et découvrit une Detta qui avait désormais tout de la sorcière et dont la vue aurait glacé d'effroi des cœurs autrement mieux accrochés que le sien. La robe qu'elle avait portée au Macy's – et dans laquelle le pistolero l'avait arrachée à l'Amérique des années 60 – ne subsistait qu'à l'état de haillon répugnant, et elle avait utilisé le couteau de Roland – celui qui leur avait précédemment servi à ôter le corset de sparadrap – pour y faire deux entailles supplémentaires au-dessus des hanches, créant ainsi deux étuis de fortune dont dépassaient les crosses polies par le temps des revolvers.

Et si sa voix s'était épaissie, il fallait en chercher la cause dans la corde qu'elle tenait entre ses dents, l'extrémité fraîchement sectionnée d'un côté de son

414

sourire mauvais, le reste allant droit à la boucle qu'elle lui avait passée autour du cou. Pareille vision de cette longueur de chanvre sertie dans un tel rictus avait quelque chose de si fondamentalement prédateur et barbare qu'il en resta figé, l'horreur écarquillant ses yeux tandis que s'élargissait par ricochets le sourire de Detta.

– Donc, reprit-elle, tu fais quoi que ce soit d'suspect pendant que j'm'occupe de tes mains et je te se'e le kiki à la fo'ce des dents. Et cette fois, j'vais jusqu'au bout. T'as comp'is, f'omage blanc?

Il se contenta de hocher la tête, plus très sûr de pouvoir répondre à voix haute.

– Bien. Il se peut que tu su'vives encore quelque temps.

– C'est préférable, croassa Eddie. Sinon tu n'auras plus jamais le plaisir de piller les rayons de Macy's. Parce qu'il le saura, et qu'alors ça va chier des hannetons.

– Silence, dit Detta, murmurant presque. Tu la fe'mes gentiment et tu laisses le soin de 'éfléchi' à ceux qui en sont capab'. Tout c'que t'as à fai', c'est d'che'cher cette deuxième boucle avec tes mains.

6

Ca' j'ai aussi fait du mac'amé pendant qu'tu do'mais, avait-elle dit, et le dégoût d'Eddie se doublait d'une inquiétude croissante alors que s'imposait l'évidence. Odetta n'avait pas exagéré. La corde présentait l'aspect d'une série de nœuds coulants. Le premier l'étranglait depuis déjà trop longtemps et le deuxième venait de lui bloquer les mains derrière le dos. Maintenant, voilà qu'elle le poussait brutalement sur le flanc et lui ordonnait de plier les jambes jusqu'à ce qu'il eût les pieds au niveau des fesses. Il comprit à quoi ça l'amenait et se fit tirer l'oreille. Un des revolvers jaillit de son étui improvisé. Elle l'arma, en appliqua le canon contre la tempe du jeune homme.

– Tu t' décides ou c'est moi qui m' décide, f'omage blanc, susurra-t-elle. La diffé'ence, c'est que si c'est moi, tu se'as mo'. J'au'ais qu'à met' du sab' su' les mo'ceaux de ce'velle et te 'abat' les ch'veux su' l' t'ou d' l'aut' côté. I' se'a pe'suadé qu' tu do's.

Suivit un autre de ses hideux gloussements.

Eddie leva les pieds. Elle lui passa la troisième boucle autour des chevilles et fit prestement coulisser le nœud.

– Voilà. Lié comme un veau au 'odéo.

Description d'une rare justesse, songea Eddie. Tenter de déplier les jambes, de soulager l'inconfort de cette posture, aurait d'abord pour effet de resserrer le nœud, partant de lui cisailler les chevilles, puis de tendre la longueur de corde entre celles-ci et ses poignets, resserrant au passage le nœud et, plus grave, communiquant sa tension au reste de la corde, c'est-à-dire au nœud coulant qu'il avait autour du cou, et...

Elle le tirait à présent, le tirait vers le bord de l'eau.

– Hé là! Qu'est-ce que tu...

Il voulut se débattre et constata qu'effectivement tout se resserrait, y compris son aptitude à respirer. Il se fit aussi mou que possible *(et garde ces pieds en l'air, connard, tâche de t'en souvenir; dis-toi bien que si tu les baisses, ça équivaut à un suicide)* et se laissa traîner sur le sol inégal. Un caillou lui écorcha la joue, et il sentit la chaleur de son sang. Le souffle rauque de Detta lui emplissait les oreilles, mais plus encore le fracas des vagues et le choc du ressac au fond du tunnel qu'il creusait dans la roche.

Seigneur! Aurait-elle l'intention de me noyer?

Non, bien sûr que non. Il n'eut même pas à attendre que son visage ouvrît un sillon dans l'enchevêtrement de varech marquant la limite des hautes eaux – guirlande de matière morte à la puanteur saline, froide comme des doigts de marins noyés – pour savoir où elle voulait en venir.

Il crut réentendre Henry lui dire : *De temps à autre, ils nous dégommaient une sentinelle. Un Américain, je veux dire... Ils savaient très bien que ça n'aurait servi à rien de choisir un type de l'armée régulière, vu qu'aucun de nous ne se serait aventuré hors du camp pour un Viet. Non, fallait que ce soit un de nos gars frais débarqué des States. Ils l'éventraient et l'abandonnaient, hurlant et baignant dans son sang, puis cueillaient ensuite un par un tous les mecs qui se pointaient pour essayer de le sauver. Ça durait jusqu'à ce que leur victime ait rendu l'âme. Et tu sais comment ils l'appelaient, le pauvre connard ?*

Eddie avait fait signe que non.

Un pot de miel, qu'ils disaient. Quelque chose de sucré. Capable d'attirer les mouches. Un ours, pourquoi pas ?

C'était ça qu'elle faisait : elle se servait de lui comme d'un pot de miel.

Elle le laissa environ deux mètres plus bas que la laisse de haute mer, le laissa sans mot dire, le laissa face à l'océan. Ce n'était pas la marée montante et la perspective qu'Eddie se noyât que le pistolero était censé découvrir s'il jetait un œil par la porte, car les eaux étaient sur le reflux et il s'écoulerait encore six heures avant qu'elles ne redevinssent une menace. Mais, bien avant...

Il haussa légèrement les yeux et vit le soleil imprimer sa voie d'or sur les flots. Quelle heure pouvait-il être ? Quatre heures, environ. Il en restait à peu près trois d'ici le coucher du soleil.

Il allait faire nuit longtemps avant qu'il n'eût à se soucier de la marée montante.

Et avec la nuit, les homarstruosités sortiraient des vagues pour arpenter la grève où il gisait ligoté, arpenter et questionner, puis elles le trouveraient, et leurs pinces feraient le reste.

Le temps commença de s'étirer interminablement pour Eddie Dean. La notion même de temps devint une vaste plaisanterie. Même l'horrible perspective de ce qui allait lui arriver quand il ferait noir s'effaça devant l'inconfort grandissant de ses jambes, une palpitation qui s'enfla sur l'échelle des sensations pour se transformer en douleur lancinante puis en hurlant supplice. Relâchait-il ses muscles que les trois nœuds se resserraient et qu'au bord de l'étranglement il parvenait de justesse à redresser les chevilles, soulager la pression de la corde sur sa gorge et admettre un peu d'air dans ses poumons. Il n'était plus du tout sûr de tenir jusqu'au soir. N'importe quand dans ces trois heures, il pouvait y avoir un moment où il ne pourrait tout simplement plus relever les pieds.

CHAPITRE 3

Roland prend
son médicament

1

Jack Mort était maintenant conscient de la présence du pistolero. Se fût-il agi d'un autre – d'un Eddie Dean ou d'une Odetta Holmes, par exemple –, Roland eût tenu palabre avec lui, ne fût-ce que pour ôter à cet homme un peu des panique et confusion bien naturelles de quiconque se retrouvant brutalement sur le siège du passager dans ce corps dont il avait depuis toujours tenu le volant.

Mais parce que Mort était un monstre – et de la pire espèce, bien pire même que ne le serait, ni ne saurait jamais l'être Detta Walker –, il ne fit aucun effort pour s'expliquer et jugea même inutile de parler. Le type n'arrêtait pas de se plaindre – *Qui êtes-vous ? Qu'est-ce qui m'arrive ?* –, et pissait dans un violon : le pistolero se concentrait sur sa courte liste d'urgences, mettant sans scrupule à contribution l'esprit de son hôte. Les plaintes se firent cris de terreur. Roland continua de les ignorer.

Ne pas être chassé d'un tel esprit par sa pestilence avait exigé de n'y voir qu'un atlas doublé d'une encyclopédie. Mort disposait de toutes les informations dont Roland avait besoin. Son plan d'action se réduisait à une ébauche mais, souvent, mieux valait de grandes lignes qu'un dessin trop fouillé. Pour ce qui était de programmer leurs entreprises, on n'aurait pu trouver dans l'univers entier deux créatures plus opposées que Roland et Jack Mort.

Se borner à tracer les grandes lignes de ce qu'on va faire vous laisse de la place pour l'improvisation. Or l'improvisation à court terme avait toujours été l'un des points forts du pistolero.

2

Un corpulent personnage avec des lentilles sur les yeux – comme le chauve qui avait passé la tête dans le bureau de Mort cinq minutes auparavant (apparemment, dans le monde d'Eddie, bon nombre de gens portaient ce genre de lentilles que la Mortcyclopédie désignait par le terme de « lunettes ») – monta dans l'ascenseur avec lui. Le regard de l'homme se fixa sur l'attaché-case de celui qu'il croyait être Jack Mort puis sur Mort même.

– Tu vas voir Dorfman, Jack?

Le pistolero s'abstint de répondre.

– Parce que, si tu crois pouvoir lui parler de sous-location, je peux te dire que c'est une perte de temps, dit l'obèse qui cligna des yeux en voyant son collègue faire brusquement un pas en arrière.

Les portes de la petite cabine s'étaient refermées. Ils tombaient.

Roland se jeta sur l'esprit de Mort, sourd aux cris de celui-ci, et constata que tout était normal. Il s'agissait d'une chute contrôlée.

– Si tu estimes que ça te regarde, excuse-moi, dit l'homme, et le pistolero pensa : *Encore un qui a peur de lui*. Tu t'es mieux débrouillé avec cette enflure que quiconque dans la boîte, voilà ce que je pense.

Roland garda le silence. Il attendait d'être sorti de ce cercueil dégringolant.

– Et d'ailleurs je ne me gêne pas pour le dire,

s'empressa d'enchaîner l'homme. Figure-toi que pas plus tard qu'hier, je déjeunais avec...

La tête de Jack Mort pivota et derrière ses verres cerclés d'or, des yeux d'un bleu différent de celui des yeux de Jack Mort se rivèrent sur l'obèse.

– Ta gueule, fit le pistolero sans intonation particulière.

Les traits de l'homme perdirent toute couleur et ce fut à son tour de reculer. Ses fesses molles s'aplatirent sur le panneau de faux bois au fond du cercueil ambulant qui soudain s'arrêta. Les portes s'ouvrirent et le pistolero, toujours vêtu du corps de Jack Mort comme d'un complet étriqué, sortit sans un regard en arrière. L'homme garda son doigt sur le bouton OUVERTURE DES PORTES et ne quitta pas l'ascenseur avant que Mort n'ait disparu. *Il a toujours eu un grain*, songeait-il, *mais cette fois, ça donne l'impression d'être plus sérieux. Il pourrait bien nous piquer sa crise.*

Le corpulent collègue de Jack Mort trouvait particulièrement rassurante la perspective que celui-ci fût enfermé dans un asile.

Le pistolero n'en aurait pas été surpris.

3

Quelque part entre la salle bruissante d'échos pour laquelle sa Mortcyclopédie donnait le mot : hall – à savoir un endroit par où s'effectuait l'entrée ou la sortie des bureaux remplissant cette tour qui montait jusqu'au ciel – et la rue baignée de soleil (la Mortcyclopédie la nommait indifféremment Sixième Avenue ou Avenue des Amériques), Roland cessa d'entendre hurler son hôte. Non que la terreur eût fini par le tuer. Le pistolero sentait – intuition qui avait chez lui valeur de certitude – que si Mort mourait, leurs *kas* respectifs seraient expulsés à jamais dans le vide de possibilités qui s'étendait par-delà les mondes matériels. Pas mort, donc, mais évanoui. Evanoui sous la violence d'une surcharge de panique et d'étrangeté, au même titre que le pistolero quand il était entré dans l'esprit de cet homme et en avait découvert les secrets, un entrecroisement de destins trop exceptionnel pour ressortir à la pure coïncidence.

Il n'était pas mécontent que son hôte eût tourné de l'œil, du moment que cette perte de connaissance n'affectait en rien son accès à la Mortcyclopédie. C'était même un soulagement de ne plus l'avoir dans les pattes.

Les voitures jaunes étaient un service communautaire nommé *Tac-scies*. Ceux qui les conduisaient se répartissaient entre deux tribus, les *Spix* et les *Mockies*, lui apprit son ouvrage de référence. Pour en arrêter un, il suffisait de lever la main comme un gosse à l'école.

Roland procéda au rituel. Après qu'un certain nombre de *Tac-scies* furent passés devant lui sans même ralentir bien que manifestement vides à l'exception du chauffeur, il prit conscience de leur point commun : le capuchon sur l'enseigne. Il attendit d'en voir un affichant LIBRE (ce qu'il lut sans recours à la Mortcyclopédie : c'étaient des Grandes Lettres) et leva de nouveau le bras de Mort. Le *Tac-scie* pila. Le pistolero ouvrit la portière de derrière et monta. Une odeur de tabac refroidi, de parfum, de vieille sueur l'assaillit. La même que dans les diligences de son monde.

– Où va-t-on, l'ami ? demanda le chauffeur.

Etait-ce un Spix ou un Mocky ? Roland n'en avait pas la moindre idée, ni la moindre intention de poser la question. Il se pouvait qu'en ce monde ce fût considéré comme une impolitesse majeure.

– C'est que je ne sais pas très bien, dit Roland.

– On n'est pas ici pour causer, l'ami. Je gagne ma croûte, moi.

Dis-lui d'enclencher son compteur, lut Roland dans la Mortcyclopédie.

– Enclenchez votre compteur, dit-il.

– I' va me débiter que du temps, rétorqua le chauffeur. C'est pas ça qui fera marcher mes affaires.

Dis-lui qu'il aura cinq tickets de pourliche, conseilla la Mortcyclopédie.

– Vous aurez cinq tickets de pourliche.

– J' veux les voir, rétorqua l'autre.

Demande-lui s'il veut ce fric ou s'il veut aller se faire foutre, souffla aussitôt la Mortcyclopédie.

– Vous voulez ce fric ou vous voulez aller vous faire foutre? répéta le pistolero, glacial.

Un court instant, le taxi posa un regard effaré dans son rétroviseur, puis il se tut.

Roland mit son silence à profit pour consulter, plus attentivement cette fois, la banque de données réunie par Jack Mort. Le taxi jeta un nouveau coup d'œil dans son rétro durant les quinze secondes que son client passa la tête légèrement inclinée, la main gauche sur le front comme s'il avait un urgent besoin d'Excedrin. Il avait déjà décidé de placer à son tour le type devant un choix – se casser ou voir rappliquer le flic qu'il allait rameuter par ses cris – quand ledit client lui rendit son regard et dit :

– Je voudrais que vous m'emmeniez au carrefour de la 7ᵉ et de la 49ᵉ. Je vous paierai cette course dix dollars de plus que le tarif marqué au compteur, quelle que soit votre tribu.

O.K., se dit le chauffeur (un bon W.A.S.P.(1) du Vermont qui tentait de percer dans le showbiz), *j'ai affaire à un dingue. Mais peut-être à un dingue plein aux as.* Il embraya.

– C'est comme si on y était, mon pote.

Et tandis qu'il se glissait dans le flot des véhicules, il ajouta mentalement : *Et dommage que ce ne soit qu'une figure de style, car le plus vite sera le mieux.*

---

(1) *White Anglo-Saxon protestant* : protestant blanc d'origine anglo-saxonne. *(N.d.T.)*

Improviser, tel était le maître mot.

Descendant du taxi, le pistolero repéra la voiture bicolore garée un peu plus bas et, sans recours au lexique de Jack Mort, lut PATROUILLE à la place du POLICE écrit dessus blanc sur bleu. Deux pistoleros étaient assis à l'intérieur, sirotant leur café dans des tasses de papier blanc. Des pistoleros, oui... mais gras et mous.

Il sortit la bourse de Jack Mort (le mot courant était portefeuille mais « bourse », cité entre autres synonymes par la Mortcyclopédie, amusait Roland qui avait peine à imaginer un voyageur réussissant à faire entrer son barda dans un si petit sac) et tendit au chauffeur un billet portant le chiffre 20. L'homme redémarra aussi sec. Il s'agissait à coup sûr du plus gros pourboire qu'il s'était fait de toute la journée mais, vu l'allure de ce barjot de mec, il en avait mérité chaque centime.

Le pistolero reporta son attention sur l'inscription dominant le magasin :

CLEMENTS – ARMES ET ARTICLES DE SPORT – MUNITIONS, MATÉRIEL DE PÊCHE, FAC-SIMILÉS ESTAMPILLÉS.

Il fut loin d'en comprendre tous les termes mais un coup d'œil sur la vitrine lui suffit pour constater que Mort l'avait amené au bon endroit. Il y avait là des fers de poignet, des insignes... et surtout des armes à feu. Plutôt des fusils mais aussi des pistolets. Une chaîne courait de l'un à l'autre, passée dans chaque pontet, mais c'était sans importance.

Il saurait ce dont il avait besoin une fois qu'il le verrait... s'il le voyait.

Roland consulta l'esprit de Jack Mort – un esprit assez retors pour répondre à ses desseins – et cette nouvelle prise de renseignements dura plus d'une minute.

5

Dans la voiture pie, un des deux flics enfonça son coude dans le flanc de son collègue.

– Vise un peu, dit-il. Ça c'est un consommateur qui ne se laissera pas coller n'importe quoi.

L'autre éclata de rire.

– Mon Dieu, mon Dieu, fit-il d'une voix efféminée alors que l'homme en costume trois pièces et verres cerclés d'or mettait un point final à son examen des pièces exposées en vitrine et poussait la porte du magasin. Ze crois qu'il vient zuste d'arrêter son soix sur cette délicieuse paire de menottes mauves.

Le premier flic s'étouffa sur une gorgée de café tiède mais réussit l'exploit, tout en pouffant, d'en recracher l'essentiel dans sa tasse.

6

Presque tout de suite, un vendeur apparut et proposa ses services.

– Je me demandais, répondit l'homme au complet bleu, si vous n'auriez pas un papier... (Il s'interrompit, parut s'absorber dans ses réflexions, puis releva la tête.) Je veux dire un tableau avec le dessin des munitions pour revolver dont vous disposez.

– Une table des calibres? demanda le vendeur.

Le client marqua une nouvelle pause.

– Oui, finit-il par dire. Mon frère a un revolver avec lequel j'ai déjà tiré, mais ça remonte à pas mal d'années. Je me sens toutefois capable d'en reconnaître les balles si je les vois.

– Vous croyez en être capable mais rien n'est

moins sûr, rétorqua le vendeur. S'agissait-il d'un 22 ?
D'un 38 ? Ou encore...

– Montrez-moi ce tableau et je vous le dirai.

– Un instant. (Le vendeur décocha un regard peu
convaincu à l'homme en bleu puis haussa les épaules.
Après tout, merde, le client avait toujours raison,
même dans l'erreur... du moment qu'il avait de quoi
payer.) J'ai une *Bible du Tireur*. Peut-être devriez-
vous y jeter un coup d'œil.

– Certainement.

Le pistolero sourit. *Bible du Tireur.* Quel beau titre
pour un livre.

L'homme fouilla sous le comptoir et en ramena un
volume dont la tranche noircie témoignait d'une
utilisation fréquente, et son épaisseur n'ayant rien à
envier à celle des rares livres que le pistolero avait vus
dans sa vie. Le vendeur le maniait pourtant comme
s'il n'avait pas plus de valeur qu'une poignée de
cailloux.

Il l'ouvrit sur le comptoir et le retourna face à
Roland.

– Regardez. Mais si c'est un vieux modèle, vous
tirez dans le noir. (Il parut surpris, puis sourit.)
Excusez le jeu de mots.

Roland ne l'écoutait plus. Il était penché sur le
livre, examinant des images qui avaient l'air presque
aussi réelles que les objets représentés, d'extraordinaires images que la Mortcyclopédie lui disait être des
Faux Tos.

Il tournait les pages avec lenteur. Non... non...
non...

... Et avait pratiquement perdu tout espoir de
trouver ce qu'il cherchait quand il tomba dessus. Une
telle excitation brillait dans ses yeux quand il les leva
sur le vendeur que celui-ci en fut vaguement
effrayé.

– Là ! dit Roland. Celle-là ! Là !

La photo sur laquelle son doigt semblait pris de
tétanie était celle d'une munition de 45 pour pistolet
Winchester. Bien que cette cartouche ne fût pas

l'exacte réplique des siennes pour n'avoir été ni façonnée ni chargée à la main, il n'avait nul besoin d'en consulter les cotes (lesquelles n'auraient d'ailleurs pas eu grand sens à ses yeux) pour constater qu'elle s'ajusterait sans problème dans les alvéoles de ses barillets et réagirait de même à la retombée du percuteur.

– Bon, parfait, vous avez trouvé votre bonheur, à ce que je vois, dit le vendeur, mais il n'y a pas de quoi jurer dans vos jeans, l'ami. Ma foi, ce ne sont que des balles.

– Vous les avez en magasin?

– Evidemment. Il vous en faut combien de boîtes?

– Il y a combien de cartouches dans une boîte?

– Cinquante.

Le regard que le vendeur posait sur le pistolero se teinta d'un net soupçon. Si ce type avait l'intention d'acheter des balles, il devait être au courant qu'il allait avoir à montrer un permis de port d'arme avec photo d'identité. Pas de munitions pour arme de poing sans présentation d'une pièce officielle en bonne et due forme, telle était la loi dans ce quartier de Manhattan. Or, s'il avait cette autorisation, comment pouvait-il être à ce point ignorant sur le conditionnement classique des cartouches?

– Cinquante!

Et voilà que le mec le regardait, la bouche pendante. Sûr, il avait affaire à un timbré.

Il se décala légèrement sur la gauche, se rapprochant de la caisse enregistreuse... se rapprochant aussi, sans qu'il fallût vraiment y voir une coïncidence, du Magnum 357 chargé qui reposait en permanence dans son râtelier sous le comptoir.

– Cinquante! répéta le pistolero.

Il s'était attendu à cinq, à dix, aurait peut-être été jusqu'à douze, mais tant... tant que ça...

Qu'est-ce que tu as sur toi comme argent? s'enquit-il auprès de la Mortcyclopédie qui dit n'en rien savoir... enfin, pas avec précision, estimant toutefois que son portefeuille ne contenait pas moins de soixante tickets.

– Et combien coûte une boîte?

L'autre allait lui annoncer un chiffre supérieur à soixante, supposa Roland, mais peut-être arriverait-il à le convaincre de lui vendre des cartouches au détail, ou encore...

– Dix-sept dollars cinquante, répondit le vendeur. Mais auparavant, monsieur...

Jack Mort était comptable, et il n'y eut cette fois aucun délai d'attente : conversion et réponse franchirent ensemble la ligne d'arrivée.

– Trois, fit le pistolero. Trois boîtes.

Cent cinquante cartouches! Dieu du ciel! Quelle corne d'abondance insensée que ce monde!

Le vendeur n'avait pas l'air de vouloir bouger.

– Vous n'en avez pas autant?

Roland n'était pas vraiment surpris : ç'avait été un beau rêve.

– Oh si, j'ai tout ce qu'il faut en Winchester 45. (Le vendeur fit un deuxième pas sur la gauche, un deuxième pas qui le rapprocha encore un peu de la caisse et du Magnum. Si ce type était un dingue – hypothèse qu'il s'attendait à voir confirmée d'une seconde à l'autre –, il allait bientôt s'agir d'un dingue avec un gros trou quelque part au milieu du corps.) Sûr que j'en ai, des balles de 45. Mais ce que j'aimerais savoir, monsieur, c'est si vous, vous avez votre carte.

– Quelle carte?

– Un permis de port d'arme avec votre photo dessus. Je n'ai le droit de vous vendre des munitions pour arme de poing que sur présentation de cette pièce. Maintenant, si vous n'en avez pas, il vous reste la solution de monter acheter vos cartouches à Westchester.

Le pistolero posa sur le vendeur un regard vide. Il n'avait rien compris. Sa Mortcyclopédie avait bien une vague idée de ce à quoi l'homme faisait allusion, mais trop vague justement pour qu'on pût s'y fier.

Mort n'avait jamais eu d'arme. Il s'était toujours débrouillé pour faire son sale boulot autrement.

Le vendeur fit un nouveau pas sur la gauche sans détacher les yeux de son client. *Il est armé*, se dit Roland. *Il s'attend à ce que je fasse une connerie... ou il veut que j'en fasse une. Histoire d'avoir un prétexte pour me tuer.*

Improviser.

Il repensa aux pistoleros un peu plus bas sur la rue dans leur voiture blanc et bleu. Des gardiens de la paix, des hommes chargés de faire obstacle aux modifications du monde. Mais le bref regard qu'il leur avait jeté au passage ne lui avait pas révélé des êtres moins mous, moins dénués de vigilance que tout autre en ce monde de lotophages, rien que deux types en uniforme avachis dans leur véhicule à siroter du café. Il pouvait les avoir jugés trop vite, espérait toutefois pour eux ne s'être pas trompé.

— Ah oui, bien sûr, fit Roland, et il imprima un sourire d'excuse sur les traits de Jack Mort. Désolé. Je crois n'avoir pas mesuré combien le monde a changé depuis la dernière fois où j'ai eu un pistolet à moi.

— Il n'y a pas de mal, lui fut-il répondu, mais le vendeur ne se détendit qu'un peu.

Peut-être ce type était-il normal, après tout; mais peut-être ne faisait-il que donner le change.

— Est-ce que je pourrais voir ce kit de nettoyage? demanda le pistolero, la main tendue vers une étagère derrière l'homme.

— Bien sûr.

L'autre se retourna pour prendre le coffret, et le pistolero fit sauter le petit bissac de la poche intérieure de Jack Mort. Le fit avec la même dextérité qu'il dégainait. Le vendeur ne lui tourna pas le dos plus de trois secondes, et quand il lui refit face, le portefeuille était par terre.

— Une merveille, disait maintenant le vendeur, ayant opté pour la normalité du type. (Ouais, il savait la touche qu'on peut avoir quand on passe pour un connard total aux yeux des autres. Ça lui était arrivé assez souvent lors de son passage par les Marines.) Et pas besoin d'un foutu permis pour acheter ce genre d'article. C'est-y pas beau la liberté !

— Sûr, approuva gravement le pistolero qui prétendit s'absorber dans l'examen du kit de nettoyage même s'il n'avait pas eu plus d'un coup d'œil à lui accorder pour s'apercevoir que c'était de la camelote dans un emballage tape à l'œil, mais camelote itou.

Ce faisant, il repoussa du pied le portefeuille de Mort jusque sous le comptoir.

Au bout d'un moment, il mit un terme à sa curiosité feinte sur un médiocre numéro de regret :

— Je crains d'avoir à m'abstenir.

— Comme vous voudrez, fit le vendeur, perdant brusquement tout intérêt pour ce type qui n'était ni fou ni même acheteur potentiel, et avec qui, par conséquent, toute relation n'avait plus raison d'être. Autre chose ? articulèrent ses lèvres alors que ses yeux disaient au costard bleu de débarrasser le plancher.

— Non, ce sera tout. Merci.

Le pistolero sortit sans un regard en arrière. Le portefeuille de Mort était à l'abri des regards sous le comptoir. Roland venait lui aussi d'installer un pot de miel.

7

Leur café terminé, les agents Carl Delevan et George O'Mearah s'apprêtaient à transporter ailleurs leurs pénates quand l'homme au complet bleu sortit de chez Clements — que les deux flics pensaient être une poire à poudre (argot de police pour désigner une armurerie ayant pignon sur rue mais comptant parmi ses clients des truands indépendants dotés de papiers en règle et ne dédaignant pas non plus, éventuellement pour de grosses commandes, traiter avec la Mafia) – et marcha droit sur leur voiture.

Arrivé à sa hauteur, il se pencha du côté passager et son regard se posa sur O'Mearah, lequel s'attendit à une voix haut perchée, peut-être avec ce zézaiement qu'il avait imité tout à l'heure pour sa vanne des menottes mauves... bref, à une voix de pédé. Au commerce des armes, Clements ajoutait avec profit celui des menottes. Elles étaient en vente libre à Manhattan, et leurs acheteurs n'avaient généralement rien des émules de Houdini (ce qui déplaisait souverainement aux flics, mais depuis quand l'avis des flics sur quelque sujet que ce fût changeait-il quoi que ce fût ?). Les acheteurs, donc, étaient des homosexuels avec de vagues tendances sadomaso. L'homme, toutefois, ne semblait pas en être : il s'exprimait d'une voix posée, sans intonation particulière, polie mais comme morte.

– Le tenancier de ce magasin m'a pris mon portefeuille.

– Qui ?

O'Mearah s'était redressé d'un bond. Voilà un an et six mois qu'ils essayaient de pincer Justin Clements. Si la chose était possible, elle leur donnerait peut-être une chance de troquer leur uniforme bleu contre une plaque d'inspecteur. Encore une fois, la désillusion n'allait sans doute pas manquer à l'appel – c'était trop beau pour être vrai – mais quand même...

– Le négociant. Le... (pause infime)... vendeur.

O'Mearah et Carl Delevan échangèrent un regard.

– Des cheveux noirs ? demanda Delevan. Plutôt rondouillard ?

De nouveau la plus brève des pauses.

– Oui. Et des yeux marron. Une petite cicatrice sous l'un d'eux.

Il y avait quelque chose de bizarre chez ce type... Sur le moment, O'Mearah n'arriva pas à mettre le doigt dessus mais ça devait lui apparaître beaucoup plus tard, à une époque où il n'aurait plus grand-chose d'autre à quoi penser. Et certainement plus l'occasion d'accrocher au revers de son veston la plaque dorée des inspecteurs. Que Delevan et lui fussent restés dans la police avait déjà tenu du miracle.

Mais des années après, il y avait eu cette brève épiphanie mise à profit pour emmener ses deux gosses au musée de la Science à Boston. Ils y avaient vu une machine – un ordinateur – qui jouait au tictactoe, et vous baisait à tous les coups pour peu que vous n'ayez pas fait d'entrée votre croix dans la case du milieu. Il lui fallait toutefois, et systématiquement, marquer une pause pour consulter ses banques de données, faire l'inventaire des mouvements possibles. Il en était resté fasciné comme ses gosses mais sans pouvoir se défendre d'un certain malaise... puis Costard Bleu lui était revenu en mémoire. Il s'en était souvenu parce que Costard Bleu avait eu la même putain d'habitude. Lui parler avait été comme de parler à un robot.

Delevan n'avait jamais ressenti pareille impression mais, neuf ans plus tard, alors qu'un soir il avait emmené son propre fils au cinéma (le gamin avait dix-huit ans et entrait à l'université), Delevan devait brusquement se lever après une demi-heure de film et beugler : « C'est lui ! Lui ! Le type dans son putain de costard bleu ! Le type qui ressortait de chez Cle... »

Quelqu'un allait lui gueuler : « Assis, là devant ! », mais aurait pu s'en passer; il n'allait pas même en être au « là » que Delevan, avec ses trente-cinq kilos de trop et toutes les cigarettes qu'il s'était fumées, serait déjà retombé mort, terrassé par une crise cardiaque. Entre l'homme en bleu qui les avait abordés ce jour-là dans leur voiture pour leur parler de son portefeuille et la vedette du film, pas de ressemblance, mais le même débit mort des mots, la même grâce implacable des mouvements.

Ce film, bien sûr, s'appellerait *Le Terminator*.

Les deux flics échangèrent un regard. Costard Bleu ne parlait pas de Clements mais d'un gibier presque aussi bon : Johnny Holden, dit Gras Double, beau-frère de Clements. Cela dit, une couillonnade monstre comme chouraver le portefeuille d'un pékin serait...

... *serait tout à fait dans la ligne de c' pauv' type*, acheva O'Mearah, et il lui fallut porter la main à sa bouche pour dissimuler un sourire momentanément irrépressible.

– Vaudrait peut-être mieux nous expliquer exactement ce qui s'est passé, fit Delevan. Commencer par nous dire votre nom, par exemple.

Encore une fois, la réponse de l'homme fit un drôle d'effet à O'Mearah. Dans cette ville où on avait parfois l'impression que les trois quarts des gens prenaient « Va te faire foutre », pour un synonyme de « Bonne journée », il s'était attendu à ce que le type lâche un truc du genre : « Hé, les mecs, je vous rappelle que cette ordure a fauché mon portefeuille. Vous comptez faire quelque chose pour que je le récupère, ou allons-nous continuer à jouer au Jeu des Vingt Questions ? »

Mais il y avait le costume de bonne coupe et les ongles soigneusement manucurés, bref, la touche d'un type probablement rompu au merdier bureau-cratique. En fait, George O'Mearah ne s'y attarda guère. La perspective de coincer Gras Double et de s'en servir pour faire tomber Arnold et Justin Clements le faisait saliver. Le temps d'une vertigineuse incursion dans un avenir glorieux, il se vit même utiliser Holden pour atteindre par-delà les Clements quelque très gros bonnet... Balazar, par exemple, ou cet autre Rital à défaut, Ginelli. Ouais, pas mal, pas mal du tout.

– Je m'appelle Jack Mort, dit l'homme.

Delevan avait sorti de sa poche un bloc passablement enclin à s'ouvrir en éventail.

– Adresse ?

Légère pause. *Une machine*, pensa de nouveau O'Mearah à la frontière de sa conscience. Un temps de silence suivi d'un clic presque audible.

– 409, Park Avenue South.

Delevan coucha l'adresse sur le papier.

– Numéro de sécurité sociale ?

Nouvelle pause, puis Mort énonça les chiffres.

– Comprenez que ces éléments d'identité sont indispensables. Si ce type vous a effectivement pris votre portefeuille, ça sera chouette que je puisse détailler un peu son contenu avant de le récupérer. Vous comprenez ?

– Oui. (Une note d'impatience venait de percer dans la voix de Costard Bleu, rassurant O'Mearah de quelque manière.) Simplement que ça ne se prolonge pas outre mesure. Le temps passe et...

– On ne sait jamais. Oui, je pige.

– C'est ça, on ne sait jamais, approuva l'homme au trois-pièces bleu.

– Vous avez une photo particulière dans votre portefeuille ?

Pause, puis :

– Oui, de ma mère devant l'Empire State Building. Il y a écrit au dos : « Une journée fantastique, une vue merveilleuse. Ta maman qui t'aime. »

Delevan coucha la dernière tartine d'un stylo rageur puis claqua son bloc aussi violemment que le permettait le coussinet des feuillets épaissis.

– Bon. Je crois que ça ira. La dernière chose qu'on vous demandera, tout à l'heure, si on récupère votre bien, c'est un exemplaire de votre signature pour comparer avec celles de vos permis de conduire, cartes de crédit et le saint-frusquin. O.K. ?

Roland acquiesça, néanmoins conscient que s'il avait toute latitude pour puiser dans le réservoir des souvenirs et connaissances de Jack Mort, il n'avait pas la moindre chance d'en reproduire la signature sans la participation active d'un Mort pour l'heure évanoui.

— Dites-nous ce qui s'est passé.

— Je suis entré acheter des balles pour mon frère. Il a un revolver, un Winchester 45. Cet homme m'a demandé si j'avais un permis de port d'arme. Je lui ai dit que oui, et il a voulu le voir.

Pause.

— J'ai sorti mon portefeuille pour lui montrer ce qu'il demandait, mais quand je l'ai ouvert, il a dû voir qu'il y avait là une quantité appréciable de... (pause infime)... billets de vingt. Il faut vous dire que je suis expert comptable et que j'ai un client, un nommé Dorfman, qui vient de gagner son procès contre le fisc et d'obtenir la restitution d'un... (pause)... trop-perçu. Ça n'allait pas très loin, huit cents dollars, mais ce type, Dorfman, est... (pause)... le plus gros nœud qu'on ait jamais eu sur les bras. (Pause.) Excusez l'image.

O'Mearah se repassa dans la tête la dernière phrase de l'homme et comprit soudain. *Le plus gros nœud qu'on ait jamais eu sur les bras.* Pas mal. Il éclata de rire. Tout ce qui allait déclencher la comparaison a posteriori avec un robot ou un ordinateur jouant au tictactoe lui sortit de la tête. Ce type était simplement hors de lui et tentait de cacher sa colère sous un humour froid.

— Quoi qu'il en soit, Dorfman voulait du liquide. Il s'est montré sur ce point on ne peut plus insistant.

— Vous avez donc eu l'impression que Gras Double guignait la galette de votre client ? résuma Delevan alors que lui et O'Mearah descendaient de voiture.

— C'est le nom que vous donnez au type qui tient cette boutique ?

— Nous lui en donnons d'autres encore moins flatteurs, à l'occasion, précisa Delevan. Et que s'est-il passé quand vous lui avez montré votre port d'arme, Mr Mort ?

— Il a demandé à le voir de plus près, alors je lui ai tendu le portefeuille. Il l'a pris mais pas pour regarder la photo : pour le laisser tomber par terre. Je lui ai demandé pourquoi il faisait ça et il m'a répondu que c'était une question stupide. Je lui ai dit de me rendre immédiatement mon portefeuille. J'étais fou de rage.

— Je veux bien le croire.

Mais un coup d'œil sur les traits marmoréens de Costard Bleu fit douter Delevan que celui-ci pût jamais perdre son sang-froid.

— Il n'a fait qu'en rigoler. J'allais contourner le comptoir pour lui faire sa fête quand il a sorti son arme.

Ils avaient commencé de s'acheminer vers le magasin mais se retrouvaient soudain immobiles. C'était plutôt le brusque regain d'intérêt qu'une quelconque inquiétude.

— Son arme? répéta O'Mearah, voulant être sûr d'avoir bien entendu.

— Oui. Elle était sous le comptoir, près de la caisse enregistreuse, poursuivit l'homme en bleu. (Roland se rappelait comment il avait failli laisser tomber son projet initial pour simplement devancer le geste du vendeur et s'emparer du revolver. Il expliquait maintenant aux deux pistoleros pourquoi il n'en avait rien fait. Il voulait se servir d'eux, pas les envoyer au casse-pipe). Dans un crampon de débardeur, je crois.

— Un quoi? fit O'Mearah.

Cette fois, la pause fut plus longue. Le front de l'homme se barra d'un pli.

— J'ignore le terme exact, mais c'est quelque chose dans lequel on met son arme. Personne ne peut vous la prendre par surprise à moins de savoir comment libérer le ressort...

— Un étrier à mécanisme! s'écria Delevan.

Nouvel échange oculaire entre les deux coéquipiers. Aucun n'était très chaud pour être le premier à dire au plaignant que, d'ores et déjà, Gras Double avait probablement déjà vidé le portefeuille de son argent, traîné ses miches jusqu'à la porte de derrière et balancé la pièce à conviction par-dessus le mur de la ruelle dans la cour d'un voisin... mais une arme à feu dans un étrier à mécanisme, voilà qui changeait tout. Si une inculpation pour vol restait envisageable, une autre pour dissimulation d'arme dissuasive se présentait soudain comme acquise. Rien d'aussi génial, peut-être, mais qui leur calait un pied dans l'entrebâillement de la porte.

– Ensuite? demanda O'Mearah.

– Ensuite, il m'a dit que je n'avais jamais eu de portefeuille. Il a prétendu... (pause)... que j'étais tombé sur un pot de piquet – sur un pickpocket, je veux dire – en venant chez lui, et que j'avais intérêt à m'en souvenir si je voulais rester en bonne santé. Je me suis alors rappelé avoir vu une voiture de police garée un peu plus bas dans la rue et je me suis dit que vous étiez peut-être toujours là. Je suis donc sorti.

– Bon, dit Delevan. Moi et mon coéquipier, on va y aller d'abord. Vous nous laissez une minute – une bonne minute – pour le cas où il y aurait des problèmes. Puis vous vous pointez, mais vous restez sur le pas de la porte, compris?

– Ouais.

– Parfait. Allons cueillir cette ordure.

Les deux flics entrèrent. Roland n'attendit pas plus de trente secondes pour les y suivre.

9

Gras Double faisait plus que protester, il braillait comme un putois.

– Ce mec est complètement givré! Il est rentré ici, il ne savait même pas ce qu'il voulait, puis il l'a trouvé dans la *Bible du Tireur*, et là, c'était le nombre de cartouches dans une boîte qu'il ne connaissait pas, ni le prix, et ce qu'il raconte sur son port d'arme que j'aurais voulu examiner de plus près, c'est le pire tissu de conneries que j'aie jamais

entendu parce qu'il n'en avait pas, de permis. Il a...
(Holden s'arrêta net.) Tenez, le v'là! Il a du culot,
c' fumier! Attention, mec... j' l'ai repérée, ta gueule.
La prochaine fois que j' la croise, tu vas l' regretter!
Garanti, tu vas sacrément l' regretter!

— Vous niez toujours avoir le portefeuille de cet
homme? demanda O'Mearah.

— Sûr que je le nie! Vous savez très bien que je ne
l'ai pas!

— Verriez-vous un inconvénient à ce qu'on jette un
coup d'œil derrière cette vitrine? contre-attaqua Delevan. Juste pour ne pas rester sur un doute.

— Bordel de bon Dieu de merde de Pute Vierge!
Elle est en verre, cette vitrine! Vous y voyez des
masses de portefeuilles à travers?

— Pas là... mais là, peut-être... fit Delevan dans un
pur feulement alors qu'il s'approchait de la caisse
enregistreuse.

A cet endroit, une bande d'acier chromé courait du
haut en bas des étagères sur une largeur d'environ
cinquante centimètres. Delevan se retourna vers
l'homme au costard bleu qui hocha la tête.

— Vous allez me faire le plaisir de sortir d'ici, les
gars, et sur-le-champ, dit Gras Double dont le visage
avait perdu ses couleurs. Si vous revenez avec un
mandat de perquisition, on en reparlera. Mais, pour
l'instant, je vous ai assez vus. On est encore dans un
pays libre, que je sa... Hé là, qu'est-ce que vous
foutez, vous? Ecartez-vous de là! (O'Mearah s'était
penché par-dessus le comptoir.) Vous n'avez pas le
droit! hurla-t-il. Z'êtes dans l'illégalité la plus totale.
La Constitution... Mon avocat... Retournez tout de
suite à côté de votre copain ou...

— Je voulais seulement avoir une chance de jeter un
coup d'œil sur votre marchandise, le coupa tranquillement O'Mearah, vu que la vitrine est franchement
dégueulasse. C'est pour ça que je me suis penché
par-dessus. Pas vrai, Carl?

— Vrai de vrai, collègue, approuva solennellement
Delevan.

– Et regarde ce que j'ai trouvé.

Roland perçut un *clic* et, soudain, le pistolero en uniforme bleu eut au poing un revolver d'une grosseur exceptionnelle.

Gras Double, finalement convaincu d'être le seul dans cette pièce à pouvoir donner des faits une version qui s'écartât du conte de fées débité quelques minutes auparavant par le flic qui, par-dessus le marché, venait de mettre la main sur son Magnum, sombra dans une humeur morose.

– J'ai un permis, dit-il.

– De port d'arme? demanda Delevan.

– Ouais.

– De port dissimulé?

– Ouais.

– Enregistré, ce revolver? demanda O'Mearah, prenant le relais. Oui ou non?

– Euh... j'ai peut-être oublié.

– Peut-être qu'il a été volé et que ça aussi tu l'as oublié.

– Faites chier! J'appelle tout de suite mon avocat.

Gras Double se tourna vers le téléphone. Delevan le retint.

– Et puis il y a aussi la question de savoir si tu as ou non un papier qui t'autorise à dissimuler une arme de ce calibre dans un étrier à mécanisme. (Toujours ce même feulement doux.) Question intéressante, d'ailleurs, car, à ma connaissance, la Ville de New York ne délivre pas de permis de ce type.

Les deux flics avaient les yeux sur Holden, et Holden leur rendait un regard noir. Partant, nul ne vit Roland retourner la pancarte suspendue derrière la porte vitrée. Au lieu d'annoncer OUVERT, elle annonça FERMÉ.

– On y verrait peut-être plus clair si on retrouvait d'abord le portefeuille de monsieur, dit O'Mearah. (Satan même n'aurait pas menti avec une telle conviction.) Après tout, peut-être qu'il l'a seulement égaré.

– Je vous l'ai déjà dit! Je ne l'ai même jamais vu, son portefeuille! Ce type est complètement jeté!

Roland se pencha.

– Il est là-dessous. Je le vois. Il a son pied dessus.

Mensonge, mais Delevan, qui avait toujours la main sur l'épaule de Gras Double, le tira brusquement en arrière, rendant désormais impossible de dire si Holden avait eu ou non le pied sur quelque chose.

C'était maintenant ou jamais. Roland se glissa sans bruit derrière les deux pistoleros accroupis pour regarder sous le comptoir. Comme ils étaient côte à côte, leurs têtes se touchaient presque. O'Mearah avait toujours à la main l'arme du vendeur.

– Bon Dieu, il est là! s'écria Delevan. Je le vois!

Roland décocha un bref regard à celui qu'ils avaient appelé Gras Double, s'assurant que le type ne mijotait pas quelque chose. Mais Holden était adossé à la cloison, pesant dessus comme s'il cherchait à s'y fondre, les mains le long du corps, les yeux en boules de loto. Il avait l'air du mec qui se demande pourquoi son horoscope ne l'a pas prévenu des tuiles qui allaient s'abattre aujourd'hui sur lui.

De ce côté, pas de problème.

– Ouais! fit joyeusement O'Mearah. Ça y est, moi aussi, j' le v...

Roland venait de faire son dernier pas. Il avait plaqué une main sur la joue droite de Delevan, l'autre sur la joue gauche de O'Mearah et, tout d'un coup, cette journée dont Gras Double aurait juré qu'elle avait atteint le fond de l'horreur s'était révélée garder le meilleur pour la fin. Le cinglé en costard bleu avait réuni les deux têtes avec une telle violence qu'elles avaient rendu un son de roches enveloppées dans du feutre.

Les flics s'effondrèrent en tas et l'homme aux lunettes cerclées d'or se redressa. Il pointait le Magnum 357 sur Gras Double. Le méchant trou noir de l'arme était assez gros pour qu'on pût s'attendre à en voir sortir une fusée lunaire.

– On ne va pas se créer d'autres problèmes, n'est-ce pas? demanda l'homme de sa voix sans timbre.

– Non, m'sieu, fit aussitôt Gras Double. Pas l'ombre.

– Tu ne bouges pas. Si tes fesses se décollent de ce mur, c'est de la vie telle que tu l'as toujours connue que tu vas décoller. Compris?

– Oui, m'sieu. Compris.

– Bien.

Roland sépara les deux flics. Ils étaient toujours vivants. Bonne chose. Si lents, si peu vigilants fussent-ils, il n'en s'agissait pas moins de pistoleros, d'hommes qui s'étaient efforcés d'aider un étranger qui avait des ennuis. Rien n'exigeait qu'il tuât ses pairs.

Mais ne l'avait-il pas fait précédemment? Si. L'un de ses frères jurés, Alain, n'était-il pas mort sous ses balles et sous celles de Cuthbert?

Sans que Roland relâchât sa surveillance sur le vendeur, la pointe du mocassin Gucci de Jack Mort explora le dessous du comptoir et finit par rencontrer le portefeuille. Un coup sec de cette même pointe l'expédia, tourbillonnant, à quelques pas de Gras Double qui sursauta et poussa un cri comme une idiote voyant déboucher une souris de sous un placard. Momentanément, ses fesses perdirent contact avec la cloison mais le pistolero s'abstint de tenir sa promesse. Loin de lui toute intention de coller une balle dans le corps de cet homme. S'il devait se servir de ce revolver pour prévenir quelque absurde tentative, ce serait comme d'une arme de jet, la taille et le poids de cette masse de métal promettant d'assommer sa cible avec la même efficacité qu'une seule détonation ameutant tout le voisinage.

– Ramasse, dit le pistolero. Sans geste brusque.

Gras Double se pencha et, alors que sa main se refermait sur le portefeuille, il péta et poussa un autre petit cri. Vaguement amusé, Roland comprit que le type avait confondu l'explosion de ses entrailles avec celle d'un coup de feu et cru sa dernière heure arrivée.

Holden se redressa. Il était tout rouge... avait le devant du pantalon tout trempé.

– Bon, pose cette bourse – je veux dire : ce portefeuille – sur le comptoir.

Gras Double s'exécuta.

– Maintenant, occupons-nous de ces cartouches. Des Winchester 45. Et, pas un instant, je ne veux perdre de vue tes mains.

– Il va falloir que j'en mette une dans ma poche. Pour prendre les clés.

Roland l'y autorisa d'un signe.

Alors que le vendeur déverrouillait puis faisait glisser le panneau fermant le casier où étaient empilées les boîtes de munitions, Roland réfléchit.

– Tu m'en sors quatre boîtes, finit-il par dire, incapable de s'imaginer ayant besoin d'autant de cartouches mais ne pouvant résister à la tentation de les avoir.

Holden posa les boîtes sur le comptoir. Le pistolero en ouvrit une, continuant de n'y pas croire, s'attendant à trouver n'importe quoi sauf des balles. Mais c'en était, lisses, brillantes, sans trace de percussion, sans rayure, des douilles qui n'avaient jamais servi, n'avaient jamais été rechargées. Il en prit une, la tint un instant dans la lumière, puis la remit en place.

– Maintenant, tu me donnes une paire de ces fers.

– Des fers... ?

Roland consulta la Mortcyclopédie.

– Des menottes.

– Monsieur, je ne sais pas ce que vous voulez au juste, mais la caisse...

– Fais ce que je te dis.

Seigneur, ça n'aura donc jamais de fin, gémit en pensée Gras Double. Il ouvrit une autre section du comptoir et en sortit une paire de menottes.

– La clé? fit Roland.

L'indispensable accessoire rejoignit sur le comptoir les bracelets d'acier, rendant un son cristallin en se posant sur le verre. L'un des flics sans connaissance émit un court ronflement et Johnny glapit en contre-point.

– Tourne-toi, lui ordonna le pistolero.

– Vous n'allez pas me tirer dessus, hein? Dites-moi que vous n'allez pas faire ça!

– Non, dit Roland. Du moment que tu te retournes. Sinon, je le fais.

Gras Double obéit et commença de pleurnicher. Bien sûr, le type venait de dire qu'il n'allait pas tirer mais l'odeur de mort s'était faite ici trop forte pour qu'il pût continuer de l'attribuer à son imagination. Ses sanglots cédèrent le pas à des gémissements étranglés.

– Je vous en supplie, monsieur, épargnez-moi. Faites-le pour l'amour de ma mère. Elle est vieille. Elle est aveugle. Et elle est...

– ... affligée d'un foie jaune en guise de fils, acheva Roland, glacial. Rapproche tes poignets.

Piaillant, le tissu mouillé du pantalon se prenant dans son entrejambe, Johnny s'exécuta. En un rien de temps les menottes furent en place. Comment s'y était pris le type pour faire aussi vite le tour du comptoir et les lui passer? Mystère. Il n'avait à vrai dire aucune envie de le savoir.

– Tu restes là et tu regardes le mur jusqu'à ce que je t'autorise à te retourner. Si tu le fais avant, tu es un homme mort.

Une lueur d'espoir naquit dans l'esprit du malheureux vendeur. Le type n'avait peut-être pas l'intention de le tuer après tout. Peut-être n'était-il pas fou, simplement dérangé.

– J' me r'tournerai pas. Promis juré! Par le Bon Dieu. Par tous ses saints. Par tous ses anges. Par tous ses arch...

– Et moi, par ce que tu veux, je te jure que si tu ne la fermes pas, je te colle un pruneau dans la nuque.

Johnny préféra la fermer. Il eut l'impression de rester planté devant ce mur pendant une éternité. Il ne s'écoula en réalité qu'une vingtaine de secondes.

Roland s'agenouilla, posa l'arme du vendeur à

terre, releva un instant les yeux pour s'assurer que celui-ci était sage, puis se déplaça jusqu'aux deux pistoleros qu'il retourna sur le dos. L'un comme l'autre étaient hors de combat, mais sans que leur état, jugea-t-il, pût inspirer quelque inquiétude. La respiration était régulière. Celui qui s'appelait Delevan avait un peu de sang qui lui coulait de l'oreille mais rien de plus.

Roland jeta encore un coup d'œil sur l'homme collé au mur puis, après avoir ôté la veste de Jack Mort, il débarrassa les deux pistoleros de leurs ceinturons pour s'en revêtir. Si ridicules fussent-elles, c'étaient des armes, et en sentir de nouveau le poids sur ses hanches était bon. Sacrément bon. Meilleur qu'il ne l'aurait cru.

Deux revolvers, donc. Un pour Eddie et un pour la Dame... quand il serait possible – en admettant que ce vînt à l'être – de lui confier une arme.

Il renfila la veste de Mort et en lesta chaque poche avec deux boîtes de munitions, opération qui transforma cette pièce de costume, antérieurement impeccable, en sac informe. Ensuite, il ramassa le Magnum du vendeur, en extirpa les cartouches qu'il rangea dans sa poche de pantalon avant de balancer l'arme à l'autre bout du magasin. Quand elle atterrit sur le sol, Gras Double sursauta, glapit une fois de plus et gratifia son pantalon d'une petite giclée supplémentaire de liquide à 37°.

Puis Roland se releva et dit à Holden qu'il pouvait se retourner.

10

Quand, sans risquer sa vie, Gras Double put de nouveau poser les yeux sur le type au costard bleu et aux lunettes cerclées d'or, il en resta bouche bée, un moment convaincu que, pendant qu'il avait le dos tourné, l'homme s'était transformé en spectre. Il le voyait flou et avait l'impression de distinguer au travers une silhouette nettement plus réelle, celle d'une de ces légendaires figures du Far West dont cinéma et télé avaient nourri son enfance : Wyatt Earp, Doc Holliday, Butch Cassidy... enfin, l'un de ceux-là.

Puis l'illusion d'optique cessa et il comprit : le timbré avait pris les ceinturons des flics pour se les entrecroiser bas sur les hanches. Avec le costume trois pièces et la cravate, l'effet aurait pu être grotesque; pour quelque obscur motif, il ne l'était pas.

– La clé des fers est sur le comptoir. Les patrouilleurs finiront bien par se réveiller et ils te libéreront. (Il prit le portefeuille, l'ouvrit et, contre toute attente, en sortit quatre billets de vingt qu'il déposa sur la surface vitrée. Puis il le rempocha.) Pour les munitions, expliqua-t-il. Au fait, j'ai vidé ton revolver de ses balles et, une fois dehors, je vais le jeter. Je pense qu'en l'absence de portefeuille et avec une arme non chargée ils auront quelques difficultés à t'inculper de quoi que ce soit.

Gras Double déglutit. Et, ce qui ne lui était pas arrivé plus de deux ou trois fois dans toute son existence, il se retrouvait sans voix.

– Maintenant, tu vas me dire où est la plus proche... (pause)... pharmacie.

Et Johnny Holden comprit tout – ou, du moins, crut tout comprendre. Il avait affaire à un drogué, bien sûr. Pas étonnant qu'il eût l'air si bizarre. Le mec était probablement défoncé jusqu'aux yeux.

– Tournez le coin de la rue et vous en trouverez une cinquante mètres plus bas sur la 49e.

– Si je constate que tu as menti, je reviens et je te loge une balle dans le crâne.

– C'est la vérité! glapit Gras Double. Je le jure par Dieu le père. Je le jure par tous les saints. Je le jure sur la tête de ma mère...

Mais la porte se refermait déjà. Johnny la fixa dans un total silence, incapable de croire que le timbré fût parti. Puis, aussi vite qu'il le put, il se précipita sur le battant, se plaça de dos, chercha le loquet de la serrure, le trouva, l'enclencha. Mais il ne s'estima satisfait qu'après avoir également réussi à fermer le verrou.

Alors, et seulement alors, il se laissa glisser jusqu'au sol et, assis là, hoquetant et gémissant, prit Dieu à témoin, et tous ses saints et tous ses anges, de ce qu'il jurait d'aller à Saint-Antoine dans l'après-midi même, sitôt qu'un de ces deux poulets se serait réveillé pour lui ôter les menottes. Oui, qu'il irait à Saint-Antoine et qu'il s'y confesserait, qu'il y dirait le nombre voulu d'actes de contrition, puis qu'il y recevrait la communion.

Johnny Holden, dit Gras Double, voulait se mettre en règle avec Dieu.

C'était vraiment passé trop près cette fois.

11

Le soleil couchant se réduisit à une arche posée sur la Mer Occidentale puis se réduisit encore à un simple trait de brillance qui agressait les yeux d'Eddie. A regarder trop longtemps une telle lumière, on risquait une brûlure permanente de la rétine. C'était un de ces nombreux détails fascinants qu'on vous apprenait à l'école et qui vous permettaient de décrocher un boulot gratifiant de barman à temps partiel ou de vous adonner à un violon d'Ingres du plus haut intérêt (genre recherche à plein temps de la poudre – et du fric pour se la payer). Eddie ne détourna pas les yeux pour autant. Leur état ne semblait plus devoir compter très longtemps.

Il ne se donnait pas la peine de supplier la sorcière derrière lui. D'abord, ça n'aurait servi à rien. Ensuite, c'eût été dégradant. Il avait mené une existence dégradante et ne se découvrait nulle envie de tomber plus bas dans ce qui lui restait à vivre. Car la disparition de cette ligne aveuglante sur l'horizon n'était plus qu'une affaire de quelques minutes; alors les homarstruosités commenceraient de se hisser sur la grève.

Il avait cessé d'espérer le miracle qui ramènerait Odetta au dernier moment, comme il avait perdu tout espoir de lui faire comprendre qu'elle resterait à jamais échouée dans ce monde s'il mourait. Un quart d'heure auparavant, il la croyait encore en train de bluffer. Il savait maintenant qu'il n'en était rien.

Ça vaudra sans doute mieux que de s'étrangler toujours plus à chaque fois, se dit-il, mais sans vraiment le penser après avoir, soir après soir, assisté au retour des monstrueux crustacés. Il espérait pouvoir mourir sans hurler, était assez sûr d'en être incapable, comptait essayer.

– Vont a'iver, cul blanc! lui cria Detta. Vont v'ni' te voi' d'une minute à l'aut' et tu vas êt' le meilleu' dîner qu'i' z'aient eu d'puis longtemps!

Sûr, elle ne bluffait pas, et Odetta ne réapparaissait pas... et le pistolero non plus. C'était ça le plus dur. Eddie avait eu le sentiment que lui et Roland étaient devenus... sinon frères, du moins associés au cours de leur remontée vers le nord de la grève, et il aurait attendu ne fût-ce qu'un petit effort de présence de sa part.

Mais Roland n'avait toujours pas l'air de s'annoncer.

Peut-être n'est-ce pas l'envie de venir qui lui manque, mais la possibilité. Peut-être qu'il est mort, tué par le vigile d'une pharmacie – merde, quelle rigolade : le dernier pistolero du monde abattu par un flic de location... ou encore écrasé par un taxi. Ouais, peut-être qu'il est mort et que la porte a disparu. Peut-être que c'est pour ça qu'elle ne bluffe pas. Parce qu'il n'y a plus de raison de bluffer.

– J'te dis, d'une minute à l'aut' qu'i' vont a'iver! hurla Detta, puis Eddie n'eut plus à se préoccuper d'avoir les yeux brûlés puisque que les derniers feux du soleil couchant s'évanouirent et qu'il n'en subsista que les images dont sa rétine avait gardé le souvenir.

Il fixa les vagues et ce brillant souvenir à son tour s'estompa. Il attendit alors le rouleau qui déchargerait sur la grève le premier arrivage de homarstruosités.

12

Eddie tenta de détourner la tête pour éviter la première créature mais il fut trop lent. D'une pince presque négligente, la homarstruosité lui détacha du visage un lambeau de chair, ouvrit son œil gauche et en fit gicler l'humeur, révélant ainsi dans le crépuscule l'éclat blanc de l'os, cependant qu'elle poursuivait son interrogatoire et que la Vraiment Méchante hurlait de rire...

Arrête, s'ordonna Roland. *Penser ce genre de trucs est plus qu'inutile : c'est dangereusement distrayant. Et ça n'a aucune raison d'être. Il doit rester du temps.*

Il en restait, de fait. Alors que Roland dévalait la 43e Rue dans le corps de Jack Mort – les bras ballants au rythme de ses enjambées, les yeux rivés sur l'enseigne de la pharmacie, indifférent aux regards qu'il suscitait comme aux détours qu'on faisait pour l'éviter –, le soleil était toujours assez haut dans son monde d'origine. Un bon quart d'heure le séparait encore de l'instant où son arc inférieur allait toucher la frontière entre ciel et mer. Et, dût-il initier d'horribles souffrances pour le jeune homme, cet instant restait avenir.

Non que le pistolero tînt pour certain de disposer d'un tel délai : il savait seulement qu'il était plus tard là-bas qu'ici, et bien qu'il pût en déduire que le soleil n'y était pas encore couché, le postulat que dans les deux mondes le temps s'écoulait à la même allure pouvait se révéler extrêmement dangereux... surtout pour Eddie qui connaîtrait alors, songeait Roland, cette mort d'une horreur inimaginable et que son esprit ne s'obstinait pas moins à imaginer.

Le besoin de se retourner, de voir ce qu'il en était, avait quelque chose de presque irrépressible. Pourtant, il n'osait pas. Ne devait pas.

La voix de Cort s'interposa, sévère, barrant le flot de ses pensées : *Contrôle ce que tu peux contrôler, larve. Laisse le reste te tomber dessus comme ça lui chante, et si tu dois succomber, que ce soit avec tes revolvers crachant leur feu.*

Oui.

Mais c'était dur.

Très dur parfois.

Eût-il été un peu moins obnubilé par la nécessité d'en finir au plus vite avec ce qu'il avait à faire en ce monde qu'il aurait vu et compris pourquoi les gens rivaient sur lui des yeux ébahis puis bondissaient hors de son chemin. Mais ça n'aurait rien changé. Il marchait si vite vers les lettres bleues – qui, selon la Mortcyclopédie, signalaient un endroit où il pourrait trouver le Keflex dont son corps avait besoin – que les pans de la veste de Jack Mort lui flottaient dans le dos malgré le poids des munitions qui en lestaient les poches, révélant les ceintures d'armes bouclées sur ses hanches, ceintures qu'il ne portait pas à la manière nette et réglementaire des précédents propriétaires mais entrecroisées, chaque étui bas sur la cuisse.

Pour les badauds, les voyous et les putes arpentant la 49e, il offrait la même vision étrange que celle aperçue par Gras Double : celle d'un desperado.

Roland atteignit la pharmacie Katz et y entra.

13

Le pistolero avait connu dans le temps bon nombre de magiciens, d'enchanteurs et d'alchimistes. La plupart astucieux charlatans ou grossiers simulateurs dont les tours de passe-passe ne pouvaient qu'attraper les gens plus bêtes qu'eux (mais, le monde n'ayant jamais été à court d'imbéciles, la seconde catégorie prospérait autant que la première, sinon mieux), mais aussi une infime poignée d'hommes authentiquement dignes de la noire réputation qui leur était faite, capables d'invoquer les morts et les démons, de tuer avec des mots, de guérir avec d'étranges breuvages. Dans l'un d'eux, le pistolero avait pensé reconnaître un démon, créature qui se faisait passer pour humaine et disait s'appeler Flagg. Brève avait été leur rencontre, et elle s'était située sur la fin, alors que déjà le chaos puis l'ultime écroulement cernaient son pays. Sur les talons de Flagg, étaient survenus deux autres personnages, des jeunes gens respirant le désespoir mais n'en dégageant pas moins une aura sinistre, et qui se nommaient Dennis et Thomas. Ces trois-là n'avaient traversé qu'une part infime de ce qui, dans l'existence de Roland, devait rester comme un temps de trouble et de confusion, mais il n'oublierait jamais comment Flagg avait changé en chien hurlant un malheureux qui avait eu l'imprudence de l'irriter. Oui, cette image s'était gravée dans sa mémoire. Puis il y avait eu l'homme en noir.

Et il y avait eu Marten.

Marten qui avait séduit sa mère alors que son père était au loin, qui avait tenté d'être l'artisan de sa mort et n'avait en fait réussi qu'à hâter son entrée dans l'âge adulte. Marten qu'il allait de nouveau croiser sur sa route avant d'atteindre la Tour... à moins qu'il ne dût l'y retrouver.

Cela pour dire que son expérience de la magie et des magiciens avait semé en lui l'attente de quelque chose d'assez différent de la pharmacie Katz telle qu'elle devait lui apparaître.

Il s'était imaginé un lieu de pénombre et de fumée douce-amère çà et là rompues par la clarté des chandelles, tout plein de bocaux et de fioles aux contenus mystérieux – poudres, potions et philtres –

la plupart sous une épaisse couche de poussière, voire enveloppés dans des toiles d'araignées. Il s'était attendu à une silhouette encapuchonnée tapie au fond de cet antre, à un personnage dont il lui fallût éventuellement se méfier. Or les gens qu'il voyait évoluer derrière la transparence de ces murs de verre ne semblaient pas se comporter différemment que dans n'importe quel magasin, et il crut qu'il s'agissait d'une illusion.

En fait, ils étaient bien réels.

Pendant un moment donc, le pistolero ne fit que se tenir dans l'embrasure de la porte, surpris d'abord, puis franchement ironique. Il était là dans un monde qui, presque à chaque pas, le frappait d'étonnement, dans un monde où les diligences empruntaient la voie des airs, où le papier ne semblait pas avoir plus de valeur que le sable. Et la toute dernière merveille qu'il découvrait était que dans ce monde les gens avaient tout simplement cessé d'être sensibles au merveilleux : au sein de tels miracles, il ne voyait que mornes visages et corps pesants.

Il y avait là des milliers de fioles contenant des potions et des philtres que la Mortcyclopédie considérait en général comme du pipeau. Ici, c'était une panacée censée restaurer votre crâne chauve dans sa pilosité d'origine mais qui le laissait désespérément lisse, là une crème qui, promettant de vous gommer ces vilaines taches sur les bras et sur les mains, mentait honteusement. Et puis là, des remèdes pour ce qui n'en requérait d'aucune sorte : bloquant ou relâchant vos intestins, vous donnant des dents blanches ou des cheveux noirs, ou encore meilleure haleine comme si le même résultat ne pouvait être obtenu en mâchant de l'écorce d'aulne. Nulle magie en ces lieux, rien que du trivial – bien qu'il s'y trouvât de l'astine et quelques autres médicaments dont le nom semblait être un gage d'efficacité. Roland, dans l'ensemble, en était effaré. Fallait-il s'étonner que l'étonnement eût déserté ces lieux qui, promesse d'alchimie, s'occupaient avant tout de parfums ?

Mais un nouveau recours à la Mortcyclopédie lui apprit que la vérité de cet endroit n'était pas tout entière dans ce qu'il en voyait. Les potions réellement efficaces y étaient tenues à l'abri des regards, partant des convoitises. On ne pouvait les obtenir que sur autorisation d'un sorcier, lesquels, en ce monde, se nommaient DOCKTEURS et consignaient leurs formules magiques sur des feuilles de papier portant le nom d'ORDOS, termes l'un comme l'autre inconnus du pistolero. Il aurait pu s'informer plus avant mais c'était sans importance. Il en savait assez pour ce qu'il avait à faire, et un bref coup d'œil dans la Mortcyclopédie le renseigna sur l'endroit précis du magasin où il pouvait trouver ce qu'il cherchait.

D'un pas déterminé, il gagna donc le comptoir surmonté d'un écriteau où était écrit : EXÉCUTION DES ORDONNANCES.

14

Le Katz qui, en 1927, avait ouvert sur la 49e Rue le Drugstore Katz, Pharmacie et Débit de Limonade (Articles Divers pour Hommes et Dames) avait depuis longtemps rejoint sa tombe et son fils unique semblait bien parti pour rejoindre la sienne. Tout en n'ayant que quarante-six ans, il en paraissait vingt de plus. Passablement dégarni, le teint jaune et d'une maigreur effarante, il savait que bon nombre de gens lui trouvaient une mine de déterré, savait aussi qu'aucun ne comprenait pourquoi.

Mrs Rathbun, par exemple, cette conne qu'il avait au bout du fil et qui lui promettait pis que pendre s'il ne lui délivrait pas son putain de Valium, et tout de suite... à l'instant même.

Qu'est-ce que tu crois, mémère, que je vais te déverser un flot de pilules bleues par téléphone ? Dommage au demeurant que ce fût impossible : elle lui aurait au moins fait la grâce de la fermer, ou plutôt de ne l'ouvrir que pour attendre la manne sortant du combiné.

La pensée lui arracha un sourire spectral qui révéla ses dents jaunies.

– Vous ne comprenez pas, Mrs Rathbun, l'interrompit-il après l'avoir écoutée délirer une pleine minute tandis que la trotteuse faisait un tour complet sur le cadran de sa montre.

Juste une fois, il aurait aimé être capable de lui dire : *Arrêtez de me gueuler dessus, connasse! Prenez-vous-en plutôt à votre médecin traitant. C'est lui qui vous a rendue dépendante de cette saloperie!* Ces fumiers de toubibs prescrivaient ça comme si c'étaient des chewing-gums et, quand ils décidaient de fermer le robinet, qui est-ce qui se retrouvait éclaboussé de merde? Lui, pardi!

– Que voulez-vous dire par : « Vous ne comprenez pas »? (La voix résonnait dans son oreille comme une guêpe furieuse d'être prisonnière sous un pot.) Moi, je comprends que je laisse des fortunes dans votre pharmacie minable. Je comprends que j'ai toujours été une bonne cliente tout au long de ces années. Je comprends...

– Il faut vous adresser au... (à travers ses verres demi-lunes, il jeta un nouveau coup d'œil sur la carte Rolodex de la connasse)... Dr Brumhall, Mrs Rathbun. Votre ordonnance n'était pas renouvelable et je n'ai pas le droit de vous vendre du Valium maintenant qu'elle est expirée : ce serait un délit fédéral.

Et ce devrait en être un d'en prescrire... à moins que le médecin ne donne à son patient son numéro personnel, celui qui est sur la liste rouge.

– C'était un simple oubli! hurla la femme dont la voix, maintenant, se teintait de panique.

Eddie aurait immédiatement identifié cette intonation : le cri sauvage et désespéré de l'oiseau-junkie.

– Appelez, donc, et demandez-lui de rectifier, dit Katz. Il a mon numéro.

Oui, ils avaient tous son numéro. Et c'était là le cœur du problème. S'il avait, à quarante-six ans, l'air d'un vieillard à l'agonie, il pouvait en remercier tous ces *fershlugginers* de toubibs.

Et tout ce que j'ai à faire pour voir fondre les derniers vestiges de bénéfices que je tire encore de ce bagne, c'est de dire à l'une de ces connasses d'aller se faire foutre.

– Mais je ne peux pas l'appeler! hurla la voix au bout du fil dans un sursaut de stridence qui lui vrilla le tympan. Lui et son petit ami sont en vacances quelque part et personne ne veut me dire où!

Katz sentit au fond de l'estomac des sécrétions acides s'activer. Il avait deux ulcères, l'un cicatrisé, l'autre qui saignait en permanence, et toutes ces hystériques en étaient la cause. Il ferma les yeux. Aussi ne put-il voir le regard ébahi que son assistant rivait sur l'homme au costume bleu et aux lunettes cerclées d'or qui s'approchait du comptoir des ordonnances, pas plus qu'il ne vit Ralph, le vieux vigile obèse (Katz le payait une misère mais n'en râlait pas moins sur la dépense; son père n'avait jamais eu besoin d'un vigile, mais son père – que Dieu le fît pourrir dans l'éternité – avait eu la chance de vivre à une époque où New York était encore une ville et pas une immense cuvette de chiottes), s'arracher à sa coutumière somnolence et porter la main à son arme. Il entendit bien crier une femme mais crut qu'elle venait simplement de s'apercevoir qu'il vendait du Revlon – il avait été obligé d'en garnir ses rayons pour contrer la concurrence déloyale de ce *putz* de Dollentz, un bloc plus haut sur la rue.

Il n'avait donc en tête que Dollentz et cette connasse au téléphone alors que le pistolero s'avançait vers lui, incarnation du destin, il ne pensait qu'à l'extraordinaire spectacle que ces deux-là pourraient offrir, sous le soleil brûlant du désert, sans rien d'autre sur eux qu'une couche de miel et attachés à un poteau planté sur une fourmilière. Chacun son poteau, chacun sa fourmilière. Merveilleux! Jouissance de l'esprit qu'accompagnait cependant l'amère conscience d'avoir atteint le fond. Telle avait été la détermination du vieux Katz à voir son unique héritier marcher sur ses traces qu'il s'était refusé à lui payer d'autres études que celles débouchant sur une licence de pharmacologie ; l'infortuné fils avait donc marché sur les traces de son père, et que dans l'éternité Dieu fît pourrir ce dernier dont l'unique rejeton en était maintenant à toucher le fond d'une vie qui semblait n'avoir pourtant connu que des creux et l'avait vieilli avant l'âge.

Oui, le fond, le nadir absolu.

Du moins le croyait-il alors qu'il avait encore les yeux fermés.

– Si vous pouvez passer, Mrs Rathbun, je pourrai vous donner une plaquette de douze Valium 5. Ça irait ?

– Enfin, il entend raison ! Merci, mon Dieu, de lui avoir fait entendre raison !

Et elle raccrocha. Comme ça. Sans un mot pour le remercier, lui. Mais dès qu'elle allait revoir ce rectum ambulant qui se prétendait médecin, elle tomberait à ses pieds, lui astiquerait avec son nez la pointe de ses Gucci, passerait ensuite à l'étage supérieur pour lui tailler une pipe, puis...

– Mr Katz, fit son assistant d'une voix étrangement blanche. Je crois que nous avons un prob...

Il y eut un nouveau cri, suivi par la détonation d'une arme à feu, et si violente fut la surprise de Katz qu'il crut son cœur sur le point de battre un dernier coup monstrueux avant de s'immobiliser à jamais.

Il ouvrit les yeux, les retrouva rivés dans ceux d'un inconnu, puis il les baissa et découvrit le pistolet que celui-ci avait au poing. Un regard sur la gauche lui révéla Ralph en train de se tenir la main et de fixer lui aussi sur l'homme des yeux qui semblaient lui sortir du visage. Quant à l'arme du vigile, le 38 qu'il avait réglementairement porté tout au long de ses dix-huit années dans la police (et dont les balles n'avaient jamais touché d'autres cibles que celles du stand de tir dans le sous-sol du commissariat du 23e District même s'il prétendait – sans pouvoir en apporter la preuve – l'avoir dégainé par deux fois en service commandé), elle gisait dans le coin, hors d'usage.

– Je veux du Keflex, dit l'homme au regard bleu acier d'une voix sans expression. J'en veux beaucoup. Tout de suite. Et pas la peine de me demander mon ordo.

Sur le moment, Katz ne put que river des yeux ronds sur le type, la bouche molle, le cœur battant à tout rompre et l'estomac transformé en bouilloire pleine d'acide.

S'était-il imaginé être arrivé au fin fond?

Avait-il vraiment cru pouvoir jamais l'atteindre?

15

– Vous faites erreur, finit par articuler Katz. (Sa propre voix lui paraissait bizarre, ce qui en soi ne l'était guère, vu qu'il se sentait la bouche en flanelle et la langue comme de la ouate à molleton.) Il n'y a pas de cocaïne ici. C'est une substance qui n'entre dans aucune préparation que nous soyons habilités à faire.

– Je n'ai pas dit *cocaïne*, rétorqua l'homme au costume bleu et aux lunettes cerclées d'or, mais *Keflex*.

C'est bien ce que j'avais cru entendre, faillit dire Katz à ce tordu de *momser*, puis il se ravisa, jugeant que pareille réponse risquait d'être prise pour de la provocation. Il avait ouï dire qu'on attaquait des pharmacies pour se procurer des amphétamines ou une demi-douzaine d'autres produits actifs (au nombre desquels le précieux Valium de Mrs Rathbun), mais ce devait être à sa connaissance le premier vol d'antibiotiques de toute l'Histoire.

La voix de son père (que Dieu le fasse pourrir dans l'éternité, le vieux salaud) lui intima l'ordre d'arrêter de bayer aux corneilles et de se décider à faire quelque chose.

O.K., mais il ne voyait pas quoi faire.

L'homme au pistolet lui vint en aide :

– Dépêchez-vous de me donner ce que je demande. Je suis très pressé.

– Quelle quantité voulez-vous ? demanda Katz dont les yeux quittèrent un instant les traits du voleur pour découvrir par-delà son épaule un spectacle qui lui parut presque impossible.

Non, pas dans cette ville. Pourtant, il semblait que ce fût bien réel. De la chance ? Katz ayant de la chance ? Voilà qui était digne de figurer dans le livre Guinness des Records !

– Je n'en sais rien, dit l'homme au pistolet. Autant qu'en peut contenir un sac. Un grand sac. (Et sans crier gare, il pivota sur lui-même et la détonation de l'arme une fois de plus retentit. Quelqu'un beugla. Des éclats de vitre blindée volèrent sur le trottoir et jusque sur la chaussée, blessant quelques passants mais sans gravité. A l'intérieur du drugstore, des femmes – et des hommes en nombre appréciable – poussèrent des cris d'orfraie. L'alarme se déclencha, joignant au vacarme son propre mugissement rauque. Les clients paniqués se précipitèrent vers la porte et, à l'issue d'une courte bousculade, l'eurent tous franchie. L'homme au pistolet fit de nouveau face au pharmacien. Son expression n'avait pas changé. Il émanait toujours de son visage cette effrayante – mais certes pas inépuisable – patience dont il ne s'était pas départi depuis le début.) Faites ce que je dis, et vite. Je suis pressé.

Katz ravala bruyamment sa salive.

– Oui, monsieur.

16

Le pistolero avait vu et admiré le miroir convexe suspendu dans le coin supérieur gauche de la boutique alors qu'il était encore à mi-chemin du comptoir derrière lequel l'alchimiste gardait les potions puissantes. La fabrication d'un tel miroir était au-delà des capacités techniques de n'importe quel artisan de son monde dans l'état présent de celui-ci, bien qu'il y ait eu un temps où de tels objets – et bon nombre d'autres merveilles du monde d'Odetta et d'Eddie – avaient sans doute été monnaie courante. Il en avait relevé des vestiges dans le tunnel sous les montagnes et ailleurs aussi... reliques mystérieuses et d'une haute antiquité à l'égal des pierres aux *Druits* qui se dressaient parfois dans les lieux fréquentés par les démons.

Et il avait tout de suite compris à quoi servait ce miroir.

Le mouvement du garde, en revanche, ne lui était apparu qu'avec un léger retard – il commençait à mesurer l'effet désastreux des lentilles que portait Mort sur sa vision périphérique – mais encore assez tôt pour qu'il se tournât et le désarmât d'une balle bien ajustée. Tir de pure routine à ses yeux, bien qu'il ait eu à se presser quelque peu, mais dont la victime devait garder un souvenir différent. Ralph Lennox allait, jusqu'à la fin de ses jours, jurer ses grands dieux que le type avait réussi là un coup impossible... hormis peut-être dans les shows western pour gamins attardés, style *Annie Oakley*.

Grâce au miroir, évidemment placé là pour repérer les voleurs, Roland avait été plus rapide pour s'occuper de l'autre.

Il avait vu le regard de l'alchimiste se hausser un court instant par-dessus son épaule et, immédiatement, son propre regard s'était levé vers la providentielle surface réfléchissante, lui révélant l'image déformée d'un homme en veste de cuir qui s'avançait derrière lui dans l'allée centrale, un long couteau à la main et, sans nul doute, des rêves de gloire plein la tête.

Le pistolero fit volte-face et, le pistolet contre la hanche, pressa la détente, conscient que son manque de familiarité avec l'arme risquait de lui faire rater sa cible, mais peu désireux de blesser l'un des clients qui se tenaient figés derrière le prétendant au titre de héros. Mieux valait avoir à tirer, après rectification, une deuxième balle ascendante qui ferait son boulot tout en préservant la vie des badauds que de tuer par exemple une dame dont le seul crime aurait été de mal choisir son jour pour s'acheter du parfum.

Le pistolet avait été bien entretenu. Sa visée était juste. Au souvenir des rondeurs mollassonnes des pistoleros auxquels il les avait empruntées, il eut le sentiment que ces derniers s'étaient mieux occupés des armes qu'ils portaient que d'eux-mêmes. Un tel comportement lui semblait étrange, mais ce monde dans son ensemble était étrange et Roland ne pouvait se permettre de juger. Il n'en aurait d'ailleurs pas eu le temps.

La première balle fit donc mouche, tranchant le couteau de l'homme à la base de la lame, ne lui laissant que le manche en main.

Les yeux de Roland se posèrent, très calmes, sur le type en veste de cuir, et quelque chose dans ce regard dut rappeler à l'ex-prétendant au titre de héros quelque rendez-vous urgent car il pivota sur ses talons, laissa tomber les vestiges du couteau et se joignit à l'exode général.

Roland ramena son attention sur l'alchimiste pour lui donner ses ordres... assortis d'un avertissement : plus de blagues, sinon le sang coulerait. L'autre s'apprêtait à obéir quand le canon d'une arme effleura son épaule osseuse. Il se retourna aussitôt sur un « Yeeek! » étranglé.

– Pas vous, dit le pistolero. Restez ici et laissez votre 'prenti s'en occuper.

– Mon quoi?

– Lui.

D'un geste impatient, Roland montra le jeune homme.

– Que dois-je faire, Mr Katz?

Quelques survivances d'acné post-pubère rutilaient sur le blanc visage du préparateur.

– Lui apporter ce qu'il demande, *putz*! Du Keflex.

L'assistant gagna l'un des rayons qui se trouvaient derrière le comptoir et y prit un flacon.

– Tournez-le de manière que je voie ce qui est écrit dessus, dit le pistolero.

Le jeune homme montra l'étiquette et Roland n'y put rien déchiffrer : trop de lettres étaient étrangères à son alphabet. Il consulta la Mortcyclopédie qui confirma : c'était bien du Keflex. Roland prit alors conscience d'avoir perdu son temps en voulant vérifier. Si lui savait ne pas pouvoir tout lire en ce monde, il n'en était pas de même de ces gens.

– Combien y a-t-il de cachets dans ce flacon?

– Ce ne sont pas des cachets mais des gélules, précisa l'assistant, nettement nerveux. Mais si vous désirez des antibiotiques sous forme de ca...

– Je m'en fiche. Combien de doses?

– Euh... (Le gamin affolé jeta de nouveau un œil sur le flacon et faillit le laisser tomber.) Deux cents.

Roland se sentit à peu près comme quand il avait découvert quelle quantité de munitions pouvait être acquise dans ce monde pour une somme ridicule. Le compartiment secret de l'armoire à pharmacie d'Enrico Balazar renfermait neuf échantillons de Keflex, soit trente-six doses, et notable avait été l'amélioration de son état. Si deux cents doses s'avéraient impuissantes à juguler définitivement l'infection, rien n'y parviendrait.

– Donnez-moi ça, dit l'homme au costume bleu.

Le préparateur lui tendit le flacon.

Le pistolero retroussa la manche de sa veste, révélant à son poignet la Rolex de Jack Mort.

– Je n'ai pas d'argent mais ceci devrait être une compensation correcte. Du moins, je l'espère.

Il se tourna et, de la tête, salua le vigile qui, assis par terre auprès de son tabouret renversé, continuait de le regarder avec des yeux ronds; puis il sortit.

Pas plus compliqué que ça.

Cinq secondes durant, il n'y eut d'autre bruit dans

le drugstore que le braiment de l'alarme, lequel était assez tonitruant pour couvrir jusqu'aux commentaires et autres bavardages qui, devant sur le trottoir, allaient bon train.

– Et maintenant, Mr Katz, qu'est-ce qu'on fait? osa finalement chuchoter le jeune préparateur.

Le pharmacien ramassa la montre et la soupesa.

De l'or. De l'or massif.

Il ne pouvait y croire.

Etait bien obligé d'y croire.

Un dingue débarquait dans son magasin, d'une balle désarmait son vigile, d'une autre le quidam qui s'approchait par-derrière avec un couteau, et tout ça pour se procurer la dernière drogue à laquelle on pût penser.

Du Keflex.

Pour environ soixante dollars de Keflex.

Et qu'il payait en laissant une Rolex à quatre briques.

– Ce qu'on fait? répéta Katz. Vous commencez par me mettre cette montre sous le comptoir. Vous ne l'avez jamais vue. (Il se tourna vers Ralph.) Vous non plus.

– O.K., s'empressa d'acquiescer Ralph. Du moment que je touche ma part quand vous la vendrez, je n'ai rien vu qui ressemble à une montre.

– Il va se faire abattre comme un chien, dit Katz avec une évidente délectation.

– Du Keflex... fit l'assistant, songeur. Et il n'avait même pas l'air d'avoir la goutte au nez.

Le tirage

1

Alors que l'arc inférieur du soleil touchait la Mer Occidentale, y déversant une coulée d'or en fusion jusqu'à cette extrême pointe de grève où Eddie gisait troussé comme une volaille, les agents O'Mearah et Delevan reprenaient péniblement conscience dans ce monde d'où le jeune homme était issu.

– Vous pourriez me retirer ces menottes? quémanda humblement Johnny Gras Double.

– Où est-il? demanda O'Mearah, la voix pâteuse, portant une main tâtonnante à son étui.

Plus d'étui. Ni étui ni ceinturon ni revolver. Envolé, le revolver.

Merde.

Commencèrent de défiler dans sa tête les questions qu'allaient probablement lui poser les connards de l'Inspection générale des Services – des mecs qui tiraient de *Starsky et Hutch* toute leur connaissance du travail de terrain – et, à ses yeux, la valeur monétaire de son pistolet perdu se fit tout d'un coup comparable en importance à la population de l'Irlande ou aux principaux gisements miniers du Pérou. Il se tourna vers Carl et constata que son coéquipier s'était également fait dépouiller de son arme.

O doux Jésus, pensa-t-il, *peut-on imaginer une plus belle paire de crétins?*

Et quand Gras Double réitéra sa prière, lui demandant s'il voulait bien prendre la clé sur le comptoir et le débarrasser de ses menottes, O'Mearah lui répondit : « Je devrais plutôt... » puis s'arrêta parce qu'il avait été sur le point de dire : *Je devrais plutôt te coller quelques pruneaux dans les tripes*, et que cela aurait été une menace qui, de toute façon, n'aurait pas été prise au sérieux. Le fond de commerce des Clements était soi-disant imprenable et, pourtant, le salopard aux lunettes cerclées d'or – d'autant plus salopard qu'il avait eu la touche d'un citoyen respectable – les avait, Carl et lui, délestés de leur arme avec l'aisance de quelqu'un confisquant un pistolet à bouchons à un gamin.

Donc, au lieu d'achever sa phrase, il prit la clé sur le comptoir et délivra Gras Double. Puis, remarquant le Magnum dans le coin où, d'un coup de pied Roland l'avait expédié, il alla le ramasser et le glissa dans la ceinture de son pantalon.

– Hé là, c'est à moi, glapit Gras Double.

– Ah bon ? Tu tiens à le récupérer ? (Il détachait ses mots, y était obligé, vu le mal de crâne qu'il se payait, et pour le moment, il n'avait qu'une envie, retrouver Mr Lunettes Cerclées d'Or pour le clouer sur le premier mur venu. En choisissant des clous émoussés.) Il paraît que ça plaît beaucoup, les nouveaux détenus dans ton genre du côté d'Attica. Ils ont un dicton là-bas : « Plus le coussin est gros, plus c'est chouette de le pointer. » Tu es vraiment sûr de vouloir ce flingue ?

Johnny Holden se détourna sans répondre mais O'Mearah eut le temps de voir les larmes qui lui montaient aux yeux cependant qu'une tache de pisse toute fraîche apparaissait sur son pantalon. Mais sa pitié n'en fut nullement éveillée.

– Où est-il ? s'enquit derrière eux Delevan d'une voix qui se débrouillait pour être à la fois pâteuse et nasillarde.

– Parti, fit Gras Double. J'en sais pas plus. J'ai bien cru qu'il allait me tuer.

Delevan se relevait. Il porta la main à sa joue, la sentit humide; regarda : du sang. Merde. Puis il chercha son arme et continua de la chercher long-temps après que ses doigts lui eurent amplement confirmé son absence, comme celle de l'étui, de la ceinture et du reste. Quant à son état de santé, si O'Mearah n'avait que la migraine, lui, Carl, aurait juré qu'on venait de se livrer dans sa tête à des essais nucléaires.

– Ce mec a piqué mon pistolet, fit-il dans une bouillie de voyelles à laquelle son collègue répondit dès qu'il en eut percé le sens :

– Je sais. Bienvenue au club.

– Il est toujours là?

Delevan fit un pas vers O'Mearah, tanguant sur la gauche comme s'il avait à compenser une gîte énorme sur le pont d'un bateau par gros temps. Puis il réussit à se redresser.

– Tu parles!

– Depuis combien de temps il est parti? demanda Delevan à Gras Double dont il n'obtint pas réponse – l'autre leur tournait le dos et pouvait les avoir crus parlant toujours ensemble – mais Delevan n'était pas connu pour son caractère facile, fût-ce dans les meil-leures circonstances, et même si le crâne devait lui voler en éclats, le type eut droit à sa gueulante : Je t'ai posé une question, gros lard! Y a combien de temps qu'il s'est tiré?

– Peut-être cinq minutes, dit Gras Double, toujours sans entrain. Il a pris vos armes, puis ses cartouches. (Temps d'arrêt.) J'y croyais pas mais il les a payées.

Cinq minutes, réfléchit Delevan. Le type était arrivé en taxi. Ils l'avaient vu débarquer pendant qu'ils prenaient leur pause café dans la bagnole. Sauf que, maintenant, on approchait de l'heure de pointe, et trouver un taxi allait devenir rudement coton. Ils avaient une chance...

– Allez! On y va! Mais il va nous falloir une arme... (O'Mearah lui montra le Magnum; il commença par en voir deux puis fit la mise au point.) Bien. (Ça revenait, mais pas d'un coup, comme à la boxe quand l'un des gars se ramasse un méchant crochet dans le menton.) Tu le gardes. Je prendrai le fusil sous le tableau de bord.

Il s'ébranla vers la porte et, cette fois, fit plus que tituber, bascula, et dut se retenir au mur pour ne pas s'étaler.

– Tu crois que ça ira?

Le doute était perceptible dans la voix de O'Mearah.

– Parfaitement si on le rattrape.

Ils sortirent. Johnny ne fut pas tout à fait aussi soulagé par leur départ que par celui du tordu au costard bleu mais presque. Ouais, presque.

2

Delevan et O'Mearah n'eurent même pas à discuter de la direction prise par leur gibier en sortant de chez Clements; la radio les renseigna sitôt qu'ils la branchèrent.

– Code 19, répétait la fille sans apparemment s'en lasser, code 19, vol à main armée en cours, coups de feu tirés. Code 19, code 19. Emplacement : 395, 49ᵉ Rue Ouest, pharmacie Katz. Agresseur : grand, blond-roux, costume bleu...

Des coups de feu, retint Delevan entre les assauts plus violents que jamais de son mal de crâne. *Partis de quel pistolet? Du mien ou de celui de George? Des deux, qui sait? Si ce fumier a fait des morts, on est fichus. A moins de mettre la main dessus.*

– Démarre, dit-il à O'Mearah qui ne se le fit pas répéter, obsédé par les mêmes pensées que son collègue et souffrant moins que lui, donc plus lucide.

Il enclencha sirène et gyrophare et se lança dans la circulation. Ça commençait à se compliquer avec la sortie des bureaux et il roulait deux roues dans le caniveau, les deux autres sur le trottoir, suscitant des envols de piétons effarés. Côté chaussée, l'aile arrière d'un poids lourd garda le rude souvenir de leur passage. Ils avaient les yeux rivés sur les éclats de verre qui miroitaient là-bas devant et les oreilles déjà pleines des stridences de l'alarme. Les passants s'étaient tous abrités sur les pas de porte ou derrière les poubelles, mais dans les étages, on semblait s'être rué aux fenêtres comme s'il s'agissait d'une série télé disposant enfin d'un budget correct ou d'un film qu'on pouvait voir sans payer.

Devant l'immeuble, la rue n'avait pas attendu d'être barrée pour se vider de toute circulation.

– Espérons qu'il y est encore, dit Delevan, et, d'un tour de clé, il libéra les deux courtes barres d'acier qui bloquaient l'étrier du fusil à pompe sous le tableau de bord. Ouais, espérons seulement que cette saloperie de putain de fumier n'a pas déjà fichu le camp.

Ce qu'ils s'acharnaient tous deux à ne pas comprendre, c'était que, quand on se retrouvait confronté au pistolero, il valait souvent mieux lui foutre la paix.

3

Quand Roland était ressorti du drugstore, le gros flacon de Keflex avait rejoint la moitié des munitions dans la poche de veste de Jack Mort mais le 38 de Carl Delevan n'avait pas regagné son étui... car c'était rudement bon de tenir de nouveau un pistolet dans une main droite à laquelle il ne manquait aucun doigt.

Il entendit la sirène et vit la voiture qui se ruait sur lui. *Eux*, pensa-t-il, et il allait lever son arme quand il se rappela : c'étaient des pistoleros. Des pistoleros dans l'accomplissement de leur tâche. Il pivota sur ses talons et rentra dans la boutique de l'alchimiste.

– Pas plus loin, salopard, hurla Delevan.

Les yeux du pistolero volèrent jusqu'au miroir convexe et s'y posèrent à l'instant où l'un de ses pairs en ce monde – celui qui avait saigné de l'oreille – se penchait avec un fusil à la fenêtre du véhicule que son coéquipier faisait piler net, dans le crissement et la fumée des roues en caoutchouc freinant sur l'étrange et lisse pierre noire de la chaussée. Il le vit faire monter d'un coup de levier une cartouche dans la chambre de l'arme.

Il se plaqua au sol.

4

Katz n'eut pas un regard à jeter dans un miroir de quelque type pour comprendre ce qui allait se passer. Au lieu d'un cinglé, trois. Un braqueur et deux flics. *Oy vay*.

– Baissez-vous! cria-t-il à son assistant et à Ralph, le vigile, en se laissant tomber sur les genoux derrière le comptoir, sans se soucier de vérifier si son conseil était suivi.

Puis il sut que c'était du moins le cas pour le préparateur puisqu'une fraction de seconde avant que Delevan ne tirât, il reçut le jeune homme sur le dos et s'affaissa sous son poids. Il alla cogner du menton contre le carrelage et se fractura la mâchoire en deux points.

La décharge de douleur qui lui jaillit dans le crâne ne noya pas complètement le coup de feu; il l'entendit comme il entendit voler en éclats le restant de sa vitrine ainsi que l'eau de Cologne, l'after-shave, le parfum, le sirop pour la toux... bref, tout ce qui était bouteilles. Un millier d'odeurs contradictoires se mêlèrent, créant un véritable enfer olfactif, et avant de tourner de l'œil, Katz exhorta une dernière fois Dieu à faire pourrir son père dans l'éternité pour lui avoir à l'origine attaché au pied le boulet infect de cette pharmacie.

5

Roland vit les flacons et les boîtes voler en tous sens sous la gifle des plombs. La vitre d'un présentoir se désintégra. Les montres qu'il contenait furent projetées en arrière sous forme de dense et scintillant nuage.

Ils n'avaient aucun moyen de savoir s'il restait ou non des innocents dans la boutique, songea-t-il. *Et ils se sont quand même servis d'une arme à tir dispersé !*

C'était impardonnable. Une bouffée de colère l'envahit qu'il réprima. C'étaient des pistoleros. Plutôt se dire que le choc entre leurs deux crânes en avait altéré le contenu que de les imaginer faisant sciemment ce qu'ils faisaient, sans nul souci de ceux qu'ils risquaient de blesser ou de tuer.

Ils s'attendaient à le voir fuir ou répondre à leur tir.

Au lieu de cela, il se redressa et rampa vers eux à quatre pattes, se lacérant mains et genoux sur les bouts de verre. La douleur fit reprendre conscience à Jack Mort, ce dont Roland fut enchanté : il allait avoir besoin de son hôte et, supportant aisément la cuisson des plaies que les tessons ouvraient dans les chairs, se fichait éperdument de leur gravité, les sachant infligées à un monstre qui les méritait cent fois plutôt qu'une.

Il atteignit le soubassement de ce qui n'offrait plus qu'une lointaine ressemblance avec une vitrine de verre blindé et se tapit derrière, juste à droite de la porte. Puis il rengaina l'arme qu'il avait – jusqu'alors et par plaisir – gardée au poing.

Il n'allait pas avoir à s'en servir.

6

– Arrête de déconner, Carl! hurla O'Mearah.

Un gros titre du *Daily News* venait de s'inscrire brutalement dans sa tête :

BAVURE POLICIÈRE DANS UN DRUGSTORE
DU WEST SIDE : QUATRE MORTS

Delevan l'ignora totalement et pompa une cartouche neuve dans le fusil.

– Finissons-en avec c't' ordure.

7

Tout se passa conformément aux espoirs du pistolero.

Furieux d'avoir été sans effort bernés puis désarmés par un homme qui ne devait pas se distinguer à leurs yeux des autres moutons parqués dans les rues de cette ville apparemment infinie, et toujours groggys du choc qui les avait assommés, ils s'engouffrèrent dans la boutique avec, en tête, l'imbécile qui avait tiré à la grenaille. Ils couraient légèrement penchés en avant, tels des soldats chargeant une position ennemie, mais c'était là leur seule concession à l'idée que leur adversaire fût toujours à l'intérieur. Ils le voyaient déjà en train de s'enfuir par-derrière.

Ils traversèrent donc en trombe le trottoir, faisant crisser sous leurs pas le verre qui le jonchait, et, quand le pistolero au fusil poussa la porte à présent débarrassée de sa vitre, Roland se leva, les mains entrelacées en un poing unique qu'il abattit sur la nuque de l'agent Carl Delevan.

Lors de son témoignage devant la commission d'enquête, Delevan devait affirmer n'avoir aucun souvenir de tout ce qui avait suivi le moment où il s'était agenouillé dans l'établissement des Frères Clements et avait vu sous le comptoir le portefeuille du plaignant, lequel, plus tard, allait se révéler leur agresseur. Les membres de la commission devaient estimer que, vu les circonstances, pareille amnésie était sacrément pratique, et Delevan allait avoir de la chance de s'en tirer avec deux mois de suspension sans solde. Roland, lui, l'aurait cru, et, dans d'autres circonstances (si l'imbécile ne s'était pas servi d'un fusil à forte dispersion dans une boutique pleine d'innocents, par exemple), aurait même compati. Quand on se reçoit deux coups sur le crâne en l'espace d'une demi-heure, on peut s'attendre à certains troubles cérébraux.

Alors que Delevan s'effondrait, soudain aussi mou qu'un sac de flocons d'avoine, le pistolero lui arracha son fusil des mains.

– Arrête ça! hurla O'Mearah d'une voix où se mêlaient colère et consternation.

Il était en train de lever le Magnum de Gras Double mais ainsi que Roland l'avait soupçonné : lentement, avec cette pitoyable lenteur des pistoleros de ce monde. Il aurait eu pour le moins trois fois le temps de tirer sur O'Mearah mais, n'en éprouvant nullement le besoin, se contenta d'imprimer au fusil un irrésistible arc ascendant. Il y eut comme un bruit de baiser alors que la crosse entrait en collision avec la joue gauche de O'Mearah, dont tout le bas du visage, de la joue jusqu'au menton, se déjeta de cinq centimètres sur la droite. Il allait falloir trois opérations et quatre broches d'acier pour ramener et maintenir sa mâchoire en position normale. Un moment, il resta là, planté face au pistolero, rivant sur l'homme en costume de ville et ceinturons entrecroisés un regard incrédule, puis ses yeux ne montrèrent plus que leur blanc, ses genoux se ramollirent et, à son tour, il s'effondra.

Debout sur le seuil, indifférent à l'approche des sirènes, Roland ouvrit le fusil et en actionna le levier, éjectant les grosses cartouches rouges sur le corps inerte de Delevan. Après quoi, avec un égal mépris, l'arme alla rejoindre ses munitions.

– Tu es un fou dangereux qui aurait eu sa place à l'Ouest, dit-il à l'homme inconscient. Tu as oublié le visage de ton père.

Il enjamba le corps et s'achemina vers le véhicule des pistoleros qui ronronnait toujours à l'arrêt, en ouvrit la porte et se glissa sur le fauteuil du passager, puis sur l'autre derrière le gouvernail.

8

– Est-ce que tu sais conduire ça? demanda-t-il au débordement de cris et de charabia auquel s'était réduit Jack Mort.

Mais il n'obtint aucune réponse cohérente, Mort ne démordant pas de ses stridences. Hystérie, reconnut-il, mais avec un soupçon d'inauthenticité. Jack Mort piquait sa crise à dessein, moyen d'éviter toute conversation avec l'étrange ravisseur.

Ecoute, lui dit le pistolero. *Je suis trop pressé pour répéter. Si tu ne réponds pas à ma question ou à l'une de celles qui vont suivre, je te colle un pouce dans l'œil droit, j'appuie tant que c'est possible puis je te l'arrache du crâne et je m'essuie le doigt sur la banquette. Je pense pouvoir me débrouiller avec ton seul œil gauche. Après tout, ce n'est pas comme si c'était le mien.*

Il était dans l'incapacité de mentir à Mort comme Mort dans celle de lui mentir. Telle était la nature de leur relation, glaciale et forcée pour tous deux, mais plus intime que n'aurait su l'être le plus passionné des rapports sexuels. Il s'agissait en fait non d'une réunion des corps mais de l'ultime fusion de deux esprits.

Roland pensait ce qu'il disait.

Et Mort le comprit ainsi.

Les cris cessèrent aussitôt.

Je sais conduire, dit Mort, et ce furent les premiers mots sensés que Roland capta dans cette tête depuis qu'il y était entré.

Fais-le, donc.

– Où dois-je aller?

Connais-tu un endroit qui s'appelle le « Village »?

Oui.

Alors vas-y.

Où dans le Village?

Pour l'instant, occupe-toi seulement de m'y conduire.

On ira sans doute plus vite si je mets la sirène.

Parfait. Tu la mets. Ainsi que ces phares qui tournent.

Pour la première fois depuis qu'il s'était emparé de cet homme, Roland se plaça légèrement en retrait, lui laissant partiellement les commandes. Quand la tête de son hôte se tourna pour inspecter le tableau de bord de la voiture blanc et bleu de Delevan et de O'Mearah, Roland regarda aussi mais sans avoir pris l'initiative. Toutefois, physiquement présent plutôt que *ka* désincarné, il n'eût pas manqué de se tenir sur la pointe des pieds, prêt à reprendre les choses en main au moindre signe de mutinerie.

Vigilance inutile. Cet homme qui avait tué ou estropié Dieu savait combien de personnes innocentes n'avait nulle intention de perdre un de ces chers yeux. Il enfonça des boutons, tira sur un levier, et ils furent en mouvement. La sirène gémit et le pistolero vit des spasmes de lumière rouge éclabousser avec régularité l'avant du véhicule.

Tâche de conduire vite, ordonna-t-il sèchement.

9

Nonobstant la sirène et les gyrophares, et bien que Jack Mort parût battre la mesure sur le klaxon, il leur fut impossible à cette heure de pointe d'atteindre Greenwich Village en moins de vingt minutes. Dans le monde du pistolero, les espoirs d'Eddie fondaient comme du beurre sur le feu.

La mer avait déjà dévoré la moitié du soleil.

Voilà, dit Mort. *Nous y sommes.* Et c'était la vérité, ne pouvait qu'être la vérité, même si Roland ne voyait rien qui évoquât un village dans cet étouffoir inchangé de bâtisses, de véhicules et de piétons. Et pour ce qui était des véhicules, ils ne faisaient pas qu'engorger la chaussée; l'air même était empli de leurs clameurs incessantes et de leurs fumées nocives. Il les supposait provenir de la combustion d'un quelconque carburant, et c'était merveille que les gens pussent y survivre et que les femmes ne donnassent pas naissance à des monstres tels les Lents Mutants des montagnes de son pays.

Bon, où allons-nous maintenant? demandait Mort.

Le plus dur attendait Roland. Il s'y prépara... s'y prépara comme il pouvait, quoi qu'il arrivât.

Eteins la sirène et les lumières. Gare-toi le long du trottoir.

Mort obéit et s'immobilisa devant une borne d'incendie.

Il y a un chemin de fer souterrain dans cette ville, dit le pistolero. *Je veux que tu m'emmènes dans une gare où ces trains s'arrêtent pour laisser monter et descendre les voyageurs.*

Laquelle? s'enquit Mort, non sans panique. Il ne pouvait rien cacher à Roland ni Roland rien lui cacher... du moins jamais très longtemps.

Voilà quelques années – j'ignore combien – tu as poussé une jeune femme devant le train qui entrait dans l'une de ces gares. C'est dans cette gare que tu vas m'emmener.

S'ensuivit une courte lutte acharnée. Le pistolero en sortit vainqueur mais ce fut étonnamment difficile. A sa manière, Jack Mort était aussi double qu'Odetta. Certes pas schizophrène comme elle puisqu'il était parfaitement au courant de ce qu'il faisait, mais gardant secrète cette part de lui qui était le Pousseur, la tenant sous clé avec le même soin qu'un détourneur de fonds cachant le tiroir où s'amasse peu à peu sa cagnotte.

Tu m'y emmènes, salopard, répéta le pistolero. Le pouce droit de Jack Mort monta vers l'œil correspondant. Un centimètre au plus l'en séparait lorsque le propriétaire de l'œil en question céda, affolé.

La main droite de Mort retourna sur le levier près du volant et ils roulèrent vers Christopher Street Station où, trois ans auparavant, une jeune femme nommée Odetta Holmes avait eu les jambes sectionnées par le fabuleux Train A.

10

– Allons voir ça d'un peu plus près, dit l'îlotier Andrew Staunton à son coéquipier Norris Weaver alors que la voiture pie de Delevan et de O'Mearah s'immobilisait presque en face d'eux.

Sans se donner la peine de chercher un emplacement libre, le chauffeur se garait en double file et, derrière lui, la circulation se ralentissait encore pour contourner ce nouvel obstacle, tel un filet de sang s'acharnant à alimenter un cœur désespérément obstrué par le cholestérol.

Weaver vérifia le numéro peint sur le côté du phare avant droit. 774. Ouais, c'était bien celui qu'on leur avait donné au Central.

Hormis son stationnement gênant – infraction dont les gyrophares semblaient établir qu'elle était justifiée –, le véhicule n'offrit rien d'anormal dans son apparence, du moins jusqu'à ce que sa portière se fût ouverte et que son chauffeur en fût sorti. Il était en bleu, d'accord, mais ni du bleu ni de la coupe que rehaussent ordinairement des boutons dorés et un badge argenté. Ses chaussures non plus n'avaient rien de réglementaire, à moins que Staunton et Weaver n'eussent raté la note de service spécifiant que, dorénavant, Gucci devenait le fournisseur exclusif de la police new-yorkaise, ce qui était peu probable. Hautement probable, en revanche, que ce fût là le tordu qui avait attaqué deux flics au centre ville. Indifférent au concert de protestations klaxonnées ou hurlées par les autres automobilistes, l'homme abandonna son véhicule.

— Bon sang, fit Andy Staunton entre ses dents.

« N'aborder qu'avec les plus extrêmes précautions, avait dit la voix dans sa radio. Suspect armé extrêmement dangereux. » A les entendre, on avait presque toujours l'impression qu'il n'existait pas au monde d'être humain plus blasé que les filles du Central, impression qu'avaient confirmée les rares contacts d'Andy Staunton avec ce corps féminin et son administration. Aussi, la répétition du mot « extrême », sous forme d'adjectif puis d'adverbe, s'était accrochée dans son esprit comme un bouton de bardane.

Pour la première fois en quatre ans de carrière, il sortit son arme de service. Un coup d'œil sur le côté lui apprit que son coéquipier avait fait de même. Tous deux se tenaient sur le seuil d'une charcuterie fine à une dizaine de mètres de la bouche de métro. Ils se connaissaient depuis assez longtemps pour être parfaitement accordés l'un à l'autre comme seuls savent l'être les flics et les soldats de métier. Sans échanger un mot, ils reculèrent dans l'embrasure de la porte, le revolver à la verticale.

— Métro? demanda Weaver.

— Ouais. (Andy jeta un bref regard sur les escaliers un peu plus loin. Le rush battait son plein et la foule s'y enfonçait en un flot presque continu.) Il va falloir l'alpaguer tout de suite, avant qu'il n'en soit trop près.

— Allons-y.

Ils s'ébranlèrent, tandem impeccable dans lequel Roland eût aussitôt reconnu des adversaires autrement sérieux que les deux premiers pistoleros.

D'abord, ils étaient plus jeunes, et puis la voix qui les guidait l'avait étiqueté comme *extrêmement* dangereux, ce qui, aux yeux d'Andy Staunton et de Norris Weaver, faisait de lui l'équivalent d'un tigre affamé. *S'il ne se fige pas à la seconde même où je lui dis de le faire, c'est un homme mort*, pensa Andy.

— Police! On ne bouge plus! hurla-t-il en se laissant choir accroupi, l'arme tendue à bout de bras et bloquée entre ses paumes, position dont Weaver offrait le calque exact. Mettez vos mains sur la tê...

Il en était là de son injonction quand le type piqua un sprint vers la bouche de métro, et à une vitesse proprement prodigieuse. Mais Andy Staunton en action se découvrait tout d'un missile à tête chercheuse : il pivota sur ses talons avec la sensation qu'un manteau de froideur inémotive l'enveloppait... sensation que Roland aurait également reconnue pour s'être maintes fois trouvé dans une situation similaire.

Andy prit une légère avance sur la silhouette en mouvement puis pressa la détente de son 38. Il vit l'homme au costume bleu tournoyer en tentant de rester debout. Puis il le vit s'écrouler à terre alors que les gens — ceux-là mêmes qui, quelques instants plus tôt, ne s'occupaient que de survivre au trajet qui les ramenait chez eux — se mettaient à hurler et à s'égailler comme des cailles, soudain conscients de dangers d'une autre ampleur que celui de mourir étouffé dans une rame surchargée.

— Putain de merde, collègue, fit Norris Weaver. Tu l'as vraiment soufflé comme une bougie.

— Je sais, dit Andy d'une voix ferme qui aurait suscité l'admiration de Roland. Allons voir qui c'était.

Je suis mort! braillait le Pousseur. *Vous avez réussi à me faire tuer et je suis mort, je suis...*

Non, répondit le pistolero.

Par des yeux réduits à deux fentes, il regardait approcher les deux flics, le revolver toujours sorti. Ils étaient plus jeunes et plus rapides que ceux qui avaient monté la garde près du magasin d'armes. Plus rapides, à coup sûr. Et au moins l'un d'entre eux était un tireur d'élite. L'hôte de Roland – et Roland par voie de conséquence – aurait dû être mort, mourant, ou grièvement blessé. Andy Staunton avait tiré pour tuer mais, si sa balle s'était foré un chemin dans le revers de la veste, elle n'avait pas été plus loin que la poche de chemise. Les deux hommes qui se partageaient ce corps, l'apparent et le caché, avaient eu la vie sauve grâce au briquet de Jack Mort.

Mort ne fumait pas, mais comme son patron – dont, l'année prochaine à cette même date, il avait bon espoir d'occuper la place – était un fumeur invétéré, Mort avait consacré deux cents dollars à l'achat chez Dunhill d'un briquet d'argent. Il n'allumait pas toutes les cigarettes que Mr Framingham se fourrait dans le bec quand ils étaient ensemble – ce qui l'aurait par trop fait ressembler à un vulgaire lèche-cul – mais seulement une de temps à autre... et, en règle générale, quand ils étaient en présence d'un de leurs supérieurs dans la compagnie, de quelqu'un susceptible d'apprécier primo, la tranquille courtoisie de Jack Mort, secundo, le bon goût de Jack Mort.

Les Positifs mettaient toutes les chances de leur côté.

En l'occurrence, mettre toutes les chances de son côté venait de sauver tant sa vie que celle de Roland. La balle jaillie du 38 de Staunton avait frappé le briquet d'argent au lieu du cœur de Mort.

Il n'en était pas moins blessé, bien sûr. Se recevoir

un pruneau de gros calibre exclut de s'en tirer indemne. Le briquet s'était trouvé assez profondément repoussé dans sa poitrine pour y créer un trou. Il s'était aplati puis avait volé en éclats, creusant des ornières superficielles dans l'épiderme de Mort, l'un de ces projectiles ayant nettement tranché son téton gauche. Chauffée à blanc, la balle avait également embrasé la mèche imbibée d'essence. Le pistolero n'en conservait pas moins une immobilité parfaite alors qu'approchaient ses deux pairs en ce monde. Celui qui n'avait pas tiré disait aux gens de reculer... de rester à distance, putain de merde !

J'ai pris feu, hurla Mort. *Je brûle. Eteins ça ! Mais qu'est-ce que tu attends pour étein...*

Roland restait couché sur le ventre, sans un geste, à l'écoute des crissements sous les pas des pistoleros, ne prêtant nulle attention aux cris de Mort, tâchant de faire de même à l'égard du feu qui couvait dans sa poitrine et de l'odeur de chair grillée qui se répandait.

Il sentit un pied s'introduire sous sa cage thoracique et le soulever ; il se laissa mollement retourner sur le dos. Jack Mort avait les yeux ouverts, les traits flasques. En dépit de la cuisante douleur qu'infligeaient à son corps inerte les vestiges du briquet, rien ne trahissait qu'à l'intérieur un homme hurlait, hystérique.

– Mon Dieu, murmura un badaud, c'est une balle traçante que vous lui avez tirée dessus, mec ?

Un mince filet de fumée montait du trou dans le revers de la veste de Mort, plus diffuse était celle qui s'échappait de par-dessous le revers. L'odeur de barbecue s'accentua quand, dans le briquet broyé, la mèche prit vraiment feu.

Puis Andy Staunton, qui pouvait jusqu'alors s'enorgueillir d'un sans faute, commit là son unique erreur, une erreur pour laquelle Cort l'eût renvoyé chez lui l'oreille enflée nonobstant l'admirable comportement qui avait précédé, vu qu'il n'en fallait bien souvent pas plus, lui aurait-il dit, pour causer la mort d'un

478

homme. Staunton avait été capable de tirer sur le type – ce qu'aucun flic n'est réellement sûr de pouvoir faire avant d'être en situation de confrontation directe – mais la pensée que sa balle eût mis le feu audit type l'emplissait d'une horreur irraisonnée. Il se pencha donc imprudemment sur l'homme et le pied du pistolero s'écrasa dans son ventre, avant que Staunton n'ait eu le temps d'observer les étincelles de vie consciente flamboyant encore dans ces yeux censément morts.

Andy Staunton partit à la renverse, bousculant son coéquipier alors que le 38 lui échappait. Weaver ne s'en accrocha que plus fermement au sien mais il était encore empêtré avec Staunton quand il entendit un coup de feu et constata que son arme avait disparu comme par magie. La main qui l'avait tenue était aussi insensible que si elle avait reçu à pleine volée le marteau d'un forgeron.

Le type en costard bleu se leva, les regarda un moment et dit :

– Vous êtes bons. Bien meilleurs que les autres. Je vais donc vous donner un conseil : ne vous avisez pas de me suivre. J'en ai presque terminé ici, et ça m'embêterait d'avoir à vous tuer.

Puis il leur tourna le dos et s'engouffra dans le métro.

12

L'escalier était encombré de gens qui avaient renversé leur trajectoire descendante quand cris et coups de feu avaient déchiré l'ordinaire brouhaha. Tous, irrésistiblement, ils étaient retournés vers la surface, animés par ce morbide – et spécifique – désir new-yorkais de contempler des flaques de sang souillant l'asphalte de leur cité. Toutefois, ils trouvaient le moyen de reculer devant l'homme en costume bleu qui dévalait les marches à contre-courant. Cela n'avait rien d'étonnant : il tenait un revolver à la main et en avait un autre sur la hanche.

Et il était en feu.

13

Roland restait indifférent aux cris de douleur de Mort dont la veste, la chemise et le T-shirt brûlaient maintenant à flammes plus vives tandis que le briquet commençait à fondre et que d'ardentes gouttes d'argent roulaient jusqu'à son ventre.

Des remous d'air vicié venaient frapper ses narines; le grondement d'une rame approchante lui emplissait les oreilles.

C'était presque l'heure, celle de tirer la troisième carte ou les perdre toutes. Encore une fois, il eut l'impression de sentir les mondes trembler et chanceler autour de lui.

Déboulant sur le quai, il jeta le 38, défit la ceinture du pantalon de Mort et le baissa, révélant un caleçon blanc qui tenait de la culotte sexy. Il n'avait pas le temps de s'attarder sur cette bizarrerie. Ralentirait-il le mouvement que la perspective d'être transformé en torche vivante ne cesserait de l'inquiéter : les boîtes de munitions qu'il avait achetées allaient bientôt être portées à une température telle qu'elles exploseraient et lui avec.

Il les transféra dans le caleçon où le flacon de Keflex les rejoignit. Les dessous de fille offraient à présent plus d'une bosse grotesque. Ensuite, il se débarrassa de la veste en flammes mais ne se préoccupa nullement d'ôter une chemise pourtant tout aussi dangereuse.

Il entendait le train rugir dans le tunnel, en voyait déjà la clarté. Bien que n'ayant aucun moyen de savoir que c'était une rame empruntant cette même ligne qui était passée sur Odetta, il le savait quand même. En ce qui concernait la Tour, le destin pouvait se révéler miséricordieux comme ce briquet qui lui avait sauvé la vie, et cruel aussi comme le brasier qu'un tel miracle avait allumé. Il suivait, à l'instar du train dont les roues se ruaient vers lui sur les rails, une trajectoire à la fois logique et d'une brutalité inouïe, course contre laquelle acier et douceur seuls pouvaient se poser en obstacle.

Il remonta le pantalon de Mort et se remit à courir, à peine conscient que la foule s'éparpillait sur son passage. Dans le courant d'air qui l'alimentait, le feu gagna son col de chemise puis ses cheveux. Les boîtes de balles dans le sous-vêtement de Mort lui battaient les couilles, les broyaient; d'atroces élancements lui percèrent les entrailles. Il enjamba le tourniquet, homme qui se muait en météore. *Eteins-moi!* hurlait Mort. *Eteins-moi avant que je ne sois brûlé vif!*

C'est ce qui devrait se passer, lui répondit le pistolero, glacial. *Mais tu vas connaître un sort autrement plus doux que celui que tu mérites.*

Qu'est-ce que tu veux dire? Quel sort?

Roland s'abstint d'en dire plus, rompit en fait tout contact avec son hôte alors qu'il redoublait de vitesse vers le bord du quai. Une des boîtes tenta de s'échapper de la ridicule petite culotte de Mort et il se plaqua la main sur les parties pour la retenir.

Toute sa puissance mentale se concentra sur la Dame. Il ignorait si un tel ordre télépathique avait des chances d'être entendu et, si c'était le cas, quelle contrainte il pourrait exercer sur sa destinataire, mais il décocha quand même un trait de pensée vif et acéré.

LA PORTE! REGARDE PAR LA PORTE! LÀ! TOUT DE SUITE!

Le vacarme du train envahit le monde. Une femme hurla : « Mon Dieu! Il va sauter! » Une main s'abattit sur son épaule et tenta de le retenir. Puis Roland poussa le corps de Jack Mort par-delà la ligne jaune et par-dessus le bord du quai. Il tomba devant la masse de métal qui fonçait sur lui, tomba les deux mains dans l'entrejambe, retenant le bagage qu'il avait à rapporter... qu'il rapporterait à la condition d'être assez rapide pour sortir de Mort au tout dernier instant. Et, alors qu'il tombait, il l'appela, *les* appela de nouveau :

ODETTA HOLMES ! DETTA WALKER ! REGARDEZ !
C'EST MAINTENANT QU'IL FAUT REGARDER !

Tout son être était tendu dans cet appel quand la rame fut sur lui, impitoyable. Il tourna la tête, regarda par la porte.

Et y vit le visage de la Dame.

Les visages !

Il voyait simultanément les deux visages...

Non ! hurla Mort, et dans l'ultime dernière fraction de seconde avant que le train ne lui passât dessus, ne le sectionnât non au-dessus des genoux mais au niveau de la taille, Roland s'élança vers la porte et la franchit.

Jack Mort mourut seul.

Munitions et pilules se matérialisèrent près du corps physique du pistolero et ses mains se tendirent vers elles, convulsives, les saisirent puis les relâchèrent. Il s'astreignit à se lever, conscient de revêtir à présent sa dépouille souffrante et palpitante, conscient des hurlements d'Eddie Dean, de ce que la Dame hurlait aussi mais avec deux voix différentes. Il posa sur elle un bref regard qui confirma ce qu'il venait d'entendre : il n'y avait plus une femme mais deux. Pareillement infirmes, dotées du même teint sombre et d'une égale beauté. Il n'en restait pas moins que l'une d'elles était une horrible sorcière, la laideur de son âme non point dissimulée mais rehaussée par l'extrême grâce de ses traits.

Roland contempla ces jumelles qui, en fait, n'en étaient pas, qui n'avaient d'autre lien que d'être les images positive et négative d'une même femme. Il riva sur elle un regard fiévreux, hypnotique.

Puis Eddie poussa un nouveau cri et le pistolero vit

les homarstruosités s'extraire des vagues pour se traîner vers l'endroit où Detta avait abandonné le jeune homme troussé comme une volaille et sans défense.

14

Detta se vit par l'ouverture entre les mondes, se vit par ses propres yeux, se vit par ceux du pistolero, et son sentiment de dislocation fut aussi soudain que celui éprouvé par Eddie mais en beaucoup plus violent.

Elle était ici.

Elle était là-bas dans les yeux du pistolero.

Elle entendait se ruer la rame de métro.

Odetta! cria-t-elle, comprenant tout, soudain : ce qu'elle était et quand c'était arrivé.

Detta! cria-t-elle, comprenant tout, soudain : ce qu'elle était et qui en était responsable.

Suivit la fugitive sensation d'être retournée comme un gant... puis une autre, mille fois plus torturante.

Celle de se déchirer.

15

Roland descendit par embardées la courte pente vers l'endroit où gisait Eddie. Ses mouvements étaient ceux d'un homme qui aurait perdu ses os. Un des monstrueux crustacés tendit une pince menaçante vers Eddie qui hurla. D'un coup de botte, le pistolero repoussa l'animal, puis se pencha et saisit le jeune homme par les bras. Il commença de le tirer en arrière... mais c'était un peu tard, et il était trop faible : ils allaient avoir Eddie, ouais, ils allaient même les avoir tous les deux...

Eddie cria encore quand l'une des horribles créatures lui demanda : *I-ce que chic?* avant d'arracher un lambeau de son jean et un morceau de chair du même coup. Il voulut réitérer ce cri mais rien ne sortit de sa gorge, sinon un gargouillis étranglé. Le nœud coulant de Detta faisait son office.

Les monstres resserraient à présent leur demi-cercle dans un horrible cliquetis de pinces. Le pistolero investit ses ultimes vestiges d'énergie dans une dernière traction... qui le fit basculer à la renverse. Il les entendit s'approcher, poser leurs maudites questions, ouvrir et fermer leurs pinces. Ce n'était peut-être pas si mal, songea Roland. Il avait joué son va-tout, et c'était là tout ce qu'il avait perdu.

Le tonnerre de ses propres armes l'emplit d'un émerveillement ébahi.

16

Les deux femmes gisaient face à face, le torse redressé comme des serpents prêts à mordre, les doigts porteurs des mêmes empreintes noués autour de leur gorge aux plis identiques.

Cette femme essayait de la tuer mais elle n'avait pas plus de réalité que n'en avait eu la petite fille de jadis : elle n'était qu'un rêve né d'avoir reçu cette brique sur la tête... et voilà que ce rêve s'accrochait pourtant à sa gorge et tentait de la tuer pendant que le pistolero s'efforçait de sauver son ami. Le rêve fait réalité hurlait des obscénités en lui couvrant le visage de chaude salive : « Oui, j'ai volé le plat bleu parce que cette femme m'avait laissée toute seule à l'hôpital et puis parce que je n'avais jamais rien eu à moi qui soit classe *et je l'ai cassé parce que j'avais* besoin *de le faire et quand je voyais un garçon blanc je faisais pareil parce que j'en avais besoin oui je faisais du mal aux garçons blancs parce qu'il fallait qu'ils aient mal et je vole dans des magasins qui ne vendent que des choses* classe *pour les Blancs pendant que nos frères et nos sœurs crèvent de faim à*

Harlem et que les rats bouffent leurs bébés, c'est moi, salope, c'est moi la seule, moi qui... moi... moi! »

Tue-la, se dit Odetta, et elle s'en savait incapable.

Elle ne pouvait pas plus tuer la sorcière et survivre que la sorcière ne pouvait la tuer et s'en tirer à si bon compte. Elles allaient s'entre-tuer pendant qu'Eddie et ce...

(Roland)/(Vraiment Méchant)

... lui qui les avait tirés de leur monde se faisaient dévorer vivants un peu plus bas sur la grève. Ils allaient tous mourir. Ou alors, elle pouvait

(Amour)/(haine)

lâcher.

Odetta lâcha la gorge de Detta, indifférente aux mains qui serraient la sienne, aux pouces qui lui coupaient la respiration. Au lieu de tendre les bras pour s'accrocher au cou de l'autre, elle les ouvrit pour l'enlacer.

– Non! hurla Detta, mais dans un cri d'une infinie complexité, où se mêlaient horreur et gratitude. Fous-moi la paix, salope! Tu me fous la paix et c'est t...

Odetta n'avait plus de voix pour lui répondre. Alors que Roland repoussait d'un coup de pied le premier assaillant et qu'une autre hormastruosité réussissait à se tailler un bifteck sur la cuisse d'Eddie, elle ne put que chuchoter à l'oreille de la harpie :

– Je t'aime.

Un moment, les doigts continuèrent de serrer... puis ils se relâchèrent.

Eurent disparu.

De nouveau la sensation d'être retournée comme un gant, puis soudain, merveilleuse, celle d'être entière. Pour la première fois depuis qu'un nommé Jack Mort avait laissé tomber une brique sur la tête d'une fillette qui n'était là pour la recevoir que parce qu'un chauffeur de taxi blanc s'était empressé de redémarrer après un bref regard sur eux (et que son père dans son orgueil avait refusé d'en appeler un autre par peur d'essuyer un second refus), elle se sentait former un tout. Elle était Odetta Holmes, mais alors, l'autre... ?

Magne-toi, salope! lui gueula Detta... à ceci près que c'était toujours sa voix : elle et Detta avaient fusionné. Elle avait été une, elle avait été deux, le pistolero venait d'extraire d'elle une troisième. *Magne-toi ou ils vont se retrouver dans le ventre de ces bestioles!*

Elle regarda les boîtes de cartouches. Trop tard. Le temps de recharger les revolvers, ce serait déjà fini. Il ne lui restait que l'espoir.

Mais reste-t-il jamais autre chose? se demanda-t-elle, et elle dégaina.

Et le tonnerre emplit soudain ses mains brunes.

17

Eddie vit surgir au-dessus de lui une homarstruosité, des yeux comme des billes dépolies qui n'en brillaient pas moins d'une vie hideuse, des pinces qui s'abaissaient vers son visage.

– *O-ce qu...* commença la créature, puis elle partit en arrière, explosion de matières plus ou moins solides.

Roland, lui, en vit une sur sa gauche. *Je peux dire adieu à mon autre main*, pensait-il quand il ne resta plus de l'horreur qu'une masse indistincte de vertes entrailles et de fragments de carapace.

Il se retourna et vit une femme d'une beauté à couper le souffle, dans une rage à vous glacer les sangs.

– Allez-y, bande d'enculés! hurlait-elle. App'ochez! Essayez de les bouffer que je vous fasse sauter la t'onche, que vous en ayez les yeux qui 'esso'tent pa' l' t'ou du cul!

Une troisième balle repoussa l'homarstruosité qui était remontée entre les jambes écartées d'Eddie, s'apprêtant à faire coup double, se nourrir et le châtrer.

L'intelligence rudimentaire que Roland avait soupçonnée chez ces créatures était à présent manifeste :

Elles fuyaient.

Si le percuteur d'un des revolvers finit par tomber sur une balle défectueuse, le coup suivant réduisit une quatrième horreur en bouillie.

Les autres n'en battirent que plus vite en retraite vers la mer. Elles semblaient avoir perdu tout appétit.

Entre-temps, Eddie s'étranglait.

Roland luttait avec la corde profondément sertie dans le cou du jeune homme mais voyait son visage virer peu à peu du violet au noir, entendait faiblir les petits cris.

Puis ses mains furent écartées par d'autres plus vigoureuses.

– Je m'en occupe.

Il y avait un couteau dans l'une de ces mains... son couteau.

Tu t'occupes de quoi ? pensa-t-il avant de perdre conscience. *Que comptes-tu faire maintenant que nous sommes tous deux à ta merci ?*

– Qui es-tu ? réussit-il à chuchoter alors que déjà l'enveloppaient des ténèbres plus noires que la nuit.

– Je suis trois femmes, l'entendit-il répondre, et c'était comme si elle lui parlait du fond de la margelle d'un puits dans lequel il tombait. Celle que j'étais, celle qui existait en moi sans en avoir le droit et celle que tu as sauvée. Merci, pistolero.

Elle l'embrassa sur les lèvres. Il en eut encore conscience mais, dans le long temps qui suivit, n'eut plus conscience de rien.

BRASSAGE
FINAL

brassage final

1

Pour la première fois dans une période de temps qui semblait s'être étirée sur mille ans, le pistolero ne pensait pas à la Tour Sombre. Il était totalement concentré sur le daim qui était descendu s'abreuver à cette mare dans la clairière.

Il visa de la main gauche par-dessus le tronc d'un arbre abattu.

Viande, se dit-il, puis il tira tandis qu'un afflux de salive lui déferlait dans la bouche.

Raté, se dit-il encore dans la milliseconde qui suivit la détonation. *C'est fini. Toute mon adresse s'est envolée.*

Le daim s'écroula mort au bord de l'eau.

La Tour allait bientôt reprendre entière possession de son esprit mais, pour l'heure, il ne s'y trouvait que gratitude envers les dieux pour ses compétences intactes et la pensée de la viande, de la viande, de la viande. Il rengaina le revolver – le seul qu'il portât, désormais – et enjamba le tronc derrière lequel il avait patiemment attendu que l'après-midi tirât à sa fin, ramenant vers la mare, avec le crépuscule, quelque chose d'assez gros pour les nourrir.

Je vais mieux, songea-t-il avec quelque surprise alors qu'il tirait son couteau. *Je vais réellement mieux.*

Il ne vit pas la femme qui, debout derrière lui, le jaugeait du regard.

2

Dans les six jours qui avaient suivi la confrontation sur l'extrémité septentrionale de la plage, ils avaient continué de ne manger que de la chair de homard, de ne boire que l'eau saumâtre des ruisseaux. De cette période – vécue dans la confusion du délire –, Roland ne gardait que des souvenirs épars, entre autres celui d'avoir appelé Eddie tantôt Alain tantôt Cuthbert et celui de s'être obstiné à ne jamais nommer la femme autrement que Susan.

Puis, sa fièvre étant peu à peu tombée, ils avaient entamé leur lente et pénible ascension dans les collines. Il y avait des moments où c'était la femme qu'Eddie poussait dans le fauteuil, d'autres où c'était Roland, et le jeune homme la portait alors sur son dos, les bras lâchement noués autour de son cou. La plupart du temps, il était même impossible que quiconque occupât le fauteuil et leur progression s'en trouvait ralentie. Roland mesurait à quel point Eddie était exténué. La femme aussi. Mais Eddie ne se plaignait jamais.

Ils ne manquaient pas de nourriture. Durant ces jours que Roland avait passés entre la vie et la mort, brûlant de fièvre, revenant encore et encore sur des temps révolus, sur des êtres disparus, Eddie et la femme avaient chassé avec une égale constance. A la longue, les homarstruosités s'étaient tenues à bonne distance de ces dangereux bipèdes mais pas avant que ceux-ci ne se fussent constitué une bonne réserve de leur chair. Puis, s'enfonçant dans les collines, ils avaient fini par rencontrer des plantes et s'étaient jetés dessus, affamés qu'ils étaient de verdure, et ce changement de régime avait entraîné le résorption progressive de leurs boutons et autres affections cutanées. Certaines herbes étaient amères, d'autres sucrées, mais il les mangeaient toutes sans se soucier de leur goût... toutes, sauf une.

Le pistolero s'était éveillé d'une somnolence exténuée pour voir la femme arracher une herbe qu'il ne reconnaissait que trop.

– Non! Pas celle-là! Jamais! Grave son image dans ta mémoire! Tu ne dois jamais en cueillir!

Elle était restée un long moment à le regarder puis elle avait jeté son indésirable cueillette sans demander la moindre explication.

Le pistolero s'était recouché, glacé d'effroi rétrospectif. Si, parmi toutes ces plantes, il en était qui pouvaient les tuer, celle que la femme avait cueillie l'aurait à coup sûr damnée. Il y avait reconnu un pied d'herbe du diable.

Le Keflex avait déclenché dans ses entrailles une émeute qui, savait-il, avait inquiété Eddie, mais l'apport en verdure y avait mis bon ordre.

Ils atteignirent enfin d'authentiques sous-bois, et le fracas de la Mer Occidentale se réduisit à un bourdon lointain qu'ils percevaient seulement lorsque le vent soufflait du bon côté.

Et maintenant... de la vraie viande.

3

Le pistolero s'approcha et voulut vider le daim en tenant son couteau entre l'annulaire et le petit doigt de sa main droite. Pas moyen. Leur force était insuffisante. Il confia le travail à l'autre main et celle-ci se débrouilla, gauchement bien sûr, pour entailler l'animal du bas-ventre au sternum. Assez de sang s'échappa pour ne pas risquer qu'il se coagulât dans les chairs et les corrompît... mais c'était quand même un mauvais coup de lame. Un gamin aurait fait mieux.

Il va te falloir acquérir un peu plus de dextérité,

dit-il à sa main gauche, et il s'apprêtait à recommencer quand deux mains brunes se refermèrent sur la sienne et prirent le couteau.

Roland se retourna.

– Je vais m'en occuper, dit Susannah.

– Tu as déjà vidé une bête?

– Non, mais tu vas m'expliquer comment on fait.

– D'accord.

– De la viande, dit-elle, et elle lui sourit.

– Oui, dit-il, lui rendant son sourire. De la viande.

– Qu'est-ce qui se passe? leur cria Eddie resté au camp. J'ai entendu un coup de feu.

– On est en train de tuer le veau gras, lui cria-t-elle. Viens nous aider!

Le repas qu'ils firent un peu plus tard fut celui de deux rois et d'une reine, et, alors qu'il dérivait vers le sommeil, les yeux sur les étoiles, baigné dans la fraîcheur aseptique de cet air des hauteurs, il songea qu'il n'avait jamais été si près de la plénitude et que cela avait duré depuis bien trop d'années pour qu'il pût envisager d'en faire le compte.

Il s'endormit. Et rêva.

4

C'était la Tour. La Tour sombre.

Elle se dressait sur l'horizon d'une vaste plaine couleur sang dans le violent décor d'un coucher de soleil. Ses parois de brique interdisaient d'en voir l'escalier qui, toujours plus haut, portait sa spirale mais on l'apercevait au travers des fenêtres qui s'étageaient le long des marches, laissant se découper les ombres de tous ceux qu'il avait connus. Toujours plus haut ces fantômes poursuivaient leur ascension et le vent lui apportait le son de leurs voix qui l'appelaient par son nom.

Roland... viens... Roland... viens... viens... viens...

– J'arrive, murmura-t-il, et il s'éveilla, se redressa en sursaut, suant et tremblant comme si la fièvre le tenait encore.

– Roland?

C'était Eddie.

– Oui.

– Un mauvais rêve?

– Mauvais ou bon. Sombre, en tout cas.

– La Tour?

– Oui.

Ils jetèrent un œil sur Susannah mais elle dormait toujours. Il y avait eu en un temps une femme nommée Odetta Susannah Holmes, puis une autre, plus tard, nommée Detta Susannah Walker. Il y en avait à présent une troisième : Susannah Dean.

Roland l'aimait parce qu'il la savait capable de se battre jusqu'au bout; et il avait peur pour elle parce qu'il se savait capable de la sacrifier – comme de sacrifier Eddie – sans la moindre hésitation, sans un regard en arrière.

Pour la Tour.

Cette damnée Tour.

– C'est l'heure de ton médicament, dit Eddie.

– Je n'en veux plus.

– Prends-le et ferme-la.

Roland avala sa pilule et la fit passer avec une gorgée d'eau fraîche prise dans l'une des outres. Puis il rota, n'en eut cure : c'était un rot à la viande.

– Est-ce que tu sais où on va? lui demanda Eddie.

– A la Tour.

– Ça, je sais, fit Eddie, mais moi, je suis comme un péquenot du Texas sans carte routière qui voudrait se rendre à Mal-au-Cul, Alaska. Où est-ce? Dans quelle direction?

– Va me chercher ma bourse.

Eddie y alla. Susannah s'agita dans son sommeil et le jeune homme marqua un temps d'arrêt, ses traits d'aplats rouges et d'ombres noires dans la clarté des braises mourantes. Quand elle fut de nouveau calme, il retourna vers Roland.

Roland fouilla dans le sac – désormais alourdi de munitions provenant de cet autre monde – et n'eut pas trop de mal à trouver ce qu'il cherchait dans les vestiges de sa vie passée.

La mâchoire.

La mâchoire de l'homme en noir.

– On va d'abord rester ici, dit-il, le temps que je me remette.

– Tu crois que tu t'en apercevras quand tu seras mieux ?

Roland eut un petit sourire. Les tremblements se raréfiaient et la brise nocturne épongeait sans peine la sueur perlant à son front, mais il gardait à l'esprit, intensément présentes, ces silhouettes de chevaliers et d'amis, d'amantes et d'ennemis de jadis, leur hélicoïdale ascension brièvement entrevue au travers des fenêtres, il revoyait s'étirer l'ombre de la Tour qui tenait ces ombres enfermées, ombre noire et interminable déchirant une plaine de sang, de mort et d'épreuves sans merci.

– Moi non, dit-il, puis désignant Susannah du menton : mais elle, oui.

– Et ensuite ?

Roland montra la mâchoire de Walter.

– Ceci parlera. (Il regarda Eddie.) Ça reparlera.

– C'est dangereux, fit le jeune homme, la voix neutre.

– Oui.

– Et pas seulement pour toi.

– Non.

– Je l'aime, tu sais ?

– Je sais.

– Si tu lui fais du mal...

– Je ferai ce que j'aurai à faire.

– Et nous, on ne compte pas, c'est ça ?

– Je vous aime.

Roland leva de nouveau les yeux vers son compagnon et celui-ci vit ses joues briller dans les dernières lueurs de leur feu de camp. Il pleurait.

– Ce n'est pas une réponse. Vas-tu continuer ou non ?

– Je continue.

– Jusqu'au bout ?

– Oui. Jusqu'au bout.

– Et quoi qu'il arrive.

Dans le regard d'Eddie, il y eut amour et haine, et toute la tendresse qu'un être désemparé, désespéré peut offrir à l'esprit d'un autre, tout le désir, tout le besoin.

Le vent fit gémir les arbres.

– J'ai l'impression d'entendre Henry, enchaîna-t-il, luttant contre ses propres larmes : il avait horreur de chialer. Henry aussi avait sa tour, sauf qu'elle n'était pas sombre. Je t'en ai déjà parlé, souviens-toi. Nous étions frères, et des pistoleros je crois. On avait cette Tour Blanche et il m'a demandé de la chercher avec lui de la seule manière dont il pouvait me le demander, alors j'ai sauté en selle... parce que c'était mon frère, pigé ? On y est arrivés. On a trouvé la Tour Blanche. Seulement c'était du poison. Ça l'a tué. Ça m'aurait tué aussi. Tu as vu comment j'étais. Tu n'as pas fait que me sauver la vie. C'est ma putain d'âme que tu as sauvée. (Il saisit Roland et l'embrassa sur les joues, en goûta les larmes.) Alors quoi ? Dois-je remonter en selle ? Aller voir le mec ? (Le pistolero s'abstint de répondre.) Car, même si je n'ai pas encore vu grand monde ici, je sais que ça ne va pas durer, que dès qu'il est question d'une Tour, il y a toujours un mec. Et on attend ce mec parce qu'on a besoin de le voir, et au bout du compte, c'est le fric qui parle et les emmerdes qui arrivent, peut-être même des bons et solides pruneaux qui parleront mieux que les mots. Donc, je répète : Alors quoi ? Remonter en selle ? Aller voir le mec ? Parce que, s'il faut que je me replonge dans la même merde, vous auriez mieux fait de me laisser bouffer par les homards. (Il leva sur le pistolero des yeux cernés de sombre.) Je me suis retrouvé plus bas que terre, et s'il y a une chose dont je me suis aperçu, c'est que je n'avais pas envie de mourir comme ça.

– Ce n'est pas pareil.

– Ah bon ? Tu ne vas tout de même pas me dire que tu n'es pas accro ?

Silence de Roland.

– Qui va débouler par une porte magique pour te sauver ? Tu le sais, toi ? Moi, je le sais. Personne. Tu as tiré tout ce que tu pouvais tirer. La seule chose que tu puisses tirer à compter de maintenant, c'est un putain de pistolet de son étui car c'est tout ce qui te reste. Exactement comme Balazar.

Silence de Roland.

– Tu veux que je te dise la seule chose que mon frère m'ait jamais apprise ?

– Oui.

Le pistolero s'était penché, rivant son regard dans celui d'Eddie.

– Il m'a appris que, si l'on tuait ce qu'on aimait, on était damné.

– Je le suis déjà, répondit calmement Roland. Mais il se peut que même les damnés puissent être sauvés.

– Vas-tu nous faire tous tuer ?

Silence de Roland.

Eddie agrippa Roland par les haillons de sa chemise.

– Vas-tu la faire tuer, elle ?

– Nous mourrons tous à notre heure, dit le pistolero. Il n'y a pas que le monde qui soit soumis au changement. (Ses yeux plongèrent dans ceux d'Eddie, leur bleu délavé presque ardoise dans cette lumière.) Mais nous atteindrons la splendeur. (Il marqua une pause.) Ce n'est pas seulement un monde qui est à conquérir, Eddie. Je ne risquerais ni ta vie ni la sienne – et je n'aurais pas permis que mourût l'enfant – s'il n'y avait eu que cela.

– De quoi tu parles ?

– De tout ce qui est, répondit le pistolero, serein.

On va y aller, Eddie. On va se battre. On va être blessés. Et à la fin, nous serons debout.

Maintenant, le silence était celui d'Eddie qui ne trouvait plus rien à dire.

Roland lui prit le bras en douceur.

– Même les damnés connaissent l'amour, dit-il.

5

Eddie finit par aller s'étendre aux côtés de Susannah, cette troisième carte tirée par le pistolero pour former un nouveau brelan. Roland, lui, resta éveillé à l'écoute des voix de la nuit cependant que le vent séchait les larmes sur ses joues.

Damnation ?

Salut ?

La Tour.

Il atteindrait la Tour sombre et, là, chanterait leurs noms. Là, il chanterait leurs noms. Tous leurs noms.

Le soleil tacha l'orient de rose poussiéreux, et Roland, non plus dernier pistolero mais l'un des trois derniers, s'endormit et rêva ses rêves de colère où ne se faufilait que l'apaisement de ce seul fil bleu :

Là, je chanterai tous leurs noms !

POSTFACE

Ici s'achève le deuxième des six ou sept livres qui constitueront ce long récit que j'ai intitulé *La Tour sombre*. Le troisième : *The Waste Lands*(1) narre par le détail une moitié de la quête de Roland, d'Eddie et de Susannah. Le quatrième, *Wizzard and Glass*, parle d'un enchantement et d'une séduction mais se rapporte pour l'essentiel à la vie de Roland avant que le lecteur n'ait fait connaissance avec lui sur la piste de l'homme en noir.

Ma surprise à l'accueil favorable reçu par le premier volet de cet ouvrage – qui n'a rien à voir avec ceux pour lesquels je suis mieux connu – ne le cède qu'à ma gratitude envers ceux qui l'ont lu et aimé. C'est là, semble-t-il, ma propre Tour : ces personnages me hantent, Roland plus que tout autre. Sais-je vraiment ce qu'est cette Tour, et ce qu'en attend Roland (s'il l'atteint, car il vous faut vous préparer à l'éventualité bien réelle qu'il ne soit pas celui qui, en définitive, y parviendra)? Oui... et non. Je ne sais qu'une chose : que ce récit n'a cessé de me solliciter sur une période de dix-sept ans. Ce deuxième volume, pourtant plus long, laisse à coup sûr bon nombre de questions sans réponse et loin encore dans l'avenir le point culminant de l'histoire, mais j'y sens un ouvrage plus achevé que le premier.

Et la Tour se rapproche.

Stephen King
1er décembre 1986

(1) A paraître aux Editions J'ai lu (premier semestre 1992).

Policier et Suspense

Cette collection présente tous les genres du roman criminel : le policier classique avec des auteurs tels que Ellery Queen, Boileau-Narcejac, le roman noir avec Raymond Chandler, Ed McBain et les œuvres de suspense illustrées par Stephen King ou Tony Kenrick.

C'est un panorama complet du roman criminel qui est ainsi proposé aux lecteurs de J'ai lu.

QUEEN Ellery	*Et le huitième jour* 1560/3★
	La décade prodigieuse 1646/3★
	Sherlock Holmes contre Jack l'Éventreur 2607/2★
	L'adversaire 2690/4★
	Face à face 2779/3★
	Le mystère des frères siamois 2905/4★
	Le cas de l'inspecteur Queen 3023/3★
REEVES-STEVENS Garfield	*Dreamland* 2906/6★
SADOUL Jacques	*L'héritage Greenwood* 1529/3★
	L'inconnue de Las Vegas 1753/3★
	Trois morts au soleil 2323/3★
	Le mort et l'astrologue 2797/3★
	Doctor Jazz 3008/3★
SLADE Michael	*Chasseur de têtes* 2738/5★
STRASSER Todd	*Pink Cadillac* 2598/2★ Inédit
THOMAS Louis	*Sueurs froides (Crimes parfaits et imparfaits)* 2438/3★
TORRES Edwin	*Contre-enquête* 2933/3★
VION Marc	*Panique au Pellerin* 2834/3★
WILTSE David	*Le cinquième ange* 2876/4★

Science-fiction

Depuis 1970, cette collection est leader du genre en France. Elle a publié la plupart des grands classiques (Asimov, Van Vogt, Clarke, Dick, Vance, Simak), mais elle a aussi révélé de nombreux jeunes auteurs qui seront les écrivains de premier plan de demain (Tim Powers, David Brin, Greg Bear, Kim Stanley Robinson, etc.). La S-F est reconnue aujourd'hui comme littérature à part entière, étudiée dans les écoles et les universités. Elle est véritablement la littérature de notre temps.

	Univers 1990 2780/4★
ANDERSON Poul	*La patrouille du temps* 1409/3★
ASIMOV Isaac	*Les cavernes d'acier* 404/4★
	Les robots 453/3★
	Face aux feux du soleil 468/3★
	Tyrann 484/3★
	Un défilé de robots 542/3★
	Cailloux dans le ciel 552/3★
	La voie martienne 870/3★
	Les robots de l'aube 1602/3★ & 1603/3★ Inédit
	Le voyage fantastique 1635/3★
	Les robots et l'empire 1996/4★ & 1997/4★ Inédit
	Espace vital 2055/3★
	Asimov parallèle 2277/4★ Inédit
	Le robot qui rêvait 2388/6★ Inédit
	La cité des robots 2573/6★ Inédit
	Cyborg 2875/6★ Inédit
	Refuge 2975/6★ Inédit
BALLARD J.G.	*La forêt de cristal* 2652/3★
	Le monde englouti 2667/3★
	Salut l'Amérique ! 2704/3★
	La plage ultime 2859/3★
	La région du désastre 2953/3★

J'AI LU BD

La bande dessinée est aujourd'hui admise partout. On l'enseigne même à la Sorbonne. La série J'ai lu BD est la première collection de poche consacrée à ce genre. Elle réédite les bandes dessinées françaises et étrangères les plus célèbres : 200 titres. Les dessins ne sont pas réduits mais remontés ; ainsi un album de 48 pages donne 128 à 160 pages dans J'ai lu, et le papier, d'une qualité supérieure permet, la reproduction des couleurs. J'ai lu BD est le panorama de la bande dessinée d'aujourd'hui.

ADAMOV & COTHIAS	**Les Eaux de Mortelune** BD109/**5*** Couleur
ARNAL C.	**Pif le chien - 1** BD81/**4*** Couleur
	Pif le chien - 2 BD107/**4*** Couleur
	Pif le chien - 3 BD135/**4*** Couleur
AUTHEMAN	**Vic Valence - 1** BD41/**4*** Couleur
BARBE	**Cinémas et autres choses** BD30/**2***
BARDET & DERMAUT	Les chemins de Malefosse :
	1-Le diable noir BD19/**5*** Couleur
	2-L'attentement BD71/**5*** Couleur
	3-La vallée de misère BD129/**5*** Couleur
BEAUNEZ Catherine	**Mes partouzes** BD24/**3***
	Vive la carotte ! BD160/**5*** Couleur
BERCK & CAUVIN (Sammy)	**-Les gorilles font les fous** BD158/**4*** Couleur
	-Les gorilles au pensionnat BD196/**4*** Coul.
BERNET & ABULI (Torpedo)	**1-Tuer c'est vivre** BD25/**2***
	2-Mort au comptant BD113/**2***
BINET Les Bidochon :	**1-Roman d'amour** BD4/**3***
	2-Les Bidochon en vacances BD48/**3***
	3-Les Bidochon en HLM BD104/**3***
	4-Maison, sucrée maison BD121/**3***
	5-Ragots intimes BD150/**3***
	6-En voyage organisé BD183/**3***
	7-Assujettis sociaux BD205/**3***
	Les Bidochon se donnent en spectacle (la pièce) BD189/**4***
Kador :	**Tome 1** BD27/**3***
	Tome 2 BD88/**3***
	Tome 3 BD192/**3***
BOUCQ	**Les pionniers de l'aventure humaine** BD34/**6*** Couleur
BRETÉCHER Claire	**Les Gnangnan** BD5/**2***
	Les naufragés BD185/**3***
	Baratine et Molgaga BD204/**3***
BRIDENNE Michel	**Saison des amours** BD65/**4*** Couleur
BROWN Dick	**Hägar Dünor le Viking** BD66/**3***
BRUNEL Roger (Pastiches)	**Ecole franco-belge** BD46/**5*** Couleur
	Ecole américaine BD115/**5*** Couleur
CAILLETEAU & VATINE	**Fred et Bob / Galères Balnéaires** BD108/**4*** Couleur
CEPPI	**Stéphane / Le Guêpier** BD116/**5*** Couleur
CHARLES J.F.	**Les pionniers du Nouveau Monde** BD103/**4*** Coul.

MANARA Milo	*HP et Guiseppe Bergman* BD20/5★
	Le déclic BD31/4★
	Nouvelles coquines BD80/4★
	Le parfum de l'invisible BD105/4★ (Edition parfumée)
	Jour de colère BD128/6★
MANDRYKA	*Le Concombre masqué* BD110/4★ Couleur
	Le retour du Concombre masqué BD165/4★ Couleur
MARGERIN Frank	*Ricky VII* BD140/4★ Couleur
MARTIN J. Alix :	*1-Les légions perdues* BD68/6★ Couleur
	2-Le prince du Nil BD92/5★ Couleur
	3-Les proies du volcan BD178/5★ Couleur
Lefranc :	*1-Les portes de l'enfer* BD82/5★ Couleur
	2-L'oasis BD138/5★ Couleur
	Jhen (1) Les écorcheurs BD106/5★ Couleur
MOEBIUS & JODOROWSKI	*L'Incal - Ce qui est en bas* BD139/5★ Couleur
MORCHOISNE, MULATIER & RICORD	*Ces Grandes Gueules...*
	...qui nous gouvernent BD16/4★ Couleur
	...de la télé BD170/5★ Couleur
MORDILLO	*Les meilleurs dessins d'Opus* BD10/4★ Couleur
MOORE & BOLLAND	*Batman-1 Souriez !* BD176/5★ Couleur
PÉTILLON (Jack Palmer)	*- Mr Palmer et Dr Supermarketstein* BD13/5★ C.
	- La dent creuse BD78/5★ Couleur
	- Une sacrée salade BD168/5★ Couleur
PICHARD & LOB	*Blanche Epiphanie :*
	- Blanche Epiphanie BD61/4★
	- La déesse blanche BD137/4★
PRATT Hugo (Corto Maltese)	*- La ballade de la mer salée* BD11/6★
	- Sous le signe du Capricorne BD63/6★
	- Corto toujours un peu plus loin BD127/6★
	- Les Celtiques BD174/6★
	- Les Ethiopiques BD207/6★
PRATT & OESTERHELD	*Ernie Pike - Premières Chroniques* BD85/4★
PTILUC	*Destin farceur* BD147/5★ Couleur, Edition grignotée
QUINO	*- Mafalda* BD2/4★ Couleur
	- Encore Mafalda BD54/4★ Couleur
	- Mafalda revient BD134/4★ Couleur
	- La bande à Mafalda BD181/3★ Couleur
	- Le monde de Mafalda BD198/3★
	- Le petit frère de Mafalda BD214/4★
	... Panorama BD90/2★
RAYMOND Alex	*Flash Gordon - La reine des neiges* BD47/5★ C.
ROSINSKI & VAN HAMME	*Thorgal :*
	1-La magicienne trahie BD29/5★ Couleur
	2-L'île des mers gelées BD74/5★ Couleur
	3-Les 3 vieillards du pays d'Aran BD98/5★ Couleur
	4-La galère noire BD123/5★ Couleur
SCHETTER Michel	*Cargo-L'écume de Surabaya* BD57/5★ Couleur
SEGRELLES (Le mercenaire)	*1-Le feu sacré* BD32/4★ Couleur
	2-La formule BD124/4★ Couleur

3037

Impression Brodard et Taupin
à La Flèche (Sarthe) le 17 mai 1991
6877D-5 Dépôt légal mai 1991
ISBN 2-277-23037-5
Imprimé en France
Editions J'ai lu
27, rue Cassette, 75006 Paris
diffusion France et étranger : Flammarion

RUMOURS THAT RUINED A LADY

Marguerite Kaye

MILLS
BOON

First published in Great Britain 2013
by Mills & Boon, an imprint of Harlequin (UK) Limited.
Harlequin (UK) Limited, Eton House, 18-24 Paradise Road,
Richmond, Surrey TW9 1SR

© Marguerite Kaye 2013

ISBN: 978 0 263 89859 0

Printed and bound in Spain
by Blackprint CPI, Barcelona

AUTHOR NOTE

Almost all of my books have their genesis in the characters of the hero and heroine. This one was different, and began life as a whole lot of disjointed concepts and ideas, something I've learned the painful way was a *big* mistake!

While writing THE BEAUTY WITHIN, my previous book about the Armstrong sisters, I decided that Caro's story was going to be very dark, and as such did some minor setting-up, hinting that there were goings-on in her life without knowing myself what they were. I wanted Caro—on the surface the most compliant and dutiful of sisters—to have a deep, dark secret, and I wanted that secret to be revealed in layers, so I decided that I would begin her story at some tragic pivotal point and then reveal how she got to there. I wanted to write a love story that extended over a long period of time and, just to complicate matters, I decided I wanted there to be a strong gothic element in it too—without actually having defined what I meant by gothic.

I made Caro a murderer. I invented a twin brother for Sebastian. I made his father physically vicious as well as emotionally cruel. I decided that being a murderer wasn't dark enough for Caro, and turned her into a long-term opium user. And I invented a mother for Sebastian based on the character of Jane Digby, whose biography I was reading. She was a beautiful and outrageous society beauty, with a string of husbands and lovers, who ended up living as a Bedouin and married to a sheikh. (If you want to know more about Lady Jane, then I can highly recommend Mary S. Lovell's book, *A Scandalous Life*.)

As you'll see when you read Caro and Sebastian's story, very little of this made it into the final version. There's no twin brother, no murder, only a little opium and the only link to Lady Jane's life in Damascus is the mention of an Arabian horse! The problem was, I think, that concepts don't make a romance. People and characters do. I *did* get my lovers with a history, though, and I have structured the story in a non-linear way. Writing this book has been a long and sometimes very painful process, though ultimately it's produced a story I'm extremely pleased with. I hope you'll agree.

I'd like to thank my editor Flo for her enthusiasm and support, without which I think I might just have given up on Sebastian and Caro. I'd also like to thank Alison L for suggesting Lady Jane's biography to me, and for coming up with Hamilton Palace as the model for Crag Hall. And finally I'd like to thank all my Facebook friends, for all your suggestions and encouragement during the writing of this book. You helped get me there in the end!

Chapter One

London—August 1830

Sebastian Conway, Marquis of Ardhallow, glanced wearily at his watch before returning it to his fob pocket. Just gone midnight. Ye Gods was that all! He'd expected the evening to be substantially more entertaining, especially since this house had a reputation for hosting the raciest parties on the *ton*'s social circuit.

The recent death of King George the Fourth having caused many social gatherings to be cancelled, there was a very healthy turnout at this one. The relative earliness of the hour meant that the veneer of respectability cloaking the main salon was still more or less intact.

The ladies sat clustered in small groups, idly swapping gossip, artfully posed to display their ample charms. Their gowns cut fashionably but daringly, they comprised the so-called fast set, women long-enough married to have done their duty by their husbands, who therefore considered themselves to have earned the right to conduct the kind of discreet *affaire* which frequently both began and ended at a party such as this. On the other side of the room the gentlemen gathered, sipping claret and appraising their quarry with a practised eye. The air crackled with sexual tension. Everything was the same, just exactly as he remembered, and none of it interested him one whit.

Sebastian exited the drawing room. In the adjoining salon, for those eager to lose their wealth rather than their reputation, card tables had been set up. The play was deep and the drinking which accompanied it deeper still, but he had never been interested in games of chance. Out of curiosity he made his way to a room at the back of the house which had been the subject of salacious rumour.

The chamber was dimly lit, the windows heavily shrouded. He paused on the threshold. The atmosphere inside was thick with a sweet pungent smell which hung like incense in the air. Opium. As his eyes became accustomed to the gloom, he could make out several prone figures lying on divans, some lost in the dream-like state induced by smoking the drug, others clutching their pipes to their mouths, eyes glazed, attention focused inwards.

The room had been decorated in the Eastern manner, strewn with low divans, the rich carpets covered in jewelled and fringed cushions of silk and velvet. He had seen numerous such places on his travels and his own, single, experience of the drug in Constantinople had been, on the whole, pleasant. His dreams had been highly sensual, heightening the pleasure of the release he sought afterwards in the adjoining seraglio. He knew that others endured waking nightmares and grotesque hallucinations while under its influence, or suffered shivering sweats in the aftermath, and so counted himself fortunate. Perhaps if he indulged tonight, it would make one of the beauties so patently on offer in the salon more tempting.

A low, grumbling objection from one of the smokers reminded him that he was still holding the door ajar. Closing it softly behind him, he leaned against the oak panelling and scanned the room. In the centre, a low inlaid table held the complex paraphernalia required to vaporise the opium. A selection of bamboo pipes with their bowls and saddles were set out on a lacquered tray beside several opium lamps. Scrapers, scoops and tapers were scattered across the table, and the drawers of the little cabinet which contained the opium itself were askew. His host, that most flamboyant and failed of poets, Augustus St John Marne, had married an heiress, he now recalled. It must be she who was funding her husband's hobby, which was like to be very expensive, especially since he was supplying his guests' requirements so generously.

The poet wafted into the room at that very moment, waving distractedly at Sebastian. St John Marne was a wraith-like figure who had in his youth, if one were to believe the gossip, had the ladies swooning over his beauty and the breathless romance of his verse. A few of the other faces in the room were frighteningly familiar, men he had known all his life. Rich, titled, dissolute and purposeless, they looked much older and more jaded than their years, though many were the same age as he.

Slightly sickened by this realisation, Sebastian deciding against partaking of the drug and was turning to leave when a long tress of hair caught his attention, stopping him in his tracks.

It was far too long to belong to any man. The colour, that of burnished copper, made his heart freeze for one long, terrible moment. He had never known another with hair that precise colour, but *she* would surely not frequent a place such as this.

The woman was lying with her back to the door, her figure obscured under a swathe of shawls and embroidered throws. It wasn't her, and even if it was, he had sworn he would have nothing to do with her ever again. If she chose to make herself insensible with opium, it was none of his business.

Thus spoke his head. Sebastian's feet were already moving of their own accord towards the divan, his heart thudding hard and fast in his chest, his skin suddenly clammy with sweat. If it was indeed her, and he simply couldn't bring himself to believe it was, then the wisest thing he could do would be to turn around and leave forthwith.

Now!

He leant over the divan and roughly pulled back the covering from the comatose woman's body. She did not stir. Sebastian swore heavily, reeling with shock. He barely recognised her. Thin, painfully so, under the emerald gown which hung loosely around her, the only sign of life was the pulse fluttering under the fragile skin at her temple. He cursed again. Her eyes were closed. Wisps of copper hair clung to her high forehead, which had a glistening sheen of perspiration. Her hand, when he touched it, was clammy. The skin which had once been so milky-white was ashen. Her cheekbones were too prominent, flushed not with health but fever. Her mouth, whose sensual, teasing smile he had once found irresistible, was drawn into a tight grimace. Beneath her lids, her eyes fluttered. Her hand gripped him like a claw and she moaned, a tiny, hoarse sound of protest against the opium-induced hallucination she was experiencing. Hers had always been the kind of beauty which reflected her mood, sometimes in full bloom, at others so withdrawn into itself as to make her look quite plain. Now, she looked more like a cadaver than a living, breathing woman.

Scarcely-breathing woman, Sebastian corrected himself as he bent his head towards her face. Her breath was the merest whisper upon his cheek. What had happened to her? The woman he knew was so strong, so full of life, so vibrant. She had been patently unhappy when last they met, but this stupor went way beyond the seeking of painless escape. What had befallen her to make her so careless of her life?

Telling himself again that it was none of his business, he knelt down next to the prone figure, a terrible suspicion lodged in his head. Her lips were cracked and dry. He bent closer and touched them with his own, the merest contact, yet enough to confirm his fears. She had not smoked the drug but consumed it. *Dear Lord.*

'Caroline.' He tried to rouse her by shaking her shoulder. Still, she did not stir. 'Caro!' he exclaimed, more sharply this time.

There was no response. Getting to his feet, Sebastian turned towards his host, who was fastidiously preparing a jade pipe on the table in the centre of the room. 'How long has she been like this, St John Marne?'

The poet blinked at him owlishly. 'Who?'

'Caroline! Lady Rider. How many other women have you here, for heaven's sake! How long?'

'I don't know. I do not recall…' Augustus St John Marne ran a hand distractedly through his over-long blond hair. 'Two hours? Three at most.'

'Three! And she has not stirred in all that time?'

'I'm the host, not a governess, for goodness'

sake. I can't be expected to keep an eye on all my guests. Let her be, she'll come round. Obviously she has misjudged the quantity.'

'She has not taken it in a pipe, St John Marne, she has ingested it.'

'Egad!' Suddenly the former poet was all flapping concern. 'Are you sure? You must get her out of here. This is very pure—the best, I only ever serve the best. What can have possessed her. Take her away, get her to a doctor, give her a purge, just get her out of here right now, I beseech you.'

Sebastian told himself yet again to walk away. Caro was a grown woman. Given the four year age gap between them, she must be seven-and-twenty and therefore more than capable of taking care of herself. Except that there was something about her that told him she no longer cared for anything. The way her hair fell about her in lank tresses, the pallor of her skin, the outmoded gown. Her breathing seemed to be growing ever more faint.

In all conscience Sebastian could not leave her here, but he had no idea where she lived. A terse question prompted St John Marne to look at him in surprise. 'Did you not you hear? Rider threw her out. Caught her *in flagrante* with the boot boy, according to the *Morning*

Post. Turns out that the boot boy was merely the latest in a long line, and Rider being the up-and-coming man in Tory circles, he really had no option but to be shot of her.' The poet tittered. 'Quite the social outcast, is Lady Caroline. She has lodgings somewhere. My footman will know, he knows everything.'

Sebastian struggled with a strong and perfectly unjustified desire to smash his fist into his host's supercilious face. 'What of her family?' he demanded tersely. 'Surely Lord Armstrong…?'

St John Marne sneered. 'Oh, the great diplomat is off saving the world, I believe—the Balkans or some such place, last I heard. The house on Cavendish Square is shut up. That frumpy wife of his must be in the country with her brood of boys. As for the sisters—not one of 'em left in England now, save for this one and the youngest, who has apparently eloped.' He looked contemptuously over at the comatose figure. 'You could say, you really could say, that poor Lady Caroline is quite alone in this world.'

Pity overwhelmed Sebastian, and anger too. Whatever she had done—and he simply could not bring himself to believe those scurrilous allegations—she did not deserve to be abandoned. Whatever had happened to her, she had obviously given up hope. He would regret what he was about to do. He would curse himself for it, but he could not leave her alone in this state when there was no one else to care for her. Wrapping a black velvet cover around her body, Sebastian lifted her into his arms and strode, grim-faced, from the room.

Killellan Manor—Summer 1819

The sun beat down remorselessly from a cloudless sky as Lady Caroline Armstrong made her way towards the rustic bridge which spanned the stream at the lower border of Killellan Manor's formal gardens. She paused on the pebbled banks, tempted to pull off her shoes and stockings and dip her feet in the burbling waters, but knowing she would then be in full view of the house she resisted, her desire to be alone much more powerful than her need to cool down.

Not that anyone was at all likely to be interested in her whereabouts, Caro thought dispiritedly. At sixteen, she already felt as if she had endured enough upheaval to last her a lifetime. She barely remembered Mama, who had died when Caro was five. Celia had taken her place, but two years ago Celia too had abandoned

them to accompany her new husband on a diplomatic mission to Egypt. Her eldest sister's
departure had left the four remaining sisters
quite bereft. The murder by renegade tribes-
men of George, Celia's husband, had shocked
Caro to the core, though not nearly as much as
the subsequent developments which saw Celia
happily ensconced in Arabia and married to
a Sheikh. Of course Caro was glad Celia had
found happiness but she couldn't help wishing,
just a little selfishly, she had found it a little
closer to home. She missed Celia terribly, especially now that things had changed so dras-
tically at Killellan Manor.

Pausing in the middle of the bridge to carry
out the ritual of casting a twig into the waters,
waiting only long enough for it to emerge, bob-
bing and bumping along in the shallows on
the other side, Caro took the path which led
through the woods to the borders of her father,
Lord Armstrong's estate. It was quiet here and
cooler, the sun's rays dappling down through
the rich green canopy of the leaves.

She made her way along the path almost
without looking, her thoughts focused inwards.
They had always been close, the five sisters,
but Celia had been the glue which bound them.
Since she left they had all, it seemed to Caro,

retreated from each other in their own way. Cassie, who always wore her heart on her sleeve, had hurled herself, in typically melo-dramatic fashion, into her coming-out Season. She had already fallen wildly in love with the dashing young poet Augustus St John Marne and had taken to declaiming long tracts of his terrible poetry, at the end of which she inevi-tably collapsed dramatically in tears. Caro, for what it was worth, thought Augustus sounded like a bit of a ninny. Cressie had simply locked herself away with her precious books. And as for Cordelia—well, Cordelia always was as mysterious as a cat.

The only thing which united the sisters these days was their enmity towards Bella. Caro kicked viciously at a stone which lay in her path, sending it flying into a cluster of ferns. Bella Frobisher, now Lady Armstrong, their fa-ther's new wife. Their new stepmother. Cassie had summed it up best. 'Bella,' she had said dismissively, 'has no interest in anything but usurping all of us by providing Papa with a son and heir. As far as Bella is concerned, the sooner she can empty Papa's nest of its cur-rent occupants and replace us with her own little cuckoos the better.' And that prediction had proven to be wholly accurate. Bella made her indifference towards her stepdaughters quite plain. And as for Papa, once he had ensconced his new wife at Killellan, he was as absent a father as ever, wholly consumed by his political manoeuvrings. Not even Bella, it seemed, was as important as the diplomatic affairs which sent him to London, Lisbon and goodness knows where he was just now.

It could be Timbuktu for all Caro cared. Except she did care, no point denying it. Papa was all she had left. She wished that he would, every once in a while, put his family before his country. She knew he loved her, he was her father, after all, but there were times, like now, when she was completely miserable and it would be nice to have some evidence of the fact. She kicked even harder at another, bigger stone. The pain which stabbed her toe was comforting, a physical reflection of her inner mood.

The woods came to an abrupt end at a boundary wall. On the other side, the lands belonged to the Marquis of Ardhallow. Rich and holder of one of the oldest titles in England, the marquis was a virtual recluse. His wife had obviously died long ago, for no mention was ever made of her. Papa was one of the few visitors permitted access and always made a point of visiting the marquis on the rare occasions when he was at Killellan long enough to pay calls. 'The Marquis of Ardhallow has one of the most prestigious titles in the country. If he chooses to live in seclusion, it is not for us to question, or to annoy him with unwanted invitations,' he had once informed Celia, who had inadvertently roused Papa's anger by inviting the marquis to dinner. 'It is a shame the man decided not to take up his seat in the Lords for he's a Tory to the core, and one must never underestimate the power he could wield if he chose to.'

Lord Armstrong's enigmatic words had unwittingly given rise to a myth. Propping her chin on her hands, gazing across the meadow at the house in the distance, Caro recalled the many tales she and her sisters had spun about their elusive neighbour. Tall and very thin, he could have been a handsome man were it not for the meanness of his mouth, the coldness in his eyes. Upon the rare occasions she had come across him out on his estate—for Caro and her sisters were wont to trespass there often when out playing, when they were much younger—the marquis's haughty stare had frozen her to the bone. He wore the powdered wig and wide-skirted coats of his youth too, giving the appearance of having stepped out of a portrait. When he spoke, it was with a strange lisp at odds with the iciness of his tone, which terrified them. For the Armstrong sisters, the marquis had come to epitomise the evil, brooding monster in their darker make-believe games. Crag Hall was their haunted castle. It was Cassie who gave him the nickname Marquis of Ardhellow. Papa, who was somewhat in awe of the man, would be appalled by the liberties his daughters had taken with his neighbour's prestigious title and spotless reputation.

Without her sisters, trespassing upon the Crag Hall estate had lost much of its appeal. Today however, the spirit of rebellion which she had to work so hard to suppress, combined with a need to put as much distance between herself and her own home, prompted Caro to climb over the boundary wall and into the grounds for the first time in years. She would welcome an encounter with the intimidating owner, she told herself. Though she was not exactly sure what she would say to him, she was certain she would not simply turn tail as she had done when younger.

The house was vast, three storeys of blond sandstone with six sets of windows placed either side of the huge Palladian Corinthian frontispiece giving it the look of a Roman temple. Two sets of stairs led up the pillared entrance-way, the pediment of which was carved with the family motto and the Ardhallow coat of arms. Only Papa had ever been inside, and Papa was not inclined to describe in any sort of detail a house of which he was clearly envious. Caro imagined a whole series of opulent rooms opening out the one on to the other, hung with tapestries and huge historical paintings, the kind usually seen only in churches.

Skirting the path which led around the west wing to the rear, avoiding the large walled kitchen gardens, she headed for the rose garden. It was then that she spied the riderless horse. A beautiful creature with a coat the colour of golden sand, it was galloping full-tilt across the paddock towards her, bucking and snorting in its efforts to rid itself of the empty saddle. Surprised and entranced, she felt a fleeting sympathy for the animal, followed by a much stronger desire to ride the untamed creature, to feel the exhilaration of trying to control such an elemental force of nature. The horse came to an abrupt halt right in front of her, flanks heaving, eyes staring wildly. Unthinking, Caro stretched out her hand to touch the soft velvet of his nose.

'No!'

She froze.

'For God's sake, are you out of your mind? Can't you see he's spooked? He'll take your fingers off.'

She dropped her hand and stared in astonishment. Striding towards her, dressed in breeches, top boots and a shirt, all of which were covered in a film of fine dust, was a young man wearing a furious expression. He was also carrying a riding crop which, by the look of him, Caro reckoned, he would happily use on her.

Later, she would notice that he was also a very attractive young man. Later, she would also notice that he was well built, with the natural grace of an athlete. But for now, it was that riding crop and the furious look in his eyes which made her glare at him defiantly, and just as defiantly reach out once more for the horse, clucking softly in the way that never failed, and did not let her down now. The young stallion tossed his head once, then nudged her palm, snickering contentedly.

'What the devil!'

Caro cast him a triumphant look. 'It is simply a question of empathy. Animals respond to gentleness,' she said, with a pointed look at his whip. 'If your riding is as aggressive as your language, Mr Whatever-your-name-is, then I am not surprised this magnificent beast threw you.'

For a moment, she really did think she had gone too far. He glared at her, delivering a look even darker than her own. Then he threw his head back and laughed, a deep, rumbling and intensely masculine laugh.

He was younger than she had first thought, probably not that much older than she was herself. His hair was close-cropped, very dark brown tinted with bronze, which seemed to reflect the colour of his eyes. She had thought him austere in his anger, but in humour his face was quite changed. His expression softened when cleared of its frown, though his mouth was still intriguingly turned down at the corners. The day's growth which darkened his jaw, the smattering of hair she could see through the open neck of his shirt, the deep tan on his forearms and neck, all added to a general impression of wildness which appealed to Caro on a fundamental level, in the mood she was in.

His frown returned as he watched her stroking the horse's pale blaze. 'Let me assure you, young lady, that if this animal let you close enough to inspect his flanks, you would find not a trace of violence. Who the hell are you?'

'I'm Caro. I live over there.' She waved vaguely in the direction of her home.

'You mean Killellan Manor, Lord Armstrong's place? I met one of his daughters once. Haughty female, tall. Lady Celia, I think her name was.' He frowned, peering into her face, and raised his eyebrows in surprise. 'Yes, I can see the resemblance now, though you are not so tall, and your hair...'

'Is more carrot than Titian. Thank you for pointing that out,' Caro said.

'Actually, it is more like copper. Burnished copper. I don't think I've ever seen anything like it.'

'Oh. That was a compliment.'

'A very badly worded one, I'm not surprised you took it amiss. I'm Sebastian, incidentally.' He made a face. 'Actually, Sebastian Conway, Earl of Mosteyn.'

Caro's eyes widened. 'Good grief, you are the marquis's son!'

'For my sins.'

'I can't believe our paths have never crossed until now,' she said blithely.

'I don't live here, when I can avoid it. I find

that my father and I deal best when we are not confined under the same roof.'

'Well, you must deal very badly indeed if you cannot stand being under such a very large roof,' Caro replied. Realising too late that she had been both rude and probably hurtful, she covered her mouth with her hand. 'I'm sorry. I didn't mean…'

Sebastian shrugged. 'No need to apologise, it's the truth. My father finds my presence offensive. Nothing about my person pleases him and nothing I can do will change his mind. He packed me off to Harrow at the first opportunity. I went straight from there to Oxford of my own accord. In the weeks since I came down, my mere presence here has offended every bone in his stiff-necked body. Fortunately, I am not obliged to please him, having come into some money of my own. I'm off to London next week, and shall be more than thankful to shake the dust from this place for ever.'

Though the picture he painted was painfully bleak, his tone was flippant. 'My father is lately remarried,' Caro said. 'There is only so much influence he can accrue by marrying off his daughters, you see. He has decided the time has come for him to produce some sons.

Or at least, for Bella to produce some sons. Bella is my new stepmother. She hates me.'

'And so you are trespassing on my father's grounds in order to escape.'

'It will have to suffice since *I* have not the means to run off to London, unlike some,' Caro said, ignoring the lump which had risen in her throat at the unexpected understanding in his voice.

'You'll be there soon enough for the Season, no doubt.'

'Yes.' Though she had never considered any other future save the marriage her father would arrange for her, the idea was depressing. 'Well, naturally,' Caro said, forcing a smile, 'making a good match is what Papa expects of us, though he has Cassie and Cressie to manage before it is my turn.'

'Manage! You make it sound like some sort of game.'

'Oh no, indeed not! I mean, that is what Cressie says, she calls it marital chess, but she is quite—I mean I am sure that Papa wants only the best for us. It has been difficult for him, losing Mama when Cordelia was just a baby. We owe it to him to—it is natural to want to please one's father, is it not?'

'So I am told.'

It had seemed important to explain herself to him for some reason, but in her earnestness, she had quite forgotten how the conversation had taken this turn. Sebastian looked morose. 'Things cannot possibly be so bad as you think, can they? I know that fathers and sons do not always see eye to eye. Indeed, sometimes fathers and daughters disagree fundamentally,' Caro said, thinking of Celia's second marriage, to which it had taken Lord Armstrong a considerable time to reconcile himself. She put a tentative hand on Sebastian's arm. 'I sometimes think my father doesn't care for me at all, but I know that is just—he is simply not affectionate by nature. At heart I am sure...'

He brushed her arm away angrily. 'My father has no heart. Look, I am sure you mean well, but you know nothing of the circumstances and furthermore it's none of your business. I can't think why I—but we will drop the subject, if you please.'

He wasn't looking at her, but frowning off into the distance, intimidatingly remote. She was abruptly conscious of her youth and her presumption. How pathetic she must have sounded. No wonder he was angry. The best thing she could do was to leave him in peace, even if it was the last thing she wanted.

'I beg your pardon for intruding, and for trespassing, I will not do it again,' Caro said in a small voice. 'I can see that you would prefer to be left alone, so I'll just…'

'No, I'm sorry. It's this place, I find it always blackens my mood.' Sebastian was not smiling, but his frown wasn't quite as deep, and he was looking directly at her. 'Stay a moment and make my horse's acquaintance properly.'

Did he mean it, or was he just being polite? She found him difficult to read, but she wanted to stay, and so decided to take him at his word. 'He's very beautiful. What is his name?'

'Burkan.'

'Is he a true Arabian? I have never seen one, they are very rare are they not? How on earth did you come by him?'

'He is only half-Arabian. He was a gift for my nineteenth birthday.'

'You see!' Caro exclaimed. 'Your father is clearly not as black as you have painted him if he is capable of such a generous present.'

Sebastian may as well have donned a suit of armour, so clear was it that he had no desire to say any more on the subject. Curious as she was, Caro bit her tongue. 'May I ride him?' she asked instead.

'Don't be ridiculous. He's barely broken.'

It was her one talent. She had not Celia's diplomacy nor Cassie's looks, nor Cressie's brain nor Cordelia's wit, but she could ride. 'I'm not being ridiculous. You saw how quickly I gained his trust. He won't throw me. I am certain of it.'

'Lady Caroline…'

'Caro.'

'Caro. You are barely broken yourself. You are simply not up to handling a horse of his size and power.'

'I can do it.'

Sebastian smiled down at her. A frowning smile. A dismissive smile which was both hurtful and annoying. 'You are the strangest girl I have ever met.' He touched her cheek. 'But I cannot take the chance. If you fell and were hurt…'

The rebellious mood in which she had set off from Killellan returned. Confused by the way Sebastian's touch made her feel, knowing that he would laugh at her innocence if he knew the effect he had on her, Caro broke away. She was tired of being dismissed. In one leap she was over the fence, the bridle in her hands. The stirrup was high, her petticoats a major obstacle, but she had scrambled into the saddle before he could stop her, and was away, urging Burkan into a canter and then a full gallop around the paddock. A fleeting glimpse over her shoulder gave her the satisfying view of Sebastian standing confounded, hands on hips, unable to do anything but look on helplessly.

The horse was nervous, but Caro was not. She sat straight astride in the saddle, heedless of her skirts. It was a talent she had discovered while very young, her affinity with horseflesh. She had never, however, ridden any animal so highly strung nor so powerful. Burkan took all her strength and determination to control for two circuits of the paddock. Confident that she had proven her point, Caro tried to rein in. The stallion however, was enjoying his freedom and refused to co-operate. Leaning over his neck, Caro tightened the reins and tried to soothe him, but the slender thread of communication between them seemed to have been severed. The horse bucked. She clung tight, but he bucked again and Caro found herself soaring over his head, landing with a horrible thud on her bottom.

Sick with mortification, dizzy with pain, she was struggling to her feet when Sebastian reached her. 'Devil take it, are you hurt?'

She hurt all over, if truth be told, and her pride had been severely dented, but there was no way on this earth that she'd let him know that. 'I'm perfectly fine.'

Sebastian swore. He swore a lot, it seemed to Caro. She envied him the freedom. 'You're quite pale, are you sure you're unharmed.'

'It's my hair. Red hair and pale skin always go together.'

'Your hair isn't red, it's copper, and you are not a healthy shade of pale. Are you going to faint?'

She gritted her teeth and breathed deeply. 'No. Absolutely not.' Trembling now, at her own temerity as much as anything, she realised, too late, how childish her behaviour must have looked. 'Burkan, is he hurt?'

'He's fine. I was rather more concerned about you. You could have been killed.'

'Oh, I'm a lot less fragile than I look, I assure you.'

Sebastian caught her as she staggered. 'You're a bold little thing, I'll grant you that. Weren't you scared?'

'No.' His hands were warm on the thin sleeves of her muslin gown. She hadn't realised until now how tall he was. And how solid, compared to her. He smelled of sweat and horse and summer, a heady, intoxicating combination. Her heart was racing. She felt strange. 'I'm sorry,' Caro said belatedly.

Sebastian smiled his frowning smile. 'No, you're not.'

She couldn't help but smile back at him. 'I would be, if Burkan had been harmed by my poor horsemanship.'

Her hair had escaped its ribbon. She could feel it, hanging in long straggles over her face and down her back. Her hands were dusty. Her gown must be filthy. Caro was not usually aware of any of these things, but now she wished—she wished...

What she wished, she realised with a horrible sense of shame and excitement, was for Sebastian to kiss her. She'd never been kissed. She had never found the idea of kissing someone anything other than repugnant until now. The way he was looking at her though—was he thinking the same? It was absurd. 'I should go,' Caro muttered, blushing, hiding her blush beneath the fall of her hair.

Sebastian blinked and released her. It seemed to her he did it reluctantly, but she knew she must be wrong. She was not much more than a child to him—he had said as much—though she didn't feel anything like a child just at the moment. 'I'll walk you back,' he said.

'No, thank you, I shall be...'

'I wasn't asking for permission.'

She had nothing to say to that and so, terrified of appearing gauche or worse still, betraying her shocking thoughts, instead simply shrugged in a very good impression of indifference, and began to clamber over the paddock fence, quite forgetting that she could easily have opened the gate.

They walked through the woods in silence. There was between them an awkwardness, an awareness which she could not describe. She did not want their walk to end, but it did, and too soon. 'This is where I leave you,' she said, pausing to the wall at the edge of the woods, waiting—for what?

Nothing, it seemed. Sebastian held out his hand. 'Goodbye, Caro.'

She took it briefly. 'Goodbye, Sebastian.' Without another word, she climbed over the wall and took off through the woods, refusing to allow herself to look back.

Chapter Two

〰〰〰

Crag Hall—August 1830

Caro slowly came round to consciousness. She felt as if she had swum to the surface of a deep, dark pool, exhausting herself in the process. Her head was thumping. Her eyelids were gritty and sore, as if she had been rubbing sand in them. What was wrong with her? Pushing herself upright, she opened her eyes, wincing as the room spun sickeningly. The ceiling was ornate, with rococo gilding on the cornicing. The bed hangings were green damask, as were the curtains. Tulip wood, she thought distractedly, running her trembling hands over the bedstead with its gilt carving. A dressing table set by the window was draped in white

lace. The walls were painted a pale green and
hung with a number of portraits. A white marble mantel upon which a large French clock sat,
was carved with cupids.

It was, or had been, an elegant room. As
her senses slowly unscrambled Caro began to
notice the shabbiness, the fine layer of dust
which covered the furniture, the faded fabric,
the musty air of neglect. Where was she?

Breathing deeply to quell her rising panic,
she threw back the sheets and stumbled over to
the window, pushing open the casement. Fresh
country air flooded in. She was clearly not
in London, then. Outside, it was dusk. There
was a paddock. Gardens. Woods. And in the
distance, the chimney pots of another house.
A very familiar house. Oh, dear heavens, an
extremely familiar house. Killellan Manor.
Which meant that this house was…

She looked around her in consternation.
She pinched her hand, something she'd always
thought people did only in novels. It hurt, but
she didn't wake up because she wasn't asleep.
She really was here, in Crag Hall. Appalled,
she tottered back to sit on the edge of the bed.
How did she get here? Frowning hard, her head
aching with the effort to concentrate, she tried
to recall. Her memory came back in flashes.

Her father shouting, then coldly formal. Her storm of tears followed by an urgent need to forget, to obliterate it all, just for a moment.

Who had told her of the room in Augustus St John Marne's house? It didn't matter. She remembered it now, the sweet smell, the bitter taste, and then the dreams. A great bear with yellow teeth and malevolent eyes. A fish with bleeding scales. An endless corridor with door upon door which led to a sheer drop. She had fallen and fallen and fallen and not once landed. Dreams. Nightmares. Visions. But how had she come to be here?

A tap on the door made her clutch foolishly at the bedcover, pulling it up over her nightgown. *Her* nightgown. Had someone then packed her clothes? And who had dressed her? She watched the door open with a heart which beat far too fast and a growing sense of dread.

'You're awake.'

Her heart plummeted. Sebastian hovered on the threshold. Caro froze, terrified to move lest her emotions boil over. She mustn't cry, she must *not* cry. His frown was deeper than she remembered, and the shadows under his eyes were darker. He looked older. Sadder? No, but not happy either. Which was no concern of hers. She must remember the last time they had spoken, how disillusioned she had been, how hurtful he had been.

'You said you never wanted to see me again,' she said, opting for attack to cover her mortification and confusion, 'so what am I doing here?'

He flinched, and she could not blame him for her voice sounded much more aggressive than she had intended, but she had to keep hold, she had to keep sufficient control of herself to get out of here. 'The last thing I remember is Augustus St John Marne's party.'

Sebastian closed the door and leaned against it. He was wearing riding breeches and top boots, a shirt, open at the neck. He was tanned. She didn't like the way he was looking at her. She had forgotten that way he had, of making her feel as if he could read her mind.

'If I hadn't stumbled across you there and rescued you, it would most likely have been the last thing you ever remembered. Or perhaps that was your intention,' he said.

'Of course not!'

'You came pretty close, Caro.'

'Nonsense.' She swallowed uncertainly. Her throat was sore. An image of herself, retching into a bowl, popped into her head, making her face flame. 'I am sure you exaggerate.'

Sebastian shook his head decisively. 'If the doctor hadn't given you a purge, I doubt you'd still be with us.'

Which answered that question, Caro thought, now thoroughly mortified. 'How long have I been here? And more to the point, *why* am I here? I'd have thought I'd be the last person you'd want to keep company with, after our last meeting. In fact, even more to the point, where are my clothes? I suppose I should thank you for rescuing me, not that I believe I needed rescuing, but I am perfectly fine now, and will relieve you of my presence just as soon as I am dressed.'

She jumped to her feet, staggering as a wave of dizziness swept over her. Sebastian strode across the room, catching her before she fell. '*Dammit*, Caro, you have been at death's door.'

How could she have forgotten how solid he was? And how quickly he could move. He smelled of fresh linen and soap and outdoors, hay and horse and freshly turned soil. She had an overwhelming urge to cry, and fought it by struggling to free herself. Not that she had to fight very hard. He let her go immediately. As if he could not bear to touch her. Caro sniffed. 'Was I really so close to…'

Sebastian nodded.

She sniffed harder. 'I truly did not mean to—you must not think it was deliberate. It was just—I was just…' Her voice trembled. She took a shaky breath. 'I merely wished to blot everything out. Just for a while. I don't suppose you understand that, but…'

'Oblivion. I understand that need very well. As I think you remember,' Sebastian said curtly.

Oblivion. It was Caro's turn to flinch. 'I should go.'

'Don't be ridiculous.'

'Sebastian, I know you don't want me here.' She tried to push past him, though where she thought she was going dressed only in her nightgown, she had no idea. He caught her, pulling her firmly up against him. Heat of a very different sort flooded her, taking her aback, as her breasts were crushed against his chest.

For the briefest of seconds, she saw the same heat reflected in his eyes, then he blinked, his face set and he released her, taking up a post at the window, as far away from her as the room would allow, she noted without surprise. 'May I ask where you plan to go?' he asked.

Caro shrugged. 'Back to my lodgings, where else?'

'I took you there from St John Marne's. I couldn't believe it when I discovered you don't even have a maid. I paid that vulture of a land-lady to watch over you once the doctor had given you a purge, and when I came back the next morning she was nowhere to be seen. Your trunk was packed. She left me a note requesting me to leave the key in the lock.'

It hurt, more than it should, for she should be accustomed to being an outcast by now. 'One more place where I am *persona non grata*,' Caro said with a fair attempt at nonchalance. 'There are plenty other landladies. I must assume, from your decision not to return me to the bosom of my loving family, that you are aware that I have been cast out?'

'I heard that you and Rider had separated.'

She felt her cheeks flame. 'It is not like you to be so polite, Sebastian. I can tell from the way you hesitated that you have heard significantly more than that. You have not asked me how much of it is true.'

'What difference would it make? Besides, whatever you may think of me, I am no hypocrite. My reputation is hardly snowy white.'

She smiled faintly. 'No, but it is different for a man.' This was such an incontrovertible fact that he made no attempt to answer, for which she was strangely relieved. Whatever he had heard, he had not judged her. It was the smallest of consolations, but it was a balm nonetheless. 'My father came to see me earlier on the day you found me at St John's. He was just back from the Balkans. He was so angry that I, the one dutiful daughter he thought he had, should be the cause of such a dreadful scandal. It is ironic,' Caro said with a twisted smile, 'that of the five of us, I am the only one to have gone through with a match of his making, if one does not count Celia's first marriage, and it is that very match which is now the subject of every scandal sheet in London. He told me— he said to me—he said he was ashamed of me.'

She dug her nails into her palms. To cease feeling sorry for herself was one of her new resolutions. 'He told me that I had brought disgrace to the family name. That I was not fit company for my brothers, and that—that I am no longer his daughter. I know it was weak of me, but at the time—for that to happen on top of everything else, it was the final straw. You must believe me when I tell you that I had no intention of doing myself any fatal harm, but I confess that for a few hours, I really didn't care whether I lived or died. I am grateful to you for coming to my aid,' she finished, blinking furiously, 'truly I am, but I am perfectly capable of looking after myself.' She ran her fingers through her tangle of lank hair. 'I must look a fright.'

'Yes, you do,' Sebastian said, forcing her to laugh, for he never had been one for empty compliments. 'What will you do, Caro?'

She got to her feet and joined him at the window, looking out at the paddock. 'I don't know, but I obviously can't stay here.'

'London is hellish uncomfortable in the summer months. Sitting alone in a dingy set of rooms with nothing but your thoughts for company isn't going to solve anything. You're not nearly as strong as you think, in body or mind. You need respite, a place to recuperate, a change of scenery.'

'Then I shall go to Brighton, or Leamington Spa, or Bath. I don't care where I go, and it's none of your business.'

'Why do so, when you can stay here?' Sebastian dug his hands deep into the pockets of his riding breeches. 'Tell me honestly, Caro, was it that night which caused the rift between you and Rider?'

That night. She had grown up in more ways than one that night. '*That night* was two years ago, Sebastian,' she said coldly. 'What came between myself and my husband was entirely my own fault. If you are offering me sanctuary to assuage your conscience, let me tell you there is no need.'

'I'm offering you sanctuary because you need it! Why must you be so pig-headed!'

'I am not being pig-headed, I am being considerate,' Caro snapped, roused by his anger. 'Very well it would look, for the Marquis of Ardhallow to give house to a fallen woman whose own family are his neighbours. I can see the chimney pots of Killellan Manor from this window, for goodness' sake. The county would be in an uproar.'

To her surprise, he grinned. 'You know my reputation. One more fallen woman is neither here nor there.'

She smiled reluctantly, trying not to remember how that upside-down smile of his had always heated her. 'I could not even consider it. Papa would be mortified.'

'Isn't that all the more reason for you to stay? He has treated you appallingly, I can't believe you're going to lie down and take it.'

She opened her mouth to protest, then closed it again, much struck by this.

'You don't owe him anything, Caro,' Sebastian urged, as if he could read her thoughts. Which he used to do, remarkably well.

'Papa told me I had fallen as low as it was possible to fall,' she said bitterly.

'Then show him that he's wrong.'

She was absurdly tempted, but still she shook her head. 'It is very kind of you, but…'

'Kind! I am never kind,' Sebastian broke in harshly. 'I thought you knew me better.'

She looked at him wonderingly, playing for time as she tried to make sense of his motives. Though they had known each other for more than ten years, the time they had spent together had been fleeting. Though they had shared the most intimate of experiences, *that night* if nothing else should have proven to her that she had been wholly mistaken in him. 'I barely know you, Sebastian, any more than you know me. We may as well be strangers.'

He looked hurt, but covered it quickly. 'Not complete strangers. We are two renegades in the wilderness with nothing to lose, we have that much in common.'

'I am not—you know, I think you may be right. I have lived my entire life bending to other people's will, perhaps now it's time to live my own life. Whatever that may be.'

'Then you'll stay?'

Her smile faded. 'Why, Sebastian? Truthfully?'

'Truthfully?' He stared out of the window. 'I don't know. I swore I'd have nothing to do with you again, but when I saw you at St John Marne's—no, don't bridle, you were pathetic then, but you are not pitiful. I suppose, despite all, I don't think you deserve the bad press you have received...'

'And that feeling resonates with you?'

She knew she should not have said it, that it was deliberately provocative, but he had always had that effect on her, and to her surprise he smiled ruefully. 'Perhaps.'

It was this rare admission that decided her. 'Then if you mean it, I will stay. For a little while. Until I have recovered my strength and am in a better position to decide what to do.'

'Good.' Sebastian nodded. 'I—good.'

The bedchamber door closed softly behind him. What on earth had she done? Caro looked out the window at the rooftop of her family home, and discovered that her strongest emotion was relief. A lifetime's obedience to the call of duty had backfired spectacularly. She was done with it! The shock of coming so close to death made her realise how much she valued her life. Whatever she would become now, it would be of her own making.

London, Spring 1824

The room in which the séance was to be held was dimly lit. Sebastian's knowledge of séances and mediums was confined to one slim volume. *Communication with the Other Side* it had been titled, written by Baron Lyttleton. He had come across it in the vast library of Crag Hall on his latest—brief as ever—visit. The tome described the author's conversations with the departed. Arrant nonsense, Sebastian had thought derisively. He had not changed his view.

Kitty, however, seemed genuinely to believe in the whole charade. His current mistress had, to his astonishment, become sobbingly sentimental upon the subject of her dead mother from whom she had parted on poor terms when she had first embarked upon her fledgling career as a courtesan. Kitty had resorted to tears in her efforts to persuade Sebastian to escort her here tonight. 'If I could just talk to Mama once, Seb, I know I could explain, make her proud of me,' she had said.

The fact that she was naked at the time save for her trademark diamond collar, having just performed expert, if somewhat clinical fellatio upon him, made Sebastian somewhat sceptical of the point Kitty was making. He had gritted his teeth at her use of the diminutive of his name, something he had always loathed, but there was little merit in constantly correcting her. He was already bored with Kitty, and under no illusion about her feelings for him either. His rakehell reputation made him a desirable catch for her, but there were so many other fish swimming in her pond that it was only a matter of time before her avarice overcame her promise of exclusivity, and exclusivity was one of the very few principles to which Sebastian held true.

He had already purchased the diamond bracelet which would be her farewell gift after tonight's entertainment. Though he had no doubt it would prove to be a clever hoax, the séance had at least the merit of being a novel experience. God knows, after more than four years in the *ton,* there were few enough of those left to him.

They were a strange collection, the other guests in the room, some surprisingly well-heeled. He recognised at least two grand-dames, bedecked in black silk and lace, who turned quickly away from him, though whether it was because they were ashamed to be caught dabbling in the black arts, or ashamed to be seen in the company of the notorious Earl of Mosteyn, Sebastian could not say. More likely the latter, though.

'Do stop staring, Seb, it is not at all the thing.' Kitty, resplendent in red silk, her justly famous bosom demurely covered by a spangled scarf, tugged reprovingly at his arm. 'And take that cynical look off your face. These people are seeking solace from their loved ones, just as I am. Do not mock them, or me, for that matter.'

Sebastian eyed his about-to-be-ex-mistress with some surprise. 'You really do believe in this balderdash, don't you?'

'Yes, I do. And so too do the rest of the audience, so you will please me this one last time, and refrain from disrupting the proceedings.' Kitty adjusted her bracelet over her evening glove, then drew him a very candid look. 'Oh yes, I know your mind better than you think. I am perfectly well aware that you are about to give me my *congé*, so I will accept your promise to behave as the gentleman you were raised to be in lieu of any more prosaic payment.'

'Alas, I had already purchased diamonds for you. But if you are sure…'

'Then of course, it would be very rude of

me to decline them,' Kitty said with one of her sweetest smiles.

'You may have my promise and the jewellery both,' Sebastian said, making the smallest of bows, 'and please accept my compliments too. Our time together has been most pleasurable.'

'Naturally it has. My reputation is not undeserved.' Once more Kitty adjusted her bracelet, a smile playing on her lips. 'Nor indeed is yours, my lord. The pleasure has been quite mutual.'

He would have been flattered had he cared, but he did not. They were both adept at giving pleasure. They had both had many years' practice. They were skilled enough to have turned love-making into an art and indifferent enough to ensure that it remained exactly that—a pleasant pastime which was neither necessary nor encroaching, an indulgence of the senses which was no drain on the emotions.

Which, thought Sebastian, as he watched the other attendees begin to seat themselves around the large table placed in the centre of the room, explained why he was so bored. He needed change. And he needed distance. That last interview with his father preyed on his mind. Having the marquis threaten to disown

him unless he mended his profligate ways
should have felt like a victory, but the truth
was, Sebastian's taste for scandal and his reputation for refusing no wager, no matter how
dangerous, had become as tedious to him as
they were repugnant to his father. Perhaps he
should consider the Continent.

There were still two empty spaces at the
table. As the maidservant circled the room
dimming the lamps, one of the chairs was
taken by a lady. Tall and slim, he could not at
first see her face, which was obscured by her
neighbour, but there was something, a prickling awareness, which drew his attention.
Unlike the other women, she did not wear an
evening gown, but a plain muslin dress with
long sleeves, cut high at the neck. Her hair
was piled in a careless knot on top of her head.
Even in the dim light, he could see it gleaming. His memory stirred.

The arrival of the medium, an impressively
large woman bedecked in lilac, intruded on his
view. Mrs Foster, *spirit guide and conduit to
the hereafter*, to give her her full billing, took
the remaining empty chair. The lights were
extinguished and the séance began.

Grateful for the anonymity afforded by the
dark, Caro concentrated on trying to get her

breath back. Bella, with Cressie in tow and no
doubt the cause of their tardy departure, had
only just left Cavendish Square for the Frobish-
ers' ball, resulting in Caro having to run all
the way here, unwilling to risk waiting for a
passing hackney cab, lest she miss the beginning of the séance. She had come on impulse,
pretending a headache after a piece on Mrs
Foster in the *Morning Post* had piqued her interest. Her sensible self told her that it was silly
to expect to make contact with her mother,
who had been dead nearly fifteen years, during
which time her ghost had stubbornly refused
to appear. Her sensible self told her that even if
Mama did want to communicate in some way,
it was highly unlikely that she would do so
through Mrs Foster, with whom Lady Catherine Armstrong had never, to the best of Caro's
knowledge, been acquainted. So spoke Caro's
sensible self, but her secret self was slightly
desperate and could not help but hope.

'Let us all join hands.'

Mrs Foster had surprisingly large, meaty
hands, more suited to a butcher than a medium. Her fingers, which rested on Caro's,
were warm in contrast to those of the man
seated on her other side, which had the quality of parchment and made her shiver. *Like
someone walking over your grave,* melodra-

matic Cassie would say. Could this woman really conjure voices from *beyond* the grave? As the room grew suddenly cold, Caro began to think it possible.

'Concentrate,' Mrs Foster intoned in a deep, sonorous voice, 'concentrate on summoning the spirits of the dear departed.'

The silence intensified, becoming thick as treacle. A smell, a terrible noxious stench, horribly like something emerging from a crypt, drifted into the room, carried on wisps of strange white smoke. One of the women seated round the table began to whimper. Caro's hand was clutched painfully tight by the man at her side. On her other side, Mrs Foster's hand had become icy and cold, like marble.

Caro tried not to panic. Part of her was sure it was a charade, but another part of her was afraid that it was not. She had assumed that speaking to Mama would be reassuring, that knowing Mama was there for her would make it easier to bear the absences of those who were not—Papa, Cassie, Celia—and accept the presence of the one person she wished really would go away, Bella. But whatever presence was in this room, it was not benevolent.

The smoke drifted towards the ceiling, and the smell changed, from acrid and dank to something sweeter. Lilies perhaps? The clutching man next to her gasped, making Caro jump. Of its own accord, the table rattled, and the muslin curtains at the long windows blew gently as a light breeze wafted through the salon. One of the female guests squealed. Caro, her leg pressed too close to Mrs Foster's voluminous skirts, had felt the woman's knee jerk upwards, but was it before or after the table moved? She could not be sure.

The medium began to speak, her voice tremulous. 'I have someone standing behind me. Catherine.'

Catherine was Mama's name. A cold sweat prickled Caro's spine.

'Catherine.' The medium's voice grew higher in pitch, like the whine of a recalcitrant child. 'Is Catherine there? She wishes to speak to Catherine.'

To Catherine. The disappointment was so acute that it made Caro feel sick and slightly silly. It hadn't occurred to her that Mama may have to wait her turn, if she appeared at all. She almost jumped out of her skin when the woman on the other side of the table spoke up, claiming this ghost as hers.

'Mama?' the woman said uncertainly. 'Mama, is that you? It is I, Catherine. Kitty.'

'Kitty.'

The voice, the same strangled, whining voice which had emanated from Mrs Foster, now seemed to be projected from the other side of the room. A trick? Surely it must be a trick. Had the medium's lips moved? Caro couldn't see.

'Catherine. Kitty. It is your mama.'

A muffled shriek greeted this statement. 'I am so sorry for our quarrel, Mama. Can you forgive me? I know you disapprove of my— my career, but it has brought me prosperity and security. Please try to be proud of me.'

'Of course I am, my darling daughter. I am at peace now, Kitty. At peace.'

The voice trailed away. Still, Caro could not tell if it came from Mrs Foster or some other presence. The table rattled again. The smell of lilies grew sickly sweet, and the medium spoke once more, this time in a deep growl. 'George?'

There was no answer. The attendees waited, it seemed to Caro, with bated breath, until the name was uttered again. More silence.

'Edward?' Mrs Foster ventured, in that now familiar high-pitched voice.

The clutching man at Caro's side let go of her hand. 'Nancy? Could it be my Nancy?'

'Edward, it is your Nancy. It is I, my dear.'

She wanted to believe it, but it struck Caro that Mrs Foster's messages from beyond the grave seemed to rely on information provided by the audience rather than the spirit world. It had to be a trick. Of course, she'd known it would most likely be so, but all the same…

Her fear turned to anger. It was not fair, to give out the promise of false hope. What an utter fool she had been to think it could be otherwise. Even if Mrs Foster hadn't been a charlatan—yes, there went the table again, and this time Caro was sure that the medium's knee jerked *before* and not after—even if she had been *bona fide*, even if Mama had made contact, what comfort could she have given her daughter? Bella still hated her. Papa still acted as if he cared nothing for her—or any of his daughters. And Caro was still faced with the prospect of either making a good match to please him or spending the rest of her life looking after Bella's many progeny. Her stepmother had already given birth to two boys, and she was increasing again. Killellan stripped of all of her sisters would be unbearable. Cressie, in her second Season, was bound to make a match in the near future, and Cordelia made no secret of her desire to wed as soon as possible in order to escape home, where Bella and her

infant sons ruled the roost. Caro sighed. Why
was it that doing one's duty seemed sometimes
so unrewarding?

Having assured George that his Nancy, like
Kitty's mama, was very happy and at peace,
Mrs Foster slumped back in her chair with a
deep, animalistic groan which distracted Caro
from her melancholy thoughts. Her hand was
released. As if by magic, though obviously with
the impeccable timing of practice, the maid appeared to turn up the lamps. Caro rubbed her
eyes. Across the table from her, a woman was
sobbing delicately into her kerchief. The afore-
mentioned Kitty, she presumed, and obviously
wholly convinced that she had just communed
with her mother. Lucky Kitty, to be so easily
placated.

Caro stared at her, fascinated. The woman
was voluptuously beautiful. Tears sparkled
on her absurdly long dark lashes, but signally
failed to either redden the woman's nose or
make tracks down her creamy skin. When
Caro cried, which she hated to do, her nose
positively bloomed and her skin turned a
blotchy red.

A prickling feeling, a sense of somebody
watching her, made her drag her eyes away
from the beauty to the man at her side. Her

heart did sickening somersaults as she looked quickly away. It could not be he, it simply could not be. She sneaked another glance. *It was him!* What on earth was Sebastian doing here? Surely not, like her, in the hopes of communing with his dead mother!

It was almost four years since they had met, four years since she had tumbled headlong into that girlish crush which she ought to have recovered from long since. Which of course she had recovered from! It was a shock, that was all, seeing him here, looking even more raffishly handsome than she remembered. He had garnered a frankly wicked reputation in that time, while she had turned him, in her imagination, into her dashing knight in shining armour, riding to her rescue in her dreams, taking her away from the tedium and loneliness of her life at Killellan.

Kitty appeared to be his companion. There was something proprietary about the way the woman put her hand on Sebastian's arm. And something not quite proper in the way she was dressed. Too much bosom on display, even if it was quite magnificent. Caro's eyes widened. She must be his mistress. Yes, definitely his mistress, and a—what was the saying?—yes, a pearl of the first water, more than worthy of

Sebastian's reputation. Of a certainty, someone of his poise and experience would not look
twice at a gauche stork-like female with carrot
hair and no bosom to speak of. Except that he
was staring, frowning at her, oblivious to his
mistress's tears.

He looked shocked. It hadn't occurred to her
until now, so taken up with her foolish hopes
had she been, but she supposed her presence
here was a bit shocking. And now she was
blushing. Caro pushed her chair back, intent
on leaving before he could approach her, because though the thing she wanted most in
the world was to talk to him, the thing she
wanted least in the world was to be chastised
by him, especially in the presence of his beautiful companion. Stumbling from the table, she
was halfway across the room when Sebastian
caught up with her.

'What the devil are you doing here?'

Caro turned. He was not quite so tall as she
remembered, though that was probably because she had acquired so many extra inches
as to make her a positive maypole, according
to Bella. And he did seem bigger—broader,
more solid, more intimidating, if she was of
a mind to be intimidated, which she was not!
'Good evening, my lord. I seem to recall you

asking me a similar question when we last met in your grounds. I see your manners have not improved much in the interim.' Her voice sounded quite cool, she was pleased to note. 'As to what I am doing here, I could easily ask you the same question. I had not thought you the kind to be interested in the afterlife.'

'One life is quite enough,' Sebastian replied feelingly.

Damned right, was her instinctive reply. She swallowed the words with a small, prim smile. 'If there is such a thing as an afterlife, I doubt very much that Mrs Foster has access to it.'

'I am relieved to hear that you were not taken in by the charade. What the devil brought you here, and alone too?'

His eyes were shadowed, with lines flanking the corners of them which had not been there before. Two more lines drew his brow into a permanent furrow. His mouth still turned down in that fascinating way. He had not the look of a happy soul. 'If you must know, I came here for the same reasons as everyone else—yourself excepted. I had the stupidest notion that I might contact my mother. I thought—oh, it doesn't matter what I thought, Sebastian, it is none of your business.'

'Does your father know about this escapade?'

'Certainly not. *He* has no interest in speaking to Mama. Oh, you mean he would disapprove of my being here. You may rest assured that he is quite oblivious, as is he seems to be of everything I do, provided it does not damage the prospects he has lined up for me.'

'His game of matrimonial chess has begun then,' Sebastian said.

'You remember that!'

Sebastian grinned. 'You almost gave me an apoplexy when you leapt on to Burkan.'

Goodness, but she had forgotten the effect his smile had on her. Caro tried and failed to suppress her own. 'I don't know why I did it, except that you were so very certain I should not.'

'And is that why you are here tonight, because you know you ought not to be?'

'What a very false impression you have of me. I will have you know, that of the five sisters, I am known as the dutiful one.'

At this, he gave a bark of laughter. The deep, masculine sound of it brought the attention of everyone in the room, including the beauty he had escorted who, having recovered her black-velvet evening cloak, was sashaying towards them, all creamy skin, black-as-night hair and voluptuous figure. Caro felt her own shortcomings acutely.

'My lord,' the beauty said, 'I am much fatigued by this experience, and would return home.'

Sebastian was looking suddenly extremely uncomfortable. Obviously, introducing his mistress to his neighbour's newly-out daughter was not a task he relished. His discomfort stirred the devil in her. 'My lord,' Caro said, 'will you not introduce me to your companion?'

Now he looked appalled. Emboldened, she held out her hand. 'How do you do? I am Lady Caroline Armstrong.'

Kitty, herself looking slightly taken aback, dropped a curtsy. 'Miss Garrison. I am honoured, my lady. Mrs Foster has a remarkable gift, has she not?'

'I'm afraid Lady Caroline is rather more of a sceptic than you, Kitty,' Sebastian drawled.

'Lady Caroline prefers to keep an open mind,' Caro said pointedly. Did he not realise that his mistress was most likely content to be duped? 'Really, Sebastian, you are every bit as rude as I recall.'

And a good deal more attractive to boot.

Heavens, but she must not let him see the effect he had on her, it would be mortifying. 'It was a pleasure to meet you again,' Caro said, 'but I must go.'

Sebastian took her hand and surprised her by bowing over it, brushing his lips over the tips of her fingers. His mouth was warm on her skin. His kiss was no more intimate than many she had received since coming out, but it felt very different. She wondered what it would like to kiss him properly, and suddenly remembered wondering the exact same thing that first time they had met. It was a struggle to retain her composure, but she managed. Just.

'Sebastian, I think we had best be on our way,' Kitty said with a pointed look at her lover. 'All this excitement has quite overset me.'

Caro snatched back her hand. Sebastian clasped his behind his back and rocked on to the heels of his polished Hessians. No evening wear for him, despite his mistress's attire. Had he come here straight from her bed? The thought made her stomach churn. She conjured up a faint smile. 'You are quite correct, Miss Garrison. I must bid you both goodnight, it was a pleasure.'

'You have a carriage waiting, I assume?' Sebastian asked.

'No, I shall have Mrs Foster's servant hail a hackney.'

He looked at her, aghast. 'You surely would not travel alone at night in a public carriage.'

'Really, it is no distance, and...'

'Sebastian is quite right,' Kitty Garrison interjected. 'Better that he escort you and I will make my own way. No, pray do not protest, I am far more capable of looking after myself on the streets of London than you are. Nor need you have any qualms that you are interfering with our plans for the evening. We have agreed we no longer suit, is that not so, my lord?'

Sebastian bowed. 'With regret.'

Kitty Garrison laughed softly. 'No regrets, my lord, only diamonds. You may have them sent round in the morning.'

She was gone in a flutter of silk and velvet, leaving behind the faintest scent of rosewater. 'I must apologise,' Sebastian said curtly. 'If it was known that you had been exchanging pleasantries with Kitty Garrison...'

'Why should that worry you?'

'It doesn't, but it should worry you.'

'Oh, *my* reputation is spotless. No one would believe it.'

They were in the small reception hall. Caro pulled on her cloak. It was made of serviceable wool and quite unadorned, worn for its all-enveloping properties, as was the wide, plain hat she had chosen. Sebastian tucked her hand into his arm as they went down the steps of Mrs Foster's house and began to walk along Great Russell Street. It was not quite dark, but the lamps were already lit on the few carriages which passed. The air had a tang to it which Caro could not get used to, of coal and dust, so different from the sharp, clean smell of the air at Killellan. As always at this time of the evening, with the night stretching ahead, there was a sense of excitement, a tension, of a city waiting for the cover of dark to fall before bursting into life.

'You know perfectly well that you should not have been at that woman's house tonight without even your maid to accompany you,' Sebastian said.

'What Papa and Bella don't know cannot harm them,' Caro responded flippantly. 'It seems to me that if they knew that *you* were accompanying me across London in the dark, they'd be a lot more concerned than if they discovered I'd attended a séance and conversed with a courtesan.'

'Their fears would be quite groundless. I never seduce innocents. Dammit, someone ought to be keeping a closer eye on you.'

'Oh, but they think they are. However, as I discovered tonight, it is remarkably easy to dupe people into believing one is doing as one ought when they don't actually care. Papa leaves us girls to Bella, and Bella is so very taken up with her darling boys that she has very little time to supervise us.'

Sebastian threw her a strange look. 'I would have thought that Lord Armstrong would show a great deal of care about who you do—or do not—spend your time with, since the whole point of the Season...'

'Is to make a match. Papa *has* taken a great deal of care. He has drawn up a list, and handed the list to Bella, whose job it is to orchestrate the introductions, while it is my job to make myself charming, as you would have noted for yourself had you frequented any of the numerous parties or balls I have dutifully attended.'

'I have no wish to become the prey of some matron determined to snare a husband for her daughter. There is no more terrifying creature in all the world than a mama with the scent of marriage in her nostrils.'

Caro laughed. 'It is true, there are times

when I feel as if I am being paraded around like a prime piece of horseflesh. I am twenty years of age, and my entire life is already mapped out for me. A Season to catch a husband who will embellish my father's position, a few years of docile matrimony to produce the requisite heirs, then I shall no doubt be retired to the country to rear them while my husband enjoys himself in the town as every other husband does.'

'That is a very jaded point of view.'

'Oh, I don't really mean it. I am merely a little—it is nothing. What else is someone like me to do, if not marry?'

'Attend séances.'

'Oh, tonight was a—a temporary aberration.' Caro gave herself a little shake. 'I am perfectly content to marry one of the men Papa has picked out for me. Though Cassie and Celia have made excellent marriages, they were neither of his choosing. It is only right that one of his daughters does as he bids, for it seems to me that Cressie—never mind, it doesn't matter.'

'It obviously does. Tell me.'

She hesitated, but he did seem to be genuinely interested, and the urge to confide in someone was strong now that even the prospect of hearing from Mama had disappeared. 'I know Cressie is not happy, though when I ask her if anything is wrong, she tells me that there is nothing. But I know there is. She tries so hard to pretend, but I know she hates going to dances and she would much rather be alone with her mathematical books than talking about fashion over the teacups.'

'Mathematics!'

'Cressie is the clever one. She is practically a genius,' Caro said proudly. 'She has been working on a mathematical theory of cards, something to do with probability and chance. It's all a bit over my head, but she claims that the system she has developed for faro is foolproof. I would love to be able to surprise her by proving that it is.'

'And how would you propose to do that?' Sebastian said warily.

'You are a great rake, are you not? Well, you must be, because they call you the Heartless Heartbreaker.'

'A stupid name. I doubt any of the women I have had dealings with have a heart to break.'

'Rakes are notorious gamesters.'

'Cards are not one of my vices.'

'Drink then. Though I confess, I've never understood the attraction. What is the point of drinking to excess, if you cannot remember, the next morning, whether you enjoyed yourself or not?'

'Or whether you had done anything scandalous or not,' Sebastian added drily.

'Had you had too much wine then, when you drove hell for leather in the curricle you raced to Brighton, or when you swam the length of the Serpentine in the depth of winter for a wager, or when you climbed to the top of the clock tower of St Paul's?'

'Had I been in my cups when I climbed St Paul's I would most likely be dead. It might surprise you to know, Lady Caroline, that I am not accustomed to drink to excess.'

'It is Caro. What possessed you to do such dangerous things?'

'What possessed you to ride a horse you could not control?'

She was forced to smile. '*Touché*. Would it cause a great scandal if you were to take me to a gambling hell?'

He stared at her for a moment, then burst into laughter. 'Not at all, that would be perfectly acceptable since you and I are acquainted. I recommend we try Crockford's, known as Fishmonger's Hall amongst the savvy. The stakes are prodigious there, and

their reputation for fleecing every flat who en-
ters the hallowed portals is second to none.
Your sister's mathematical system will get a
thorough examination, and if it works you will
earn a small fortune in the process. I am jesting, I hasten to add, before you get any silly
ideas.'

She had not been entirely serious, but Sebastian's teasing dismissal raised her hackles
just as it had four years ago, when he told her
she could not ride his horse. Were it not for
the turn the conversation had taken, she would
never have dreamed of doing any such a thing
as visiting a hell. But she was sure she'd heard
Cressie crying in her room last night. How
pleased she would be when Caro presented her
with the validation of her theory—if she could
just persuade Sebastian to accompany her.

They were walking along Margaret Street,
a few minutes from Cavendish Square. The
nearer they came to her father's house, the less
Caro wanted to arrive because then Sebastian
would leave her. She was acutely conscious
of her gloved hand on his arm, of her cloak
brushing against his leg. It was sheer chance
which had brought them together tonight, for
they moved in very different circles. Four years
since their last meeting, and most likely there

would be the same before their next. 'You may be jesting, but I am in earnest. I would very much like to visit this Crockford's,' she said impulsively. 'It would make Cressie so happy.'

'You are being ridiculous.'

'It is surely not entirely without precedent for ladies to frequent such establishments, wearing either masks or veils. I may indeed be fleeced, if Cressie's theory is wrong, but I am unlikely to be ravished.'

'Caro, you can't mean it.'

She didn't, yet part of her did. There was a strange pleasure to be had in challenging him, just to watch his reaction, but there was too the fact that she would be flaunting the rules just a little. Besides, she would also be helping her sister. 'I could go disguised as a man, if you thought it would be safer that way,' she said hopefully.

'Good grief, no, you would fool no one.'

'Truly? I am so thin, I would have thought...'

'Caro.' They were at the corner of Cavendish Square, yards away from her father's house. Sebastian pulled her into the shadow of the corner building, away from the lamplight, and pushed her veil up from her face. 'It is true, you are slim enough to slip through rain, but believe me, there is nothing in the least bit boyish about you.'

He held her lightly, his hands on her arms. Not quite an intimate embrace, not quite wholly respectable either. 'Why don't you escort me there, since you are so concerned for my well-being?'

'Are you out of your mind!'

'With you as my protector I would surely be safe, and...'

'Caroline! Enough of this nonsense, you have gone too far.'

She studied him carefully. His mouth was set in a firm line, his expression stern. 'My apologies. I see now that I would be placing you in a most uncomfortable position, which is unfair of me.'

'Dammit, it's not about me. I have no reputation worthy of losing.'

'That's not true.'

'What do you mean?'

'It strikes me that you have put an enormous amount of effort into building just such a reputation.'

'It strikes me that you are doing a very poor job of winning me over.'

'I can see you are resolved not to assist me, and so I will make my own arrangements.'

His hands tightened on her arms. He pulled her the tiniest bit closer. She could feel his breath on her face. Her heart hammered in her breast. She was hot. Her stomach was churning. She felt as if she were hovering on the edge of a cliff, that giddy temptation to leap into the void almost overwhelming.

'You would not dare,' he said.

No, she would not, but nor would she back down now. 'Did I falter when faced with the challenge of riding your unbroken horse?' Caro asked.

Sebastian swore under his breath. 'You would, wouldn't you? No, don't answer that.'

'So take me then, Lord Chivalrous, it is surely your duty to do so. Your father would certainly expect it of you, to protect his neighbour's daughter.'

Sebastian's smile turned immediately to a frown. 'I could easily inform your father of tonight's events and this discussion, but you will note that I do not threaten any such thing, even though it is what any responsible man would do.'

The sudden change in his demeanour shocked her. She had quite forgotten what he had said of his relationship with his father, having dismissed it as a mere passing quarrel, but things had obviously not improved. 'I beg your pardon, I meant only to tease.'

'It doesn't matter,' he replied, though she could see that it patently did. 'Caroline, you cannot—must not—go to Crockford's alone.'

She refrained from making any further comment, aware that she had come very close to overstepping the mark. Her heart thudded as she watched him wrestling with his conscience. Her own was beginning to bother her. It was unfair of her. And wrong. But she had come too far to back down now.

She was eventually rewarded with a weary nod. 'Very well,' Sebastian said, 'you leave me with no option, Crockford's it is. But I earnestly hope we do not live to regret this rash decision.'

Chapter Three

Crag Hall—summer 1830

'So this is where you've been hiding.'

Sebastian looked up wearily from the account book to find Caro standing in the doorway. She wore a simple gown, cream striped with pale green and lemon. The scooped neck showed the soft swell of her breasts, the fragile hollows at the base of her throat. Her hair hung in soft, fiery tendrils over her shoulders. There were still shadows under her eyes, but her skin, no longer ashen, had regained the rich creaminess which had always fascinated him. There remained a fragility about her, she was still far too slim, but she had come a long way since he had brought her here. His mouth went dry as he met her eyes, the blue of a summer sky. Even after all that had passed, even with all that he knew of her, just looking at her was like a kick in the stomach. 'You look better.'

'Thanks to several good nights' rest and a bath. Your housekeeper told me I would find you here. It is very—cosy.'

Convenient was the word he would have used, for the room served as his dining room, study and parlour. Seeing it through Caro's eyes however, Sebastian realised that it was also cramped and rather shambolic. The large walnut desk stacked with account books, papers and tomes on all aspects of agriculture took up much of the available space. Two wingback chairs faced each other across the hearth. A bookcase occupied another wall, and the small table with two matching chairs took up the only remaining space, leaving little room for manoeuvre. 'I find it adequate for my simple needs,' he said defensively. 'I am close to the stables, I don't have to employ a small army of servants, and it suits me well enough.'

'Mrs Keith told me that you kept the staff to a minimum, so I suggested I eat here with you from now on to avoid being an additional burden to the household.' Caro picked her way across the room to the table and sat down. 'She looked most disapproving. I suspect she thinks we do more than eat together.'

'She may disapprove, but she won't gossip, if that's what you're worried about.'

Caro rested her chin on her hand, eyeing him speculatively. 'Are you having second thoughts, Sebastian? Mrs Keith may not gossip, but you know what it's like in the shires, my being here will probably already have been discussed over the breakfast cups at every house in the county.'

Sebastian pulled out a seat and joined her at the table. He had been so engrossed in his accounts that he'd failed to notice that it was set for two. Having persuaded her to stay, persuaded himself that his motives were purely chivalrous, her remaining closeted in her room these last two days had allowed him to fool himself into thinking that he had quite forgotten her presence. This unexpected domesticity rather took him unawares. 'I told you,' he said, 'I don't give a damn what the county say of me.'

'It's certainly clear that you have made no effort to endear yourself.'

'What the devil do you mean by that?' Sebastian demanded, irked as much by the cool confidence of her tone as by her words.

'Look at this room, it is as if you are camping out and will pack up and leave at any moment. As to the rest of the house—Sebastian, it cannot have escaped your notice that it is sadly neglected. Mrs Keith tells me all the rooms save yours are shut up. She said that I am the first person to stay here since your father died. She said...'

'She said a great deal too much. It was my father who let the house go, if you must know. It was like this when I returned from my travels.'

'Perhaps it was like this because you did not return from your travels earlier.' Caro dropped her coffee cup with a clatter. 'I'm sorry. That was unpardonable, I have no right to pass comment on your behaviour.'

'It was. And you don't,' he said tightly.

She buttered a slice of bread, cut it carefully into four triangles and began to nibble on one, saying nothing, but he was aware that she was studying him from under her lashes. Sebastian poured himself another cup of coffee and sipped it broodingly. 'I don't see what my neglecting my house has to do with what the damned county think of me,' he said.

'No?'

She shrugged, and started on a second triangle of bread. She had very white teeth. She had a very sharp mind. He had no need to justify himself to her. 'Besides, I have no time for the upkeep of this great barn of a place. Keeping the land in good heart takes all of my time and energy. Not that I get any thanks for that either.'

'I expect it's difficult for you to understand the way of things here. You told me the first day we met,' she added, in response to his questioning look, 'that you spent as little time as possible at Crag Hall. It is hardly to be expected that you would know how to manage such a large estate.'

Much as he would have liked to, Sebastian could not argue with this fact. 'An inevitable state of affairs, since my father had no more desire for my company than I had for his,' he said brusquely.

'Well, that is one thing we now have in common then,' Caro said after a short, uncomfortable silence. 'I used to think that my father was simply not the affectionate type. I was sure he loved me, even though he never gave any sign that he did. Then Bella had James, and Papa haunted the nursery, and it was the same with Henry and George and Freddie. He was never like that with us girls.'

'Caro, I'm sure…'

'No. No, there is no point in pretending. If he loved me he would not cast me off. He did not even ask if any of it was true. He took my husband at his word. They went to the same school, you know, though Papa is a good twenty years older.'

He was tempted to ask her for her side of the story, but refrained, telling himself that he did not care, that it was nothing to do with him, that her being here was merely transitory. Her attempt to smile was admirable. Though every word she said was true, he could not doubt the pain which lay behind her acceptance of such unpleasant facts, for he knew how much it had meant to her, to try to please the man. 'You seem very philosophical about it all,' he said.

'That is what happens when you come close to death. It rather gives you a perspective on your life,' Caro replied drily. 'Sebastian, why do you keep the house shut up like this?'

He threw his unused napkin onto the table. 'Dammit, can't you leave it?'

'If you were to open it up, to invite your neighbours to tea…'

'Tea! Do you honestly think they'd allow their wives and daughters to take tea with the Heartless Heartbreaker?'

She chuckled. 'I expect most of their wives and daughters would readily take anything you were prepared to offer them.'

Her eyes were alight with humour. She had a mouth made for smiling, though he was willing to bet she hadn't done much of that recently. And for kissing. It caught him unawares, the memory of her lips on his, the sweet floral scent of her, the silken softness of her glorious hair. He realised he was staring at her, and poured himself another cup of cold and unwanted coffee. She had changed, he thought. She was right, he didn't really know her at all.

'My sisters and I used to call your papa the Marquis of Ardhellow,' Caro said, interrupting his thoughts. 'We used to speculate about what the house was like. We were desperate to see inside. It is ironic that it took an overdose of opium for me to be granted my wish. From the little I have seen of the place, Crag Hall would live up to every one of the terrible tales we used to spin. It is quite Gothic in its state of neglect.'

She always did have a way of turning things on their head. That much had not changed. Sebastian pushed his full coffee cup out of reach. 'The Marquis of Ardhellow. I suppose you think the title fits me even better than it did my father.'

She pursed her lips. 'What I suppose is that you would like it to be so. You seem almost to relish your poor reputation.'

'Why not? It was hard-earned.'

Caro looked at him appraisingly. 'What a strange thing to say. And I suppose my being here can only help your cause. So, you really do intend to walk in your father's shoes after all?'

'What is that supposed to mean?'

'Shut up here, never seeing anyone. Just as he did.'

'I see people every day.'

'Tenants. Villagers. Stable hands. Your bailiff. Servants. But you don't have any friends to dinner. You don't call on your neighbours.'

'There is the small matter of your presence here. And the fact that my nearest neighbours happen to be your family.'

'Sebastian, do not be obtuse. How could you have guests call on you here, in this room which is smaller than some of your tenants' parlours? You don't even employ a cook. Such a beautiful place this is, and so obviously unloved, it is a shame.'

'I am not the one who neglected this damned pile.

'Perhaps your father stopped caring because he knew you did not.'

Sebastian pushed his chair back angrily. 'If I had known you would be so damned inquisitive about matters which do not concern you I would have…'

'Left me to die.'

'No! Caro, I did not mean that.'

'I wouldn't blame you if you did. I did not mean to poke my nose into your affairs. It is simply that—oh, you will think I am being melodramatic, but you saved my life. I wanted to help save yours.'

'Thank you, but I do not require saving.' She looked as if he had slapped her. He felt as if he had. Dammit, he would not let her get under his skin. 'You will excuse me now, but I have important matters to attend to,' Sebastian said. 'My father may have neglected both me and the house but he never shirked his duty when it came to the estate, and nor shall I. Last year's harvest was poor, and this year's looks likely to be no better. Despite my lack of experience, I am very much aware of the impact this will have on the labourers.' In fact, it was a problem which kept him awake at night, for the resulting unrest threatened to turn very nasty indeed. Sebastian was determined to do all he could to alleviate any suffering, but his lack of experience made it a difficult business, giving him ample cause to regret the ignorance he had so deliberately cultivated. 'Like it or not, I am the Marquis of Ardhallow now.' Nodding curtly, he left the room.

Alone at the table, Caro dropped her head into her hands. All the brightness of the new day seemed to have disappeared. The dark clouds which had enveloped her of late loomed large. She sat up, squaring her shoulders. She had problems enough of her own without trying to solve Sebastian's. In fact, it was probably a desire to avoid thinking about her own problems which had made her turn on him as she had done.

She got to her feet and began to tidy the breakfast things. It was the least she could do, since Mrs Keith was so short-handed. Two years ago, he had finally destroyed her silly notion that she was in love with him. Two years ago, he had destroyed the last of her illusions about him. She had always laughed at the notion of his being the Heartless Heartbreaker, but perhaps after all that was exactly how it was. Like the Hall, Sebastian's feelings on the subject were locked away and shuttered. His heart was as cold and empty as the house he inhabited.

Picking up a stack of plates, she made her way carefully across the untidy room. The problem was, if he really had wanted to live up to his name, he would surely have left her to die. What was it he'd called them? Two renegades. She smiled to herself, finding that she liked the idea very much. They had always been thus, back then. Cocking a snook at the world. That night at Crockford's for example…

London—1824

A week had passed since Sebastian had left Caro outside her father's house at Cavendish Square following the séance. A week, during which time he'd almost convinced himself that she would see sense and change her mind, until her note had arrived that morning. It had been terse and to the point. Her father was still abroad, her stepmother was temporarily confined to bed, her aunt was unavailable to act as duenna, Cressie had of a sudden come down with a head cold and was also confined to bed, and so Caro was free tonight to accompany Sebastian to Crockford's. *If this in any*

*way inconveniences my lord, then be assured
that I am perfectly capable of accompanying
myself,* it finished.

'No, you most definitely are not,' Sebastian
had exclaimed aloud. 'Why the devil I allowed
you to persuade me in the first place…'

Why? Because she was different and he was
bored. Because it would be nice to be of service to someone, even if she had virtually coerced him into it. Because if he ever spent any
time at Crag Hall, they would be neighbours.

'In fact, I have a duty to protect the chit from
herself,' he muttered under his breath later that
day as he donned his evening clothes of black
trousers, a silver waistcoat and a black coat.

Having thus reassured himself that his
motives were entirely chivalrous, Sebastian
arrived in his town coach at the corner of
Cavendish Square at the appointed hour. It
was late, after ten in the evening, when Caro
slipped into the carriage beside him, wrapped
once more in her voluminous evening cloak.
He was aware of something large placed upon
her head, but in the dim light could make out
little. He was seriously beginning to doubt the
sanity of the whole undertaking. He tried, for
the bulk of the journey, to persuade her that

the prudent thing to be done was to turn the coach around. He was entirely unsuccessful.

'Hush Sebastian,' Caro said, 'pray do not lecture, for there is no point. Remember, I am doing this for Cressie. You would not wish me to let her down.'

'She knows you're here?' he asked incredulously.

'No, of course not, it is to be a surprise, but you would not wish me to deprive her of it, I am sure. Stop trying to persuade me to turn tail and tell me instead what to expect.'

Resigning himself to the inevitable, he decided that the only thing he could do was mitigate the damage. 'I think you had best explain your sister's precious theory to me.'

The system, as far as he could make out, played to the percentages. He could see how it might prove reasonably effective, were it not for the fact that the faro table would undoubtedly be fixed. He considered telling Caro this, but decided it would be best for her to discover it for herself. If she lost, she would be far less likely to attempt to repeat the exercise.

The folds of her cloak brushing his trousers, the alluring scent of her, something light and flowery, and the suppressed excitement in her voice, distracted him. He had the distinct feeling that he was caught in a net from which he should escape, but he had no idea how to fight free. 'You do understand the rules of faro, I take it?' he asked.

'Cressie taught me. She has studied several games of chance in the name of mathematics. Cressie loves mathematics, though strangely enough, she's not the least bit interested in gambling. She will be relieved not to have had to put her theory into practice herself.'

He couldn't help but laugh at her enthusiasm. He was touched too, at her motives. Though it seemed the years had separated the various sisters, at some fundamental level it was obvious that they cared very much for each other. He wondered what it would be like to have a sibling, then dismissed the thought contemptuously. He would not wish his own experience on anyone. 'That reminds me,' he said, 'you must endeavour not to speak while we are there. There are bound to be acquaintances of your father present tonight.'

'And of your own?'

'My father is a stickler for propriety. Were he to discover any of his acquaintance were in the habit of gambling, he would damn well drop them immediately.'

'Do you always swear so much?'

'I was not aware that I did. Do you always ask such personal questions?'

'I expect swearing is another aspect of being a rake which you deliberately cultivate. I confess I find it shockingly attractive,' Caro said.

Her remark made him uneasy. He was four-and-twenty and had been loose on the *ton* for four years, while she was but twenty and only just out. To his relief, the carriage began to slow as it eased its way along St James's. 'We are nearly there. Are you absolutely sure about this?' he asked.

'Absolutely certain,' Caro replied firmly.

He, on the other hand, was now having serious qualms. Crockford's may be one of the more respectable hells, but it was a hell none the less. If Caro was spotted here, her reputation would be in tatters. He should have made that clear. He was about to embark upon trying to do this when the carriage came to a halt and she handed him something. 'Can you tie this for me, please?'

It was a mask, one of those silk affairs that covered the eyes only. He was both impressed and appalled at her level of foresight, for while the lightskirts who haunted such places made a point of showing every charm they had, the very few women who came to gamble made a

point of keeping their faces covered in exactly
this way. Some men too, wore hats, shades and
masks, though they feared more that their expressions would expose the strength of their
hand rather than that their true identity would
expose them to scandal.

Sebastian tied the strings of Caro's disguise
as best he could, given the lack of light and
the large creation she seemed to be sporting
on her head. His fingers touched the bare skin
at her nape, and a tiny quiver of awareness
shot through him. It would not do, he reminded
himself guiltily. The sooner they were out of
the intimacy of the carriage the better. 'Come,'
he said, leaning past her to open the carriage
door, 'let us go and see how your sister's theory holds up.'

The impressive red-sandstone building with
its portico front which constituted the latest in
the erstwhile fishmonger's long line of clubs,
was one of a number of copper and silver hells
on St James's. William Crockford hired thugs
to prevent any but his own sharps from en-
tering its portals, and to ensure also that the
clientele had at least the appearance of respectability—the ladies of the *demi-monde* excepted, of course. For this reason, Crockford's

was frequented by those females of the *ton* who wished to play deep, and Crockford had the business acumen to reward his employees well for their discretion in order to encourage such well-heeled patrons.

Sebastian had never understood the thrill of staking a fortune on the turn of a card. Helping Caro down from the carriage, he was struck afresh by the lunacy of this escapade as she emerged into the blaze of light which emanated from the beacons in the club's entranceway. She looked preposterous, like a child playing dress-up. Headstrong, naïve, absurdly well meaning and utterly oblivious of the risk she was taking, she was actually smiling at him mischievously, inviting him to admire her outfit. The enormity of what they were doing, of the responsibility he was assuming for her, hit him with full force. 'Devil take it, this is not a game,' he exclaimed.

Caro's face fell. 'You think I shall be discovered?'

'I doubt your own sisters would recognise you, which is not the point at all. Where on earth did you get that hat?'

She patted the monstrosity which adorned her head. 'It is a turban, not a hat. I—er— liberated it from my stepmother's wardrobe.

I needed something big enough to cover my hair, you see. Red is most distinctive.'

'Your hair is not red, it is copper.' He shook his head, torn between amusement and trepidation. 'Take my arm, keep that damned thing on your head, and stay close.'

Caro did so willingly, he was relieved—and a little surprised—to note. She wore black lace gloves, leaving her fingertips bare for the cards. Her attention to detail was second to none. 'I confess I am suddenly rather nervous, she whispered. 'I am very glad I have your lead to follow, and extremely grateful that you agreed to escort me. I doubt I would have managed on my own.'

'Admit it, you would not have come on your own.'

'Yes I—well, no, I would not, you are quite right. Only please, we are here now, do not say we have to leave.'

He knew he should do exactly that, but meeting her eyes, pleading with him from behind her mask, he realised what he wanted to do, despite her turban and her gloves, despite the fact that she had coerced him into this foolhardiness, was to kiss her. Dammit! She was not the kind of female he kissed. He was here simply to keep her safe and for no other reason.

But as he led her up the steps and into the garish reception hall and waited while she dispensed with her cloak, Sebastian found himself having to work very hard to stop himself grinning. She made him angry and she made him laugh and she made him want to shake her and yes, even to kiss her. The one emotion she did not provoke in him was boredom.

Having checked the looking glass in the room set aside for ladies and satisfied herself that none of her tell-tale hair was showing under the turban, Caro stood on the edge of the crowd in the reception hall. She had never in her life been so nervous. The enormity of what she was doing was only now beginning to sink in. She was surprised Sebastian hadn't noticed her trembling when he tied the strings of her mask. Not that she could in all honesty attribute the trembling wholly to nerves. She was no longer sixteen, but she was still very much attracted to him.

I doubt any of the women I have had dealings with have a heart to break. She had neither the age nor the experience of the women Sebastian consorted with. She would be a fool to think he would look twice at her. What's more, if he thought there was the least danger of her falling in love with him—not that she would be so very stupid—then he would make sure their paths never crossed again, something she would do very well indeed to bear in mind.

Holding her head straight in order not to upset the balance of the surprisingly weighty turban, Caro picked her way carefully across the bustling reception hall. The perfume from many and varied scents which had been applied liberally by the fastidious added a top-note to the sour smell of the sweating bodies in the throng of people making their way to the gaming rooms. The reception hall was a blaze of light, the proportions elegant, though the décor was rather too overwhelmingly gilded for Caro's taste. She had expected it to be more subdued somehow, for gambling was a serious business, but there was a buzz of anticipation in the air. Voices were shrill, the laughter raucous.

When she finally reached Sebastian, she stifled the urge to give a little twirl, for she was really rather proud of her disguise, and the expression of utter astonishment on his face, though it was quickly hidden, was most gratifying. She was not altogether surprised, for the dress she had 'borrowed' from Bella was vulgar in the extreme. Turkey-red silk, embroidered with gold fleur-de-lis, it clashed horribly with the walls of the room in which they stood. Since the robe was far too large for her slim form, she had stuffed her corset with an assortment of stockings and gloves in order to fill out the revealing *décolleté*, achieving a matronly cleavage which she was forced to drape with a spangled fichu for fear that her padding might be detected. Working on the assumption that the more dazzling was her *toilette*, the less likely it was that anyone would pay attention to the person wearing it, Caro had tied another spangled scarf around her waist, and draped the brightly embroidered mantilla which her father had brought Bella back from Spain around her shoulders. A paste necklace which her Aunt Sophia, whose taste in jewellery was execrable, had given her as a birthday present, a pair of garnet earrings, another of Aunt Sophia's presents, this time to Cressie, and a reticule of silver net, completed her rather extraordinary ensemble. 'Do I pass muster, my lord?' she asked, making her curtsy.

Sebastian's eyes narrowed, but his mouth twitched. 'As a gaudy peacock likely to draw both attention and comment then yes indeed, you pass muster. Since the circumstances require you to be both anonymous and incognito however, I am struggling to muster anything other than a headache. I fear you are not taking this seriously. You could at least have worn less ostentatious jewellery.'

'This necklace was a gift from my father's sister.'

'Your aunt appears not to value you as she ought.'

Caro tucked her hand back into Sebastian's arm. 'On the contrary. Aunt Sophia thinks that I am a most dutiful niece. She herself is a stickler for propriety.'

'Are you quite sure you're related?'

She giggled. 'There are times when I wish we were not. No, that is unkind of me. Aunt Sophia may look like an ill-tempered camel, but she has always been most—most conscientious in her care for my sisters and I.'

'And you are most conscientious in acknowledging it, even if you cannot hold her in affection,' Sebastian said. 'Come, let's extricate ourselves from this mêlée.'

The room into which he led her was on the first floor, the dim lighting and concentrated hush a stark contrast to the noise and glitter they had just escaped from. At the centre stood a faro table, presided over by an extremely tall, thin man of about fifty. None of the other players paid Caro and Sebastian any attention, for all eyes were focused on the game. The atmosphere was tense, an air of almost palpable excitement hung over the room. She was not the only woman present, Caro was relieved to note. Catching sight of the large piles of gold on the table however, she began to feel quite sick.

She had gone round and round the problem of raising funds for the last week, but her conscience would not allow her to sell any of her jewellery even if had she known how to go about such a thing, and she could not think of a single reason which Bella would accept for her asking for an advance on her allowance. Still she had managed to amass what she considered a small fortune, certainly more than the annual salary of a laundry maid. She had been quite sure this vast sum would more than suffice for one night of deep playing, but now she was having her doubts. 'Sebastian, what is the minimum stake?'

'Twenty guineas.'

'Twenty!' she squeaked. 'But I have only fifteen in total.'

Rather than curse her naivety, Sebastian seemed to be biting back a laugh. 'Keep your guineas, we will use mine. And before you

tell me that would be wrong, let me point out
that firstly, I am more than wealthy enough
to bear the loss, secondly, I am happy to do-
nate the funds in the name of scientific exper-
imentation, and thirdly, you lost the right to
champion propriety the moment you bribed me
into bringing you here.' He produced a weighty
purse and tried to put it into her hands.

Caro shook her head. 'I cannot risk gambling such huge sums. What if Cressie is mistaken? What if I lose?'

'Ye of little faith. What would Lady Cressida say, to hear you doubting her?' Sebastian wrapped her fingers round the purse, and
steered her towards the table.

Though the minimum wager seemed astro-
nomical to her, Caro was astounded to discover
that almost no one bet so low. Despite—or perhaps because—the money at stake was Sebastian's, she could not bring herself to do other
than bet much more modest amounts. She lost
steadily regardless.

'Perhaps I have misunderstood Cressie's
theory,' she said, struggling to hide her rising
panic after half an hour's play and not a single
win. 'I think we should leave.'

'No, no. You must stick to your guns and

trust your system,' Sebastian said, 'any hardened gamester would tell you that.'

But she was not a hardened gamester, as
Sebastian knew perfectly well. Was he pun-
ishing her? She could detect nothing in the
bland look he gave her. The dealer turned another card, and she lost another twenty guineas. She was not enjoying herself one whit,
and was very sure that despite her mask and
her turban, her feelings were apparent to everyone else around the table. The other players, in contrast, seemed most adept at masking
their emotions. Only the widening of the man
in the olive-green coat's eyes, the slight tic at
the side of that man in the yellow waistcoat's
mouth, the way the man with the fair curly hair
compulsively tucked an errant lock behind his
ear betrayed them when they lost.

Half an hour later, the purse which Sebastian gave her was decidedly lighter and Caro
had had enough. 'It's not working,' she said
miserably. 'Cressie was mistaken. I would like
to leave now.'

'Nonsense. Why not carry on? I'm sure your
luck will change.'

'Sebastian, it's got nothing to do with luck.

Cressie says…' She stopped, remembering Cressie had miscalculated. 'Shall we go?'

'Aren't you enjoying yourself?'

'You know perfectly well I'm not. I was wrong and you were right and I'm sorry, but please, Sebastian, I'd like to go home now.'

He pressed her hand. 'That is your first sensible decision of the evening. Let's get out of here.'

It was a relief to leave the claustrophobic atmosphere of the club. Alone with Sebastian in the carriage, Caro pulled off her mask and turban, casting both on to the floor in disgust. Turning towards him, she braced herself for a setting down. 'You were right. I should not have gone there. It was awful and I put you in a terrible position and you have no doubt been bored senseless and—well, I am sorry.'

Sebastian, to her astonishment, laughed. 'I haven't been bored. I admit I was angry at first, but with myself, not you. I should not have allowed a mere chit of a girl to blackmail me, but you know, I am quite glad that you did.'

'Glad! I have lost you a small fortune.'

'But of course you have.'

'You knew that Cressie's system would not work?'

'Yes, but it was nothing to do with her mathematics. I am sure the theory was sound. The problem is, it didn't take account of the reality of the situation.'

'You mean I was too inexperienced a player?'

He laughed again. 'Certainly, your inexperience contributed. They had you marked out as a little lamb to be fleeced the minute you placed your first bet. Caro, no system can work when the cards are stacked. No matter how long you play, your luck will never turn in a hell like that. Only the banker will ever win.'

Her eyes widened. 'You mean the cards were fixed? You mean the banker was cheating?'

'What else did you expect? There is a reason these places are called gaming hells. That is the reason—one of the many reasons—why they are no place for an innocent like you.'

She took a moment to digest this information. 'If you knew that, why then did you not tell me?'

'Would you have paid any heed?'

No, for the embarrassing fact was that she had been so intent on trying to impress him with her nerve that she had not, until she arrived at the club, thought about the risks. 'I have spoilt it all,' she said.

Sebastian shifted closer to her on the squabs. 'Quite right, you have. I am utterly disgusted with your brazen behaviour.'

She eyed him sceptically, but his face was difficult to read in the gloom of the carriage. 'I would not have thought it would be so easy to shock such a hardened rake.'

He took her hands between his, rubbing warmth into her fingertips. 'I was not playing the rake tonight, but your knight errant. My motives for escorting you were purely chivalrous.'

His touch was sending shivers up her arms that had nothing to do with the cold. His thigh brushed her skirts. The toe of his evening shoe lay against her slipper. 'Now that, I know to be a lie,' Caro said. 'Were you truly a gentleman you would have taken the simple step of informing Bella of my intentions.'

'And were you truly a lady, you would not have cast that point up at me. I find it extraordinary that you are known as the dutiful one amongst your sisters.'

'But I am. Only you make me—ah! Now I see that you are truly a rake, for that is your skill, to make perfectly respectable and extremely dutiful young ladies behave outrageously.'

Sebastian's fingers tightened on hers. 'I have

never in my life been interested in respectable young ladies. I know only one with outrageous tendencies, and she is sitting right next to me.'

This was whispered into her ear. The carriage had come to a halt just out of the reach of the glow of a street lamp. Caro's mouth went dry. Not fear, she wasn't frightened at all. 'You are saying we are equally to blame, then, for we have each encouraged the other.'

'What I am saying is that I would like very much to kiss you.' His mouth hovered over hers. Her stomach clenched in anticipation. His breath caressed her cheek. Then he sighed, a strange, guttural sound. He lifted her gloved hand to his mouth and brushed his lips over her fingertips. 'There, you see, it appears I am not such a confirmed rake after all. It is late. Let me check that the way is clear, and I will escort you safely to your door.'

'No!' Without thinking, she pulled him towards her. Her heart was hammering. She felt giddy with a kind of fluttering excitement. It seemed she was every bit as outrageous as he said, and more. 'No,' she said, 'don't go. I want you to kiss me.'

Sebastian hesitated. He ought not to, he knew he ought not to, but he could not resist her. He knew the moment his lips touched hers that it was her first kiss. That should have made him stop, but instead it set him on fire. The soft uncertainty of her touch, the way she puckered her mouth, as if she would kiss a child, and the tiny little gasp when he ran his tongue over her lips to open her to him, sent the blood rushing to his groin.

Caro twined her arms around his neck, her mouth pliant, soft, her body melting against his. She tasted like honey. No, ridiculous thing to think. Nectar. Peaches. She tasted so sweet.

Gently, he disentangled himself. 'Too sweet,' he said, as if it would explain. 'Caro, you know this is wrong.'

She said nothing.

'Caroline, *I* know it is wrong. I beg…'

'Please don't say you're sorry, Sebastian. Not unless you mean it.'

He swore. Then he laughed. 'Outrageous. I am not sorry, but nor am I sorry I stopped.'

'I don't suppose I'll see you again now for another four years,' she said in a small voice.

She was right, their paths were not likely to cross save by the purest of chance, for they inhabited very different worlds. Save that he was very bored with his world. Hadn't he been thinking only this morning that he needed a change? And tonight, he had not been bored at all in Caro's company. Perhaps more of such company would give him some perspective on his life. 'Perhaps,' Sebastian said, 'my father had a point for once in his life.'

'Your father?'

'He told me to seek out more respectable company.'

'You mean me? But you've just told me I'm outrageous.'

'Ah, but you are respectably so.'

Caro laughed uncertainly. 'Do you mean to develop a taste for polite society?'

'I rather think I do,' Sebastian replied, to his own amazement.

Chapter Four

London—1824

Caro placed the glass of fruit punch on the table next to her stepmother, who was fanning herself frantically. 'The heat in this place is unbearable, I feel as if I am about to melt,' Bella gasped, taking a grateful sip.

Standing by her side in a ball gown of pale yellow that did nothing for her complexion, Cressie looked hopeful. 'Perhaps we should leave.'

'Certainly not,' Bella snapped. 'Not only is our hostess our country neighbour, but Lady Innellan's ball is recognised as the high point of the Season. You surprise me, Cressida. I am sure that Mr Peyton is here, and will be most disappointed not to be given your hand for at least one dance.'

Cressie's smile was more like a grimace. 'I was thinking only of your condition,' she said. 'I am sure Papa would not wish to put your unborn child at risk.'

Bella patted the swollen mound of her stomach, which seemed to Caro to be growing at a frightening rate. 'I am perfectly well, thank you. I know my duty. Your father is most eager to have you off his hands, Cressida. Besides, you would not wish to spoil your sister's chances. Not when she is doing a fine enough job of that on her own, by allowing *that man* to pay her such attentions. If he is here tonight, Caroline, you will oblige me by granting him a solitary dance. You are looking very well, I have to say. It would be a shame to waste it on someone who has absolutely no intentions whatsoever of offering for you.'

Startled by her stepmother's acuity even more than the back-handed compliment, Caro could only stare blankly.

'You wonder how I know such things,' Bella said with one of her tight little smiles. 'I would remind you, Caroline, that I am responsible for you in your father's absence, and I have no intention of incurring his wrath by allowing you to make a fool of yourself. It was your Aunt Sophia who tipped me off about the Earl of Mosteyn's shocking reputation.' Bella pursed her lips and shook her head. 'I confess I am at a loss as to why he seems to have changed his habits so radically these last two months or so.'

It was a question Caro would be hard-pressed to answer herself. When Sebastian had turned up at a *ton* party the week after they had visited Crockford's, she had been gratified and a little uncertain as to how to behave. Re-calling how very boldly she had flirted—yes, *flirted*!—with him, positively demanding that he kiss her, made her blood run hot and cold.

But that kiss, her first kiss, she could not regret, no matter how improperly she had be-haved. The first time he had appeared at a ball, bowing in front of her, asking her hostess to introduce them, she had been unable to stop blushing. But when he smiled at her, that curi-ous upside-down smile, she had been carried away with the thrill of knowing that this man, this sophisticated, fascinating, wildly attractive man, was here solely because of her.

She had been captivated ever since, though she had been very careful not to let Sebastian see how very enthralled she had become. If she was honest, she was in serious danger of falling in love with him. She had forgotten all about the reasons for her being here, her dutiful desire to make a marriage to please her father, her resolution to be a good daughter and not to cause a scandal as her elder sisters had done. Not until Bella had cautioned her tonight had it occurred to her that she was coming close to crossing the line.

Sebastian made her laugh with the shocking things he whispered in her ear when they were dancing. He made her skin tingle when he touched her. He made her wish she did not have to dance with anyone else. She knew he flirted with her only because he was sure—and she had been at great pains to make sure he was sure—that she understood it meant nothing. She knew it would end, and she would eventually come back down to earth, but she didn't want to land with a bump just yet.

He had scrupulously avoided placing her in any sort of compromising situation. He had not been alone with her. He had not once made any attempt to kiss her again. Yet despite repeatedly reading herself a lecture on the subject of Sebastian's lack of intentions, she couldn't help but hope, for he *had* singled her out, and he *did* sometimes look at her in a way that made her hope for the impossible.

'Perhaps,' Caro said to her stepmother, tentatively testing the water, 'Sebastian—I mean Lord Mosteyn—is reforming his ways and should therefore be encouraged in his endeavour?'

Bella snorted. 'A rake is a rake and always will be. 'Tis only in the pages of a novel published by the Minerva Press that they are reformed.' She snapped her fan shut, eying her stepdaughter beadily. 'I have not spoken until now, Caroline, for I had hoped your own good sense would guide you. You are an obedient little thing on the whole, but there is a wilful streak in you which must be curbed. This flirtation must come to an end before you ruin your chances. I know you will not wish to heed me on this, so I must warn you that I have already taken the precaution of speaking to your father on the subject.'

'Bella! There was no need to do so. I assure you, I am perfectly well aware that Lord Mosteyn's intentions are—that he has none.'

'Which makes your encouragement of him quite incomprehensible,' her stepmother replied implacably. 'Do you wish to be known as an inveterate flirt? I will not sully your ears with the vernacular, but I assure you, it is not a phrase you would wish to have associated with your person. You may have one dance tonight, during which you will inform the earl that his attentions are no longer agreeable to you, and you will hitherto avoid his company.'

'And that, dear sister,' Cressie whispered in Caro's ear, 'is a warning you would do well to appear to heed. I know you don't want to hear this, but Bella is right you know. Lord Sebastian is most certainly *not* on Papa's list of eligibles. I couldn't bear for you to be hurt, dearest.'

'I won't be, I promise,' Caro said, squeezing her sister's hand. 'It's just that Sebastian is—he is—oh, I can't explain. I know he has a dreadful reputation, but...'

'Caro,' Cressie said urgently, 'Caro, Bella is right about that too. Rakes do not reform; it is not in their nature. Please tell me you are not in love with him.'

'*No!* No, of course I am not. That would be perfectly—foolish.' Was she blushing? No, it was just very hot in here. She wished she had Bella's fan. She met her sister's concerned gaze unwaveringly. 'I am perfectly safe, I promise you. I know my duty, and I will do it, just—just not quite yet. In any event, it is your turn first.'

She said it lightly, meaning merely to turn the conversation away from herself, but Cressie looked troubled. 'If only it was that easy,' she muttered.

'What do you mean?'

But Cressie, seemingly reassured, was now distracted by the sight of Giles Peyton making his way towards them across the dance floor. Cressie did not seem to Caro particularly happy about this. In fact Cressie seemed to Caro positively unhappy these days. She'd tried to talk to her, only to be assured entirely unconvincingly that she was perfectly fine.

Continuing to watch her sister out of the corner of her eye, Caro smoothed down the folds of her evening gown. Cream silk brocade, embroidered with tiny sprigs of greenery, it was in the latest fashion, fitted to the waist with a scooped *décolleté* trimmed with cream lace, the puffed sleeves and the skirt both wide. The shape, which made more generously proportioned females look rather galleon-like, suited Caro's slim frame perfectly. Tonight her hair was behaving itself, piled elegantly on top of her head, leaving an expanse of neck and shoulder exposed, which looked creamy rather than white for once. She would never be beautiful like Cassie or Cordelia, but tonight her mirror had told her that she'd pass muster. Which pleased her for her own sake, and absolutely not because she hoped Sebastian would notice.

Though she knew he would notice. He always did. She caught him looking at her sometimes, his eyes darkened with an intent that excited her, but it was always quickly masked. Even if he did find her attractive, it would come to nothing. She must be careful, very careful, not to let herself forget that.

Where was he? Frowning, she scanned the ballroom. It was very late. Perhaps he would not show up on this occasion. Perhaps he had tired of society after all. He never made any promises when she told him artlessly which events she would be attending, but in the last seven—no, it was eight—weeks, he had been there at most balls, and several parties. Was she spoiling her chances, as Bella had suggested? She hadn't thought about it until now, and she didn't want to. She was but twenty years old, and Sebastian was not actually much older, no matter how experienced. Who cared about the future, who cared about stuffy things like blood lines and pedigrees—she was not a horse! And if other people wanted to label her a flirt—well then, other people were simply jealous that Sebastian sought *her* company and not theirs.

For goodness' sake, where was he? Consulting the dance card which dangled from her wrist, she saw that the waltz was next. She had saved it for him. Beside her, Cressie was accepting Mr Peyton's hand. The band played the opening chords, and the dance floor began to fill, obscuring the flutter of very late new arrivals in the doorway. One of them was tall, with close-cropped hair. The dance had started. Cressie would be a good dancer if she kept her mind on the steps, but she never could, for her mind was filled with numbers. Mr Peyton was making a terrible hash of steering the pair of them round the floor. The tall man in the doorway had familiar dark brown hair. Caro's heart did a silly flutter. His evening coat was black, cut tight across his shoulders. Admirable shoulders they were.

He turned and she could not suppress her smile, despite knowing that Bella's watchful gaze was upon her. Sebastian's perfectly tied cravat, the impeccably white collar of his shirt, drew attention to the fact that he really ought to have shaved. The shadow of dark stubble gave him a raffish look. He was talking to Lady Innellan, who was looking up at him in a mixture of glee and astonishment.

Caro tried very hard to keep demurely still,

but as he made his way towards her, her feet of their own accord took several steps in his direction. His waistcoat was dark blue, with just the gold of his watch fob to detract from its plainness. His evening trousers were black and tightly fitted, strapped under black square-toed shoes. He had very long legs, which showed to excellent advantage in such trousers. Not that she should be looking at his legs, but really those trousers, they did draw one's eyes. It was like a woman's *décolleté*. She never could understand why evening gowns were cut so low as to put one's bosom on show, and yet when a man was discovered looking it was supposed to be the grossest of insults. Not that many people looked at her bosom, which was much too frugal. Cressie had a very nice figure, if only she would show it off. Sebastian had a perfect figure. He was smiling at her. No, she would not blush. She would not allow him to see how pleased she was to see him. He was certainly *not* the most handsome man in the room. His brow was too wide, his nose too strong, and his mouth…

'Lady Armstrong, you are acquainted with the Earl of Mosteyn, I know, for he is our country neighbour, the Marquis of Ardhallow's only son. Lord Sebastian wishes to dance with Lady

Caroline.' Lady Innellan did not say *quite insists upon it*, but it was obvious that was precisely what she was thinking.

Sebastian was bowing over Bella's hand. It was rather a perfunctory bow. Bella was frowning, obviously trying to think of a way of refusing Caro permission to dance. 'I have never had the honour of being invited to Crag Hall,' she said stiffly. 'Nor have I met your father, though he and my husband are well acquainted. Strange, that it is here in London and not the country that we are finally getting to know you so well.'

'Not so strange. It is common knowledge that my father is something of a recluse,' Sebastian replied stiffly.

'And very common knowledge indeed that his son is equally averse to keeping polite society,' Bella said, with a malicious smile. 'I was speculating just five minutes ago with Caroline here, as to the reasons for your rather sudden change in habits, my lord. In fact I am very sure it is quite a popular topic of conversation among Lady Innellan's guests.'

'I am sure that her ladyship's guests have far more interesting subjects upon which to converse.'

Sebastian's voice was cool, but Caro could

see, from the way his eyes glittered, that he was in a dangerous mood. 'Shall we?' she said, putting her arm through his and tugging him insistently in the direction of the dance floor.

'Caroline, you will not forget what I said, I trust,' Bella called after her.

'And what is it that you are not to forget?' Sebastian asked, putting his arm around her waist.

Caro shook her head. 'It's of no consequence.'

'Let me hazard a guess. Your stepmother has decided that I am not to be trusted with her virgin charge. She is afraid that being seen so often in my company is damaging your chances.' Sebastian spoke more bitterly than he intended, but the interview with his father which had just concluded, and was responsible for his late arrival, was still horribly fresh in his mind. For Lord Ardhallow to leave the sanctuary of Crag Hall was almost unprecedented. The lecture had been more painful than all the others he had received over the years. His father's cold fury, cutting sarcasm and icy hatred were just about bearable. It was his own lack of foresight, the self-delusion laid bare by his father, which pained Sebastian the most.

Since coming to London you have been unremitting in your efforts to bring shame and scandal to our family name. I believe you actually take pride in your reputation as a libertine. However, philandering with harlots and harpies is one thing, I will not stand by while a son of mine destroys an innocent, and especially not when she is my neighbour's daughter. Lady Caroline Armstrong deserves a far better suitor than a reprobate like you. This game of yours, for I am in no doubt it is a game, must end forthwith.

That the tirade was as a result of his having, for once, behaved with perfect propriety, made it all the more painful. *Have you not repeatedly suggested that I sample polite society?* he had thrown at Lord Ardhallow, only to be viciously laughed at. *Too late for that,* the old man had said, *you are too much the rake for any respectable man, far less someone as eminent as Lord Armstrong, to entrust with his daughter. His lordship was most insistent that I impress upon you his deep disquiet and disapproval of your dalliance with Lady Caroline.*

Too late. He was not yet twenty-five, but even his own father, the man who had spent the better part of the last four years urging him to reform, to settle down, to accept his responsibilities as heir to the ancient title, had given up on him. It should not have hurt so much. He was furious with himself that it did. Why the devil should he care what his father thought? He had never cared about that damned title, and it was not as if it would be his for decades, with the current incumbent as healthy as a horse.

But as he endured his father's haranguing, despite the show of indifference his pride maintained, the full scale of Sebastian's self-deception began to dawn on him. He had allowed himself to believe that Caro was merely indulging in a flirtation even though he knew she was far too innocent to know how to flirt. He had taken her protestations of indifference at face value because he wanted to. He had not allowed himself to wonder why such an innocent would have kissed him because he didn't want to confront the fact that she might be falling in love with him.

He didn't love her. He didn't love anyone. He was, however, by no means as indifferent as he thought he was. His father's contempt for his feelings forced him to admit, if only to himself, that he *had* feelings, and that is what confused him most. He had never felt like this before. He didn't want to feel like this. More importantly, he didn't want to hurt Caro. She deserved better. It pained him to agree with his father, but for once the marquis was right. He must break off contact with her before it was too late.

Becoming aware that she was studying him, that he had said almost nothing for two turns of the floor, Sebastian tried to smile. 'In short,' he said, 'your stepmother insists our acquaintance is inappropriate, and she is quite correct in that assertion.'

Caro flushed. 'No, she is not. I don't care if there's gossip about us, if I'm seen as your flirt, and...'

'You are *not* my flirt. Is that what they are saying?'

'Bella has a spiteful tongue. You are gripping my hand like a vice, Sebastian.'

'I beg your pardon. I should have realised there would inevitably be gossip. Even my own friends told me...' That he was turned soft in the head. That he was too young to be setting up his nursery. That he was a fool to be dancing with virgins when he could have his pick of women who offered more tangible pleasures. He should have realised that if people were talking about him, they'd be talking about Caro too. But he had not, curse it.

'What is it that your friends have been saying, Sebastian?'

'Merely that I have been deserting them of late,' he replied. 'They are right too. I have been most remiss in neglecting them. I must remedy that.'

Caro's flinch was barely perceptible. Had he not been holding her so closely, he may have missed it altogether. 'Then you must apologise to your friends on my behalf. It was not my intention to keep you from them, nor to monopolise your time, as I obviously have.'

Her smile was very determined. She did care. Oh God, he had been such a fool. He dreaded the coming confrontation, but it was best to make a clean break. The waltz was coming to an end. Their last ever dance, it would be, which would delight both his father and Lord Armstrong, whose interference in the matter he could not divulge to Caro. He had done enough damage already.

His thigh brushed against hers as he led her into a turn. Between them there were yards of silk brocade and petticoats, yet he could feel her body tingle against his, as though they were naked. Madness, to succumb to the temptation of holding her like this, far too close for propriety, but the devil fly away with propriety this one last time. The churning in his stomach, the tension in his body, which the interview with his father had initiated, which his self-flagellation following it had enhanced, now seemed to focus, forming a hard knot in his middle. *This one last time.* There was no alternative. 'Caroline...'

Her gloved fingers tightened on his. 'Why do you call me that? Oh please, Sebastian, don't pay any heed to Bella.'

The edge of panic in her voice entrenched his resolve. The dance ended. A quick glance reassured him that Lady Armstrong had succumbed to the appetising allure of the supper room. Tucking Caro's arm into his, Sebastian led the way out of the ballroom, through several increasingly less crowded ante-chambers, and into a small, deserted salon.

'How on earth did you know about this room?' Caro gazed about her, at the fire crackling in the grate, the decanter set out with glasses, the candles burning in their sconces above the mantel.

'It is the business of any rake worth his salt to know about secluded rooms when attending a party,' Sebastian replied, 'and the business of any hostess worth her salt to provide them.'

He was not exactly avoiding her eye, but he wasn't quite looking at her either. He wasn't angry, though he seemed extremely tense, and his tone, dripping sarcasm, was harsh. She had a horrible feeling in the pit of her stomach, but she ignored it valiantly, striving for a lightness she did not feel. 'I can't believe that of Lady Innellan. Do you really mean that she expects you—men to—to use rooms like this for...'

Sebastian lifted the decanter, sniffed the contents and put it back, wrinkling his nose in distaste. 'Dalliance. Seduction. Indecent proposals. Perhaps even the occasional decent one,' he quipped.

Caro was not fooled. She didn't like the way he was looking at her, as if he was about to tell her that someone had died. Sneaking a side-long glance at him, she made a show of examining an ugly Chinese figurine of a greenish bullock which looked as sick as she felt. 'I am fairly certain that you would not offer me an indecent proposal, for you told me yourself you never seduce innocents.'

Her voice sounded peculiar to her own ears, but Sebastian didn't seem to notice. 'I am glad that you, at least, are confident of that,' he said.

There was a bitterness in his voice that she could not account for. Was he implying that someone *had* suggested he would make her an improper proposal? No, that was simply preposterous. 'I am also confident,' she said with a very, very false smile she was sure would not even fool Bella, 'that you are not about to make me a *decent* proposal either, for you have made your views on the subject of matrimony most clear. Once a rake, as my stepmother says, always a rake, isn't that so?'

She could have kicked herself for the pleading note in her voice, but Sebastian seemed oblivious. 'Your stepmother and my father agree on that too, it seems,' he said, removing the figurine from her hands.

'Your father? What has he to do with this? Has he been talking to Bella? But she said only tonight that they are not acquainted.' Caro shook her head impatiently, as if doing so would clear the confusion inside it. This was wrong, all wrong, but she didn't understand why.

'Caro, the point is, people are talking about us. If they knew we were here, alone, if we were discovered…'

'Then you would say we are betrothed, and everyone would be happy.'

She said it flippantly, without thinking. She said it because she hoped against hope that he would say something to *give* her hope, but Sebastian winced. 'It wouldn't make anyone happy, Caro. Your father wants a good match for you, he has no desire at all to see you married to a rake like me.'

'You are the heir to one of the oldest titles in the land, and your father is one of my father's oldest acquaintances. I should think Papa would be most pleased indeed at such an alliance.'

'Not if it meant taking on one such as I as a son-in-law,' Sebastian said with a sneer.

'How can you be so sure?'

'I have my reasons, believe me, but that is not the point. What matters is that I couldn't make you happy, Caro.'

The lump in her throat felt sharp, painful, like a stone with jagged edges. 'You mean you don't want to,' she replied. Tears welled up, but she refused, she absolutely refused to let a single one fall. She would not let him see how hurt she was. It was her own fault, after all, for allowing her emotions to slip off the leash. 'Don't worry, I should turn you down, in the very unlikely event of your being forced to propose.'

Sebastian looked at her for so long that she thought she was bound to give herself away. 'I never meant to hurt you,' he said heavily.

She clenched her fists tight in the folds of her gown, and kept her eyes wide to prevent them from filling. 'I am not hurt. Sebastian, there is no need for this. I *know* you have no intentions in that direction, why cannot you accept that and—and—*dammit,* why can't we just carry on as we are?'

'On top of all my other crimes, it seems I've taught you to swear. Please don't cry, Caro.'

'I'm not.' She dashed a hand across her eyes and sniffed. 'You really are—what is that expression—giving me my *congé?* You're actually yielding to the malicious tittle-tattle of my horrible stepmother and some gossipmongers. They don't matter.'

He pulled her towards him, kissing her eyelids, the tears that clung to her lashes. 'They do matter, Caro. I won't have them say I have ruined you. I won't ruin you. You deserve better.'

Anger came to her rescue. He felt sorry for her. She would not be pitied. 'Very noble. The truth is you are bored with me and so I am getting the brush off. I don't even merit a diamond bracelet, as Kitty Garrison did. Then again, I did not provide you with the kind of entertainment she did either. Perhaps if I had…'

'Caroline!'

'Oh, don't pretend you are shocked, Sebastian, when it was yourself who introduced us. Very well then, go back to your old haunts and your old lady loves and do whatever it is that the Heartless Heartbreaker does.'

His eyes flashed, but he bit back the angry retort he was about to make. 'I have decided to go abroad, as a matter of fact.'

'Abroad? You mean you are leaving London?' she asked stupidly. She could accept him avoiding her for a time, but if he was leaving London altogether… 'You can't mean it.'

Sebastian's mouth was set. 'When we met at the séance I recall telling you that I was thinking of doing just that.'

'You said you needed a change. But you've had a change, and…'

'I need a more substantial change. I need to get away.'

'No. Sebastian, please say you are teasing me.'

She had caught his hand between hers, was holding it as if she could keep him captive, which was exactly what she wanted to do. It was a mistake. A complete give-away, judging by the way he was looking at her. She could not bear his pity. She could not bear to be in this room, having this conversation, for a moment longer.

Caro flung herself free. 'Very well then, go and good riddance! In fact go with my blessing, because I see now that Bella was quite right. You have been a distraction. I am not here in London to have fun but to make a suitable match. Without you to call upon my time I am very sure I will make an excellent one and that will make my father happy and Bella happy and Cressie happy too, because then she won't have to worry so much about not having made a match herself.' She folded her arms across her chest and nodded firmly. 'I agree with you. It is absolutely for the best that you go. I cannot imagine why you have lingered so long. Please, do not let me keep you.'

She pushed him towards the door. Sebastian caught her hands, pulling her tight up against him with a groan. 'Oh God, Caro, I did not mean to cause you pain.' He ran his finger down the line of her cheek to rest on her lower lip before leaning in to her, brushing his lips to her cheek.

'No,' she exclaimed. One word, meaning nothing and everything to her. No, don't go.

No, you're not sorry. No, I do not want you. No, I do not love you. 'No,' she said again, meaning this time no, I will not give in. But desire, longing, and the ache of imminent loss washed over her. 'No,' she whispered, twining her arms around his neck, pressing herself against the hard wall of his chest. His mouth was just inches away from hers. His eyes were dark with desire. Heat seemed to smoulder from her skin. Or was it his? 'No,' she said, as his lips touched hers, and she thought only *yes*.

Gently, he nibbled the softness of her bottom lip, licking along its length, then into the corners of her mouth. His hands slid around her, one round her back to pull her into him, the other up to stroke her hair. With a tiny gasp, she kissed him back.

He traced the shape of her mouth with his tongue, kissing, the lightest of kisses, tantalisingly touching, brushing, tasting. She ran her fingers through the short silkiness of his hair, tracing the line of his neck above his neckcloth. Skin. Sebastian's skin.

His tongue brushed hers, her mouth opened wider, and his kiss changed. Deep, slow, an utterly satisfying kiss that left her ravenous for more. He kissed her again. Deeper. He tasted of fire. Their tongues touched, tasted. She arched against him, brushing the hard length of his manhood, and he moaned, digging his fingers into the soft flesh of her bottom to pull her tighter.

Her blood felt as if it were boiling, yet her fingers were icy. Inside her, low inside her belly, tension knotted. His mouth was feverish on hers, his breathing fast and shallow. She felt dizzy, light-headed, desperate, as they stumbled together, using the wall to brace themselves. His hands stroked her arms, the soft flesh at the top of her gloves, brushing the curve of her breast, then feathering over the edge of lace at her *décolleté*.

Her nipples hardened. Sebastian stilled, then released her abruptly. Breathing hard, his eyes heavy-lidded, a dark flush colouring his cheeks, he gazed at her with something akin to horror and swore under his breath, using a word she had never heard before. 'Forgive me.' He swore again, viciously. 'He was right. I am not fit to be in your company. What was it your stepmother said—once a rake. You have all the proof you need of that now. I am sorry, Caro. It is better for everyone that I leave London. I am fit only for my own company. I wish you—I wish you well.'

He was gone before she could stop him.

Stunned, she stumbled over to the fireplace and slumped down in a chair. What a fool she had been. She had almost convinced herself that she loved him. As well that she caught herself in time. No, she was not in love, she was in denial, living out a silly little fantasy, and it was time that she faced reality and got on with her life. Sebastian was no more her knight errant than she was his maiden in distress. She did not need rescuing. The time had come for her to play the role for which she was destined.

Caro reached for the decanter. Cheap brandy was better than no brandy, right now. She poured herself a glass and swallowed it in one bitter draught. It didn't help in the slightest.

Crag Hall—1830

Caro dreamt she was dancing, waltzing in a crowded ballroom with Sebastian's arm around her waist. Light filtered in through the bedchamber curtains causing her to slowly awaken. She squeezed her eyes tight shut. She didn't want to wake up, she wanted to stay for ever her younger, innocent self, safe in Sebastian's arms, the future awash with glittering possibilities, but the sun was persistent.

Donning a wrapper over her nightgown, she wandered through to the adjoining room. Like the bedroom, the boudoir was richly decorated, with rococo gilding on the cornicing and green damask hangings at the windows. The walls were covered with a number of portraits. A white-marble mantel was carved with cupids. It had once been a very beautiful room, but like every other part of the house was now in a sad state of neglect.

Sebastian had avoided her all day yesterday, leaving her to dine alone in that shabby little salon of his. She ought to apologise to him, but she would not. She was tired of apologising. Her whole life had been an apology. Sebastian, on the other hand, never apologised and never explained, he simply moved on. He had left Crag Hall for London to get away from his father. He'd swapped his rakish haunts for the *ton* because he was bored. He'd left England for the Continent when he'd become bored with her—for she never had believed that high-minded nonsense about protecting her reputation. And now Sebastian had come full circle, hiding himself away here at Crag Hall because…

Caro shook her head, exasperated. She had no idea why Sebastian was playing the recluse here, and she didn't care one whit. She had more than sufficient problems of her own to resolve, she reminded herself for the hundredth time. In fact, it was far better if she and Sebastian's paths crossed as seldom as possible while she was lodged here. Far better. She did not need his company and he obviously did not want hers.

She dressed herself in a gown of white muslin, with a triangular bibbed front edged in satin. Piped satin bordered the woollen embroidery around the hemline, which was worked in a design of ferns and acanthus leaves similar to an evening gown she had worn once on a most memorable occasion.

The bedchamber opened onto a long dark corridor panelled with wood. The window at the far end was shuttered. She made her way cautiously to the staircase, struck afresh by the neglect. The huge oriole window of stained glass which lit the corridor would filter the light spectacularly, but it was covered in leaves and moss on the outside. Below her, a large square atrium-like room, the doors all firmly closed, guarded the formal chambers which must lie beyond. *Why?* The question nagged her, despite her resolutions. Abandoning the elegant staircase, she made her way to the service stairwell, which was lit by oil lamps, and thence to Sebastian's room. As she suspected, it was empty, though the table had been freshly laid for breakfast. For one. The master of the house had obviously already eaten.

Caro buttered a bread roll and took it outside. Sunlight slanted across the stables and the paddock. Turning her face to the warmth, she breathed in the delightful smell of grass, fresh hay, horses and summer. The air was so sweet here, she had quite forgotten.

Sebastian was leaning against the paddock fence gazing off into the distance. He was dressed in what was obviously his habitual attire of breeches, riding boots and shirt, the sleeves rolled up to show off tanned forearms. The leather of his breeches stretched taut over his *derrière*. He still had a very nice *derrière*. Not that any lady should notice such things. Though Caro, according to the scandal sheets, was no lady. She continued to stare, and was still staring when Sebastian turned.

Surprise, the beginnings of a smile, then wariness, she noticed as she made her way over to him. 'Good morning. To what do I owe the privilege?'

'I wondered what became of Burkan,' she replied. 'And I wondered what had become of you too. You've been avoiding me.'

'Burkan is in the long meadow with some of the mares.'

'Lucky Burkan! A stallion after his master's heart. Can there be such a thing as a rakish horse?'

'Horses are far too noble to be rakes.'

'Unlike men, you mean?'

'Exactly. He is earning his oats, that's all. It's what I do now, in addition to playing the lord of the manor, I breed horses.'

'Which explains why you favour the garb of a stable hand. No, don't take offence, I like it. I remember the first time we met you were dressed just like this. I took you for a groom at first.'

Sebastian grinned. 'A groom with too much of a penchant for the whip, as I recall.'

'I thought you were going to use it on me,' she replied, smiling back at him.

'You are not serious. I would never...'

'Of course I'm not serious. I've never been afraid of you. Your anger always has just cause, even if that cause is frequently rather opaque. You can be extremely defensive when provoked, but you are never aggressive or malicious,' Caro broke off abruptly, staring at her finger, which still bore the indentation left by her wedding ring.

When she looked up, Sebastian was staring at her with an oddly arrested expression. Hiding her hand in her skirts, she summoned up a bright smile. 'Have you had much success? With your stud farm, I mean.'

Sebastian ignored her. 'Did he hurt you?'

Her mind went quite blank. She could feel the panic forming like a swarm of angry wasps in her stomach. 'Naturally,' she said, striving for a lightness she was far from feeling. 'The lies he told in those scandal sheets were really quite uninventive. If only he had asked me, I am sure I could have come up with something better than a boot boy.'

'That's not what I meant, Caro, as you know perfectly well.'

'Perhaps if he gets wind of the fact that I had to be carried unconscious from an opium den he will divorce me,' she said flippantly.

'If it's divorce you wish for, you merely have to inform him that you have taken up residence in the home of the notorious Heartless Heartbreaker.'

'Oh, but that sounds far too mundane. Now, if you were to invite some of your Paphians along, perhaps a few other rakehells, and throw a spectacular orgy, *that* would be something I doubt even my husband could forgive.'

'Does he want to forgive you, Caro?'

'He believes I have a lot to be forgiven for.'

'Enigmatic. That is not like you. Let me put it another way. Do you wish to be forgiven?'

'No.' She shook her head adamantly. 'I won't go back, Sebastian. I know it is what everyone wants, what everyone will say I ought to do. It is the law, after all, as his wife I am his property, but...'

He caught her hand, pulling her towards him. 'When have I ever urged you to do the right thing, Caro? None of that matters a damn, it is what you want that counts. I don't know what went on between you and have no wish to know, but you can rest assured, I'm on your side.'

He hadn't shaved this morning. His stubble gave him a raffish look. She was close enough to smell the familiar scent of him, soap and hay. There was a smattering of hairs at the opening of his shirt. His throat was tanned. His eyes, in the bright light of the summer morning, seemed more amber than brown. She could not doubt the sincerity she saw there, and found herself unexpectedly on the brink of tears. 'Thank you,' she said in a low whisper.

Sebastian touched her cheek, smoothing

away the single tear which had fallen with his thumb. 'I didn't mean to make you cry.'

'I know, it's silly, it's just that it's been so long since—it's just nice to know that there is someone on my side.'

'I said it because I meant it. If there is anything I can do, you need only ask.'

She managed a watery smile. 'I've already told you what you can do.'

'Hold an orgy in your name?' He smiled, pushing her hair back from her face. 'I have been hiding away here for so long, I'm not sure that I would know where to start. With the guest list I mean!' he added quickly, noting her sceptical look.

His arm was resting lightly on her waist. Her skirts were brushing against the leather of his buckskins. The very nearness of him was sending her pulses skittering. 'I can't believe that you are so out of touch. I do not expect diamonds of the first water nor even rakes in the first flush of—of rakedom,' Caro said. 'With only a boot boy and a few servants in my repertoire, I have not your exacting standards.'

His hand tightened on her waist. 'Indeed, it seems to me you are singularly lacking the experience to attend any orgy. Perhaps it would be better if we made the guest list more select. Restrict it to two, say.'

Sebastian's other hand was resting on her shoulder. His fingers stroked the bare skin at the nape of her neck, under the heavy fall of her hair. Did he know what he was doing? Did he know what it was doing to her? 'Can two people have an orgy?' Caro asked, trying to keep her voice level.

'Oh, I think so, if they are inventive enough. I may be out of practice, but I can assure you that my experience is second to none,' Sebastian replied, pulling her tight against him, and kissing her.

She was so shocked that she lay pliant in his arms for a few seconds. Then the heat of his mouth on hers, the heat of his body hard against hers, charged her senses. It had been such a long time since anyone had kissed her. And no one had ever kissed her as Sebastian kissed her. She wrapped her arms around his neck, pulling him towards her, feeling the soft silkiness of his short-cropped hair under her fingers. She was pressed against the paddock fence, she could feel the slats jabbing into her back. Sliding her hands down his back, she felt the ripple of his muscles under the soft linen of his shirt.

His kisses were like velvet, hot and soft and all-enveloping, so much more decadent here in the bright, bright sunlight. His tongue licked along her lips, touching the tip of hers, making her shiver. She gave a little moan, digging her fingers into the soft leather of his breeches, feeling the hard, taut muscle of his buttocks. His kiss deepened. The world darkened. Heat shivered through her veins. And then the kiss slowed, stopped. Reluctantly she opened her eyes.

Sebastian was breathing raggedly, looking, she was relieved to see, as stunned as she. 'I don't know about second to none, I have not your experience to compare with, but I will admit, Lord Ardhallow, that you have quite a talent for kissing.' She was pleased with that. The most important thing was that he didn't realise the effect he had on her, the memories that kiss had conjured. No, that was the second most important thing. The most important was that she did not allow it to conjure memories nor stupid fantasies about what that kiss might lead to because it could lead to nothing.

Sebastian made a mock bow. 'I am pleased to have been of service.'

'You can be of even more service to me now.'

'How?'

The wary look he gave her almost made her laugh. 'Take me to Burkan. I'd love to ride him again, for old times' sake.'

Chapter Five

Caro and Sebastian lay on the grass in a distant meadow beneath the welcome shade of a huge oak tree, their horses tethered by a small stream. She had ridden astride Burkan like a man, unwilling to take the time to change into her habit lest he change his mind, Sebastian realised. It had been exhilarating in a way he had forgotten, watching the ease with which she controlled the powerful Arabian stallion, the graceful way she sat in the saddle, her hair streaming out behind her, glinting like molten copper in the sunshine, her face alight with exhilaration. Her husband and family had stripped her of life. Seeing her vibrant, glowing, made his fists curl at the thought of what she must have suffered. Any reservations he had about bringing her to Crag Hall were dissipated in the pleasure he took in seeing her so restored.

He shouldn't have kissed her, but he hadn't been able to resist and he didn't regret it. *That night* two years ago had put an end to everything between them. For two years, he had hated her. Seeing her so pathetically fallen, his hatred had turned to pity. Seeing her now, restored to something like her old self, it was a relief to reject it all, and to simply enjoy her company as he had once done. It meant nothing. As he had said, they were two renegades, that was all, but it was nice, for a change, not to have to be a renegade alone.

'You know, you did once urge me to do the right thing,' Caro said, sitting up and wrapping her arms around her knees. 'Earlier, in the paddock,' she added, seeing his confused look, 'you said that you have never urged me to do the right thing, but years ago, during my first Season in London, you did just that when you advised me not to go to Crockford's.'

He laughed. 'As I recall, my urging you *not* to visit a gaming hell only made you more determined than ever to do so.'

Caro smiled. 'Last night, I dreamt we were dancing,' she said. 'Waltzing. When I woke I realised I was dreaming of the night of Lady Innellan's ball.' She turned to face him. 'Why did you leave England in such a hurry?'

Sebastian shrugged. 'I told you. I was tired of my life, I needed a change.'

'I remember. I also remember how angry you were that night. I never did understand that part of it.'

'You want the truth?' Sebastian rolled over on to his side, propping his head up with his elbow. 'My father informed me that I was ruining you. *Your* father informed him that he had other plans for his daughter and my attentions were unwelcome. I knew that even though I felt—oh, I don't know what I felt, Caro, but I knew they were right, the pair of them. You did deserve better.'

She stared at him in utter astonishment. '*My* father? What had he to do with it?'

'Lord Armstrong was the nearest thing my father had to a friend. When your friend asks you to ensure your profligate son doesn't spoil his matrimonial plans for his daughter, then you do what you can to remove said profligate son from the scene.' He spoke flippantly, but the pain of that last interview—that very last interview, as it turned out—was still amazingly raw even at a distance of over six years.

Caro looked aghast. 'I remember now, Bella told me that she'd spoken to Papa but I had no idea he would—I don't understand.' She plucked at a long stem of grass and began to shred it between her fingernails. 'It's not as if things between us were ever—you made it very clear you had no serious intentions. I told Bella that.' She cast the grass aside. 'All I have ever done is try to do what is expected of me and all I ever get for it is—it is so unfair! I did not once, not once give him a single moment's worry, yet it seemed he didn't even trust me enough to—to—he went off behind my back and plotted with your father rather than simply talk to me about it!'

She jumped to her feet, her fists clenched angrily at her sides. 'What if you had been serious?' she demanded. 'What if your intentions had been honourable? And why, now I come to think of it, assume that they were *dis*-honourable?'

'To be fair, Caro, the evidence was rather stacked against me.'

She turned on him furiously. 'You told me yourself that you never seduce innocents, and though I scarcely knew you at all I believed you. I'd have thought your father would have realised—why did he not defend you?'

'Oh, by that time I had become so ingrained in my habits as to make it impossible for me to change, according to my father,' Sebastian said, unable to keep the sneer from his voice.

'You were four-and-twenty not four-and-fifty, for goodness' sake. And you might have been a rake, but you were also a gentleman.'

'Thank you, my lady, but it seems that was a matter of some dispute at the time.' Sebastian got to his feet. 'Much as it pains me to admit it, my father was in the right of it and I knew it. My reputation was such that your being in my company could only be detrimental. You deserved better.'

'I deserved better! Well, thank you kindly, my lord, I certainly got what I deserved.' She caught herself up on a sharp intake of breath. 'No. That is unfair of me. It was not your fault. You left. I did as I had always intended and made the match my father desired. I would have done so without his manipulating and scheming behind my back. He should have known that.' She smiled bitterly. 'Stupid Caro, of course he did not. He has proven quite conclusively not only that he doesn't love me but also that he doesn't know me at all.'

Relieved to see her smiling again, Sebastian held out his hand. 'Just think how mortified he will be when he discovers that you have been plotting an orgy on his very doorstep.'

'If only your father was still alive, we could kill two birds with one stone.'

'Holding orgies at Crag Hall would merely be confirming my father's expectations of me.'

'It seems we are both cursed with parents who don't understand us at all,' Caro said. 'But yours is dead now, Sebastian. Why not be rid of him once and for all, put your own stamp upon the Hall, claim it for your own, rather than shut it up like some sort of mausoleum to his memory?'

'Because ghosts belong in a mausoleum,' Sebastian said drily, 'and I intend to keep this one firmly closed.'

London—autumn 1828

The ripple of tepid applause which greeted the end of the first act roused Caro from her reverie. She'd come to the Theatre Royal hoping that, by immersing herself in Rosalind's travails in the latest production of Mr Shakespeare's *As You Like It*, she might divert herself from her own myriad problems. It hadn't worked. Instead of concentrating on the play, she had spent the last half-hour cudgelling her brain, going round and round in circles in an effort to decide what else, if anything, could be done to ascertain the whereabouts of her youngest sister.

It was very worrying. A few months ago Cordelia had eloped and simply disappeared off the face of the earth. Though she had twice written to reassure their sister Cressie that she was well, neither Cressie nor Aunt Sophia had any clue as to Cordelia's whereabouts, nor even whom she had eloped with! As if that wasn't enough, to everyone's astonishment Cressie herself—logical, sensible Cressie—had run off with an Italian painter, leaving Bella in a state of complete shock. With Papa detained in St Petersburg unable to do more than cast his diplomatic net by proxy and Aunt Sophia laid up in bed with the gout, Cordelia had been temporarily consigned to whatever fate she had chosen for herself. Unless Caro could find her, which, though she had been extremely glad of the excuse to escape to London, she had so far signally failed to do.

She fidgeted with her *brisé* fan, folding and unfolding it nervously. It was French, antique, made of ebony and beautifully carved. An expensive present from their trip to Paris three years ago when she'd thought, she really had believed, that finally she'd got her life back on a straight and narrow path. Alone in the theatre box Lord Armstrong maintained, though very rarely used, Caro got to her feet to stretch her legs, shaking out the skirts of her evening gown. Newly delivered by the modiste this afternoon, it was made of emerald-green velvet, fitted tight to the waist in the latest fashion, with a full skirt and very full puffed sleeves. The bodice and the hem of the gown were embroidered in silver, an intricate pattern of scrollwork and ferns which looked vaguely classical. The *décolleté* made the most of her modest cleavage and pale shoulders. Though she would never be described as voluptuous, she'd filled out these last two or three years and no longer had the coltish look of her first Season.

Returning with resignation to her seat in preparation for the beginning of the next act, Caro felt her skin prickle with awareness. Anxious to avoid having to make small talk with any acquaintance, she opened her fan again, shielding her face as she surveyed the other private boxes.

Oh, dear heaven.

Her heart skipped a beat. She forced herself to breathe deeply. So many times these last four years she'd thought she had caught sight

of him. A tall figure with the same shade of
hair, or build, or even just a similar gait, and
her heart would jump and her mouth would
go dry. A second glance invariably revealed
that the hair was too light or too dark, that
the shoulders were not broad enough, the legs
were too short, or that there was not enough of
an easy swing to the stride. It was never him.

She forced herself to take another look. The
man who had caught her attention had turned
away to address his male companion. He was
tall, his broad frame straining the shoulders of
his evening coat, which was unfashionably cut
in the shape popular several Seasons ago, for
the waist was not nipped tightly in, the sleeves
were too fitted. This man was broader, surely,
than Sebastian—though in four years he, like
her, would have filled out. And his hair, it was
a lighter shade of brown, more caramel than
chocolate, and streaked with gold. A strong resemblance certainly, but that was all.

He swivelled round. His face was deeply
tanned. The lines on his brow were deeper, but
his mouth still turned down at the corners. And
his eyes, dark brown and locked on hers, were
exactly the same. Caro's fan slipped unnoticed
to the ground as she clutched at her breast, for

it really did feel as if her heart was trying to escape from her rib cage.

For several seconds, Sebastian could only stare. It was his first night back in London. Propriety dictated he should not even be here at the theatre under the circumstances, but spending the evening in the dark, familiar atmosphere of Limmer's coffee room held no appeal. He had arrived home—ha! What a misnomer—at Crag Hall just over a week ago, to find that his journey had been a futile one.

The letter which would have sped his return, which would have allowed him to reach England in time, had never reached him. He had not acknowledged even to himself how much he wished to try, not to forgive, never to forget, but at least to achieve some sort of *détente*, until fate took a hand and denied him the opportunity in the most brutal manner possible. Now there could never be any sort of reconciliation.

Save for the lawyer and the staff at the Hall, he had spoken to no one. Holed up in the shuttered, gloomy house, he had been unable to face the mountainous pile of post, nor even to read the newspaper. He'd grown accustomed to thinking that this momentous event, when it finally came, would signal freedom. He had not for a moment considered the possibility that he would for ever be burdened with the weight of the questions he had never asked, for ever locked on the other side of some door beyond which lay understanding.

At times, he was so angry with his father that it was almost physical, alleviated only when he had exhausted himself riding, walking, or practising alone with the rapier he had bought in Italy. For four years, he had travelled the world, wandering further and further afield, losing himself in the anonymity of new cultures, strange places, with no other responsibility than simply to experience. He had no reason to return to England. Indeed, his father had given him every reason not to.

He had not been aware that the desire to reassess and reappraise, the wish to effect a fresh start, had been growing until it was too late. The turmoil caused by his father's death had unleashed such a vortex of emotion, Sebastian wondered if he would ever know for certain how he felt or who he was again. Every fixed point in his life had moved, cleaving away the foundations of his world. Who'd have thought that the old man's ghost would cast even more of a shadow than his presence?

In the old days, a visit to the theatre would have been the prelude to a raucous night on the town. It would have been easy to join the throng in the pit, to renew old acquaintances with fellows who would know the latest fashionable places to see and be seen. Afterwards, they would fill him in on the latest gossip and scandal, introduce him to the latest toasts. But upon arriving at the brightly lit theatre, Sebastian had taken one look at the crowded pit with its crush of ogling beaus and preening dandies and recoiled in horror. Four years, most of it spent roaming far beyond the reaches of what these people termed civilisation, had changed him so much that he couldn't believe he'd ever taken pleasure in such pastimes.

Upon the brink of turning tail, he'd bumped into his cousin, and could not, given recent events, decline Bernard's invitation to join him in his box, 'for the first act, at least old chap, just to take your mind off recent events.' One interminable act had proved more than sufficient. By the time it drew to a close, Sebastian was longing for solitude. Nothing, it seemed, could distract him from the whirl of his thoughts, the endless circles of questions and regrets, so he may as well be alone with them.

As he was bidding his cousin farewell, the hairs on the back of his neck had stood on end. Someone was watching him. He had turned, and her presence hit him like a blow to the stomach, quite literally depriving him of his breath.

She had changed. She'd lost the angular look of youth and the extreme slenderness too. She was still slim, but there was a softness about her now, and more defined curves. Her hair was as vibrant as ever, shimmering in the flame of the candlelight, and her eyes were still that remarkable shade of summer blue. Four years. He thought he had forgotten her. He was mistaken. Sebastian quit his cousin's box and was rapping on the door of hers in seconds, pushing it open before she could respond. 'Caro?'

She was clutching the back of a gilded chair, staring at him as if he were an apparition. 'Sebastian?'

He pulled her into the dark recesses of the box, well away from prying eyes. She was the only touchstone left in his life. Right at this moment, she felt like sanctuary. 'Caro. I can't believe it's really you.'

He took her hands in his, and would have pulled her closer, but she resisted. 'I heard about Lord Ardhallow,' she said stiffly, 'please accept my sincere...'

'Thank you.' He cut her short, having no wish to discuss his late father. His emotions, already in turmoil, now felt completely scrambled. She was the last person he'd expected to see. The silence hung between them like a void as they each recalled the last time they had spoken, that fateful night at Lady Innellan's ball.

'I've missed you.' He was as surprised as she, when he blurted the words out. Even more surprised by the truth of them.

'Don't.' She was staring at him, her expression stricken, her eyes over-bright. Caro hated to cry, yet a tear tracked its way down her pale cheek and she made no effort to stop it.

'Are you here alone?' he asked in surprise.

'I—yes. This is my father's box. He is in Russia with Wellington, and Bella is at Killellan.'

'Your sister Lady Cressida is not available to accompany you? Forgive me, I know nothing of what has transpired in London since I left, I have made rather a point of not keeping in touch.'

'Nothing? You mean nothing at all?'

She was chalk white. There were lines

around her eyes that had not been there before, and dark shadows too. Her features seemed more finely etched, and despite her more rounded shape, her appearance seemed more fragile, brittle even. Sebastian shook his head. 'Most of the places I've been in latterly don't receive post.'

'And besides, you were not interested, were you? As I recall, you could not wait to kick the dust of London from your feet.'

He was nonplussed by her apparent lack of emotion. The elation of seeing her again, the sudden shaft of light which was the realisation that she was the only person he wanted to see, both faded in the face of her reserve. 'I beg your pardon, I see I have misjudged the situation. I should not have intruded.' He sketched a bow. It was not that he wanted to leave, but he had no idea what else to do.

'Don't go.' Caro reached for him as he made for the door, then faltered. 'I mean, there is no need to go just yet. I was just thinking of leaving myself. I find the play does not hold my interest.'

'Nor mine. May I—would you like me to escort you to…?'

'Cavendish Square. I have my father's carriage, but—yes. Yes, yes, you may escort me. We are old friends, after all, why not?'

The time it took to summon her father's town coach from the long queue of carriages lined up outside the theatre seemed like an eon, the short journey to Cavendish Square an eternity. Caro had chosen to stay in her father's town house rather than her own, which she never thought of as hers in any case. Being in Cavendish Square made her feel closer to Cordelia, most of whose clothes and possessions had been left there when she ran off.

She sat beside Sebastian in silence. He was, she assumed, as confused as she by the atmosphere between them, a tension that both pulled and repelled at the same time. She could hardly believe they were sitting in a carriage together as if nothing had changed. Everything had changed. Except what she felt for him, that had remained unchanged. No, that was not at all true. Four years had passed. She was no longer a naïve young girl in love with the idea of being in love with a rake. Something precious had been lost along the way.

Her father's house was shuttered, the knocker removed, for her youngest sister's elopement earlier in the Season had forced

Aunt Sophia, who had been acting as Cordelia's chaperon since Bella was indisposed, to close the place up. Caro inserted her key in the lock of the front door, and turned it with some difficulty. 'There is only a skeleton staff here, and I have asked them not to wait up,' she said to Sebastian, leading him to the small salon at the rear of the house which had always been the Armstrong sisters' domain. On the wall above the sewing table was the drawing Cassie had sketched of Caro astride her favourite pony as a child. Atop the mantelpiece was the shell owl which Celia had made following a trip to Brighton. A battered and well-thumbed copy of *One Thousand and One Nights* lay hidden in the secret drawer of the escritoire.

Caro was nervous. Her hand wavered as she applied a taper to the fire and lit the branch of candles on a side-table. The house was eerily quiet. Her father would be appalled if he ever found out she was here alone with a man other than her husband. Good! It was not that she blamed him for her choice, which had been entirely her own decision, albeit one he had previously approved, but she did blame him for the relentless ambition which had forced her into the yoke which he made for her in the name of duty.

She unfastened the clasp at the neck of her evening cloak and cast it over the back of a wingback chair by the fireside. The buttons of her left glove were too stiff for her shaking fingers to undo.

'Here, let me.'

Remembering too late why she should have kept her gloves on, she tried to snatch her hand away. 'No. It's fine, I'll manage.'

'Don't be silly.' She flinched as he caught her fingers, stifling a cry of pain. 'You're hurt,' Sebastian said.

'It's nothing.'

But he was already unbuttoning her left glove, carefully unrolling it down her arm and easing the soft kid material over her fingers. An ugly bruise, purple fading into yellow and brown, covered most of her hand. Her fourth finger and the little one next to it were swollen. 'What happened?'

'I fell.'

'Fell?' He looked at her incredulously.

'I was—a door closed on me. It was an accident. Please give me back my glove.'

'Have you consulted a physician?'

'No! For heaven's sake, Sebastian, it's just a bruise.' She snatched the glove back but made no attempt to put it back on.

'What's wrong, Caro? Would you prefer it if I left? I would understand if you did.'

'No! Don't go. Not yet.' She removed her other glove, throwing them both down on top of her cloak. 'So, you are the Marquis of Ardhallow now,' she said in an attempt to make conversation, though what conversation she imagined they could possibly have...

Sebastian nodded.

'That must be—difficult for you. You never did wish to walk in your father's shoes.'

He nodded again, more tersely this time. Stupid! She should have known better than to mention his father. Caro smoothed out a crease in the skirt of her gown. They had neither of them sat down, but were facing each other across the hearth, as if they were both afraid of making a wrong move. Was there such a thing as a right move? She should not be thinking of any sort of move. She should not have invited him in but neither did she want him to leave. She smoothed out another crease in her gown. 'Things are not particularly easy for me either at present. There are things relating to—my sisters, my family. I went to the theatre tonight thinking to escape for a few hours.'

Sebastian made a sound which might have

passed for a laugh. 'Indeed, so did I, and failed miserably.'

The sheer weight of all she had left unsaid at their last meeting grew too heavy for Caro to bear. There were enough regrets in her life without adding another. 'I thought I was in love with you, you know,' she said abruptly. 'I pretended I didn't care when you said goodbye, but I did. Anyway, it doesn't matter now.'

Sebastian swore under his breath. He had suspected as much, which in a way validated his decision to leave. But he could not reveal the prominent role their respective fathers had played in helping him arrive at his decision.

'I thought my eyes were deceiving me tonight,' he said instead. 'I couldn't believe it really was you.'

'Nor I. You, I mean. I thought—I've seen you before, or thought I had, but it never was you. Am I making any sense at all?'

He laughed. 'No more than I.'

His smile faded as he stared at her. 'What's wrong, Caro?'

She made a helpless gesture. 'Nothing. Everything.' She wouldn't cry. 'If only you knew the half of it. I am so glad you don't.'

'I really have missed you, you know.'

'No. It's too late for that. I wish—I wish—

oh, what is the point in wishing! I wish it would all go away, just for a few moments.'

'Solace,' Sebastian said bitterly. 'No, oblivion. *That* is a very attractive prospect.'

'We always were of like mind.' Caro gave a sad little shrug. 'Let us not dwell on the past. In fact, I'm not sure I want to talk about the present either, and I'm absolutely certain that I don't want to think about the future.'

'Which leaves us at a bit of an impasse,' Sebastian replied. 'Perhaps it really would be best if I go.'

'Yes. That would be the sensible thing.'

Yet she made no move to see him out and as their eyes met, the air seemed to crackle with awareness. Trance-like, she closed the gap between them. She had no idea who made the first move, but when his lips met hers, she realised that it was this she'd wanted from the moment she first set eyes on him tonight. Just this once, she wanted not the harsh reality of her life but the dream she had once dreamed.

He kissed her, and she felt as if she were drowning. Or perhaps she was dead, and this was heaven. Such heaven. Sebastian's mouth, his hands, the smell of him, the intoxicating maleness of him, all felt so much better in the flesh. It was not a dream. She was no longer the naïve young girl who had kissed him four years ago. How innocent she had been, how worldly-wise she had thought herself, and how utterly disillusioning the intervening years had proved to be.

But she would not think of that. Though she ought. This was so wrong. She should not be kissing him. She should not be touching him. She should tell him—tell him the stark truth—and she would, she would, but not now. Not now, when this felt so right, making the harsh reality of her life feel, in contrast, so very, very wrong. Later she would return to her senses, allow duty and propriety to rule her actions, but for now, all she sought was exactly what she knew he wanted too.

Oblivion. She squeezed her eyes tight shut and balled her hands into fists, making her broken finger throb with pain. Remembering how it looked, ring-less and swollen, this latest bruise spreading purple and yellow over her hand, she felt a spark of rebellion. She had tried so hard to do what she was told was right, tried so hard to please everyone by doing as she was bid, but it was slowly destroying her.

Sebastian didn't want her to be someone else. She had always been truly herself when she was with him, and only with him. It was too late, but all the same, here he was, flesh and blood, kissing her, crushing her to him as if she would save him. As if he could save her. If only.

Wanting to stop her stream of thoughts, to quiet her conscience, she burrowed more closely into his embrace. Bathed in the soft glow of the firelight, he looked older and more world-weary than the self-assured young man she remembered. Changed but no less attractive. If anything more so. More human, more vulnerable. She reached up to trace the shape of his face, smoothing her palm over the roughness of the day's growth on his cheek. There were not just lines around his eyes, but shadows under them. He had the look of someone to whom sleep was a stranger. She knew all about that. She wanted him so much. The intensity of this wanting made of her youthful desire a meagre flame compared to the fire which burned inside the woman she had become. In contrast, what she had been taught of intimacy by that other seemed a sham. It frightened her, and it reassured her, the strength of that knowledge. This was right in a way *that* never had been.

'Caro, we should not.' Sebastian kissed her forehead. Her eyes. Her cheeks.

'Sebastian.' She meant to agree with him, but was distracted by the silkiness of his sun-bleached hair.

His fingers plucked at the pins which held her coiffure, spreading her tresses out over her back. He lifted the weight of her hair to kiss the nape of her neck, the hollow at her throat. 'Fire,' he said, 'you set me alight.'

His mouth found hers, his lips hungry on hers, his tongue stroking along the soft inside of her mouth, making her moan. His hands were feverish now, as were hers, struggling with his coat, his waistcoat, in the urgent need to feel skin on skin.

'We really should not be doing this,' he muttered as he shrugged impatiently out of his evening coat, dropping it onto the floor.

'No. We should not.' She tugged his shirt free of his trousers, running her palms up his back, relishing the ripple of his muscles in response.

'Caro.' His voice was rough, his breathing hard. 'Wait. Stop. We have to stop.'

But she could not. She could not leave any room for rational thought. Besides, she was still fully clad. 'Yes. We will. But not yet. Take it off. I want to see you.'

He hesitated, his eyes clouded with confusion and desire. Then he laughed. A throaty, utterly masculine sound, quite different from anything she had heard before, it made the muscles in her belly tighten. His movements cast shadows on the walls as he tugged the garment over his head, revealing his body from the waist up. Concave belly. Rib cage. The musculature of his chest. A spattering of hair. Nipples flat, dark brown. His skin was tanned, a golden brown all over. He was much broader than she had imagined. So different. A body used to sunshine and exercise. Where had he been, what had he been doing, to have acquired such a colour?

His laughter stopped when he saw the way she was looking at him. She reached out, running the flat of her palm tentatively over his skin. The muscles of his stomach tautened. 'Caro.'

There was a warning note in his voice. The effect it had on her was quite the opposite from what he intended. It had been so long since she had indulged her rebellious spirit. It was roused now, just by the way he looked at her. *I dare you,* she thought. And dared, spreading both her palms over his chest, feeling the friction of his hair, the smoothness of his skin, the hardness of his nipples.

'Caro.' Not a warning now. Anguish. Desire. She was playing with fire. She'd forgotten how much she enjoyed it. She splayed her hands over his back and kissed his throat. His shoulder.

The muscles of his chest tensed. He swore a short guttural oath. Then he swept her into his arms, laying her down on the hearth rug, kissing her wildly. His fingers struggled with the fastening of her gown. His hands were shaking which she found strangely reassuring. He was in the same uncharted waters as she. She was shivering. Finally, the laces gave. He eased her robe over her arms, running his hands down her sides, her waist, her thighs, as he removed it. Her corsets fastened at the front. She loosened them herself. The soft cambric of her chemise was no barrier. It grazed her nipples deliciously as he pushed it aside.

For a long moment she gazed up at him as he lay over her, the pair of them half-naked. His eyes were dark, hungry with desire. Like her, he seemed to be torn by the need to resist and the irresistible urge to continue. Like her, he seemed to be assuring himself that they would stop after this, after this, after this. And they would, but not yet.

Not when he was looking at her with such desire as she had never experienced. Not yet, when her desire matched his. Not yet, when he was cupping her breast in his hands. The hard length of his erection nudged at her belly. She reached around him to stroke his buttocks through his trousers, revelling in the way his muscles flexed, contracting and expanding as she ran her fingers over him, thrilling in the way her lightest touch made him moan.

He bent his head to take one of her nipples in his mouth. His tongue was warm, licking slowly over the aching bud before he sucked, jolting her to a new level of wanting. He licked again, then sucked again, while his other hand stroked languorously.

She writhed with pleasure under his expert caress. Her hands slid under the waistband of his trousers. He shuddered. 'Caro. God, Caro, I have never felt—and you feel so—oh God.'

She knew they were reaching the point of no return. She knew she should stop. She *wanted* to stop. Or at least she wanted to want to stop. Or at least she wanted. She wanted. She wanted so much.

His hand was on her bottom now, tilting her

up towards him. She fumbled for the fastenings of his trousers. He kicked off his shoes. All the time she told herself she would stop. She knew he was thinking the same, but every time he hesitated she drew him on. As he did her. Or that was how it felt.

She tugged at his trousers, encouraging him to slip them off. She undid the ties of her pantalettes. 'Caro.' His breathing was harsh. 'If we do not stop now…'

'Do you want to?'

'That's not the point.'

She closed her eyes momentarily. For the last four years she had done what she ought and not what she wanted. Not once. Opening her eyes again, she met his gaze unwaveringly. 'Yes it is, Sebastian. It is. It is exactly the point.'

His hand swept up her back, pulling her hard against him. The shock of his shaft nudging against her thighs made her gasp. She arched her back, wrapping her arms around him, pressing her breasts against the soft hair, the hard muscle of his chest.

Sebastian moaned. 'You have no idea what you do to me.'

'I know exactly what I do to you, because

you do it to me. Fire,' she said, 'you set me on fire.'

He kissed her hard. She kissed him back harder. His tongue thrust into her mouth. She dug her fingers into his back. He nudged her legs apart. She thrust herself up at him shamelessly, wanting him inside her now.

His kisses deepened. He rolled over to lie beside her on the floor, his hand splayed across her breast, travelling down her belly, fingers trailing fire over the soft flesh at the top of her thighs, teasing her open then sliding inside her, making her cry out with the delight of it.

She reached for him blindly, her fingers circling the unfamiliar girth of him, satiny skin, hard muscle, throbbing in her hand. Her mouth was dry. He was so—so—potent. Caro closed her mind to the cruel connotations of that particular word. Hard. He was so hard. And she was so—she had never been so—yielding?

His fingers move further inside her, gently, so gently, then out, then over, stroking, circling, making her squirm as the tension inside her tightened, knotted. She couldn't bear it, but she didn't want it to stop. She tensed as he touched her, stroked her, so wet that his finger slid over the hard nub of her arousal. She tried to focus, not on this, but on him. On the thickness of him. On the way he pulsed in response to her strokes. On the tightening she could feel at the base of his shaft, heavy with his need for her.

'Caro, Caro, oh God, Caro, I've never...'

His kiss, the plunge of his tongue into her mouth, set her over the edge. She climaxed with a shudder and a hoarse, guttural cry. Wave after wave sent her spinning out of control, her muscles contracting and tensing. She released her hold on his manhood, desperate for the final oblivion of having him inside her, hands tugging at his back, his buttocks, pulling him on top of her. 'Please, please, please,' she moaned, hardly recognising herself in the wild creature and not caring, desperate to give him the release, share the pleasure he had given her.

He hovered over her, his shaft nudging at her sex. 'I'll be careful. Are you sure?'

He thought her an innocent. If only. It would break her heart when she thought about it later, how honourable he had been. So she resolved not to think about it. 'I am certain.' She wrapped her legs around him, pulling him to her.

He watched her intently, his eyes dark, focused entirely on her face, as he slid inside her.

Slowly. Carefully, though there was no need. She wished there was.

He stilled. It felt so right. He felt so right, the thickness of him buried deep inside her. Just this once, she thought, closing her eyes on the sudden rush of tears. Just this once. Then she dug her nails into his buttocks, and thrust up under him, tightening around him, making him shudder in response.

He thrust deeper into her. He withdrew slowly, then thrust again. His eyes were focused on hers. She could feel the strength of his gaze through her closed lids. She opened her eyes, blinking away the tears. He thrust again, sending ripples through her. And again. She held onto him, tightening around him, as the surge of her climax renewed with each thrust, building quickly, making him thrust more urgently, until she broke and he came in unison, crying out, withdrawing at the last moment, spilling on to the rug.

Oblivion. She curled herself around him, closing her eyes tight shut. Oblivion. And also, right at this moment, paradise.

Chapter Six

Oblivion. Save that oblivion was the state of feeling nothing and Sebastian felt as if he had been turned upside down and inside out. Love-making for him was usually a pleasant release. There had been times when it had amused him and times when he had been bored. There had been women whose performance and imagination intrigued him, women whose gymnastics exhausted him or made him feel slightly ridiculous. But always, he retained an innate sense of self, a detachment which made a mockery of the notion love-making was anything other than the pleasurable and temporary coupling of bodies.

He felt strange. Empty yet replete. It bothered him that he had lost control, that there had been moments when he hadn't been thinking at all, had lost himself in sensation. He felt—nervous?—no, not that, but as if he was missing some crucial point. Tense. Edgy. This wasn't right, though nothing about it had felt wrong. In fact there were aspects of it that hadn't ever felt so good. Which wasn't right either. In short, he didn't know what the devil to think.

And Caro? The full enormity of what they had done, of what *he* had done to *her*, hit him with appalling force. He rolled away from her, scrabbling for his trousers which had landed under a side table. Pulling them on, he grabbed a large embroidered shawl from the faded damask sofa and held it out for her.

She wrapped it around herself, though she remained curled up on the floor, leaning back against a footstool, saying nothing, her face a blank. With a growing sense of foreboding, Sebastian found his shirt and put it on before sitting down in the wingback chair across from her. 'I don't know what to say.'

'Whatever you do, don't apologise. I was as much to blame as you.'

'I should have known better.'

She smiled wanly, shivering. 'My maxim.'

Part of the problem was that he was still caught up in the dizzying aftermath. His body

was still tingling, while his mind struggled
with the consequences of what had caused him
to tingle. It was a small consolation that he'd
had the presence of mind to prevent the most
drastic consequence of all.

Sebastian swore under his breath. It was
a lie, telling her he didn't know what to say.
There was only possible one thing to say. He
pressed his knuckles so hard into his eyes
that he saw stars. For a fleeting moment the
idea had actually seemed attractive. He swore
again, and got to his feet. 'Caroline. Obviously,
we'll get married.'

She looked aghast. Granted, it was a very
poor proposal, but then he had never proposed
marriage before. Sebastian cleared his throat.
'What I meant to say was, will you do me the
honour of marrying me?'

Caro mouthed one of his own more colour-
ful expletives. Jumping to her feet, she dropped
the shawl and stood before him in just her chemise. 'Sebastian, I beg of you, don't continue
in this vein.'

'Don't—you must see I have to. Having
taken your innocence, it is the only honourable course of action. I should not have allowed
things to go so far. I don't know what possessed me.'

'Oblivion,' she snapped. 'That's what we both wanted, wasn't it? That's *all* we wanted.'

Her response, the aggressive tone in which it was delivered, quite unsettled him. 'I am trying to do the right thing by you.'

'Yes, just as you claimed you were doing when you left four years ago.' She threw out her hand. 'No. No, you don't deserve that.'

Turning her back on him, she drew several deep breaths, obviously struggling for calm. The firelight made her chemise transparent. Through the fine cambric, he thought he saw the shadow of a bruise on her left buttock. Had he done that? Surely not. Another fall? He had not thought her clumsy. Sebastian frowned, running his hands through his hair. It had grown too long. He must visit a barber before returning to the country. Devil take it, what was he doing, thinking of barbers at the moment. His mind was as dishevelled as his hair.

'You have to go,' Caro said, whirling round on him suddenly, cutting through his jumble of thoughts.

Sebastian nodded. 'You're right. We're both somewhat overwrought. It's not the time to discuss something as important as this. I shall call on you in the morning when we can talk calmly and rationally.'

'No!'

The first seeds of doubt began to push their way into his conscience. His stomach knotted. 'The afternoon then? For Heaven's sake, we can't just ignore what has happened. Caroline?'

'Don't call me that. You never call me that.'

'Why are you so angry?'

'You don't want to marry me. You don't love me. I don't want your pity.'

It was the way she ticked off each reason that threw him, as if she were critiquing a play. 'It has nothing to do with pity. I have compromised you, therefore we have no option but to get married.'

She picked up the shawl and threw it over her shoulders, wrapping her arms tight around her waist, holding herself as if she might shatter into a thousand pieces. 'Compromised me! Trust me, my innocence is not at stake. That, I am afraid, is long gone.'

He had not noticed, in the heat of passion, but then to his knowledge he had no experience of virgins. It was not always painful or difficult, that was surely the stuff of male mythology. 'Do you mean that someone else...' Cold sweat broke out on his brow. 'Caro, oh dear heaven, Caro, do you mean that some other man seduced you? Took advantage of you? Is that what you meant when you said that things had been difficult for you?'

She put out her hands defensively in front of her when he made to cross the room. He stopped in his tracks, utterly confused. The very thought of Caro with another man was unpalatable to say the least, but he was extremely conscious of the fact that she was very far from his first woman. Most men would say the cases were not the same, but he was not most men, and Caro was most certainly not most women. On the other hand, if she had been forced—the very idea made him cold with fury.

What to say? He had to say something, because though his instincts were to comfort her, he thought she would very likely scream if he touched her. 'Caro,' Sebastian said carefully, 'whatever is the truth, you can trust me to understand.'

For a moment, he thought she would cry. Her mouth wobbled, but she drew herself up, tightening her grip on herself so that the skin was stretched tight across her knuckles. 'The truth is that there is no need for you to marry me. In fact, you can't marry me, because I am already married.'

'Married!' The word came out as a gasp. Sebastian stared at her in utter incomprehension. 'You can't be married.' But her stricken face told him otherwise. He snatched at her left hand. 'Devil take it woman, you can't be. You're not wearing a ring. You're staying here alone, you said you were alone, here in your father's house. You never mentioned a husband. A more than trivial oversight you'll agree.'

He had forgotten her injury until she winced, making him release his hold immediately. 'My finger was too swollen,' she said, rubbing her hand gingerly. 'I had to have the ring cut off.'

'When you caught it in the door?'

'I—yes.'

'And the other bruise? This one, on your behind. I suppose you'll tell me that was caused by a door too.'

'I will tell you it is none of your business.'

Sebastian flung himself from her. 'Married! For how long? Who to?'

'Three years. Sir Grahame Rider. You would have known, had you taken the least bit of interest in me, but you washed your hands of me the minute you left me that night in Lady Innellan's,' she snapped in return.

Her cheeks were bright with temper. She was no longer holding herself rigid but was trembling. It was a relief to give vent to his own fury, for it prevented him from confronting the sense of betrayal her revelation had evoked. A part of him should be relieved, he had never had any desire to marry, but though he stopped momentarily to search his conscience, he could find no trace of this. There was, however, a large and most unjustifiable dose of jealousy, he was mortified to discover. 'Three years! You told me just tonight that you were in love with me four years ago, yet you must have married within a year.'

'As I told you I would when you left. It was always my intention to make a good match, and I did.'

'If your marriage is so good, why were you hiding out in the theatre quite alone and patently miserable? You deceived me,' Sebastian threw at her, resorting to righteous indignation as he scooped up his waistcoat from the floor. 'What the *hell* were you playing at? Why didn't you tell me?'

'Why didn't you ask? It's been four years, Sebastian. You knew it was my intention to marry. Why did you assume I hadn't? Just because you avoided all news of England doesn't mean there was no news. Life here carried on without you. *I* carried on. Did you really think you would come back and find nothing changed? Were you really arrogant enough to think the world would stop turning and wait patiently for your return?'

She was right, Sebastian realised with sickening clarity. His father was dead. Caro was married. The only thing that hadn't changed was that he was quite alone. Which was exactly what he preferred, and how he would make damned sure to keep it from now on. Ignoring the sense of crushing disappointment, he finished dressing. 'Are there any children?' he asked as he struggled into his coat.

Caro shook her head. 'No.'

Her voice was barely a whisper. She looked just as shattered as he felt. And so she ought, for this was as much her doing as his. If he had not asked, she had certainly omitted telling him.

He was making for the door when her voice halted him. 'You have no right to judge me, Sebastian.'

'I did not…'

'Don't bother to deny it.' She began to pick up her clothes, moving slowly. 'Tonight constituted what we agreed upon, oblivion. A temporary escape from the real world, in which no questions are asked or answered on either side.'

'I am not married, if that is what you are alluding to.'

'I wasn't,' Caro said after a long moment, 'but I am not surprised that you are not.'

He desperately wanted to ask her what she meant by that, but was equally determined to bring this débâcle to a swift conclusion. She was shutting him out. He should be relieved to be absolved of all responsibility, but the more she excused him the more he wished not to be excused.

'Just one more thing, Sebastian,' Caro said as she held open the door for him. 'I did not say I was in love with you, I said I thought I was. When you left, I realised that I didn't know you. How can you be truly in love with someone you know nothing about?'

What she meant was that he meant nothing to her. 'I no longer understand you,' Sebastian said bitterly. The Caro he thought he knew would never have lied to him. She would never have dismissed such an intimate act as meaningless. That it was the first time he had ever found it to have meaning made this fact even more painful, made him even more determined not to allow her to wound him. He didn't know her, he never had, and moreover he didn't want to.

His anger returned, surging like a spring tide, washing away his hurt. 'I had planned to spend this evening alone at Limmer's with only a decanter of brandy for company. I wish now that I had.'

He waited for her to say something, anything, but her expression remained frozen, her eyes wide, her skin mottled with tears. No explanations, no excuses, nothing to mitigate the damage she had done. Oblivion.

Sebastian picked up his hat and gloves from the writing desk by the door. 'If I never see you again, it will be too soon.' He quit the room without a backwards glance.

Alone, Caro listened to this muffled footsteps crossing the reception hall. She counted to one hundred as he unlocked the front door, pulling it firmly closed behind him. Then two hundred. At three hundred, she let loose her grip on the back of the chair and sank on to the hearth rug. She was still there, engulfed in her broken dreams and bitter regrets, when dawn broke.

Crag Hall—1830

'So you see, it is imperative that, as landlords, we present a united front on this issue.'

Sir Timothy Innellan had been pontificating for over an hour now and showed little sign of flagging. *How* the man liked the sound of his own voice, Sebastian thought wearily. To listen to him, one would think he had been ploughing the fields himself for the last decade, when in fact he had inherited only two years ago, at about the same time as Sebastian himself had done.

'If one of us starts paying over the odds for labour, then it will cause great unrest when others do not follow suit. Do you not agree, my lord?'

The question was purely rhetorical. Sir Timothy continued without a pause for breath. Patience, Sebastian told himself. He strolled over to his desk and selected a book at random. *Contributions towards the Improvement of Agriculture with Practical Suggestions on the Management and Improvement of Livestock.* As good a topic as any. He cleared his throat. 'As a matter of fact, Sir Timothy...'

The parlour door was suddenly thrown wide open. 'Sebastian, did you know...' Caro stopped in her tracks. 'Oh, I beg your pardon, I did not know you had a visitor. I will leave you to complete your business.' She hurriedly made to withdraw from the room.

Sebastian dropped the worthy tome back on the desk and strode over to the door. 'No, please join us, your presence is most welcome,' he said, casting Caro a pleading look. 'Sir Timothy, may I introduce...'

'Lady Caroline.' She filled the awkward gap herself, giving Sebastian an almost undetectable shrug before stepping forwards with a very fair imitation of polite diffidence. 'How do you do?'

Sir Timothy, who had automatically begun to get to his feet, had now paused midway, his breeched behind hovering over the chair upon which he had been sitting. *Lady* Caroline? What would any respectable lady be doing in the home of a notorious bachelor? The question may as well have been writ large on the man's forehead, so obviously was he thinking it, but Caro's calculated assumption that manners would dictate that he would acknowledge her proved to be accurate. Sir Timothy made a small bow and briefly touched his fingers to hers. 'My lady,' he said, though his tone was frankly questioning.

'Sir Timothy.' Caro dropped a small curtsy. 'I am pleased to make your acquaintance but if you will excuse me, I have interrupted your visit long enough.'

The look of relief on his visitor's face as she began to back out of the room riled Sebastian. The man may already have drawn his own dubious conclusions, but allowing Caro to beat the polite retreat she so obviously desired would only reinforce them. Besides, he was damned if he'd allow her to be forced out of the room.

'There is no need to leave us,' Sebastian said, catching her at the door and ushering her into a chair, managing to give her hand a reassuring squeeze as he did so. 'Sir Timothy has been most—er—passionate upon the subject of agricultural labour, but I fear his erudition is somewhat wasted on me, since our views are rather diametrically opposite. In fact, your intervention has prevented us from coming to blows on the matter, has it not, my good sir?'

His neighbour, still eyeing Caro with some suspicion, managed a distracted smile. 'Oh, as to that, my lord, I am not a violent man,' he said, tugging at his beard. 'I am sure there is a middle ground to be found. My point is,' he continued, obviously having decided that the best policy would be to ignore Caro's presence, 'we currently have rather a glut of labourers and rather a scarcity of work for them. They are proud men, they will see the payment of a higher hourly rate as an insult. "An honest penny for honest sweat", my father always used to say.'

'Indeed,' Sebastian said shortly, struggling to hide his irritation. As Sir Timothy continued with his lecture and continued to ignore Caro, he could see that while she appeared on the surface to be amused by the pompous prig, the awkwardness of the situation was making her most uncomfortable. She was lacing and unlacing her fingers together in her lap. There was the slightest of flushes on her cheeks. While it was one thing to jest about courting scandal, Sebastian realised that it was, for her at least, quite another thing to suit actions to words. Her response to the vile things her husband had said of her had been to hide, not brazen it out. Though she claimed she was happy to embrace the freedom which her ejection from polite society gave her, Sebastian was beginning to get an inkling of what her notoriety would cost her.

And now he had placed her in the unenviable position of having to endure the man's tedious sermon or risk a snubbing. *Dammit*, he should not have forced her to remain in the room, yet her leaving could only draw attention to her presence. How the devil was he now to be rid of the man?

Blissfully unaware of his host's displeasure, Sir Timothy, had settled into what was obviously a well-rehearsed speech. 'As to this notion that we landowners should provide employment for the customary numbers despite the quality of the harvest—well!' He gave a hearty guffaw. 'Ridiculous idea. One is not a charity.'

'But if you do not provide them with the employment they expect what do you think will happen to them? They will have no wages, no money to feed and clothe their families.' Caro's sudden entrance into the conversation startled them both.

Sir Timothy's eyes boggled. 'Why, that is what the parish is for,' he said disdainfully. 'And the workhouse. An honest penny for honest sweat, my—er, lady. And if they do not take to such work—well, there is a natural cycle of things, I believe.'

'You mean they will die,' Caro exclaimed indignantly, earning herself a baleful stare.

'I mean that a poor harvest yields poor peasants,' Sir Timothy said. 'I cannot be doing with poor peasants. I require strong, hearty men.'

Caro gave something which very much resembled a snort. 'I am very sure you do.'

Sebastian bit back a smile, but his guest, no longer able to deny Caro's existence, was not amused. 'I am afraid that the finer nuances of agricultural practice are lost on ladies—and the weaker sex in general,' he said, making it clear that he had decided she did not belong to the former category.

Caro, obviously equally aware of the implied insult, refused to be cowed. 'Indeed,' she enquired with a tight smile, 'what then, I wonder, would you consider a fit topic for us to discuss?'

'That is a difficult question to answer since I am unclear as to your—ahem—status here at Crag Hall.'

This blatant insult sent the colour flooding to Caro's cheeks and made Sebastian's fists clench automatically. 'Whatever conclusions your provincial mind has come to with regards to Lady Caroline's presence here,' he said through gritted teeth, 'let me assure you, they are likely to be far off the mark.'

'I came here merely to discuss our common interest in these itinerant labourers. I have no interest in your personal circumstances,' Sir Timothy said haughtily. 'Since we have now concluded that discussion, I will take my leave.'

'But we have not concluded that discussion at all, for you have given me no chance to express my own opinion. You will, I am sure, wish to do me the courtesy of hearing it before you leave.' Sebastian leaned casually against the parlour door, giving his guest no option but to resume his seat, albeit with extreme reluctance.

'I will be brief, since you are so eager to be on your way,' Sebastian continued. 'The salient point, and one you yourself made, is that these labourers are proud men. Many would rather die than throw themselves on the parish.'

'Many forced to live on the parish, *do* die,' Caro interjected before casting him an apologetic glance.

Sebastian grimaced. 'Lady Caroline is in the right of it. Come, Sir Timothy, these same families have been employed at harvest time on our estates for generations. Don't you think we have an obligation to support them through difficult times?'

His guest, however, was unwilling to surrender an inch of his entrenched position. 'We are experiencing difficult times ourselves, my lord, if I may remind you. Labourers are not the only ones affected by a poor harvest.'

'We can, however, weather the storm rather better, can we not? We are not faced with eviction because we can't pay our rents. Our families are not going to starve.'

'It seems to me that you are already tightening your belt,' Sir Timothy said, eyeing the parlour askance. 'Your predecessor left his affairs in a tangle, I take it? Understandable that you have shut the place up. Houses this size are a huge overhead. I thank my good fortune that my own establishment is somewhat more modest. Although one still has the burden of responsibility. My mother was saying to me only the other day that it was about time I took a wife. Obligation to the title, and all that,' he added, looking suddenly unhappy. 'Have to confess, it's a burden, sometimes—the title, the land. In fact there are times when I would be very happy to hole up in a little bachelor apartment like this and...' He broke off with an embarrassed laugh.

'I met your mother in London,' Sebastian said. 'A most enterprising woman, I thought. I would imagine she has her own views on a bride for you.'

'Oh, my mother has many plans for me. Point of fact, at one time she was quite set upon making a match with one of the Armstrong girls over at Killellan Manor—egad!' He stared at Caro with almost comical incredulity then leapt to his feet. 'Just remembered, urgent appointment. I must go.'

More likely he was anxious to hotfoot back to share his juicy gossip with his mother, Sebastian surmised. Even if Sir Timothy hadn't recognised Caro as an Armstrong, just the mention of her Christian name would have ensured that Lady Innellan put two and two together.

As if reading his thoughts, Sir Timothy coloured as he addressed himself to Sebastian. 'I came here merely to discuss agriculture,' he reiterated. 'How you choose to conduct your personal affairs is none of my business. You may rely on my discretion. Now, *if* you will permit me, I will take my leave. Of you both,' he said, finally nodding curtly at Caro.

Realising that he had slightly misjudged the man, Sebastian held out his hand. 'Come, let us not end this visit on an unpleasant note. When the harvest begins in earnest I intend to do my best by the men who have served my family faithfully for years. I won't have them forced on to the parish. I will be employing the usual number, at an increased rate. Upon one matter we are, I hope, in complete agreement. It is imperative that we landlords present a united front. Between us, you and I wield considerable influence. I trust I can count on your support?'

The compliment had an immediate effect on Sir Timothy, who almost visibly puffed up. 'Well.' Torn between pride and a sneaking suspicion that he had been manipulated, he nodded, shook his head, and nodded again before shaking Sebastian's hand. 'Well,' he said again, 'it's been most interesting talking to you. And—er…' He nodded at Caro. 'Good day.'

Sebastian gratefully closed the parlour door behind his guest and let out a sigh.

'I am so sorry,' Caro said. 'I had no idea he was here or I would have stayed well out of his way.'

Sebastian took her hands in his. 'He may be a pompous prig but I believe him when he says he will not blab.'

Caro shook her head. 'Perhaps not, but it is only a matter of time before word gets out.'

'Does it bother you so much?'

Caro frowned. In truth, she had been taken aback at how strongly the conclusions Sir Timothy leapt to had affected her. 'The other things—the things that were printed in the scandal sheets, they were not true,' she said.

'Nor is it true that you are my mistress.'

'No, but my being here—Sebastian, it isn't

right. The truth is, I do not think I am cut out for notoriety. Seeing Sir Timothy's reaction to my presence here brought that uncomfortable fact home to roost.'

'Does your being here feel wrong?'

She was forced to laugh. 'Sophistry.'

He did not smile. 'You cannot possibly be worried about my reputation.'

'Once a rake?' She lifted his hand to her lips and pressed a quick kiss to his fingers. 'I sometimes think you use that as a convenient cloak to mask who you really are. Sir Timothy might not talk, but you know it is inevitable that who I am and my presence here will become common knowledge regardless.'

He ran his hand lightly over her hair. 'Foolish Caro, there is really no need to worry about my reputation. I don't give a damn.'

'But you obviously do give a damn about your estates, and in order to do your best by them—Sebastian, you can't live the life of an outcast for ever.'

'Caro, if living a respectable life means cultivating Sir Timothy the matter will not arise. I will die of boredom before I am forty. In fact, if you had not come into the parlour as you did, I suspect I would even now be slowly desiccating while he propounded his theories.'

'I require strong, hearty men,' Caro said, laughing. 'Cressie suspected as much with regard to his proclivities. Perhaps that is why he was so particularly intent on ignoring me.'

'I doubt Sir Timothy would have been interested if you'd rolled about the hearth naked.'

'Sebastian! I have no intentions of rolling around naked on your hearth.'

'That is a pity, for unlike Sir Timothy, it is a sight which would interest me greatly. Don't you think you could try it,' he teased, 'just in order to prove to yourself that you can behave outrageously if you wish?'

He slid his hand down the curve of her spine. Her unease receded, replaced by a shiver of desire. 'If we are to talk of the outrageous,' Caro said, 'I must mention Sir Timothy's beard.'

'I have no desire at all to talk about Sir Timothy. Let us talk instead of you.'

'But I have no interesting personal quirks to discuss.'

Sebastian grinned. 'What about your penchant for pink?'

'What penchant for pink?'

'You told me once that it is your favourite colour. You told me that you never wear it, for it clashes with your hair, but I know you lied about that.'

'How do you know?' she demanded, flustered.

'Because you wear pink stockings. At least you used to, when I knew you in London.'

'That is a most improper thing to say. You should not have been looking at my stockings.'

Sebastian's smile turned wolfish. 'I was looking at your ankles, not your stockings. Something which any man, gentleman or not, would do, given the opportunity. You have very beautiful ankles. Am I right about your predilection for pink, or is it a habit you have broken?'

'Oh, for goodness' sake, you are incorrigible.' She held out her foot, lifting just enough of her gown to expose a slim ankle sheathed in a pink stocking. 'There, are you satisfied now?'

She remembered, suddenly, that she had been wearing pink stockings that night, when they had met at the theatre. In fact at one point she was wearing nothing but pink stockings. Their gazes locked, and she knew he was recalling exactly the same thing. Her hands untying the strings which held her pantalettes. His palms cupping the curve of her bottom as he slid them down, his fingers trailing over her thighs, the way he had gasped when she wriggled, brushing against the solid heft of his erection, her pink-stockinged legs curling around his waist.

She should not be thinking such things. Caro licked her lips, and Sebastian ran his thumb along her mouth. His eyes were riveted on hers. His fingers fluttered over her jaw, trailing down her throat to her collar bone, to the scooped neck of her gown. His palm brushed her breast. Her nipple responded immediately, peaking against her chemise.

'Remember?' he murmured.

His words broke the spell. Caro twisted free of him. 'It would be better if we did not.'

Another memory, of the vicious words he had thrown at her, of the confusion and hurt she had felt when he left her that night, made her flinch.

'Oblivion,' Sebastian said, obviously still attuned to her thoughts. 'I said some terribly hurtful things. I was very angry.'

'I never did quite understand why.'

He threw himself down on one of the chairs by the empty grate. 'Why didn't you tell me you were married before things got out of hand?'

'I don't know.' Caro began to distractedly tidy the desk, stacking books and papers anyhow. 'I suppose I just wanted to forget that I was married, even for a little while. I wanted exactly what you said, oblivion.'

'But you returned to your husband and you stayed with him for another two years.'

'Duty is a very difficult habit to break, especially when it has been inculcated in one.' Caro sank on to the seat opposite him. 'I knew after seeing you at the theatre that night that my marriage was over. I would not have allowed myself to become so—so carried away—elsewise. But it is one thing to think such things, quite another to act upon them when the consequences are so very dreadful.'

'He hurt you. Don't deny it, Caro, I saw the evidence with my own eyes that night.'

She looked at her twisted ring finger. 'One of his few enduring gifts,' she admitted quietly. 'It wasn't often and it was never life-threatening, and I could never understand what triggered it. But that's not the only reason I left.'

Sebastian's brow quirked. 'So Rider did not cast you out as he claimed. To quit the marital home, with the law of the land and the weight of the world against you, you must have been desperate indeed. What happened, Caro?' he asked.

His tone was gentle, obviously afraid that she may be simply unable to answer him, but she discovered that for some reason she was finally ready to talk about it. 'I left because I no longer cared for him, and I knew that whatever happened, even if I ever conceived the child he so longed for, it would not change things between us. In fact, the very thought of bringing a child into that relationship appalled me. To put it simply, I left because I realised I deserved better, and so did he.'

'He deserves to be whipped by the cart's tail,' Sebastian said viciously.

'No. I didn't make him any more happy than he made me.'

'You didn't beat him for failing to do so, however.'

'That is—you know, I hadn't thought of that.'

Sebastian swore. 'Think about it now. He deserves to be thrashed for what he did to you.'

'Do you really think there is going to be trouble if there is a poor harvest?'

He accepted the abrupt change of subject after a brief silence.

'The signs are all there, my bailiff tells me. The workhouses will be full at the end of the year, and believe me, the workhouse is not a place to spend the winter. I visited the local one, my father was on the board. It was appalling.'

'What are you going to do about it?'

'Do? I doubt the good ladies and gentlemen of the board will allow me to do anything.'

'Can't you take up your seat in the House then, influence things there?'

'What, would you have me a reformer?'

'Why not? You must do something with your time, and since you claim you are already hugely unpopular, why not make yourself even more so and do some good at the same time?'

Sebastian burst into hearty laughter. 'You always did see things from a decidedly different perspective, Caro.'

She dropped a mock curtsy. 'Thank you, I think. If you opened up the Hall you could employ an army of servants. You said yourself that times are hard in the countryside. Don't you have an obligation to employ as many people as possible?'

'I don't want to open up the house, and I don't want to be waited on hand and foot by an army of servants in powdered wigs and livery.'

'Then don't have them wear powdered wigs and livery. This is your home, Sebastian, you may run it any way you see fit.'

'I am doing so.'

Caro laughed. He was so stubborn, but she had noticed how uncomfortable he had looked when Sir Timothy eyed the shabby little parlour with such disdain. 'Of course you are,' she said, 'if you choose to hide away here, that is no one's business but your own.' Without allowing him time to react to this barbed remark, she immediately changed tack. 'Do you know, in all the years I lived at Killellan, I never once was inside Crag Hall. My sisters and I used to spin such tales about this place. We called your father the Marquis of Ardhellow.'

'So you told me,' Sebastian said shortly.

Caro touched his arm, looking up at him with fluttering lashes. 'I would very much like to see around the house, Sebastian. Perhaps viewing it with a fresh pair of eyes might help to change your mind about the Hall.'

'I planned to sell the place when I inherited,' he admitted, surprising her. 'It's not entailed.'

'But you could not bring yourself to do so?'

'Perhaps in time—no. No,' he sighed, 'I don't think I will ever sell. I don't think I want to.'

'Then what is to be done, for you can hardly spend the rest of your life in this parlour.'

She knew she was treading a fine line. She longed to say more, but she bit her tongue, knowing that beyond a certain point he would dig his heels in.

And her silence was rewarded. Sebastian pulled off the neckcloth he had obviously donned to receive Sir Timothy, and held out his hand to her. 'So, you would like to see the Marquis of Ardhellow's lair? Come then, let us see how well your girlish imagination matched reality before I think better of it.'

Chapter Seven

They started in the picture gallery, a long room leading directly off the Romanesque reception hall. The gallery was located in one of the original sections of the house, with a Jacobean ceiling and a polished wooded floor of dark oak, which now echoed with their footsteps. 'My father, as you know,' Sebastian said, pausing in front of a large portrait in a gilt frame. The marquis was standing in full heraldic robes, under which he wore a full-skirted coat and breeches of gold brocade. Behind him, through the window, could be seen the formal gardens stretching towards the first of the estate farms. On the table before him was a sheaf of paper depicting the family tree. He wore a grey wig, the curls tightly rolled. His narrow mouth was unsmiling. His eyes were pale blue.

'He looks just as I remember him,' Caro said with a shiver. 'Cold. Intimidating. The Marquis of Ardhellow. You could never inherit that particular title.'

'I confess I had assumed that I had.'

'Oh no,' Caro said, 'you are not nearly old enough. My sisters and I decided that the Marquis of Ardhellow was at least a hundred years old. His skin is as pale and dry as parchment. He has to stay cooped up indoors else he would crumple and turn to dust in the sunshine. *You*, on the other hand, are positively tanned.' She touched Sebastian's cheek. Her fingers were cool on his skin. 'And as usual,' she said, running her thumb over his jaw, 'you need to shave. And you need to learn to dress like a gentleman too,' she said, touching the open neck of his shirt. 'Ardhellow now—well, just look at him.' She frowned, staring intently at the portrait. 'You will never be Ardhellow. I find it difficult to think of you even as Ard*hallow*. You really look nothing like your father.'

'I thank God that I do not resemble him in any way.' He led the way out of the gallery through a door and into the Tribune, the square room which acted as the central axis for the piano nobile and all the state rooms. Above their heads was the trussed gallery, and above that, the domed roof soared. Caro was looking up in astonishment. The dome had apparently been designed to emulate the interior of the dome of St Paul's. Sebastian had always thought it unnecessarily ostentatious. 'I know, it's dammed pretentious,' he said.

She looked at him in astonishment. 'Perhaps, but there's no denying it's absolutely beautiful. It makes one feel quite dizzy, looking up at it, all those different tiers of plasterwork, like stairs climbing towards heaven.'

Caro's expression was rapt. As she examined the dome, he in turn examined her. The long line of her throat. The hollows at the base of her neck. The fall of her hair down her back as she tilted her head to look up. Her hair was darker in colour now than it had been two years ago, six years ago, ten years ago. Burnished copper. He remembered it loose, trailing over the creaminess of her skin in the firelight. Fire and earth. They had always been the elements he associated with her.

Dragging his eyes away, Sebastian looked up at the dome. He still thought it far too overwrought, but Caro was right, it was also beautiful and actually perfectly fitting for the house itself, which was more palace than hall. 'My father loved this place,' he said. 'The original building was a much more modest manor house, dating back to the seventeenth century. It has been a tradition for every earl to find some way of adding to it, to put his own mark on the place.'

'What was your father's contribution?'

'The library. I do not intend to keep up the tradition.'

'You don't feel you have the moral right to this house, is that it? Because your father hated you. Because you hated him.'

'It is not a question of morals,' he said, 'I simply think it's far too big for one person.'

'Yet you can't bring yourself to sell it. Whatever it is that came between you and your father, it started here, in this house. And now it belongs to you, you don't feel entitled to it. That much is obvious,' Caro continued inexorably. 'What I don't understand is why.'

'And what I don't understand is why you think I'd want to discuss it with you or anyone else,' Sebastian snapped.

He regretted his outburst immediately. He rubbed a weary hand over his eyes. He had camped out in the old kitchen wing the first day he arrived back to find his father not only dead but already buried. Aside from the necessary papers, which he had the lawyer remove from Lord Ardhallow's desk, and a selection of favourite books from the library, almost the first thing he had done, as the new lord and master, was to order the closing up of every state room—and there were many. Not once had he felt inclined to visit them, far less inhabit them. Mrs Keith had orders not to clean them. It had seemed like a good idea, to throw open the doors and shutters, to prove to Caro and more importantly himself, that he was not afraid of ghosts. But it was a far more painful experience than he had expected, and they had barely started. 'It has nothing to do with whether I feel entitled to live here or not, I have simply never wanted to.'

'Perhaps we should abandon this tour, I did not intend it to be detrimental.'

'I am perfectly capable of opening a few shutters without falling into a melancholy. I'm doing this for you, Caro. You asked me to and I am obliging you. What more do you want from me?'

'I want you to do it for yourself! To rid yourself of this—what did you call it?—mausoleum full of ghosts.'

Had he said that? Surely he would not have said anything so melodramatic.

'Yes, those were your exact words, more or less,' Caro said, as if she had read his mind. She glared at him, refusing to back down. 'Now, do you wish to carry on or not?'

'Oh, for heaven's sake! Pick a door.'

Caro swivelled round, looking at each door in turn. The Tribune was perfectly symmetrical. Two huge stone fireplaces carved with all sorts of mythological creatures faced each other from either end of the room. There were eight huge pedimented doors, two in every corner, all exactly the same, giving her no clue as to what lay behind them. 'That one,' she said, taking Sebastian's hand and leading the way with a confidence she did not feel.

Through a gloomy ante-chamber which was almost in darkness, she could just about make out a set of double doors which she flung open, enjoying the sense of theatre. Light seeped in through the cracks in the shutters. She could make out shapes, mounds of furniture huddled in holland covers, but was too afraid of bumping into one of them and knocking something over to move from the doorway. Sebastian however, strode towards the windows without hesitation, and wrenched back the shutters of one long window.

The vista revealed was of the manicured formal gardens at the rear of the Hall. The window, one of three set into the same wall, gave out onto a small balcony. Dust motes danced in the sunlight. There was a smell of mothballs, what Celia amusingly used to call stour— a term she had learned from their Scottish kitchen maid—and also the faint scent of dried flowers which Caro traced to a huge bowl of dusty petals sitting on the hearth under the white-marble mantel.

'The tapestry room,' Sebastian said. 'A homage to Versailles created by my great-grandfather.' He pulled back the cover from a huge sofa. 'As you can see, he took the tapestry theme to extremes. The design on the back of this is a detail from one of the main tapestries which hang on the walls. They're all rolled up over there in the corner. There's a clock somewhere, with a mechanical swan at the base, which I remember fascinated me as a child, though I was never permitted to wind the mechanism myself, naturally.'

Naturally? Sebastian sounded so matter of fact, as if he was reciting from a guidebook, but there was a bitterness in that one word that betrayed him. Pretending not to notice, Caro tried to remove the cover from an intriguing object which sat atop a massive marble sideboard with cupids carved into the legs which matched the cupids on the fireplace. The cover snagged on something underneath which was out of her reach. Sebastian was staring out of the window, as if trying to detach himself from the room. Caro found a footstool, which she used to help her clamber on to the sideboard. Whatever was underneath the cover was bronze. She could see a pair of bare feet. She reached under the heavy drab cotton to try to free it.

'What the devil are you about!'

Startled, Caro wavered, caught at the cover to steady herself only to discover that she had, unfortunately, managed to free it. For a moment, as she swayed, she thought she would right herself. Then the cover slipped loose, she slipped backwards and fell off the sideboard landing not, as she expected, heavily on to the bare floorboards, but in Sebastian's arms.

He staggered back, cursing as dust floated down over them. Caro sneezed. Then she laughed. Then she sneezed again. Sebastian caught his foot on the edge of a rolled-up rug. He fell heavily, taking her with him.

For a few long seconds, there was silence. Sebastian groaned, and Caro opened her eyes. 'Oh, are you hurt?' He was winded, most likely. And crushed by her weight too, for she was lying on top of him. She tried to move, but her skirts were tangled up in his legs. She wriggled. He groaned again. 'You *are* hurt. I am sorry, but I seem to be caught. If you could just move…'

A large hand clamped firmly over her bottom stilled her. 'Stop wriggling, Caro, you're making matters much worse.'

'My skirts are caught.' She craned her neck sideways. Her skirts had ridden up revealing her bare legs up to her thigh. 'If you could just move your left leg a little, then I could…'

'For the love of God, Caro, will you stop wriggling!'

'But I'm crushing you.'

'You weigh almost nothing. That is not the problem.'

'Then what—oh.' Heat flooded her face. The problem, now that she had stopped wriggling, was pressing insistently into her right thigh. She knew that any lady would politely pretend that it wasn't even there, and wait patiently on it subsiding. Perhaps she should concentrate on the sheer ugliness of the bronze statue of Diana the Huntress and her horribly realistic collection of her prey that had caused them to get into this compromising position. Diana was gazing down at Caro and Sebastian disdainfully, as if she, a goddess, was not to blame one little bit for the situation that they, mere mortals, had got themselves into.

Diana was bare-breasted. For such a statuesque female, her breasts were quite small. Caro's breasts were pressed against Sebastian's chest. Sebastian had a very broad chest. 'Do you think we've shocked her?'

'Who?'

'Diana. She looks shocked. Do you think this is the first time she has seen two mere mortals in such a compromising position?'

'In this house, certainly.'

'Your father would be shocked to find us like this in full daylight in one of his formal rooms, wouldn't he? Especially since he and my father went to such pains to ensure that we never would,' Caro said. 'I wish they could see us now.'

Sebastian laughed. 'What would they say if they walked in?'

'I think it would test my father's diplomatic skills to the limit,' Caro said, smiling wickedly.

'Then let us test him a little further.'

* * *

Sebastian groaned and wrapped his arms around her, pulling her tightly against him. Her mouth was hot and sweet, her kisses teasing, tantalising, somehow wickedly smiling, just as she had been. Ever since she had walked into the parlour, he had wanted to kiss her. All that talk of rolling about on the hearth naked had sent such images firing into his brain, he had barely been able to think of anything else.

The way she nipped at his earlobe made him shiver. He hated that sort of thing, usually. The way her fingers splayed across his chest, the way she flattened her palms over his nipples, the faintest of touches through his shirt, sent the blood coursing to his shaft. He was unbelievably hard. If she did not stop that little rocking motion—no, he didn't want her to stop—but if she didn't stop...

He closed his eyes, clutching at the soft mound of her bottom. Her tongue flitted over his lips, another of those most fleeting of touches that sent his pulse racing. She was almost astride him now, if it wasn't for those damned skirts of hers, he would feel her thighs enveloping his own. He tugged at her petticoats but they were too tangled up. He rolled her over on to her back, taking her by surprise, and pushed her skirts up.

'Pink stockings,' she said, stretching her leg up, pointing her toes like a ballet dancer.

He ran his hand up her calf, fascinated by the way his touch was reflected in her eyes, in the way her skin flushed. 'Lovely pink stockings, and lovely Caro,' he said, kissing the delicate skin behind her knee. She smelt divine. Her skin was hot to the touch beneath the silk.

'And look,' she said, pointing her other leg up into the air, 'I have two of them.'

Laughing, he kissed her other calf, the skin behind her other knee. He was fascinated by her in this mood, teasing, fun, teetering on the edge of outrageousness. He remembered that feeling, of being tangled in a net he didn't want to escape from, that night at Crockford's. It was the same, but not the same now. She was no longer a naïve young girl. She had been unhappy, hurt and very much alone. She had suffered, but perhaps it was this determination not to suffer again which lent her this edge, a need to grab at life with both hands? Whatever it was, it was infectious.

Releasing her pink-stockinged leg very reluctantly, Sebastian planted a final swift kiss to her swollen lips, then jumped to his feet, scooping her up into his arms.

'What are you doing?'

Sebastian headed for the door of the Tapestry Room. 'You're quite right, my father would be spinning in his grave if he could see us here.'

'Then why are we leaving?'

He smiled wolfishly down at her. 'Because there are a hundred other rooms in need of the same treatment. Do you think you're up to it?'

'I'm not sure I have either the repertoire or the stamina for a hundred rooms, but if it helps exorcise your demons I suppose I must try.'

Sebastian threw back his head and roared with laughter. 'How very obliging of you indeed, my lady.'

They arrived in the library by way of the Great Dining Room, the Gold Drawing Room, the Lesser Dining Room and the Crimson Drawing Room. They kissed on top of Jacobean oak chests, under gilded rococo tables, on sofas and *chaise longues*, and on one occasion they kissed while embracing a statue of Hermes between them. They danced from one end of the polished dining table to the other. They threw open shutters, cast holland covers to the floors, and unrolled carpets, sneezing on the dust they cast up.

Caro's stomach ached with laughing. She felt edgy, exhilarated, so tightly wound she thought she might explode. Sebastian's kisses were driving her frantic. 'How many more rooms are there?' she asked.

He caught her to him, pulling closed the door, which was fitted into the arcade of bookcases which lined the wall, giving the impression that the room itself was sealed. 'Are you weary of my kisses?'

She wondered what he would say if she told him the truth, that she was not tired but on fire. Each time he dragged his mouth away from hers, she wanted to scream in frustration. A crystal chandelier hung low from a trabeated ceiling extravagantly gilded in gold leaf. Glass-fronted bookcases lined three of the four walls, separated on one by a porphyry mantelpiece carved in the Egyptian style. Pulling a cover off a sofa covered in red damask, Caro sank down with a sigh. 'I think you have exhausted my kissing repertoire.'

Sebastian sat down beside her. 'It is a very impressive repertoire,' he said, nipping her earlobe.

She shivered. 'Considering my lack of experience, you mean?'

'No, I don't mean. You kiss beautifully, Lady Caroline. My compliments. In fact you kiss so beautifully I'm not sure how many more of your kisses I can take.'

'I am very relieved to hear you say so, my lord. Allow me to return the compliment.'

'Do you mean that?'

She twined her arms around his neck, sliding down the sofa and pulling him on top of her. 'Sebastian, would it be very wicked of me to suggest that we indulge in something other than kissing?'

'Wicked, wanton and utterly—music to my ears,' he said with a groan, rolling away from her on to his feet. 'Not here, though.'

Caro's senses were swimming. She wanted him now! 'But you told me this was the room your father had refurbished when he inherited. You told me it was his sanctuary, surely there is no more appropriate place.'

But Sebastian was already pulling her to her feet. 'Trust me, there is another room far more sacred.'

'Not his bedchamber,' she exclaimed, appalled.

'Lord no, not his. The Queen's.'

Laughing, he caught her hand and dragged her across to the bookcases, counting round the wall adjacent to the fireplace, then counting carefully along the volumes on the first shelf and to her astonishment withdrawing a large iron key from the hollowed centre of a book. 'Come on.'

She tripped after him, back out through the Tribune, up to the galleried first floor, past her own bedchamber and on to a door at the very end of the corridor. 'It was created for Queen Anne, for a visit that never materialised in the end, and has never been used,' Sebastian said. 'Tradition has it in the family that only a monarch can occupy it, so naturally it became an objective for me to discover the location of the key and to make this place my own secret kingdom.'

He turned the lock and pushed open the heavy door. Crossing the room, he pulled back the stiff wooden shutters, flooding the bedchamber with late afternoon sunshine. The corniced ceiling was brightly painted rather than gilded, in vivid greens, reds and shades of gold. A lion and a unicorn adorned the pediment of the door frame. 'The tapestries have been taken down, and the carpet, which is woven with gold crowns, is rolled up over there somewhere,' Sebastian said, pulling the covering from a huge walnut armoire taller than Caro. 'I used to hide in here when I was very small and didn't want to be found,' he said.

The bed itself was placed in the centre of the room. The covers came away easily, Sebastian casting them carelessly on to the bare boards of the floor. Once the dust had settled, Caro stared, awestruck. The four bedposts were set upon large plinths, each bearing the Stuart coat of arms. The posts themselves, wood painted gold, were elaborately carved with vine leaves from which both lions and unicorns peeped. The same design was carved along the tester from which hung a tasselled canopy.

'I've never seen such a magnificent bed,' Caro exclaimed, tracing the design of one pillar with her fingers. The mattress came up to her waist. 'It is truly fit for a queen.'

Sebastian pulled the final protective cover from the bed itself, revealing a bedcover of crimson embroidered with gold. He reached under the valance, and produced a wooden step. 'They thought of everything. Try it.'

'Isn't there some curse which will fall upon anyone not of royal blood who lies here?'

'As far as I am aware, no one save me ever has lain there,' Sebastian replied. He made a flourishing bow, and held out his hand. 'And in any event, are we both not already thoroughly cursed? Will you, my lady?'

Wholly entranced, Caro swept a curtsy. 'Indeed, I rather think I shall, my lord.' Taking his hand, she mounted the wooden step and sank on to the bed. The headboard was adorned with a tapestry, a hunting scene with a royal stag. Gathering her skirts around her, she lay back. 'Good gracious!'

The inner canopy was of blood-red silk, gathered and pleated. In the centre of the tester was fitted a large oval mirror. It was mottled, some of the silvering worn, but it still gave out a perfectly adequate reflection. There she was, her hair spread out on the bolster, her hands folded across her stomach, her ankles clad in their pink stockings on display. 'Good grief, I have never seen anything so extraordinary in my life.'

The mattress dipped as Sebastian joined her. He lay on his back, keeping a few inches between them. 'When I first discovered it, I had no idea why anyone would want to put a mirror in such a location.'

'I can only imagine that the queen was a very vain woman,' Caro said. 'Though from what I recall of her portrait, I don't think she had much cause to be.'

'I don't think the mirror was intended to indulge her vanity, Caro,' Sebastian said. 'I rather think its function was to reflect the other person occupying the bed with her.'

'What do you—oh, surely not! You cannot mean that it is for—you mean to watch themselves? While they were—but that is shocking!'

They were not touching. They were not looking at each other, talking instead to their reflections in the overhead mirror. It was as if they were watching two strangers. It was not Sebastian and Caro, lying here together on this vast, ostentatious bed, but two others, whose behaviour they could not control. Sebastian had kicked off his boots and stockings. He had very elegant feet. His lower legs were covered in fine, dark brown hair, the same colour as the hair on his chest, which she could see where his shirt lay open at his throat.

Sebastian's laughter was a low rumble. 'Shocking, but extremely arousing.'

'Really?' Her reflection was blushing.

'Try it.' Sebastian's reflection had rolled a little closer. His leg was lying against hers. His bare leg. Hers protected by a stocking and the skirts of her gown. His forearm brushed hers. Both were bare. In the mirror, her bosom rose and fell visibly as her breathing quickened.

She put her hand experimentally over the soft mounds of her breasts, feeling them rise and fall, watching her reflected hand touching them. Her littlest finger touched her nipple. A frisson of pleasure made her shiver. In the mirror, she could clearly see the outline of its hard peak, unrestrained by her corset, through the thin cotton of her chemise and gown. In the mirror, she saw the sharp intake of the other Sebastian's breath under his shirt as she moved her hand, letting it fall over her breast, lightly cupping it.

The woman in the mirror was flushed. Her eyes were heavy. Her lips seemed to be fuller, redder, than Caro's. Her other hand drifted down, tracing the line of her rib cage, the soft dent of her belly. She could feel the sharp rise and fall of Sebastian breathing, quicker, shallower, alongside her. She was conscious of the tension in him. The Sebastian in the mirror had his dark eyes fixed on her.

Was this her, the sensual being with her hair spread out over the pillow, whose feet were pressed into the gold damask coverlet? Feet which were, now free of her slippers, covered in pale pink silk stockings. She lifted one leg, pulling the skirts of her gown up to display her ankle, the curve of her calf, the dark cerise ribbons of her garters. Her skirts fell higher, above her knee, to reveal the whitework trim of her pantalettes.

Beside her, Sebastian groaned. In the mirror, he rolled on to his side and caught her leg, cupping her heel in his hand, then running his palm up her ankle, her calf, the back of her knee. His fingers slipped in between the top of her garters, the border of her pantalettes, to trace delicate patterns on the sensitive skin there. The woman in the mirror slid her hand beneath the cotton of her gown to touch the bare flesh of her breasts. The man in the mirror let her leg slide back on to the gold counterpane. He rolled over, the top of his body covering hers. Their limbs tangled. Male legs, bare to the knee. Pink-stockinged legs, somehow distinctively female compared to his muscled limbs. Leather stretched taut over male thighs, male buttocks. The instinctive arch, the parting of female legs to accommodate him. The back of his head dipped into the curve of her breast. His hand gently removing a female hand from the *décolleté* of the gown. The feel of his tongue, his lips, kissing over the mounds of flesh she could no longer see, covered by the shape of a male head with close-cut dark brown hair.

She closed her eyes. His mouth was like velvet on her skin, kissing along the line of her gown, his hands on her shoulders, her arms, pushing the sleeves down and with it the bodice. A shudder ran through him as he took her nipple in his mouth. A shudder ran through her as he sucked, slowly, sending her blood fizzing, making her belly clench and tighten.

She touched his back, pulling his shirt free of his breeches to run her hands over his skin, the knot of his spine, the ripple of his shoulders. Gently, he removed her hands. Her eyes flew open, questioning. 'Watch,' he said, 'just watch.'

So she watched, fascinated, enthralled, transported, feeling everything twice, what he did to her, and what she saw him do to the woman in the mirror, shifting to kneel between her legs so that she could see as he kissed her breasts, licked her nipples, circled them with his thumbs. In the mirror they were dark pink against the pearl-white of her breasts. Her eyes drifted shut with the pleasure of what he was doing, for he seemed to be connecting up every part of her body, every nerve and sensitive little spot, with his languorous caress.

'Watch,' he whispered. She watched as he kneeled before her, between her, lifting her leg, rubbing his face against the silk of her stocking, then kissing, her toes, her ankle, her calf, the back of her knee. His mouth burned hot through the sheer silk fabric. In the mirror, the other leg received similar attention. Her skirts pushed up. His hands under her bottom, tilting her to remove her pantalettes. In the mirror, her thighs were not white but cream. The skin on his face seemed stretched tighter. Slashes of colour on his cheekbones. Eyes dark, heavy, smouldering. Watching her. Giving her time to say stop, to call a halt. Watching her intently. The woman in the mirror smiled. A sleepy, sensual smile that could never belong to Caro. 'I'm still watching,' she said huskily.

He kissed her mouth, a brief, passionate kiss she missed for her eyes were closed. When she opened them, he was tilting her up again, his mouth on her thigh, the soft inner flesh of her thigh, first one then the other. Then his mouth was not on her thigh, but between her thighs, in the most intimate kiss imaginable.

She cried out, not in protest but in surprise. In the mirror there was a jumble of images. His head, her skirts, his hands on her legs. White flesh. Pink stockings. Feet curled into the coverlet. Hands, fingers, plucking at it. His mouth, his lips, his tongue, kissing, licking, making her squirm, making her tense, making her hot, then cold. Licking. Sucking. Kissing. His fingers inside her. Was it his fingers? She could not see. She did not care.

She closed her eyes and gave herself up to sensation. Slippery kisses. Languid licking. His mouth, his tongue teasing and tormenting her at her very core. Every part of her was focused, concentrated. A hand on her breast, her nipple tightening with unbearable pleasure. Tension. Heat. She cried out, arching her back and thrusting up against his mouth as her climax took her.

Sebastian's heart was racing. His erection throbbed. In the mirror above, a man lay with a beautiful woman splayed over his chest. Her hair streamed over the gold counterpane. Caro opened her eyes, gave a little sigh and smiled at him, a sated, sensual smile that filled him with an absurd pride. 'I have never been kissed like that before,' she murmured.

'I know.'

'It made me wonder,' she said, wriggling

from his embrace and pushing him on to his back, 'if a man can kiss a woman in such a way, then surely a woman can return the favour?'

He was so stunned, he could think of nothing to say for several seconds as she unfastened the buttons on his breeches.

'Sebastian? Have I got it wrong? Would you not like me to…'

'Like!' His mouth had gone quite dry. His shaft was straining inside his breeches. 'Caro, I can think of few things I would desire more, but…'

'But this is not something a lady should be offering?' She smiled, that newly wicked smile of hers that heated his blood. 'Since I am no longer a lady but a wanton-in-waiting, and since you have been so very, very obliging as to introduce me to something I find so very, very pleasurable, I think it only fair that I offer to return the favour.'

As she spoke, she pulled his shirt free from his breeches, planting little nipping kisses on his belly, at the same time tugging at his breeches, easing them down his legs. His erection sprang free, jutting up, taut and engorged. It was ridiculous, but the way she looked at him, the tip of her tongue pink on her lips, her eyes wide, reaching out to trail one rosy-tipped finger along his length, it did strange things to his gut.

She was kneeling between his legs now. In the mirror he could see her, cupping him in one hand, the other circling his erection, her face intent, flushed, her glorious hair trailing over his thighs. He had never wanted something so much in his life as this, but he had to be sure. 'Caro, you do not have to…'

'Sebastian, believe me, I do.' She leaned over him, and took him gently in her mouth and he surrendered all thoughts to feeling.

Sebastian dragged open his eyes. The sun had moved round. The light in the Queen's Bedchamber was softly golden. His body felt leaden, utterly sated, glowing like the sunshine. What Caro had just done was hardly a new experience, but it felt like it. It was her very lack of experience that made it so, he realised. She had none of the practised art, the clever tricks to prolong and to induce, that the courtesan deployed. Her touch had been tentative, explorative, instinctive. Watching her in the mirror, he had seen the pleasure in her expression as she pleasured him, and that had only added to the experience. Just thinking about it was making him stir.

He had never felt like this. Except once. The memory made him uncomfortable. Seeing Caro in the mirror, draped over him, his arm almost protective around her, made him more uncomfortable still. He was about to carefully disentangle himself when Caro sat up, pushing her hair back from her eyes. 'It's late,' she said.

She did not meet his gaze, but edged herself away from him and off the bed. That she seemed as dazed, as unsure of what to make of this encounter as he did should have been reassuring, but it merely set him on edge. He began to pull his clothes on, watching her as she trailed aimlessly around the room, pushing open the window to gaze out, picking up one of the discarded holland covers, folding it roughly then casting it back on to the floor. 'You are regretting this,' Sebastian said, pulling his boots on.

'No. At least—are you?'

'No.' He smiled. 'You have a hidden talent for wantonness. I had not expected—that.'

'Do you think we have exorcised enough ghosts for you to open the house up now?'

'Not if it means we won't be doing this again.' She flushed, but declined to answer.

Was she regretting it despite her denial? 'I was only teasing,' Sebastian said.

'I know. It's not that. I am still married, Sebastian. We cannot ignore that fact for ever.'

'I am perfectly well aware of that.'

'I am much restored. You have given me exactly what I needed here, sanctuary, and I will be eternally grateful to you, but it's time I stood on my own two feet.'

'You're going to confront your husband?'

'No, not yet.'

'Contact your family, then?'

'No. I'm not ready to face them yet either.'

'So, you are going to stand on your own two feet how, exactly?'

'I don't know, but I can't stay here indefinitely. Besides, you will want to be getting on with your own life, now that the ghosts are banished.'

'Caro, of course you cannot remain here for ever, but you are not ready to leave yet. Until you can come to some sort of terms with your husband, you are still married. That—that man, he has the right to do with you as he wishes. He can bed you. He can beat you. He can slander you and he can cut you off from your family.' His hands formed into fists, quickly unfurled. 'I have not the right to defend you, but I can keep you safe here until you are more capable of defending yourself. To leave here without any sort of plan, without even the confidence to have discussed matters with your family—it would be foolish, especially since there is no urgent need for you to go. It is not as if I am anxious to evict you.'

He waited while she pursed her lips, thinking over his words, trying not to think about how much he would miss her. He had been perfectly content without her, hadn't he? And while it was true he hadn't laughed in a while, it was also true that he didn't really seek company. Sebastian pulled on his other boot and got to his feet. 'Whatever you decide, I am damned if I will simply stand back and watch as you fall back into the clutches of that man who calls himself your husband.'

She sighed, shrugging her shoulders as if to be rid of whatever doubts were plaguing her. 'You are quite right,' she said with a resigned smile, 'I need to think it through properly. It is too important, it would be wrong to act hastily. But act I must.'

Sebastian nodded. 'Good. The timing of your leaving is a decision best left to another day.'

Wandering over to the large armoire which

took up most of one wall, she ran her fingers over the heavy carving distractedly. 'Did you say you hid here, when you were a child? It is absolutely huge, do you think it would take me?'

As she pulled open the door, Sebastian had a horrible premonition. 'No.'

'You think I'm too big?' She peered into the cupboard and began to climb in. 'There's something in the way.'

'Caro...'

She emerged, holding a box. 'What can this be?'

Sebastian said nothing. He had forgotten. How could he have forgotten?

'A box of toys. And—oh, look at this, it's a miniature. Who is it, Sebastian?'

He had no need to look at the portrait she held up. 'It's my mother,' he said flatly.

Chapter Eight

'A portrait of your mother! May I?' Assuming Sebastian's shrug indicated consent, Caro took the miniature over to the window to examine it in better light. Lady Ardhallow's hair was a rich auburn tinted with flecks of gold. Her eyes were dark brown, almost chocolate-coloured. And her smile turned down at the corners in a way that hinted at both sensuality and melancholy. 'You are very like her,' she said to Sebastian, who was still standing motionless in front of the armoire. 'I can understand why you kept those toys. I've still got the birthday gifts Mama gave me before she died. It is nothing to be ashamed of.'

'Except my mother is not, to the best of my knowledge, dead.'

Caro's jaw dropped. 'Not dead,' she repeated stupidly. 'You mean she's alive?'

'Unless an imposter is claiming her jointure from the bank each quarter.'

Caro frowned, trying to recall what, if anything, she had heard of the mysterious countess. 'I had always assumed—but you never mentioned her.'

'Why should I, she is nothing to me, she may as well be dead as far as I am concerned.'

'Sebastian!' Caro dropped on to the floor beside the box, carefully turning out the contents. A spinning top. A set of lead toy soldiers. A shabby little stuffed dog. A carved wooden pony and cart. All showed signs of wear and tear. All had obviously been well used and well loved. She remembered a peg doll she had had, every bit as shabby as this stuffed dog. Peggy, she had called it, and had been devastated when the cloth had worn so thin that not even Celia's clever stitching could fix her. Celia had made her a new doll, but it hadn't been the same, because it had been Mama who had made Peggy.

Sebastian was staring determinedly out of the window, his shoulders set, refusing to look at her—or the box. 'My mother did not die, she left.' He gave a heavy sigh and turned around.

'She ran off when I was four years old. My father told me that she didn't love me, didn't love either of us. He told me she was never coming back. I didn't believe him, didn't believe any of it, until enough time had passed as to make it impossible for me to believe anything else and since then I have put her from my mind.'

'You mean she just disappeared off the face of the earth? She didn't write or visit?'

Sebastian laughed bitterly. 'Oh, she made sure we knew her whereabouts. I told you, the one thing that has remained consistent is her claiming of her allowance.'

Caro scrambled to her feet. 'You have never made any attempt to track her down, make contact with her?'

'Why should I, when her years of silence speak volumes of her complete indifference towards me?'

'But she is your mother.' Caro clutched at her forehead. 'I lost my mother when I was five years old, almost the same age as you were when yours ran away. I would give anything— *anything*—to be able to talk to her, to ask her questions, to know her. Good God, I even went to that ridiculous séance all those years ago in the vain hope that I might make contact, however brief, with her. Yet your mother is alive, she is living—where?'

'Italy, I believe. Where she lives is irrelevant. The one place she does not live is here.' He tapped the area over his heart. 'She forfeited the right to that when she abandoned us so callously.'

'But—but you do care. I saw the way you looked at those toys, as if you had seen a ghost.'

'If I saw anything it was the ghost of my own, childish self, stupidly hoping against the odds. I was embarrassed by my gullibility.'

'Dear heavens, Sebastian, you have nothing to be embarrassed about. You were a child. Of course you believed she would come back for you. Any child would. Of course it must have hurt, it must have been agony for you to finally realise that she was never coming back.'

'You make too much of this. I admit it was upsetting at the time but I have been quite reconciled to it for many years.'

Beneath his tan, his face was pale. His mouth was set in a rigid line, the frown lines so deep that his brows almost met over his nose. She was not making too much of it, he was not making enough of it. 'Aren't you curious to know why she didn't get in touch? Could your father have prevented her? After all, he was a very proud man and her leaving must have caused a deuce of a scandal. You were all he had left, it makes sense that he wouldn't want to risk losing you too.'

Sebastian sighed heavily, and ran his fingers through his hair. 'Caro, it's ancient history.'

'So she is dead to you, just as she was to your father? I am surprised, I thought it pained you to walk in his shoes.'

'You go too far.'

'Your father died while you were abroad, with goodness knows how many questions left unanswered, how many matters left unsettled between you. I know you regret it, though you can't bring yourself to admit it. Don't make the same mistake twice. There is still time to remedy matters with your mother. I beg you, take the opportunity while you still can or you will have further cause for regret.'

'Enough!' he roared. 'I have had more than a sufficient amount of your home-spun philosophy. You would do better to reflect on your own situation, my lady. There are ample matters for you to resolve in your own life without your involving yourself in mine. A mutually pleasurable afternoon in bed together doesn't give you the right to dictate my actions.'

She felt the blood draining from her face.

'I see. For you, that is all it was, a mere afternoon's pleasure?'

'What did it signify for you, if not that?'

A very good question, Caro realised with alarm. 'I thought it was most educational,' she said with a creditable attempt at carelessness, 'and for that I must thank you. As to my interfering, rest assured, I have no desire whatsoever to embroil myself in your life, my lord. Apart from the fact that I am already married, you will understand it is very much a case of once bitten twice shy. My own affairs, as you rightly point out, are in dire need of attention. If you would inform Mrs Keith I will not require dinner this evening, I would appreciate it.'

He took a step towards her, then stopped. She made her way out of the Queen's Bedchamber, closing the door swiftly behind her. Then she picked up her skirts and fled for the sanctuary of her bedchamber.

Caro slipped down the stairs and out of the side door as the clock above the stable yard struck six. The sun was only just rising, the sky a pale blue canvas streaked with pink. Almost exactly the same shade of the stockings she had been wearing yesterday.

She had barely slept. Making her way around the paddock, where the morning dew clung to her skirts, she entered the rose garden. The scent was heady, the large blooms at their extravagant best after the spell of hot August days. Kneeling down to sniff a particularly strong perfume, idly running her fingers over the velvety petals of a large crimson flower, Caro closed her eyes. Yesterday, in the Queen's Bed, had been a revelation. It was not just what Sebastian had done to her, it was what she had discovered about herself. Seeing herself as a sensual being, that lush, passionate woman in the mirror, was—enlightening.

Only now did she realise the degree to which she had detached herself from her body. Making love to her husband had at first been pleasant enough. Never passionate, never more than mildly exciting, but she would not lie to herself, it had been—nice. Later, when the novelty had worn off, when it had become less and less likely that doing her marital duty was going to produce the much-desired heir, she had tried to recapture that pleasant feeling, to pretend to her husband and to herself, that it was still—nice. She had failed on both counts, and that failure had resulted in—well, that too was her own fault. Perhaps if she had been a better wife…

No, that was the old Caro who thought that way! She got to her feet and made for the other end of the rose garden, to the meadow which led to the boundary wall. If she had failed as a wife, then Sir Grahame had also failed as a husband. The simple fact was, she should not have married him. She had known from the start that she didn't love him, and *that night* had proven to her that she no longer even cared for him. Not that she loved Sebastian. She'd been infatuated with him once, had thought that she could love him once, but she'd been in love with a dream. She hadn't known the real man. She was only just beginning to know him now, and if ever there was a man she should run a hundred miles from, it was he.

Though it was usually Sebastian who ran away. Not that she could blame him, after yesterday's revelations. It made her feel quite sick, thinking of how miserable he must have been as a child, abandoned by his mother, bearing the brunt of his father's anger and shame. Had the countess made a failed attempt to contact her son? Surely, surely she would have. Yet there were parents who didn't care for their children. She had one herself, for goodness' sake. Perhaps Sebastian was right, it was better not to know. Or was it? Wouldn't it be better to be certain? Or would that hurt even more?

He had been so angry yesterday, quite furious with her, yet she had not once felt threatened. It hadn't taken much, of late, for her husband to turn his anger upon her. She had learnt to detect the signs, and had become adept at smoothing the waters, diffusing the threat. She could see now that such behaviour only made things worse, enhanced her feelings of being a helpless victim, trapped in a loveless marriage. She was getting stronger now. Feeling much better about herself. Thanks in no small part to Sebastian. Though trying to picture herself confronting Sir Grahame—her mind baulked at the notion. Not yet. Perhaps she should tackle her father first. But even that thought made her stomach knot.

Sebastian was right. She had far better focus her energy on her own problems without interfering in his. But his were so much more interesting. She didn't love him of course, but she did care for him. It was her duty, really, to help him, when he had helped her so much.

She had reached the boundary wall. Through those woods, across the rustic bridge, lay the formal gardens of Killellan Manor. She had come here by that route ten years ago. She'd thought herself miserable at the time. How young and how very naïve she had been. Looking back, she realised Bella must have been younger than Caro was now. Not much older than Celia, in fact. It's true, Bella could have made more of an effort, but really, they had made it so clear that they considered her an interloper—little wonder she was so uppity with them.

Caro propped her chin on her hands, leaning on the cool stone of the wall. No one could ever accuse Bella of having failed to do her duty. Four healthy boys, and when last they had met, she had been increasing again—a surprise to all, since it had been six years since the twins were born.

A melancholic mood stole over her. She knew her father well enough. Once he had made a decision, he would stick to it. Given time, a great deal of time, spent in whatever obscurity she could manage, her father may soften his stance enough to allow her to call upon him, but she doubted very much that he would allow such a wayward daughter to contaminate the air breathed by any of his precious sons. She did not see her brothers often, but she loved them wholeheartedly, and it pained her a great deal to think about how long it might be before she was permitted to see them again.

It was pointless even to contemplate changing her father's mind. In fact, it was wrong of her to think about doing so, when it was obviously she would fail. She was done with bending to his will, and she would not return to her husband. Which left the tricky question of what she proposed to do instead. She was not at all confident she could persuade her husband to provide her with an adequate allowance upon which to survive. While living in London, her lack of funds meant she had no option but to run up debts in Sir Grahame's name. Meagre debts, for necessities, but even those he had held against her, exaggerating both the amounts and the nature of the purchases. If she could live independently she would, but how to do that, when he would not even return her dowry?

It was so unfair. The marriage she had made to make her father happy was the cause of their estrangement. She had paid a high price for her mistake, physically and mentally. She had failed, but it hadn't been wholly her fault. She wasn't so conceited as to think she was entitled to an easy life, but surely she didn't deserve this?

Suddenly exhausted, she sank down on the daisy-strewn grass. What with dead mothers who weren't dead, and fathers who didn't deserve their daughter's love and husbands whom she wished were dead, she had barely thought about yesterday afternoon. Sebastian's kisses. Sebastian's touch. The mirror over the Queen's bed. Who would have thought there could be such pleasure in doing such wicked things. She smiled and closed her eyes, remembering. Within minutes, she was asleep.

Sebastian finished tying his cravat and slipped into a striped waistcoat. Frowning, he picked up the calling card from the silver tray, but the flowing script gave him no more clue as to his visitor's purpose than when Mrs Keith had delivered it fifteen minutes earlier. There was still no sign of Caro, who had missed breakfast as well as last night's dinner. He had spent a sleepless night wrestling with his conscience. All very well to tell himself that Caro was as much to blame as he for what had happened in the Queen's bed. All very well to tell himself that it was exactly what he had told her, a pleasurable way of spending the afternoon and nothing more. All very well, but it was Caro and not some courtesan who had been in that bed with him, and no woman, courtesan or mistress, had ever made him feel that way.

But Caro was not the sort of woman who had *affaires*, and he was not the sort of man who had anything else. Yet he struggled to convince himself that it was wrong. Which was the thing that worried him most, because it *was* wrong.

He picked up his coat of dark blue superfine and pulled it on. He had lied to her, deliberately understating what she had made him feel because he didn't like admitting that he felt anything. Other than pleasure, of course. Pleasure was perfectly acceptable, provided that was all he felt but the truth was with Caro, that wasn't all he felt. He liked Caro. He admired her. He enjoyed her company. What he didn't like was the way she got under his skin. He didn't like the unpalatable truths she told. He didn't like the way she challenged him, forced him to look anew at long-established facts. His mother, for example. Ancient history. Dead and buried.

Until yesterday, dammit! Now the questions she had thrown at him went round and round in his head demanding answers. Which was rich, considering how many questions of her own she was avoiding. Most likely in fact, that she was managing to avoid them by distracting herself with his problems. Damned if he would let her!

Now fate had unexpectedly dealt him a wildcard. He smiled, eyeing the visitor's missive. It would be interesting to see how this particular hand played out. Giving his reflection a final check in the mirror, he quit his bedchamber.

Throwing open the doors of the Gold Drawing Room, Sebastian made a sweeping bow. 'Lady Armstrong,' he said to his visitor, 'this is an unexpected pleasure.'

He remembered Caro's stepmother as a large, full-bosomed woman with a raddled face. The woman who held her hand out to him now was substantially slimmer, rather pretty in the manner of a faded English rose, and dressed in the height of fashion, if rather over-elaborately for a country call, in a violet gown with a silk underdress and a tiered tulle skirt embroidered with white cotton lace in a floral design. 'How do you do, Lord Ardhallow.'

He brushed her gloved hand with his fingers, and sat down in the chair opposite, banishing the image that flashed into his mind of himself and Caro kissing on the window seat.

'It has been some years since I had the pleasure of your acquaintance.'

A tight little smile greeted this remark. 'Indeed.'

'I think it was in London, wasn't, it, the last time our paths crossed? At a ball hosted by one of our neighbours in fact. Lady Innellan. I had the pleasure of meeting her son only the other day. I wonder if her ladyship mentioned it to you?'

Another tight little smile, but he noticed the tell-tale blush on her cheeks. Naturally Lady Innellan would have interrogated her son about his visit to Crag Hall, for the rumours of Caro's presence would have been bound to percolate through by now. Even if Sir Timothy had tried, as he had promised, to be discreet, Sebastian doubted he'd have lied. Caro's name, or even the colour of her hair would have been enough to alert Lady Innellan who would, of course, have been anxious to alert Lady Armstrong. It was clear Lady Armstrong's curiosity exceeded her scruples, given her unexpected and not coincidental decision to come calling.

'This room is in need of some radical refurbishment,' she was saying, eyeing the drawing room with disdain. 'I hope you will not think me rude, Lord Ardhallow, but I must inform you that your housekeeper deserves her notice. This place has not been swept for months.'

'You must not blame Mrs Keith. She has not the staff to maintain the estate adequately.'

Lady Armstrong fidgeted with the strings of her reticule. 'I have heard—you must be aware—in short, my lord, it has come to my attention that you have a—a female residing here who is not of the servant class.'

'Come to your attention via Lady Innellan,' Sebastian replied, earning himself a sharp look.

'A female whom I suspect is not unknown to me, my lord.'

'One who should, in fact, be a lot more dear to you than she is. Did Lady Innellan, for I have no doubt it was she, also speculate as to the intimacy of my relationship with this lady? No doubt she put the most scurrilous slant on it. I trust, since you are marginally better acquainted with this lady than our neighbour, that you had no hesitation in contradicting her?'

A dark flush stained Lady Armstrong's throat. Her mouth pursed as she wrestled with the need to demonstrate her outrage by quitting his depraved lair at once and her desire to discover whether the rumours were true. Her inquisitiveness won. It was, in truth, a routine victory. 'Since I have had no communication with Caroline for months, it is impossible for me to make any comment whatsoever on her various—behaviours,' she said, twitching her skirts.

'I believe that to be rather your fault than hers. Or should I say, it is rather attributable to the decree Lord Armstrong issued.'

'My husband only ever wants what is best for his daughters.'

'It would appear he signally failed in the case of Caro.'

Lady Armstrong flinched. 'It is a mistake to interfere between man and wife, Lord Ardhallow. One must not judge what goes on behind closed doors.'

In the face of such determined indifference, which bordered on the callous, Sebastian could hardly control his anger. The woman must know what type of a man Rider was, she could not possibly be ignorant of what Caro had suffered. Her own stepdaughter! 'You advocate a reconciliation?'

'My husband believes that Sir Grahame would be most forgiving.'

He jumped to his feet. 'It is not for that bastard to forgive. Dammit, have you any idea…'

He forced himself to bite his tongue. 'I beg your pardon.'

'I see Lady Innellan was right in her suppositions as to Caroline's presence here,' Lady Armstrong said tightly. 'And *I* was right when I warned Caroline about you all these years ago.'

'Once a rake, eh? You were wrong, you know. I never had any intentions of ruining her.'

'One can only assume that like is attracted to like, however. She is quite ruined now, and will be beyond rescue if she continues to reside under your roof.'

'But if she returns to the man who beat her all will be forgiven and she will be welcomed back into the family fold, is that that?'

'She is his wife. My husband assures me that...'

'Your husband would call black white if it suited his purposes. Caro won't go back.'

'Not while you are providing her with an alternative, Lord Ardhallow. But what will happen to her when you grow bored with her as you do with all your mistresses?' Lady Armstrong got to her feet. 'You see, I am not so ill informed as you might think, for one who spends most of her life in the country.'

'Caro is perfectly capable of making a life for herself.'

Lady Armstrong snorted. 'From which I must assume that her residence here, under your protection, is indeed temporary. I confess I am relieved, it is somewhat embarrassing for my husband to have her so near at hand.'

'He would prefer she took her disgrace abroad?'

'He would prefer she repented. Be assured, I will keep Caroline's presence here to myself. I see no point in inflaming the situation even further.' Lady Armstrong opened her reticule and handed him an embossed card. 'I did not come here solely to discuss Caroline. The other reason for my visit is to deliver an invitation to my daughter's forthcoming christening.'

Sebastian took the card with some surprise. 'You want to invite me to Killellan Manor, even though...'

'You are the Marquis of Ardhallow.' Lady Armstrong interrupted him with one of her tight smiles. 'Whatever I may think of your person or your habits, your title is one of the oldest in the county and your lands the most extensive. I freely confess it would be quite a social coup for me to have you attend Isabella's introduction to the world, given your re-clusive reputation.'

He was about to throw the invitation dismis-sively at her feet, when a most devilish thought occurred to him, giving him pause. Sebastian made a small bow. 'Since it would be most ungallant of me to deny you your social tri-umph, Lady Armstrong,' he said, 'I look for-ward to seeing both you and Lord Armstrong on the day.'

'Bella was here at Crag Hall!' Caro put a hand to her mouth in horror.

'I received her in the Gold Drawing Room, to be precise,' Sebastian said. 'She is gone now, so you need not look so spooked.'

Caro sank down into her customary chair in the small cluttered salon. 'I can't believe she was actually here. Goodness, if I had not fallen asleep in the meadow, I might have bumped right into her.'

'So that's where you were.'

'I had a somewhat disturbed night.' She flushed, suddenly remembering the terms upon which they had parted yesterday. 'You were right,' she said, quickly turning the sub-ject, 'it is time I put my own house in order, so to speak, without attempting to order yours.'

'Good. As to that I think you should start sooner, rather than later.'

Caro felt her heart sink. To her surprise, Sebastian smiled. 'Did you think I meant…? No, a perfect opportunity for you to make a start has fallen into our lap, right here.'

'Here?' She wasn't relieved, Caro told herself. It wasn't that she *wanted* to stay, or that she would have any reason to object if Sebastian wished her to leave sooner rather than later. Not at all. 'How so?'

'Your stepmother came to invite me to her daughter's christening.'

'So Bella has finally had a daughter,' Caro replied, momentarily distracted. 'She will be delighted.' Her face fell. 'My stepsister will probably be making her come-out by the time I meet her.'

'On the contrary, you will see her in two days. You are coming with me to the christening.'

'Good grief, Sebastian, how can you even suggest such a thing!' Caro jumped to her feet and began to pace the very small amount of available floor space anxiously. 'My father will be there. My father who, in case it has slipped your mind, has utterly disowned me. And Bella too, you are not going to tell me that she in-

cluded me in the invitation. No, of course not,
how could she when she doesn't even know
that I am here at Crag Hall.' She stopped in her
tracks as a sudden appalling thought occurred
to her. 'She doesn't know I'm here, does she?'

'Lady Innellan put two and two together following her son's visit, and made short work of
informing her bosom bow. I'm sorry, but you
said yourself it was inevitable.'

Caro nodded, feeling slightly sick. Bella
knew. Bella would assume exactly what Sir
Timothy had assumed and judge her accord-
ingly. Leaving her husband's protection, Caro
had at least felt herself to be morally in the
right. Living at Crag Hall with Sebastian, no
matter how innocent—and there was nothing
at all innocent about what had occurred between them yesterday—she had placed herself
firmly in the wrong. 'Do you think my father
knows?' she asked faintly.

'Your stepmother swore she would not tell
him, but—Caro, your father is not a man who
keeps his head buried in the sand. If he is not
aware of your presence here now, he most certainly will be when you turn up on his doorstep.'

She shuddered. 'I intend to do no such thing.'

'Dammit, Caro, I thought you'd be pleased,'

Sebastian exclaimed. 'This is a golden opportunity to send a message to your family and the world that you are not prepared to hide yourself away like some common criminal. You will attend as my companion and I for one will be proud to have you on my arm. You expressed a desire to be scandalous, since that is how you have been unfairly labelled. What better opportunity to demonstrate it?

'I *can't*! Sebastian, it is one thing to behave scandalously, it is quite another to be notorious, I think. Besides, I have no wish to disrupt or ruin the christening of an innocent child. That would be wrong.'

'Which is why I suggest we forgo the church service and save our grand entrance for the party.'

'Sebastian, I not sure I could carry it off. My father…'

'Lady Armstrong made it very clear that you have burnt your bridges, Caro. Your father will not forgive you unless you return to your husband. Why are you concerning yourself with your father's sensibilities? He has forfeited the right to such consideration.'

Caro nodded. 'I know, but it is a very difficult habit to break,' she said, managing a weak smile. 'One thing is for certain, however, I am categorically not going back to my husband, regardless of what my father wishes. Did Bella—was she really so plain on that matter?'

'I'm afraid so,' Sebastian said, pulling her into his arms.

She knew she should resist, but she was feeling decidedly unnerved and his embrace was distinctly comforting. Caro leaned her cheek against his chest. She could hear his heart beating, slow, steady, reassuring. 'I married the man of his choice—at least, one of the selection he gave me.'

'Perhaps that's why he's taken it so badly. You've proved his judgement flawed. Even worse, from what you've told me, all your other sisters who have married men not of your father's choosing are blissfully happy.'

'And the great diplomat cannot bear to be wrong. Which is why he's being so intransigent with me.' She nestled closer, enjoying the smell of him, that delightful mixture of soap and outdoors and something peculiarly Sebastian. 'I hadn't thought of it like that.'

'So you see, you don't owe him anything.'

She disentangled herself from his embrace and began to pace the floor again, wringing her hands. 'Yes, but to turn up uninvited, in front of half the county! What if I lose my nerve and can't go through with it? I'm terrified just thinking about it.'

'Have a little faith in yourself. I believe in you.'

'Do you?' She searched his face for signs of mockery, but could find none.

'I'll be with you, remember, right by your side. Polite society has been more than happy to accept the lies your husband disseminated at face value, now is your chance to show society just how little you care of their opinions.'

'By attending my stepsister's christening with my rakish lover,' Caro said slowly.

'Precisely. So you'll do it?'

She smiled. 'I rather think I will.'

'That's the spirit!' Sebastian was smiling his upside-down smile. Her heart gave a funny little kick. Nerves, she told herself. Anticipation. Nothing to do with Sebastian at all. 'I'll do it on one condition,' she said.

Sebastian's smile faded. 'Which is what?'

'You are right. My father is selfish, ambitious, pompous, single-minded and above all utterly self-centred. He doesn't love me, he doesn't even know me well enough to like or dislike me. Cressie put it perfectly all those years ago, his only interest in any of his gals is as pawns in his game of matrimonial chess.

Well, I'm done with playing that game, and I'm done with trying to please him.'

'I am extremely pleased to hear that, but...'

'My point is, Sebastian, that you need to do the same. I am happy to confront my father, but only if you confront yours.'

'My father, in case it has slipped your attention, is dead.'

'But your mother is very much alive. Don't you see, she could help you to understand why things were so difficult between you and your father.'

'It's quite simple, Caro. He couldn't abide the sight of me.'

'No, it's not simple. Speaking from experience, relationships between parents and children are never so.'

'My relationship with my mother is so simple as to be non-existent. She ran off when I was four years old. I barely remember her, and she has shown no interest in me at all since then.'

'Aren't you even a little bit curious?'

'Why should I be?'

'Because she is your mother!' Caro stared at him, aghast. 'You can't pretend she never existed, though it sounds to me as if that's exactly what you and your father did. Didn't he ever mention her?'

'Why should he?'

It was like throwing a ball against an unforgiving surface. He bounced everything back to her, determined not to allow even a sliver of a crack to appear in his armour. She tried, but could not think of one single occasion when he had mentioned his mother before she had found that box of memories. The extent of his self-deception took her breath away. 'He encouraged you to think of your mother as dead. He removed her portrait from the gallery—for there must have been one there when they were married. In fact now I think about it, there is not a single trace of the woman anywhere in this house.'

'Devil take it, you are like a dog with a bone. My mother's rooms are in the East Wing. Apparently my father ordered that they be closed up the day after she left.'

'You inherited two years ago. Are you really telling me that you have not once thought to look?'

'Once and for all, I am not interested.'

'Prove it then,' Caro said. 'Prove to me that you don't give a damn.'

'What do you mean?'

'Take me to these rooms. The East Wing, I want to see it.'

He hesitated. She thought she had pushed him too far, but she had underestimated his strength of will. 'Very well,' Sebastian said, holding out his hand, 'no time like the present.'

Chapter Nine

The East Wing was accessed through a door concealed in the panelling next to the late marquis's suite of rooms. Once it was pointed out to her, Caro was astonished she had had failed to notice it previously.

'You can see the traces here of where her crest was once displayed,' Sebastian said, pointing above the door. 'I have no idea what condition we'll find the rooms in.'

He selected a key from a large bunch on a metal ring. 'My father kept this with him at all times, so there was no possibility of anyone gaining access, especially me.' His fingers shook very slightly as he turned the lock, she noted. He was not nearly as indifferent as he claimed. She wanted only what was best for him. She hoped she would not regret pushing him into confronting his past like this.

'Of course, I have only my father's word that my mother ran off. We could be about to discover her incarcerated corpse,' he said with a twisted smile.

Caro shuddered. 'You don't really mean that.'

'Of course I don't,' Sebastian said impatiently. 'That would constitute a crime of passion and my father was incapable of passion of any sort. The only skeletons we're likely to encounter will be of the rodent variety.'

Holding an oil lamp high above his head, he led the way uncertainly through the antechamber and then through another door. Once opened, a large room was dimly revealed. Sebastian hurried to undo the shutters, struggling with the stiff latches. The windows themselves were so dirty that the daylight was filtered, casting shadows across the furniture when he threw two of them open.

There was an extraordinary amount of dust. Covering her nose with her handkerchief, Caro looked around her with dismay. 'Nothing has been covered up,' she said. 'It looks as if it has been left quite untouched.'

Her voice was no more than a whisper.

There was something about the atmosphere in the room which was making her shiver. It was clearly designed to be a boudoir and was about twice the size of the one Sebastian had given her for her own use, and more ornately decorated. At least it had been once. The carpet, powder blue woven with roses, was motheaten. When she touched the damask window hangings, a golden tassel crumbled in her hand. Cobwebs hung from the crystal chandelier. Everything, the white-marble fireplace carved with cupids, the beautiful array of Sèvres figurines on the mantel, the rosewood escritoire, the side tables, all were covered in a thick layer of dust. A tall lacquered cabinet was inlaid with a Japanese scene, a young woman holding a lotus flower, an ornate pagoda, doves holding up garlands flying overhead. Behind the doors, what seemed like a hundred little drawers, each engraved with a different flower or animal.

'A cabinet of curiosities, I think is what it is known as,' Sebastian said. 'Traditionally used to store artefacts. I cannot imagine...' He pulled open a drawer at random to reveal, not an artefact, but a brooch in the form of a butterfly, encrusted with diamond chips, turquoise and emeralds. The next drawer contained another brooch in the form of a golden hummingbird, the next a hatpin formed from a silver rose.

Dumbfounded, he jerked open drawer after drawer, spilling glittering jewellery, each one an animal, a bird or a flower. 'What the devil!' He ran his hand through his hair, leaving a streak of dust on his forehead.

The paintings on the wall of the boudoir were all classically rendered, mostly in the French style, many so stained and damaged that the subject matter was almost impossible to make out. Aphrodite rising from the waves—or Venus, Caro could never be sure which was which. A woman on a swing that was either an original Fragonard or a very good copy. Another, rather shocking, of a semi-naked woman surrounded by cherubs, and another even more shocking, depicting a woman, completely nude save for the blue ribbon in her hair, lying on a gold-velvet *chaise longue*, the pink and white pillows echoing the pink and white tones of her skin. The woman was lying on her front, barely concealing her breasts. The artist had concentrated instead on the curve of her spine, dipping down to her bottom, then the curve from her buttocks down her thigh to the curve of her knee. It was a singularly

sensual painting, the likes of which Caro had
never seen before. It reminded her of seeing
her own reflection in the ceiling mirror, the
contrast of her own skin against the gold bed-
covering, the surprising softness of her flesh,
the flush of rosy pink on her skin afterwards.

Sebastian, who had been obsessively opening and closing every drawer in the curiosity
cabinet, now joined her at the portrait, standing
just behind her. He stared at the naked woman
for a long moment. 'These rooms are decorated like an up-market bawdy house. My father would have considered himself tainted just
by crossing the threshold.'

'I suppose you would know, since your experience of up-market bawdy houses is no
doubt extensive,' Caro said, looking around her
somewhat dazedly. Roses were carved into the
frame around the bedchamber door, and roses,
garlands of them, were carved in swags on the
cornicing of the ceiling, which was painted
like a sky, pale blue with fluffy clouds, and
cherubs. The bed curtains, like the window
hangings, were motheaten and crumbled to the
touch. Blue and gold, varying shades of pink,
and everywhere, on the mantelpiece, painted
on the doors, carved and inlaid into the fur-
nishings, embroidered on the bed hangings and

the curtains, cherubs and roses. 'It certainly has a very feminine, almost carnal exuberance. Your mother must have been a fascinating personality.'

'My mother must have been the antithesis of everything my father valued. This room speaks of everything he disapproved of.'

'They say that opposites attract,' Caro said.

'Scientifically speaking, as your sister Cressie would tell you, opposites repel. Judging from this evidence, my parents were singularly mismatched.'

The bed was still made up, with satin sheets, lace-edged pillows. Across the bottom of it lay a lace peignoir. There was a dried-up tablet of rose-scented soap beside the basin on the nightstand. On the dressing table, a set of brushes, a tangle of tortoiseshell comb, ribbons and hairpins. Pulling open a drawer, Caro found it full of delicate lace and silk undergarments, stockings with elaborate clocks, petticoats of finest lawn, all motheaten and mildewed. In the dressing room were her dresses. Day gowns, promenade gowns, tea gowns, evening gowns, all high-waisted with the straight skirts and fitted sleeves popular in the early days of the Regent's rule. Pelisses and evening cloaks jostled for space. Furs, smelling of camphor lay on a shelf, slippers, boots and sandals lined the floor. They all looked sad, old-fashioned and slightly eerie, as if they had been waiting a long time to be reclaimed.

Which indeed they had, twenty long years. 'She must have left with only the clothes on her back,' Caro said.

'I know she didn't take any of the family jewels, for they are kept in a vault at the bank, but I assumed she would at least have taken her own wardrobe.' Sebastian was trying to force the lock on a large leather case without success. 'Her lover must have been rich for her to leave all this behind.'

'You don't think that perhaps your father did not allow her to pack?' Caro said tentatively.

'You mean he threw her out?' Sebastian grimaced. 'Which implies he discovered her *in flagrante*. It is a possibility I suppose but not something I have any desire to conjecture about.'

'How awful it must have been for him.'

'Again, you imply he cared, Caro. More likely that he was mortified or shamed, rather than heartbroken.'

'Does it matter? Either way, it explains why he tried to eradicate her from both of your lives.'

Sebastian pulled the heavy damask window curtain to one side. 'And this, I think, explains why he could not bring himself to look at me.'

The portrait he was referring to was resting on the window seat. The countess was not beautiful, Caro thought, studying the life-size image, but there was indeed something extremely attractive about her, and extraordinarily familiar. It was not just the hair colouring, nor the eyes, nor even the mouth, but the shape of the face. Though on Sebastian's face the lines were much harder, the chin decidedly stronger, there could be no doubt, looking from one to the other, that they were mother and son.

'The resemblance is striking,' she said quietly.

Sebastian shrugged, but his face was set. 'I must have been a constant reminder of his shame.' His smile was twisted. 'That is why he hated me.'

'How can you say that!' Caro exclaimed. 'Look around you. For goodness' sake, Sebastian, can't you see this is a shrine? He couldn't bear even to have the bed linen changed. He did not hate you, he hated being reminded of her because she didn't just bruise his pride by leaving, she bruised his heart.'

'I find it difficult to accept that he had a

heart at all.' Sebastian was still studying the portrait intently. 'I remember this hanging in the portrait gallery. And then one day it suddenly disappeared, just like my mother.'

'Sebastian…'

'I was the youngest boy in my school, you know. He couldn't wait to send me away.' His eyes were blank, unfocused, lost in the past. 'I hated school at first. I begged him to let me stay here, but he wouldn't hear of it. I responded by breaking every rule in the book. It was the only thing guaranteed to get his attention.'

'My brothers are always in trouble at Harrow, but my father is rather proud of what he calls their high spirits.'

'While propriety was my father's creed.'

'You certainly could not be accused of worshipping at that particular shrine,' Caro said, attempting a lightness she did not feel.

'No,' he said with another of those strange twisted smiles, 'unlike you, I have made scandal my life's work because scandal was the one thing he could not abide.'

'Perhaps he was afraid.'

'To face society? You think that is why he became a recluse?'

'No.' Caro frowned. 'Partly, I suppose, but

that's not what I meant. Perhaps he was afraid of losing you.'

'What the devil are you talking about! I asked you yesterday to spare me any more of your homespun philosophy.'

'Your mother's elopement must have caused an enormous scandal at the time,' she continued doggedly. 'Your father kept the details quite secret, we don't know the circumstances but we do know that you bear an extremely strong resemblance to her. And you said it yourself, you have dedicated your life to scandal, just as she did. Don't you think that it is possible that your father assumed you would reject him too? Don't you think that his determination to reform you was driven by fear of history repeating itself?'

He stared at her for a long moment, then he burst into a horrible, harsh laugh. 'Your desire to constantly repaint history in more palatable colours is breathtaking.'

'I'm trying to show you that you're wrong. You're angry because it's too late to do anything about it, because your father is dead, but for heaven's sake, Sebastian, he did care, else he would have given up on trying to reform you. You know how difficult is it to obtain an Arabian horse. Lord Ardhallow must have gone to extraordinary lengths to secure Burkan as a birthday present.' Caro sighed. 'I know what it feels like to discover that your actions have been based on a set of false assumptions. All my life I have tried to do what was expected of me on the assumption that my father loved me, ignoring the fact that the harder I tried the more miserable I became.'

'It's not the same, Caro.'

She bit her lip. Why did it hurt so much? It was not just that she wanted to help him. She wanted him to be happy. She wanted him to realise that he had been loved. She wanted— oh, no, not that. Fear clutched at her, sending an icy draught coursing over her skin. No point wanting the impossible. 'I think it is, but I know that you have to make your own mind up,' she said, trying not to panic at the realisation that was slowly dawning. How could she have been so blind!

'What is wrong? You have turned quite pale, Caro.'

'Have I? I am anxious about the christening tomorrow. It must be that,' she managed. 'Talking of which, I have a big day ahead of me. I think it would be best if I got myself organised—decide what to wear and so forth and then have an early night. I will see you tomorrow, Sebastian.' Without giving him a chance to answer, she made her way back out through the dust and cobwebs, through the musty scent, to the sanctuary of her room.

She could not possibly be so stupid as to have fallen in love with Sebastian. Caro sat on the window seat, hugging her knees, looking out at the moonlit paddock where they had first met, ten years ago. How young she had been, and how naïve. She'd thought herself miserable too, what with Bella's arrival at Killellan and Celia's recent departure. If she had only known then what lay ahead...

She made a face at her reflection in the window. It was done, and there was nothing she could do to change it. What mattered was the future, whatever that may be. One thing was certain, it would not include Sebastian.

A lump rose in her throat, but she refused to cry. The thought was unbearable, but she had borne the unbearable before. She may love him—very well, she probably did love him—but she had enough complications in her life without adding another so potentially catastrophic. Today, in the countess's rooms, it had become horribly clear just how deep-rooted was the damage inflicted upon him by his father. It made her heart contract, thinking of the pain he must have endured as a child, at the slow estrangement between father and son which had petrified into a permanent barrier. Would he ever be able to see the truth? She would never know.

She gave herself a little shake and got up from the window seat to stretch her cramped legs. Whether or not Sebastian could ever love her was rather beside the point. She remembered how she had felt, desperately trying to hold together her vision of her marriage as it disintegrated around her. So deeply ingrained was her sense of duty that it had been incredibly difficult to accept she had failed. It had been a slow process too, the falling apart of her dream, making it easy, so easy, to ignore it, to pretend it was not really happening, to hope against the odds that it would somehow un-happen.

Only now, with the nadir of her opium overdose behind her, could she see how very far she had fallen in her efforts to contain, to shore up something she had known was irretrievably broken. She had spent much of the last two years trying to work up the courage to leave her husband. Her independence, such as it was, had been too hard won for her to contemplate surrendering it to any man, and especially not a man whose history categorically proved his determination not to commit to any woman for more than a few months. Besides, she was not truly independent. She was still married. If Sebastian ever did decide to reform his way of life, the last thing he would wish to be saddled with would be a married mistress.

It was all very well to laugh about scandal and provocative behaviour, to speculate about thumbing one's nose at society, but she suspected the reality of life as a social pariah would be anything but glamorous. Sebastian was a rake, but he was also an extremely eligible bachelor. She could not continue to contaminate Crag Hall with her socially toxic presence for much longer.

Especially not after tomorrow. Just thinking about it made her feel quite sick. She doubted very much whether she would go through it, left to her own devices, for there was a tiny, shameful part of her that still hoped for some sort of reconciliation with her father. She hadn't been able to bring herself to admit this to Sebastian. If she was honest, painfully honest, she knew it was a very forlorn hope indeed. One thing her father most abhorred was being backed into a corner. Tomorrow, she was going to do exactly that, and the consequences…

She didn't want to think about the consequences. She didn't want to think about what happened afterwards either, because that entailed leaving Crag Hall and leaving Sebastian for ever. Oh God, she loved him so much.

She threw herself down on her bed, but her mind would not cease whirling. Images of Sebastian, of their days here, kept playing over and over in her mind, interspersed with moments of frozen panic when she turned her mind to the morrow. She couldn't sleep. If only she could stop thinking. She jumped out of bed again, and returned to the window.

She thought he was a spectre at first, leaning against the paddock fence, his white shirt gleaming, his face a pale profile.

He looked so lost and lonely standing there. She was lost and lonely too. Clad only in her nightgown, Caro made her way barefoot downstairs before she changed her mind.

He thought she was a ghost, flitting across the cobblestones to the paddock. Through the long white gown, he could clearly see the outline of her body. Her hair floated out behind her, a cloud of fire. Not a ghost, but perhaps a dream.

'Sebastian.'

Not a dream. Her face was pale in the moonlight, her eyes were dark pools. Since she had left him, alone in his mother's mausoleum, he had been awash with feelings he could not understand, drowning in confusion as the certainties of his life buckled underneath him. 'What if it was all a lie?' he asked. 'If what you say is true, then I have made myself in an image which—what if it was all a lie, Caro?'

She slipped her hand into his. 'Then you must do as I must do,' she said softly. 'You must start anew.'

He slipped his arm around her waist and pulled her to him. 'You put me to shame. All I have to deal with are ghosts, while you…'

'While I resorted to overdosing with opium. And I am so terrified about tomorrow that I can't sleep.'

'I'll be right by your side.'

'I know, and I won't let you down, but— Sebastian, you don't have to compromise yourself with the county in this way. I am fallen irretrievably from grace, but you…'

'You know what they say. Once a rake.'

'The Heartless Heartbreaker who never broke a single heart.'

'Save perhaps his father's,' Sebastian said bitterly.

'Don't say that.'

'And your father? Are you reconciled to being un-reconciled? For tomorrow will force him to nail his colours to the mast, you know that?'

'Tomorrow.' She sighed heavily and tightened her arms around his waist. 'Let us not talk of tomorrow. When I saw you from my window, I thought you were a spectre.'

He ran his hand down the curve of her spine, resting the flat of his palm on the curve of her bottom. 'Flesh and blood,' he whispered, 'Just like you.'

She shivered. 'I know.' She ran her hands up his back, twined them around his neck. 'Flesh and blood,' she murmured, so close he could feel the caress of her breath on his cheek. 'Make it stop, Sebastian. I'm so tired of thinking.'

'Oblivion. We tried that once before and look what happened.' *Why now?* he wondered fleetingly. But her lips were too close to his. Her breasts brushed against his chest. He could feel her nipples harden through the thin cotton of her nightgown, and he realised he wanted it too. 'Oblivion,' he murmured, closing his eyes gratefully.

Her kiss was different from before. No uncertainty, no waiting for him, she claimed him, her tongue sweeping along his lower lip, her mouth opening for him, passionate and utterly sensual. She drank from him, she ran her hands through his hair, urging him to a deeper, more possessive angle, her body pressed, pliant against his.

He was immediately, throbbingly hard. She shuddered in response, her body arching against him, a tiny low moan escaping from her. He ran his hands down her back, up her sides, sweeping over the pert mounds of her breasts. She shuddered again, and tugged at his shirt. He needed no encouragement. They were already past the point of no return.

Picking her up, he carried her swiftly to an empty stable. Setting her down, he summarily ripped his shirt off. Her hands were already on him. His mouth found hers once more, devouring the sweet, heady taste of her, his hands caressing her breasts, stroking the hard buds of her nipples, his erection stiffening, his blood singing.

Her hands fluttered over his back, down his

sides, back up to his nipples, in an echo of his touch, her tongue flicking, tasting, driving him into a frenzy of desire. He kicked off his boots, still kissing her, stroking her. She tugged at the waistband of his breeches, gave a sigh of exasperation then released him, not to undress him but to pull her nightgown over her head.

The sight of her in the moonlight, a pale white goddess with a flame of hair, took his breath away. He would have folded her into his arms, only she was struggling with the buttons of his breeches. He had never, ever, wanted anything so much as to be naked beside her. Everything, every sense, every inch of skin, every nerve, was on fire. This was no oblivion. He felt completely and utterly alive, stretched tight, his entire body attuned to the woman beside him, wanting only to be inside her.

There were no words. Their eyes spoke eloquently of their needs. And their hands. Tracing shapes, stroking, licking, touching. Her breasts. The dark pink of her nipples. The softness of her belly. The way she shuddered when he touched her. The way he shuddered in response.

When she cupped him, where he was achingly heavy, when she held him, he thought he would come. The way her fingers circled his shaft, her touch so delicate and yet so sure. Her eyes on his, watching him, sensing his response. His on hers as he slid his fingers between her legs, into the hot, tight, wetness of her. Her eyes widened. Her fingers tightened around him. His thumb stroked the hard nub of her sex, and she stroked him in return, making him pulse, throb, clench with the effort of holding back.

She brushed her breasts across his chest. His fingers quickened. Her strokes quickened. If they did not stop, it would be too late, and he could not bear for it to be too late. 'Caro,' he said desperately.

Caro put her fingers over his mouth, keeping her other hand on his manhood. Velvet skin, solid muscle. She stroked him slowly, feeling his potency, relishing her power. He sucked hard on her finger, holding it in his mouth, his tongue flicking over her fingertip. Her senses were singing, screaming. Inside, where he thrust and slid and stroked, she was tightening.

His eyes pleaded with her. She did not want it to end, but she could not stop it. She urged him backwards on to a bale of hay. When he would have rolled her under him, she straddled him, laughing, a low, husky laugh, at the surprise, at the delight on his face.

He kissed her, hard and swiftly. She kissed him back, passionately, pouring all her love, all her longings, everything, into her kiss. His shaft was nudging between her thighs. She was throbbing inside, pulsing, tight, aching. She kissed him again, bracing herself by holding on to his shoulders. He lifted her, his hands on her bottom, and finally, slowly, deliciously, he entered her.

She came as he filled her, clenching around him, fingernails digging into his skin, crying out over and over. He thrust as she came, and her climax intensified. Then he thrust again, and she twisted, clenched, arched back, so that he could thrust higher. He buried his face between her breasts, his hands cupped over her bottom, as she lifted herself again and he thrust again. Her nipple in his mouth. His lips tugging, sensation spiralling down, to the heat, the damp pulsing of her sex. Lift and thrust. Hands. Mouths. Lift and thrust, until she had no idea whether her climax had ended and begun again, or simply ebbed temporarily, and she did not care.

Perspiration trickled between her breasts. Sebastian's face was etched pale and taut in the moonlight. She felt him thicken inside her, heard the harsh cry drawn from his depths as he came, lifting her clear of him at the last moment. His kiss was ragged, his breathing fast and shallow. *I love you,* she thought, kissing him back, screwing shut her eyes to avoid the hot sting of tears.

Sebastian woke with a start from a heavy sleep, his heart racing. Pushing the damp sheets away from him, he staggered to the window and, not for the first time, cursed the broken catch which kept it permanently closed. Why did he persist in sleeping in this cramped and stultifying cubbyhole of a room, when he had a hundred others to choose from!

His head felt as if it were stuffed with cotton. Hastily pulling on a shirt, breeches and boots, he made his way out to the stables. A gallop in the early morning air would clear his head. The overturned hay bale pulled him up short.

Caro. Sebastian groaned. These past two years, he felt as if he had been living underground, burrowed away in a cave, living a sort of twilight life, existing but not truly alive. So many emotions he had endured since her arrival, he ought to feel wrung out, but instead he felt—invigorated. She was not just fire, she was earth. Real. She made him realise how stultifying his life had become. She made him remember that he was flesh and blood. She had, quite literally, brought light and life back to Crag Hall.

She had forced him into opening those damned rooms. It had been like lifting stones in a pool to discover what lurked beneath. He still had no clear idea what to make of it all. He was aware of the past reshaping itself, but as to the final shape it would take—he had no idea, but he realised, with some surprise, that he had already accepted that it would change. Quitting the stables, he made his way back to his room.

Last night, there had been a new dimension to their passion. Their hunger for each other had been feverish. What had changed between them? Outside, the clock on the stable tower chimed the hour. Sebastian checked his watch. He realised had been sitting here for hours and resolved nothing. He had no idea what he thought or felt.

Cursing, Sebastian resolved to have his things moved to another suite just as soon as it could be made ready. This cramped little space was smothering him.

Chapter Ten

⟨ornamental divider⟩

Caro stepped down from the gig on to the gravel driveway. A manservant she didn't recognise stood to attention in all-too-familiar livery at the open doorway of the gatehouse. She had dressed with care in a cream-silk day dress with leg-of-mutton sleeves. The tiny flowers which embellished the silk were the same cornflower blue as the lining of her bonnet. Her hair was ruthlessly pinned, her gloves spotless, and her heart quaking. Beside her, Sebastian was immaculate in a coat of dark blue with a dove-grey waistcoat. His black trousers fitted his long, muscled legs like a second skin. His shoes were buffed to a high shine.

'You look so different,' she said, trying gamely to smile.

'I thought that my usual stable-hand garb might find disfavour with Lady Armstrong, given the importance of the occasion.'

Caro paled. 'I doubt very much that either my stepmother or my father will be too concerned with what you are wearing when they see who your companion is.'

Sebastian tucked her arm into his. 'You look perfectly ravishing and I am proud to have you on my arm.'

'It is good of you to say so, but I know perfectly well that I have never in my life been ravishing.'

'You are quite wrong, you know.' He lifted her hand to his lips, and brushed a kiss on her gloved palm. 'Of course, I think you look most ravishing with your hair down and your pink stockings on display, but even a hardened rake such as myself would admit that it would be inappropriate to attend a christening party in such attire.'

'Sebastian! You must not say such things when I am about to confront my father.'

He gave her a wicked smile. 'That is precisely why I said those very things. Aside from the fact that they are true, they have given you the most delightful flush. Now you look like a woman who has just been complimented in the most intimate way by her lover. Let us enter the lion's den before my handiwork fades.'

She still wore the remnants of her smile as they entered the drawing room on the first floor. Her father's butler was halfway through announcing the arrival of Lord Ardhallow and companion when he recognised her, and broke off in mid-sentence.

'Egad! Is there no end to the fellow's brazenness!' Sir Timothy Innellan's shocked exclamation drew the attention of the very few people in the room who had not been alerted by the butler's actions.

Caro's knees began to shake. Were it not for Sebastian holding her firmly by his side, ushering her just as firmly forwards, she would almost certainly have turned tail and fled.

Sebastian paused in front of his neighbour. 'Allow me to present Lady Caroline Armstrong,' he said with a polished smile.

'Lady Caroline Rider,' Sir Timothy's mother hissed, making her son drop Caro's hand with some haste. 'I confess,' Lady Innellan continued, 'I am surprised that even you have the nerve to bring that woman into polite company.'

'Oh, we rakes have the nerve for anything,' Sebastian said icily. 'As I recall, there was a time when you were happy to welcome Lady Caroline into polite society. In fact, the last time we three were together, it was at a ball hosted by your good self.'

'Lady Caroline's circumstances, as I am sure you are perfectly well aware, my lord, have changed significantly since then.'

'Indeed, I am perfectly well aware, and would have thought that polite society would rather credit her for having had the good sense to escape those circumstances than turn their backs on her. But then, as you have already pointed out, I am not a member of polite society myself. I trust, if one must forfeit common decency to be admitted into such hallowed portals, that I never shall be.'

'Common decency should prohibit your flaunting your mistress at a family function,' her ladyship said waspishly.

'I wonder, is it common decency that motivates you when you provide those cosy little rooms at your own parties,' Caro said with a smile every bit as sweet as Sebastian's. 'Rooms where guests may conduct their liaisons shielded from the beady eyes of society. How ill mannered of me to have failed to sweep my indiscretions under the carpet.'

'I think your crimes go far beyond indiscretions. In any event you would be better served directing your apology to your father.'

'Oh, I'm not apologising, Lady Innellan.'

'Lady Caroline has nothing to apologise for,' Sebastian said tightly. 'You will excuse us now, I'm sure. We wish to pay our compliments to the new arrival. My felicitations,' he added for Caro's ears alone, 'you set her down beautifully. You see, you can face down such small-minded hypocrites with ease.'

'Not with anything approaching ease, Sebastian. I feel sick.'

'Remember, you are not at fault or on trial here, and I am right by your side. Courage, *ma belle*, your father is approaching. Lord Armstrong, may I congratulate you upon your new arrival. As you see, I have brought your daughter to meet her new sister.'

Sebastian made his bow. Caro was incapable of moving. Her father was as immaculately turned out as ever. He had always looked younger than his years, with a full head of grey hair and a distinguished countenance. His eyes, which were the same colour as her own, met hers for the briefest of moments. She flinched at the iciness apparent there. He was far too much the diplomat to make his outrage apparent, but she had no doubt that he was none the less utterly livid.

'Lord Ardhallow.' Her father made the stiffest of bows, taking great care not to look at her. 'I do not hesitate to tell you that your father would have been appalled by your presumption.'

'Why, it was your own wife who delivered my invitation,' Sebastian said. 'She was however, quite unaware that I would ask your daughter to do me the honour of accompanying me,' he added hastily, seeing Lady Armstrong's horrified look.

'I so wanted to meet my new sister.' Caro was unable to keep the tremble from her voice.

'And now you have achieved your objective, you are free to go. I bid you good day.'

'Papa!' She took a step towards him, and froze as he recoiled. 'Father, I would be obliged if you would grant me a word in private.' Seeing that he was about to refuse her, Caro garnered her courage. 'I know you would not wish me to say what I have to in front of your assembled guests,' she said, relieved that her voice sounded firmer.

He gave a curt nod. 'I will give you precisely five minutes. Let me make myself clear, I do this not because I wish to hear what you have to say, but because I do not wish you to spoil my wife's day. She has waited a long time for the gratification of a daughter. Not that daughters are, in my painful experience, remotely gratifying. Let us get this over with.'

Watching Caro follow in her father's wake, Sebastian had to force himself not to follow suit. Much as he was desperate to be by her side, a small shake of her head told him that she wished to manage the interview unaided. Knowing how much she had dreaded this encounter, he was filled with admiration at her courage.

Beside him, Lady Armstrong cleared her throat. 'I must thank you for your discretion,' she said *sotto voce*, 'my husband would have viewed my failure to inform him of Caroline's presence at Crag Hall very dimly indeed. He is a man who values loyalty above almost everything else.'

Sebastian raised a brow. 'Does he then consider Caro has been disloyal?'

Lady Armstrong grimaced. 'She is the only one of his daughters to marry the man he had chosen for her, apart from Celia, and that hardly counts as her husband had the ill manners to get himself killed after a matter of months. My husband views Caroline's desertion of Sir Grahame as a personal insult. I don't know what it is she expects from this interview, but believe me, reconciliation is absolutely out of the question at present.'

'And in the future?'

Lady Armstrong shrugged. 'That is not for me to say, but it is unlikely unless Caroline does the decent thing.'

It was the answer he had expected, but it was a blow none the less. 'Return to her husband. He is aware of the reasons for her leaving, I take it?' Sebastian asked carefully, trying to disguise the anger in his voice.

'The circumstances are of no concern to my husband, Lord Ardhallow. What matters to my husband is the *fact* of her leaving.'

Lady Armstrong leaned over the cradle to pick up the swathed bundle of lace which was her baby daughter. 'My little Isabella.' Her expression softened. 'A very easy confinement, if you will forgive the indelicacy of my mentioning it. I had a midwife to attend me this time, a most sensible woman, I must say, who believed firmly in allowing nature to take its course, and had none of Sir Gilbert Mountjoy's more intrusive methods.' She shuddered. 'Sir Gilbert attended when I had my boys, Lord Ardhallow, at my husband's insistence. Though he is the most respected physician in the country, I must say that I think in these matters, a woman always knows best. My husband would have been very much against it, but fortunately my husband was abroad at the time.'

She put the baby gently back into the cradle, and turned back to Sebastian, her smile fading. 'You are no doubt wondering what my point is. Let me enlighten you. Caroline has quite publicly flaunted her father's authority. She has, by leaving her husband, declared to the world that she believes her marriage a mistake, and that is what my husband has taken so personally. What he does not know, Lord Ardhallow, cannot harm him. But when one rubs his nose in it, he will neither forgive nor forget. I trust I am making myself clear?'

'Extremely.'

'Then let me be even more clear. When he finds out that Caroline has not only fled her marital home but is living under your roof, my husband is likely to take offence so great that she will be for ever beyond the pale. An errant wife is one thing, a woman who publicly flaunts her lack of morals quite another.'

Bella sighed. 'You do not like what you hear but you would do well to heed my advice upon this matter, my lord. You are a man of excellent sense, excellent title and ample means. In short, you are the most eligible bachelor in the county, and could, if you chose, hold a position of some considerable influence. But if you continue to allow my stepdaughter to taint Crag Hall with her presence, you will find yourself ostracised along with her. Society will close ranks against you both, which is like to make your life very uncomfortable. The hiring of servants and tradesmen for example, you could find most—taxing.'

'Are you threatening me, Lady Armstrong?'

'I am, I hope, merely putting you straight for your own good, Lord Ardhallow. We would hate to lose you as a neighbour just as you have rejoined society.'

He was acutely aware that the eyes and ears of the entire drawing room were discreetly upon them. 'I am grateful for your concern for my welfare,' Sebastian said icily, 'but be assured, my lady, that until Lady Caroline is given the welcome here she deserves, I will never again darken your doorstep, nor any of these other spineless sheep.' Taking a purse of gold coins from his coat pocket, he bent over the cradle to tuck it behind the baby's pillow. 'I believe it is traditional to make a wish,' he said. 'Mine shall be that this daughter, unlike the others, is blessed with her father's love. And that she will be the one to break his heart.'

Nodding curtly, he left the drawing room and waited, pacing anxiously up and down the gravel driveway, for Caro to emerge.

Lord Armstrong's study was on the ground floor. A room redolent with childhood memories for Caro, few of them pleasant, it was small and dominated by the enormous desk which faced out from the window bay. The walls were lined with ledgers, quarter books and dockets of scrolls tied with red ribbon. In this austere space, Lord Armstrong administered his estate and meted out his punishments. It was here that he had informed Caro and her sisters that Mama had died, and here too he had announced his betrothal to Bella. Defiantly, she pulled a chair over and sat down, refusing to stand shame-faced before the desk as she had as a child. 'Papa, do not think ill of Lord Ardhallow. He has merely been providing me with—sanctuary—while I decide what course of action to take.'

'Sanctuary.' Now that they were alone, her father dropped his icy reserve. 'Do not be melodramatic daughter, you make it sound as if you live in fear of your life.'

She stiffened. 'My husband was very careful to ensure that the injuries he inflicted upon me were not life-threatening.'

Her father looked distinctly uncomfortable. 'Sir Grahame has given me his assurance that you will be perfectly safe if you return to him. I insisted I had his word on that. I would not have you think me utterly indifferent to your well-being.'

'Sir Grahame,' Caro said, 'assured me each time he assaulted me that it would be the last time.'

'Then you must have provoked him, Caroline. As indeed, you provoke me with your intransigence.'

'You have many faults as a parent, Papa, but you have never once raised a hand to me.'

Had she been in the mood to be amused, she would have found his astonished expression comical. 'You dare criticise me,' Lord Armstrong exclaimed, 'you actually dare criticise me, when you have been cast out by your husband, when the most scurrilous of rumours pertaining to your behaviour are being bandied about, and rather than hide your head in shame, you are positively flaunting your new-found aptitude for scandal by setting up home with one of the most notorious rakes in England.'

'I have not set up home with Sebastian, and he is not a rake,' Caro riposted. 'He is the kindest, most honourable man I have ever met. In fact he's the *only* person of my entire acquaintance to take my side in this affair.'

'And more fool him for doing so.' Her father shook his head impatiently. 'Conway is bringing shame on one of the oldest titles in the county, to say nothing of the fact that he's laying himself wide open to a crim. con. suit.'

'Sir Grahame would not dare.'

'You really are extraordinarily naïve for an adulteress, Caroline,' Lord Armstrong said with a condescending smile.

The word stung like the lash of a whip. *Adulteress*. It cheapened what she and Sebastian had shared, but Caro realised now, with jolting clarity, that it was nonetheless accurate. In the eyes of the world her behaviour was not scandalous but sordid.

'Your husband has most generously offered to forgive you,' Lord Armstrong continued, oblivious, 'an exceedingly generous offer in the circumstances, when your behaviour is already proving detrimental to Rider's political career, which I may add is something in which

I have invested a significant amount of effort. I strongly advocate your return to the marital home. The consequences of your failure to do so will be dire indeed. However, you need not take my word for it. I suggest you take the matter up with your husband.'

Her father was a diplomat, Caro reminded herself, and an extremely skilled one. There was no one more adept at turning circumstances to his own advantage. She would not allow him to manoeuvre her into doing what she knew was wrong. Not again. Anger came to her rescue, staving off the hurt. 'What a—a damned hypocrite the law is. No one could doubt that it was written by men, for men! To put it crudely—for us fallen women have no need to respect the proprieties, you know, Papa—if I fail to return to the man who beats me—the man *you* chose for me—you will punish me by disowning me.'

'You must take responsibility for your own actions, Caroline, I have made my position very clear.'

'Extremely. All my life I have tried to please you, but nothing I've ever done has been good enough. I'm done with it, Father. No more. I have a right to be happy.'

Lord Armstrong drummed his fingers on

the blotter. It was one of the few tell-tale signs that he was angry, Caro remembered of old. 'I have often wondered if it was a misjudgement on my part,' he said, 'sabotaging your youthful dalliance with Lord Ardhallow—the Earl of Mosteyn as Conway was then—but notwithstanding his excellent pedigree his reputation was, frankly, appalling. I had other, more circumspect irons in the fire for you.'

'Sebastian told me that you and his father were in cahoots. May I know whether it was yourself or Lord Ardhallow who was most set against our acquaintance?'

Her father shrugged. 'I would say on balance it was I. Ardhallow was of the opinion that marriage might encourage his son to mend his ways, but I was not prepared to take the risk.'

'Had you taken the trouble to consult me you would have discovered there was no risk. Sebastian had no intentions of marrying me.'

'As I suspected. I am relieved to know that my judgement was as sound as ever,' Lord Armstrong said with a thin smile. 'It is still sound, Caroline. You are married, whatever your feelings for Ardhallow—and you need not trouble to deny that you have feelings, for I know you better than you think. Regardless of the gossip, I am perfectly well aware that you are not of loose morals,' he continued in a more mollifying tone. 'Only feelings of a sentimental nature can explain your consorting so publicly with that man. You will no doubt tell me that you are following in the footsteps of your sisters by considering the world well sacrificed for love. But you are not like your sisters, Caroline. Despite recent evidence to the contrary, I have every faith in the sense of duty which I have been at pains to inculcate in you. You will return to your husband because it pleases me, and because it is the right thing to do.'

'Even though it will make me miserable?'

Lord Armstrong sighed. 'Why must you girls always be so dramatic? Of course you will be miserable if you set your mind to it, just as you will be perfectly content if you choose to be so. Society will never acknowledge an unrepentant sinner. Do you have any idea what life will be like for you on the fringes of society? Misery does not even begin to describe it. Why stubbornly choose that path? Repent and everything can be put to rights. What do you say?'

Caro got to her feet. 'The only thing I repent is marrying Sir Grahame in the first place. I won't go back to him. I can't believe you expect it of me. If you loved me...'

The pencil which Lord Armstrong had been toying with snapped in two. 'Enough. I have been more than patient, I have even taken the trouble to point out the reality of the situation to you, but I will not listen to any more of your hysterical outpourings. I do not know why you chose to flaunt your disgrace in my face by coming here with your paramour...'

'Don't call him that,' Caro interrupted indignantly.

Her father held up his hand. 'That is precisely what he is in the eyes of the world, and will be in the eyes of the law too, if you do not extricate yourself from his company with immediate effect.' Lord Armstrong paused, closing his eyes in silent meditation, then leaned forwards over the desk, fixing his daughter with a stern and most determined eye. 'Return to your husband and no more will be said of the matter. If you decide, after searching your conscience, that you are unable to do as I ask, then I entreat you to at least agree terms with Rider. Heaven knows, a separation will be a slur enough, but in time—a great deal of time—and with exemplary behaviour on your

part, we too may be able to come to some sort
of compromise.'

Caro narrowed her eyes, for she could almost see the workings of her father's devious
diplomatic brain. 'What sort of compromise?'

'I make no promises, but it may be that relations between yourself and your siblings could
be resumed. Not in public, you understand, we
can never again acknowledge you, but perhaps
visits—letters—we will have to see.'

'And when you say exemplary behaviour,
what precisely do you mean?'

His lordship sighed heavily. 'You know perfectly well what I mean.'

'I wonder that you do not demand I wear a
chastity belt! What about my husband?' Caro
demanded. 'Is he too required to live the celi-
bate life?'

'Your husband is not the one at fault.'

'Have you discussed any of this with him?'

'I have not, but if you are imagining he will
remain long in ignorance of your liaison with
Ardhallow, then you are very much mistaken.
If he does not already know, I will inform him
myself rather than allow him the indignity of
being informed of the *affaire* by some gossip-
monger. As I have already suggested several

times now, you must resolve matters with him yourself.'

Caro's fists were clenching and unclenching, but she was far too angry to be anywhere near tears. 'My sisters will not follow your line in disowning me.'

'Two of your sisters live at the other ends of the earth in Arabia. One is roaming the Continent with a dissolute artist. And the other's whereabouts have been unknown for two years. Your sisters are hardly in a position to be of much comfort to you.'

'What about my brothers? You cannot mean to prevent me...'

Lord Armstrong got to his feet. 'I was under the impression that I had made myself very clear,' he said, pointedly holding open the door.

It was with an extraordinary effort that she bit back her words. She would not allow him to see how much he had hurt her and she would certainly not beg. 'I would have you know that if ever you softened your stance I would be happy to renew our—acquaintance, my lord.'

She held out her hand. Lord Armstrong ignored it. 'I never change my mind. You will oblige me by leaving without further contact with my guests. I have had your brothers removed to the nursery until you have vacated the premises.'

She was not even to be permitted to say farewell. Tears welled in her eyes at this cruel act, but she held them from falling with a supreme act of will. 'Please inform Lord Ardhallow I shall await him at the front door. Goodbye, Lord Armstrong.' Caro made her way across the marble reception hall and through the gatehouse without looking back. She was surprised to see Sebastian already waiting for her, his expression stormy. He had obviously found the whole experience just as unrewarding as she.

'I knew that there was little prospect of my father having changed his mind, but I couldn't help hoping all the same. It was stupid of me.'

They were sitting in the sunshine, on the steps of the ruined orangery. Sebastian watched as Caro dabbed frantically at her eyes. Aside from a few stray tears in the gig on the return journey to Crag Hall, she had stoically refused to cry. The sinking feeling in the pit of his stomach made him realise that he too had hoped against the odds. But for what? 'It is so damned unfair,' he exclaimed.

Caro smiled tremulously. 'My feelings exactly. My father made it clear that unless I did as he bade me I had burnt my boats with him. I doubt he cares, but his unfeeling behaviour towards me, his singular determination not to see my side of things, has rather burnt *his* boats with me.'

'I wish I could say that is heartening, but I fear he has hurt you more than you care to admit,' Sebastian said. 'I know how much your family means to you. You may not like him, but you cannot help loving your father. And your brothers too, to deprive you of their company—I know, Caro, how deeply that must pain you.'

She shrugged, but Sebastian was not fooled. Secluded from society as they had been, caught up in their own private little idyll, it had been easy to pretend to be indifferent to the outside world, but today had demonstrated all too clearly the damage her presence here had already caused. To remain together at Crag Hall would undoubtedly court further outrage. He didn't give a damn for himself, he was accustomed to scandal, but Caro was another matter. She would bear the brunt of the notoriety and she would also bear the brunt of the consequences. 'I fear that our escapade has backfired somewhat,' he said morosely.

'Let us rather say that it has crystallised things,' Caro replied.

Watching her pull herself out of the tangle which her marriage had become, his admiration for her had grown. Seeing her today, witnessing the courage with which she faced the ill-disguised antagonism of the party guests, knowing how painful it was for her to come up against the appalling indifference of her parent, he felt a fierce pride combined with an equally fierce urge to protect her from all and sundry. The intensity of that desire took him aback. 'I would have been tempted to throttle your father had I been present at your interview,' he said grimly. 'Perhaps it's as well that I was not.'

'I was tempted to throttle him myself at one point,' Caro replied, this time with a more convincing smile. 'Having you with me got me across the threshold at Killellan. Knowing you were there, that you were on my side, gave me the strength to face my father, but that I needed to do on my own.' She reached for his hand and brushed it against her cheek. 'Thank you.'

Her words had an air of finality about them that instilled a strange sense of panic in him. 'You have no need to thank me. We social outcasts must look out for each other, since no one else will,' he said in a feeble attempt to make light of things.

'That is another thing my father made very clear. My being here is not just improper, it is exposing you to a—in short, he thinks that Sir Grahame could sue you for criminal conversation.'

'Nonsense. He would not dare.'

'Sebastian, listen to me. If my father is right, my husband would have your name bandied around the courts and the gutter press. Such cases are horribly sordid and very public, I could *not*...'

He yanked at the knot in his neckcloth and hurled the starched linen to the ground. 'How many times must I tell you, I don't give a damn about my reputation.'

'But you should.' Caro caught at his sleeve. '*I* care. I care that people are talking about you because of me, I feel terribly guilty about that, after all, you virtually saved my life. And I—I also care that the things they are saying of me are true. When it was unfounded rumours about boot boys and stable hands it didn't matter because I was blameless. But our actions have—don't you see, I'm not blameless any more?'

'Devil take it, your father has made an excellent job of heaping guilt upon your head.'

She winced. 'He said only what everyone else will say.'

Sebastian had no choice, thinking back to his conversation with Lady Armstrong, other than to accept this unpalatable truth. 'The fact is, Rider's is the only opinion which really matters.'

'I know. I have to see him.'

'I would do anything to spare you the need to confront the man. Perhaps I could arrange for a lawyer to speak on your behalf...'

'You cannot fight my battles for me, I must speak to him myself. It is not only that I have to understand what his position is regarding our marriage, I also need to put matters between us on some sort of more dignified footing.' She made a wry face. 'I find I am uncomfortable being the wrongdoer.'

He caught her to him. 'Damn your father, I am very proud of you, Caro. You've come a long way from the pitiful creature I found languishing in St John Marne's opium den.' He kissed her swiftly, tearing his lips from hers before passion could take hold of him. 'I will make the arrangements for your journey to town. The sooner the better, don't you think?'

'Yes, I agree. Thank you.'

'And while you are gone, I shall take the opportunity to write to my mother. You have not the monopoly on guilt. Whatever her reasons for leaving here, I owe her the opportunity to explain herself. I see that clearly now.'

He watched her go and the panicky feeling which had been gnawing at his belly intensified. What was wrong with him? Of course he was concerned for her, that was natural, but he had every confidence in her ability to handle the situation with her husband. She had to go, because without this meeting she would be in legal limbo. But he didn't want her to go. Not now. Not ever.

Why? Because he was in love with her. It was quite simple.

Sebastian discovered that it really was possible to feel as if the world had stopped turning on its axis. He was in love, for the first time in his life, and the woman he loved belonged to another.

Dammit to hell!

He began to prowl restlessly around the ruins of the orangery. He loved her, and she had more than enough problems to last her a lifetime without him declaring himself. Even if she did return his feelings…

Sebastian came to an abrupt halt in front of a long-dead vine. Last night, there had been an intensity in her love-making. A desperation in her kisses. A new depth to their passion. Last night they had truly made love. He swore under his breath. Of course she cared for him. And he realised too, with a sickening feeling, that last night had been her way of saying goodbye.

She was, as she had just admitted, at heart a moral woman. She would return to Crag Hall after seeing Rider, but unless by some miracle she could free herself without shame, she would not consider staying. Which meant, Sebastian told himself squarely, that they needed a miracle.

Love, he was discovering, was a most contrarily optimistic emotion, quite oblivious of logic and facts. It really was possible for a heart to overrule a head. He loved her. They were meant to be together. They would find a way because he simply could not contemplate a future without her.

Chapter Eleven

Caro reached London a few days later, weary but determined. It was tempting to pass the journey conjuring daydreams of what might have been had she not been married, but that way lay heartache. That Sebastian cared for her she did not doubt. That he could have grown to love her—had circumstances been different—she would not allow herself to contemplate. Circumstances were not different, and were highly unlikely to change. Indeed, it would be better if he felt nothing for her, for she would not—she *could not*—inflict the life to which she was likely to be condemned on him. The best she could hope for was freedom, from both her marriage and society's disapproval. And that was a great deal more than she had dared wish for when she had been so foolish as to seek oblivion with opium. To have finally known love, to have made love to the man she loved, that would have to be sufficient to sustain her on whatever path her future might take her.

Intent upon coming to a resolution with her husband as soon as possible, Caro was dismayed to discover that Sir Grahame had been summoned to his estates in Derbyshire, though was expected back any day. She had a note sent round to Aunt Sophia from the lodging-house she had booked into, thinking merely to confirm that this door too was closed to her, and was astonished when the lady turned up in person.

Her aunt, who had always had the demeanour of a grumpy camel, had aged considerably in the last year but though her back was no longer straight, her conversation was, as ever, to the point.

'You've certainly made a spectacular hash of things, young lady,' she said, dusting off a rickety chair with a lace handkerchief and lowering herself carefully down. 'Now, tell me exactly what's being going on.'

'I have to take my hat off to you, you may even have outdone your sisters in the behaviour-beyond-the-pale stakes, which takes a bit of doing,' she said, when Caro had concluded a brief and carefully edited summary of recent events. 'I was relieved to get your note, I must say. My brother won't even have your name mentioned. And yet you inform me that you had the gumption to walk in on Isabella's christening!' Lady Sophia cackled. 'Wish I'd witnessed that, but egad, Caroline, what on earth were you thinking? Henry can't abide being put in the wrong, you should know that.'

'So you agree then, that he *is* in the wrong?'

'It doesn't matter what I think.'

'I won't go back to my husband,' Caro said, crossing her arms over her chest. 'If that's what you've come to tell me…'

'I always did think there was a stubborn streak under that compliant façade.' Her ladyship's expression softened. 'Come here, child,' she said, holding out her hand. 'Is it true? Not that balderdash in the scandal sheets, no one believes that, but—did he mistreat you?'

Caro nodded.

'Why didn't you confide in me?'

'I was so ashamed. Besides, what could you have done? I was his wife. I still am.'

'I may be old, but I am not necessarily old-fashioned,' Lady Sophia said firmly. 'I don't subscribe to the popular belief that a wife is a man's property. I don't say that I'd have been able to make him stop, but I could have had words, warned him off. And I could have offered you some much needed respite.'

'Sanctuary. That is what I had at Crag Hall.'

'Aye. I remember you were always fond of young Conway. You look surprised. My body may be failing but I still have my faculties.' Lady Sophia's grim smile faded. 'Are you in love with him?' she asked sharply.

'It doesn't matter. I am married to Sir Grahame.'

'And Lord Ardhallow, what are his feelings towards you?'

'Sebastian has his estates to think of. He would deny it of course, but I really do think he has changed. Deep down, his heart belongs to his lands.'

Her aunt nodded. 'Which is precisely as it should be. It is an impossible situation, my dear. Painful as it is, I am pleased that you recognise that unfortunate reality for yourself.'

Which she did, though it was horribly difficult to have it articulated in such an unequivocal way. Caro managed a weak smile.

'I take it then, that this upcoming interview with your husband is to agree terms?' her aunt continued in a business-like manner. 'I am relieved that you will not be discussing divorce.'

'Would that be so terrible?'

Lady Sophia looked aghast. 'Caroline, you are not seriously considering—why, you would be forced to leave England. Your father would insist on that.'

'I am of age, Aunt. My father cannot insist on anything.'

'He can if he holds the purse strings,' Lady Sophia said tartly. 'How do you think you will live elsewise? As a divorcee you will forfeit your dowry, and it is not as if you are equipped to earn a living.'

'I hadn't thought about that.'

'Then you would do well to do so before you meet with your husband.' Lady Sophia threw her a sharp look. 'I have always thought you the most sensible of Henry's girls, Caroline. Difficult as this situation is, I am sure that given time, your father will come round.'

'Provided my behaviour is exemplary,' Caro said bitterly.

'Precisely,' her ladyship said, unaware that she was breaking one of her golden rules and agreeing with her brother. 'Now, one thing is certain, you cannot stay here while you await Sir Grahame's return to town, this place looks as if it might be overrun by vermin at any moment.' Lady Sophia sighed and heaved herself to her feet. 'Pack your bags. You'll have to use the side door to come and go, and you'll need to keep to your room when I have visitors, but you can stay with me until you resolve matters.'

'Aunt! Do you mean it? My father...'

Lady Sophia snorted. 'What Henry doesn't know cannot harm him. You're family, and no amount of proclaiming otherwise can change that. Now, are you coming or not?'

Some three days later, Caro paid off the driver and descended from the hackney carriage into Portman Square. The town house belonging to the Rider family was one of the smaller residences, a narrow three-storey building constructed in red sandstone, with a stuccoed frontage. She had never truly felt at home here, and had consequently never made any attempt to change the old-fashioned fixtures and fittings which dated from when Sir Grahame's grandfather had built the house eighty years ago.

A thick fog hung over the city like a damp blanket. In the manicured green space at the centre of the square, the leaves were already changing colour on the trees. Though it seemed to her that the weeks at Crag Hall had been golden, in fact the summer which had so rapidly ceded to autumn had been one of the wettest for years.

Her stomach was churning. Despite her father's threats and her aunt's dire warnings, Caro could not dispel the tiny seed of hope that today she would discover some resolution which would free her from both her husband and from scandal. It was unlikely in the extreme, she knew, but so much depended upon it. She could not bear the idea of remaining married to a man she had come to despise.

She had not spoken to her husband since the day she left him, almost six months ago. Though she had told herself she was no longer afraid of him, crossing the familiar dark reception hall in the wake of the ancient butler, fear turned her fog-damp skin clammy. He was just a man, she reminded herself even if, like it or not, she was still legally his property.

As the butler opened the panelled door, Caro summoned up Sebastian's image. She remembered him, tall, strong, unflinching, resolutely by her side that day at the christening. *Courage*, he'd said, and she'd found it because she didn't want to let him down. She found it now, not just because she wouldn't let him down, but because she wouldn't let herself down either. 'Courage, Caro,' she whispered to herself, and stepped into the morning room.

Her husband was standing by the window which looked out over the square, and had obviously observed her arrival. He was a tall man, well built, with a long narrow countenance and cheekbones so sharp that they made shadows on his face. Black hair receded from a sharp widow's peak to loose curls which she knew he despised and regularly weighted with hair pomade. He had a strong nose and a sensuous mouth. Caro had once thought him handsome. Hovering next to the door, uncertain how to greet him, she could not help but compare his pale complexion with Sebastian's tan, his grey eyes with Sebastian's brown ones, his thin smile with Sebastian's warm and endearing one. This was the man she had married more than five years ago, the man she had promised to love, honour and obey, the man to whom she had given her virginity and with whom she had hoped to have a family. The man who had destroyed her confidence and her reputation. The man who had hurt her, literally and metaphorically.

Looking at him now, she could not quite believe any of it. It was as if that life belonged to another Caro, not just younger but less formed and more uncertain. And Sir Grahame—she felt as if she did not know him, had never known him. It made her feel vaguely queasy to think of how intimate they had once been. She felt as if she was looking at a stranger. What she didn't feel, she realised as he crossed the room towards her, was fear.

'Hello, Caroline.'

She turned her face away so that his lips brushed her cheek, and slipped quickly from his embrace to take up position at the window, putting a table and a sofa between them. 'Sir Grahame,' she said, pulling off her gloves and setting them down on the half-table which spanned the gap between the windows. She kept her bonnet and her coat on.

'Won't you sit down? I've ordered tea.'

'I'm fine where I am, thank you.'

His mouth twisted into that smile which had always made her skin prickle. 'Sit down, Caro.'

In the old days, she'd have dropped her gaze and done as he bid her. Now, she looked him straight in the eye. 'As I said, I'm quite comfortable here.'

His smile became rigid, but eventually he shrugged and pulled a chair around to face her, carefully spreading out his coat skirts behind him, a habit which had always irrationally irked her. 'As you wish,' he said. 'I take it that you don't want tea?'

'I want to talk about an end to our marriage.'

'You did not use to be so blunt. Then again, you have been keeping uncivilised company at Crag Hall.'

'You know, then.'

'That you are an adulterous bitch?'

The filthy words, spoken in a silken tone brought back memories which made her shudder. A brief flash of real hatred coursed through her. It was true that she had technically been unfaithful, but she was not about to allow what had transpired between Sebastian and her to be cheapened by this vicious bully. It was also true that her husband, however he had come by his information, was reliant upon conjecture. 'I take it you are referring to the boot boy? Or perhaps the stable hand,' she said tightly, and had the pleasure of seeing him flinch.

'You know perfectly well that I never believed that rubbish.'

'Then why did you have it broadcast?'

'A tactical error, I admit. I confess to being somewhat taken aback when you left me. I had ample reason, as you well know, to think you lacked the nerve.'

'Because you beat it out of me,' Caro retorted. 'You mean it was simply spite?'

Sir Grahame shrugged. 'What emotive language you choose to deploy. It is true, my pride was bruised, but I was rather more concerned with the possibility of you blackening my name.'

'So you decided to get your retaliation in first and blacken mine instead. How little you know me.'

'Indeed, seeing you now, Caroline, I begin to think that there is some truth in that. You are looking very well, I must say, all things considered.'

'A tribute to my absence from you.'

To her surprise, he laughed. 'I had not taken you for a wit. There was a third reason for my spreading those scurrilous rumours, my dear. I wished to make you *persona non grata*. That way, you see, you would have no option but to return and I would be cast in a favourable light as the forgiving and magnanimous husband.'

She stared at him in dismay. 'You thought that saying those dreadful things would make me come back to you?'

'As I said, it was a tactical error. I underestimated you. Significantly, it seems. My compliments, Caroline, you have grown up. Seeing you now, I really do believe that we can start on a new footing. I said as much to your father some weeks ago, though I was not certain—but now I see that is a real possibility.'

She shook her head, wondering if she had mistaken his words. 'Grahame, I'm not coming back to you.'

Her husband abruptly got to his feet, making Caro shrink back instinctively. He held up his hands. 'For heaven's sake, woman, I have no intention of striking you.'

Annoyed at her temporary lapse, Caro drew herself up. 'And I have no intention of permitting you to. I won't be bullied.'

Once again, he astonished her by laughing. 'Damn me, I don't think you will. Won't you sit down, Caroline, and let us discuss this like civilised beings.'

She took a seat warily, on the opposite side of the table. 'As civilised beings, we must agree that we are not well suited.'

Her husband's smile thinned. 'Well suited or not, we are nevertheless married, Caroline, and I still require a son. As you know, my estates are entailed, an unbroken line from father to son stretching back more than two hundred years. I don't want the ignominy of being the first to break with tradition.'

She had not forgotten, for it was the reason he had married her, but she had managed to put to the back of her mind how very passionately he felt about having a successor to secure his lands.

Sir Grahame got to his feet and began to pace the room, keeping fastidiously, she noted, to the other side of the table. 'I have of course consulted my legal advisors. The fact of the matter is that there is no simple solution. I may divorce you for adultery, which would involve my suing Ardhallow for criminal conversation. Don't look so shocked. Unlike the mythical boot boy, I have every reason to believe your liaison with Ardhallow is all too real. I would be obliged to sue Ardhallow for damages if you continue your association with him, for I will not be branded a cuckold.'

Which was exactly, Caro realised sickeningly, what her father had said. 'I will not cooperate. Under no circumstances will I permit you to subject Lord Ardhallow to such a degrading experience,' she said.

'It is not a question of what you will permit, but rather a question of what I will allow,' Sir Grahame sneered. 'You are my wife, Caroline,

I will not stand by and allow another man to defile my property. We are married, and the fact is that the law and the church would prefer us to remain so, no matter how much you wish otherwise.'

'Then I humbly beg to differ with both the law and the church. I am not coming back to you. I won't! What if I went to—to Brighton. Hired a man to act as my paramour—a boot boy or a stable hand, if you feel that would add authenticity. There are professional witnesses who can be bought, are there not? I have read that is common practice in crim. con. cases.' Caro jumped to her feet, catching her husband's arm. 'Well?'

He gazed down at her, his face set. 'You would humiliate yourself in a public display of adultery in order to be rid of me? You certainly are full of surprises.' Distastefully, he removed her fingers from the sleeve of her coat. 'You are under a misapprehension, my lady. A crim. con. case does not in itself constitute a divorce. There must follow an application to the Ecclesiastical Courts for a legal separation, which can take years, and then I would require a private Act of Parliament to allow me to remarry, and that would put paid to my political ambitions which, as you know, burn almost as brightly as my desire for an heir.'

'Then if you will not divorce me, I will divorce you!'

Her husband laughed viciously. 'I am afraid that the law is even less amenable to such an action. You would have to prove both adultery and cruelty, and while you may think you have grounds for the latter, you would not dispute my fidelity, I trust.'

She shook her head slowly, appalled by the implications of what he had outlined. For the rest of her life, she would be forced to endure the humiliation of being married to a man who patently cared absolutely nought for her. She returned to the window seat, wishing to put as much distance between them as she could, anxious too that he would not have the satisfaction of seeing the devastation he had wreaked. 'Which leaves us then with a formal separation as the only viable option,' she said, trying to keep the despondency from her voice. 'I think it best that I consult my own lawyers. They will be better placed than I to discuss the precise terms.'

'Terms! You are in no position to demand terms.'

'My dowry…'

'I will not reward you for forcing my hand. My generous offer to take you back still stands. Your refusal to accept it not only deprives me of the heir I require but also makes you a deserter. I have no obligation to return your dowry nor to offer you any other form of support.'

Caro stared at him abjectly. It hadn't occurred to her that he would be so vengeful. She had assumed in fact, that remorse for his past cruelty would make him inclined to make his peace with her. Looking at her husband's pale face, she tried to conjure some vestige of sympathy for his plight, for he stood to lose any prospect of an heir, but felt only an acrid anger. 'So you will cast me out on the streets, having of course enlisted my father's support for your cause.'

'I have no more desire for scandal than your esteemed parent. I will provide you with adequate funds, but they will be on my terms.'

'And those are?' Caro asked, pleased to find that her voice did not betray her.

'Quite simple. You will leave England and you will behave with perfect propriety. You may trust that I will know if you do not. Your name is not unknown at the various embassies on the Continent. As I said earlier, I will not, repeat not, be made a cuckold. These are my terms, and they are non-negotiable, no matter how many lawyers you enlist. Naturally my offer to welcome you back into the marital fold remains open.'

'An offer which I can happily swear I will never accept.'

'In that case, may we agree on my terms?'

'No, we may not. You will hear from my lawyers in due course. Goodbye, Grahame.'

Caro picked up her gloves and made for the door, conspicuously avoiding his outstretched hand.

Outside, devastated but resolute, she took calming gulps of the metallic-tasting city air and decided to walk back to her aunt's house. Her bravado quickly deflated, a deep melancholy stole over her, for she knew her husband very well. He was an astute politician who would have made very sure of his facts. Her future lay abroad, alone, and probably impoverished. She could buy time by employing a lawyer, but unless Aunt Sophia provided her with the funds to do so, even that was not an option. She would still be married, far from her family, but at least she would also be far away from her husband.

And from Sebastian. He had saved her life.

She owed it to him to tell him what form that life would take. She should write to him, for in a letter she could depict an optimism which she had to hope would manifest itself eventually. It would be the sensible course of action, but she was going to have to be sensible for the rest of her life. She decided she would commit one last reckless act, and say goodbye in person.

Crag Hall—two days later

As the post chaise drew up in front of the stable block, Caro wondered if her shaking legs would actually support her descent from the carriage. She dreaded seeing Sebastian, and yet wanted to see him more than anything in the world. Pushing a stray lock of hair back under her bonnet, hoping that she did not look as travel weary and defeated as she felt, she declined Mrs Keith's offer of tea and entered the parlour.

'Caro!' Sebastian was sitting at the desk, but he was by her side almost before she had closed the door. He was dressed in his habitual garb of shirt, breeches and riding boots. Catching her to him, he surveyed her face anxiously. 'Are you well?'

She longed to throw her arms around him, to burrow her face in his chest and drink in his familiar scent, but she was holding on to her self-control by such a thin thread, it would be a mistake. She must not mar this last meeting with tears or confessions. Gently, she disengaged herself and untied her bonnet. 'A little tired from the journey.'

'I expected you back sooner,' he said, taking his customary seat opposite her.

He looked strained. The lines on his forehead seemed deeper. Had he missed her? It didn't matter. 'Sir Grahame was out of town. I had to await his return.'

'But you eventually saw him? How did the encounter go, Caro?'

She shook her head. 'I was apprehensive, but—you will think me foolish—I imagined you by my side, and I discovered that really, all it took was for me to stand up to him. I wonder I did not before. It was so strange, I felt as if I was quite a different person from the woman he married.'

He reached across and caught her hand. 'You are. I am proud of you.

She was in the process of lifting his hand to her lips when she remembered, and dropped it. 'I am afraid the interview did not go as well as I hoped.' Haltingly, she told him just as she had rehearsed it over and over on the journey here, her tone matter of fact, her explanation simple, leaving no room for doubt. She was conscious of his eyes fixed upon her, of his expression, set into stern lines, as if he was afraid to show his feelings. What feelings? She wouldn't think about that. 'So it appears that I have no option but to live abroad, at least for a while,' she concluded, managing a very weak smile. 'My aunt has been so kind as to permit me to remain with her for a few more weeks while arrangements are made, but her lawyers have confirmed the position is just as Sir Grahame told me.'

'But it's damnable!' Sebastian jumped to his feet and began to pace the room. 'Surely there is something else to be done. Your aunt...'

'Aunt Sophia has been extremely kind, but she still believes that the best solution would be for me to return to my husband, especially now that it seems—that I am not afraid of him. She has also offered to warn him off.' *He would not dare touch a hair on your head if he knows I am watching him,* had been her aunt's exact parting words.

'You will not succumb?'

She shook her head. 'No. No,' she said again, more confidently, 'I won't ever go back to him, but I had not realised—Aunt Sophia is my one supporter, and even she disapproves of my actions.'

'Not your only supporter, Caro. You will never find a stauncher supporter than me, or one less disapproving.'

The way he looked at her made her heart turn over. It was a look she had longed for and now dreaded seeing. Facing her father had been painful. Facing her husband had been extremely testing. Both paled in significance compared to this. 'Sebastian, it is very clear to me that only harm can come from our continued acquaintance. I am grateful beyond words for what you have done for me, but in return I have merely inflicted damage upon you. I already have to bear the weight of that guilt. I will not compound the felony by inflicting even more damage on you. Our acquaintance must come to an end, for your sake.'

'Our acquaintance,' he repeated flatly. 'You make it sound as if we have engaged in nothing more than the exchange of calling cards.'

'Sebastian, it is precisely because we have shared a great deal more than that—can't you see, I will not allow you to be tainted by association with me,' Caro exclaimed.

'Don't say that! Don't speak of yourself in that way.'

'When both my father and my husband called me an adulteress, I was horrified. It doesn't defile what you and I share, but it might, if it were said often enough.' She was on her feet now, pacing the room as he had done a few moments previously. 'Sebastian, I'm the wife of a fellow peer. My presence here as your mistress is a public stain on your honour—and don't say that you don't care about your honour, for I know perfectly well that you do.'

'Dammit, I don't want you to be my mistress.'

'Oh.' She stared at him, wondering frantically if she had misjudged the situation completely.

'I don't want a mistress, Caro. I want a wife. I want *you* to be my wife. I love you.'

She sat down abruptly, fearing she would faint clean away. Now her ears were deceiving her as well. She gazed at Sebastian in complete incomprehension.

He hadn't meant to say it, but seeing her, so bravely trying to hold back the tears, talking about the life her bastard of a husband was trying to condemn her to lead, had been too much to endure. Sebastian swore. 'The first time in my life I have said the words, and you're looking at me as if I have announced a bereavement.'

'Please don't.'

'Love you? I don't seem to have any choice in the matter,' he replied tersely.

'Please don't say it. I don't think I can bear it.'

'Why?'

'Because I love you too. So very, very much.'

'You do?' He swore again, and caught her in his arms, kissing her ruthlessly. For a brief moment he felt wild elation, his heart soared, his blood roared, he felt heady, joyous, and then he realised that she was not responding, lying limp in his arms, and he let her go.

'Sebastian,' she said gently, 'it doesn't change anything. It's still impossible.'

He had known that almost from the start, yet he had hoped. He had told himself that he would say nothing unless it were possible, but still he had spoken, and having spoken, he was not going to give up without a fight. 'There must be a way,' he said grimly.

She shook her head. 'I am married, Sebastian, and most likely I always will be, for Sir Grahame was quite intractable.'

'I don't care,' he declared, though he did. He would consider murder if it freed her of Rider.

And Caro knew that too. Her knowing him so well had been one of the things which made him love her. Now he cursed it as she took his hand and spoke to him gently, but firmly, as if she were speaking to a child. 'I am married. Even if my husband did eventually divorce me, I would not be permitted to marry again. And in the unlikely event that an Act of Parliament allowed me to do so…'

'Have such things been done before?'

'It is very rare.' Caro sighed heavily. 'What matters is not really my marital status, Sebastian, but my reputation—or lack of it. By keeping any sort of company with me, you would be shunned. A social leper. How long would it be before you began to resent me for keeping you from your life? And I would feel so guilty—heaven knows, I am riven with guilt at what people are saying of you already. Our love would be tainted.'

All of it made horrible sense, but he did not want to listen to sense. 'You think it would not survive?' Sebastian asked harshly.

'One cannot live on love alone,' Caro replied carefully. 'I think that it would destroy me, watching how I was slowly destroying you. I can't do that to you.'

One cannot live on love alone. A mere few

weeks ago, Sebastian would have agreed with her wholeheartedly. Now...

He dropped his head into his hands. Now, much as he longed to claim otherwise, he was beginning to see just how impossible it was. 'I could bear it,' he said, 'I lived the life of a nomad for four years on the Continent. It would be a sacrifice to give up Crag Hall to a tenant, but if it meant we could be together...'

'That is precisely the thing I could not ask you to do.'

'You are not asking, I am offering,' he said impatiently. 'But it would resolve nothing, dammit. I won't take you as my mistress. Just thinking about the whispers, the vicious gossip, the endless cold shoulders and direct cuts you would be subjected to makes my blood boil.' He gazed at her helplessly. She would put up a front, but he knew how much it would hurt her. Eventually it would wear her down.

'And then there is your family,' Sebastian said grimly. 'Your being with me would destroy all hope of a reconciliation. Even your Aunt Sophia would be forced to disown you.' He held up his hand when she would have interrupted him. 'Your father implied that he may see his way in the future to some reconciliation, as I recall.'

'My father holds out his promises like a carrot on a stick to a donkey. I am not interested in half-promises and I'm not going to be dictated to.'

The determination in her eyes filled him with admiration, but he knew how powerful an incentive it would prove. Lord Armstrong's reputation as a ruthless negotiator was not undeserved. 'I don't doubt that you can bear it, but in a year's time, or two or five—you love your family, Caro. I can't in all conscience deprive you of them for ever.'

He pulled her to her feet, clinging to her like a drowning man. 'It is hopeless. I love you too much to put you through that, and you are right,' he added with a grim little smile. 'My honour does matter to me in one important respect. I won't have it said that I ruined you.'

'Any more than I am prepared to ruin you.'

The break in her voice was almost his undoing. Sebastian gently disengaged himself. 'I have to let you go. Our being together will only make you unhappy. Best that you leave quickly, before I go down on my knees and beg you to stay.'

'Or I chain myself to the railings and refuse to go,' Caro said.

Her smile was a very poor attempt, but it

was her trying which almost broke him. He ran the flat of his hand over her hair, the nape of her neck, the curve of her spine. 'Goodbye, my darling.'

His voice was clipped, so tight was the rein he was keeping on himself. She raised her lips in mute invitation. Her kiss was sweet, tender and over far too soon. When she would have clung to him, he set her gently away from him. 'I'll have one of the grooms bring the post-chaise round.'

'Please, don't see me off. I don't think I could bear it. Goodbye, Sebastian. I wish— goodbye.'

She fled from the room without looking back. He watched her go, and wondered why doing what he knew to be the right and noble thing felt so dreadfully and utterly wrong.

Chapter Twelve

Crag Hall—six weeks later

Sebastian gazed listlessly out of the windows of the Gold Drawing Room. In the weeks since Caro's departure, he had thrown himself into the massive task of repairing and modernising the Hall in the hope that sheer volume of activity would help him to endure her absence. It did not.

At first he kept thinking to find her behind every door he opened. The rooms echoed with her voice. Every post brought bitter disappointment when she did not write. She had fled to her aunt's in London, he knew that from having dispatched her trunk there, but how long she would remain there he did not know. The not knowing was torture. What she was doing. Who she was with. Whether she dreamed as he did every night of their love-making. Whether she reached for him in her sleep, waking with a racing heart and a sinking feeling in the pit of her belly when she encountered only the empty space. She would not weep or wail, she would not sink into a decline, he knew that. But knowing she would be trying, valiantly trying, to get on with her life as he was, only made him miss her the more.

All the reasons for giving her up, which had seemed so clear at the time, were becoming hazier, less convincing, as the reality of their separation began to sink in. He had done the right thing. How many times would he have to repeat it before he believed it?

'Lady Emma, my lord,' Mrs Keith announced solemnly.

Sebastian whirled around. The woman who entered was small and slim, dressed modishly in a gown of russet velvet trimmed with jet beads which glittered in the weak autumn sunshine filtering through the windows. Sebastian, who had been unable to stop himself from pacing nervously while he awaited the appointed hour, found himself frozen to the spot. This complete stranger was his mother.

The door closed behind the housekeeper, and Lady Ardhallow stood hesitantly just inside the room. She wore a hat with a veil. 'Sebastian?'

Her voice had a distinctly nervous quiver which he found vastly reassuring. That she did not actually recognise him however rather confounded him. But then, he thought, finally uprooting himself and making his way towards her, he felt absolutely no pang of recognition himself. 'My lady,' he said stiffly, unable to bring himself to address her as mother.

She put back her veil and smiled up at him. 'Sebastian. I—you must excuse me, I am a little overcome. I think I need to sit down.'

He led her to one of the sofas from which the covers had only recently been removed. Under the pretext of pouring her a glass of Madeira, he studied her intently. He had naïvely expected to see the young woman in the portrait. It was a shock to find her aged. Not so aged though, in point of fact. She must be at least fifty and could easily pass for at least ten years younger.

'Thank you,' she said, taking the glass he proffered and sipping daintily at the amber wine.

Her hair was the same colour as his own, but

he had not her rich curls. She was not so slim as in her portrait, and there were lines around her eye, but as she smiled at him he felt a curious pang of recognition. It was like looking at his own face in feminine form.

'I am struck by your strong resemblance to me,' she said. 'It is quite remarkable. I'm not sure whether you consider that a good or a bad thing.'

'My father considered it a positive blight.'

Lady Ardhallow grimaced. 'I have not offered my commiserations.'

'It was two years ago. The time for commiserations is long past.'

'Better late than never.' Her smile crumpled. 'I'm sorry,' she said, searching frantically in her reticule for a handkerchief. 'I promised myself that I would not get upset, but just seeing you—I am so sorry, I know perfectly well that I have not the right to be sentimental.' She blew her nose with unexpected force for such a delicate woman. 'I can't quite believe that I am here,' she said. 'Your letter came so completely out of the blue. I never thought I'd be permitted to cross this threshold again.'

Her fingers plucked at the lace of her handkerchief, but her smile was pinned brightly in place. Her determined effort to keep control of her emotions aroused his reluctant admiration. He sat down on a chair at right angles to her. 'I wrote to you because I needed to know why you left. My father would never discuss the matter. He had your rooms locked up and your portrait removed from the gallery.'

'That does not surprise me in the least. He would not permit me to write to you, you know. That was one of the terms of our separation. Not that I am using it as an excuse. I cannot excuse what I did to you, abandoning you like that, and I don't expect you want me to.'

Her honesty surprised him. He began to see that he had endowed her with any number of character flaws over the years. 'When my father died, we were estranged. We were never close—no, truth be told, I thought he hated me. A few weeks ago I discovered your portrait, and I wondered if my resemblance to you may have been at the root of the matter.'

'But he is dead and you cannot ask him, so you wrote to me instead. So this meeting is about you and your father, not you and I. I see.'

His mother was folding her handkerchief into smaller and smaller squares. 'You must understand, you have given no indication over the years that you wished to have any contact with me, Lady Ardhallow,' Sebastian said, realising how defensive this sounded, realising too that he had not until this moment considered her own expectations of this reunion.

'No. I do see how it must have looked. It was foolish of me to expect—for why should you wish to be reconciled to your absent mother? I wish you would call me Emma. I know you cannot call me Mother, but I have not used that title since I left.'

'Emma, I'm sorry if it is painful for you to be here. If you prefer, we can rearrange this meeting for London.'

'No! I beg your pardon for sounding so vehement, but no. I have waited—I would prefer not to leave just yet.' She frowned down at her handkerchief, then put it away in her reticule before taking another sip of her Madeira. When she looked up, her expression was resolute. 'Very well, I will give you the unvarnished truth, you deserve that, though I am afraid it shows me in a very poor light. I was nineteen. Your father was a catch, much older, much more sophisticated than my other beaus, and he professed to be in love with me. I didn't love him, but I was flattered and ambitious, a fatal combination.'

'But it was an arranged marriage?'

'Oh yes, indeed, I would never have considered anything else. Your father was an extremely possessive husband, Sebastian, and a very jealous one. He showered me with gifts but he wouldn't let me out of his sight. I was suffocated. Then I had you and I hoped he would grant me a little more freedom but he did not and—it sounds inadequate but truly, I felt if I did not escape I would die. I tried to persuade him to give me a little more latitude but that made him worse. Finally, in desperation, I asked for a formal separation but he would not countenance it. So I'm afraid I employed the traditional means of escaping by taking a lover, and of course he found me out because I think that's what I wanted, to trigger some sort of dénouement.'

Her explanation had a horribly familiar ring to it. He did not like to think of the parallels between Lady Emma's story and Caro's situation, but he could not ignore them. 'And it did, I presume,' Sebastian said. 'My father threw you out?'

Lady Ardhallow looked surprised. 'Why no. He did find me out, but he begged me to stay. I simply couldn't. I know you will not understand, but this place had become a prison.'

The parallels were so strong as to be almost unbelievable. 'A prison,' Sebastian repeated dumbly, his mind only half on what his mother was telling him.

Lady Emma nodded. 'I was actually afraid he would literally lock me up, so I fled without even packing so much as a change of clothes. I left you, even though it broke my heart, because I knew, in all conscience, you would be better off with your father. I had no money, I knew my family would only send me back to him, and you were only four years old.'

'But what about your lover?'

'He was married. I did not elope. Is that what he told you?'

Sebastian shook his head in utter confusion. 'He didn't tell me anything.'

'Goodness. Well then, it was *my* father who brokered our arrangement in the end, though it took over a year before *your* father finally accepted that I was not prepared to go back to him. I was to be allocated a generous fixed allowance provided that I never set foot in England, that I took no other lover, and that I—that I sever all contact with you.'

He stared at her, wondering if this was some sort of sick joke. Lady Emma finished her Madeira, oblivious to the turmoil she was raising in his mind. 'I had no option but to obey,' she continued, every word like a terrible echo of

Caro's 'My family were insistent that I accept the terms and I had no other means. I am very, very sorry.'

Though he rarely imbibed, and almost never during the day, Sebastian poured himself a large brandy and drank it in a single draught before pouring another and topping up his mother's glass. 'He banished you, like some mediaeval lord. And your family agreed to this. Do you mean you have not been in England since?'

His mother shook her head. 'To be honest, that was the least of my worries.'

'And he forced you to live—all these years, you have been alone? Surely there must have been another way. What about divorce?'

His mother shuddered. 'The scandal. Your father would have died rather than face it, and my family too—you can have no idea, Sebastian, it would have been a black mark on all of us for generations to come.'

Just as Caro had insisted. But he did not want Caro to endure his mother's fate.

'As to my being alone,' Lady Emma continued, blushing faintly—I simply learned how to be extremely discreet. I will not lie to you, Sebastian. My life has turned out very differently from that I imagined. I have missed you dreadfully, and missed my sisters almost as much, but I have not spent the last twenty-seven years weeping and wailing. That would only serve to add yet another wasted life to the list of those damaged by the whole sorry mess.'

Caro would neither weep nor wail, but she would be alone, without the comfort of her sisters or her brothers. Alone. Without him. As he was without her. He got to his feet and resumed the path his pacing had taken before his mother's arrival. 'I can only apologise on behalf of my father. I had not realised—but Caro was right, I should have written to you sooner.'

'Caro?'

'Lady Caroline. It was she who first pointed out my resemblance to you. She is—she is...' He stopped, because there was only one way to express what Caro was to him. 'I'm in love with her,' he said abruptly.

Lady Emma crossed the room and put her hand tentatively on his arm. 'I take it she does not return your affection?'

'It is rather a case of will not. Unfortunately Caro is married.'

'Oh, my dear. I am so sorry.'

'She has left her husband, just as you did. And just as you did, she is to be forced to come to terms which require her to live abroad.'

Lady Emma nodded. 'Some things do not change. What an appalling situation for you both to have to endure.'

She did not condemn him. It was her pity which struck him. She knew what Caro would suffer. He had tried so hard not to think about it, tried so hard to look to the future, but the future he saw now was unbearably bleak.

They had agreed to part because it was what the world expected of them. The world would condemn them for being together. But being apart was making him miserable and he was pretty damn sure Caro was the same. By being true to convention, they were surely being untrue to themselves.

His mind seething, he spent the afternoon showing his mother around the Hall. Her fondness for the place, now it was no longer her prison, surprised him. In the course of the afternoon, she made light of her life in exile, though he was certain this was done in deference to Caro. She also steadfastly refused to condemn either his father or her family for their treatment of her, saying only that there had been no alternative. She made no attempt to ingratiate herself with him, was careful to avoid any but the most trivial of contact, and her very restraint endeared her to him.

He could not stop comparing Caro and Lady Emma's fate. He didn't want Caro to live the life of an exile. The truth was, he didn't want Caro to live her life anywhere else but with him. All very well to be principled and noble, but dammit, he was bloody miserable without her and he was sick of pretending otherwise.

Standing on the steps awaiting her carriage at the end of the day, Lady Emma held out her hand to him. 'I have very much enjoyed today. It means a great deal to me. I would ask to see you again, but I fear I forfeited that right when I left you.'

'What is it you said earlier—there is no point in regrets?' Sebastian brushed a kiss on to her glove. 'If it pleases you, I shall have another agreement drawn up, one without conditions. Then, if you wish to, you may visit England any time you wish.'

'Why, thank you, Sebastian, I should like that very much.'

'I confess, I would like it very much too. I did not think I wished for a grand reconciliation, but now that we have met, I would like to become better acquainted.'

His mother smiled. 'Then I shall confess in

return that I was quite terrified about meeting you for fear you would be like your father, but you are a very, very pleasant surprise.'

It was while he was watching his mother's carriage recede down the drive that it came to him. In their determination each to have a care for the feelings of the other, neither he nor Caro had actually said what they wanted. What a pair of self-sacrificing nincompoops they had been, trying to make the best of being apart when what mattered, all that mattered, was being together.

London

'A visitor has arrived for you,' Lady Sophia said.

Caro looked up frowning from the letter she was transcribing for her aunt. 'For me?' Her heart sank. 'It can only be my father,' she said, looking at her aunt in dismay. 'I thought...'

'I have not informed Henry of your presence here, so you can remove that disapproving look from your countenance,' her aunt said acerbically. 'Your visitor is in the library. Please assure me, Caroline, that you will not succumb to the urge to do something foolish.'

'Foolish? What do you mean—Aunt! It is not...'

'It is indeed Lord Ardhallow. Looking as if he has just rolled in from the high pampas of South America, judging by the cut of him. Riding boots and leather breeches are not at all proper attire for a morning call. In my day...'

But Caro had already left the room, smoothing down her frumpy woollen gown. Sebastian was here. He had no reason to be here. She had every reason to wish he was not here but oh, she could not wish him anywhere else. She had missed him so much. Her fingers were inky, she noticed with dismay, and she suspected that her hair was a mess for she had a terrible habit of sticking her pen into it when she was thinking. Should she go and tidy herself?

But she had already kept him waiting at least five minutes. Caro threw open the library door. He looked exhausted. His coat and breeches were spattered with mud. Had he ridden all the way from the country? 'Sebastian.'

'Caro!' He strode towards her, then pulled himself up short with a conscious effort.

'Is something wrong?'

'Everything, but I hope—I have something to say to you.'

'What is it?' His eyes had a glitter that was almost feverish. He looked—nervous? 'Sebastian, if it is something dreadful, I beg you not to spare me.'

'It is nothing dreadful. At least I hope you do not view it as such—Caro, sit down.'

She took a seat on the sofa which was set into the window embrasure. Sebastian dug his hands deep into the pockets of his breeches and began to pace. He was definitely edgy.

'I can think of nothing more painful than the words we exchanged the last time we met,' Sebastian said, coming to a halt in front of the hearth and leaning his shoulders against it.

'We said goodbye. We agreed it was the right thing to do, for both our sakes.'

'I know, but that was arrant nonsense. No, listen to me. I know it was all right and proper and I know we spoke as we ought, but it was wrong all the same, Caro. When I saw my mother…'

'Your mother!'

'I wrote to her, as I promised I would, and she came to visit me at Crag Hall. I'm so glad I did—not for that reason—well, that one too but mainly because… Look, I'm not here to talk about my mother, except that she made me realise…' He broke off, giving her a rueful look and came to sit beside her. 'I'm making a terrible hash of this. Let me put it simply.

I miss you like the devil. I think I can put up with anything other than being without you. I thought I had no right to ask you to sacrifice all the things we talked about when we said goodbye, but I realise now that they are nothing compared to what we are really sacrificing.'

'What is that?'

'Our life together.'

'I have not dared imagine that,' Caro whispered.

'Nor had I, until the other day when I met Lady Emma—my mother. You would not believe how much you have in common—or would have in common if—Caro, I don't want you to live her life. In truth, it would not just be you who would be alone. What use will society be to me, when the only society I crave is you?'

'Oh Sebastian, that is one of the most romantic things I've ever heard.'

He smiled his upside-down smile and her heart turned over. 'I had something rather more romantic planned.' He dropped on to his knees before her and took her hands in his. '"*Come live with me and be my love.*" They are not my words…'

Caro slid on to the floor beside him. 'Not your words, but perfect.'

'I can't offer you marriage, my love, but you can have my heart, I offer it willingly.'

She scanned his face anxiously. 'Are you certain?'

'Are you? It will be a rocky road to travel, if we choose to embark on it. The obstacles we discussed are very real. They may never be overcome. But at least we will travel the road together.'

She was under no illusions. There would be times when it would seem impossible, times when guilt would overwhelm her. There would no doubt be times when she would be overcome with homesickness for they would almost certainly have to flee England. But there would not be a time when she would be as miserable as she had been these last weeks, without him. Caro smiled softly. 'I could survive without you, but I could never be happy. Let me live with you and be your love, Sebastian. I will take a chance on happiness if you will.'

'I love you so much, Caro.'

His kiss was sweet, but she was not in the mood for sweetness. '"*And we will all the pleasures prove,*"' she murmured.

'What?'

'That is the next line of the poem. Do you think we shall?' she asked wickedly.

'Of that, my love, I have no doubt at all.'

He caught her up in his arms, pulling her on top of him, kissing her wildly. His body was hard beneath hers, just as she remembered. He kissed her passionately, his hands stroking down her back, cupping her bottom, holding her fast against him, kissing her.

She shuddered. Her nipples hardened. 'I was only teasing,' she said in an anguished tone. 'We cannot possibly—my aunt…'

'Ah yes, your aunt.' Sebastian rolled over, jumping to his feet. 'You are quite right to remind me, I have no desire whatsoever to be interrupted,' he said, turning the key firmly in the library door before rejoining her on the hearth rug. 'Where were we?'

He kissed her. A deep, passionate kiss that sent her senses spinning. Still kissing, he quickly rid himself of his jacket and waistcoat, boots and breeches. Still kissing, he pushed up her skirts and removed her undergarments. 'Much as I would love to see you naked, I think it would be prudent not to undress completely, just in case your aunt sends one of her ancient retainers in search of us,' he murmured. 'We would not like to be the cause of her butler's apoplexy and subsequent untimely demise.'

Caro giggled. 'Nor my aunt's! Sebastian, don't you think we should...'

'Stop? Certainly not. You know what they say, Caro. *Once a rake!*' Still kissing, they touched, stroked, becoming feverish, heated, in moments. Still kissing, wildly kissing, he rolled her underneath him. His erection jutted up towards her belly. She touched him in wonder, wrapped her legs around his waist, and cried out as he entered her. Fast and furious, they clutched and kissed and thrust and pulsed, to a climax that caught them suddenly, leaving them shuddering, panting. And sated.

The future would have to wait, but at least the prospect existed when none had before. And that would do very well for now.

Epilogue

Crag Hall—December 1831

My Dearest Son,

I trust this finds you and darling Caro well—which is a silly thing to say, for I doubt I have ever met a happier and more contented couple. I am writing this in the library, where myself and Mrs Keith have just finished hanging the new curtains. Please tell Caro that the colour she settled upon is absolutely perfect, it has quite transformed the room. Outside it has just begun to snow. My first winter in England in more years than I care to count, thanks to your exceedingly kind offer, and it is even more beautiful than I remember. Though I hope the snow does not fall too thickly, for my sister Agatha— one of your newly discovered aunts!—is expected at any moment. I trust you are comfortable in my little Italian home and enjoying more clement weather.

I am actually the bearer of glad tidings. You will recall from my last letter that I suggested there might be a possible mechanism to free Caro from her marriage and, more importantly, open up the possibility of your marrying—something I know would mean everything to you both. As I explained, I was made aware of its existence during the negotiations surrounding my own separation from your father. It was never a viable option for me since your existence somewhat disproved the grounds, but it occurred to me that Rider might be more amenable to an annulment since he also has something to gain. Therefore, as you suggested, I consulted with Lord Armstrong upon the subject.

He was, as Caro herself predicted, somewhat reluctant to enthuse over a proposal which did not originate from himself, but by the end of our meeting,

*he had quite persuaded himself it was
his own idea, and has promised to pull
every one of the many diplomatic strings
to which he has access in order to expe-
dite the matter. There remains, naturally,
the issue of persuading Sir Grahame to
swear the marriage was not consum-
mated before it can be placed before the
Consistory Court, but Lord Armstrong is
of the opinion that Sir Grahame's desire
to remarry in order to produce an heir
will overcome any scruples he may have
about this. It is not, his lordship assures
me, a matter of lying, but merely of ad-
justing the truth! All being well, my dear
son, Caro may be free to marry you in
the summer.*

*It would seem that Lord Armstrong is
already pulling strings in our favour, for
I have, you will be surprised to learn,
had several morning callers. Sir Timothy
Innellan arrived sporting a most magnificent beard—is this a new fashion?
He had his mother in tow, a snob of the
first rank with a vastly inflated notion of
her own consequence. I remember her
from my salad days, but I smiled most politely and gave her tea and pretended, as*

she did, that it was the first time we had met. Lady Armstrong, Caro's stepmother, also called, with the sweetest little girl. She was most insistent that I pass on her warmest regards—and from what Caro has told me of her stepmother, I know that will make you both smile.

I will close now, my dear boy, for my sister is due to arrive at any moment. I enclose a note from Lady Sophia to Caro. Her aunt is resting upstairs. She is over the worst of her head cold, but is still rather weak. I imagine you and Caro reading this letter together, sitting in my lovely south-facing salon looking out over the lemon trees. I very much look forward to being reunited with you both when I return to my little house in Florence in the spring.

In the meantime, I kiss you both.

* * * * *

Historical Note

In England, up until the end of the 19th Century, as Lawrence Stone informs us in his excellent book *Uncertain Union and Broken Lives,* marriage was second only to inheritance as a method for the transfer of property. As a consequence, litigation about marriage was in reality litigation about property.

Until the *Married Woman's Property Act* was passed, a wife could not own any property in her own right. In effect, marriage made her the property of her husband, to do with as he saw fit. He was responsible for her upkeep (so she could, as Caro does, run up reasonable debts if he refused to keep her), but he could also force her to return to live under the marital roof if she deserted him and he could, as Caro's husband does, beat her (to a degree!) with impunity. There are some particularly heart-rending cases cited by Lawrence. The law, as Caro points out in my story, was very much weighted in favour of the man, and also, as her husband states, very much weighted in favour of keeping marriages intact, no matter how unhappy the relationship.

The options open to couples in the Regency period to dissolve a marriage, particularly where property was involved, were limited. They could agree on a formal separation, which gave the wife entitlement to alimony (aliment in Scotland) provided she signed away her right to incur debts in her husband's name. Children (as property of the marriage) almost invariably remained with the husband, no matter whether or not his behaviour contributed to the marital breakdown.

Suing for 'criminal conversation', a common law procedure in England, also stemmed from the notion that a wife is her husband's property, making her lover guilty of trespass. While some husbands sued purely to avenge themselves on their adulterous wives, and some were more interested in the damages awarded as a result of a successful suit, many crim. con. cases were the necessary prelude to a parliamentary divorce. They were quite often what Lawrence calls 'collusive', the husband and wife in cahoots in order to obtain a legal separation. The wife, with a paid paramour and two paid 'reliable' witnesses, are conveniently discovered in some sort of pre-arranged *flagrante* which can then be cited as evidence in the separation case.

Once criminal conversation has been proven, the next stage in dissolving a marriage was for the husband to apply for legal separation in an ecclesiastical court. Assuming this was successful, he could then take the final step of applying for a private Act of Parliament, which would finalise the divorce and in some, but not all cases (it very much depended upon the value of property at stake) win the right to remarry. This was an expensive and very long, drawn-out procedure, with as few as four or five cases a year succeeding. And, it is worth noting, it was a procedure which very much favoured the husband. Rare indeed was it for a wife to be permitted to remarry. It was far more likely, even in collusive cases, for the wife to be given a pittance to live on and packed off abroad.

Adultery was not the only grounds for separation and divorce, but it was the most straightforward, and hence it was the most utilised. Sadly, because of the legal quirk which required wives to prove two grounds (such as adultery and cruelty) it meant that in the vast majority of cases, the 'blame' (and the law required there to be a guilty party) was placed upon the wife—even where the husband was equally guilty, and even in cases when the wife was actually innocent! Women who had left their husbands, separated from them, or, worst of all, who had been divorced from their husbands, were stigmatised, ostracised, usually permitted no contact with their children and families, and were, I would guess, pretty miserable. The pressure on couples to remain together cannot be over-emphasised, which makes those like Caro who refused to succumb extremely brave women indeed, in my view.

A final word on annulment. It was late on in my research, when I was desperately trying to find some hope of a happy ending for Caro and Sebastian, that I remembered the case of John Ruskin and Effie Gray. Without going into the scurrilous details, the marriage was declared null on the grounds of non-consummation. Digging a little deeper into this process, which was the province of the ecclesiastical courts, I discovered several dubious cases where non-consummation was conveniently proved. Since it resulted in the marriage being declared null and void, and granted both parties the freedom to remarry, as you can imagine, it was an attractive option for desperate couples with money and access to influential contacts who were willing to twist the truth under oath.

A sneaky peek at next month...

HISTORICAL

IGNITE YOUR IMAGINATION, STEP INTO THE PAST...

My wish list for next month's titles...

In stores from 6th December 2013:

❏ Not Just a Wallflower – Carole Mortimer

❏ Courted by the Captain – Anne Herries

❏ Running from Scandal – Amanda McCabe

❏ The Knight's Fugitive Lady – Meriel Fuller

❏ Falling for the Highland Rogue – Ann Lethbridge

❏ The Texas Ranger's Heiress Wife – Kate Welsh

Available at WHSmith, Tesco, Asda, Eason, Amazon and Apple

Just can't wait?

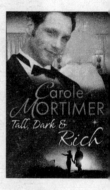